ullstein

Marc Raabe

DIE DÄMMERUNG

Thriller

Ullstein

Besuchen Sie uns im Internet:
www.ullstein.de

Ungekürzte Ausgabe im Ullstein Taschenbuch
1. Auflage März 2025
2. Auflage 2025
© Ullstein Buchverlage GmbH, Friedrichstraße 126,
10117 Berlin 2024 / Ullstein Verlag
Wir behalten uns die Nutzung unserer Inhalte für Text und Data
Mining im Sinne von § 44b UrhG ausdrücklich vor.
Bei Fragen zur Produktsicherheit wenden Sie sich bitte an
produktsicherheit@ullstein.de.
Umschlaggestaltung: zero-media.net, München
Titelabbildung: © imageBROKER.com GmbH & Co. KG /
Alamy Stock Foto (Wald); © FinePic®, München (Hirsch)
Autorenfoto: © Hans Scherhaufer
Satz: Pinkuin Satz und Datentechnik, Berlin
Gesetzt aus der Aldus Nova Pro
Druck und Bindearbeiten: ScandBook, Litauen
ISBN 978-3-548-07049-0

Für alle,
die Gerechtigkeit wollen.

Gerechtigkeit? Ha! Schön wär's. Aber – was ist schon gerecht, wenn's ums Überleben geht?

Zum ersten Mal in meinem Leben hätte ich am liebsten die ›Ich bin doch nur ein Mädchen‹-Karte gezogen und gefragt, ob *das hier* nicht bitte jemand anders machen kann.

Aber es hörte ja sowieso niemand zu.

Ich war mutterseelenallein in einem fremden Land, in einer Klosterkirche irgendwo südlich der Sierra de Gredos. Die Zikaden lärmten da draußen in der Dämmerung, als wollten sie mich jetzt schon anklagen. Dabei lag das Schlimmste noch vor mir. Ich konnte nicht zurück, und kneifen ging auch nicht.

Meine Mutter kam immer, wenn's mal eng bei mir wurde, mit irgendwelchen schlauen Sprüchen um die Ecke. Aber meine Mutter war nicht hier. Überhaupt, meine Mutter hatte mich erst so richtig in die Scheiße reingeritten – entschuldige, aber anders kann ich's echt nicht nennen. Vermutlich würde sie jetzt so was raushauen wie: »Tja, Schätzchen. Wer A sagt, muss auch B sagen …«

Und ich hatte vorhin verdammt noch mal A gesagt.

O Gott. Musste ich das wirklich tun?

Ich starrte auf das letzte Streichholz. Es lag lose in dem schwarzen Metallkästchen. Die Reibefläche war an dem schmiedeeisernen Kerzenständer mit seinen vielen leeren Halterungen festgeklebt. Meistens brannten hier ein paar Kerzen. Aber an diesem Tag nicht eine einzige.

Ich zögerte.

Die vorletzte rote Linie.

In der Kirche war es so trügerisch still. Nicht so wie draußen, wie gerade eben noch, mit all diesen hässlichen Geräuschen. Hier drinnen war kein Laut, kein Luftzug! – nur mein Atem war zu hören, der sich einfach nicht beruhigen wollte.

Wer A sagt, muss auch B sagen.

Das klingt so leicht. So schön logisch, oder? Als könnte ich all meine Ängste und mein rasendes Herz aus der Gleichung streichen. Aber was, wenn A schon ein Albtraum ist und ich für B in die Hölle komme? Oder ins Gefängnis.

Verurteil mich nicht, ich bitte dich. Nicht, bevor du dir *alles* angehört hast, die ganze Kassette.

Hätte ich etwas anders machen können? Ich meine, noch vor dem A?

Dumme Frage. Na klar, hätte ich. Es hatte ja schon mit dem Sex angefangen. Und jetzt stand ich da, mit meinem Bauch und dir darin.

Auf A folgt B.

Ich riss das Streichholz an.

Mein Atem ging stoßweise und kam als Echo von der hohen Decke der Kirche zu mir zurück, als würde Gott flüstern: Hör auf. Hör auf!

Aber wenn's um Gott ging, wollte ich nicht zuhören. Ich fand, ER war erst mal an der Reihe mit Zuhören. Oder besser: mit ein wenig Hilfe für mich.

Dann zündete ich eine Kerze an und schüttelte das Streichholz aus. Der trockene Docht knisterte leise. Ich starrte in die kleine Flamme. Das Blut rauschte in meinen Ohren, und meine nackten Füße brannten von all den spitzen Steinchen draußen, weil ich gerannt war, ohne jede Rücksicht. Mein Babybauch wölbte sich unter dem Nachthemd und tat weh.

Du warst so merkwürdig still. Als wolltest du es mir nicht *noch* schwerer machen. Als wüsstest du, dass ich eigentlich selbst noch ein halbes Kind war, viel zu jung für all das hier.

Die Uhr tickte, doch ich zögerte immer noch, sah nach oben ins Kreuzgewölbe, wo sich das letzte fahle Licht verlor. Das Monasterio de la Vera verschwand in der Dunkelheit. Die Kronleuchter waren aus, die gespenstisch ruhig brennende Kerze der einzig helle Fleck. *Vela de sacrificio*, Opferkerze, stand von Hand geschrieben auf dem Karton, aus dem ich sie genommen hatte. Wenn das hier der Moment für ein letztes Gebet war, dann eins für dich.

Dafür, dass *du* überlebst.

Darf man auf Hilfe hoffen, wenn man so viel falsch gemacht hat?

Ich hastete die Stufen zum Altar hinauf, stellte das goldene Kreuz beiseite, riss die bestickte Tischdecke herunter. Staub wirbelte auf. Sie war knochentrocken. Gut so.

Ich drehte aus der Tischdecke ein Seil. Dann nahm ich die brennende Kerze aus dem Ständer, eilte zum Ausgang und schützte die Flamme mit meiner hohlen Hand, damit sie auf gar keinen Fall ausging.

Was ich vorhatte?

Ich würde ein Auto anzünden.

Ein Mofa stehlen.

Einen Mann sterben lassen.

Und beten, dass *du* lebst.

Prolog

Dunkelgraues Nichts.

Sophie Bauer ließ das Gewehr sinken. Kaum ein Laut war in der Dämmerung zu hören. Ein dünner Ast knackte unter ihrem Fuß. Ein leiser Flügelschlag, viele Meter über ihr. Dann ein hastiges Rascheln am Boden, eine Maus auf der Flucht, als fürchtete sie die junge Frau mit dem Gewehr. Sophie fand, dass es an ihr eigentlich nichts gab, was zum Fürchten war. *Und wohl auch nichts, das sich zu lieben lohnte,* dachte sie bitter. Zweiundzwanzig, wieder Single und an einem Freitagabend allein im Wald. Sie verbiss sich die Tränen. Das dichte Bett aus Moos und Kiefernnadeln ließ ihre Schritte federn. Wenigstens etwas, das sich ein wenig leicht anfühlte. Die Nacht zog herauf, es war überraschend kalt für Anfang September. Nebelschwaden strichen zwischen den dunklen Stämmen hindurch.

Von wegen Büchsenlicht, dachte Sophie. Ja, sie könnte noch den Dreck unter ihren Fingernägeln sehen, bei ausgestrecktem Arm – wenn da Dreck wäre. Oder einen roten von einem grünen Faden unterscheiden. Doch der Nebel machte die Faustregeln für ausreichendes Büchsenlicht nutzlos. Überhaupt: *Büchsenlicht*. Dass das immer noch so hieß. Sie hatte von Anfang an mit diesem Jägerkram gefremdelt. Eigentlich hatte sie den Jagdschein nur wegen Kai gemacht.

»Schatz, stell dir vor, wir ziehen in der Dämmerung los, allein, mitten im Wald, nur wir beide«, hatte er geschwärmt. »Du wirst sehen, diese Stille, das ist magisch.« Kai war neunundzwanzig, fast acht Jahre älter als sie. Kennengelernt hatten sie sich auf einem Grillabend, sowohl ihr Vater als auch Kais Vater waren Jäger, und sie hatte sich Hals über Kopf verliebt. Und jetzt, wo sie endlich den Jagdschein hatte, war Kai Geschichte.

Sie starrte in den Nebel. Das hier war nicht magisch, es war beängstigend. Eigentlich hatte sie heute mit ihrem Vater herkommen wollen, aber der hatte kurz vorher abgesagt, er sei krank und müsse ins Bett.

Warum war sie überhaupt hier?

Was wollte sie damit beweisen?

Dass sie auch allein jagen konnte? Dass es ihr nichts ausmachte, dass Kai sich vom Acker gemacht hatte? Doch, verdammt! Es machte ihr etwas aus. Auf dem Weg hierher hatte sie für einen kurzen, wütenden, dummen Moment gedacht, es würde ihr guttun, im Wald zu sein. Auf etwas zu feuern. Ihre Wut loszuwerden, indem sie etwas tötete. Und nun stand sie hier, umgeben vom Nebel. Als hätte Gott nicht gewollt, dass sie etwas schießt. Sie kam sich plötzlich so erbärmlich vor.

Seit sie denken konnte, hatte sie den Wald geliebt, diese tiefe Stille, diesen Frieden, das Licht in den Blätterkronen, die Farben im Herbst und die Gerüche. Zum Teufel mit Kai. Wie hatte sie nur auf die Idee kommen können, es wäre romantisch, mit ihm zusammen Tiere zu schießen? Sie schaute auf das Gewehr, und ihr kamen die Tränen. Das verfluchte

Ding war ein Geschenk von ihm, und sie war auch noch so dumm, dieses Teil weiter mit sich herumzuschleppen. Wütend entlud sie es. Die Patrone sprang ins Moos, und sie warf die Waffe weit von sich. Sie wusste, sie würde sie wieder aufheben müssen, sie konnte ja schlecht eine Schusswaffe einfach im Wald liegen lassen. Doch allein dieser kurze Moment ohne das Scheißding fühlte sich an wie ein kleiner Sieg.

Sie lehnte sich mit dem Rücken an einen Baum. Ihr warmer Atem dampfte in der kühlen Luft.

Dann raschelte es hinter ihr. Irgendetwas kam näher, schnell, laut und vermutlich groß. Sie fuhr herum, und das Rascheln verstummte plötzlich. Kaum sechs Meter entfernt von ihr stand ein Wildschwein im Halbdunkel, umgeben von Nebelschwaden, ein ausgewachsener großer Keiler. Seine borstigen Ohren waren steil aufgestellt, seine kleinen Augen wie schwarze Murmeln.

Sophie starrte auf die kräftigen, aufwärts gerichteten Eckzähne, die aus dem Maul ragten. Wenn der Keiler angriff, waren sie ein tödliches Werkzeug. Wildschweine hatten die Eigenart, beim Sturm auf ihren Gegner den Kopf hin und her zu werfen, sodass die Hauer wie Säbel in alle Richtungen keilten. Oft genug wurden dabei Menschen an den Beinen schwer verletzt, erst kürzlich hatte sie in der *Morgenpost* einen Bericht über einen jungen Mann gelesen, der nach einem Keilerangriff im Wald verblutet und danach auch noch von der Rotte angefressen worden war.

Sophie sah rasch zu ihrem Gewehr, das etwa zwei Meter hinter ihr lag. Selbst wenn sie es erreichen konnte, zum Laden würde ihr keine Zeit bleiben. Hinter dem Keiler zeichneten sich die Umrisse von kleineren Wildschweinen ab. Waren das etwa Frischlinge? Die Furcht kroch ihr bis in die Haarspitzen.

Der Keiler grunzte, die Borsten auf seinem Rücken sträubten sich. Dann stürmte er unvermittelt auf Sophie zu. Verzweifelt sprang sie am nächstgelegenen Baum hoch, griff nach dem untersten Ast, schlang ihre Beine um den Stamm und zog sich hoch. Im nächsten Augenblick rammte der Keiler den Baumstamm, quiekte vor Schmerzen und rannte ein Stück weiter, drehte sich um und lief erneut auf Sophie zu. Hastig hangelte sie sich weiter empor, bekam auch mit der zweiten Hand einen Ast zu fassen und hing nun, die Beine um den Stamm geschlungen, mit ihrem Po etwa zwei Meter über dem Boden. Unter ihr lief der Keiler wütend grunzend hin und her. Keuchend vor Anstrengung zog Sophie sich weiter nach oben, bis sie schließlich ein Bein über den Ast bekam und sich darauf setzen konnte. Es war höllisch unbequem, aber immerhin war sie sicher. Vorläufig.

Der Keiler lief grunzend um den Baum herum. Nach einer Weile schien er das Interesse zu verlieren, und sein Radius wurde immer größer, bis er im Nebel verschwand.

Sophie atmete auf, wagte es jedoch nicht herunterzuklettern. Die Dämmerung schritt immer weiter fort, und die Bäume wurden zu schwarzen, undeutlichen Schatten. Über den Kronen schien ein Dreiviertelmond und goss bleiches Licht in den Bodennebel. Sie lauschte in die Stille hinein. Plötzlich erklang ein markerschütternder Schrei. Die Stimme der Frau ging ihr durch und durch.

Was um Himmels willen …?

Der Schrei verebbte, und es wurde still.

Jedes einzelne Härchen an ihrem Körper hatte sich aufgerichtet.

Wie weit entfernt war das wohl gewesen? Hundert Meter? Zweihundert? Hatte der Keiler etwa jemand anderen angegriffen? Dann brauchte die Frau dringend Hilfe. Sophie kletterte hastig vom Baum herunter, angelte sich ihr Gewehr und lud es mit zittrigen Fingern.

Die Waffe in ihren Händen fühlte sich plötzlich gut an.

Sie hielt sie schussbereit vor sich und lief in die Richtung, aus der der Schrei gekommen war. Ihre Füße sanken im weichen Moos ein, die Sicht betrug vielleicht sechs, sieben Meter. Das Mondlicht brach in Streifen durch die Wipfel.

Zweiundvierzig, dreiundvierzig … Sophie zählte ihre Schritte.

»Hallo?«, rief sie zaghaft. »Geht es Ihnen gut?«

Keine Antwort. Nur wieder ein Flügelschlagen über ihrem Kopf und das Knacken von Zweigen unter ihren Sohlen.

Vierundneunzig, fünfundneunzig …

»Hallo?« Sophies Stimme verhallte im Nichts.

Wo war die Frau? Und wo der verdammte Keiler?

Nach hundertsiebenunddreißig Schritten blieb sie stehen. Hob das Gewehr. War da nicht was? Der Baumstamm nicht weit vor ihr sah irgendwie anders aus als die anderen. Unförmiger. Lag es daran, dass der Nebel alles verwischte? Mit dem Gewehr im Anschlag ging sie mit tastenden Schritten auf den Baum zu. Aus dem Stamm schien ihr ein Wesen entgegenzutreten, schwarz und schrundig wie der Baum selbst, ein böser Geist, halb Mensch, halb Tier.

Ihr Zeigefinger klammerte sich um den Abzug, zitterte. Ihre Knie wurden weich. Die Kreatur öffnete den Mund. Sophie machte einen Schritt nach vorn, trat auf eine Wurzel, strauchelte, stolperte vorwärts. Ein Schuss löste sich und zerriss die Stille. Als sie wieder aufstehen wollte, jagte ein scharfer Schmerz in ihren rechten Knöchel. Ein helles, scharfes Fauchen drang durch den Nebel. Sophie rang nach Luft, wollte schreien, doch es kam nur ein Ächzen über ihre Lippen.

Kapitel 1

Das hier konnte nicht gut gehen. Jedenfalls nicht mehr lange.

Aber war das ein Grund aufzuhören?

Er hätte die Antwort auf jede Mauer der Stadt geschrieben.

Von ihrer dunkelblauen Regenjacke, die über dem Stuhl hing, perlten letzte Tropfen. Ihre Füße ragten blass und leblos über die Bettkante.

Er betrachtete ihre Tom-Ford-Sonnenbrille mit den übergroßen Gläsern und ihre Schirmmütze, die beide auf dem billigen Holztisch lagen. Eine gute Tarnung sah anders aus. Aber noch wichtiger war das Handy, wenn es darum ging, nicht gefunden zu werden. Die verdammten Mistdinger waren einfach zu gut zu orten.

Er verspürte den Drang, aus dem Fenster zu sehen, sicherheitshalber die Straße zu checken. Das Gebäude gegenüber. Die Hauseingänge in der Abenddämmerung. Aber – wenn sie jemand beobachtet hatte, dann war es ohnehin zu spät.

Er sah auf sie herab. Flach auf dem Rücken lag sie da, den Körper kaum zu einem Drittel unter der Decke, ein kleines Dreieck ihrer Scham lugte hervor. Ihr Gesicht war unter einem großen weißen Kissen begraben.

Ein dumpfes, lang gezogenes Seufzen drang unter dem Stoff hervor. In ihre Arme kam Leben, sie packte das Kissen an einem Zipfel, zog es von ihrem Kopf und pfefferte es ihm vor die Brust.

»Art Mayer«, stöhnte sie, »du bist mein Untergang.«

Leise lachend schob er das Kissen beiseite.

Sie drehte sich auf den Bauch, schmiegte sich an ihn und legte den Kopf auf den Oberschenkel seines vernarbten Beins. Art saß neben ihr im Bett mit dem Rücken zur Wand und strich ihr durch die Haare. »Retter wäre mir lieber«, sagte er.

»Art Mayer«, sagte sie mit einem Hauch Dramatik, »du bist mein Retter.«

»Schamlose Lügnerin.«

»Okay. Du bist mein Retter *und* mein Untergang.«

»Schon besser«, meinte Art. Ihr Verhältnis zueinander hatte sich in den letzten Monaten verändert, als hätte sich ein Gewicht zwischen ihnen verschoben. Vielleicht hatte es aber auch einfach damit zu tun, dass er ihr tatsächlich das Leben gerettet hatte.

»Wie lange noch?«, fragte sie.

Art sah zum Fenster. »Ist bald dunkel, also etwa eine Stunde noch, bis neun. Hast du ans Handy gedacht?«

»Liegt bei Jeanette, wie immer.« Sie rekelte sich. »Sollen sie doch triangulieren, bis sie schwarz werden.«

»Das war politisch ziemlich inkorrekt«, entgegnete er.

»Wo ist der Art, dem das immer egal war?«

»Sitzt neben Nele Tschaikowski im Wagen und hört sich von ihr etwas über *People of Color* und die negativ konnotierte Verwendung des Wortes ›schwarz‹ an.«

Sie nickte. Politische Korrektheit war ihr allzu vertraut, alleine schon wegen ihres Mannes. Aus demselben Grund war sie ihr vermutlich manchmal auch etwas zu viel. »Scheint ja ziemlichen Einfluss auf dich zu haben, deine Kollegin.« Sie kniff ihm ins Bein. »Muss ich eifersüchtig sein?«

Art wusste, dass sie nur mit der Eifersucht kokettierte, auch wenn er sich das vielleicht anders gewünscht hätte. »Sie ist schwanger. Ende siebter Monat. Oder achter.«

»Das war keine Antwort.«

»Na ja, sie ist jünger als du. Das wäre vielleicht ein Grund.«

»Mistkerl.« Sie lachte und hob den Kopf. »Hey, was ist *das* denn?« Sie fasste mit der rechten Hand zwischen seine Beine. »Noch mal?«

Er schwieg. Ihre Leichtigkeit gefiel ihm, hatte ihm schon immer gefallen. Schwere brachte er selbst genug mit; sie ebenfalls, aber sie schaffte es trotzdem in manchen Augenblicken fast sorglos zu wirken und nur den Moment zu genießen. Fast als wären sie noch Teenager, wie damals, als sie sich kennengelernt hatten.

Aber war er bereit, sich mit dem hier zufriedenzugeben? Oder machte er sich etwas vor?

»Du scheinst immer noch einiges aufholen zu müssen.« Ihre Finger schlossen sich um ihn und drückten zu.

»Fünfundzwanzig Jahre«, sagte er heiser.

»Also bitte! Du warst doch verheiratet …«

»Nicht mit dir.«

»Tut mir leid, Herr Kommissar, damit kann ich leider nicht dienen. Damals nicht und heute auch nicht.«

»Wenn wir das so weitermachen«, sagte Art, »kann sich das schneller ändern, als du denkst.«

»Klingt fast, als machtest du dir mehr Sorgen als ich. Oder ist das etwa Hoffnung?«

»Sorge«, erwiderte er, war sich aber nicht ganz sicher.

»O Gott«, stöhnte sie. »Genau deshalb bist du mein Untergang.«

»Weil ich mir Sorgen mache?«

»Weil's dir egal sein könnte. Der BKA-Ermittler und die Frau des Bundeskanzlers. *Wenn* sich hier jemand Sorgen machen muss, dann ja wohl ich, aber du tust es trotzdem. Du warst schon immer so …«

Er schwieg, während sie nach Worten suchte.

»… keine Ahnung. So ein Dazwischenwerfer.«

»Aha.«

»Der Dazwischenwerfer, der ist mein Untergang.« Sie richtete sich auf, biss ihm sanft in die Brust und arbeitete sich nach oben. Art ergab sich, nahm mit, was er kriegen konnte. Juli hatte nie Zweifel daran aufkommen lassen, dass sie mit Henrik Westphal, dem amtierenden Bundeskanzler, verheiratet war und es auch bleiben würde. Ausgerechnet Henrik, mit dem ihn selbst ein kompliziertes Verhältnis verband. Sie schuldeten sich etwas, gegenseitig. Art hatte eine Zeit lang gedacht, dass sich das auflösen, irgendwann weggehen würde. Aber seine Abneigung gegenüber Henrik wuchs genauso wie das Gefühl einer seltsamen Verbundenheit. Es war keine Hassliebe, die sie verband, aber etwas, das dem nahekam.

Auf dem Nachttisch vibrierte sein Handy.

Juli erstarrte in der Bewegung und ließ von ihm ab. »Ist nicht dein Ernst, oder?«

Art stöhnte und griff nach dem Telefon. »Mayer«, knurrte er.

»*Artur* Mayer?«, schnarrte eine fremde Männerstimme.

»Ja. Und wer sind Sie?«

»Simonek. Ich hab vor gut einer Stunde Ihre Tochter verhaftet.«

»Bitte, was?«, stieß Art verblüfft hervor.

»Tja, ist immer ein Schock, wenn's zum ersten Mal passiert. Geht allen so. Aber Ihre Göre hat's faustdick hinter den Ohren, das kann ich Ihnen sagen. Sie sollten sich jetzt schleunigst auf den Weg hierher machen, damit Sie das wieder in Ordnung bringen.«

»Das müssen Sie wohl selbst in Ordnung bringen – ich habe nämlich keine Tochter«, entgegnete Art.

Am Ende der Leitung herrschte für einen Moment Stille. »Aber, Sie sind doch Artur Mayer, richtig?«

»Ja, richtig. Aber wie gesagt, ich hab keine Tochter. Ich habe überhaupt keine Kinder. Muss 'ne Verwechslung sein.«

»Die kleine Göre hier sagt was anderes.«

Kleine Göre. Was auch immer das Mädchen angestellt hatte, sie begann Art irgendwie leidzutun. Simonek schien ein ziemlich fieser Typ zu sein. Aber trotzdem – das hier war nicht seine Sache. »Was auch immer sie behauptet, es ist Unsinn.«

Der Mann stieß einen genervten Seufzer aus. »Na, die kann was erleben«, murmelte er. »Nichts für ungut, Herr Mayer. Guten Tag noch.«

»Warten Sie, einen Moment noch«, sagte Art, bevor der andere auflegen konnte. Plötzlich war ihm ein Verdacht gekommen, nein, kein Verdacht, eher eine Ahnung. »Wie alt ist das Mädchen denn?«

»Sieben, behauptet sie. Aber das ändert nichts.«

»Sie verhaften eine Siebenjährige? Wie heißt sie denn?«

»Will sie nicht sagen.«

»Geben Sie ihr bitte mal das Telefon.«

»Ist doch Zeitverschwendung, wenn's eh nicht Ihre Tochter ist.«

»Art? Hallo?«, krähte eine helle Stimme im Hintergrund. »Bist du das? Der will mich nicht gehen lassen.«

»Halt die Klappe, es reicht jetzt«, blaffte Simonek.

Art stutzte. Er hatte die Stimme des Mädchens sofort erkannt.

»Okay«, seufzte er. »Wo finde ich Sie?«

»Was?«, fragte der Mann verwirrt. »Ich dachte …«

»Sie *ist* meine Tochter«, log Art. »Wohin muss ich kommen?«

Kurz nachdem Art das Hotelzimmer verlassen hatte, stand Juli Westphal auf. Es war kurz nach zwanzig Uhr. Sie musste duschen, doch sie hatte das Gefühl, Art noch auf ihrer Haut zu spüren, und dieses Gefühl wollte sie noch ein klein wenig länger behalten. Er musste jetzt gerade unten an der Tür angekommen sein und trat vermutlich auf die Straße, in den Regen. Sie seufzte und widerstand dem Impuls, ans Fenster zu gehen und ihm nachzusehen. Gott, dieser Kerl hatte es schon vor fünfundzwanzig Jahren geschafft, dass sie Dinge tat, die …

Es knallte laut, und sie zuckte zusammen. Hastig trat sie nun doch ans Fenster, schob die Gardine etwas beiseite und sah hinab auf die drei Stockwerke tiefer liegende Straße. Inzwischen war die Beleuchtung angesprungen. Eine graue Limousine bremste vor einem älteren weißen Kleinwagen, der umständlich rückwärts einparkte. Aber was bitte hatte da gerade so laut geknallt? Eine Fehlzündung? Ihr Blick fiel auf Art, der in diesem Moment auf die Straße kam und eilig nach links lief, in Richtung der nächsten U-Bahn-Station.

Tochter, dachte Juli, während sie ihm nachsah. Und dann auch noch eine Siebenjährige? Als sie ihn gefragt hatte, was das zu bedeuten habe, hatte er nur abgewinkt.

Gut, sie hatten beide ihre Geheimnisse.

Ein kurzer, heller Blitz auf der anderen Straßenseite ließ sie aufschrecken. Sie blickte zu dem gegenüberliegenden Haus, im selben Moment blitzte es ein zweites Mal hell auf, genau auf ihrer Höhe im dritten Stock hinter einem der Fenster. Erschrocken wich sie hinter die Gardine zurück. O Gott, war das ein Blitzlicht? Hatte da etwa jemand fotografiert? Jetzt wünschte sie sich, sie wäre direkt unter die Dusche gegangen oder hätte sich zumindest irgendetwas angezogen.

Kapitel 2

»Das gefällt mir nicht«, unkte Roman Hoff. »Du solltest dich schonen.«

»Mir geht's gut. Ich bin schwanger und nicht krank«, erwiderte Nele Tschaikowski gereizt.

»Andere Frauen lassen sich schon im vierten Monat krankschreiben. Du bist im achten. Und du willst da jetzt ernsthaft hin?«

Nele schürzte die Lippen und zog es vor, nicht zu antworten. Mit einem der Schlüssel an ihrem Bund öffnete sie den kleinen Waffenschrank im Flur und entnahm ihm die SIG-Sauer-Pistole und ihr Schulterholster. Der Gürtel mit dem Hüftholster passte ihr schon seit zwei Monaten nicht mehr. »Eine Woche noch«, sagte sie und schloss den Schrank wieder. »Dann ist Ruhe, ich versprech's.«

»Und warum nicht jetzt?« Er wies auf die noch zusammengefalteten Umzugskartons, die an der Wand lehnten. »Du könntest schon die Sachen packen, ganz in Ruhe. Lass dich vertreten. Dein Onkel ist der Polizeipräsident, das kann doch nicht so schwer sein …«

»Komm mir bloß nicht mit meinem Onkel!«, sagte Nele.

Roman seufzte genervt.

Was sollte das? Er wusste doch nur zu gut, dass Vitamin B wirklich das Letzte war, was sie nutzen wollte, ganz egal, worum es ging. Sie war doch kein Nepo-Baby. Und trotzdem spielte er immer wieder diese Karte. Nun stand er im Flur, sah sie von Kopf bis Fuß an und schaltete sein Lächeln ein, vermutlich weil er ihre gereizte Miene sah.

»Was?«, fragte sie und zog ihre Jacke über. Verdammt, sie mochte dieses Lächeln. »Schau mich nicht so an.«

»Wie schau ich denn?«

»Mit diesem Sexiest-Man-Alive-Lächeln.«

»Wirkt es?«

»Du bist eingebildet. Und ich hab zu tun.«

»Sag mir wenigstens, wohin du fährst.«

»Darf ich nicht. Weißt du doch.«

»Musst du das Ding da benutzen?« Roman deutete mit dem Kinn auf ihre Pistole.

»Quatsch«, murmelte sie. »Mach dir keine Sorgen.« Sie sah ihn einen Moment schweigend an und versuchte, sich in seine Lage zu versetzen. Auch wenn es sie nervte, er meinte es nur gut. Umgekehrt wäre es ihr vielleicht genauso gegangen. »Okay«, sagte sie. »Nur so viel. Der Tatort ist etwas außerhalb von Berlin in einem Wald.«

»Moment. Geht es etwa um diese Geschichte im Königswald? Mit dieser überspannten Frau?«

Mist. Sie hätte nichts sagen sollen. Natürlich hatte Roman das mitbekommen. Seit gestern geisterte die Sache durch die Medien. Eine Frau hatte behauptet, einem unheimlichen Wesen im Wald begegnet zu sein, halb Mensch, halb Tier. Doch beim Notruf war sie angeblich abgewiesen worden. Kein Wunder eigentlich. Die Personaldecke in der Notruf-Leitstelle war dünn, und die Zahl der täglichen Notrufe lag bei über 3000, sodass die Nerven der Mitarbeiter blank lagen. Die Zeit reichte schon kaum, die ernst zu nehmenden Notrufe zu bearbeiten. UFO-Sichtungen, Zombies oder paranormale Begegnungen wurden da schnell aussortiert, weil sie nur die Leitungen verstopften. Die Sache war hochgekocht, weil sich die Frau über die Ignoranz der Notrufzentrale bei Twitter und Instagram empört und detailliert von ihrem Erlebnis im Wald erzählt hatte. Dummerweise hatte sie über 6000 Follower, und die Geschichte verbreitete sich wie ein Lauffeuer. Und am Morgen war auch noch die Presse darauf angesprungen. In den sozialen Medien reichten die Reaktionen von besorgt bis hin zur üblichen Häme: eine betrunkene Schisserin, hieß es in einem spöttischen Post, die sich beim Anblick eines Schweins glaubte, auf einen Baum retten zu müssen. Dass das Schwein wohl ein angriffslustiger und gefährlicher Keiler gewesen war, das ließ der Post unerwähnt.

»Ja, genau die Geschichte«, seufzte Nele.

Roman betrachtete sie nachdenklich. »Gut, dass das alles bald vorbei ist«, brummte er.

Nele schwieg. Sie wusste, was er mit ›vorbei‹ meinte. Roman ging davon aus, dass sie ihren Job aufgab, mit ihm nach Lübbenau im Spreewald zog, in ein Haus auf dem Gelände des Sägewerks, das Roman von seinem Vater übernehmen würde.

Es war nicht ihr Plan gewesen, ein Kind zu bekommen. Nicht jetzt, nicht so früh. Es hatte ihr eine Heidenangst eingejagt. Aber wo es nun schon mal in ihrem Bauch war, sah sie keine Alternative. Eine Abtreibung war für sie nicht infrage gekommen. Und Roman hatte begonnen, begeistert Versprechungen zu machen. Er malte ihr das gemeinsame Familienleben in den schönsten Farben aus, brachte ihr Blumen mit, sagte ständig, dass es den richtigen Zeitpunkt doch sowieso nie gäbe. Man könne es eben nur nehmen, wie es kommt. Und wenn sie später doch irgendwann wieder arbeiten wolle, könne sie das doch ohne Probleme tun. Sie hatte sich irgendwie anstecken lassen, hatte alles richtig machen wollen. So, wie sie immer eine gute Polizistin sein wollte, wollte sie auch eine gute Mutter sein. Nicht wie ihre eigene Mutter, für die sich alles im Leben immer nur um ihre Drogerie und das kleine Kosmetikstudio im Hinterzimmer gedreht hatte. Nele war mit einem Schlüssel um den Hals aufgewachsen. Vielleicht hatte sie deshalb am Ende Roman zugestimmt. Sie würde das Kind bekommen und mit ihm auf den Hof ziehen. Sie würde es versuchen. Doch mit dem Bauch wuchsen die Zweifel, von Woche zu Woche. Was hatte sie nur geritten? Sie hatte dafür gekämpft, genau da zu sein, wo sie war – beim BKA –, und sie spürte mit jeder Faser ihres Körpers, dass sie diesen Job nicht aufgeben wollte. Doch Roman ging immer noch davon aus, dass sie es tat, und sie hatte keine Ahnung, wie sie ihm erklären sollte, dass das nicht infrage kam. *Schatz, ich hab mich geirrt? Ich hab meine Meinung geändert? Ich kann das nicht, wir müssen eine andere Lösung finden? Für ein paar Monate, okay – aber dann will ich wieder arbeiten!* Sie hatte die Sätze leise vor dem Spiegel geübt, und jedes Mal blieben ihr die Worte im Hals stecken. Sie fühlte sich mies, wie die schlechteste Mutter der Welt.

»Und du bist sicher, dass ich mir keine Sorgen machen muss?«, fragte Roman.

Für einen kurzen Moment dachte Nele, er habe ihr angesehen, dass sie ausscheren könnte aus seinem hübsch zurechtgelegten Lebensplan, und erschrak. Aber das war wohl gerade gar nicht die Frage. »Nein, musst du nicht«, sagte sie.

»Am Tatort wird ein kleines Heer von Kolleginnen und Kollegen sein, Kriminaltechnik, Streifenpolizei und so weiter und so fort. Vermutlich gibt es heute Abend keinen Ort in Berlin mit größerem Polizeiaufgebot – bis auf das Kanzleramt vielleicht.«

»Okay. Und was ist mit deinen Albträumen?«

Nele zuckte mit den Achseln. Sie stand doch schon in der Tür, warum fing er ausgerechnet jetzt wieder davon an. »Was soll damit sein? Ich hab's im Griff.«

»Und was war das letzte Nacht? Glaubst du, ich krieg nicht mit, wenn du schlecht träumst?«

»Ich war beim Psychologen – und gut ist.«

»Was heißt hier *gut*? Glaubst du im Ernst, deine drei Pflichtbesuche beim Polizeipsychologen reichen? Jemand hat dich in einen Schrank gesperrt, gefesselt, mit einer Schlinge um den Hals. Du wärst beinah erstickt.«

»Danke für die Erinnerung«, murmelte Nele.

Roman seufzte und sah sie an. »Okay. Pass auf. Ich will dir nichts Böses. Ich will nur das Beste für dich und unser Kind. Wenn du in Ruhe gelassen werden willst, in Ordnung. Ich versuch's. Aber nur unter einer Bedingung: Du gehst weiter zum Psychologen. Und wenn du's schon nicht für dich machst, dann mach's für unser Kind. Das will nämlich garantiert keine Mutter, die unter Angstzuständen leidet. Okay?«

Sie presste die Lippen zusammen und nickte. »Okay.«

»Versprochen?«

»Versprochen. Ja.« Sie nahm ihre Mütze vom Haken, schnappte sich ihre Stiefel, ging auf Socken hinaus in den Hausflur und warf die Tür hinter sich zu. Erst ein Stockwerk tiefer begann sie, die Stiefel anzuziehen. Roman hatte recht, sie litt tatsächlich immer noch unter Albträumen. Was er nicht wusste, war, dass sie seit einigen Wochen wieder einen

Psychologen aufsuchte. Privat, damit bei der Polizei keine Zweifel über ihre Dienstfähigkeit aufkamen. Aber das hatte sie Roman nicht sagen wollen, weil sie fürchtete, dass er sie dann nur noch mehr bedrängte. Seine Besorgnis war wie ein Käfig. Dabei hatte sie eigentlich alles im Griff – oder war zumindest auf dem Weg dahin.

Ihr Handy summte, noch bevor sie den zweiten Stiefel anziehen konnte, und sie rollte mit den Augen. Roman. Natürlich. Eine WhatsApp mit Smiley und fliegenden Herzen. Sie wischte die Nachricht beiseite und rief Art an, doch der ging nicht ans Telefon. Eilig wurstelte sie ihren von der Schwangerschaft geschwollenen Fuß in den zweiten Stiefel, schnürte ihn locker, dann lief sie aus dem Haus zum Wagen. Die Luft war nasskalt. Nele textete Art, wohin sie unterwegs war und dass er sich dringend melden solle. Wahrscheinlich hatte Martin Buchwald, ihr gemeinsamer Vorgesetzter, ihn längst informiert. Aber bei Art hieß das noch nichts.

Als sie die Wagentür zuzog, hatte sie einen kurzen Flashback und saß im Schrank. Verfluchte Erinnerung. Sie schaltete den Scheibenwischer ein, folgte den Blättern mit dem Blick und atmete konzentriert ein, während sie bis vier zählte. Dann atmete sie wieder aus, während sie langsam bis sechs zählte, wie es ihr Dr. Seefeld in der Therapie geraten hatte. Sie wiederholte die Atemzüge und verlängerte sie, spürte, wie ihr Pulsschlag ruhiger wurde, und startete schließlich den Wagen.

Wie gesagt, sie hatte es im Griff.

Und war auf dem Weg zu einem Tatort.

Nur das zählte gerade.

Art Mayer war gerade aus einem der U-Bahn-Aufgänge auf den Hermannplatz gekommen und schaltete das klingelnde

Telefon stumm. Beim Blick auf das Display sah er Buchwalds Nachrichten. Es poppte eine weitere von Nele auf. Er beschloss, die Nachrichten zu ignorieren. Was auch immer da los war – es musste warten.

Das sanierungsbedürftige Karstadt-Kaufhaus ragte vor ihm auf. Überall rotierten Blaulichter. Mehrere Einsatzwagen der Polizei standen an unterschiedlichen Ecken des Platzes, der Verkehr staute sich in alle Richtungen. Auf den Kreuzungen hatten sich Klimaaktivisten festgeklebt und blockierten jedes Weiterkommen. Einige Autofahrer waren ausgestiegen und beschimpften die Aktivisten, während die Polizei versuchte, die Hände der Demonstranten von der Straße zu lösen und sie fortzutragen. Eine junge Frau mit grün gefärbten Haaren wehrte sich aus Leibeskräften und trat einem der Beamten dabei gegen das Knie. Fluchend ließ er sie los, fasste sich ans Bein und setzte sich mit schmerzverzerrtem Gesicht an den Straßenrand. Plötzlich gab es einen lauten Knall, und die Windschutzscheibe eines Streifenwagens ging zu Bruch. Ein Typ am Straßenrand johlte. Er trug ein Tuch vor dem Mund, holte aus und warf noch einen Stein auf den Wagen.

Art wandte sich nach links, ging an der Seite des Kaufhauses entlang bis zu der Durchfahrt für Lieferanten. Schnell fand er den Hintereingang, den ihm der Mann namens Simonek beschrieben hatte. Nach zweimaligem Klingeln öffnete ein bulliger Mann um die vierzig. Die Knöpfe seines Hemdes spannten am Bauch. Der dunkle Kinnbart ließ ihn grimmig wirken, seine schlechte Laune tat ein Übriges. »Sie sind Mayer?«

Art nickte nur.

»Das hat ja gedauert. Mir reicht's langsam.« Er drehte sich um und machte Art ein Zeichen mitzukommen. Sie gingen durch einen Flur mit Bürotüren und verkratzten Plexiglas-schildern.

»Was ist passiert?«, fragte Art.

»Sie hat 'ne Bratpfanne mitgehen lassen.«

»Eine *Bratpfanne*?«

»Mhm, 'ne Bratpfanne. Hat sie sich in ihren Rucksack ge-steckt. Dachte wohl, es fällt nicht auf.«

Art seufzte innerlich. »Hören Sie, sie hat's nicht leicht. Ihre Mutter ist seit Monaten verschwunden, sie lebt bei ihrer de-menten Großmutter, und der Vater ist schon vor langer Zeit abgehauen.«

»Ich dachte, *Sie* sind der Vater?« Simonek blieb vor einer Tür stehen und sah ihn fragend an.

Art zuckte mit den Schultern. »Sie wohnt in der Etage un-ter mir. Manchmal klopft sie bei mir an die Tür.«

Simonek hob die Brauen. Er hatte gerade den Schlüssel ins Türschloss stecken wollen, schien es sich jetzt aber anders zu überlegen. »Dann sind Sie gar nicht erziehungsberechtigt?« Er verschränkte die Arme. Oberhalb seines rechten Hand-gelenks waren rot geränderte Zahnabdrücke.

»Wollen Sie lieber mit der dementen Großmutter reden?«, fragte Art und sah auf die Uhr. »Könnte 'ne lange Nacht wer-den.«

Simonek grunzte, schloss die Tür auf und ließ Art hinein.

Der Raum hatte keine Fenster, auf der rechten Seite stand ein Pult mit einem Dutzend Monitoren, auf denen wech-selnde Bilder der Überwachungskameras das inzwischen leere Kaufhaus zeigten. Es war kurz vor halb neun. Linker Hand stand ein abgewetzter Schreibtisch, davor ein Büro-stuhl mit Rollen, auf dem Milla wie ein Häufchen Elend saß. Ihr Gesicht war verweint, und sie hatte Ringe unter den Au-gen. »Hallo, Art«, sagte sie kleinlaut.

»Hallo, Milla.« Sein Blick fiel auf ihre Hände, die mit Handschellen an die Armlehnen des Stuhls fixiert waren. An ihrem rechten Handgelenk waren rote Flecken, die vermutlich von einer Quetschung herrührten.

»Sie ist sieben«, knurrte er in Richtung Simonek. »Machen Sie sie los.«

»Das Miststück hat mich gebissen«, verteidigte sich Simonek.

Milla warf trotzig ihre zerzausten dunklen Locken zurück. »Weil der mir wehgetan hat.«

»Hören Sie, ich bezahle Ihnen den Schaden, Hauptsache, Sie machen sie jetzt los.«

Simonek ließ sich auf den Bürostuhl hinter seinem Schreibtisch fallen, lehnte sich zurück und wies auf einen freien Stuhl vor dem Pult, dann faltete er die Hände vor seinem Bauch.

Art setzte sich. »Was kostet die Pfanne?«

»Fünfhundert.«

Art sah Simonek einen Moment lang schweigend an. »Keine Pfanne kostet fünfhundert.«

»Die schon.«

»Da stand neunundfünfzig auf dem Schild«, warf Milla empört ein.

»Du hältst dich raus«, knurrte Art. Er zog sein Portemonnaie hervor und legte zwei Fünfziger auf den Tisch. »Für die Umstände.«

Simonek lächelte spöttisch. »Fünfhundert. Sonst ruf ich beim Jugendamt an, sie kriegt 'ne Anzeige, und die Sache mit der dementen Oma dürfte dafür sorgen, dass sie recht schnell einen hübschen Platz im Heim bekommt.«

Art starrte den Mann ausdruckslos an. »So viel hab ich nicht dabei.«

Simonek zuckte mit den Achseln. »Um die Ecke ist ein EC-Automat, die Kleine kann so lange hier warten.«

»Alles klar«, sagte Art und stand auf.

Simonek beobachtete ihn argwöhnisch, seine Rechte ging zum Gürtel. Art wandte sich zum Gehen, packte dann den Stuhl und schleuderte ihn über den Schreibtisch hinweg auf Simonek. Der Kaufhausdetektiv hob hastig die Hände, aber es half nichts. Der Stuhl warf ihn um, und er landete krachend auf dem Fußboden. Sofort war Art bei ihm, doch Simonek hatte einen Schlagstock aus dem Gürtel gezogen, versuchte, Art zu treffen, brachte allerdings nicht genug Kraft auf, sodass Art den Stock mit der linken Hand abfing und ihm mit der rechten einen Fausthieb auf die Nase gab. Simonek brüllte auf, ließ den Schlagstock los und hielt sich mit beiden Händen das Gesicht.

Art zerrte ihn aus der Ecke hinter dem Schreibtisch, durchwühlte seine Hosentaschen und fand einen kleinen Schlüssel.

Milla starrte Simonek zornig an, während Art die Handschellen aufschloss.

»Nimm die Pfanne«, sagte Art.

Milla stand auf, rieb sich die Handgelenke, nahm die Bratpfanne, stapfte auf Simonek zu, holte mit ihren dünnen Ärmchen aus und schlug ihm die Pfanne aufs Knie. Simonek brüllte laut auf.

»Doch nicht so!«, rief Art.

Milla ließ die Pfanne sinken. »Du hast das auch so gemacht.«

»Er hat bezahlt, du hast bezahlt. Das war's«, sagte Art. »Wir gehen.«

»Das wird dir noch leidtun«, jammerte Simonek. Art drehte sich noch einmal zu ihm um. Der Kaufhausdetektiv hielt sich immer noch die Nase. Zwischen seinen Fingern sickerte Blut hervor.

»Bete, dass niemals das Jugendamt bei ihr auftaucht«, sagte Art, »falls doch, komme ich wieder, klar?«

Simonek starrte ihn feindselig an. Art drückte Milla ihren Rucksack in die Hand, und sie verstaute die Pfanne darin.

»Komm.«

Milla warf einen letzten Blick auf Simonek, dann waren sie aus der Tür und liefen den Gang hinunter.

»Danke«, sagte sie leise.

»Warum ausgerechnet eine Pfanne?«, wollte Art wissen.

Milla wischte sich trotzig mit dem Ärmel über das tränenverschmierte Gesicht. »Die alte ist kaputt. Oma will keine neue kaufen. Das ist blöd, wie soll ich denn da was kochen?«

Art seufzte und fasste mit seiner großen Hand nach ihrer kleinen.

Wäre er nicht selbst im Heim gewesen, hätte er jetzt wohl darüber nachgedacht, das Jugendamt zu informieren. Einmal mehr nahm er sich vor, bei der Suche nach Millas Mutter Dana nicht nachzulassen – soweit es seine Arbeit zuließ. Dana war Nachtklub-Tänzerin und vor über sieben Monaten spurlos verschwunden. Seitdem hatte er immer wieder zwischendurch Zeit damit verbracht, nach Spuren zu suchen, und bis heute nicht aufgegeben – im Gegensatz zur Vermisstenabteilung. Menschen, die so lange verschwunden waren, blieben es auch, hieß es dort. Jedenfalls wenn man der Statistik glaubte. Und bisher schien die Statistik leider recht zu behalten.

Mit Milla an der Hand lief Art quer über den Hermannplatz. Der Verkehr stand immer noch still. Die letzten Demonstranten wurden fortgetragen. Aus dem Polizeiwagen mit der zerschlagenen Scheibe schlugen Flammen. Eine schwarze Rauchsäule stieg in den Himmel. Martinshörner heulten in einiger Entfernung, kamen jedoch nicht näher. Der Löschzug steckte fest.

Kapitel 3

Nele Tschaikowski versuchte angestrengt, durch den Nebel zu sehen, der über der B 2 Richtung Potsdam lag. Sie konnte sich nicht erinnern, wann es zuletzt hier so schlechte Sichtverhältnisse gegeben hatte. Zehn Meter, und schon prallten die Scheinwerfer des Audis auf eine milchige Wand, umgeben von Finsternis. Für September hatte es zuletzt ungewöhnlich viel geregnet; der Boden war noch feucht und warm von den hohen Temperaturen, und nachts kühlte die Luft seit ein paar Tagen schlagartig ab.

Wie aus dem Nichts tauchte die Kolonne der Polizeifahrzeuge auf, abgestellt am rechten Straßenrand, orange Warnblinker, dazu ein Streifenpolizist mit einer beleuchteten Warnkelle als einsamer Wächter.

Nele parkte zwischen dem Transporter der Kriminaltechnik und dem Leichenwagen. Ob Art schon da war? Sie warf einen Blick auf ihr Handy. Viertel nach neun. Keine Antwort auf ihre Nachricht. Typisch. Sie hatte aufgehört, Arts Verhalten zu hinterfragen. Die einzige Gewissheit bei ihm war, dass man keine Antwort bekam, wenn man gerade eine wollte.

Der Streifenpolizist mit der Warnkelle beäugte sie misstrauisch, als sie ausstieg. Zu jung, zu schwanger. Nele zückte ihren BKA-Ausweis. Sein Blick streifte skeptisch ihren Bauch. »Zu den Kollegen geht's da runter«, wies er ihr den Weg, »immer am Band entlang. Geben Sie gut acht, wo Sie hintreten. Ist holprig.« Männliche Fürsorge, gepaart mit diesem speziellen Unterton. *Schätzchen, du hier? In diesem Zustand? Hast du dir das auch gut überlegt?*

»Danke. Mach ich«, lächelte Nele bemüht. Das Absperrband führte wie eine Spur in den Wald und verlor sich im Nebel. Weit entfernt leuchtete etwas diffus zwischen den Stämmen. Über ihr hing der Mond wie eine blasse Lampe. Sie fröstelte; ein Kaffee wäre jetzt gut. Oder besser ein Tee. Das Adrenalin kam gerade schon von allein. Vom Tatort drangen leise Stimmen herüber. Unter ihren Schritten brachen Zweige. Schließlich endete das Band an einem Baum neben einem Klapptisch, auf dem mehrere Thermoskannen und beschriftete Pappbecher standen. Direkt daneben versperrte ihr ein weiteres Band den Weg, aller Wahrscheinlichkeit nach war es in einem weiten Kreis um den Tatort herum gespannt. Auf Stativen montierte LED-Scheinwerfer streuten Licht in den Nebel, sodass es in mystisch anmutenden Streifen durch die Äste brach. Die Szenerie glich einem Filmset. Ein paar gebückte Gestalten in weißen KT-Overalls suchten zwischen den Bäumen nach Spuren. Gelbe Schilder mit Zahlen markierten Punkte am Boden. Der Tatort selbst entzog sich ihrem Blick.

Egon Brunner, der Leiter der KT, kam zu ihr an die Absperrung, groß, hager, mit einem leichten Buckel, wie ihn große Menschen manchmal haben, weil sie sich ein Leben lang herabbeugen. Seine Gestalt, seine blasse Haut und die beiden etwas zu langen Schneidezähne hatten ihm den Spitznamen Nosferatu eingebracht.

»Nele«, brummte er. »Du hier. Ich dachte, du bist schon im Mutterschutz.«

»Klingt, als wollt ihr mich alle loswerden«, rutschte es ihr heraus.

Brunner zuckte mit den Achseln. »Da kriegst du was in den falschen Hals.«

Sie seufzte. »Eine Woche hab ich noch.«

Brunner nickte. Vermutlich dachte er, sie würde den Moment herbeisehnen. »Solltest nicht hier sein«, murmelte er. »Ist nichts für …«, er deutete auf ihren Bauch. »Du weißt schon.«

»Aber jetzt, wo ich schon mal hier bin …« Sie hob das Absperrband, um darunter hindurchzuschlüpfen.

»Moment, Moment«, bremste Brunner. »Gib meinen Jungs noch etwas Zeit. Ist schwer genug hier bei dem Boden.«

Nele ließ das Band wieder sinken. Sie wusste, er hatte seine Gründe. Und sie war noch nicht lange genug dabei, um ihm zu widersprechen.

Egon Brunner schenkte Tee aus einer der Thermoskannen in einen frischen Pappbecher ein und reichte ihn ihr. Sein hageres Gesicht wirkte angespannt und noch ernster als sonst. Dabei war Nosferatu einer, den so schnell nichts anfasste.

»Schlimm?«, fragte sie.

Er verzog den Mund. »So was hab ich in meinen ganzen dreißig Dienstjahren noch nicht gesehen.«

Nele nickte beklommen und versuchte, sich zu wappnen. Brunners Schutzpanzer war drei Jahrzehnte dick, ihrer nur sieben Monate. Sie spähte zum Tatort, doch der Nebel lag wie ein Mantel über allem. »Hatte die Zeugin also recht?«, fragte sie.

»Du meinst Sophie Bauer, diese Jägerbraut? Pff.« Er zuckte mit den Achseln. »Konnte man ja nicht wissen. Ich versteh nicht, warum jetzt alle auf dem Notruf und der Polizei rumhacken. Hast du die Aufzeichnung gehört?«

»Noch nicht.«

»Solltest du«, knurrte Brunner. »Ich hätte auch nicht reagiert, glaube ich. Wenn wir bei jedem Irren gleich 'ne Streife losschicken, so viele Polizisten gibt's in Berlin gar nicht.«

»War sie wirklich so unglaubwürdig?«

»Pff«, machte Brunner. »Sie war halt geschockt und wirr, keine Ahnung. Hätte auch sein können, dass sie was …« Er hob eine imaginäre Flasche an die Lippen und machte ein Knick-Knack-Geräusch. »Hat vor lauter, lauter sogar einen Schuss abgegeben und das Opfer am Bein getroffen. Also postum.«

»Bitte? Einen Schuss?«

»Sophie Bauer ist Jägerin«, meinte Brunner. »Sagte ich das nicht gerade? Deshalb war sie doch im Wald.«

Nele stieß Luft aus. »Und stimmt es, mit dem …?« Sie deutete mit dem Zeigefinger über ihren Kopf und malte in die Luft, was Martin Buchwald ihr am Telefon beschrieben hatte.

Brunner nickte nur, dann schaute er in Richtung Straße. »Ich glaube, da kommt unser Spezi.«

Nele drehte sich um. Eine große Gestalt kam mit wuchtigen Schritten zwischen den Stämmen auf sie zu. Der nachtblaue Marinemantel schälte sich aus dem Dunkel, dazu die wild wuchernden schwarzen Locken und ein paar grobe Stiefel. Artur Mayers Handy klingelte, er blieb stehen und holte sein Telefon hervor. »Was denn?«, brummte er.

Ein kurzer Moment Stille.

»Wie, das Ei brennt darin an?«

Wieder Stille.

Dann seufzte er. »Mein Gott, dann schau halt demnächst besser hin, dass du die richtige Pfanne klaust.«

Art legte auf und blickte zu Nele und Brunner hinüber. Nosferatu wandte sich ab und meinte halblaut: »Hätte nicht gedacht, dass der noch mal eine abkriegt.« Hinter den Kollegen leuchtete der Tatort wie eine grelle Insel im Wald. Art wollte gerade sein Handy wieder in die Manteltasche stecken, überlegte es sich dann aber anders.

»Jaaa?« Millas Stimme klang hoffnungsvoll.

»Vergiss, was ich gesagt habe«, meinte Art. »Ich kauf dir morgen eine andere Pfanne, eine, in der die Eier nicht anbrennen, okay?«

»Aber morgen ist Sonntag.«

»Sonntag? Nein. Dienstag.«

»Oh.« Stille. Milla schien zu überlegen. »Stimmt.«

»Du musst doch zur Schule. Merkst du dir das nicht?«

»Oma hat gesagt, dass morgen Sonntag ist.«

Art seufzte. »Ich muss jetzt arbeiten. Versprich mir, dass du morgen zur Schule gehst.«

»Okee.«

Er legte auf und ging zu seinen beiden Kollegen. »Hey«, brummte er Nele zu. Sein Blick streifte ihren Bauch.

»Hallo, Art. War das Milla?«

»Hätte ihr besser nicht meine Nummer gegeben«, knurrte er und tauchte an Brunner vorbei unter dem Absperrband durch.

»He! Moment«, protestierte Nosferatu. »Wir sind noch nicht durch.«

»Bist du doch nie«, erwiderte Art und sah Nele an. »Kommst du?« Sie lächelte, dann schlüpfte sie etwas ungelenk unter der Absperrung hindurch.

»Alles okay?«, fragte Art.

»Du bist der Erste, der mich heute halbwegs normal behandelt, also versau's jetzt bitte nicht mit übertriebener Fürsorge, ja?«

Art nickte. Er schaute sich um, versuchte das Zentrum des Tatorts auszumachen, dann ging er langsam voran. Lichtstrahlen schnitten durch den Dunst. Ein mächtiger Baum nahm Konturen an. Sein Geäst wuchs seltsam tief und zu beiden Seiten ungewöhnlich gleichmäßig aus dem Stamm. Ein helles Oval schien aus dem Holz hervorzutreten, genau auf Augenhöhe.

»O Gott«, stöhnte Nele.

Das Oval wurde zu einem bleichen Gesicht mit schwarzen Augenhöhlen, aus denen dunkle Rinnsale gelaufen waren. Im Nebel sah es aus, als wäre jemand – oder etwas – im Baum eingewachsen.

Unwillkürlich wurde Art langsamer. Es war, als liefe er auf einen bösen Geist zu. Er hörte Neles Atem neben sich, wie sie die Luft einsog, sie anhielt. Irgendwo schrie eine Eule.

Auf dem dunklen Stamm zeichneten sich die Konturen eines menschlichen Körpers ab, eine Frau, aufrecht stehend, scheinbar unbekleidet. Die Haut war von einer schrundigen dunkelbraunen Schmiere bedeckt. Ein intensiver, seltsamer Geruch stieg Art in die Nase. Sein Blick glitt zu dem, was er für Geäst gehalten hatte. Er blieb stehen und erfasste die ganze Gestalt am Baum. Aus dem Kopf der Frau wuchs ein Hirschgeweih.

Im selben Moment ertönte ein durchdringendes elektronisches Warnsignal.

LEO   Zwei Wochen zuvor

Leo saß im Bikini auf dem Rand des Indoor-Pools im Obergeschoss, wartete angespannt auf ihre Mutter und schaute durch das geöffnete Panorama-Dach der Villa in den Himmel. Wolken, zerrissen wie sie. Die Sonne ging gerade unter, und ein flammendes Orange loderte vom Horizont ins blauweiße Paradies. Die Bude anzünden, auch das wäre eine Lösung, dachte sie. Nur dass der Pool nicht mitbrennen würde. Sie fragte sich, ob wohl alle Töchter in Bezug auf ihre Mutter schon mal an Mord gedacht hatten.

Natürlich nur theoretisch!

Sie konnte ja keiner Fliege etwas zuleide tun.

Wobei ihre Mutter ja auch keine Fliege war; eher eine Mischung aus Hornisse und Löwin, weshalb Leo jetzt auch so angespannt war. Was sie vorhatte, war gewagt, vor allem, wenn man bedachte, wie wichtig es ihrer Mutter zu sein schien, dass niemand im Haus von ihrem hübschen kleinen, viereckigen Geheimnis erfuhr. Aber damit war heute Schluss.

Aus dem Augenwinkel sah Leo plötzlich eine Bewegung, eine Art Flattern, und spürte dann ein Kribbeln auf ihrer rechten Hand, mit der sie sich am Beckenrand abstützte. Sie sah vorsichtig hin und hielt den Atem an. Auf ihrem tätowierten Handrücken saß ein großer Schmetterling, sieben, acht Zentimeter breit, samtschwarz, mit einem Schuss Dunkelrot, einem Saum aus weißen Punkten und einem hellen Rand. Leo wagte nicht, sich zu bewegen. Um nichts in der Welt wollte sie diesen Moment zerstören. Sie hatte schon lange nicht mehr etwas so Schönes gesehen. Bis auf Oles nackten Hintern vielleicht. Aber das war Schönheit einer anderen Art.

Warum hatte sich der Schmetterling ausgerechnet auf ihrer Hand niedergelassen? Etwa wegen des Tattoos? Dann hätte er sich auch auf allen möglichen anderen Stellen ihres Körpers niederlassen können. Schließlich hatte sie einiges zu bieten, einen Totenschädel, einen Drachen, ein Herz im Feuer, darüber der Schriftzug YOLO, einen Rosenbusch, und sie überlegte, was als Nächstes kommen sollte.

Angefangen hatte sie mit den Tattoos, um die Wunden von den Rasierklingen zu kaschieren. Ironischerweise war das Brennen der Nadel fast noch intensiver als das Ritzen. Überhaupt, sie mochte das Tattoostudio. Den bärbeißigen Schlaks von Tätowierer, dessen Ohrlöcher so groß waren, dass ein Delfin hätte hindurchspringen können. Seine zarte Hand. Das leise Rattern. Die morbiden Zeichnungen an der Wand. Sie mochte den Schmutz in den Winkeln und dass es nach Desinfektionsmitteln roch, einfach weil es so anders war als zu Hause. Aber was sie wirklich süchtig gemacht hatte, das war die Art, wie sich ihre Mutter über die Tattoos aufgeregt hatte. Es war der perfekte Trigger-Button. Das Ritzen dagegen hatte ihrer Mutter Sorgen bereitet; was zu einem epischen Aktionismus geführt hatte. Schatz hier, Schatz da. Leo war sich fast schäbig vorgekommen, und doch war sie erleichtert gewesen, so etwas wie Zuwendung zu kriegen. Aufmerksamkeit. Auch wenn es diese typische Pseudoaufmerksamkeit war, Empathie-Gelaber. Schönreden, nichts tun. Die Sorge war nicht echt, weil bei ihrer Mutter nie was echt war.

Mit den Tattoos dagegen war das anders. Ihre Mutter war nicht besorgt gewesen, sie war wütend geworden, also *wirklich* wütend.

Danach hatte sie sich ein Tattoo nach dem anderen stechen lassen.

Und ihre Mutter ritt eine Attacke nach der nächsten. Ob sie denn überhaupt nicht nachdenken würde? Was das für ihre Zukunft bedeute! La-la-la.

Zukunft. Ha! Welche denn?

Die mit dem Wassermangel? Den Überflutungen? Hitze und Extremwetter? Chat-GPT? Na, danke. Warum hatten die sogenannten Erwachsenen nur alle eine so verdammt lange Leitung?

Es kribbelte auf ihrer Haut. Der Falter bewegte sanft die Flügel, als wollte er abheben, doch dann schien er sich anders zu entscheiden. Das Muster auf seinen Flügeln kam ihr schöner vor als jedes ihrer Tattoos. Leos Blick wanderte zum Grund des Pools, wo sich etwas bewegte. Durch den Glasboden des Schwimmbades konnte sie ihre Mutter sehen, wie sie – verzerrt von den sanften Wellen – das Wohnzimmer durchquerte, im Bademantel, unterwegs nach oben zum Schwimmen.

»Tut mir leid, mein Schöner«, flüsterte Leo. »Ich muss los. Besuch mich wieder, wenn du kannst.« Sie hob die Hand, pustete dem Schmetterling sanft unter die Flügel und sah ihm nach, wie er lautlos aufflatterte und durch das geöffnete Dach über dem Pool im Zickzack in den Abendhimmel schwirrte.

Bevor sie aufstand, schob sie ihre Bikinihose zwischen den Beinen beiseite, pinkelte in den Pool, bis ihre Blase leer war, schob den Bikini wieder zurecht und schlenderte dann am Beckenrand entlang zur Tür. Ihre Mutter kam ihr entgegen und nickte kaum merklich. »Hallo, Leo, schön, dich zu sehen.«

Warum klang alles, was sie sagte, als würde sie genau das Gegenteil meinen? Und trotzdem würde sie später am Abend wieder Everybody's Darling sein. Souverän. Charmant. Geliebt. Von sich selbst besoffen.

»Hey, Mum. Viel Spaß beim Schwimmen«, erwiderte sie lakonisch und gab ihr ein Side-Eye.

Ihre Mutter wurde langsamer, erwiderte den Seitenblick mit einer gehobenen Augenbraue. »So freundlich heute?«

»Muss wohl an meiner guten Erziehung liegen.«

»Wenn ich's nicht besser wüsste, würde ich sagen, du hast ins Becken gepinkelt.«

»Du musst ja nur drin schwimmen. Brauchst es doch nicht gleich trinken.«

»Du bist eklig, wirklich.« Der Blick ihrer Mutter streifte abschätzig ihre Tattoos.

»Das wiederum müssen die Gene sein«, lächelte Leo, ging an ihr vorbei und hob die Hand zu einem letzten ironischen Winken, bevor sie durch die Tür des Wellnessbereichs entschwand. Für einen Augenblick überlegte sie, ob sie gerade ihrer Mutter das Schwimmen verleidet hatte. Falls ja, wäre das ungünstig für ihr Vorhaben. Typisch, sie hatte mal wieder nicht nachgedacht.

Sie blieb einen Moment stehen und horchte. Nach einer guten Minute hörte sie das für einen Kopfsprung typische Geräusch. Ha! Everybody's Darling zog seine Bahnen. Für die nächste halbe Stunde hatte sie Ruhe. Und die würde sie nutzen. Denn gestern hatte sie zufällig entdeckt, dass es im Haus einen Safe gab. In einem Moment, in dem ihre Mutter sich unbeobachtet glaubte, hatte sie den großen Spiegel in ihrem Ankleidezimmer beiseitegeschoben, eine Nummernkombination in ein Tastaturfeld eingegeben, und danach hatte sich eine mehrere Zentimeter dicke Metalltür in der Größe von zwei Schuhkartons geöffnet. Rasch hatte ihre Mutter einen Umschlag hineingelegt und dann die Tür wieder verschlossen.

Leo hatte die ganze Nacht über vor Aufregung kein Auge zugetan. In dem Augenblick, als ihre Mutter den Spiegel wieder zurückgeschoben hatte, wusste sie, dass sie herausfinden musste, was in diesem Tresor lag. Im besten Fall würde sie hinter der Tür doch noch einen Weg finden, das Haus anzuzünden. Nur theoretisch natürlich.

Kapitel 4

Art zuckte bei dem scharfen elektronischen Ton in seiner Manteltasche zusammen, ebenso wie Nele, die mit ihm etwa fünf Schritte entfernt von der Frau mit dem Hirschgeweih stand.

»Was um Himmels willen ist das?«, fragte Nele und sah ihn an.

»Nichts«, knurrte Art. Er zog sein Handy aus der Manteltasche und warf einen Blick darauf. *Blutzucker zu hoch,* stand neben einem gelben Warnzeichen. Er öffnete die Diabetes-App, und der Alarm verstummte. Der Wert lag bei 189, Tendenz steigend. Art verzog den Mund, steckte das Handy wieder ein und betrachtete die Tote am Baum. Er spürte Neles Blick auf sich, die offenbar das Display gesehen hatte, ignorierte sie aber ebenso wie seinen zu hohen Blutzucker. Das hier war wichtiger.

»Dein Diabetes?«, fragte Nele.

»Wenn ich meine Klappe halte«, meinte Art und wies auf ihren Bauch, »dann tu du's bei mir auch.« Er ließ Nele stehen und ging die letzten Schritte zum Baum. Der seltsame würzige Geruch wurde intensiver.

Ein Wesen, halb Mensch, halb Tier, dachte er. Das war die Beschreibung in den sozialen Medien gewesen. Erst jetzt, aus nächster Nähe, erkannte er, was er wirklich vor sich hatte. Die Frau stand aufrecht an den Baum gefesselt, ihre Arme waren nach hinten um den Stamm geschlungen und dort zusammengebunden, die Augen dunkle Höhlen, aus denen Blut über die Wangen hinabgelaufen und geronnen war. Ihr Hals schien mit einer Art Riemen am Stamm fixiert zu sein. Ihre Haare waren eigentlich rot, wirkten aber nun stumpf und schmutzig. Das Hirschgeweih war direkt hinter ihrem Kopf am Baum befestigt, sodass es auf die Entfernung und durch die schlechten Sichtverhältnisse so gewirkt hatte, als wäre das Gehörn aus ihrem Kopf gewachsen.

»Himmel«, stöhnte Nele, die neben ihn getreten war. »Schau mal, ihre Beine.«

Arts Blick wanderte hinab. Er wusste, dass Sophie Bauer vor Schreck einen Schuss abgegeben hatte. Die Folgen waren an der linken Hüfte der Frau zu erkennen, doch das, was mit ihren Füßen und Unterschenkeln geschehen war, ließ sich nicht durch den Schuss erklären.

»Wildfraß«, sagte eine Frauenstimme hinter ihnen. Art und Nele drehten sich um. Dr. Veronika Perlau kam im weißen Overall heran. Sie blieb neben ihnen stehen und zupfte sich die Latexhandschuhe an den Fingern zurecht. Ihr gebräunter Teint wirkte seltsam unpassend hier im Nebel. Art mochte die fünfundfünfzigjährige Leiterin der Rechtsmedizin. Veronika war resolut und eine Autorität in Berlin, seit sie vor sieben Jahren von Wien hierhergewechselt hatte.

»Wer auch immer ihr das angetan hat, er wollte noch einen draufsetzen«, meinte Veronika Perlau. »Riecht ihr das?«

Art und Nele nickten.

»Die braune Paste auf ihrem Körper ist ein Lockmittel für Wild, ich würde mal vermuten für Schwarzwild. Hätte sie auf dem Boden gelegen, wäre vermutlich noch weniger von ihr übrig.«

Nele war blass geworden und wandte sich angewidert ab. »Gott, wer macht denn so was?«

Arts Blick wanderte am Körper der Toten hoch bis zur Herzgegend. »War das die Todesursache?« Er deutete auf eine Wunde im Brustbereich.

»Wahrscheinlich«, meinte Dr. Perlau. »Es sei denn, sie wurde vorher durch den Riemen um den Hals erstickt, aber das kann ich erst nach der Obduktion sagen.«

Art nickte düster. Sein Blick fiel auf den Waldboden. Vor den angefressenen Füßen der Frau lag ein kleiner graubrauner Vogel, der aussah, als wäre er zerdrückt worden. »Was ist das?«

Veronika Perlau zuckte mit den Schultern. »Ich weiß nicht. Ist nicht mein Spezialgebiet, ich kümmere mich um Menschen.«

Art ging um den Baum herum und begutachtete die Frau von hinten. Auch ihre Arme waren mit der braunen Paste eingeschmiert, nur ihre Hände waren ausgespart worden. Auf den aschfahlen Handflächen waren ein paar dunkle Schmierspuren zu erkennen. Art wandte sich an Veronika. »Kannst du das hier bitte schnell untersuchen und mir vorab sagen, was es ist?«

Veronika Perlau betrachtete nachdenklich die Schmierspuren. »Ist denn schon geklärt, wer den Hut aufhat?«

»Ich geh von Martin Buchwald aus.«

»Dann stimm dich doch mit ihm ab.«

»Muss ich nicht.«

Nele warf ihm einen warnenden Seitenblick zu.

»Ich kenne niemanden, der es so drauf anlegt wie du«, sagte Veronika Perlau.

»Ich hasse diesen Bürokratenscheiß«, knurrte Art.

Hinter ihm räusperte sich jemand vernehmlich. Er drehte sich um und blickte in Martin Buchwalds Augen. »Tun wir das nicht alle?«, fragte Buchwald säuerlich.

Art zuckte mit den Achseln. »Manche mehr, manche weniger.«

Buchwald verzog den Mund. Sein rundes Gesicht strahlte meist Gelassenheit aus. Er hatte etwas von einem freundlichen Bären, doch wenn er lange genug gereizt wurde, konnte er zum Grizzly mutieren. Art hatte das unbestreitbare Talent, diese Seite bei seinem Vorgesetzten wachzurufen.

»Wissen wir schon, wer sie ist?«, fragte Nele.

Buchwald nickte. »Wir haben ihre Kleidung gefunden.« Er deutete auf einen mit gelben Nummernschildern markierten Bereich in einiger Entfernung. »Ihr Ausweis lag auch dabei. Es ist Charlotte Tempel.«

»Sollte mir das etwas sagen?«, fragte Art.

»O Gott, natürlich«, stöhnte Nele. »Ich hab sie kaum erkannt, so wie sie zugerichtet ist.«

Art kramte in seinem Gedächtnis.

»Charlotte Tempel ist eine der größten Spenderinnen in Deutschland, wenn nicht sogar die größte«, klärte Buchwald ihn auf. »Die Klatschpresse bezeichnet sie als *die* Charity Lady in Deutschland. Egal, welche Zeitschrift du aufschlägst, sie steht drin. Talkshows, ein Auftritt bei *Wetten, dass ..?*, Twitter – oder X, wie dieser Laden heute heißt, und vor allem: Sie kreiert eigene Events, bei denen sie Spenden sammelt.«

Art nickte, schwieg aber. In seinem Kopf setzten sich die

Informationen wie ein Puzzle zusammen. Er meinte, sich an einen Artikel des *Spiegel* über Charlotte Tempel zu erinnern. Sie verdankte ihren Reichtum ihrem verstorbenen Mann Robert Tempel, einem der Inhaber des Rüstungskonzerns Kross-Meffert & Partner. Charlotte Tempel hatte sich allerdings nach seinem Tod immer wieder ausdrücklich von der Waffenlobby distanziert. Ihre Konzernanteile wurden inzwischen von einer Stiftung verwaltet, sie selbst hatte sich in den letzten Jahren ausschließlich für wohltätige Zwecke engagiert und immer wieder große Geldbeträge gespendet.

»Rüstungskonzern«, sagte Art, mehr zu sich selbst. »Deshalb das BKA.«

Buchwald nickte. »Ansonsten wären die Leute vom LKA hier. Wird nicht lange dauern, und dann ist auch der Militärische Abschirmdienst mit von der Partie.«

»Der MAD? Obwohl Frau Tempel sich aus dem Geschäft zurückgezogen hat?«

»Bei dem, was in der Ukraine los ist? In ganz Europa geht es gerade um die Lieferketten der Rüstungsfirmen. Und ihre Stiftung verwaltet einen erheblichen Anteil des Konzerns.« Buchwald betrachtete die Tote, schürzte die Lippen und wirkte plötzlich seltsam abwesend. Art kannte seinen Vorgesetzten gut genug, sodass er wusste, dass Buchwald etwas für sich behalten hatte, das ihn beschäftigte. Die Frage war nur, was es war – und warum er es für sich behielt.

»Ihre Spenden dürften sich inzwischen auf einen höheren zweistelligen Millionenbetrag summieren«, meinte Buchwald. »Auf ihrer letzten Gala war das ganze *Who's Who* der deutschen Politik- und Industriebosse.«

»Klingt alles reichlich groß«, sagte Art.

»Hast du den *Spiegel*-Artikel über sie gelesen?«, wollte Nele wissen.

Art nickte. »Da war von Reichen-Ablass die Rede.«

»Ich fand's unfair«, sagte Nele. »Es gibt so viele Leute mit so viel Geld, aber die wenigsten spenden wirklich viel. Sie hat's getan, mit vollen Händen. Was soll daran verwerflich sein?«

»Meine Frau hat den Artikel auch gelesen und sich furchtbar über den kritischen Unterton aufgeregt«, meinte Buchwald.

»Es gab einen regelrechten Shitstorm gegen den Autor des Artikels«, ergänzte Nele. »Auch nicht ganz zu Unrecht, finde ich.«

»Also, du magst sie offenbar«, stellte Art fest.

»Ich glaube, es gibt kaum jemanden, der sie nicht mochte«, sagte Buchwald und schien einen Moment in sich hineinzuhorchen. »Meine Frau hat mir von dieser Sache mit dem Heim für Mädchen erzählt, eine Unterkunft für Opfer von Gewalt. Da geht's um Unterstützung, Chancengleichheit, Ausbildung. Hörte sich für mich erst mal an wie lauter Phrasen. Aber die Tempel hat das Heim wohl nicht nur gegründet, sie war dort zweimal in der Woche für mehrere Stunden, hat mittags mit den Mädchen gegessen, manchmal hat sie eins der Mädchen zu Bewerbungsgesprächen begleitet. Und das war nicht ihr einziges Projekt. Das war mehr als Reichen-Ablass. Sie hat sich echt engagiert.«

»Klingt nach einer Frau mit großem Herz und einer Menge Fans«, meinte Art.

Martin Buchwalds Blick wanderte zu der Toten. »Eine verdammte Schande ist das«, knurrte er.

Art nahm sich vor, Juli anzurufen. Als Frau des Bundeskanzlers war sie Charlotte Tempel vermutlich bei dem ein oder anderen gesellschaftlichen Ereignis begegnet. »Nach einem Fall für den MAD sieht das jedenfalls nicht aus«, sagte er. »Eher als wollte jemand sie demütigen und bestrafen, wofür auch immer.«

»Ich weiß, ich weiß«, brummte Buchwald. »Die schicken vermutlich trotzdem einen Verbindungsmann. Aber das hier riecht eher nach einem Psychopathen. Ich meine, großer Gott!, wer macht so etwas?« Er rieb sich den Nacken.

Für einen Moment hing jeder seinen eigenen Gedanken nach.

»Ach, übrigens, den RP und den Polizeipräsidenten haben wir auch noch im Nacken«, sagte Buchwald dann. »Diese Sophie Bauer hat eine Riesenwelle losgetreten, und jetzt heißt es überall, der Notruf lässt die Leute im Stich. Die Polizei tue ihre Arbeit nicht, und und und … Kauder hat sich erst mal vor die eigenen Leute gestellt, aber jetzt, wo er weiß, wer die Tote ist …«

Art runzelte die Stirn. »Diese Sophie Bauer, die war doch schon vor drei Tagen hier, oder? Also muss Charlotte Tempel ungefähr genauso lange tot sein, richtig?«

»Deckt sich mit meiner Einschätzung«, meinte Veronika Perlau. »Frau Tempel ist seit mindestens 70 Stunden tot, längstens 75.«

»Ein Zeitfenster von fünf Stunden«, murmelte Buchwald.

»Jepp. Tatzeit ist also mutmaßlich letzten Freitag zwischen 18:00 und 23:00 Uhr.«

»Dazu kommt die Aussage von Sophie Bauer«, sagte Buchwald. »Sie hat angeblich den Schrei einer Frau gegen halb neun gehört. Ihr Notruf ging um 20:34 Uhr ein.«

»Kann Frau Bauer denn sagen, ob Charlotte Tempel da noch gelebt hat?«

»Ist nicht klar, leider. Wenn du mich fragst, die Zeugin hat so einiges durcheinandergebracht. Die vermutlich tödliche Wunde am Herz hat sie nicht gesehen, was aber nichts heißt.

Es war dunkel, und Charlotte Tempels Haut war eingerieben. Angeblich hat ›das Wesen‹ …« Buchwald malte Anführungszeichen in die Luft. »… den Mund geöffnet. Aber auch da kann sich die Zeugin getäuscht haben. Wir wissen noch nicht einmal, ob Charlotte Tempel geschrien hat oder jemand anders, und wir wissen auch nicht, ob Charlotte Tempel bereits tot war, als die Zeugin sie gesehen hat.«

»Der Schuss von Sophie Bauer legt nahe, dass sie tot war, oder? Sonst hätte sie sich doch bemerkbar gemacht.« Art sah zu Brunner. »Egon meinte vorhin auch, die Schussverletzung sei postum.«

»Schau an«, murrte Veronika Perlau. »Wenn's nicht um die eigenen Untersuchungen geht, ist der Kollege immer schnell bei der Hand.«

»Also bleibt es vorläufig bei 18:00 bis 23:00 Uhr?«

»Wer was anderes sagt, den schick ich zum Watschenbaum.«

Art nickte und unterließ es, Veronika Perlau weitere Fragen zu stellen. Je länger sich die Körpertemperatur eines Toten der Umgebungstemperatur anglich, desto größer wurde die Ungenauigkeit. Veronika Perlau war dafür bekannt, dass sie mit einem eigens von ihr erstellten Programm mit Variablen wie örtlichen Temperaturverläufen, Körpergewicht, Größe, Bekleidungsart und weiteren Faktoren schon früh präzise Aussagen zum Todeszeitpunkt machen konnte. Für alles andere galt es, die Obduktion abzuwarten.

»Kommt Sophie Bauer als Täterin infrage?«

»Zeitlich wohl schon, aber ansonsten eher unwahrscheinlich«, meinte Buchwald. »Ihr Notruf klingt sehr authentisch, außerdem war sie ursprünglich mit ihrem Freund für diesen Abend zur Jagd verabredet. Der hat sie sitzen lassen, daraufhin hat sie sich mit ihrem Vater verabredet – und der ist dann krank geworden. Ist alles belegt, durch Sprachnachrichten in ihrem WhatsApp-Verlauf. Inklusive einer tränenreichen Litanei, warum sie bloß immer auf die falschen Typen hereinfallen muss. Ganz ehrlich, wenn Sophie Bauer hiermit etwas zu tun hat, dann fresse ich einen Besen.«

»Verstehe«, murmelte Art. »Gibt es eine Vermisstenmeldung für Charlotte Tempel?«

Buchwald schüttelte den Kopf. »Nichts eingegangen. Hab schon nachgefragt bei den Kollegen.«

»Wie kann eine so prominente Frau drei Tage nicht vermisst werden? Gibt es keine verpassten Termine? Hat sie keine Angehörigen, Verwandten oder einen Freund?«

»Die verpassten Termine haben zu nichts geführt. Aber sie hat eine Tochter.« Buchwald sah drein, als hätte er Magenschmerzen.

»Und die hat nichts bemerkt? Ist sie schon informiert?«

»Das haben wir gerade versucht, einen Streifenwagen mit einer Psychologin bei ihr zu Hause vorbeigeschickt. Wir haben sie aber nicht angetroffen. Telefonisch haben wir sie auch nicht erreicht. Ihr Handy hat sich zum letzten Mal von zu Hause aus ins Netz eingeloggt. Das war vor sieben Stunden. Seitdem ist sie offline. Wir suchen weiter, aber irgendwie scheint Leo Tempel verschwunden zu sein.«

Das war es also, was Martin Buchwald vorhin beschäftigt hatte, dachte Art. Die Tochter der Toten war verschwunden.

LEO   Zwei Wochen zuvor

Eine halbe Stunde. Dann würde ihre Mutter mit dem Handtuch um die Hüften wieder zurückkommen. Leo schob den Spiegel im Ankleidezimmer ihrer Mutter beiseite. Sie hatte ihren Geruch in der Nase: *Fleur de Cannes à Sucre*. Auf den Bügeln um sie herum hing ein Vermögen. Nichts davon hätte sie je anziehen können oder vielmehr: wollen. Das ging einfach gar nicht! Dieses Zeug zu tragen, war genauso wie Flugzeug fliegen. Wobei ihr Gucci & Co eher noch wie die Concorde vorkamen. Wenn es doch inzwischen Flug-Shaming gab, warum gab es dann nicht schon längst Klamotten-Shaming? Oder Handtaschen-Shaming? Gut, jeder, wie er wollte, hatte sie früher gedacht. Aber ihre Mutter trieb es auf die Spitze und versuchte, ihr auch noch ständig etwas von diesem Zeug an den Leib zu quatschen. Eine Zeit lang hatte sie dagegen protestiert, bis sie gemerkt hatte, dass es viel besser war, zu schweigen und einfach nichts von all dem High-Fashion-Shit zu tragen. Stattdessen war sie zum Secondhand gegangen, um sich dort einzukleiden. Das Zeug war nicht nur billiger, sondern auch nachhaltiger und ohnehin viel cooler.

Erst vor Kurzem hatte sie mal wieder einen Stapel von Markenklamotten, von Chanel bis Hermès, alles Geschenke ihrer Mutter, zu ihrem Lieblings-Secondhand bringen wollen. Sollte sich doch jemand anders darüber freuen! Doch dann war es anders gekommen. Nach der Schule klingelte es an der Haustür. Leo war allein zu Hause gewesen, und als sie die Tür öffnete, stand ein schmales blondes Mädchen mit einer roten Brille und einem Feldblumenstrauß vor ihr. Kornblumen, Gänseblümchen, etwas Mohn, sah hübsch aus, echt. Das Mädchen war ganz hibbelig. Ob denn Charlotte da wäre?, hatte sie gefragt.

LOL. Offenbar schien alle Welt ihre Mutter inzwischen zu duzen.

»Nee. Ist nicht da«, erwiderte Leo. »Kann ich was ausrichten?«

Das Mädchen schluckte und schien zu überlegen. »Ich … also, ich wollte mich bedanken, weil …« Dann, aus heiterem Himmel, brach sie in Tränen aus. Ohne Charlotte wäre sie heute nicht mehr am Leben. Außerdem hätte sie ihr zu verdanken, dass sie jetzt eine Ausbildungsstelle gefunden hätte. Als sie erzählte, wie Charlotte mit ihr gemeinsam zu dem Bewerbungsgespräch gegangen war, hatte Leo kurz das Gefühl, sich übergeben zu müssen. »Warte«, unterbrach sie das Mädchen. Dann war sie zu ihrem Kleiderschrank geeilt, hatte die fertig gepackten Tüten mit den teuren Klamotten geholt und sie dem Mädchen in die Hand gedrückt. »Hier. Mit vielen Grüßen von meiner Mutter.« Das Mädchen sah sie an wie einen Engel. Der größte Irrtum seit dem Big Bang. Sie wollte den Scheiß ja einfach bloß loswerden, genauso wie das Mädchen und das miese Gefühl in ihrem Magen. Es tat ihr gut, sich ihre Mutter vorzustellen, wenn sie das Mädchen mit diesen Klamotten sah. Ihre Mutter war schnell im Kopf. Sie würde keine fünf Sekunden brauchen, um zu kapieren, was los war.

Danach hatte sie einen so großen Joint durchgezogen, dass sie sich tatsächlich übergeben musste.

Aber, hey, darum ging's jetzt nicht.

Leo starrte auf das Tastenfeld und überlegte. Sechs Stellen. Ihre Mutter mochte keine Zahlen, und sie konnte sie sich auch nicht merken. Sie hatte ihr Leben lang nicht rechnen müssen. Geld war für sie nie eine Frage gewesen – immer nur eine Antwort.

Sie hatte ganz sicher keine beliebige Zahl genommen. Es musste irgendetwas sein, das sie nicht vergessen würde. Ihr Geburtsdatum? LOL. Das würde passen. Wie blöd und wie selbstbesoffen konnte man sein? Rasch gab sie das Geburtsdatum ihrer Mutter ein, doch der Safe blieb verschlossen.

Das Geburtsdatum ihres Vaters? Vielleicht hatte der den Safe eingerichtet, als er noch gelebt hatte.

Doch auch dieser Versuch scheiterte.

Dann vielleicht der Hochzeitstag. Hatte ihre Mutter etwa doch eine romantische Ader? Sie gab das Datum ein. Wieder nichts.

Sechs Zahlen.

Aus einem Impuls heraus gab sie 120801 ein.

Es klickte.

Fassungslos starrte sie auf die Tresortür. *Mein Geburtsdatum? Im Ernst?*

Das war schräg. Und fühlte sich beinah an, als hätte ihre Mutter sie missbraucht. Wenn da nur nicht dieses ganz leise Gefühl von Freude gewesen wäre. Ihr Kopf schien zu glühen, während ihre Finger ganz kalt waren, als wolle kein Blut durch sie fließen.

Sie rieb die Hände aneinander warm, dann klappte sie

die Safetür auf. Ein Stapel Papiere lag darin, einige Bündel Bargeld. Daneben ein paar edle Schmuckboxen, in denen Diamantcolliers waren, die Leo bei verschiedenen Anlässen an ihrer Mutter gesehen hatte. Neugierig begann Leo, die Papiere durchzublättern. Nichts Spektakuläres, einige Dokumente mit Notarsiegeln, vor allem Besitzdokumente. Dazu drei alte Briefe ihres Vaters an ihre Mutter. Sollte das wirklich alles sein? Sie tastete mit den Fingerspitzen hinter den Papierstapel und bekam eine Box zu fassen. Vorsichtig holte sie die davorliegenden Papiere heraus und zog dann die Box aus dem Tresor. Sie war etwas kleiner als ein Schuhkarton und sah vollkommen gewöhnlich aus, graue Pappe, etwas abgeschabt, wie eine Kiste, in die man etwas tut, um es auf den Speicher zu stellen, wo man es dann für immer vergisst. Aber diese Box stand nicht auf einem Speicher. Sie war in einem Tresor.

Behutsam nahm Leo den Deckel ab.

Im Inneren der Box lag ein Stofftier. Ein Löwe, handgenäht, mit Knopfaugen, einem freundlichen, etwas schiefen Gesicht und einer weichen und etwas staubigen Mähne. Leo hatte früher viele Stofftiere gehabt, vor allem teure, meist von Steiff. Dieser Löwe hier war anders. Er wirkte auf eine sympathische Weise etwas missraten, als wäre die Nähnadel verbogen gewesen oder als wäre es kein Schneider gewesen, der ihn gemacht hätte, sondern ein Laie in Sachen Stofftier.

Warum bewahrte ihre Mutter einen Stofflöwen in ihrem Safe auf?

Neugierig begann sie, ihn abzutasten. Er war weich, schien aber einen harten Kern zu haben. Sie drehte ihn um. Kein Reißverschluss oder Ähnliches. Sie drückte fester mit ihren Fingern zu. Täuschte sie sich, oder fühlte sie da eine Ecke im Inneren? Zumindest so etwas wie eine Kante. Sie zögerte einen Moment, dann huschte sie ins Badezimmer ihrer Mutter, suchte nach einer Nagelschere und begann, damit vorsichtig ein paar Nähte am Rücken des Löwen aufzutrennen. Nach einer Weile konnte sie einen Finger hineinstecken und tastete sich durch die Wattefüllung hindurch.

Da! Im Inneren war tatsächlich etwas versteckt. Es hatte wohl ungefähr die Größe einer Zigarettenschachtel. Sie öffnete behutsam ein paar weitere Nahtstellen, bis sie schließlich den Gegenstand aus dem Löwen herausziehen konnte. Er war mehrfach mit Folie und Klebeband umwickelt. Als hätte ihn jemand wasserdicht verpacken wollen. Sie schnitt die Folie auf, und eine Plastikschachtel kam zutage; auf die Vorderseite hatte jemand mit der Hand FÜR DICH geschrieben.

Leo klappte die Schachtel auf. Darin war eine Kassette. Eins von diesen Retro-Dingern, mit denen man in den Achtzigern Musik aufgenommen und abgespielt hatte. In derselben Handschrift wie auf der Kassettenhülle hatte jemand BELL & BO auf die Kassette geschrieben.

Mit einem Mal kam sie sich vor wie in *Stranger Things*.

Wer zum Teufel waren BELL & BO? Eine Band? War das ein Mixed Tape? Aber warum hatte sich dann jemand die Mühe gemacht, es so gut zu verstecken?

Leo hatte eine Weile herumtelefonieren müssen, bis sie ein altes Abspielgerät für Musikkassetten fand. Bodo, ein Verkäufer aus dem Plattenladen in der Kantstraße, hatte ein Faible für Vinylplatten, alte MCs und – für Leo. Als sie bei ihm vor der Wohnungstür stand, strahlte er, während Leo nicht sicher war, wie sie das, was Bodo in dieses Treffen hineininterpretierte, je wieder aus seinem Kopf herausbekommen sollte. Bodo war echt ein NPC, ein Non-Player-Character, einer dieser Typen, die immer am Rand standen, und er tat ihr immer ein bisschen leid. Nur, was sollte sie sagen? Sorry, aber ich bin in Ole verknallt? Der Sex mit ihm ist super. Zumindest meistens. Und außerdem teilen Ole und ich noch ein paar andere Interessen?! Nein, das war keine Option. Und megakontraproduktiv. Vor allem jetzt. Die einzige Option war nett sein.

Wie selbstverständlich kramte Bodo aus einem seiner Schränke einen gebrauchten Kassettenrekorder hervor. Sie hatte noch ein Bier mit ihm getrunken und sich ein paar seiner endlosen Geschichten angehört, während sie auf heißen Kohlen saß und an nichts anderes denken konnte als an die Kassette.

FÜR DICH. Wer war damit gemeint? Ihre Mutter? Derjenige, der das Band fand?

In einem Kiosk kaufte sie ein paar frische Batterien. Kurz nach Mitternacht war sie endlich wieder zu Hause gewesen, ging in den Keller, wo sie so etwas wie eine kleine Einliegerwohnung hatte, und machte die Tür zu. Sie hätte gerne abgeschlossen, doch das ging nicht, ihre Mutter hatte die Schlüssel kassiert. Um nicht aufzufliegen, hatte sie den Löwen wieder zurück in den Safe gelegt und darauf geachtet, möglichst alles wieder so herzurichten, wie sie es vorgefunden hatte. Nur die Musikkassette hatte sie mitgehen lassen. Sie legte die Batterien ins Gerät ein, schob das Tape in das kleine Klappfach, drückte es zu, vergewisserte sich, dass die Kassette bis zum Anfang zurückgespult war, und erst dann drückte sie auf Play.

Das Gerät gab einen leisen schleifenden Ton von sich, als die Spulen sich zu drehen begannen.

Hallo, mein – Schatz ...

Eine Frauenstimme. Weich, unsicher, sehr jung. Leo mochte die Stimme. Aber – Schatz?, wen meinte sie damit?

Ich weiß nicht, ob diese Kassette in die richtigen Hände fällt. Aber ich hoff's. Ich hoffe es so sehr. Ich hab auch keine Ahnung, ob es richtig ist, das hier aufzunehmen. Aber das hier ist vielleicht meine letzte Chance, dir etwas mitzuteilen – deswegen tu ich's jetzt einfach.

Ein leises Rascheln war zu hören, dann ein zittriges Einatmen, als müsste die junge Frau sich sammeln und Mut fassen.

Schatz, es ist so viel passiert. Ich weiß nicht, wohin das alles führt. Ich hatte einen Plan, für uns beide. Oder, na ja, so etwas Ähnliches wie einen Plan. Meine Chancen stehen schlecht, aber noch gebe ich nicht auf. Aber ... Gott, es ist so chaotisch. So ein Albtraum. Ich weiß gar nicht, wo ich anfangen soll. Ich ...

Die junge Frau stockte, atmete ein weiteres Mal. Wie alt sie wohl sein mochte?

Okay, zuerst: Vielleicht lebe ich nicht mehr, wenn du das hier hörst. Ich weiß, das klingt ... Gott, wie kann ich das nur erklären? Ich hoffe, du kannst mir verzeihen. Noch mehr hoffe ich, dass es wenigstens dir gut geht. Himmel, ich weiß nicht einmal deinen Namen. Aber wenn dieser Löwe dir gehört, dann bin ich wahrscheinlich deine Mutter.

Kapitel 5

Leo Tempel war verschwunden? Buchwalds Worte hallten in Nele nach. Gut, vielleicht war es ja noch etwas früh, ihre Abwesenheit als Verschwinden einzuordnen. Charlotte Tempels Tochter konnte ebenso gut bei einem Freund sein, oder sie war für ein paar Tage verreist. Neles Blick fiel erneut auf die Frau am Baum, den grausam zur Schau gestellten Körper mit dem bizarren Geweih. Unwillkürlich fasste sie sich an ihren Bauch. Wie musste das sein, wenn man erfuhr, dass die eigene Mutter umgebracht worden war? Und dann auch noch so.

Sie schluckte. Versuchte, die Kriminalbeamtin in sich zu finden und die privaten Gedanken beiseitezuschieben.

Art warf ihr einen Blick von der Seite zu und schien ihre Gedanken zu lesen.

Plötzlich spürte sie Buchwalds Hand an ihrem Arm; er hakte sie unter und sagte: »Da hinten gibt es Tee. Ich weiß nicht, wie es dir geht, aber ich brauche jetzt einen.«

»Martin, ich wollte gerade noch mit Art −«

»Ich bin dein Chef, und ich entscheide, wer an was arbeitet.«

Er schob sie sanft vom Tatort fort, bevor sie weiter protestieren konnte, und Art wandte sich Veronika Perlau zu. Doch in diesem Moment kam Nosferatu herangestakst, wedelte mit einer Plastiktüte und winkte Art zu sich. Buchwalds Telefon klingelte, und er nahm das Gespräch mit einem knappen genuschelten »Buchwald« an.

Nele hörte ein kurzes unverständliches Gemurmel aus dem Telefon, dann blieb Buchwald abrupt stehen. »Was? Das ist nicht euer Ernst.«

Stille. Nele sah hinüber zu Art, der den Plastikbeutel prüfend vor eine Lampe hielt.

»Warum?«, fragte Buchwald.

Art sprach mit Veronika Perlau, doch Nele war zu weit weg, um etwas verstehen zu können.

Buchwald seufzte. »Alles klar. Wir übernehmen das, ich schicke jemanden vorbei.« Dann legte er auf. »Na schön«, murmelte er. »Das sind ja mal Neuigkeiten.«

»Was meinst du?«, fragte Nele.

»Hm?«

»Welche Neuigkeiten?«

Buchwald sah sie kurz an und zuckte dann nur mit den Achseln. »Komm mit«, sagte er, machte auf dem Absatz kehrt und ging zurück zu Art. Nele begann sich zu ärgern. Warum überging Buchwald sie? Weil sie jung war? Eine Frau? Als hätte es die letzten Monate nicht gegeben, dabei hatte sie wirklich etwas geleistet, das war auch einigen Kollegen aufgefallen. Die Greenhorn-Zeit war vorbei. Lag es etwa daran, dass sie ein Kind bekam? Für Buchwald war sie eh schon auf dem großen Mutterschiff Richtung Horizont unterwegs und damit raus. Er ging offenbar ganz selbstverständlich davon aus, sie in naher Zukunft nicht wiederzusehen, vielleicht noch nicht einmal in ferner. Aber so würde es ganz sicher nicht kommen! Sie kniff die Lippen zusammen und lief ihm hastig hinterher. Kurz bevor sie Art und Buchwald erreichte, stolperte sie über eine Wurzel, strauchelte und fiel auf alle viere.

Art hielt ihr die Hand hin, um ihr aufzuhelfen. Sie ignorierte die Geste, richtete sich mit hochrotem Kopf auf und sah Buchwald direkt in die Augen. »Und?«, fragte sie. »Kann ich jetzt erfahren, welche Neuigkeiten? Oder bin ich kein Mitglied der Ermittlungsgruppe mehr?«

Ärgerlich klopfte sie sich den Schmutz von den Händen.

»Äh, sicher«, sagte Buchwald und sah sie irritiert an. »Das waren gerade die Kollegen der Bereitschaft. Sie meinten, sie hätten Leo Tempel verhaftet.«

»Bitte?« Nele merkte, wie ihr die Gesichtszüge entglitten. »Warum?«

»Widerstand gegen die Staatsgewalt und Körperverletzung.«

Nele stieß Luft aus. »Und, weiß sie schon, was passiert ist?«

»Nein«, meinte Buchwald. »Auch die Kollegen von der Bereitschaft wissen noch nichts. Charlotte Tempels Name verlässt diesen Tatort nicht. Jedenfalls vorläufig.«

Nele nickte.

»Art«, sagte Buchwald. »Könnt ihr beide das bitte übernehmen?«

»Wo müssen wir hin?«, fragte Art schnörkellos.

»GESA West in Spandau.«

»Alles klar.« Art wandte sich noch einmal der Toten zu, ging neben ihr in die Knie und betrachtete eingehend ihre Hände, hob sie ein wenig an, betastete ihre Finger und die Nägel, dann stand er auf und ging an Nele vorbei in Richtung Straße, ohne sie auch nur anzusehen. »Kommst du?«

Warum waren Männer manchmal so autistisch? Sie beeilte sich und versuchte, mit Art Schritt zu halten, doch er hatte bereits mehrere Meter Vorsprung.

»Art?«

»Ja.«

»Was war in der Tüte?«

»Tüte?«

»Die Brunner dir vorhin gezeigt hat.«

»Haare.«

»Was für Haare?«

»Von ihrer Kleidung.«

»*Ihre* Haare?«

»Ist noch nicht sicher. Muss erst durch den DNA-Check.«

»Kannst du bitte etwas langsamer laufen?«

»Ich will bei Leo Tempel sein, bevor sie durch irgendjemand anderes vom Tod ihrer Mutter erfährt.«

»Buchwald hat doch angesagt dass erst mal keine Infos rausgehen.«

»Du weißt doch, wie's läuft. Das wird nicht lange halten«, gab Art zurück. Nele hatte das Gefühl, dass seine Schritte noch schneller und länger wurden. Kam es ihm ernsthaft auf die paar Minuten an? Oder wollte er ihr zeigen, was ihr die Kollegen schon mehr oder weniger subtil zu verstehen gegeben hatten? Je weiter sie sich vom Tatort entfernten, desto dunkler wurde es. Der Nebel tat ein Übriges, und Arts Silhouette verschwand mehr und mehr. Plötzlich kam sie sich furchtbar einsam vor.

Die GESA West in Spandau war eine Gefangenensammelstelle der Polizei. Wer hier landete, war selten länger als 24 Stunden hier, bevor er entweder freigelassen oder in ein anderes Gefängnis gebracht wurde. Die meisten Gäste in der GESA wurden von Streifen oder der Bereitschaft eingebracht – wie es im Polizeideutsch hieß. Betrunkene, Personen nach eskalierenden Auseinandersetzungen oder Prügeleien, Randalierer, Drogendealer, aber manchmal auch Menschen, die auf Fahndungslisten standen. Art hatte aufgehört zu zählen, wie viele Frauen und Männer er bereits festgenommen hatte. Nicht selten kamen die Festgesetzten wieder auf freien Fuß, auch im Zusammenhang mit Kapitalverbrechen. Manche, weil sie unschuldig waren, andere, obwohl sie schuldig waren. Art hasste das. Natürlich war es richtig, dass Menschen ein Recht darauf hatten, sich zu verteidigen, aber das System wurde zu oft auf den Kopf gestellt. Er hatte schon Unschuldige im Knast gesehen und Berufsverbrecher, die mit einem Lächeln wieder hinausspazierten. Einer der Gründe, warum er vor knapp einem Jahr seinen Job hingeschmissen hatte. Der andere Grund war Neles Onkel Dr. Kauder, der Polizeipräsident. Noch immer wurde hinter vorgehaltener Hand darüber gesprochen, dass Art ihm mit einem Faustschlag die Nase gebrochen hätte. Ob dem wirklich so war – also, ob die Nase tatsächlich gebrochen war –, hatte Art selbst nie erfahren. Den Gerüchten nach war es um Eifersucht gegangen. Kauder schlief mit Arts damaliger Frau, was, wie Art fand, eher der Fehler seiner Ex als der von Kauder war. Aber er hatte kein Interesse daran, die genauen Umstände dieses Zwischenfalls zu klären. Er beließ es bei den Gerüchten – sie würden sich ohnehin halten, egal, was er sagte. Und im Übrigen gingen die Details auch niemanden etwas an.

Auf der Fahrt zur GESA hatten Nele und er geschwiegen. Charlotte Tempel fuhr mit. Und das Wissen, dass sie gleich einer jungen Frau gegenübersitzen und ihr vom Tod ihrer Mutter berichten würden. Die Frage war nur, warum genau war Leo Tempel wohl verhaftet worden? Abgesehen davon schien Nele sich über ihn zu ärgern, sagte aber nichts dazu. Ihr Problem.

»Willst du? Soll ich?«, fragte Art, bevor sie ausstiegen.

»Ihr sagen? Mach du«, meinte Nele.

»Hast du so was schon mal gemacht?«

Sie schüttelte den Kopf.

Das Büro der GESA war klein. Zwei beengt stehende Schreibtische mit vier Beamten in dunkelblauen Polohemden mit der Aufschrift Polizei. Laut der großen Uhr über der Tür war es zehn Minuten nach Mitternacht. Auf einer weißen Tafel standen drei Namen, handschriftlich notiert. Einer davon war Leo Tempel.

»Hallo, Gero«, begrüßte Art den Leiter der Einrichtung, einen großen, bulligen Mann mit grau meliertem Kinnbart.

»Art! Der Held der Nation, in meiner Hütte.« Gero grinste, stellte seine Kaffeetasse ab und erhob sich. Die sich überschlagenden Pressemitteilungen aus dem Frühjahr wirkten offenbar immer noch nach. »Was verschafft mir denn *die* Ehre?«

Art schüttelte Geros eisern zupackende Hand. »Wir müssen mit Leo Tempel sprechen.«

»Was denn? Das BKA? Hat sie *noch* etwas angestellt, etwas, von dem wir nichts wissen?« Er gab Nele die Hand, und sein Blick streifte ihren Bauch.

»So oder so, wir müssen mit ihr reden«, erwiderte Art ausweichend.

Gero schnappte ein wie eine Auster. »Spielst jetzt in 'ner anderen Liga, hm?«

»Bisher dachte ich, wir spielen alle in derselben Liga.«

Gero sah ihn prüfend an und nickte. »Kann schon sein. Aber wenn *ich* Kauder eine geknallt hätte, säße ich bestimmt nicht mehr im Sattel.«

»Was willst du damit sagen?«

»Ich sag nur, was alle denken.«

»Und das wäre?«

»Du hast dir an der richtigen Stelle Freunde gemacht …«

Art verzog keine Miene. Gero hatte keine Ahnung, wie falsch er lag, wenn er glaubte, dass der Bundeskanzler die Hand über ihn hielt. Und selbst wenn es so wäre, es wäre das Letzte, was er wollte. Nicht Henrik. Aber egal, was er sagen würde, Gero würde das ohnehin nicht verstehen. »Warum ist Leo Tempel hier? Was ist passiert?«

Gero schnaubte. »Klimakleberei. Ich meine, was sonst. Ist ja gerade groß in Mode. Gestern die Sauerei am Brandenburger Tor. Heute der Hermannplatz. Wir haben drei von denen eingebracht. Diese Leo war das größte Problem. Ein Kollege wollte sie vorsichtig einsammeln, und sie ist wie 'ne Verrückte auf ihn los und hat ihm das Knie kaputt getreten. Mal abgesehen davon, dass die mit Steinen geschmissen und einen Polizeiwagen in Brand gesteckt haben.«

Art und Nele wechselten einen Blick. »Verstehe«, murmelte Art. Er hatte die Szene mit den Umweltaktivisten vor dem Kaufhaus am Hermannplatz noch vor Augen. »Wir müssen ungestört mit ihr sprechen, geht das?«

Gero kratzte sich am Hals, dann nickte er. »Klar. Ihr könnt in den Vernehmungsraum. Ich bring sie zu euch.«

Kapitel 6

Leo Tempel hatte blaugrüne Augen, die nervös hin und her flogen, als sie von Gero in den Vernehmungsraum gebracht wurde. Nele musterte verblüfft ihre Kleidung. Ein gelber abgenutzter Regenmantel, alle anderen Kleidungsstücke darunter waren schwarz, eine schwer einzuordnende Kombination aus Punk und 90er-Jahre-Style. Nichts davon sah teuer aus oder nach Reiche-Leute-Tochter, eher nach Experiment oder vielleicht: Protest. War das ihr normales Outfit, oder hatte sie das extra für die Klimademo angezogen? Leo Tempel war höchstens fünf Jahre jünger als sie selbst, schien aber einer völlig anderen Generation anzugehören. Ihre kurzen, widerspenstigen blonden Haare hatte sie mit grüner Farbe besprüht. Sie war schmal, wirkte durchaus sportlich, schien jedoch so gar nicht der Typ zu sein, der nach Polizeibeamten trat und sie dabei auch noch ernsthaft verletzte. Ihr Gesicht war blass, sie hatte violette Ringe unter den Augen und kam Nele vor wie ein verkleidetes, scheues, störrisches Reh. Als Leos Blick Neles Bauch streifte, zuckte sie unmerklich, als würde das Thema Schwangerschaft sie irgendwie berühren.

»Hallo, ich bin Art Mayer vom BKA in Berlin, das ist meine Kollegin Nele Tschaikowski.«

Leo Tempel nickte kurz, betrachtete Art, als hätte sie irgendetwas zutiefst irritiert, schwieg aber. Dann huschte ihr Blick durch den kahlen Raum, über den Tisch in der Mitte und die tief hängende Neonröhre darüber aus den Achtzigern, um schließlich wieder bei Art anzukommen.

»Setzen, bitte. Dahin.« Gero deutete auf den Stuhl auf der anderen Seite des Tisches. Leo Tempel nahm Platz. Mit ihren Fingern hielt sie die Enden der Ärmel des Regenmantels fest, sodass ihre Hände im Mantel fast verschwanden. Es schien, als wollte sie sich darin verkriechen. Nele fühlte sich unwohl. Leo Tempel tat ihr leid, sie wirkte nicht sonderlich stabil, und sie waren gezwungen, ihr die schlimmste aller Nachrichten zu überbringen.

Als Gero den Raum verließ, schloss sich die Tür hinter ihm mit einem satten Geräusch und hinterließ eine bedrückende Stille.

»Kein Staatsanwalt?«, fragte Leo mit gesenktem Blick.

»Warum Staatsanwalt?«, fragte Art interessiert.

»Na, wegen dem Polizisten. Aber ich sag's Ihnen gleich, er hat mich angefasst, erst hier«, sie deutete auf ihre Brüste, »und danach zwischen den Beinen.«

»Verstehe«, sagte Art.

»Bin nicht sicher, ob Sie das verstehen«, murmelte Leo.

Art ließ die Bemerkung einen Moment im Raum stehen. »Wir sind nicht wegen des Polizisten hier«, sagte er bedacht.

»Ich hab keine Steine geworfen und auch nicht das Auto in Brand gesteckt.«

»Dann ist ja gut. Beides ist nämlich strafbar.«

»Tsss.« Leo Tempel rollte mit den Augen.

»Sehen Sie das anders?«

»Weiß nicht. Einen Stein zu werfen und ein Auto anzünden ist strafbar, klar. Aber tausend Steine werfen und Hunderte Autos anzünden, das ist 'ne politische Aktion.«

Nele stutzte. Irgendwo hatte sie das schon einmal gehört, aber sie konnte sich gerade nicht erinnern, wann und wo. Jedenfalls hatte sie nicht den Eindruck, dass diese Sätze auf Leo Tempels Mist gewachsen waren.

»Ist es das, was Sie vorhatten?«, fragte Art.

»Pff. Ich vielleicht nicht, aber fragen Sie mal die Vermummten, die am Hermannplatz aufgetaucht sind.« Sie sah Art einen Moment lang forsch an. »Aber vermutlich machen Sie zwischen denen und uns eh keinen Unterschied, oder? Wissen Sie, wohin das führt? Dass solche wie ich demnächst auch Steine werfen.«

»Mich interessieren gerade weder die Steine noch der brennende Wagen. Wir kommen wegen Ihrer Mutter.«

Pause.

Reaktionstest.

Sagte ihr das etwas?

Eins musste Nele Art wirklich lassen. Seine offenen Fragen und auch wie er sein Schweigen einsetzte, das war so simpel wie clever.

»Meiner Mutter?« Auch Leo schwieg einen Moment. »Seit wann schickt die denn die Polizei anstelle von Anwälten?«

Art warf Nele einen Blick zu. Bedeutungsvoll. Wissend. Nur, dass Leo nicht wissen konnte, *was* Art wusste. Menschen, die sich schuldig fühlten, machten solche Blicke in der Regel unruhig. Sie begannen, sich Sorgen zu machen. Die Frage war nur: Warum behandelte Art Leo Tempel wie eine Verdächtige und nicht wie ein Opfer?

Leos Blick folgte Arts, ruhte einen Moment auf Nele und ging wieder zurück zu Art. Die Stille irritierte sie. Dann wurde sie plötzlich aschfahl, und ihre Augen funkelten wütend. »Nein, oder?«, flüsterte sie.

»Was, nein?«

»Sie hat mich angezeigt? Echt? Deswegen?«

Arts Miene blieb freundlich, doch Nele konnte die winzige Veränderung in seinem Gesicht sehen, Art schaltete in den Pokermodus. »Wie ist denn … *Ihre* Meinung zu dem Vorfall?«, fragte er.

Vorfall? Nele stutzte. Gab es tatsächlich etwas, das sie verpasst hatte? Oder war es einfach nur ein Art-Move.

»Ich … es ging um«, stotterte Leo, dann verstummte sie. Stierte auf den Tisch, hob schließlich den Blick und sagte resigniert: »Wissen Sie was, sie kann mir den *fucking* Buckel runterrutschen. BKA, LKA, Anwälte, ist mir alles egal.«

»Warum erzählen Sie uns nicht Ihre Version von dem, was vorgefallen ist«, hakte Art nach.

»Weil es Sie nichts angeht.« Sie lehnte sich trotzig zurück. Der gummierte gelbe Regenmantel knirschte, als sie die Arme verschränkte. In ihren Augen schimmerte es feucht.

»Mord geht uns schon etwas an«, sagte Art leise.

Leo Tempel lachte nervös auf. »Mord? Meine Mutter? Wen hat sie denn …?« Sie verstummte.

Nele sah Leo verblüfft an. Was war denn hier los? Als hätten sie in ein Wespennest gestochen. Offenbar schien Leo Tempel eher davon auszugehen, dass ihre Mutter jemanden töten könnte, als dass sie selbst getötet wurde.

Die Neonröhre sirrte leise. Der Ton schien Leo zu nerven, sie sah gereizt zur Lampe auf.

»Erzählen Sie uns von dem Vorfall zwischen Ihnen und Ihrer Mutter«, hakte Art nach.

Leo kratzte sich an ihrem tätowierten Handrücken, dabei rutschten die Ärmel etwas hoch, und Nele konnte für einen kurzen Moment ihre vernarbten Handgelenke sehen. Dazu kam, dass ihre Handinnenflächen wund waren, vermutlich vom Klebstoff und den Lösungsmitteln, von der heutigen Aktion am Hermannplatz.

»Wissen Sie was?«, meinte Leo. »Ich sag gar nichts mehr. Überhaupt nichts.«

Art beugte sich vor und blickte sie eindringlich an. »Leo, die meisten Leute, die diesen Satz sagen, haben eine ganze Menge zu verbergen. Und früher oder später kriege ich auch raus, was sie verbergen wollen. Meistens wird es dann viel unangenehmer als nötig. Noch ist das ein Gespräch zwischen uns beiden – aber wenn das hier offiziell wird, dann wird es eben sehr viel schwieriger.«

»Und was ist mit Ihnen, Herr … *Mayer*? Was haben Sie denn zu verbergen?« Leo sah ihn trotzig an. Nein, nicht trotzig, fast aufsässig.

»Du kannst Art sagen.«

»Hallo, Art.« Sie lächelte traurig. Oder war das etwa ironisch? »Ich bin Leo. Und auf die Zuckerbrot-und-Peitsche-Nummer fall ich nicht rein. Schon lange nicht mehr. Also, was ist mit dir, Art? Was hast *du* zu verbergen?«

Nele glaubte ihren Ohren nicht zu trauen. Sie bekam die gerade mal Zwanzigjährige, die vor ihr saß, mit ihren schmalen Schultern, dem Bambi-Blick und dem billigen Regenmantel nicht zusammen mit dem, was sie sagte. Lag es daran, dass ihre Mutter reich war? War sie einfach ein verzogener Teenager?

Art ließ die Frage erneut an sich abprallen. Ohne es zu wissen, hatte Leo einen Treffer gelandet. Spontan fiel Nele kaum jemand ein, der mehr zu verbergen hatte als Art.

»Was ist zwischen deiner Mutter und dir vorgefallen?«, fragte Art beharrlich.

»Was soll schon vorgefallen sein?«, meinte Leo achselzuckend und gab sich plötzlich offen. Ihre Körpersprache wandelte sich, mit einem Mal lagen ihre Hände ruhig und entspannt auf ihren Oberschenkeln. Ihre Schultern, die vorher hochgezogen waren, wie um ihren Kopf zu schützen, sanken herab. »Meine Mutter ist der liebenswerteste und großzügigste Mensch, den ich kenne. Aber wie das nun mal zwischen Mutter und Tochter so ist – wir sind nicht immer einer Meinung.« Sie breitete ironisch die Hände aus. »Überraschung!«

»Und worin seid ihr nicht einer Meinung?«

»Oh, der aufmerksame Herr Kommissar«, lächelte Leo bitter. »Hier lauert die nächste Überraschung. Wo hat man mich wohl verhaftet? Schon mal was von …«, sie spitzte die Lippen, »*Klimakatastrophe* gehört?«

»Du meinst, du und deine Mutter, ihr habt über den Klimawandel gestritten?«

»Wenn meine Mutter nur die Hälfte ihrer ganzen Spenden für das Klima ausgeben würde, dann wäre dem Planeten echt geholfen.«

Art nickte und schwieg einen Moment. »Und *wie* habt ihr euch gestritten?«

»Wie man das halt so macht, es wurde laut, ich hab die Türen geschmissen – das war's.«

»Aha. Und weshalb hat deine Mutter dich dann angezeigt?«

Leo sah Art an, als würde sie ihre Optionen checken. »Na, wenn *du* es nicht weißt«, sagte sie, »dann weiß ich's wohl auch nicht.«

Art nickte bedächtig. Leo hatte offenbar begriffen, dass er weniger wusste, als er vorgab. »Leo?«

Sie hob die Brauen.

»Deine Mutter ist tot.«

Stille.

Sie sah auf das Tattoo auf ihrer Hand. Schüttelte den Kopf. »Nein.«

»Sie wurde ermordet, wir haben sie heute Abend tot aufgefunden.«

»Ermordet?«, fragte sie tonlos. »Wo?« Ihre Gesichtsmuskeln wirkten plötzlich wie abgeschaltet.

»Im Königswald.«

Leo schluckte. Brauchte einen Moment. Nele versuchte, in ihrem Gesicht zu lesen, ob sie betroffen war oder unter Schock stand. Leo hatte im Verlauf der letzten Minuten so oft das Gleis gewechselt, dass sie unmöglich einschätzen konnte, wann diese junge Frau die Wahrheit sagte und wann ihre Reaktionen nicht echt waren.

»Ist sie … ist das diese Sache aus den Nachrichten? Wo gerade alle im Netz …?«

Art nickte.

Leo vergrub ihr Gesicht in den Händen. Ihre Stimme klang dumpf, als sie sprach. »Wie ist sie gestorben?«

»Das untersuchen wir noch. Genaueres können wir gerade nicht sagen.«

Klar, kein Täterwissen preisgeben, dachte Nele. Unwillkürlich versuchte sie sich vorzustellen, wie Leo mit ihrer Mutter in den Wald ging, mit einem Hirschgeweih, sie fesselte, tötete und sie dort zurückließ. Das war absurd. Undenkbar. Jemanden so zu töten und zur Schau zu stellen, passte eher zu einem psychopathologischen Serienmörder, und Leo schien ihr zwar durchaus psychologisch auffällig zu sein, oder zumindest seltsam, aber mehr auch nicht.

»Mein Gott«, stöhnte Leo. »Selbst im Tod schafft sie es noch, eine verfluchte Sensation zu sein.«

»Wie meinst du das?«, fragte Art.

»Na ja, dieser ganze Social-Media-Wahnsinn, dieses Wesen im Wald, halb Mensch, halb Tier. Jeder spricht darüber. Einfach *jeder*.«

»Ich bin mir sicher, das hatte deine Mutter nicht vor.«

Sie zog geräuschvoll die Nase hoch. Ihre Hände zitterten. Konnte man so etwas spielen? Unmöglich, dachte Nele.

»Haben Sie 'ne Ahnung«, murmelte Leo abwesend. Offenbar vergaß sie in ihrer Verwirrung das Duzen. »Meine Mutter ist nicht der Mensch, dem etwas passiert, was sie sich nicht vorgenommen hat. Sie hat immer alles bekommen, was sie wollte. Einfach nur, weil sie es wollte.«

»Wie meinst du das?«, fragte Art.

Leo biss sich auf die Lippen, sah ihn dann an und zuckte mit den Achseln. Zum ersten Mal war sich Nele sicher, dass sie sich nicht verstellte. »Na ja, ganz einfach«, sagte Leo. »Zum Beispiel der Hirsch. Sie wollte immer den Hirsch. Und jetzt hat sie ihn.«

Also, wo soll ich anfangen? Bei deinem Vater? Ich bin nicht sicher, vielleicht fang ich da an, wo mir klar wurde, dass ich um dich kämpfen muss. Wenn ich daran denke, dann scheint mir alles wie ein … keine Ahnung … irrer Film? Manchmal sind es auch nur Momente, die sich wie Fotos in meine Erinnerung eingebrannt haben. Dann wieder kann ich mich an ganze Gespräche erinnern, im Wortlaut. Okay, vielleicht weiß ich nicht mehr jedes Wort. Vielleicht täuscht mich meine Erinnerung auch manchmal. Ich hatte oft Angst – da gerät schon mal was durcheinander.

Gott, ich rede und rede, als wollte ich mich davor drücken, überhaupt anzufangen, dabei läuft mir die Zeit davon …

Also: Ich weiß noch genau, wie ich in seinem Arbeitszimmer saß. Gezählt habe. Vierzehn … fünfzehn … sechzehn Enden! Ich konnte nicht anders, immer wieder glitt mein Blick zu dem majestätischen Hirschgeweih an der Wand. Um mich zu beruhigen, hatte ich bereits dreimal die spitzen Enden durchgezählt.

Und er? Saß auf seinem Chefsessel hinter dem Schreibtisch und wartete immer noch auf eine Antwort.

»Also was? Sind wir einer Meinung?«

Ich schwieg. Starrte auf den schwarzen Füller, der zwischen seinen Fingern wippte. Ein Montblanc, in der Mitte hatte das Ding eine breite goldene Verzierung, ziemlich protzig eigentlich. Reichtum, Macht, Kultiviertheit und Schwanzverlängerung. Das Ding war mehr Statussymbol als eine dieser sauteuren Uhren.

»Noch mal, du weißt, ich lasse das nicht zu«, sagte er und deutete auf meinen Babybauch, also … auf dich.

Himmel. Warum nur hatte ich mich auf dieses Gespräch eingelassen? Das alles war so erniedrigend. So absurd. Diese ganze Reiche-Leute-Scheiße. Holzvertäfeltes Zimmer. Riesenschreibtisch.

Die Sonne fiel durchs Fenster, und sein graues Haar leuchtete weiß. Seine Augen lagen im Schatten. Keine Krähenfüße, dafür lachte er zu selten, nur eisige vertikale Linien, die Sorte, die man vom Zähnezusammenbeißen bekommt. Und dann die ganzen Fotos an der Wand mit ihm und all diesen Leuten, die ich nur aus der Zeitung und aus dem Fernsehen kannte.

Aber davon wollte ich mich nicht einschüchtern lassen. Auf keinen Fall! Was hatte er gesagt? Das lasse ich nicht zu?

»Ganz ehrlich? Ist mir scheißegal«, brachte ich hervor. Ich klang wie ein trotziges Kind, irgendwie ungehobelt, wie eine von der Straße, aber die Hauptsache war, ich setzte mich zur Wehr.

Er seufzte. Tat so, als hätte er Geduld. »Hör zu, du bist ein hübsches Mädchen. Jung. Unverbraucht … sexy, ja, wirklich. Aber hör mal, ganz im Ernst … glaubst du, das reicht?«

Ich wollte etwas sagen, aber mir blieben die Worte im Hals stecken. Ich war einfach sprachlos.

»Also, ich meine«, fuhr er fort und deutete wieder auf

meinen Bauch, »dafür hat's ja gereicht. Aber diesem Spuk machen wir jetzt ein Ende.«

Spuk?

Ja. Genau so hat er dich genannt. Und ich dachte, du Mistkerl! – dieser Spuk tritt mich nachts und hält mich wach. Der Spuk hat ein Herz, im Gegensatz zu dir. »Was willst du machen?«, hab ich gefragt. »Ich bin im fünften Monat. Willst du's wegmachen? Da hättest du vor Wochen kommen müssen.«

Er zog die Stirn in Falten. War er wütend oder nur irritiert? »Da wusstest du doch selbst noch nicht einmal, dass du schwanger bist. Oder hast du gelogen?«

Gelogen. Dass ich nicht lache. Momentaufnahmen zuckten durch meinen Kopf. Bo und ich in Paris, er witzelt über meinen leicht rundlichen Bauch. Meine Periode, der Blister mit der Pille, dann das blasse Gesicht der Frauenärztin, die mir eröffnet, ich sei im vierten Monat, und dann etwas von »unentdeckter Schwangerschaft« daherredete. Ich wäre einer von etwa 10 000 Fällen; ich wäre eine Ausnahme.

Ob ich gelogen habe? Nein, verdammt, habe ich nicht.

»Wie auch immer«, meinte er und sah mich an. »Wegmachen ist ja keine Option mehr. Nennen wir's wegbringen.«

»Wegbringen?« Ich war entsetzt. »Meinst du, es adoptieren lassen?«

Himmel! Habe ich dich gerade »es« genannt? Tut mir leid, ich mein das nicht so. Du warst für mich nie ein »es«, auch wenn ich nicht mal weiß, was du bist – ein Junge oder ein Mädchen – und was aus dir geworden ist.

Er winkte jedenfalls nur ab. »Zerbrich dir nicht meinen Kopf. Du willst es nicht wissen.«

»Wegbringen, loswerden … ist mir egal, wie du das

nennst. Das kommt nicht infrage. Niemals.« Ich stand aus dem Sessel auf. »Das war's, ich geh jetzt.«

»Warum verschließt du dich jeder vernünftigen Lösung? Du gehst noch zur Schule. Ich meine, du musst doch begreifen, dass das unmöglich ist. Ich werde niemals zulassen, dass jemand wie du ein Kind zur Welt bringt, das meinen Namen trägt.«

»Nur weil's für dich unmöglich ist, heißt das nicht, dass es für mich auch unmöglich ist.«

»Begreifst du nicht, dass es hier nicht nur um dein Leben geht? Du ruinierst das Leben von anderen Menschen.«

»Meinst du das Leben deines Sohns?«, erwiderte ich. »Oder vielleicht eher dein eigenes?«

»Wenn du jetzt hier aus der Tür gehst«, blaffte er, »wirst du das für immer bereuen.«

»Dafür kann ich ein Leben lang meinem Kind in die Augen sehen, vielleicht entschädigt mich das ja.«

Er hob die Brauen und zog die Kappe von seinem Nobelfüller. Ich hörte die Feder leise auf dem Papier kratzen, während er etwas schrieb. Ich konnte sehen, dass es eine Zahl war. Wortlos hob er den Scheck hoch.

Ich weiß noch, ich hatte einen Kloß im Hals und habe versucht zu lachen. »Nette Summe, aber erbärmlicher Versuch.«

Ohne eine Miene zu verziehen, legte er den Scheck vor sich, schrieb wieder etwas und hielt ihn erneut hoch. Er hatte eine weitere Null an die Summe angehängt und damit den Betrag einfach mal eben verzehnfacht.

»Letztes Angebot«, meinte er. »Von mir aus bekomm das Kind. Aber niemand erfährt davon, und du gibst es zur Adoption frei. Anonym.«

»Du bist widerlich.«

»Ist das ein Ja?«

»Häng zehn Nullen dran, ich sag trotzdem Nein.«

»Ach ja? Und wie willst du dein Kind versorgen? Oder glaubst du etwa, mein Sohn tut's? Was ist mit deinem eigenen Leben? Und was ist mit deiner Mutter, der würde das Geld mit Sicherheit auch helfen. Hast du daran mal gedacht?«

»Meine Mutter würde mir was erzählen, wenn ich das hier annehme«, schoss ich zurück. Eigentlich ziemlich voreilig. Ich war mir gar nicht sicher, ob das stimmte. Viel wahrscheinlicher war, dass sie einfach nur sagen würde: Schätzchen, sei nicht blöde.

Er nickte und sah mich finster an. Bitter, irgendwie. Seine Kiefermuskulatur arbeitete. »Wenn du den Scheck nicht nimmst, nimmt ihn jemand anders.«

»Jemand anders?« Ich lachte auf.

»Ich kenne eine Menge Leute.«

»Das sehe ich.« Ich deutete spöttisch zur Wand mit den Bildern. Langsam bekam ich Oberwasser. Seine Autorität verblasste. Ob er wirklich dachte, dass ich nicht begriff, was er hier abzog? Der billige ›Ich hab einflussreiche Freunde‹-Trick? »Aber keiner von denen«, sagte ich, »wird dir dabei helfen.«

»Nicht diese Leute.« Er machte eine wegwerfende Handbewegung. »Ich rede von Leuten, die keiner kennt.«

Ich begriff nicht ganz, was er meinte, und lachte unsicher. »Willst du mir etwa drohen?«

»Setz dich wieder«, sagte er im Befehlston.

In diesem Moment wurde mir eiskalt. »Ich … steh lieber.«

»Nimm den Scheck und hör mir zu.«

Ich schüttelte den Kopf. Meine Knie wurden weich.

Er gab ein Geräusch von sich, zwischen Seufzen und

Knurren, als wäre ich ein überflüssiges Ärgernis. »Für so viel Geld«, meinte er, »würden einige Menschen alles tun. Und es täte mir leid, wenn am Ende jemand Schaden nimmt.«

Ich schluckte, wich seinem Blick aus und schaute zu dem Sechzehnender an der Wand. Schaden nehmen? Hatte er das gerade wirklich gesagt? War er etwa bereit, mich und mein Kind …? Nein! Das konnte er nicht gemeint haben. Oder? Ich starrte das Geweih an. Vielleicht sollte ich ihm erzählen, dass mein Kind von jemand anderem war? Oder zumindest, dass ich nicht sicher war?

Aber würde das mein Problem lösen?

Ich hatte wirklich schon einige Erfahrung damit, Menschen zu verlieren. Ich stand ziemlich alleine da. Und wenn ich das tat, dann würde ich auch noch den Menschen verlieren, der mir am meisten bedeutete, und das war Bo.

»Du hast eine Woche«, sagte er. »Dann will ich eine Antwort. Und ich rate dir, entscheide dich für die richtige.«

Ich nickte. Kam mir vor wie ein dummes kleines Mädchen. Keine Spur mehr von Mut.

»Ach, und noch etwas.« Er sah mich mit diesem durchdringenden Blick an, den er wirklich gut draufhatte. »Kein Wort über all das hier zu meinem Sohn. Sonst lernst du mich von meiner schlimmsten Seite kennen.«

»Okay«, hab ich gesagt. Was gelogen war. Denn natürlich würde ich Bo alles erzählen.

Kapitel 7

Art Mayer sah Leo perplex an und versuchte einzuordnen, was sie da gerade gesagt hatte. *Sie wollte den Hirsch, und jetzt hat sie ihn.* Nele schien ebenso überrascht zu sein wie er. Leo war offensichtlich geschockt vom Tod ihrer Mutter, auch wenn sie ein zwiespältiges Verhältnis zu ihr gehabt hatte. Sie verhielt sich auf jeden Fall, als hätte sie nichts vom Tod ihrer Mutter geahnt. Aber warum wusste sie dann von dem Geweih? Das ergab keinen Sinn.

»Was meinst du damit?«, fragte Art.

»Na, der Hirsch«, sagte Leo.

»*Welcher* Hirsch?«

Leo schaute ihn an, als wäre er schwer von Begriff. »Der Medienpreis, was denn sonst.«

Nele stieß vernehmlich Luft aus.

Art dagegen hielt die Luft an. Der Hirsch. Natürlich. Angesichts der schrecklich zugerichteten Leiche und der Gewalt hatte er nicht eine Sekunde an den schillernden Medienpreis, rote Teppiche und vergoldete Hirschskulpturen gedacht. »Du meinst, deine Mutter hat den Hirsch verliehen bekommen?«

»Sag ich doch.«

Art schaute zu Nele, die gerade mit ihrem Handy beschäftigt war und nun die Stirn runzelte. »Laut Google«, meinte Nele, »kann ich Ihre Mutter aber nicht unter den Preisträgern finden.«

»Ach so, ja.« Leo zuckte mit den Achseln. Es hätte gleichgültig wirken können, wäre da nicht die Anspannung in ihrem Gesicht, die sie zu überspielen versuchte. »Ist noch nicht offiziell. Sie bekommt ihn dieses Jahr. Die Show ist erst in ein paar Wochen, Anfang November glaube ich.« Leo blickte von Art zu Nele. »Was schauen Sie denn so? Ist doch normal. Die Preisträger werden immer vorher informiert. Reden schreiben, Auftritt proben und so weiter.«

»Ich versteh das nicht ganz«, meinte Art. »Ich dachte, es gibt für diese Preise immer mehrere Nominierte, und dann wird erst in der Show verkündet, wer den Preis bekommt. Ist das etwa vorher schon klar?«

»Keine Ahnung, also, mehrere Nominierte, das gibt's nur bei den Schauspielerinnen und Schauspielern und den Filmen und so. Oder dem Zuschauerpreis. Aber bei den meisten anderen Kategorien nicht. Da gibt es nur eine ›Nominierung‹ – und die- oder derjenige wird dann auch automatisch der Preisträger, wie zum Beispiel meine …« Sie verstummte, vielleicht weil ihr gerade aufgefallen war, dass ihre Mutter den Preis nun nie bekommen würde.

»Gibt es irgendjemand, den Ihre Mutter verärgert hat?«, fragte Nele. »Jemand, der wütend auf sie ist oder der ihr diesen Preis nicht gegönnt hat?«

Leo verzog das Gesicht zu einer ironischen, bitteren Miene. »Wir reden von Charlotte Tempel, Everybody's Darling. Wen sollte sie verärgert haben?«

»Sie zum Beispiel hatten Streit mit ihr«, meinte Nele.

»Ja, klar. Eigentlich von Geburt an. Sie hat immer erzählt, dass ich damals nicht aus ihr rauswollte. Es wäre vom ersten Moment an ein Kampf gewesen mit mir. Schon immer.« Leo wischte sich mit dem Handrücken über die Augen, runzelte die Stirn und sah Nele an. »Was wollen Sie denn damit eigentlich sagen? Verdächtigen Sie etwa mich, bloß weil wir gestritten haben?«

»Wir stellen nur Fragen«, sagte Nele.

»Das mit dem Streit war aber keine Frage, sondern eine Feststellung.«

Nele versuchte es mit einem Lächeln. »Sagen wir, eine erweiterte Frage.«

Leo schob das Kinn vor und sah Art an. »Hör mal, wenn deine … dicke Assistentin es auf mich abgesehen hat, vielleicht kannst du ihr erklären, dass ich gerade meine Mutter verloren habe?!«

Art musterte Leo schweigend. Wieder eine Volte. Tat sie das, um abzulenken? Sie war nicht die erste Angehörige eines Mordopfers, die patzig oder trotzig reagierte, wenn sie spürte, dass der Verdacht auch vor ihr nicht haltmachte. Und es würde auch nichts helfen, ihr zu erklären, dass laut Statistik die meisten Gewaltverbrechen von nahen Angehörigen verübt wurden. Erklärungen halfen nicht, wenn es um Gefühle ging. Aber er fragte sich wirklich, was in Leo Tempel vorging. Irgendetwas stimmte hier nicht. Normalerweise hatte er ein gutes Gespür für Menschen, aber von Leo hatte er jetzt schon so viele Gesichter gesehen, die Toughe, die Unnahbare, die Traurige, die Ironische, die Verletzte, die Giftige …, es fiel ihm schwer zu sagen, was davon echt war. Vielleicht am ehesten die Verletzte?

»Als Nächstes wollen Sie bestimmt wissen, ob ich jetzt das ganze Vermögen meiner Mutter erbe, oder?« Sie sah erst Nele an und dann wieder Art. »Macht mich das noch verdächtiger? Ich meine«, sie lachte auf, »viel schlimmer kann's ja eh nicht mehr werden, oder? Verhaftet bin ich ja schon, gestört offenbar auch, so wie ihr mich anseht. Wenn ich noch ein bisschen mit den Augen rolle oder Schaum vor dem Mund kriege, dann könnt ihr mich ja auch direkt von hier aus in die Geschlossene schicken, oder?«

»Niemand will dich irgendwohin schicken«, sagte Art. »Ich habe nur das Gefühl, dass du nicht ganz ehrlich bist.«

»Tsss. Ja«, schnaubte Leo. »Das hab ich gelernt, ziemlich früh. Aber damit bin ich nicht allein, oder, Herr Kommissar? Vielleicht bin ich ja gerade auch nur«, sie wackelte mit dem Kopf, »etwas verwirrt. Wäre das so verwunderlich?«

»Nein, sicher nicht«, gab Art zu. Sein Blick fiel auf Leos Handgelenke. »Warst du mal in psychologischer Behandlung?«

»Tsss.«

»Das heißt Ja?«

»Das heißt *Tsss*.«

Art nickte. Leo schien schlau genug zu sein, nichts darüber zu sagen. Sie ahnte vermutlich, dass ein Psychologe notfalls auch von seiner Schweigepflicht entbunden werden konnte. Doch solange niemand wusste, wer ihr Psychologe war und ob sie überhaupt einen hatte, so lange würde man auch niemanden entbinden können, geschweige denn eine Akte finden.

»Wo warst du am letzten Freitag zwischen 18:00 und 23:00 Uhr?«

Leo zog die Brauen zusammen und zögerte einen Moment. »Geht dich nichts an.«

»Ich nehme an, du weißt, warum ich dich das frage?«

»Geht dich trotzdem nichts an.«

»Aha.« Art schwieg einen Moment, um Leo das Gewicht ihrer Antwort spüren zu lassen. »Du wohnst noch zu Hause bei deiner Mutter, richtig?«, fragte er schließlich.

»Warum?«

»Weil ich mich frage, warum du noch nicht ausgezogen bist. Ihr habt euch ja offenbar nicht so gut verstanden.«

Leos Mund wurde zu einem Strich. Einmal mehr zuckte sie mit den Achseln und rang sich ein paar Worte ab. »Wegen der Kohle.«

»Klar«, meinte Art. »Ist einfacher.« Er nahm sich vor, mit Brunner von der KT und Ben Gallwitz vom Erkennungsdienst zu sprechen. Irgendwo im Haus der Tempels oder bei der Bank würde es Zahlungsbelege oder Rechnungen eines Psychologen geben – wenn sie denn einen aufgesucht hatte. Und mit etwas Glück fanden sich ja vielleicht sogar Spuren von dem Streit zwischen Leo und ihrer Mutter – falls er nicht so glimpflich abgelaufen sein sollte, wie Leo behauptete. Wichtig war nur, dass Leo bis dahin keine Möglichkeit hatte, selbst nach Hause zu kommen.

»Möchtest du vielleicht jetzt die Hilfe eines Psychologen?«, fragte er.

»Leck mich.« Leo verschränkte die Arme.

»Okay.« Art stand auf. »Für heute reicht es erst einmal, denke ich.« Während er zur Tür ging, wandte er sich an Nele. »Kommst du?«

Nele blieb sitzen und sah die junge Frau an, die sich gerade noch so abfällig über sie geäußert hatte. »Frau Tempel«, sagte Nele versöhnlich, »ich verstehe, dass Sie aufgebracht sind. Wir glauben auch nicht, dass Sie etwas mit dieser furchtbaren Tat zu tun haben. Aber bei einem Mord ist es üblich, dass in alle Richtungen ermittelt wird. Insbesondere, wenn wir feststellen, dass Sie und Ihre Mutter offenbar kein gutes

Verhältnis hatten. Das ist reine Routine. Bitte entschuldigen Sie, falls ich Sie damit verletzt habe.«

Leo verzog das Gesicht zu einer Grimasse. »Machen Sie das immer?«, fragte sie süßlich. »Wenn Ihnen jemand eine klatscht, auch noch die zweite Wange hinhalten?«

Nele blieb äußerlich ruhig, doch von da, wo Art stand, sah er, dass sie ihre Hände unter dem Tisch zu Fäusten ballte.

»Was versprechen Sie sich davon?«, fragte Nele.

»Keine Ahnung«, erwiderte Leo. »Erleichterung? Revanche?«

»Ich verstehe, dass es Ihnen nicht gut geht –«

»Ach, hören Sie doch auf mit Ihrem Empathie-Gequatsche. Das kaufe ich Ihnen nicht ab.«

Nele zog eine Visitenkarte aus ihrer Jackentasche und reichte sie Leo. »Rufen Sie mich an, wenn Sie mit jemandem sprechen wollen.« Dann stand auch sie auf.

Nach einem kurzen Klopfen wurde die Tür von außen geöffnet, und Art verließ den Raum zusammen mit Nele.

»Was ist jetzt mit ihr?«, fragte Gero im Flur.

»Lass sie abkühlen«, erwiderte Art. »Wie lange bleibt sie noch hier?«

»Bis morgen.« Gero sah kurz auf seine Uhr und bemerkte, dass es bereits nach Mitternacht war. »Also eigentlich bis heute. Die 24 Stunden enden gegen 21:00 Uhr. Bis dahin hat der Staatsanwalt entschieden. Aber wenn sie einen Anwalt auftreibt, vermute ich, dass sie direkt freikommt. Ihre Schilderung der Vorkommnisse … na ja. Du weißt schon.«

Art nickte. »Versuch, sie so lange wie möglich hierzubehalten, okay?«

»Aha. Und warum?«

»Tut mir leid. Ich darf nichts sagen.«

»Was ist, wenn sie einen Anwalt will?«

»Vor morgen früh um neun wird sie vermutlich eh niemanden erreichen. Und wenn du es dann noch etwas verzögern kannst, wäre das gut.«

»Mhm«, brummte Gero.

»Ich schicke Dir eine Psychologin vorbei«, sagte Art. »Nur für den Fall der Fälle.«

»Eine Psychologin? Aber nicht auf meine Kostenstelle.«

»Natürlich nicht«, sagte Art. »Hast du meine Nummer noch?«

»Klar.«

»Falls was ist mit ihr, irgendwas, egal was, dann ruf mich an, okay?«

Draußen am Wagen machte Nele sich Luft. »Sag mal, was war das denn gerade?«

»Was meinst du? Gero und ich sind alte Bekannte.«

»Ich rede nicht von dem Kollegen. Was ist mit diesem *Vorfall*, von dem du gesprochen hast. Zwischen Leo und ihrer Mutter. Du weißt doch irgendwas, oder?«

Art sah sie nachdenklich an. »Was denkst du, hat sie etwas mit dem Tod ihrer Mutter zu tun? Wie schätzt du sie ein?«

Nele hob die Arme. »Pff. Das wäre jetzt echt reine Spekulation, ich meine, wir haben nichts bisher.«

»Ich frage nach deinem Gefühl.«

Nele zog die Stirn kraus.

»Glaubst du, sie könnte es gewesen sein?«

»Eigentlich …«, sagte Nele und zögerte einen Moment. »Eigentlich nicht.«

»Ja oder nein.«

»Nein.«

Art nickte. »Okay. Erinnerst du dich an die Tüte, die mir Nosferatu vorhin gezeigt hat?«

»Die mit den Haaren? Ja, klar.«

»Die Haare waren grün.«

Nele stutzte.

»Und ich hab mir vorhin die Fingernägel von Charlotte Tempel angesehen. Unter den Nägeln waren Reste von grüner Sprayfarbe.«

Nele klappte der Mund auf. »Und das sagst du mir erst jetzt?«

Art seufzte. »Entschuldige, ja.«

Nele starrte ihn immer noch fassungslos an. »Wow. Gleich zwei Überraschungen auf einmal. Erstens: Ich dachte, wir gehen inzwischen anders miteinander um, und zweitens: Du hast das Wort ›Entschuldigung‹ gelernt?«

Art schwieg.

»Warum zum Teufel hältst du mich raus?«

»Ich halte dich nicht raus.«

»Doch, tust du. Und ich will wissen, warum. Ich meine, warum die anderen es tun, ist mir klar. Ich seh's ja, alle starren mir auf den Bauch und fragen sich, was die hier noch will. Aber du?«

»Du siehst Gespenster«, sagte Art. »Vielleicht versuchst du mal zwischendurch, die ein oder andere Sorge der Kollegen nicht so abzubügeln und nur das Schlechte darin zu sehen.«

Nele stöhnte. »Na, vielen Dank. Übrigens, wie geht's deinem Diabetes? Wär vielleicht gut, du schonst dich etwas?«

»Nele, es ging nicht um deine Schwangerschaft. Ich wollte einfach deinen Eindruck hören. Ohne irgendwelches Vorwissen.«

»Was heißt denn hier Vorwissen? Es gibt Indizien gegen Leo Tempel. Und sie weigert sich, uns zu sagen, wo sie zum Tatzeitpunkt war.«

»Eben«, sagte Art. »Du weißt doch, wie die Polizei arbeitet. Indizienfixiert. Bisher gibt es noch keine offiziellen Laborbefunde. Außerdem hat Leo Tempel sich die Haare möglicherweise erst für die Demo angesprüht, da war ihre Mutter bereits seit Tagen tot. Aber sollten die Laborergebnisse eine Übereinstimmung anzeigen, werden sich die Kollegen mit Sicherheit auf sie einschießen.«

Nele nickte nachdenklich. »Was glaubst du denn?«, fragte sie. »Denkst du, Leo könnte es getan haben?«

»Nein. Bisher nicht.«

»Und warum?«

»Ich bin nicht sicher. Ein Gefühl?« Er überlegte einen Moment. »Diese Kombination aus Vorsatz und brutaler Gewalt, das passt nicht zu ihr. Sie hatte zwar Probleme mit ihrer Mutter, vielleicht hat sie ihre Mutter auch gehasst, aber nicht so. Bisher sehe ich nicht, dass sie ein Motiv hat, das zu dieser Art von Tat führt.«

»Und warum willst du dann, dass sie noch länger in der GESA einsitzt? Ich meine, ihre Mutter ist ermordet worden. Sie könnte etwas Beistand gebrauchen.«

»Ich will verhindern, dass sie eine Dummheit begeht.«

»Was für eine Dummheit?«

»Sie verschweigt uns etwas. Und wenn sie nach Hause kommt, wird sie vielleicht versuchen, irgendetwas zu beseitigen, zu vernichten oder zu verändern. Einfach um sich selbst zu entlasten.«

»Und was sollte das sein?«

»Keine Ahnung. Aber wenn es schlecht läuft, dann könnte sie damit sogar Dinge beseitigen, die uns zum Täter führen.«

»Ich versteh nicht, was du damit meinst.«

»Ich bin noch nicht sicher, ist nur eine Vermutung. Lass uns morgen darüber reden.«

»Morgen, hm? Das fängt ja gut an«, murmelte Nele. Sie atmete tief durch, bevor sie sich umständlich auf dem Beifahrersitz des Dienstwagens niederließ. Art setzte sich hinters Steuer und ließ den Motor an. »Was denkst du zu dieser Hirsch-Sache? Dem Medienpreis?«

»Sag ich dir morgen«, erwiderte Nele schnippisch. Die Retourkutsche kam ihr irgendwie billig vor, doch Arts Gesicht zeigte für einen winzigen Moment, dass die Botschaft angekommen war – und das wiederum war nicht billig, sondern selten.

Manchmal ertappe ich mich bei dem Gedanken, ich hätte Ja sagen sollen. Von Anfang an. Ich hätte seinen Scheck nehmen und dich abgeben können. Klingt das feige? Bist du jetzt wütend? Du weißt nicht, was ich weiß. Vielleicht bist du mir ja ähnlich? Glaubst an Gerechtigkeit. Aber, hey, die gibt's leider nicht. Wenn überhaupt, dann gibt es nur die Gerechtigkeit, für die wir selbst sorgen. Und für jedes Gramm davon muss man kämpfen.

Anfangs habe ich noch gedacht, Bo ist mein weißer Ritter, hebt mich auf sein Pferd und reitet mit mir davon. Ganz schön naiv. Als bekäme man was geschenkt.

Und da ist es wieder. Eins dieser Fotos in meinem Kopf. Bo und ich am Feuer. Ich muss das Bild nur in Gedanken antippen, und schon läuft es los wie ein Film. Nein, es ist mehr als ein Film, ich kann immer noch die Hitze des Feuers spüren, ich rieche die brennenden Scheite, höre die Sätze, und jedes meiner Gefühle kribbelt unter der Haut, als wäre all das hier und jetzt. Bo ganz nah bei mir, vertraut, groß, gut aussehend – ich meine, wirklich gut aussehend –, aber was mich noch mehr anmachte als sein Aussehen, war seine Entschlossenheit. Bo war einer, der die Kohlen aus dem Feuer holt.

Doch heute war sein Rücken krumm, er war angespannt, starrte abwesend und düster in die Flammen. In seinen Händen drehte er unablässig sein Telefon, ein kleines graues Nokia-Handy, das ich mir nie hätte leisten können. Ein Holzscheit im Feuerkorb rutschte tiefer. Es rumpelte, und Funken stoben auf. Gerade eben hatte es noch nach Regen ausgesehen, tiefgraue schwere Wolken hingen über uns. Doch jetzt trieb der Wind sie fort, und es war immer noch trocken, also saßen wir hier, an einem der wenigen Plätze, wo wir uns zu Hause fühlten – obwohl wir hier beide nicht zu Hause waren. Meine Mutter sprach kaum noch ein Wort mit mir, und bei Bo konnten wir nicht sein, jedenfalls nicht, wenn sein Vater im Haus war.

»Ich versteh immer noch nicht«, murmelte Bo, »warum mein Vater das gesagt hat. Bist du sicher, dass du das richtig verstanden hast?«

Ich verkrampfte innerlich. »Glaubst du, ich erfinde das?«

»Nein, aber …«

»Er hat mir Geld geboten und mir gedroht. Er hat gesagt, er könne das Geld auch jemand anderem geben, und dann noch so was wie, es täte ihm leid, wenn am Ende jemand Schaden nimmt.«

»Aber warum bist du überhaupt zu ihm hingegangen? Und … das muss doch keine Drohung sein, ich meine, natürlich will er nicht, dass jemand Schaden nimmt.«

»Sag mal, hörst du mir überhaupt zu? Er hat mir Geld angeboten für mein Kind. Für unser Kind!« In Gedanken kreuzte ich hinter dem Rücken meine Finger und hoffte, dass es so war, wie ich behauptete. Unser Kind.

»Bell«, sagte er besänftigend und versuchte, mich in eine

Umarmung zu ziehen, doch ich schob ihn weg. »Spar dir dein Bell.«

Bo und Bell – seit unserer Fahrt nach Paris war das unser Ding. Vergiss ›Schatz‹ und ›Süße‹. Bo und Bell war einfach cooler, ein bisschen wie Bonnie und Clyde. Bo und Bell, das konnte man in eine Baumrinde ritzen. Es war unser Code – er ließ uns vergessen, wer wir wirklich waren.

Bo war verstummt und stierte wieder ins Feuer. Suchte er nach Worten? Wie sollte ich ihm übel nehmen, dass er das alles nicht begreifen konnte. Ich begriff es ja selbst kaum. Trotzdem war ich verletzt. Ich brauchte ihn. Ich brauchte, dass er mir glaubte.

Bo seufzte und setzte sich aufrecht, als hätte er einen Entschluss gefasst. »Ich rede mit meinem Vater.«

»Nein«, entfuhr es mir.

»Wie, nein?«, fragte er verwirrt.

»Ich, äh … das ist keine gute Idee«, stammelte ich. »Er hat doch gesagt, dass er nicht will, dass ich mit dir rede. Er hat mir gedroht.«

»Natürlich ist das keine gute Idee. Aber es ist die einzige. Sonst bleibt uns doch nichts. Ich meine, was erwartest du denn, was soll ich tun?«

Ich wusste nicht, was ich sagen sollte. Es war ja mutig von Bo, vielleicht hätte ich mich einfach freuen sollen. Es war genau das Bekenntnis, das ich mir von ihm wünschte. Aber irgendwie hatte ich mir auch gewünscht, dass er eine andere Lösung findet. Ich hatte Angst vor seinem Vater. »Ich will nicht, dass du mit deinem Vater redest«, sagte ich heiser.

»Bell, das ist süß von dir, ehrlich. Aber du musst dir keine Sorgen um mich machen. Es ist *mein* Vater. *Ich* muss eine Lösung mit ihm finden.«

Mein Puls raste. Ich fragte mich, ob das Kind in meinem

Bauch das spürte; ob *du* das gespürt hast. Was für eine Frage, natürlich hast du das gespürt. Wir waren verbunden. Mein Puls war deiner, damals wenigstens.

»Es wird schon nicht so schlimm werden«, sagte Bo, als wollte er sich selbst beruhigen.

Und, was glaubst du, ist passiert? Glaubst du, er hat mit seinem Vater geredet? Glaubst du, er hat etwas erreicht? Ich hab's jedenfalls gehofft. Ich hab gewartet und gewartet und wie auf glühenden Kohlen gesessen.

Sechs Tage später stand ich vor dem Kino und wartete auf Bo. Ich hatte »Notting Hill« vorgeschlagen. Und ich hatte immer noch keine Ahnung, wie das Gespräch mit seinem Vater gelaufen war, wir hatten uns seit dem Abend am Lagerfeuer nicht mehr gesehen und nur einmal kurz telefoniert, um uns zu verabreden. Ständig kam etwas dazwischen bei ihm. Meine Nerven lagen blank.

Wieder ein Foto. Ich vor dem Kino, ich schau auf die Uhr, die er mir in Paris geschenkt hat. Sonst ist niemand auf dem Bild. Nur ich, die Uhr und das Kino. Klar, die Werbung lief bereits. Alle waren schon im Saal. Von Bo immer noch nichts zu sehen. Versetzte er mich etwa? Den anderen Gedanken, dass es etwas mit seinem Vater zu tun haben könnte, wagte ich nicht zu denken.

Stattdessen fing ich an, mich zu ärgern. Das tat weniger weh. Irgendwann beschloss ich, den Spieß umzudrehen und nicht auf ihn zu warten. Sollte er doch kommen und nach mir suchen oder sich fragen, ob ich ihn versetzt hatte.

Bastian, die schlaksige Aushilfe an der Kasse, die alle nur Basti nannten, ließ mich wie immer umsonst rein. Er hatte einen Narren an mir gefressen. Falls du ein Mädchen bist, weißt du, was ich meine. Jungs, die dir zu Füßen liegen, sind ein Segen und ein Fluch zugleich. Offenbar gefiel Basti, dass ich diesmal ohne Begleitung da war. Die Vorstellung war halb leer. Als Elvis Costello begann, »She« zu singen, wurden meine Augen feucht. Im Ernst, hast du schon einmal auf den Text des Songs geachtet? Mich hat's voll erwischt. Ich habe mir so sehr gewünscht, dass jemand so für mich empfindet. Ich wollte, dass jedes Wort dieses Songs für mich geschrieben war. Während des Films ging ich mir zweimal etwas zu trinken holen, nur um nachzusehen, ob Bo nicht vielleicht doch draußen stand. Der Einzige, der da war, war Basti. Jedes Mal ging ich ein bisschen einsamer zurück in den Saal. Ich heulte am Ende, als Julia Roberts schwanger auf der Bank saß mit ihrem Traumprinzen. Meine Blase drückte, und ich flüchtete mich auf die Damentoilette, während ich innerlich Bo verwünschte. Was zum Teufel dachte er sich eigentlich?

Als ich vor dem Spiegel stand, mir die Hände wusch und auf meinen Wangen die verlaufene Wimperntusche betrachtete, ging die Tür auf. Einen irrationalen Moment lang hoffte ich, es wäre Bo. Ich dachte noch, wie blöd, dass er mich so sieht, verheult vor dem Spiegel. Ich wollte nicht, dass er glaubte, ich würde wegen ihm heulen.

Doch es war nicht Bo. Stattdessen kam ein schlanker Mann mit schwarzen Haaren herein, Mitte dreißig, mit dunklen Augen, kalt wie ein Fisch. Ich weiß genau, er trug eine hellbraune Lederjacke und eine beige Jeans, als wollte er damit seine düstere Miene aufhellen. In der Hand hatte er einen seltsamen Stock.

»Äh, Entschuldigung!«, sagte ich. »Das ist die Damentoilette.«

Der Typ sah sich um, bückte sich, checkte mit einem schnellen Blick, ob in den Toilettenkabinen jemand war.

»Hallo? Sie sind in der falschen Toilette«, sagte ich erneut.

Er lächelte, dann verkeilte er sorgfältig den Stock unter der Türklinke. »Ich bin genau richtig hier, glaub mir.«

Ich erstarrte.

Langsam, als hätte er alle Zeit der Welt, kam er auf mich zu. Das Erste, was mir in den Sinn kam, war, dass er mich vergewaltigen würde.

Die Frau auf der Kassette verstummte plötzlich. Leo hörte ein leises Schmatzen, wie von jemandem, der einen zu trockenen Mund hat. Dann schien sie etwas zu trinken, Leo konnte die Schluckgeräusche hören, dann den Klang einer Glasflasche, die abgestellt wurde.

Himmel, ich weiß gar nicht, wie alt du bist, wenn du das hier hörst. Kann ich dir das überhaupt erzählen? Irgendwie habe ich immer dieses Bild vor mir: von dir, als junge Frau, erwachsen, irgendwie. Ist das verrückt? Vielleicht weil ich mir wünsche, dass du so bist wie ich. Dass du mich verstehen kannst. Die ganze Zeit denke ich, du wirst ein Mädchen. Aber vielleicht glaube ich ja nur, was ich glauben will. Versteh mich nicht falsch, falls du ein Junge bist – oder ein junger Mann –, du bist mein Kind. Und ich liebe dich. Und das, was ich dir hier erzähle, erzähle ich dir, damit du weißt, dass ich wirklich um dich gekämpft habe. Auch wenn ich erst mal auf der Leitung stand, als dieser Typ auf mich zukam.

»Ich … ich bin schwanger«, stammelte ich.

»Ich weiß«, sagte er. »Sehr sexy.«

Mir wurde eiskalt. Ich sah zu den Kabinen, überlegte, ob ich es schaffen könnte, mich dort einzuschließen, aber er würde mit Sicherheit vorher bei mir sein. Mir blieb nur noch eins, also brüllte ich aus Leibeskräften. »Hiiilfee!«

Mit zwei schnellen Schritten war er bei mir. Ich versuchte, ihn abzuwehren, traf ihn im Gesicht. Er nahm den Schlag mühelos hin, verdrehte meinen Arm auf dem Rücken, schob mich so hin, dass ich mit dem Bauch zum Waschbecken stand und sein Gesicht im Spiegel neben meinem eigenen sah. Er brachte seinen Mund ganz nah an mein Ohr. »Sei still, oder ich brech dir den Arm. Hast du verstanden?«

Ich nickte zitternd.

Seine andere Hand schob sich unter meine Bluse, und er kniff mir in die Brust, so kräftig, dass ich vor Schmerzen aufschrie.

»Das gefällt mir«, knurrte er. »Aber deshalb bin ich nicht hier.« Seine Hand wanderte zu meinem Bauch und legte sich auf die Rundung, dann gab er mir einen leichten Schlag auf den Bauch. »Ich komme wegen dem hier. Weißt du schon, was es ist? Ein Junge? Oder ein Mädchen?«

Ich war unfähig, ihm eine Antwort zu geben.

»Möchtest du, dass ich wieder gehe?«

»Ja«, hauchte ich.

»Kein Problem …«, erwiderte er. Ein lautes Rumpeln an der Toilettentür unterbrach ihn.

»Hallo? Ist da jemand drin?« O Gott, das war Basti von der Kasse. Jetzt wird alles gut, dachte ich.

»Keinen Mucks«, flüsterte der Mann.

»Brauchen Sie Hilfe?«, rief Basti.

»Ignorier ihn«, zischte der Mann in mein Ohr. »Du weißt, was du tun musst. Ruf ihn an. Triff dich mit ihm. Nimm das Geld und sag Ja.«

Ich biss die Zähne zusammen, damit sie nicht unkontrolliert klapperten. Vor meinem inneren Auge sah ich Bos Vater an seinem Schreibtisch sitzen, in seiner Hand den Scheck. Basti rüttelte immer noch an der Tür.

»Willst du mich wiedersehen?«, fragte der Mann.

Ich schüttelte den Kopf.

»Gut. Weißt du, was passiert, wenn wir uns wiedersehen?«

»Nein.«

»Ich auch nicht.« Er grinste und zeigte eine Reihe schiefer Zähne. »Aber ich lass mir was einfallen.« Seine Hand wanderte weiter nach unten, er öffnete meine Hose, schob die Hand in meinen Slip, kniff mich direkt an der empfindlichsten Stelle. »Vielleicht nähe ich dich da unten zu«, flüsterte er. Seine Stimme ging beinah unter im lauten Rütteln an der Tür.

»Hallo?«, brüllte Basti. »Ich rufe jetzt die Polizei.«

Der Mann lächelte eisig. »Oder vielleicht fällt mir noch etwas Besseres ein«, raunte er. »Und kein Wort zu irgendjemand. Nicht zu deinem Freund. Und auch nicht zu diesem Clown da draußen. Klar?«

Ich nickte und kam mir entsetzlich wehrlos vor. Vielleicht sollte ich mir besser wünschen, du wirst ein Mann. Einer, dem so etwas nie passiert. Mit breiten Schultern und kräftigen Fäusten, sodass man einen Bogen um dich macht.

Plötzlich ließ mich der Mann los, drehte sich um und ging zur Tür. Seelenruhig entfernte er den Stock und trat einen Schritt zurück.

Basti riss die Tür auf, stand da, mit seinen schmalen Schultern, dem langen Gesicht und seinem dünnen Bartwuchs. Er starrte den kantigen Typ an, der einen Schritt auf ihn zumachte. Dann fiel sein Blick auf mich. Einen Moment lang fehlten ihm die Worte. »Alles okay?«, fragte er mich atemlos. Er hatte hektische rote Flecken am Hals.

»Ja. Alles okay«, hauchte ich.

Der Mann schob ihn derb beiseite und drängte sich an ihm vorbei. Bastis Blick fiel auf meine geöffnete Hose, wanderte hinauf zu meiner verlaufenen Wimperntusche. Empört drehte er sich nach dem Mann um.

»Basti, nicht«, flüsterte ich.

»He, Sie!« Basti war mit ein paar schnellen Schritten bei dem Mann und hielt ihn an der Schulter fest.

Der Mann blieb stehen.

»Finger weg, Junge.«

»Was haben Sie mit ihr gemacht?«

»Nichts, Basti. Ist okay«, rief ich.

»Für nichts versperrt man nicht die Tür.«

Mit einer blitzschnellen Bewegung wandte sich der Mann um und drehte Basti den Arm so auf den Rücken wie mir zuvor. Basti stöhnte auf. Der Mann schob ihn zurück in den Toilettenraum. Plötzlich trat Basti mit einem Bein nach hinten aus. Er hob einfach den Unterschenkel und traf den Mann mit der Ferse zwischen den Beinen. Der Mann stöhnte, biss die Zähne zusammen, ging aber, warum auch immer, nicht in die Knie. Vermutlich hatte der Tritt einfach nicht genug Wucht gehabt. Basti war nicht der Stärkste, weißt du. Wütend stieß der Mann Basti von sich in Richtung der Waschbecken, Basti stolperte vorwärts, fiel hin und schlug dabei mit dem Nacken gegen die Kante eines Waschbeckens. Es gab einen kurzen trockenen Knall, gefolgt von einem dumpfen Aufschlag, als Bastian mit dem Kopf auf dem Fliesenboden landete.

Für einen Moment war es ganz still.

Hörst du noch zu? Hältst du das aus? Bitte verzeih, ich MUSS das erzählen. Vielleicht ist das egoistisch. Keine Ahnung. Ich kann das gerade nicht entscheiden. Ich weiß nur, es muss raus. Ich will, dass du es hören kannst – und wenn du es nicht mehr willst, dann drück die Stopptaste. Es ist deine Entscheidung zuzuhören. So wie es meine ist, es zu erzählen.

Ich stand also da, starrte auf den reglosen Körper. »Basti?« Ich wartete auf ein Stöhnen, auf irgendein Geräusch, eine Bewegung. Aber da kam nichts.

Der Mann hob die Brauen, ging zu Basti, packte ihn an den Haaren und drehte seinen Kopf so, dass er ihm ins Gesicht schauen konnte. Bastis Augen blickten ins Leere.

»Scheiße«, murmelte der Mann. »Verdammter Idiot.« Er ließ ihn los, und Bastis Kopf schlug mit einem hohlen Laut auf dem Boden auf.

»Den hast du auf dem Gewissen«, zischte der Mann. Dann riss er ein Papiertaschentuch aus dem Spender neben dem Waschbecken, säuberte damit sorgfältig die Türklinke auf der Innen- wie Außenseite, und schließlich steckte er das Papiertuch ein und verschwand in Richtung Hinterausgang.

Kapitel 8

Es war Viertel nach zwei in der Nacht, als Art Mayer den Dienstwagen gegenüber von seiner Wohnung in Neukölln abstellte. Vorher hatte er noch Nele zu Hause abgesetzt. Er brauchte dringend Schlaf, und sein Handy zeigte, dass sein Blutzucker zu hoch war. Seine Abendspritze hätte er sich schon vor vier Stunden setzen sollen. Es war ihm ein Rätsel, wie andere Diabetiker es schafften, ihren Blutzucker so zu regulieren, dass sie stabil waren. Sobald sein Leben etwas unruhiger wurde, und das war es eigentlich immer, lief alles aus dem Ruder. Warum war dieser Mist nur so lästig?

Als er die Wohnungstür aufschloss, stutzte er. Irgendetwas war anders als sonst. Er zog die Hand, die bereits über dem Lichtschalter schwebte, zurück. Leise betrat er die dunkle Wohnung. Sein Blick wanderte zu dem kleinen Stahlschrank, der neben der improvisierten Garderobe an der Wand verschraubt war und in dem seine Dienstwaffe lag. Der schwache lilafarbene Lichtschein des Sonnenstudios »Beate« fiel von der gegenüberliegenden Straßenseite durch das Wohnzimmerfenster bis in den Flur. Er überlegte, die Waffe aus dem Schrank herauszuholen, aber das würde vermutlich nicht ohne ein paar Geräusche gehen, und er musste dabei dem Durchgang zum Wohnraum den Rücken zudrehen.

Er machte zwei weitere Schritte in Richtung Wohnzimmer, das aus einer offenen Küche, einer Couch und einem Fernseher bestand, den er kaum mehr benutzte. Jetzt wusste er, was anders war. Die Luft war stickiger als sonst. Jemand hatte die Fenster geschlossen. Wenn er die Wohnung verließ, standen sie immer auf Kipp. Irgendjemand musste hier gewesen sein – oder war es noch.

Von weiter hinten, wo das alte Chesterfield-Sofa stand, waren schwache Atemgeräusche zu hören. Art spannte die Muskeln an und näherte sich der Ledercouch. Im lilafarbenen Lichtschein erkannte er den Umriss einer Person, die auf dem Sofa lag. Einer sehr kleinen Person mit einem Kopfkissen und einer Decke. Er stöhnte leise und lockerte die Schultern. Es war Milla, und sie schlief tief und fest. Aber wie zum Teufel war Milla in seine Wohnung gekommen? Leise zog er seine Schuhe aus, um sie nicht zu wecken, ging zum Kühlschrank und holte sich ein Dosenbier heraus. Im Licht des Kühlschranks setzte er sich zwei Insulininjektionen, eine mit Langzeitwirkung und eine, um den Zuckergehalt des Biers auszugleichen. Gerade als die zweite Nadel in seinem Bauch steckte, klingelte das Handy. Verdammt. Er ließ es klingeln, brachte die Injektion zu Ende und nahm dann das Gespräch im Badezimmer an.

Es war Gero aus der GESA. »Ich sollte dich anrufen«, sagte er. »Falls was ist.«

»Ja, klar. Und?«

»Sie ist weg.«

»Wie, weg?«

»Du hättest mir sagen sollen, was passiert ist«, meinte Gero vorwurfsvoll.

»Was heißt weg, Gero?«

»Ich musste sie gehen lassen. Fünf Minuten nachdem ihr draußen wart, hat sie darauf bestanden, telefonieren zu dürfen. Keine Viertelstunde später rief ein Anwalt an. Der hat versucht, mich zu grillen. Ich wollte ihn erst mal abwimmeln. Aber dann fing er an, damit zu drohen, dass er den Polizeipräsidenten persönlich kennen würde.«

Art seufzte. Damit war die Sache entschieden.

»Der meinte, die würden mich so was von rundmachen. Leo Tempels Mutter ist ermordet worden, was ich denn denken würde, was es für eine Presse gibt, wenn sich herausstellt, dass die Polizei wissentlich unter diesen Umständen die Tochter von Charlotte Tempel in Haft behält ... ob ich denn *überhaupt* nachdenken würde.«

»Okay. Was hast du gesagt?«

»Na, die Wahrheit, dass du mich nicht informiert hast und darum gebeten hast, sie so lange wie möglich in Haft zu behalten.«

»Das kam bestimmt gut an«, sagte Art.

»Pfff. Der hat bloß gelacht. Na, jedenfalls hab ich sie gehen lassen. Sie ist seit 'ner Viertelstunde draußen.«

»Alles klar«, seufzte Art. »Danke für den Anruf.«

Gero legte auf, und Art setzte sich erschöpft auf den Toilettendeckel. Plötzlich ging die Tür auf, und Milla schob sich ins Bad. Sie kniff die Augen zusammen und blinzelte ins Licht. »Ich muss mal«, murmelte sie müde. Art stand auf. »Warum bist du hier und nicht bei deiner Oma?«

»Die ist blöd. Wir haben uns gestritten«, murmelte Milla.

»Aha. Und wie bist du hier reingekommen?«

»Mit so einem Heft-Dingsda ... ich weiß nicht, wie du das genannt hast.«

»Wie bitte?«

»Du weißt schon. So hast du das doch auch gemacht, vor Kurzem«, sagte Milla, als wäre es das Selbstverständlichste der Welt, und trat dabei von einem Bein aufs andere. »Kann ich jetzt auf Klo?«

»Mhm«, brummte Art und ging in den kleinen Flur. Er nahm sich vor, besser aufzupassen, was er in Millas Gegenwart tat. Vor zwei Wochen hatte sie am späten Abend wieder einmal ein Stockwerk tiefer vor der verschlossenen Tür ihrer Großmutter gesessen. Art hatte einen Plastik-Heftstreifen aus einem Aktenordner, den er aus dem Büro mit nach Hause genommen hatte, zwischen Tür und Türrahmen geschoben und so den Schnapper der Tür geöffnet. Milla lernte offenbar schnell und vor allem die falschen Dinge.

»Hör mal«, rief Art aus der Küche ihr zu. »Ich leg dir jetzt einen Schlüssel auf den Tisch im Wohnzimmer. Ich will nicht, dass du noch mal in meine Wohnung einbrichst, klar?«

»Aber ich bin doch gar nicht eingebrochen. Ich wollte nur meine Ruhe haben«, rief Milla. Aus der Toilette drang ein Plätschern.

Art nahm einen Schluck Bier aus der Dose. »Ist mir egal, wie du das nennst«, sagte Art. »In Zukunft nimmst du den Schlüssel.«

»Okee«, meinte Milla. Sie betätigte die Spülung. Dann kam sie auf Strümpfen zurück ins Zimmer und kuschelte sich auf dem Sofa in Arts Bettdecke ein.

Art betrachtete sie einen Moment lang, trank die Dose leer, murmelte ein »Gute Nacht«, dann ging er ins Schlafzimmer, das seit seinem Einzug vor eineinhalb Jahren aus nichts als einer Eins-Vierziger-Matratze, einer Nachttischlampe und ein paar Umzugskartons bestand. Er legte sich angezogen auf die Matratze, verschränkte die Arme hinter dem Kopf – sein eigentliches Kopfkissen hatte ja Milla –

und schloss die Augen. Er versuchte, nicht daran zu denken, dass ihn möglicherweise der Diabetes-Alarm seines Handys wecken würde. Als er einschlief, träumte er von Charlotte Tempel, die von Wildtieren angefressen wurde und schrie. Er versuchte, die Knoten ihrer Fesseln zu lösen, doch egal, was er tat, die Knoten zogen sich immer weiter zu. Als er den Kopf hob, blickte er in die Augen von Millas Mutter Dana. Sie schüttelte wild den Kopf, das Hirschgeweih schwang von links nach rechts und drohte ihn aufzuspießen.

Kapitel 9

Art wachte auf und fühlte sich wie gerädert. In der Nacht war er zweimal von seinem Handy mit einem lauten Piepston geweckt worden. Einmal war der Zucker zu niedrig, einmal zu hoch. Sein Handy zeigte sieben Uhr. Dazu eine Nachricht von Nele. *Nur als Erinnerung: Komme heute erst um halb elf. Arzttermin …* Wenn man Nele etwas nicht vorwerfen konnte, dann offenbar, dass sie sich nicht um ihre Schwangerschaft kümmerte. Um halb neun war eine Durchsuchung mit KT und Erkennungsdienst in der Villa von Charlotte Tempel anberaumt. Um 17 Uhr eine Lagebesprechung. Er wuchtete sich aus dem Bett, duschte kalt, setzte Kaffee an, schlug Eier in eine zerbeulte Pfanne und weckte Milla, damit sie rechtzeitig in die Schule kam.

Eine Weile aßen sie schweigend. Das frühe grelle Sonnenlicht ließ die Flecken und Risse in seiner altgedienten Küche unbarmherzig hervortreten. Eine Zeile Gelsenkirchener Barock und Fliesen aus den Siebzigern. Die Küche war mit Sicherheit älter als er selbst, und trotzdem hatte er das Gefühl, dass sie auf eine merkwürdige Weise zu ihm passte, jedenfalls zu dem, wie sein Leben gerade aussah.

»Suchst du eigentlich noch nach Mama?«, fragte Milla. Sie hielt ihre Gabel in der kleinen Faust wie einen Dreizack, mit dem sie das Rührei erlegte.

»Mhm. Mach ich«, meinte Art.

»Und?«, wollte Milla wissen.

»Ist leider nicht so einfach. Aber wenn ich was rausfinde, erfährst du's als Erste. Versprochen.« Was sollte er auch sonst sagen? Ich hab momentan keine Zeit dafür? Ich hab gerade einen anderen Fall auf dem Tisch? Oder etwa: Die Chancen, sie nach so langer Zeit zu finden, sind gleich null? Nichts, was er hätte sagen können, würde einer Siebenjährigen helfen, die ihre Mutter vermisste.

Milla aß eine Weile schweigend. Dann meinte sie leise: »Das Ei ist angebrannt.«

»Das sind Röstaromen«, entgegnete Art.

Milla nickte, als würde ihr das etwas sagen, aß weiter und spähte zum Herd.

»Ja«, brummte Art, »die Pfanne ist alt. Aber an der liegt's nicht. Ich bin einfach nur müde. Hab's anbrennen lassen.«

Milla strich sich die vom Schlaf zerzausten dunklen Haare aus dem Gesicht, trippelte zur Kaffeemaschine und schenkte ihm Kaffee nach. »Duhu?«

»Mhm.«

»Kaufst du mir wirklich eine neue Pfanne?«

»Nur, wenn du mir versprichst, nichts mehr zu klauen.«

Milla sah ihn an, schien einen Moment lang abzuwägen. Einen Moment *zu* lang. »Jaah. Klar.«

Art seufzte. »Die Pfanne ist wohl nicht das Erste, was du geklaut hast, richtig?«

Millas Blick war schuldbewusst.

»Du kannst auch die Pfanne auf dem Herd haben, die ist in Ordnung.«

Ein Strahlen glitt über ihr kleines Gesicht.

»Aber du hörst auf zu klauen, klar?«

Sie nickte beflissen, mit engelsgleicher Miene und rot glühenden Wangen. Art hatte keinen Zweifel an der Aufrichtigkeit ihres Versprechens, trotzdem war er nicht sicher, ob sie es halten konnte. Die Rente ihrer Großmutter war so bescheiden wie ihre Fürsorge, und er konnte sich gut vorstellen, warum Milla klaute. Er hoffte nur, dass sie sich beim nächsten Mal geschickter anstellen würde. »Du solltest zurück zu deiner Oma, bevor sie sich Sorgen macht.«

Millas Blick verfinsterte sich, doch sie nickte.

»Hast du es weit bis zur Schule?«

Sie schüttelte den Kopf.

»Soll ich dich hinbringen?«

»Ich bin doch kein Baby«, sagte Milla trotzig.

Art verkniff sich ein Grinsen, weil er ahnte, dass es bei Milla nicht gut ankommen würde. Beim Verlassen der Wohnung überlegte er, seine Dienstwaffe mitzunehmen, ließ sie dann aber dort, wo sie war. Beim derzeitigen Stand der Ermittlungen schien sie ihm nicht notwendig zu sein.

Art trat auf die Straße und blinzelte in die Sonne. Auf der gegenüberliegenden Seite parkte sein Dienstwagen, ein aschgrauer Audi. Ein Stück weiter rechts stand ein dunkelblauer Ford-Transit-Lieferwagen mit einer großen Delle in der Fahrertür. Ein Mann in einem blauen Overall befühlte die Delle eingehend und telefonierte dabei. Ein zweiter Mann mit einer Schirmmütze kam von links über den Bürgersteig heran und näherte sich dem Audi. Er humpelte leicht und trug einen schwarzen Nasenschutz. Rasch drehte Art sich um. Hinter ihm kam ein dritter Mann mit einem Vollbart direkt auf ihn zu. Er bleckte die Zähne, an seiner Faust blinkte ein silberner Schlagring.

Art riss die Fahrertür auf. Stieg schnell ins Auto, packte mit beiden Händen den Innengriff der Fahrertür. Im selben Augenblick war der Mann mit dem Schlagring bei ihm und streckte den Arm nach ihm aus. Art zog mit aller Kraft die Tür zu. Es gab einen dumpfen Knall, der Mann brüllte laut auf und hielt sich die linke Hand. Im Außenspiegel sah Art plötzlich den Kerl im Overall. Im selben Moment, als der Mann am Türgriff riss, stieß Art ihm die Tür mit aller Kraft entgegen. Der Mann taumelte rückwärts. Art startete den Wagen, schaltete die Automatik auf D, schlug mit rechts das Lenkrad ein und versuchte, mit links die Tür wieder zuzuziehen, doch sie wurde ihm aus der Hand gerissen. Der Typ mit der Schirmmütze packte Art in dem Moment, als er Gas gab. Der Wagen machte einen Satz schräg nach vorne, Art wurde gleichzeitig von dem Mann aus dem Wagen gerissen und landete rücklings auf der Straße, während der Audi langsam und mit offener Tür die Straße kreuzte, ein parkendes Auto rammte und stehen blieb. Der Typ mit der Schirmmütze und dem Nasenschutz ragte vor Art auf. Im Gegenlicht war er nur eine Silhouette. »Hallo, Arschloch«, knurrte der Mann. Die Stimme kam Art seltsam bekannt vor.

»Lass mich das machen«, sagte der mit dem Schlagring. Seine Stimme war schmerzverzerrt, sein Gesicht eine wütende Fratze. Art wollte aufstehen, doch der mit dem Overall trat ihm in die Seite. Art blieb die Luft weg. Der Kerl mit dem Schlagring beugte sich tief zu ihm hinab, packte ihn mit der verletzten linken Hand an der Kehle und holte mit der rechten zu einem Schlag in sein Gesicht aus. Der silberne Metallring glänzte in der Sonne. Der mit der Schirmmütze lachte. Art stieß mit der Faust seitlich gegen den Arm, der ihm auf die Kehle drückte, bekam etwas Freiraum und drehte sich in dem Moment weg, als die Faust mit dem Schlagring auf sein Gesicht zuflog. Der Schlag ging an seinem Kiefer vorbei und traf direkt neben seinem Ohr auf den Asphalt. Der Mann brüllte vor Schmerzen und ließ los. Hastig kam Art auf die Beine. Der Typ mit dem Overall versuchte es mit einem rechten Schwinger, verfehlte Art, doch einen Augenblick später wurde Art von hinten gepackt und festgehalten. Der Kerl mit dem Overall schlug hart zu. Einmal in den Magen, einmal gegen Arts Kiefer. Sterne tanzten vor seinen Augen. Er ging zu Boden. Ein Fuß flog heran, er hob schützend den Arm, wurde an der empfindlichsten Stelle des Ellenbogens getroffen. Der Schmerz schoss durch seinen ganzen Körper. Eine Hand packte ihn wie ein Schraubstock an seinem Kinn. »Leg dich nie wieder mit mir an«, zischte der Typ mit der Schirmmütze und zog sie ab. Erst jetzt erkannte ihn Art. Es war Simonek, der Kaufhausdetektiv. »Und wenn ich deine Kleine noch einmal in meinem Laden sehe, sorge ich dafür, dass sie ins Heim kommt, klar?«

Art stöhnte.

»Ob das klar ist?«

Art sah erneut einen Stiefel von der Seite heranfliegen und rollte sich zusammen. Der Tritt traf ihn am Rücken. Jemand hielt ihn fest, und Simonek holte für einen weiteren Schlag aus. In diesem Moment erklang ein dröhnendes Hupen. Simonek zuckte zusammen und sah auf.

»Ey. Schluss«, brüllte eine kräftige Männerstimme. »Aufhören.«

»Verschwindet, das geht euch nichts an«, rief Simonek.

»Alter, lass den los«, kam es zurück.

»Schaff deinen türkischen Arsch von der Straße«, schrie Simonek.

Die Hupe tönte im Stakkato, ein Motor dröhnte und kam näher. Zwei Männer riefen sich etwas auf Türkisch zu.

Simonek fluchte.

»Lass abhauen, Mann«, raunte der mit dem Overall.

»Verdammte Kanaken«, stieß Simonek gepresst hervor.

Art wurde losgelassen. Es roch nach Abfall. Der Motor vibrierte. Es kam ihm vor, als würde sein ganzer Kopf mitschwingen, wie eine Glocke nach einem Schlag. Er rang nach Luft, kam schwankend hoch, sah orange Hosen mit Reflektoren und spürte ein paar kräftige Hände, die ihm unter die Arme griffen.

»Ey, Mann. Alles gut?«

Art hustete. Ein Ungetüm von Müllwagen stand auf der Straße, nur ein paar Meter von ihm entfernt.

»Alter, bist du verletzt?«, fragte der Mann mit unverkennbar türkischem Akzent. Er hatte einen kräftigen schwarzen Vollbart, sorgfältig getrimmt.

Art versuchte, das Gleichgewicht zu finden. »Danke, geht schon«, murmelte er.

»Sicher? Sieht nich so aus.« Ein zweiter Mann kam heran. Groß, schwarze Haare, eigentümliche Frisur.

»Sollen wir Krankenwagen rufen?«, fragte der mit dem türkischen Akzent.

Art schüttelte den Kopf. Sein Kiefer brannte, sein Rücken und sein Brustkorb, seine beiden Arme und auch sein Magen schmerzten, als wäre eine Herde Rinder über ihn hinweggetrampelt. Doch auf den ersten Blick schien er sich wenigstens nichts gebrochen zu haben. »Ich hab 'nen Termin.«

Jemand lachte laut auf, ein dritter Mann, mit gewaltigen Oberarmen und einem stattlichen Bauch. »Termin, Alter. Der war gut.«

Art brachte ein schiefes Lächeln zustande. »Danke, Jungs. Ihr wart so was von im richtigen Moment da. Wie heißt ihr?«

»Yusuf«, sagte der mit dem Vollbart.

Art schüttelte seine Hand.

»Özcan.« Der mit dem Bauch nickte nur, seine Hand behielt er für sich.

»Miro«, sagte der Zweite. Er hatte die schwarzen krausen Haare zu einem kurzen Pinsel zusammengebunden. Seinen Muskeln nach zu urteilen, gingen er und Özcan ins selbe Fitnessstudio.

»Auch Türke?«

»Nee. Serbe.«

»Ich bin Art Mayer.«

Er schüttelte auch Miro die Hand.

»Ey, Art Mayer? Wie dieser Bulle, der im Winter diese krasse Nummer mit der …?«

»Ja«, sagte Art. »Der heißt auch so.«

Kapitel 10

Nur als Erinnerung: Komme heute erst um halb elf. Arzt-termin ... Diese Nachricht hatte Nele Tschaikowski um 6:50 Uhr an Art geschickt. Es war gelogen, jedenfalls mehr oder weniger. Den Termin hatte sie schon vor einer Woche ausgemacht, aber hätte sie Roman nicht gerade erst versprochen, zum Psychologen zu gehen, hätte sie den Termin jetzt sausen lassen. Es kam ihr falsch vor, ihre privaten Belange auseinanderzudröseln, während die Kollegen ermittelten. Aber versprochen war versprochen.

»Wäre eine Abtreibung für Sie denn jemals infrage gekommen?«, fragte Dr. Seefeld. Seine blauen Augen fixierten sie. Als ob er die Antwort nicht schon wüsste. Nele kam sich vor wie aus Glas. »Nein«, sagte sie leise.

»Und bereuen Sie das heute?«

Sie zögerte. »Vielleicht.«

»Vielleicht?« Dr. Seefeld legte den Kopf ein wenig schief.

»Ja«, gab Nele zu. Warum zum Teufel ritt Seefeld auf ihrer Schwangerschaft herum? Sie war hier wegen der Ängste, die sie nicht losließen, seit sie gefesselt und mit einer Schlinge um den Hals in einen dunklen Schrank gesperrt worden war.

»Stellen Sie sich vor, Sie wären noch im dritten Monat«, sagte er und machte eine Pause. »Und dürften, mit Ihrem Wissen und Ihren Gefühlen von heute, die Entscheidung neu treffen. Würden Sie es tun?«

Nele schwieg einen Moment. Dann schüttelte sie den Kopf. »Nein.«

Kam es ihr nur so vor, oder wurden Dr. Seefelds Züge gerade weicher? Nachsichtiger? Er seufzte. »Wissen Sie, was ich denke?«, fragte er.

Nele versuchte, ihre Nervosität mit einem Lachen zu übertünchen. Es klang unecht. »Na ja, ich hatte gehofft, dass *Sie* vielleicht wissen, was ich denke.«

Er schmunzelte, was bei ihm immer ein wenig seltsam aussah. Dr. Seefeld hatte schmale, strenge Lippen, gefangen in einem blonden Henriquatre-Kinnbart. »Sie nehmen sich diese Entscheidung übel«, stellte er fest.

Nele überlegte und nickte schließlich.

»Aber das Problem ist«, fuhr Dr. Seefeld fort, »dieses Übelnehmen ist ein Trick Ihrer Psyche.«

»Das verstehe ich nicht.«

»Nun, Sie wissen, Sie sind gewissermaßen in einer ausweglosen Situation. Ihr Kind ist unterwegs, das ist eine Tatsache. Aber Sie haben weder geklärt, wie Sie selbst zu Ihrem Kind stehen, noch wie Sie Ihren Job nach der Geburt gestalten wollen, und Sie haben auch nicht mit Ihrem Partner offen gesprochen. Anmeldung der Elternzeit bei Ihrem Arbeitgeber? Fehlanzeige. Die Frist läuft in wenigen Tagen ab. Sie drücken sich davor, seit Langem. Und deshalb haben Sie ein schlechtes Gewissen. Es nagt an Ihnen und Ihrem Selbstbewusstsein.«

Nele merkte, wie ihr das Blut in den Kopf stieg.

»Das sind eine Menge unangenehmer Gefühle, und Sie

sind auf der Flucht davor. Und wissen Sie auch, wie Ihre Flucht aussieht?«

»Ich ärgere mich über meine Kollegen?«, meinte Nele.

»Das auch, aber ich meine etwas anderes.«

»Ich … weiß nicht?«

»Sie nehmen es sich selbst übel, dass Sie nicht abgetrieben haben. Obwohl Sie ganz genau wissen, dass Sie es nie getan hätten. Das ist paradox. Und es ist, als würden Sie sich selbst ein Kompliment wegen Ihrer Werte machen und dann sagen: Das ist aber nicht so gut, dass ich so moralisch bin. Sie sind ein bisschen wie das kleine Mädchen, das im Kunstunterricht ein tolles Bild zeichnet, eins, für das Ihnen die Lehrerin höchstwahrscheinlich eine Eins gibt. Aber Sie erklären Ihren Klassenkameradinnen die ganze Zeit, wie furchtbar Ihr Bild ist. Sie reden sich selbst ein, *ich bin schlecht*, obwohl Sie wissen, dass das Gegenteil der Fall ist.«

»Ich verstehe nicht, wozu das gut sein soll?«

»Sie verhaken sich die ganze Zeit in einer nicht auflösbaren Dissonanz, um sich nicht weiter mit den wichtigen Fragen zu beschäftigen. Den Fragen, vor denen Sie die größte Angst haben.«

Nele sah aus dem Fenster. Auf einer Mauerkrone hockte ein Eichhörnchen. Das Laub war noch sattgrün. In den nächsten zwei Monaten würde es sich verfärben und zu Boden fallen. Etwa dann, wenn ihr Kind zur Welt kam.

Dr. Seefelds Blick wanderte zur Uhr im Regal. Ein schneeweißes Regal voller Bücher, das die ganze Wand füllte, mit einer ebenso weißen Uhr mit handtellergroßen digitalen Ziffern. »Unsere Zeit ist um«, sagte er freundlich. »Ich würde vorschlagen, dass Sie sich Ihre Fragen bis zu unserer nächsten Sitzung versuchen selbst zu beantworten. Ich bin gespannt auf das Ergebnis.«

Nele nickte still und stand auf.

»Wie kommen Sie gerade mit Ihren Ängsten klar?«

»Geht so«, murmelte sie.

»Ein neuer Fall?«

Sie nickte wieder.

»Frau Tschaikowski, ich bin mir ziemlich sicher, dass auch Ihre Angst vor geschlossenen Räumen und Dunkelheit nachlassen wird, sobald Sie sich Ihrem anderen Thema stellen. Wissen Sie, Ängste verstärken einander.«

Nele schwieg und nahm ihre Jacke. Was half es, Dr. Seefeld jetzt noch zu erzählen, dass sie kaum daran glaubte. Erst letzte Nacht hatte sie sich in einem Schrank voller Bäume wiedergefunden. Sie hatte die ganze Zeit die erdrückende Enge gespürt, aber da war auch so beängstigend viel Platz gewesen, all diese Bäume … Und trotzdem hatte sie nicht gewusst, wohin, als der Hirsch mit den toten Augen und dem gesenkten Geweih auf sie zurannte. Sie hatte sich nicht bewegen können, war starr, wie festgefroren, und hatte genau gewusst, dass die spitzen Enden auf ihren Bauch und ihr Kind zielten.

»Bereit für den Tank?«, fragte Dr. Seefeld.

Nele nickte und dachte: Nein.

»Gut«, sagte er. »Sie kennen den Weg ja inzwischen. Und wir beide sehen uns nächste Woche.«

Nele verließ den Therapieraum, wandte sich nach links, ging die schmale Treppe hinunter und trat hinaus in den beschaulichen Hof. Ein Wasserspiel plätscherte, ein steinerner Buddha zwischen Bambus-Pflanzen schenkte ihr ein stilles Lächeln. Stefan, Dr. Seefelds Assistent, kam ihr entgegen, ernst, aber mit einer gewissen professionellen Freundlichkeit. Er wirkte immer ein wenig wie der gute Geist des Hauses. Nele mochte ihn und seine reservierte Art. Außerdem fand sie ihn attraktiv mit seinem Vollbart und den hellblauen Augen.

»Harte Sitzung?«, fragte er leise.

Sie nickte.

»Das Salzbad ist vorbereitet.« Er deutete auf die Tür zum Bungalow.

Nele wollte schon durch die Tür, blieb jedoch stehen und drehte sich zu ihm um.

»Haben Sie noch eine Frage?«

»Wie ist das, Psychologie zu studieren? Sie studieren doch, oder?«

Er lächelte. »Sie haben die Unterlagen auf dem Schreibtisch gesehen«, stellte er fest.

»Wie kriegen Sie das hin, neben Ihrem Job?«

»Ich bin fertig, muss nur noch meine Abschlussarbeit schreiben. Und ich kann mir das hier als Jahrespraktikum anrechnen lassen. Warum fragen Sie?«

Gute Frage, dachte Nele. »Ich weiß nicht, ich finde Psychologie interessant. Ich stelle es mir ein bisschen vor wie Detektivarbeit.«

Er lächelte wieder. »Kein schlechter Vergleich. Überlegen Sie, umzusatteln?« Er deutete auf ihren Bauch.

Sie zuckte mit den Schultern. »Gefällt's Ihnen denn?«

Stefan legte den Kopf schief. »Schon. Manchmal sind die Leute schwierig, glaube ich. Also, wenn man dann im Job ist.« Er zögerte einen Moment. »Sagen Sie's nicht weiter«, sagte er mit gesenkter Stimme, »aber Dr. Seefeld meinte vor Kurzem, es würde ihn fertigmachen, dass die Leute ihre Verantwortung an der Eingangstür abgeben und immerzu glauben, sie müssten sich nur hier hinsetzen und er würde sie dann schon reparieren.«

Nele merkte, wie ihre Gesichtszüge entgleisten.

»Oh … nein«, stotterte Stefan verlegen. »Entschuldigen Sie, ich bin sicher, er hat nicht Sie gemeint. Sie sind anders, da bin ich sicher.«

Nele seufzte. »*So* sicher bin ich da gar nicht.«

»Doch, natürlich. Ich muss Sie nur ansehen«, sagte Stefan. »Das kann man spüren.«

Nele lächelte. Sie ahnte, dass er das vielleicht nur so sagte, um sie zu beruhigen, aber es tat dennoch gut. »Worum geht's bei Ihrer Abschlussarbeit?«

»Um den Unterschied von Resistenz und Resilienz.«

»Ah.«

»Wenn Sie mal etwas mehr Zeit haben, dann erkläre ich es Ihnen, wenn Sie mögen.« Seine blauen Augen leuchteten intensiv. Was war das? Die Aufforderung zu einem Date? Mit einer Hochschwangeren?

»Ja, gerne«, rutschte es ihr spontan heraus. Und warum zum Teufel sagte sie auch noch Ja? »Ich … äh.« Sie deutete in Richtung Tür, und Stefan nickte.

»Wenn was ist«, meinte er. »Sie wissen ja: Ich bin nicht weit.«

»Danke«, murmelte Nele und betrat das kleine bungalowartige Gebäude im Hof. Die zugezogenen roten Vorhänge machten den Raum schummrig. Der Salzwassertank in der Mitte des Raumes sah aus wie eine schlummernde Riesenmuschel. Sie zog sich aus, legte ihre Kleidung auf einen Hocker, klappte die Muschel auf, stieg in den mit Salzwasser gefüllten Tank, zog die Muschel wieder zu und streckte sich aus. Es plätscherte. Leise Musik vermischte sich mit den Geräuschen des Wassers. Sie fühlte sich schwerelos, ihr Körper trieb im warmen Salzwasser. Über ihr leuchtete ein Himmel aus unzähligen kleinen Lämpchen in der Dunkelheit. Sie verkrampfte, spürte plötzlich eine Schlinge um den Hals.

»Geht es Ihnen gut?«, drang Stefans Stimme leise aus einem kleinen Lautsprecher.

»Ist okay«, sagte Nele.

»Atmen Sie«, sagte er. »Lassen Sie sich fallen.«

Fallen lassen, meine größte Stärke, dachte Nele voller Ironie und begann zu atmen, bis sie schließlich ruhiger wurde. Ohne es zu wollen, landeten ihre Gedanken bei Stefan, und ihr wurde plötzlich warm bei dem Gedanken an ein Date mit ihm.

Ein Date, das es definitiv nie geben würde!

Und trotzdem war ihr warm, viel wärmer, als es gut war.

Sie hatte sein Lächeln und seine Hände vor Augen, und sie widerstand der Versuchung, ihre Hand zwischen ihre Beine gleiten zu lassen.

Himmel, sie wurde Mutter und stellte sich gerade vor, wie es mit einem anderen Mann war?

Lassen Sie sich fallen.

Durfte sie das?

Sie sah in die Sterne und hoffte, dass es hier drin und dieses eine Mal vielleicht in Ordnung war. Niemand würde es sehen. Es war nur in ihrem Kopf, und sie tat es schließlich auch deshalb, weil es sie vor der Dunkelheit und dem Gefühl zu ersticken rettete.

Ich weiß nicht einmal mehr, ob ich gezittert habe oder einfach nur erstarrt war. Ich weiß auch nicht, wie viel Zeit vergangen ist, bis ich zu Basti gegangen bin, mich neben ihn gekniet und leicht an ihm gerüttelt habe. Hast du schon einmal in die offenen Augen eines Toten gesehen? Als wäre die Seele ausgezogen und hätte sich nicht einmal die Mühe gemacht, die Tür hinter sich zu schließen.

Basti war nicht der wichtigste Mensch in meinem Leben, und wenn ich ganz ehrlich bin, habe ich immer eher so etwas wie Mitleid für ihn empfunden, manchmal sogar Spott. Aber er hat mich verehrt. Er hätte alles für mich getan. Er war gekommen, weil *ich* um Hilfe gerufen hatte.

Ich lief zur Kasse des Kinos und rief die 112 an.

Dann wählte ich Bos Handynummer.

Er ging nicht dran.

Jetzt zitterte ich wirklich.

Der, den ich nie gewollt hatte, war für mich gestorben. Der, den ich wollte, ging nicht einmal ans Telefon.

Ich wusste, es gab nichts mehr zu hoffen für Basti. Und dennoch wartete ich auf ein Wunder. Sah dem Notarzt bei der Arbeit zu, hoffte, dass Bastian unter seinen Händen plötzlich Luft holte, hustete, wieder lebendig wurde. Was natürlich nicht geschah.

Danach saß ich drei Stunden lang in einem Vernehmungsraum der Polizei.

Wie es denn dazu gekommen sei? Ob ich den Mann beschreiben könne? Und warum er mich bedroht hätte?

Ich hatte einen Schock. Ich sprach wie ein Automat, dachte nicht nach, sondern erzählte einfach alles genau so, wie es gewesen war. Selbst als es darum ging, wer der Vater meines Kindes ist, sagte ich die Wahrheit. Sie rutschte einfach aus mir heraus. Ich sagte, ich wüsste es nicht genau. Dann fing ich an zu weinen und konnte nicht mehr aufhören. Und trotzdem, schluchzte ich, es könne nur Bo sein!

Bell unterbrach ihren Redefluss für einen Moment. Den Geräuschen nach trank sie wieder einen Schluck Wasser. Leo hörte, wie sie leise die Nase hochzog. Schniefte. Stoff raschelte. Weinte sie etwa gerade?

Übrigens, falls du jetzt denkst, dieser andere, das könnte Bos Vater sein – da kann ich dich beruhigen. Ich steh nicht auf Sugar Daddys. Ich bin auch kein ... du weißt, was ich sagen will.

Wie auch immer.

Die Sache ist die: Ich wollte, dass es Bo ist. Es *musste* Bo sein. Das andere – vielmehr der andere – als Vater, das war nicht denkbar. Aber in irgendeiner Ecke meines Gehirns hockte der Zweifel, nagte an mir und fraß ein immer größeres Loch in meine schöne Welt mit Bo.

Eine Polizistin hielt damals meine Hand. Sie sah mich voller Mitgefühl an. Ihr Blick war frei von jedem Urteil. Noch heute bin ich ihr dankbar dafür. Als ich schließlich von Bos Vater erzählte, wechselten die Beamten ungläubige Blicke. Sie fragten wieder und wieder nach. Dann schickten sie mich nach Hause.

Einen Tag später stand Bo bei mir vor der Tür.

Ich fiel ihm um den Hals. Dass er mich im Kino hatte sitzen lassen? Vergessen. Dass er mir nicht geglaubt hatte? Egal. Er war hier und ich einfach nur froh.

Nach einer langen Umarmung fragte er, ob wir ein Stück gehen könnten.

Er hatte den Wagen seines Vaters dabei, und wir fuhren ein Stück raus aus Berlin. Im Wald war es still. Keine Fußgänger, die mir auf den Bauch sahen, keine Blicke, die sagten: Die ist aber jung. Ein friedlicher Tag mit viel Sonne zwischen satt-grünen Blättern und Lichtflecken auf dem Weg. So startet meine Erinnerung an diesen Tag. Immer. Bis dann die Worte kommen.

»Weißt du eigentlich«, fragte Bo, »dass heute Vormittag die Polizei bei uns war?«

Ich schluckte. Ehrlicherweise hätte ich damit rechnen müssen. Es war zwangsläufig, nach dem, was ich ausgesagt hatte. Und der Angriff des Mannes bewies ja leider, dass Bos Vater keine leeren Drohungen ausgestoßen hatte.

»Weißt du eigentlich, was mein Vater deswegen für Scherereien hat?«, fragte Bo.

»Es tut mir leid«, sagte ich. Was ich eigentlich meinte, war, dass es mir für Bo leidtat – nicht für seinen Vater. Ich sah ja, wie sehr Bo die Sache mitnahm.

»Das hilft ihm jetzt auch nicht mehr«, sagte Bo. »Weißt du eigentlich, wie das alles klingt?«

»Ja, ich weiß. Aber es war so. Ich schwör's dir.«

Bo zog ein Gesicht, als hätte er gerade entdeckt, dass sich

unter seinem Bett Wanzen paaren. »Ich hab dir viel davon erzählt, was zwischen meinem Vater und mir passiert ist. Ehrlich, mein Vater ist oft ein …« Er ließ das Wort aus, das ihm auf den Lippen lag. Bo war manchmal so fair, dass es wehtat. »Aber das heißt nicht, dass ich ihm so was zutraue.«

»Bo, glaub mir, es war genau so.«

»Weißt du, was du da sagst?«

»Natürlich weiß ich das. Ich hab's doch selbst erlebt.«

»Und wieso«, fragte er leise, »sollte ich dir das glauben?«

Ich erstarrte, und mir wurde innerlich kalt. »Heißt das, äh«, ich geriet ins Stottern, »also, dass du mir nicht glaubst?«

Er blieb stehen und sah mich an. »Wer ist der Vater deines Kindes?«

Vorhin hatte ich ja gesagt, dass ich mich vielleicht nicht an jedes Wort genau erinnern könnte. Bei dieser Frage trifft das definitiv nicht zu. Ich kann mich an JEDES seiner Worte erinnern. Sogar daran, wie seine Tonlage war, und sein Blick, wie er die Worte auseinanderzog, um ihnen mehr Gewicht zu geben. Und auch an jedes weitere Wort, das danach zwischen uns fiel.

Mir schoss das Blut in den Kopf. »Du! Du, natürlich.«

»Bei der Polizei hast du was anderes behauptet.«

Ich sah ihn fassungslos an. Wie zum Teufel konnte er das wissen? Durfte die Polizei so was überhaupt herausgeben?

»Du sagst gar nichts«, meinte er.

»Ich, ich war verwirrt.«

Er schwieg, guckte nur.

»Ich meine, ja, klar, ich hab kurz gezweifelt. Aber die Frauenärztin hat zurückgerechnet, und es kannst eigentlich nur du sein.«

»Eigentlich«, sagte er skeptisch.

»Ich bin sicher!«, beschwor ich ihn. Ich vermutete, dass er

an meinen Ex-Freund dachte, aber mein Ex-Freund war nicht das Problem. »Da lief doch schon längst nichts mehr. Das war vorbei. Es ist nur so, dass ich … mein Gott«, ich rang um Worte. »Bei mir steht alles kopf, ich stell gerade dauernd alles infrage, sogar die blödesten Dinge …«

»Warum hast du nicht mit mir darüber gesprochen?«

»Ich …, weil …« Die Worte blieben mir im Hals stecken.

»Wie, verdammt, soll ich dir jetzt noch glauben, Bell?«

Ich sah die Enttäuschung und den Zweifel in seinem Blick. Dieser Blick hatte etwas Leeres, als wäre ein Teil von ihm abwesend. Der Teil, von dem ich wollte, dass er mich liebt.

»Bo, ich brauch dich. Das Kind ist von dir.«

»Klar«, sagte er bitter. »Und nehmen wir mal an, es ist wirklich so; wer sagt mir, dass das nicht von Anfang an deine Absicht war? Dass du schwanger wirst, mich einfängst, vielleicht sogar noch erwartest, dass wir heiraten und dich das aus der finanziellen Klemme deiner Familie raushholst?«

»Das ist nicht dein Ernst, oder? Hat *er* dir das eingeredet? Dass das mein Ziel ist? Glaubst du, für mich ist das hier leicht? So was wie ein Spiel oder so? Ich muss vielleicht von der Schule abgehen! Oder ich muss wiederholen, alle werden mich anstarren, keine Ahnung, wann ich das Abi machen kann … Ey, ich will studieren. Ich bin zu jung für ein Kind, verdammt. Ich will kein Kind. Aber jetzt ist es nun mal da, und ich muss mich drum kümmern. Was soll ich denn sonst machen?«

»Jedenfalls nicht absurde Anschuldigungen gegen meinen Vater vorbringen. Willst du ihn ruinieren? Und mich gleich mit?«

»Ich will, dass er mich in Ruhe lässt, das ist alles«, blaffte ich.

»Dann lass *ihn* in Ruhe, Bell!«

»Ich? *Er* hat doch angefangen.«

Bo stöhnte und rieb sich mit der Hand über das Gesicht. »Weißt du, wie kindisch das klingt?«

»Kindisch?«, rief ich. »Ich wünschte, ich könnte es mir leisten, kindisch zu sein.« Ich zeigte auf meinen Bauch. »Ey, ich werde gerade Mutter, verstehst du? Mutter! Und verdammt noch mal, wenn du's schwarz auf weiß haben willst, ob es dein Kind ist, dann machen wir einen Test, sobald es da ist. Dann kannst du ja immer noch abhauen – wenn du bis dahin nicht sowieso schon weg bist, aus lauter Feigheit oder weil's Papa dir sagt.«

Bo starrte mich entgeistert an.

Mir kamen die Tränen. »Bo, bitte, ich brauch dich doch. Ich sag die Wahrheit, das Kind ist von dir. Die Wahrscheinlichkeit ist so was von gering, dass …« Ich verstummte, als ich seinen Blick sah. Selbst mit einer Wahrscheinlichkeit von eins zu hundert, dass das Kind nicht von ihm war, konnte er nicht leben. Und was seinen Vater anging, glaubte er mir offenbar kein Wort. »Was … was passiert jetzt mit deinem Vater?«

Bo sah mich an, als hätte er die Frage nicht verstanden oder als hätte sie keinen Sinn. »Na, nichts natürlich.«

»Wie, nichts?«, fragte ich ungläubig.

»Na, was soll schon passieren. Dir glaubt doch niemand. Meinem Vater schon. Mein Vater müsste nur einmal mit dem Innensenator telefonieren, und die Sache ist vom Tisch. Aber der Punkt ist, dass er noch nicht einmal telefonieren muss. Es gibt nicht den kleinsten Beweis für deine Behauptungen.«

»Heißt das«, flüsterte ich entsetzt, »es passiert wirklich nichts? Gar nichts?«

Bo zuckte mit den Schultern. »Er hat angeboten, dir zu

helfen, weil es dir offenbar sehr schlecht geht. Er meinte, dass du sehr verzweifelt sein müsstest, wenn du solche Lügen erzählst.«

»Und du glaubst ihm?«

»Er ist mein Vater.«

»Und ich? Wer bin ich?«

»Bell, ich kenne ihn, so etwas würde er nie tun – eine schwangere Frau bedrohen und ihr dann auch noch einen Schläger auf den Hals hetzen. Das ist … absurd.«

Absurd. Ja, das hatte ich auch gedacht. Ich hatte in seinem Arbeitszimmer gesessen, das Geweih an der Wand angestarrt und gedacht: Das kann doch nicht sein. Ich hatte den Typen auf der Toilette im Kino angestarrt, ich war von ihm angefasst worden und hatte gedacht: Das kann nicht sein. Ich hatte in Bastis leere Augen geschaut und gedacht …

Ich sah Bo an. »Weißt du was? Ich dachte auch, ich kenne dich«, sagte ich leise. »Und ich dachte, so etwas würdest du mir nie antun.« Dann drehte ich mich rasch um, damit er meine Tränen nicht sah, und ließ ihn stehen.

»He, Bell«, rief er mir nach. »Warte mal, du musst doch nach Hause, ich fahr dich.«

»Ist mir scheißegal, und wenn ich den ganzen Weg zu Fuß laufe«, rief ich. »Hauptsache, ich bin nicht in deiner Nähe.« Wütend stapfte ich den Waldweg entlang. Mit dem Handrücken wischte ich mir die Tränen fort. Sonnenlicht stach durch das Blätterdach und blendete mich.

Jetzt war ich ganz allein.

Ich legte eine Hand auf meinen Bauch.

Allein mit dir.

Ach ja, und dann war da noch meine Mutter, auch wenn sie eigentlich der letzte Mensch war, mit dem ich darüber reden wollte. Sagt man das nicht so? Der letzte Mensch …?

Die volle Bedeutung mancher Sätze wird einem oft erst klar, wenn sie wirklich zutreffen. Meine Mutter war tatsächlich der letzte und einzige Mensch, den ich noch um Hilfe bitten konnte.

Also redete ich mit ihr.

Und hatte keine Ahnung, was ich damit lostrat.

Leo stoppte das Band. Ihr Herz raste, obwohl sie still vor dem Kassettenrekorder saß. Shit. Was für eine ätzende Situation. Und was für ein mieser Typ, dieser Bo. Wenigstens hatte Bell ihn stehen lassen. So was von mutig. Das war echt ein Grund, sie zu feiern. Bell und Bo – das waren nicht ihre richtigen Namen, so viel war klar. Aber wer waren die beiden?

Und warum sagte Bell nicht ihren richtigen Namen?

Diese Kassette war doch für ihre Tochter gedacht. Welchen Grund hatte sie, ihren Namen zu verschweigen?

Leo versuchte, sich Bell vorzustellen, wie sie aussah. War Bell etwa ihre Mutter, also Charlotte? Die Bell auf dem Band hörte sich nicht direkt nach ihr an, aber das Band war ja älter und Bell gerade mal ein Teenager. Sie nahm ihr Handy und googelte den Film *Notting Hill*. Er war 1999 in die Kinos gekommen. Sie selbst war allerdings erst 2001 geboren worden. Hieß das etwa, dass sie gar nicht Bells Tochter sein konnte? Dann fiel ihr ein, dass Bell gesagt hatte, dass die Vorstellung halb leer gewesen war. Gut möglich, dass es eine Wiederholung war. Was Romanzen anging, war *Notting Hill* ja fast schon ein Klassiker. Außerdem war das Band in einem Löwen versteckt gewesen, und sie hieß Leo. Das konnte doch kein Zufall sein. Je länger sie darüber nachdachte, desto sicherer war sie, dass sie Bells Tochter sein musste. Die Frage war nur, ob Bell Charlotte war? Sie merkte plötzlich, wie wenig sie über die Vergangenheit ihrer Mutter wusste. Dann fiel ihr ein, dass ihre Mutter ja schon einundvierzig war. Hatte Bell nicht gesagt, dass sie noch in die Schule ging?

Leo rechnete rückwärts. Sie selbst war zweiundzwanzig. Dann hätte ihre Mutter neunzehn gewesen sein müssen, als sie mit ihr schwanger war, also kurz vor dem Abschluss. Aber den Abschluss hatte Bell bisher nicht erwähnt. Was auch nichts heißen musste. Es war ja auch möglich, dass Bell ein Jahr wiederholt hatte.

Wann hatte Charlotte eigentlich Robert kennengelernt, ihren Vater? Falls Robert überhaupt ihr Vater war. Bei all den Gedanken wurde ihr ganz flau im Magen.

Leo starrte auf die angehaltene Kassette in dem schwarzen Plastikgerät. Dieses kleine Ding ließ sie gerade wirklich alles infrage stellen. War das nicht etwas übertrieben? Vielleicht war sie selbst ja doch nicht mit der Kassette gemeint?

Sie atmete tief durch.

Musste plötzlich aus irgendeinem Grund an den Schmetterling am Pool denken. Sie hatte ihn gegoogelt auf der Bahnfahrt, als sie sich den Kassettenrekorder geliehen hatte. Die Gattung hieß Trauermantel. Einmal mehr kam ihr ihr Vater in den Sinn. Er war seit acht Jahren tot, und sie hatte immer noch das Gefühl, ihn jeden Tag zu vermissen.

Was, wenn er gar nicht ihr Vater war?

Er war neunundzwanzig Jahre älter als ihre Mutter gewesen. Bo konnte er also schon mal nicht sein. War Robert etwa dieser andere, von dem Bell dauernd andeutete, dass er vielleicht auch ihr Vater gewesen sein könnte? Der widerliche ältere reiche Kerl, der Bell den Scheck angeboten hatte, schoss ihr in den Sinn. Aber Bell hatte doch gesagt, dieser Kerl wäre nicht ihr Vater. Aber wer denn bitte dann?

Leo holte tief Luft. Wenn sie eine Antwort auf all das ha-

ben wollte, dann gab es nur einen Weg. Entschlossen drückte sie mit dem Zeigefinger auf die Play-Taste.

Kapitel 11

»Mein Gott, wie siehst du denn aus?«, fragte Nosferatu. Er stand in der Eingangstür des Hauses der Familie Tempel und musterte Art von oben bis unten.

»Vermutlich wie ein Untoter«, knurrte Art und humpelte an ihm vorbei in die Villa. Ein Beamter im weißen Overall der Kriminaltechnik kam ihm entgegen. Art war sich sicher, dass im Haus noch weitere Beamte der KT und des Erkennungsdienstes nach möglichen Hinweisen suchten. Inzwischen war es halb zehn. Er war gut eine Stunde zu spät dran, weil er auch noch versucht hatte, seine Prellungen und Schürfwunden notdürftig zu versorgen. »Ist die kleine Tempel hier?«, fragte er.

»Die kleine Tempel ist zweiundzwanzig«, kam es trotzig aus einer offen stehenden Tür. Art folgte der Stimme und trat ins Wohnzimmer, in dem es aussah wie in einem dieser Ausnahmehäuser, die bei Apple TV + oder in Netflix-Serien vorgestellt wurden. An den Wänden hingen großformatige Gemälde. Art meinte, einen Gerhard Richter zu erkennen und einen knallbunten Löwentraut. Die Decke des Wohnraums bestand zum Teil aus einer von Säulen gestützten

Glasscheibe, durch die man in einen bläulich schimmernden Pool im Obergeschoss sah. Sonnenlicht brach sich im Wasser und warf sanft tanzende, helle Linien auf die Sitzgruppe darunter.

Leo saß mit übereinandergeschlagenen Beinen und hochgezogenen Schultern in einem XL-Sessel aus sandfarbenem Wildleder. Sie trug eine schwarze Adidas-Trainingshose, dazu einen schwarzen Bademantel, dessen Kapuze ihr tief in die Stirn hing. Ihre Haut war blass und ihre Haare feucht. Offenbar hatte sie die grüne Farbe ausgewaschen. Noch ein paar Boxhandschuhe dazu, und sie hätte in einen Boxstall gepasst. Schmal, drahtig. Verloren und verschlossen.

»Schick, oder?«, sagte Leo ohne jeden Enthusiasmus und deutete auf den Pool und die Einrichtung.

»Geht so«, brummte Art. »Ich steh mehr auf Gelsenkirchener Barock.«

Leo zog die Stirn kraus. »Echt jetzt?«

»Ja. Alt und schrammelig.«

Sie grinste verhalten. »Alt find ich gut. *Save the planet.*«

Art nickte. »Dachte ich mir. Wie bist du so schnell rausgekommen?«

»Indem ich einen der Arschlochanwälte meiner Mutter angerufen habe!«

»Mitten in der Nacht. Dann war der Anwalt aber sehr schnell.«

»Muss er auch, bei dem, was meine Mutter ihm bezahlt. Sein Haus ist etwa so groß wie das hier.«

»Hm«, meinte Art. »Und wo ist er jetzt, dein Anwalt?«

»Warum? Brauche ich ihn?«

»Das weißt du besser als ich.«

Leo sah Art angriffslustig an.

»Keine grünen Haare mehr?«, wechselte Art das Thema.

»Ab und zu muss ich ja mal duschen, oder?«

»Die Farbe geht dann sofort raus?«

Leo zuckte mit den Schultern.

»Sprühst du dir die Haare häufiger farbig an?«

»Wieso?«, fragte Leo. Sie war plötzlich auf der Hut. »Gefällt's dir?«

»Das war keine Antwort.«

»Ist das ein Verhör?«

Art seufzte. »Hör mal, eigentlich versuche ich eher, Dinge zu finden, die dich entlasten.«

Leos Kiefermuskulatur trat hervor. »Ist mir gar nicht aufgefallen.«

»Kannst du mir jetzt sagen, wo du letzten Freitag zwischen 18:00 und 23:00 Uhr warst?«

»Wurde da meine Mutter ermordet?«

Art nickte. Auch wenn das Zeitfenster vielleicht schon um 20:30 Uhr endete – die Ergebnisse der Obduktion waren noch nicht da, und so nannte er lieber den ganzen Zeitraum.

»Ich war Kühe ansprühen«, sagte Leo.

»Bitte was?«

»In Kellinghusen bei der Kreisrinderschau. Wir haben Parolen auf Kühe gesprüht. *Klimakiller, Esst weniger Fleisch,* so was halt.«

»Kellinghusen?«, fragte Art, während er das Telefon zur Hand nahm. Bei Google sprang ihm sofort die Berichterstattung über die Aktion ins Auge. Anscheinend war es während der Veranstaltung hoch hergegangen. Er überprüfte die Fahrzeiten nach Berlin. Über vier Stunden mit dem Auto, mit Öffis noch länger. Und die Rinderschau hatte laut Internet um 16:00 Uhr begonnen. Leo hätte also schon zu Beginn der Veranstaltung dort wegfahren müssen und hätte kaum ein paar Minuten gehabt, um den Mord zu begehen –

jedenfalls wenn Charlotte Tempel um 20:30 Uhr bereits tot gewesen war. Das erschien ihm mehr als unwahrscheinlich.

»Okay. Gibt es Zeugen, die dich gesehen haben?«

»Du glaubst doch nicht, dass ich die Kollegen reinreite, damit morgen früh die Bullerei bei denen vor der Tür steht und was von krimineller Vereinigung labert.«

Art nickte. Vermutlich ging es um Hausfriedensbruch, Sachbeschädigung und Ähnliches. Die derzeitigen Diskussionen um die Letzte Generation schienen ihm auf jeden Fall ein glaubhafter Grund, dass Leo ihre Mitstreiter schützen wollte.

»Also hattest du am Freitag Aktionstag. Dann hast du dir vermutlich auch die Haare grün gefärbt, oder?«

Leos Augen wurden schmal. Ahnte sie, worauf es hinauslief?

»Pfff. Keine Ahnung. Vielleicht. Kann mich nicht erinnern.«

»Hast du, oder hast du nicht?«

Sie zuckte mit den Achseln.

»Hattest du an dem Freitag auch die Auseinandersetzung mit deiner Mutter? Du weißt schon, die, wegen der du dachtest, deine Mutter zeigt dich an.«

»Ich sag dazu nichts mehr.« Leo verschränkte die Arme. »Gar nichts mehr, klar?«

Art musterte sie schweigend.

»Art?« Nestor Christous Stimme erklang hinter ihm, und er wandte sich zu ihm um.

»Mein Gott, was ist dir denn passiert?« Der athletische schwarze Abteilungsleiter der IT sah ihn verblüfft an.

»Kleine Auseinandersetzung ums Jugendstrafrecht«, brummte Art, was ihm einen finsteren Blick von Leo einbrachte.

Nestor runzelte die Stirn und beschloss, nicht weiterzufragen. »Komm mal mit, ich muss dir was zeigen.«

Art folgte ihm durch einen langen Flur, ging um zwei Ecken bis in ein großzügiges Schlafzimmer und von dort in ein angrenzendes Ankleidezimmer von luxuriösen Ausmaßen. Ein Spiegel war beiseitegeschoben worden und gab den Blick auf einen geöffneten Tresor frei. Das Innere des Safes war leer.

»Wurde der Tresor aufgebrochen?«, fragte Art.

»Nein«, meinte Nestor. »Den haben wir geöffnet.«

»Und wie?«

»Reine Routine.« Nestor grinste listig. »Die meisten Leute sind faul. Sechs Stellen, also habe ich die möglichen Geburtstage gecheckt. Gallwitz vom Erkennungsdienst hatte direkt alles parat – Charlotte Tempel, dann der Geburtstag ihres verstorbenen Mannes und den ihrer Tochter. Der letzte war ein Treffer.«

»Und der Safe war leer, oder habt ihr …?«

»Nein. Der Safe war leer. Wir haben ihn so vorgefunden, wie du ihn jetzt siehst.«

Art rieb sich den schmerzenden Nacken. »Merkwürdig.«

»Eben«, meinte Nestor.

»Fingerabdrücke?«

»Kein einziger. Die Tasten sind blank wie nur was.«

»Mhm.«

»Nosferatu sagt aber, dass er drinnen Partikel gefunden hat, vermutlich von Papier und Kartonpappe. Es müssen also Unterlagen drin gewesen sein. Nur, wann genau die rausgenommen wurden, das lässt sich natürlich nicht sagen.«

»Alles klar. Danke dir.«

Art ging zurück ins Wohnzimmer. Auf dem Weg kam ihm Nosferatu entgegen. »Egon, kannst du bitte alle Badezimmer im Haus nach Spuren von grüner Farbe und nach Blutflecken absuchen?«

Nosferatu sah ihn verblüfft an. »Die Badezimmer sahen sauber aus.«

»Hast du mit Luminol getestet?«

Egon Brunner stutzte, dabei traten seine langen Vorderzähne zwischen den Lippen hervor. »Ich wusste nicht, dass wir hier das große Programm abspulen sollen.«

»Nicht im ganzen Haus, nur die Badezimmer«, meinte Art.

»Ist okay, mach ich«, meinte Brunner.

Als Art wieder das Wohnzimmer betrat, saß Leo Tempel immer noch auf dem Sessel und blickte teilnahmslos in eine Teetasse, die sie in den Händen hielt.

»Sag mal, wusstest du von dem Safe deiner Mutter?«

Sie schüttelte den Kopf. »Keine Ahnung.«

»Hat der Kollege dich nach der Kombination gefragt?«

»Ja, hat er. Aber woher sollte ich die wissen?«

»Die Kombination war dein Geburtstag.«

»Ach, echt?«, sagte Leo unbeteiligt. »Und was war drin?«

»Der Safe war leer.«

Sie hob den Blick und zugleich die Brauen. »Leer? Aha. Spricht das nicht für Einbrecher oder so?«

»Oder es spricht dafür, dass jemand will, dass es nach Einbrechern aussieht«, entgegnete Art und fixierte sie.

Leo wich seinem Blick aus. »Haben deine Kollegen denn Fingerabdrücke gefunden?«

»Ja, einen. Alles andere war verwischt, aber der Kollege von der Kriminaltechnik konnte einen halben Abdruck sicherstellen«, log Art.

»Na, das klingt doch vielversprechend«, sagte sie seltsam ruhig. »Und jetzt?«

»Vergleichen wir die Abdrücke mit unserer Datenbank und mit Vergleichsabdrücken von anderen. Hauspersonal, alle anderen, die in den letzten zwei Wochen hier im Haus waren …«

»Heißt das, auch meine?«, fragte Leo.

Art nickte. »Natürlich nur, um dich auszuschließen.«

Leos Mund war ein Strich. Es war schwer zu sagen, ob sie etwas befürchtete, ob sie teilnahmslos war, um sich zu schützen, oder ob sie einfach nur ihre Überforderung hinter ihrer toughen Art versteckte. Vielleicht war sie ja auch nur auf ihre Weise damit beschäftigt, den Tod ihrer Mutter zu verarbeiten.

»Wo ist dein Zimmer?«, fragte Art.

Sie starrte auf den Grund ihrer Tasse. »Die Treppe im Hausflur runter, zweimal links, dann die vorletzte Tür.«

»Darf ich mich dort einmal umsehen?«

Sie zuckte mit den Achseln. »Bitte. Tu dir keinen Zwang an.«

Art nickte und machte Anstalten zu gehen, was Leo nicht zu kümmern schien. »Gut. Du kommst nicht mit?«

»Ich kenne mein Zimmer ja schon«, erwiderte sie.

Wortlos setzte Art sich in Bewegung und ging in den Keller. Er kannte niemanden, den es nicht berührte, wenn die Polizei im Rahmen einer Mordermittlung das eigene Zimmer untersuchte. Selbst Unschuldige wurden bei diesem Gedanken oft nervös. Leos Gelassenheit konnte zweierlei bedeuten. Entweder sie hatte wirklich rein gar nichts zu verbergen, oder aber sie hatte aufgeräumt, und wenn es etwas zu finden gegeben hätte, dann war es jetzt fort.

Auch das Kellergeschoss war vergleichsweise luxuriös ausgestattet. Eichenparkett, speziell angefertigte Türen aus dem gleichen Holz, raumhoch und mit stilvollen Vintage-

Klinken. Leos Tür dagegen war schwarz. Die Farbe hatte jemand mit dicken Pinselstrichen aufgetragen. Art öffnete die Tür und fand sich in einem kleinen Apartment wieder, das aus einer Art Wohnküche, einem Schlafraum und einem Bad bestand. Bis auf die Einbauküche, die ebenfalls schwarz angemalt worden war, wirkte alles provisorisch und dennoch irgendwie stylisch. Drei unterschiedliche Holzstühle standen um einen Küchentisch aus den Siebzigern herum. Ein altes Ledersofa, das Arts Sofa verblüffend ähnlich sah, kein Kleiderschrank, stattdessen zwei mit Bügeln vollgehängte Ständer und an den Wänden einige Plakate von Filmschauspielern, eins davon zeigte Heath Ledger als Joker. Leos Bett bestand aus zusammengenagelten Holzpaletten und einem daraufgelegten großen Futon. Neben dem Kopfkissen saß ein Stofflöwe, der etwas mitgenommen wirkte. Auf einer dunkel gebeizten asiatischen Kommode stand ein alter Kassetten-rekorder. Als er die Schubladen nacheinander aufzog, fand er nichts Ungewöhnliches bis auf eine Box aus Pappe. Vorsichtig öffnete er den Deckel und sah hinein. Ein Ladegerät für Akkus, eine Tube Gleitcreme und zwei unterschiedlich große naturalistische Dildos, dazu eine Kette mit Nippelklemmen.

Er schloss die Box und schob die Schublade wieder zu.

Der Löwe auf dem Bett lächelte zum Abschied.

Ernüchtert verließ er das Zimmer. Aber was hatte er auch erwartet? Einen Beweis ihrer Unschuld? Oder etwas, das es plausibel machte, dass eine so junge Frau einen so drastischen Mord an ihrer eigenen Mutter verübte? Jede Statistik, die es gab, sprach dagegen. Außer die, dass die meisten Morde an Frauen durch Familienangehörige verübt wurden.

Als er ins Wohnzimmer zurückkam, saß Leo immer noch auf ihrem Platz. »Und, was gefunden?«, fragte sie unschuldig.

Art schwieg. Irgendetwas stimmte nicht mit dem Zimmer, doch er kam nicht darauf, was es war.

Gespieltes Erstaunen huschte über Leos Miene. »Herrje. Richtig! Die Sachen in der Kommode. Das ist dir jetzt aber nicht peinlich, oder?«

Art wollte etwas entgegnen, doch Buchwald stand plötzlich neben ihm. »Was denn, ihr duzt euch?«

»Seit gestern Nacht«, antwortete Art.

Leo lächelte süßlich. »Der Kommissar und ich, wir haben so unsere Geheimnisse.«

Art kassierte einen schrägen Blick von Buchwald. »Pubertät«, knurrte Art.

»Echt jetzt? Mit zweiundzwanzig?«, meinte Leo spöttisch.

Buchwald rollte mit den Augen. »Alles klar. Kenn ich von zu Hause.«

»Übrigens«, wandte sich Art an Leo. »Der Beamte, den du gestern getreten hast, der wird nie wieder gehen können.«

Für einen winzigen Moment bekam Leos Fassade einen Riss. Ein Anflug von schlechtem Gewissen flackerte auf und verschwand ebenso schnell wieder aus ihrem Gesicht. Die unnahbare Leo war wieder zurück, aber Arts Bluff war aufgegangen. Er lächelte, und ihr Blick wurde hart. Sie wusste, dass er es gesehen hatte – und es gefiel ihr nicht, erkannt worden zu sein. Die Frage war nur, warum sie ihre menschliche Seite so unbedingt verstecken wollte und permanent das unberechenbare Biest hervorkehrte. Es wirkte beinah schizophren. Art nahm sich einmal mehr vor, bei den Kollegen nach Hinweisen auf eine Behandlung bei einem Psychologen oder einer Psychologin zu fragen.

»Sag mal …« Buchwald deutete auf Arts lädierten Kiefer. »Hast du dich geprügelt?«

»Mhm«, knurrte Art.

Martin Buchwald seufzte. »Na schön, geht mich ja nichts an, solange es nicht wieder Kauder war.«

Selbst dann würde es dich nichts angehen, dachte Art.

»Der wird übrigens heute bei der Lagebesprechung um 17 Uhr dabei sein«, meinte Buchwald.

»Der Polizeipräsident? Bei einer Lagebesprechung des BKA? Und dann auch noch persönlich?«, fragte Art.

»Die Zuständigkeit ist gar nicht so leicht zu definieren. Eigentlich wäre das LKA zuständig und damit Kauder als Polizeipräsident. Der MAD und das Innenministerium haben aber an uns übergeben, wegen Charlotte Tempels Beteiligung am Waffenkonzern.«

Art brachte nur ein trockenes »Aha« heraus. Wenn Kauder sich hier beteiligte, dann ja wohl, weil es ihm aus irgendeinem Grund ein persönliches Anliegen war. Das hatte Art gerade noch gefehlt. In diesem Moment klingelte sein Handy. Als er Julis Nummer erkannte, ging er mit raschen Schritten zur Haustür, lief in den Garten und nahm ab.

»Er weiß es«, sagte Juli mit zittriger Stimme.

»Was?«, fragte Art.

»Das mit uns, was denn sonst.«

»Bist du sicher? Hat er das gesagt?«

»Nein, du kennst Henrik doch. Er hat eine Andeutung gemacht. Aber ich bin sicher, er hat's rausgekriegt. Außerdem, als du gegangen bist, da war ich am Fenster, und ich glaube, gegenüber war ein Fotograf.«

»Wie kommst du darauf?«

»Es hat zweimal geblitzt.«

»Kein Schnüffler fotografiert heute noch mit Blitz«, wandte Art ein.

»Wir dürfen uns nicht mehr sehen«, stellte sie fest. »Jedenfalls vorläufig.«

Art spürte, wie sich unter seinen Füßen ein großes Loch auftat. »Juli, langsam, jetzt warte doch mal …«

»Ich mein's ernst, Art. Es tut mir leid, aber das kann ich nicht riskieren, ich kann Henrik nicht hängen lassen.«

»Nicht hängen lassen?«, fragte Art. »Merkst du, was du da sagst?«

»Das verstehst du nicht.«

»Ist das alles, was euch verbindet? Pflichtgefühl?«

Sie schwieg.

»Liebst du ihn?«, fragte Art.

»Frag mich das nicht«, erwiderte sie.

»Und was ist mit mir?«

»Wir haben eine Affäre«, stellte Juli fest.

»Das ist deine Antwort?«

»Meine Antwort ist die gleiche wie bei Henrik.«

»Du meinst, ich soll dich besser nicht fragen?«

Juli seufzte. »Du würdest es nicht verstehen.«

»Also das heißt, das war's?«

»Ja.«

Art schwieg.

Fiel.

Kam sich vor, als wäre er wieder dreizehn Jahre alt und hätte nie eine Chance gehabt. Hatte er sich Hoffnungen gemacht? Hatte er wirklich gedacht, diesmal gäbe es so etwas wie eine Zukunft, und wenn sie nur aus unregelmäßigen Treffen in Hotelzimmern bestand?

»Art?«

»Mhm.«

»Ruf nicht mehr an, ja? Es tut mir leid.« Sie beendete die Verbindung.

Art ließ das Telefon sinken. Sah mit leerem Blick zur Villa. Hinter einer der großen Fensterscheiben stand Leo Tempel und schien ihn zu beobachten. Jetzt hatten sie beide etwas gemeinsam. Sie hatten beide einen Moment beim anderen erlebt, in dem die Maske fiel.

Kapitel 12

»Also bitte, drei Hirsche noch.« Ben Junkers sah fordernd in die Runde. Seine Augen leuchteten mit dieser ihm eigenen manischen Energie. Es hieß, er verbrenne an einem Tag so viel Kalorien wie andere in einer Woche, und das, obwohl er keinen Sport trieb.

Katrina Bernardi hielt das für ziemlichen Unsinn. Dennoch, es hatte seine Wirkung, wie er dasaß, die Arme ausgebreitet, um die Juryrunde aus sieben weiteren Leuten um den Tisch herum zu energetisieren. Junkers war fünfundfünfzig, gerade mal drei Jahre älter als sie selbst, hatte graue und immer noch dichte Haare, die er leicht pomadig zu einem straffen Seitenscheitel gekämmt trug. Seine Hemdsärmel waren aufgekrempelt, sein Schlips war dagegen immer perfekt gebunden. Mit dem Kopf immer im Rahmen, aber mit den Händen stets bereit, auch da hinzulangen, wo es schmutzig war. Katrina war sicher, dass es genau diese beiden Eigenschaften waren, die ihn zum Vorstand von SchumannSolo gemacht hatten. Mit knapp sieben Milliarden Euro Umsatz war SchumannSolo derzeit die zweitgrößte deutsche Mediengruppe – und Junkers wollte mehr. Seine größten Probleme dabei waren im Moment das Kartellamt und das Kanzleramt, die sich beide wegen einer Übernahme querstellten, weshalb Junkers nicht gut auf Henrik Westphal zu sprechen war. Wie man hörte, waren sich die beiden ohnehin nicht sonderlich grün.

»Jetzt kommt schon, Leute«, sagte Junkers. »In neun Wochen ist die Show. Das kann doch nicht so schwer sein.«

»Alina«, schlug Wenke de Fries vor.

Alina? Nicht schlecht, dachte Katrina. Und sogar ein klein wenig gegen den Strich. Wenke wusste, wie es lief. Kein Wunder, sie war ja nun bereits im fünften Jahr die Moderatorin der Preisverleihungsshow und ein fester Bestandteil der Juryrunde. Offiziell hatte sie zwar kein Stimmrecht, doch mit ihrer Erfahrung als Moderatorin und ihren Kontakten zu zahlreichen Prominenten war sie aus der Runde nicht wegzudenken.

»Alina? Vielleicht national – aber als Music-Artist International?« Junkers legte die Stirn in Falten. »Bestenfalls medium.«

Katrina Bernardi fand, es war langsam an der Zeit, sich einzuschalten. Bisher hatte sie sich bei den Treffen zu oft zurückgehalten. Die Rolle eines Jurymitglieds war für sie immer noch ungewohnt. Eigentlich war gerade vieles in ihrem Leben ungewohnt. Aber sie hatte es ja so gewollt. Bis vor wenigen Monaten hatte sie noch bei der *Berliner Morgenpost* fest im Sattel gesessen, hatte gutes Geld verdient, wurde geachtet, gebraucht, war fast schon gefürchtet. Auch wenn sich alle bei der *Morgenpost* geduzt hatten, hinter ihrem Rücken hieß sie nur: die Bernardi.

»Komm schon, Katrina, das kann nicht dein Ernst sein«, hatte ihr Chefredakteur gesagt, als sie sich im März in sei-

nem Büro gegenübersaßen. »Du willst wirklich hinschmei-
ßen?«

»Ja. Will ich.«

»Und *freie* Journalistin werden? Weißt du, was da draußen
los ist?«

Sie hatte genickt und einen auf tough gemacht.

»Ich sag's ja nur ungern, du weißt, ich liebe Print, aber ge-
druckte Zeitungen sind in der größten Krise, seit es Papier
gibt. Überall wird gestrichen, gekündigt, gespart. Und da
willst du *diesen* Job hier aufgeben?«

»Mein Entschluss steht fest.«

Er hatte sich vorgebeugt, die Ellenbogen auf den Tisch ge-
stützt. »Mensch, Katrina, ich brauch dich hier. Du hast so
viel geleistet in der letzten Zeit. Deine Auftritte während der
Kanzlerkrise im Talk bei Wenke de Fries, dein Artikel über
diesen Art Mayer ... du weißt doch, ich mach das nicht mehr
lange hier. Ein, zwei Jahre, dann wird die Chefredaktion
neu besetzt ... und der Posten soll intern vergeben werden.
Wir brauchen jemanden, der das Blatt in- und auswendig
kennt ...«

Sie schüttelte den Kopf. »Tut mir leid.«

Er seufzte und lehnte sich zurück. »Ist es wegen Frida?
Das ist dir ziemlich nahegegangen, oder?«

»Ja, auch«, sagte Katrina leise.

»Du weißt, das war nicht deine Schuld.«

Nein, war es nicht, dachte Katrina. Aber um Schuld ging
es auch nicht. Jedenfalls nicht direkt. Es ging darum, dass sie
tagein, tagaus in diesem verdammten Hamsterrad strampel-
te. Sie fühlte sich wie in einem Durchlauferhitzer gefangen,
ständig drehte irgendjemand am Heißwasserhahn, und sie
saß im hochkochenden Boiler. Sie war fremdbestimmt – und
bestimmte andere fremd. Als CvD war sie mit Organisation

und Kontrolle beschäftigt und nicht mit dem, was sie eigentlich am Journalismus liebte. Sie wollte schreiben. Sie wollte Inhalte. Sie wollte verdammt noch mal ein Leben, weil sie genau das nämlich bisher nicht gehabt hatte, und das, obwohl sie inzwischen zweiundfünfzig war.

All das war ihr im Februar schlagartig klar geworden, als sie ihre Volontärin Frida zu Hause in deren Badezimmer tot aufgefunden hatte. Frida war so verdammt jung gewesen, frech, ehrgeizig, sie hatte fest an eine Zukunft geglaubt, und dann, von einem Tag auf den anderen, hatte sie jemand umgebracht. Das Leben war so unberechenbar und kurz, und manchmal konnte es regelrecht niederträchtig sein. Nicht, dass sie das vorher nicht schon alles gewusst hätte. Sie hatte es nicht nur gewusst, sie hätte eine Abhandlung darüber schreiben können, ohne dass es bei ihr auch nur zur geringsten Veränderung geführt hätte. Aber in dem Moment, als Frida mit eingeschlagenem Schädel vor ihr gelegen hatte, da hatte sie es *gefühlt*.

Vier Wochen später hatte sie ihren Schreibtisch geräumt.

Acht Wochen später war sie in der bitteren Realität gelandet. Sie kam sich vor wie ein Dinosaurier, der im Angesicht eines heranfliegenden Asteroiden eine Wette auf das eigene Überleben abgeschlossen hatte. Und nun? War der Asteroid eingeschlagen und Rauch verdunkelte die Sonne. Überraschung! Die Aufträge blieben aus, ihre Artikel wurden abgelehnt.

Dann hatte Wenke ihr unter die Arme gegriffen. Sie hatte ihr über mehrere Sendungen eine feste Rolle in ihrer TV-Talkshow-Runde gegeben und mit ihr über gesellschaftliche und politische Themen gesprochen. Zu ihrer eigenen Verwunderung war der Plan aufgegangen. Inzwischen schrieb sie für verschiedene Blätter und gehörte, so kam es ihr vor, über Nacht plötzlich wieder zur Speerspitze des deutschen Journalismus. Auch deshalb war Ben Junkers auf sie aufmerksam geworden und hatte sie in die Jury eingeladen.

»Also, was Alina angeht«, meinte Katrina, »wenn ich nach Amerika oder Japan gucke, da ist sie ein Star. Seit Jahren. Ihre deutsche Herkunft hin oder her. Und wer schafft das schon? Wenn wir das in den Vordergrund stellen, haben wir einen internationalen Star mit deutschen Wurzeln.«

Wenke de Fries machte eine Na-bitte-Geste in Richtung Ben Junkers'.

Wim Buck, der Executive Producer der TV-Show, sah von seinem Moleskin-Notizbuch hoch. Er war etwa in Katrinas Alter, ein kleiner, schmaler Mann mit blonden Locken und einem listigen Zug um den Mund. »Aber die internationalen Erfolge sind zu lange her. Da haben wir nur alte Bilder, zum Teil noch im 4:3-Format. Außerdem …«, seine Stimme hatte auf einmal etwas leicht Abfälliges, »so viel Bier, wie die braucht, kriegen wir Backstage gar nicht unter.«

Kurzes Schweigen.

Die Entscheidung fiel lautlos. Alina war raus. Nicht wegen des Alkohols, sondern wegen der Kombination aus alten Bildern, Medium-Lösung *und* Alkohol, genau in dieser Reihenfolge.

»Madonna«, meinte Wim Buck.

»Zu alt«, bremste Silvia Knuth. Sie hatte mahagonirot gefärbte Haare, war die Jüngste in der Runde und die Marketing- und Social-Media-Expertin.

»Klar, aber die Bilder sind frisch. Also, ich bin ein Fan.« Buck blätterte in seinem Moleskin. »Und sie hat gerade Tourtermine, die perfekt passen. Ihre Pause wäre genau im richtigen Augenblick.«

»Wenn, dann eher für den Ehrenpreis oder das Lebens-werk«, brummte Junkers. »Da haben wir eine Chance, dass sie kommt. Und es entspricht auch eher ihrem Alter. Aber die beiden Kategorien haben wir für dieses Jahr schon anders zugesagt.«

»Beyoncé«, schlug Wenke de Fries vor.

»Zu groß, zu kurzfristig, die lehnt sowieso ab«, sagte Junkers. »Hatten wir doch vor zwei Jahren schon, die Absage. Wir brauchen jemanden, der uns schmückt, der aber auch wirklich kommt.«

»Warum sollte sie zu groß sein? Wir hatten Lagerfeld, Ronaldo, Schumacher, dieses Jahr ist sogar der Papst als Preisträger dabei«, meinte Wenke de Fries.

Ben Junkers seufzte. »Gut. Vielleicht hast du recht. Ich rufe Miranda an. Mehr als absagen kann Beyoncé ja nicht.«

»Übrigens, nur zur Erinnerung. Der Papst kommt nicht zu uns. Wir müssen zu ihm«, sagte Wim Buck. »Und dass er darauf eingeht, liegt nur am Friedenspreis und seiner Ukraine-Initiative. Apropos, gibt es jemanden, der gerade einen Song zur Ukraine eingesungen hat und erfolgreich ist – international, meine ich?«, fragte Buck.

»Vergiss es. Im Entertainment ist das Thema tot. Ein echter Downer – und das wissen alle. Mal abgesehen davon, außerhalb von Europa interessiert's auch keinen«, meinte Junkers.

Katrina Bernardi musste schlucken. Sie war viel gewohnt; in den Redaktionssitzungen einer Zeitung wurde kein Blatt vor den Mund genommen. Doch die Direktheit in dieser Runde war wirklich speziell. Prominente und Preise als Ware, die es zu gestalten galt. Beides war Mittel zum Zweck. Wobei Stars und Prominente immer Angebetete und Freiwild zugleich waren. Politische Korrektheit, so kam es ihr vor, war nachgeordnet und wurde im Zweifel benutzt wie Make-up. Alles schonungslos zielgerichtet. Sie hatte sich schon einige Male gefragt, wie ihre Teilnahme von der Jury wohl diskutiert worden war. Mit Sicherheit mit der gleichen Schonungslosigkeit. Und trotzdem war sie gerne in dieser Runde dabei, weil sie zum einen den Preis für eine gute Sache hielt und weil es ihrer Karriere sicher nicht schadete.

Katrina hob die Hand. »Eine ganz andere Idee. Wie wäre denn ein Nachhaltigkeits-Hirsch?«

Kurze Stille. Alle schwenkten um.

»Nicht schlecht«, meinte Junkers. »Der Begriff ist vielleicht etwas sperrig. Es müsste eher so was sein wie …«

»*Save the Planet*«, schlug Silvia Knuth vor.

»Zu englisch, wir sind ein deutscher Preis«, sagte Junkers.

»Umwelt-Hirsch?«, meinte Wenke de Fries.

»Hm«, brummte Junkers. »Okay. Am Namen basteln wir noch. Klimaschutz steht uns auf jeden Fall gut. Macht uns modern und ambitioniert. Wer kriegt den dann?«

»Lena Neumann«, schlug Wim Buck vor. »Die deutsche Galionsfigur von Fridays for Future, sieht gut aus, kann gut sprechen.«

»Entschuldigt«, sagte Katrina, »aber Fridays for Future war gestern. Heute sind es doch Klimaaktivisten. Das wäre progressiv.«

»Du willst allen Ernstes Klimaaktivisten auf die Bühne stellen? Die Typen, die unsere Kunst verhunzen, das Brandenburger Tor beschmieren und die Straßen blockieren, sodass selbst Krankenwagen nicht mehr durchkommen?«, mokierte sich Wim Buck. »Ich hab neulich wegen denen zwei Stunden im Stau gestanden. Da hättest du mal dabei sein sollen, dann wüsstest du, wie die Stimmung der Leute war.«

»Wir müssten eine Gruppe von Aktivisten finden, die eine milde Form des Protests gewählt haben«, sagte Katrina, »die aber gleichzeitig dafür ein hohes persönliches Risiko eingegangen sind. Die Ziele der Aktivisten finden doch die meisten Menschen richtig.«

»Vielleicht eine Schülergruppe«, sagte Silvia Knuth. »Irgendwas Anrührendes. Könnte auch im europäischen Ausland sein. Dann sind die Auswirkungen auf Deutsche auch nicht so ein Reizthema. Vielleicht eine Gruppe aus Ungarn. Die wären dann auch gegen Orbán – und Orbán kann eh keiner leiden.«

Junkers verzog den Mund. »Ich weiß nicht, wenn ich's mir recht überlege, dann sind mir Klimaaktivisten zu riskant. Das fliegt uns nur um die Ohren. Solange in Berlin Autos brennen und Bürger im Stau stehen, können wir damit keinen Blumentopf gewinnen.«

Katrina öffnete den Mund, um etwas einzuwenden, fing sich jedoch einen warnenden Blick von Wenke de Fries ein und beschloss, das Thema vorerst ruhen zu lassen. Vielleicht machte es Sinn, ein paar eigene Recherchen anzustoßen, um einen substanzielleren Vorschlag machen zu können.

In der Stille summte Ben Junkers' Handy, was es ständig tat. Er war der Einzige, der sich herausnahm, während den Sitzungen ans Telefon zu gehen. Rasch warf er einen Blick auf das Display, runzelte die Stirn und wurde mit einem Mal blass. »Mein Gott«, murmelte er.

»Und schon hat uns der Papst ausgeladen«, witzelte Wenke de Fries trocken.

Buck und ein paar andere lachten auf.

Junkers ließ seine Augen in die Runde schweifen. Seine Energie war plötzlich verpufft. Er räusperte sich, als hätte er Mühe, seine Stimme zu finden. »Charlotte Tempel ist tot.«

Katrina sah ihn ungläubig an. Stille senkte sich über den Konferenzraum. Irritierte Blicke wurden gewechselt.

»Ookaay«, sagte Buck gedehnt. »Dann sind mit dem Charity-Hirsch also wieder vier Preise vakant.«

»Wim, *bitte*«, sagte Junkers scharf. »Charlotte wurde ermordet. Man hat sie im Wald gefunden, unbekleidet, an einen Baum gefesselt und von Tieren angefressen.«

Katrina lief es eiskalt den Rücken herunter. Ihr Verstand wollte nicht fassen, was Junkers da gerade gesagt hatte. Charlotte Tempel ermordet? Ausgerechnet Charlotte? Sie sah zu Wenke, die kreidebleich war und wirkte, als müsste sie sich übergeben. Katrina wusste, dass Wenke Charlotte Tempel von etlichen gemeinsamen Auftritten her kannte, die sie moderiert hatte – die beiden waren befreundet, auch wenn sie es nicht an die große Glocke hängten. Katrina warf Wenke einen Blick im stummen Einvernehmen zu.

»Und damit nicht genug«, fuhr Junkers düster fort. »Auf dem Kopf trug sie ein Hirschgeweih.«

Silvia Knuth fiel die Kinnlade herunter. »Scheiße«, flüsterte sie. »Das ist …«

Absurd. Verrückt!, setzte Katrina den Satz in Gedanken fort.

»… ein PR-Super-GAU«, sagte die Knuth.

Die Bemerkung war wie eine elektrische Entladung. Alle sprachen durcheinander. Katrina schnürte es den Hals zu. Sie hatte sofort die Geschichte der jungen Frau im Königswald vor Augen, die im Wald auf ein Wesen gestoßen war, halb Mensch, halb Tier, und die dann vom Notruf nicht ernst genommen worden war. Katrina hatte das zum Anlass genommen, eine Story über das überforderte Notruf-System zu schreiben. Denn egal, wie überspannt Sophie Bauer am Telefon vielleicht gewirkt haben mochte, sie war in Not gewesen – nur das zählte. Und wie sich jetzt herausstellte, hatte sie zudem auch noch recht gehabt.

PR-Super-GAU? Die rothaarige Social-Media-Trulla hatte durchaus einen Punkt, das lag auf der Hand, aber es ging hier um einen Menschen, verdammt. Um einen Mord! Das war alles so bizarr, dass sie Mühe hatte, es zu begreifen. Wer machte so etwas? Was sollte das? Und – falls das mit dem Hirschgeweih kein Zufall war – dann war die herzlose Bemerkung von Silvia Knuth nicht nur richtig, sie war auch noch untertrieben. Es war nicht nur ein PR-Super-GAU, das hier konnte eine Kettenreaktion auslösen. Wenn es bekannt wurde, dann würde Angst unter den zukünftigen Preisträgern herrschen. Alle würden das Weite suchen, wenn es um den Hirsch ging. Ihr Blick traf sich mit dem von Ben Junkers, und sie sah ihm an, dass er genau das Gleiche dachte. Katrina räusperte sich. »Von wem hast du die Informationen?«

»Von Hardy Kauder. Wir sind befreundet.«

»Hartmut Kauder, der Polizeipräsident?«

Junkers nickte. »Und das Ganze ist vertraulich. Das geht an alle hier!«, sagte er und erhob die Stimme. »*Absolut* vertraulich.«

Wäre die Sache weniger ernst, hätte Katrina lachen müssen. Sie wusste genau, was diese Vertraulichkeit wert war. Nichts.

Ein Sturm zog auf.

Kapitel 13

Nicht weiter an Juli denken. Er brauchte Ablenkung. Irgendetwas, das stärker war. Wut. Ärger. Etwas, das die Sonne verdunkelte und wogegen er ankämpfen konnte. Art schaute zum Himmel hoch. Hellblau. Dann sah er Charlotte Tempel vor sich und spürte die altvertraute Wut, die ihn immer von einer Ermittlung zur nächsten getrieben hatte. Als hätte er schon immer etwas gesucht, das ihn von Juli ablenkte. Er ging zur Eingangstür und betrat zum zweiten Mal die Villa, um sich ein genaueres Bild von der Frau zu machen, die Charlotte Tempel vermutlich gewesen war. Außerdem war da immer noch das vage Gefühl, ein Detail übersehen zu haben. Aber was? Er ging in Gedanken das Haus ab, ließ den Blick durch Leos Zimmer schweifen. Ohne Ergebnis. Seine Schritte hallten kalt von dem hellen Marmor des Flures wider. Erneut summte sein Handy. Sein erster Gedanke war: Lass es summen. Sein zweiter: Vielleicht ist es Juli.

Er fischte das Handy aus seiner hinteren Hosentasche. Eine SMS war eingegangen, von einer unbekannten Nummer. *Müssen uns sehen, in 5 Minuten, rechts die Straße runter, dann wieder rechts.*

Art starrte auf das Display. Es gab nur einen Menschen, der so schrieb. Ohne Namen, ohne Nummer, und selbstverständlich davon ausgehend, dass sich das alles von selbst erklärte. Wut stieg in ihm auf. Wenn Henrik die Sache mit Juli direkt klären wollte – das konnte er haben. Er drehte auf dem Absatz um und lief geradewegs in Martin Buchwald hinein, der ihm ungewollt einen Stoß in die Rippen versetzte. Art stöhnte vor Schmerzen und verfluchte innerlich Simonek und seine Schläger.

»Art, was ist los mit dir? Muss ich mir Sorgen machen?« Buchwalds Tonfall verriet, dass er sich weniger um Art selbst als um seine Ermittlungen Sorgen machte. Art biss die Zähne zusammen und nahm sich vor, in der nächsten Apotheke Voltaren und Pferdesalbe gegen die Schmerzen zu kaufen.

»Art?«

»Muss was überprüfen«, knurrte er und schob sich an Buchwald vorbei. Auf dem Weg zur Straße entdeckte er eine erste Wolke am Himmel. Endlich.

Am Tor wandte er sich nach rechts, an der nächsten Ecke wieder nach rechts. Der Wagen war nicht schwer zu finden. Ein schwarzer Audi A8 mit stark getönten Scheiben im Fond. Die Panzerung sah man dem Wagen von außen nicht an. Etwa dreißig Meter dahinter standen zwei Männer von der BKA-Abteilung Sicherungsgruppe mit einem Chauffeur im dunkelblauen Anzug. Der Chauffeur rauchte. Einer der SG-Leute musterte Art und nickte kurz. Freigabe.

Art überlegte, welche Tür des Wagens er öffnen sollte, und entschied sich für die hintere Tür auf der Beifahrerseite. Wenn Henrik Spielchen wollte, dann konnte er sie haben. Er riss die Tür auf und sah auf den Bundeskanzler herab. Die Sonne stand in Arts Rücken, und Henrik Westphal musste blinzeln, als er hochschaute. »Andere Seite«, sagte er.

»Rutsch rüber«, knurrte Art.

Einer der Sicherheitsleute setzte sich in Bewegung. Arts Haltung verhieß nichts Gutes.

»Geh verdammt noch mal auf die andere Seite«, zischte Henrik aufgebracht. Juli hatte recht. Er wusste es, sonst hätte er nicht so schnell die Beherrschung verloren. Spätestens mit seinem Job als Kanzler hatte sich Henrik so viel Beherrschung antrainiert, dass es eine Menge brauchte, um ihn aus der Reserve zu locken.

»Du wolltest mich sprechen«, sagte Art. »Hier bin ich. Wir können auch bei offener Tür sprechen. Ich nehme an, die Kollegen sind sehr interessiert.« Er wies auf den jungen athletischen Mann, der vorne am Wagen stand. Der zweite setzte sich nun ebenfalls in Bewegung.

»Alles in Ordnung, Herr Bundeskanzler?«

»Jaja«, winkte Henrik ab. »Schon gut.«

»Sicher?«

»Absolut. Wir sind alte Bekannte. Sagte ich ja schon.« Henrik rutschte auf die andere Seite der Rückbank und machte Art Platz. Der SG-Mann musterte Art ein weiteres Mal, nickte grimmig und stellte sich kaum fünf Meter vom Wagen entfernt auf den Gehweg. Art stieg ein und zog die Tür zu. Die Außenwelt verschwand mit einem satten Ton. Das Licht war gedämpft, aus den perforierten hellen Ledersitzen drang klimatisierte Luft. Von außen kam kein Geräusch herein, und Art ging davon aus, dass auch auf der Straße nichts von dem zu hören war, was im Inneren des Wagens stattfand.

»Musste das sein?«, fragte Henrik. »Fühlst du dich jetzt besser?«

»Keine Ahnung«, erwiderte Art ehrlicherweise. »Vielleicht?!«

Henrik musterte seinen lädierten Kiefer. »Hast du dich im Griff?«

»Ich schon. Das Problem sind die anderen.«

»Sartre, hm?«

»Was?«

»Die Hölle sind immer die anderen. Jean-Paul Sartre«, zitierte Henrik und taxierte ihn aus schmalen Augen.

»Wie belesen«, meinte Art sarkastisch. Henrik sah blass aus. Angestrengt und dünnhäutig. Er tat ihm fast ein bisschen leid. Bundeskanzler zu sein war ganz offensichtlich ein Höllenjob. Ja, Henrik hatte ihn unbedingt gewollt. Aber wer wusste schon, was hinter dem wartete, wovon man träumte. »Was willst du?«, fragte Art. »Und fang jetzt bitte nicht wieder an mit ›Ich hab nicht viel Zeit‹.«

Henrik verzog den Mund widerwillig zu einem Lächeln. »Touché.« Er seufzte. »Ich habe eine Bitte.«

Art musste unwillkürlich an Mario Puzos *Der Pate* denken, an die Eingangsszene auf der Hochzeit, wo Don Corleone Hof hielt, Bitten entgegennahm und hin und wieder selbst um eine Gefälligkeit bat. Es wurde kein lautes Wort gesprochen, aber jedem war klar, eine Bitte von Don Corleone war keine Bitte, sondern eine Ansage. Auch wenn Henrik ein demokratisch gewählter Bundeskanzler war, die Sprache der Macht beherrschte er ebenso virtuos wie ein sizilianischer Clanchef mit New Yorker Manieren. Was also würde die Bitte sein? Sag freundlicherweise alle weiteren Treffen mit meiner Frau ab?

»Ich habe ein Problem«, sagte Henrik.

Ich auch, dachte Art. Du bist mit der Frau verheiratet, die ich liebe.

»Im Haus der Tempels«, fuhr Henrik fort, »ist ein Tresor.«

Art stutzte.

»Und aus diesem Tresor wurde etwas entwendet.«

»Woher weißt du von dem Tresor?«

»Ich weiß davon, das muss reichen.«

»Aha«, meinte Art und fragte sich, wer Henrik so schnell darüber unterrichtet hatte. Vermutlich jemand aus dem Team, das gerade vor Ort war. »Und was genau wurde entwendet?«

»Unterlagen«, sagte Henrik nebulös.

»Was für Unterlagen?«, bohrte Art nach.

»Mein Gott, Art. Robert Tempel war der größte Anteilseigner eines Waffenkonzerns. Du weißt doch, wie das läuft.«

Art sah ihn nachdenklich an. »Ja, weiß ich. Und was willst du jetzt von mir?«

»Die Tochter … Leo Tempel … kannst du dir vorstellen, dass sie die Unterlagen hat?«

Art zuckte mit den Achseln. »Frag sie doch.«

Henrik schürzte die Lippen, wartete – und lächelte dann.

Art lächelte zurück. »Ich hab Leo Tempel schon danach gefragt, falls es das ist, was du wissen willst. Und sie behauptet, sie hätte keine Ahnung.«

Henrik runzelte die Stirn und schien einen Moment zu überlegen.

»Was ist so wichtig an den Unterlagen, dass du mich selbst danach fragst?«, wollte Art wissen.

Henrik sah schweigend zur Windschutzscheibe hinaus.

»Erzähl mir jetzt nicht, es ginge um russische Spionage, Waffen oder irgendeinen anderen Blödsinn. Es ist was Privates. Also erzähl's mir oder lass es.« Art legte die Hand auf den Türgriff und tat, als wollte er aussteigen.

»Schon gut, schon gut«, seufzte Henrik. »Ein Freund von mir kannte Charlotte Tempel …«

»Kannte …?«, wiederholte Art gedehnt. »Du meinst, sie hatten ein Verhältnis?«

Henrik schwieg. Was vermutlich so viel wie Ja hieß.

»Was ist daran so brisant?«

»Sie hat der Partei Geld gespendet.«

»Auch das wäre erlaubt.«

»Kommt darauf an, wie man es macht«, sagte Henrik. »Aber ich will dich nicht mit Details langweilen.«

Art begriff. Vermutlich waren die Spendengelder gestückelt und unterhalb der Veröffentlichungsgrenze überwiesen worden. Vielleicht sogar getarnt als private Spenden von Angestellten der Firma – das war nämlich erlaubt. Und später gab die Firma den Angestellten Sonderzahlungen als Ausgleich. Ein beliebtes Modell, um politische Einflussnahme zu kaschieren. Was natürlich illegal war. Art kannte einen ganz ähnlichen Fall, in dem das BKA ermittelt hatte. Auf jeden Fall war die Mischung aus Parteispenden und Affäre explosiv.

»Und dieser Freund mit dem Verhältnis?«, meinte Art, »das bist nicht zufällig du?«

»Unsinn. Wo denkst du hin.«

Art sah Henrik prüfend an, vermochte aber keine Lüge in seinem Gesicht zu erkennen.

»Also setzt du dich jetzt für deinen Freund ein?«

»Ich war damals Schatzmeister der Partei. Ich hab die Zahlungen entgegengenommen.«

Art pfiff leise. »Und wie heißt dein Freund?«

»Kann ich nicht sagen.«

»Wie nobel.«

Im Wagen herrschte für einen Moment Stille. Draußen glitt lautlos ein Übertragungswagen des Fernsehens vorbei. Offenbar unterwegs in Richtung Villa Tempel. Mist, dachte Art. Irgendjemand hatte geredet. Die Frage war nur, was genau war durchgesickert. »Ich hätte große Lust, euch auffliegen zu lassen«, sagte Art.

»Was denn, wegen einer Affäre?« Henrik sah ihn mit einem vielsagenden Blick an. Oh, verdammt. Juli hatte wirklich recht. Henrik wusste Bescheid.

»Die Affäre ist mir egal. Ist ja ... Privatsache«, sagte Art ausweichend. »Menschen lieben, wen sie lieben. Da ist nichts Verwerfliches dran.«

»Da bin ich nicht so sicher«, erwiderte Henrik kühl.

»Mir geht's um die Korruption«, sagte Art. »Ich kann Korruption nicht ausstehen.«

Henrik sah ihn mit einem langen, ernsten Blick an, als müsse er eine Entscheidung treffen. »Art«, sagte er schließlich, »mir geht's doch genauso. Ich hatte doch damals keine Ahnung. Die Spenden sahen legal aus. Alle unter zehntausend. Wie hätte ich das wissen sollen? Ich habe erst viel später durch einen Zufall erfahren, was da gelaufen ist.«

Art schwieg und überlegte. Was Henrik sagte, klang plausibel. Wenn es so war, dann war Henrik in einer unglücklichen Situation. Er hatte Geld für die Partei angenommen, im guten Glauben, und war von anderen benutzt worden. Sein einziger Fehler war, vielleicht nicht genau genug hingeschaut zu haben. Und wenn es nun schlecht lief und die Sache ans Licht kam, dann musste er jetzt dafür die Verantwortung tragen.

»Hilf mir«, sagte Henrik. »Du weißt, dass wir uns eine Regierungskrise nicht leisten können. Erst recht keine Neuwahlen. In den aktuellen Umfragen liegen die Rechten bei über 18 Prozent. Wenn nach mir mit Schmutz geworfen wird, dann kommen schnell noch ein paar Prozentpunkte dazu. Du weißt, wohin das führt, wenn die ans Ruder kommen.«

»Und du glaubst ernsthaft, dass du besser bist?«

Henrik schwieg einen Moment. Er verstand die Frage

richtig. Es ging nicht darum, ob er die bessere Alternative zu den Rechten war, es ging um das, was im letzten Frühjahr geschehen war. Er seufzte, sah Art an und meinte: »Ja.«

Und Art wusste, dass er damit grundsätzlich sogar recht hatte. Wenn man einmal von dem Teil absah, bei dem er nicht recht hatte.

»Politik ist leider kompliziert«, sagte Henrik.

»Erspar mir deine Erklärungen.«

»Also hilfst du mir? Falls du die Unterlagen findest? Und private Details zu meinem Freund?«

»Du meinst, zu seiner Affäre.«

Henrik machte ein Pokerface.

»Das entscheide ich, wenn ich was finde«, sagte Art.

Henrik lächelte und nickte. Er wusste nur zu gut, dass er den bestmöglichen Ton angeschlagen hatte. Politik war tatsächlich kompliziert. So wie Polizist sein. Art dachte an Juli, stieg grußlos aus dem Wagen und warf die Tür hinter sich zu.

Ich hab's ja schon gesagt – ich hab nicht viel von meiner Mutter erwartet. Und trotzdem hab ich verzweifelt gehofft, dass sie mir irgendwie da raushilft, nachdem ich ihr alles erzählt hatte. Dass sie mich an die Hand nimmt oder in den Arm, mir sagt, mach doch dies oder das – und: Keine Sorge, ich helf dir!

Gesagt hat sie nichts. Nur, dass sie erst mal überlegen müsste.

Am nächsten Tag um die Mittagszeit kam ein Anwaltsschreiben. Bos Vater verklagte mich wegen Verleumdung. Und als wäre das nicht genug, lag noch die Kopie eines Schreibens an die Polizei dabei, in diesem typischen Anwalts-Bandwurmsatz-Deutsch.

Wir weisen ausdrücklich darauf hin, dass im ungeklärten Todesfall Bastian Schlüter bislang keinerlei Beweise für die Existenz des angeblichen Unbekannten vorliegen. Vielmehr lassen die verzweifelten und haltlosen Versuche der Beklagten, andere für den Tod des jungen Mannes verantwortlich zu machen, nur den Verdacht aufkommen, dass sie selbst möglicherweise den Tod des jungen Mannes verschuldet hat.

Ich schnappte nach Luft.

Das durfte doch nicht wahr sein.

Meine Mutter las das Schreiben mit seltsam ausdruckslosem Gesicht. Dann sah sie mich an und sagte: »Schatz, du musst hier weg.«

Ich rebellierte. Ich? Warum zum Teufel sollte *ich* hier weg? Ich konnte doch nichts dafür. *Ich* war hier das Opfer, verdammt. Das war so dermaßen ungerecht.

Am Abend gab ich meinen Widerstand auf.

Was hielt mich denn noch hier? Ich wurde bedroht, Bo hatte mich verlassen – oder vielmehr ich ihn –, weil er mich verraten hatte. Bos Vater wollte mir mein Kind wegnehmen und verklagte mich wegen Verleumdung. Und außerdem war Basti tot, weil ICH ihn gerufen hatte, und bei meinem Glück würde mir die Polizei vielleicht auch noch unterstellen, dass ich ihn gestoßen hatte und für seinen Tod verantwortlich war?

Na, danke.

Dann kam meine Mutter mit einem überraschenden Vorschlag um die Ecke.

Einen Tag später saß ich in einem Zug nach Madrid. Von dort aus ging's weiter nach Navalmoral de la Mata und dann mit dem Bus ins tiefste spanische Hinterland. Falls du die Gegend auf der Landkarte suchst, schau im Nordosten der Provinz Cáceres in der Extremadura, an der Südflanke der Sierra de Gredos. Ich musste sie auch erst auf der Karte suchen. Versprengte Dörfer in der gleißenden Sonne. Staubige Straßen, rissiger Asphalt, ein einsamer deutscher Soldatenfriedhof und Ziegen am Wegesrand. Die Straße schlängelte sich durch einen trockenen Wald auf einen Berg hinauf. Die Haltestelle war mitten im Nichts. Der Bus ließ mich in einer Staubwolke zurück.

Meine Mutter hatte recht, hier würde mich garantiert niemand finden.

Als ich sie gefragt hatte, wie ich denn die Reise bezahlen und wovon ich leben sollte, holte sie einen Umschlag aus einem Krug im Küchenschrank und gab ihn mir. Ich war baff. Zweitausendfünfhundert Mark. Ich hatte nicht gewusst, dass sie eine Art eiserne Reserve hatte.

Und jetzt war ich also hier, in der spanischen Pampa. Ich nahm meinen Koffer, ging ein Stück die Straße hinauf, so wie meine Mutter es mir beschrieben hatte, dann folgte ich dem Schild Monasterio de la Vera und bog in eine schmale, steinige Straße ein, die hoch auf den Berg führte. Die billigen Rollen unter meinem Koffer rumpelten und blieben alle paar Meter hängen. Ich schwitzte. Ein Salamander floh vor mir unter einen Felsblock.

War das wirklich die richtige Entscheidung?

Vielleicht hast du jetzt tausend Fragen, denkst, Mensch, Bell, hast du keine Freunde, was ist mit der Schule? Kann dir da niemand helfen? Auf deine tausend Fragen gibt es tausend Antworten, und ich würde dir jede einzelne geben. Aber mir läuft die Zeit davon.

Nach einer halben Stunde Koffer-bergauf-Zerren ging der Weg in einen großen Parkplatz über, kein Asphalt, wie in Deutschland, keine weißen Linien. Nur eine weite, staubige Schotterfläche, gesäumt von dürren Büschen und Kiefern. Ein Dutzend Autos, alle mit spanischem Kennzeichen, parkten am Rand im Schatten der Bäume. Auf der rechten Seite war eine hohe Mauer aus Bruchsteinen, dahinter weitere zum Teil sehr hohe Bäume, zwischen denen das Kloster zu erkennen war. Das Monasterio de la Vera. Das schwere Tor war aus schwarzem Holz, mit Eisennieten verziert. Gleich daneben hing ein dünnes Zugseil mit einer Messingglocke.

Ich klingelte. Noch heute habe ich den Klang im Ohr. Das hohe, scheppernde Läuten, die Zikaden, das leise Rascheln des Windes in den Baumkronen. Nach einer Weile öffnete eine alte Frau in Ordenstracht die Tür. Ihr Rücken war krumm. Sie stützte sich auf einen Holzstock und sprach mich auf Spanisch an. War ja klar. Man lernt immer die falsche Sprache. Ich konnte nur Französisch und Englisch und versuchte mein Glück mit Letzterem.

»Ich werde von Maria erwartet, sie ist eine Freundin meiner Mutter.«

Die Ordensschwester sah mich aus wachen, tief liegenden Augen an. Mehr als den Namen schien sie nicht verstanden zu haben, doch das reichte, um mich einzulassen.

Übrigens, nicht, dass du jetzt denkst, ich wollte Nonne werden. Maria war nur die einzige Möglichkeit, um für eine Weile von der Bildfläche zu verschwinden, die meiner Mutter eingefallen war. Eine alte Schulfreundin von ihr, die ich bis jetzt nur von einem Foto kannte, das sie mir vor der Abfahrt in die Hand gedrückt hatte.

Wir gingen durch eine Art Vorhof mit fünf majestätischen Bäumen. Die Stämme waren monumental. Wie lange sie da wohl schon standen? Das Kloster war keins dieser reich verzierten maurischen Postkartendinger, es war einfach, aber irgendwie erhaben; aus Natursteinen gemauert, mit Bögen, alten Fensterläden, ausgeblichenen Tonschindeln auf dem Dach. Es schien wie aus dem Berg gewachsen, als wäre es ein Teil der Landschaft. An eine große Kirche ohne Glockenturm schmiegten sich ein Wirtschaftsgebäude und eine Art Palast. Wir betraten eine eindrucksvolle Halle und liefen durch einen Kreuzgang, Wasser plätscherte in einem steinernen Brunnen, umgeben von einem blühenden, duftenden Garten. Im zweiten Stock ging es dann in den hinteren Gebäudeteil. Es war dämmerig, alle Fensterläden waren hier geschlossen. Die plötzliche Kühle war willkommen, ließ mich aber dennoch frösteln.

Die Ordensschwester klopfte an eine schwarze Holztür. Die Frau, die öffnete, erkannte ich sofort als Maria. Sie war mittelgroß, hatte einen resoluten Blick, graue Augen und weißblonde lange Haare. Sie sah aus wie ein verhärmtes Ex-Model. Ich streckte ihr die Hand entgegen und bekam einen sehnigen, harten Händedruck. »Maria«, sagte sie und lächelte. Sie musste früher wirklich hübsch gewesen sein.

»Bell«, sagte ich. Ich hatte nicht vor, meinen richtigen Namen zu sagen, obwohl sie ihn sicher kannte.

»Bell«, sagte sie gedehnt und musterte erst mich und dann meinen Koffer. »Ich hoffe, du hast ein paar Bücher dabei, die Zeit wird hier manchmal recht lang, und es ist still. Aber das hat auch seine Vorteile. Komm rein.«

Sie schloss die schwarze Tür. Ein langer dunkler fensterloser Gang, links und rechts Türen. Ein Reich der Schatten mitten in der grellen Sonne. Plötzlich ging eine Tür zu meiner Rechten auf. Eine grazile junge Frau mit zum Dutt gebundenen schwarzen Haaren trat in den Flur und sah mich überrascht an. Unter ihrem weiten schwarzen Kleid wölbte sich ein Bauch wie ein Fußball. Ich starrte sie an und brachte nur ein »Hallo« heraus.

Sie lächelte scheu. »Hey.« Ihr Blick streifte meinen Bauch. War das hier so eine Art Schwangerenasyl?

Ich blieb stehen, obwohl Maria weiterlief. »Ich bin Bell.«

»Sanne«, sagte sie und gab mir die Hand. »Eigentlich Susanne, is mir aber zu lang.«

»Woher kommst du?«

»München«, sagte Sanne. »Eigentlich. Hab aber in Berlin studiert. Und du?«

»Berlin.«

Sie lächelte.

»Bell?«, rief Maria. »Kommst du?«

»Ja, klar.« Ich nahm meinen Koffer.

»Bis bald, wir sehen uns bestimmt«, meinte Sanne.

Ich nickte zum Abschied und eilte Maria nach. »Gibt es hier noch mehr Schwangere?«, fragte ich.

Maria zuckte mit den Schultern. »Wir helfen nur manchmal jungen Frauen. Ich weiß genau, wie das ist, wenn man allein ist und Hilfe braucht.« Sie schloss mein Zimmer auf.

Ja. Allein und auf Hilfe angewiesen. Das traf es ziemlich genau. Ich betrat mein Zimmer und …

Leo drückte hastig die Stopptaste. Waren da etwa gerade Schritte im Flur gewesen? Ja, tatsächlich.

Schnell zog sie eine Schublade der Kommode auf, schob den Kassettenrekorder unter einen Stapel Wäsche und schloss die Schublade. Einen Wimpernschlag später senkte sich die Klinke ihrer Zimmertür, und ihre Mutter kam herein.

»Schon mal was von Anklopfen gehört?«, fragte Leo. »Oder gilt das für eine Charlotte Tempel nicht?«

Ihre Mutter verzog das Gesicht. Ihr Blick flog durch das Zimmer. »Was machst du?«

»Wie, was mache ich?«

Ihre Mutter gab ihr übliches ›Als-Mutter-kann-man-nichts-richtig-machen‹-Seufzen von sich.

»Ist ein bisschen spät, sich jetzt noch für deine Tochter zu interessieren, oder?«, legte Leo nach. »Was willst du?«

»Ich …« Charlotte Tempel stockte. »Anfang November ist die Hirsch-Verleihung. Ich wollte fragen, ob du kommst? Dann lasse ich dir eine Karte zurücklegen.«

Leo schnaubte. »Du meinst, weil du für diese Mädels im Heim die beste Mama der Welt bist? Und dann soll ich vor den Kameras ein paar Tränen der Rührung verdrücken und dir mit allen anderen zusammen applaudieren?« Allein bei dem Gedanken schnürte es ihr die Kehle zu.

»Leo, ich versuch doch nur …«

»Ehrlich gesagt, ich glaub, ich bin dann im Urlaub«, erwiderte Leo.

»Im Urlaub«, wiederholte ihre Mutter. Es klang enttäuscht. *Wirklich* enttäuscht. »Wo geht's denn hin?«

»Pff. Keine Ahnung. Spanien vielleicht«, entgegnete Leo schnippisch. Im selben Moment hätte sie sich am liebsten auf die Zunge gebissen.

Ihre Mutter sah sie überrascht an. Dann nickte sie, als könnte sie das Bedürfnis nach Urlaub gut verstehen. Sie strich sich durch ihre kupferroten Haare, was sie immer dann tat, wenn sie nachdenken musste und Zeit gewinnen wollte. »Falls du noch Tipps brauchst für Spanien«, meinte sie, »ich kenne da ein tolles Kloster in der Extremadura.«

Leo sah sie wie vom Donner gerührt an.

»Die Stille würde dir guttun«, sagte Charlotte Tempel. Dann verließ sie das Zimmer.

Kapitel 14

Das Foto der toten Charlotte Tempel füllte die Leinwand im abgedunkelten Konferenzraum. Egon Brunner hatte versucht, das Bild vom Tatort so nüchtern wie möglich zu halten, doch es war ihm nicht gelungen. Art kam es vor, als wären sie alle wieder zurück im Wald. Es war still geworden am Tisch. Elf Gesichter im Dämmerlicht, und niemand von ihnen konnte sich der grausamen und widersprüchlichen Kraft des Fotos entziehen. Es war, als ob sie ein Dämon aus dem Nebel heraus anstarrte. Das majestätische Geweih, der mit dunkler Schmiere eingeriebene Körper, die toten Augenhöhlen, aus denen Blut über die Wangen gelaufen war, und die Wunde über dem Herzen. Die meisten Ermordeten wirkten im Tod wie entwürdigt, bemitleidenswert. Charlotte Tempel war zu einer Art mythischem Fabelwesen geworden, der Realität entrückt und bedrohlich wie ein Monster, das jemand eingefangen und hingerichtet hatte.

Nele Tschaikowski saß neben Art und rutschte unruhig auf ihrem Stuhl herum. Es war 17 Uhr 22, und Egon Brunner skippte zum nächsten Foto. Eine Detailaufnahme des Geweihs und seiner Befestigung am Stamm hinter Charlotte Tempels Kopf. Ein paar rötliche Strähnen ragten ins Bild.

»Ein echtes Geweih, übrigens«, sagte Brunner. »Sechzehnender. Aufgesetzt auf eine Holzplatte, in der Mitte geteilt. Getrennt war das Gehörn wohl einfacher zu transportieren. Die Holzplatten wurden am Baum festgenagelt, einfache Stahlnägel, zehn Zentimeter, kriegst du in jedem Baumarkt. Der Täter – oder die Täterin – muss das Geweih noch vor dem Opfer am Baum befestigt haben, sonst wäre der Kopf im Weg gewesen. Was übrigens auch bedeutet, dass der Täter vorher Maß genommen haben muss, denn das Geweih war auf der exakt richtigen Höhe angebracht.«

»Glaubt ihr, wir haben es mit mehreren Tätern zu tun oder mit einem?«, fragte Nele.

»Gute Frage«, meinte Brunner. »Die Logistik dürfte kompliziert gewesen sein. Keine Straße in der Nähe, keine Spuren einer Karre oder von anderen Hilfsmitteln …«

Logistik, dachte Art. Er hasste den Polizeisprech, auch wenn er verstehen konnte, dass die Kollegen ihn manchmal brauchten, um sich das Ungeheuerliche in ihrem Job vom Leib zu halten. Art mochte es lieber direkt.

»Die Spurenlage«, fuhr Brunner fort, »ist nicht ganz eindeutig. Liegt vor allem am Wild, das den größten Teil der Spuren zertrampelt hat. Grundsätzlich haben wir drei Arten von Fußspuren gefunden. Zunächst einmal von Charlotte Tempel und von Sophie Bauer, die die Leiche entdeckt hat; die beiden konnten wir durch Vergleichsproben zuordnen. Und dann gibt es noch eine weitere Art Fußspuren. Das Sohlenmuster spricht für Adidas-Joggingschuhe. Das Problem ist, wir können die Größe der Schuhe nicht gut zuordnen. Es kann alles zwischen 38 und 43 sein, aber auch das sind nur Näherungswerte. Liegt am Wild, tut mir leid.«

»Aber wenn es doch nur eine unbekannte Fußspur gibt, dann spricht das doch für einen einzelnen Täter«, wandte Nele ein.

»Theoretisch ja, außer der oder die Mittäter haben die gleiche Sorte Turnschuh getragen.«

»Dann könnte die Sache mit dem Wild Absicht gewesen sein, um die Spuren zu verwischen?«

»Möglich«, meinte Brunner.

Art hüllte sich in Schweigen und dachte nach. Selbst wenn es möglich war, dass es auch zwei oder mehr Täter gab, die alle Adidas-Schuhe getragen hatten, die Frage war doch, ob es wahrscheinlich war. Ein so extremes Gewaltverbrechen war in der Regel die Tat eines Einzelnen. Dass zwei oder noch mehr Menschen sich auf so etwas verständigten, erschien ihm unrealistisch, einfach weil die Motive für solch inszenierte Gewaltverbrechen meist sehr persönlich waren.

»Wie wäre das abgelaufen, wenn er oder sie Einzeltäter ist«, sagte Art. »Ich stelle mir vor, wie Charlotte Tempel mit einer Waffe bedroht und in den Wald gebracht wird. Vielleicht lässt der Täter sie das Geweih tragen? Aber zum Befestigen des Geweihs braucht er beide Hände, muss also Charlotte Tempel fesseln, kann sie aber nicht betäuben, weil er sie später aufrecht am Baum stehend braucht.«

»Alles ganz schön umständlich«, sagte Martin Buchwald. »Charlotte Tempel muss große Angst gehabt haben, er musste ja jederzeit damit rechnen, dass sie sich wehrt.«

»Könnten Drogen im Spiel gewesen sein?«, fragte Art. »Irgendetwas, das beruhigt oder gefügig macht?«

»Haben wir natürlich geprüft«, sagte Veronika Perlau von der Rechtsmedizin. »War aber nichts zu finden. Das kann allerdings auch daran liegen, dass Charlotte Tempel bereits bis zu 75 Stunden tot war, als wir sie gefunden haben. Dafür haben wir Klarheit bei der Schussverletzung durch Sophie Bauer. Die ist tatsächlich postum entstanden. Den Todeszeitpunkt können wir also eingrenzen auf 18:00 bis 20:30 Uhr. Todesursache ist eine Stich- bzw. Schlagverletzung am Herz. Ich hab eine Weile gebraucht, bis ich mir darauf einen Reim machen konnte. Die Tatwaffe ist ehrlich gesagt ziemlich speziell.« Das Bild eines ungewöhnlich geformten Hammers erschien auf der Projektionsfläche. Das eine Ende des Hammers bestand aus der üblichen Schlagfläche, das andere Ende lief in einer länglichen, leicht gebogenen Spitze zu, wie bei einer Hacke. »Das hier ist ein Zimmermannshammer, genauer: ein Latthammer«, erklärte Veronika Perlau. »Anhand der Wundkanäle am Herz und in den Augenhöhlen gehe ich davon aus, dass solch ein Hammer die Tatwaffe gewesen sein könnte. Sehr grausam, aber auch sehr effizient. Der oder die Täter haben damit sowohl das Geweih an den Baum genagelt als auch das Opfer getötet.«

Ben Gallwitz vom Erkennungsdienst stöhnte. Brunner war hartgesotten, doch Gallwitz war zarter besaitet – auch wenn man es bei seinem Quadratschädel und dem stattlichen Bauchumfang nicht unbedingt vermutete.

Einen Moment lang betrachteten alle schweigend den Latthammer.

»Was ist eigentlich mit den dunkelroten Spuren an Charlotte Tempels Händen?«, fragte Art.

»Tierblut«, sagte Veronika Perlau.

Art musste an den kleinen toten Vogel zu ihren Füßen denken. »Hat jemand eine Erklärung dafür?«

Ratlose Blicke, Schulterzucken.

Ein Detail ohne Resonanz.

Wortlos skippte Brunner weiter zum nächsten Bild, dem Riemen um Charlotte Tempels Hals.

»Was ist eigentlich mit Kauder?«, fragte Gallwitz mit belegter Stimme. »Hatte der sich nicht angekündigt?«

»Kommt später«, erwiderte Martin Buchwald knapp.

Von mir aus kommt er besser gar nicht, dachte Art. Er hatte nicht die geringste Lust auf eine weitere Konfrontation mit dem Polizeipräsidenten – und es war ihm auch zuwider, dass die Geschichte zwischen ihnen beiden ganz ohne sein Zutun immer wieder auflebte. Art hatte gehofft, dass Gras darüber wachsen würde. Doch leider war es genau die Art von Geschichte, die man sich gerne beim Rauchen, in der Kantine oder mit einem Pappbecher Kaffee auf dem Flur erzählte. Art sah zu Nele hinüber. Auch sie schien alles andere als begeistert zu sein, ihrem Onkel zu begegnen.

»Können wir aus irgendeinem der Gegenstände Rückschlüsse ziehen? Beschaffungswege nachvollziehen?«, fragte Art in die Runde.

Ben Gallwitz verzog die Lippen und sah ein wenig aus wie ein schlecht gelaunter Breitmaulfrosch. »Ich kenn mich ja beim Thema Jagd ganz gut aus, aber leider hilft das nicht. Die Wildpaste entspricht in der Zusammensetzung keinem im Laden erhältlichen Artikel. Am ehesten erinnert sie an Hagopur. Vielleicht hat der Täter auch nur etwas beigemischt. Wie auch immer. In Deutschland gibt es knapp 400 000 Jäger, wenn wir uns auf Berlin und das Umland konzentrieren, sind es vielleicht 60 000; ich hatte ja selbst auch mal einen Jagdschein. Herauszufinden, wer da wann und wo welche Paste gekauft hat … na ja. Wir checken gerade die Jagdgeschäfte in Berlin und im Umland. Aber das wird mühsam.«

»Und das Geweih?«, fragte Nele.

»Zuletzt belief sich die Jahresstrecke beim Rotwild auf etwa 75 000 erlegte Tiere.«

»Und wie viele davon Hirsche – und Sechzehnender?«, fragte Art.

»Das sind die Hirsche. Zum Thema Sechzehnender kann ich nur raten.«

»Aber grundsätzlich heißt das doch, wir haben es hier mit jemandem zu tun, der Jäger ist – oder jagdaffin«, sagte Buchwald.

»Muss nicht sein«, erwiderte Brunner. »Das Geweih ist behandelt worden und wurde schon vor längerer Zeit auf das Holz aufgesetzt. Es könnte zum Beispiel durch eine Haushaltsauflösung auf einem Trödelmarkt gelandet sein, bei eBay verkauft worden sein … was auch immer. Wie gesagt, es wird mühsam. Und vor allem wird es dauern. Und die Nägel oder ein mutmaßlicher Hammer, den wir noch nicht einmal in den Händen halten, das wird uns alles nicht weiterbringen.«

Veronika Perlau hob den linken Zeigefinger, während sie auf ihr Handy sah. »Da gibt es allerdings noch eine Sache. Laut der Laboruntersuchung –«

In diesem Moment ging die Tür auf, und Kauder betrat den Raum. Der Polizeipräsident trug einen dunkelblauen Anzug mit einer roten Krawatte, die ein wenig verrutscht war, dazu ein paar schwarze Sneaker, was ihn sportlicher aussehen ließ, als er war. Kauder hatte leicht gerötete Wangen, ein energisches Kinn und hellwache Augen, die kurz an Art hängen blieben, dann an Nele und dann an ihrem Bauch. Statt seiner Abneigung gegenüber Art und seiner Zuneigung gegenüber seiner Nichte Ausdruck zu verleihen, blieb er sachlich. »Hallo, Martin«, sagte er leise und setzte sich auf den freien Stuhl neben Buchwald. »Machen Sie weiter. Tun Sie einfach so, als wäre ich gar nicht da.«

Nele schnaubte leise.

»Äh, ja«, fuhr Veronika Perlau fort, »also, die Sache ist die: Unter den Fingernägeln der Toten haben wir grüne Farbe gefunden. Und diese grüne Farbe ist laut Labor identisch mit …« Sie zeigte das Display ihres Handys in die Runde. »… dieser Sprühfarbe für Haare. Diese Dose haben die Kollegen von der KT im Bad von Leo Tempel gefunden.«

Für einen Moment herrschte Stille. Art kannte diese spezielle Stille. Sie war einer Wendung geschuldet, die alle erschütterte und die niemand glauben wollte. Nicht etwa, dass Töchter niemals ihre Mutter töten würden, aber wenn, dann doch nicht so …

»Mein Gott.« Buchwald brach als Erster die Stille. »Und gestern Abend bei ihrer Verhaftung hatte Leo Tempel grüne Haare.«

»Sie ist verhaftet worden?«, fragte Veronika Perlau verblüfft.

»Bei einer Klima-Protest-Aktion am Hermannplatz. Sie hat sich mit einigen anderen auf der Straße festgeklebt. Und anschließend hat sie einem Polizisten mit einem Tritt die Kniescheibe verletzt.«

Wieder Schweigen. Leos Gewaltbereitschaft warf ein schlechtes Licht auf sie.

»Moment«, bremste Egon Brunner, der selbst zwei Töchter hatte. »Aber als ich sie heute früh gesehen habe, hatte sie keine grünen Haare mehr. Das Zeug lässt sich offenbar leicht auswaschen. Vielleicht hat sie sich die Farbe nur für die Aktion am Hermannplatz in die Haare gesprüht. Charlotte Tempel ist drei Tage vorher getötet worden.«

»Abgesehen davon, auch die anderen Aktivisten am Hermannplatz hatten sich die Haare grün angesprüht«, sagte Art. »Die grüne Farbe alleine beweist noch nichts.«

»Aber die Dose steht nun mal in ihrem Bad. Und sie

könnte sich die Haare auch an dem Tag gefärbt haben, als ihre Mutter ermordet wurde«, sagte Gallwitz.

»Könnte, muss aber nicht«, brummte Buchwald. »Art, Nele – ihr habt doch mit ihr gesprochen. Was denkt ihr?«

Art stieß Nele warnend unter dem Tisch an. Er hatte das Gefühl, es war besser, wenn er das übernahm. »Ich bin sicher, Leo hatte einen Konflikt mit ihrer Mutter, angeblich ging es um Umweltthemen. Leo ist Klimaaktivistin, ihre Mutter dagegen spendet für alles Mögliche, nur nicht dafür. Leo redet den Konflikt allerdings klein. Was genau passiert ist, damit will sie nicht herausrücken. Leo behauptet, dass sie an dem Tag, an dem ihre Mutter ermordet wurde, auf einer Protestaktion in Kellinghusen war, bei einer Kreisrinderschau. Möglicherweise hat sie sich dafür ebenfalls die Haare grün angesprüht. Es könnte also sein, dass ihre Mutter sie mit den grünen Haaren erwischt hat. Vermutlich wusste sie, was das zu bedeuten hat. Daraufhin sind die beiden in Streit geraten. Leo ist ziemlich impulsiv, vielleicht ist es zu einer Art Gerangel gekommen. Dabei ist dann die Farbe unter Charlotte Tempels Nägel geraten.«

»Oder der Streit ist ausgeartet«, meinte Gallwitz.

»Dieser Mord ist nichts, was ausgeartet ist«, sagte Art. »Der Mörder wollte, dass es genau so passiert.«

»Ben, du willst doch wohl nicht allen Ernstes behaupten, dass Leo Tempel ihre Mutter umgebracht hat«, meinte Nele. »Doch nicht so. Ich meine, mit einem Hammer, Wildpaste, einem Hirschgeweih …«

»Pfff.« Gallwitz stieß Luft aus. »Um ehrlich zu sein, ich hab sie ja heute Morgen erlebt. Ich mag die Kleine. Ziemlich aufsässig, aber unterhaltsam. Trotzdem, hier geht's ja um Indizien – und da gibt es leider noch ein paar, die ich zur Sprache bringen muss.«

Alle Augen richteten sich auf Gallwitz. »Zum einen: Wir haben Zahlungsbelege für Kickboxtraining im Haus gefunden. Heißt zumindest: verminderte Hemmschwelle bei Gewaltausübung. Siehe die Kniescheibe des Kollegen. Außerdem hat Leo Tempel bereits zwei Anzeigen wegen Ladendiebstahl bekommen, dazu eine weitere Anzeige wegen Einbruchs. Jetzt aktuell noch eine wegen Körperverletzung. Und sie ist seit eineinhalb Jahren bei einer Schauspielschule eingeschrieben. Weiß ich, weil ihre Mutter das finanziert.«

Schauspielunterricht, dachte Art verblüfft. Er wechselte einen Blick mit Nele. War Leos Unberechenbarkeit vielleicht vorgetäuscht? Oder zumindest teilweise? Ihr widersprüchliches Verhalten war ihm zwar seltsam, aber trotzdem irgendwie authentisch vorgekommen. »Was ist mit Zahlungsbelegen oder Krankenkassenabrechnungen einer psychologischen Behandlung?«, fragte Art.

»Du meinst, weil sie sich geritzt hat?« Ben Gallwitz zuckte mit den Schultern. »Da haben wir nichts gefunden.«

»Auch nicht in der Vergangenheit?«

»Nichts.«

Art nickte nachdenklich. Egal, was er über Leo Tempel erfuhr, nichts schien zusammenzupassen. Er hätte gewettet, dass sie in Behandlung war. »Wie auch immer«, sagte er. »Das alles beweist nichts.«

»Aber es macht sie verdächtig«, meinte Buchwald. »Hat sie Zeugen dafür, dass sie bei dieser Kreisrinderschau war? Oder ist das eine Erfindung?«

»Ich hab's geprüft«, sagte Art. »Die Aktion hat tatsächlich stattgefunden. Kühe, besprüht mit grünen Parolen und vier Aktivisten mit grünen Haaren und maskierten Gesichtern. Ob Leo dabei ist, kann man auf den Aufnahmen nicht erkennen. Und sie selbst weigert sich leider, die Namen ihrer Kollegen zu nennen.«

»Liegt doch nahe, dass das die Leute sind, die sich gestern mit ihr auf die Straße geklebt haben«, meinte Nele. »Und von denen müssten doch nach der Polizeiaktion gestern die Personalien festgestellt worden sein.«

»Kannst du uns die Namen besorgen, Ben?«, fragte Art.

»Kriegst du gleich nach der Lagebesprechung.«

»Fakt ist: Bisher hat sie kein Alibi«, meinte Buchwald.

Gallwitz räusperte sich. »Da ist noch was. Der leere Safe in der Villa.«

»Ein leerer Safe?«, fragte Kauder, der sich bisher vollständig zurückgehalten hatte.

»Ja«, sagte Gallwitz. »Im Ankleidezimmer von Charlotte Tempel. Und die Nummern-Kombination ist Leo Tempels Geburtstag.«

»Können wir nachvollziehen, was in diesem Safe war?«, fragte Kauder und sah in die Runde.

Art schüttelte den Kopf. »Nein.«

Kauder nickte, als hätte er nichts anderes erwartet.

»Wir sollten uns hier nicht zu früh auf Leo Tempel als Verdächtige festlegen«, warnte Art. »Es gibt noch einen anderen wichtigen Hinweis. Laut Leo sollte ihre Mutter im November den Hirsch verliehen bekommen, für ihr außergewöhnliches Engagement in Sachen Wohltätigkeit.«

»Hirsch? Du meinst den Medienpreis?«, fragte Gallwitz ungläubig.

»Genau den.«

»Ach du Scheiße.«

Rund um den Tisch setzte Gemurmel ein.

Polizeipräsident Kauder räusperte sich. Er schien nicht im Mindesten überrascht zu sein. »Ehrlich gesagt, genau das ist der Grund, warum ich heute bei der Lagebesprechung dabei bin.«

»Du wusstest davon?«, fragte Buchwald.

»Charlotte hat den *Polizisten in Not e. V.* gespendet, einen erheblichen Betrag. Ich bin Schirmherr des Vereins. Ich bin gefragt worden, ob ich für den Einspielfilm zu Charlottes Preisverleihung ein Interview geben kann. Als ich das mit dem Hirschgeweih am Tatort gehört habe, kam mir das sofort verdächtig vor. Ehrlich gesagt, es fällt mir schwer zu glauben, dass das ein Zufall ist.« Kauder schwieg einen kurzen Moment. »Mayer? Was ist Ihr Eindruck, wie stand Leo Tempel zu diesem Preis?«

Alle Köpfe wandten sich Art zu. Kauder hatte zum ersten Mal Art direkt angesprochen, und die Spannung zwischen ihnen lag plötzlich in der Luft.

»Sie fand das überflüssig«, sagte Art. »Eigentlich sogar ärgerlich.«

»Ärgerlich«, sagte Kauder. »Aha.« Er sah in die Runde. »Kann es sein, dass sich hier persönliche mit politischen Motiven vermischen?«

Art fragte sich, warum er sich so schwer damit tat, Leo als Verdächtige zu betrachten. Ihr Verhalten war auffallend merkwürdig, irgendetwas stimmte nicht mit ihr. Aber Mord? Das erschien ihm trotz aller Indizien schwer vorstellbar.

Martin Buchwald dagegen nickte, als könne er dem Gedanken etwas abgewinnen.

»Und was ist mit den anderen Klima-Terroristen?«, warf Brunner ein. »Ich meine, das passt doch. Diese Gruppe um Leo Tempel will öffentlich eine ehemalige Waffenhändlerin abstrafen, die in Sachen Klimaschutz auch noch mit ihrer Tochter Leo über Kreuz liegt. Der Preis schlägt dem Fass den Boden aus, es wirkt wie Hohn, dass so jemand auch noch aufs Podest gehoben wird. Und sollte Leo das Vermögen erben, könnte sie die Geldflüsse nach ihrem Gusto umleiten.«

»Du weißt schon, dass du aus Klimaaktivisten gerade Terroristen machst?«, fragte Nele.

»Die RAF hat auch klein angefangen.«

»Blödsinn, was ist *das* denn für ein Vergleich?«, protestierte Veronika Perlau.

»Natürlich, wir sollten vorsichtig sein«, sagte Kauder. »Andererseits wissen wir alle, wie Verbrecherkarrieren verlaufen«, sagte Kauder. »Und Leo Tempel passt da leider ins Profil. Auch wenn es uns bei einer Tochter aus gutem Hause nicht gefällt.«

Stille.

Buchwald nickte einmal mehr. Kauder hatte die Richtung definiert.

»Okay«, sagte Buchwald. »Art, Nele – besorgt euch von Ben die Adressen der anderen Aktivisten, befragt sie, vielleicht hat Leo Tempel ja ein glaubwürdiges Alibi. Falls nicht, rede ich mit dem Staatsanwalt.«

»Und bitte noch heute«, fügte Kauder hinzu. »Bei den Kollegen vom Hirsch geht gerade die Angst um, was das für Konsequenzen haben könnte, wenn das alles hochkocht. Ich will auf keinen Fall, dass es noch weitere Opfer gibt, nur weil wir irgendjemanden zu lange gewähren lassen. Alles klar, Mayer?«

Art schwieg. Noch weitere Opfer? Glaubte Kauder das wirklich? Oder ging es hier um reine Vorsicht?

»Gibt es ein Problem, Mayer?«

»Mhm. 'ne ganze Reihe, finde ich. Aber nichts, was wir hier besprechen sollten.«

Kauder lief rot an, verbiss sich jedoch einen Kommentar. Offenbar hatte er die Bemerkung als Angriff aufgefasst. Dabei hatte Art ihn gar nicht persönlich gemeint. Die Richtung, in die die Indizien zeigten, ging ihm einfach gegen den Strich. Und Sachen, die ihm gegen den Strich gingen, die konnte er nun mal nicht abschalten.

»Keine Sorge«, sagte Art ruhig in Richtung Martin Buchwald, der ihn und Kauder argwöhnisch im Blick hatte. »Nele und ich, wir kümmern uns darum.«

Kapitel 15

Draußen wurde es langsam dunkel, die Dämmerung fiel über Berlin herein wie ein alles verschlingendes Etwas. Die Nacht war dazu da, die Kontrolle abzugeben. Loszulassen. Katrina Bernardi mochte die Nacht, das war schon immer so gewesen, und jetzt war sie geradezu berauscht – was alles andere als selbstverständlich war, nach diesem Tag. Die Jury-Sitzung zur Hirsch-Preisverleihung hatte am Morgen um zwanzig nach zehn ein jähes Ende gefunden. Sie alle hatten verstört das Büro des Vorstandsvorsitzenden im elften Stock der SchumannSolo-Zentrale verlassen. Katrina Bernardi war Charlotte Tempels Tod und die groteske Vorstellung eines Hirschgeweihs auf ihrem Kopf den ganzen Tag über nicht mehr aus dem Sinn gegangen. Doch die letzte Stunde hatte geholfen, die Sache vorübergehend zu verdrängen, und zwar *so was* von. War das geschmacklos? Ja! Und verdammt noch mal nein! Wenn man es seit Jahrzehnten täglich mit Nachrichten zu tun hatte, die einem nahegingen, mit Katastrophen, Geschichten von Leid, Krieg, Gewalt, Betrug und allem, was einem den Glauben an das Menschliche raubte, dann musste man abschalten können.

Man musste nur einen Weg finden, ein Ventil.

Und das hatte sie gefunden. O ja!

Ihr Körper war jetzt erhitzt wie nach einem Saunagang. Sie genoss es, nackt im Schutz der Dämmerung durchs Haus zu laufen. Selbst ein Morgenmantel war ihr gerade zu viel. Auf ihrem Dekolleté waren noch einzelne Schweißperlen, und der Champagner ließ sie in Schlangenlinien gehen. *Leichte* Schlangenlinien; mehr nicht, schließlich vertrug sie etwas. Sie trat an den Kühlschrank in der offenen Küche, ein großes silbernes Monster mit eingebauter Eiswürfelmaschine. Der Türfalz schmatzte leise, als sie ihn öffnete. Auf vier Grad temperierte Luft und fahles Licht kamen ihr entgegen. Katrina nahm eine angebrochene Flasche Rotwein aus dem Getränkefach. Als sie die Flasche entkorkte, musste sie schmunzeln. Rotwein mit vier Grad. Wäre Instagram ihr Ding, wäre das einen Post wert. *An alle Rotwein-Experten: Ja, das SOLL so!* Sie mochte verdammt noch mal kalten Rotwein. Besonders jetzt!

Kühlschrank wieder zu. Licht aus. Obwohl die Nachbarn so oder so nicht ins Haus sehen konnten – in der aufkommenden Nacht fühlte sie sich gerade wohler als im Licht. Unerkannt. Hand in Hand mit ihrem Geheimnis.

Katrina wollte ein Weinglas aus dem Oberschrank pflücken, entschied sich dann jedoch anders und setzte die Flasche einfach an die Lippen, nippte daran und behielt den Wein einen Moment im Mund, bis er wärmer wurde. Pflaumenaromen breiteten sich in ihrem Mund aus, Beeren, Kirschen, auch ein bisschen Tabak. Dazwischen noch der andere Geschmack auf den Lippen. Mild, etwas salzig, ganz leicht säuerlich. Sie drückte die kalte Flasche zwischen ihre Brüste und seufzte auf. Wie eine eisige Dusche in der Sommerhitze.

Der Flaschenhals kam ihr plötzlich phallisch vor. Na wunderbar. Ihr Kopf schien auch ein wenig in Schlangenlinien zu laufen. Sie musste lachen. Zweiundfünfzig Jahre. Mein Gott, wie viele Schwänze hatte sie schon zwischen ihren Brüsten gehabt. Die Kerle waren immer so wild darauf gewesen, und nun war da diese kalte Flasche.

Wow. Sie war wohl doch etwas angeschickert.

Katrina sah auf das Etikett der braunen Flasche. *Montepulciano d'Abruzzo*, ein Italiener. Warum waren Weine eigentlich männlich? Sie nahm noch einen Schluck. Viva Italia, viva Roma. Ihre fünf Jahre in Rom waren ihre besten und ihre schlimmsten zugleich gewesen. Ihre Flucht vor James und vor Franka, ihrer Tochter, die lauten Cafés, der Gestank und das Geknatter der Mofas, das hitzige Italienisch in den Straßen und in den Redaktionen – als Zeitungen wirklich noch Zeitungen waren und nicht Feeds für Social Media. Und natürlich die sengende Hitze in der Stadt. Als könnte die Sonne ihre Erinnerung an James zu Asche werden lassen. Hm. Ja, der verdammte Flaschenhals erinnerte sie tatsächlich an James. Schlank und dunkel. Was Franka jetzt wohl machte?

Sie nahm rasch einen weiteren Schluck.

Dachte an ihr Geheimnis, das sie bewahren musste. Zumindest bis zum November. Bis zur Show.

Ihr war immer noch heiß.

Drei Mal!, dachte sie. In einer Stunde.

Kerle brachten es meist auf zwei Mal, wenn überhaupt. Was für eine Verschwendung.

Erneut musste sie leise lachen. Gott, wann waren ihre Gedanken je so frei gewesen? Das tat so gut.

Beschwingt ging sie zur Verandatür, entriegelte sie und schob die zwei mal zwei Meter große Schiebetür zum Garten auf. Dämmerung. Oder war das schon Nacht? Der Himmel gab ihr sein tiefstes, dunkelstes Blau. Ein Luftzug strich ihr über den Körper, die seidenen Vorhänge wehten nach innen und streiften ihre Haut. Sie schloss die Augen, lehnte sich der Brise entgegen. Spürte ein wohliges Kribbeln und gab sich der Kühle hin. Doch ganz plötzlich ließ der Luftzug nach, und sie öffnete die Augen.

Gott im Himmel!

War da etwa …?

Vor ihr stand jemand im Dunkeln.

Erschrocken wich sie zurück, schnappte nach Luft. Eine Prise wehte ihr ins Gesicht, eine Art Staub oder Pulver, und drang ihr in Mund, Nase und Rachen. Sie musste husten, drehte sich von der Tür weg und taumelte zurück ins Haus. Mit torkeligen Schritten flüchtete sie, steuerte das Badezimmer an, dort konnte sie sich einschließen. Dort lag ihr Handy. Ihre nackten Füße auf dem Boden, ihre Hand klammerte sich um den Flaschenhals. Hinter ihr ertönte eine Stimme, halblaut und ruhig. »Stehen bleiben!«

Sie seufzte. Blieb stehen. Ja, das war eine gute Idee, stehen zu bleiben. *Das war richtig. Warum überhaupt hatte sie weglaufen wollen?*

»Dreh dich nicht um.«

Auch das erschien ihr richtig. *Warum sollte sie sich auch umdrehen? Es war gut zu wissen, was sie zu tun hatte.*

Sie hörte leise Schritte, alles wirkte seltsam verschwommen, und sie wusste nicht, ob es die Schritte von einer Person oder von mehreren waren. Jemand stand hinter ihr, sie spürte den Atem in ihrem Nacken, oder war das der Wind? Stand die Tür noch offen? Sie könnte jetzt Angst haben; vielleicht wäre es sogar *richtig*, Angst zu haben, doch sie hatte keine.

»Was glaubst du, ist das hier?«, fragte die Stimme.

Von hinten wurde ihr ein dorniger Ast gereicht. Mit wirklich erstaunlich *großen* Dornen. Sie fasste ihn an. Er war wunderschön gebogen und glatt. Fast wie ein Geweih.

Kapitel 16

Nele saß neben Art im Dienstwagen und verlor die Geduld. Es war inzwischen stockfinster, ihr Handy zeigte 22:07 Uhr. Seit drei Stunden hockten sie jetzt tatenlos vor der Villa Tempel und warteten auf Leo Tempel. Das Haus war dunkel, auch nach mehrfachem Klingeln hatte niemand die Tür geöffnet. Art hatte die ganze Zeit über kaum ein Wort mit ihr gewechselt. Er brütete vor sich hin und schien nicht im Geringsten bereit, seine Gedanken mit ihr zu teilen – als wäre sie gar nicht da oder als hätte er vergessen, dass es überhaupt noch andere Menschen auf der Welt gab.

»Art, ich verstehe nicht, was das soll?«, platzte es aus ihr heraus. »Wir haben Namen und Anschrift von drei Klimaaktivisten, die gestern Abend mit Leo zusammen waren. Nachweislich. Die Polizei hat ihre Personalien aufgenommen. Der Job war –«

»Ich weiß, was der Job war«, sagte Art abwesend.

»Und warum, verdammt noch mal, machen wir ihn dann nicht? Wir sitzen hier einfach nur untätig rum. Ich meine, wenn du wenigstens mit mir reden würdest. Das ist doch …« Sie sah ihn an, warf dann die Hände in die Luft.

»Es macht keinen Sinn«, sagte Art.

»Was, um Himmels willen?«, fragte Nele. »Was macht keinen Sinn?«

»Die drei vor Leo zu befragen.«

»Aha. Und warum bitte macht es keinen Sinn?«

»Wenn wir die drei befragen, gibt es zwei Antwortoptionen. Erstens: Keiner wird irgendetwas zugeben. Weil sie Aktivisten sind und sich schützen wollen. Brunner ist nicht der Einzige, der in Bezug auf diese Leute von Terroristen redet. Und das wissen die. So kommen wir also kein Stück weiter. Zweite Option: Einer von ihnen gibt zu, dabei gewesen zu sein, und er gibt Leo sogar noch ein Alibi. Aber das heißt noch lange nicht, dass sie nicht doch die Täter sind. Vielleicht nutzen sie dann einfach nur die Gelegenheit, sich selbst ein Alibi zu verschaffen. Oder es ist ein Gefallensdienst für Leo. Überprüfen können wir das vermutlich nicht. Das bringt uns also auch nicht weiter. Also, warum sollten wir das machen?«

»Weil es noch eine dritte Option gibt«, sagte Nele.

»Du meinst, die anderen geben zu, an der Aktion bei der Rinderschau beteiligt gewesen zu sein, erklären aber, Leo war nicht dabei. Klar, sieht nach Jackpot aus. Dein Onkel wäre begeistert. Aber genau das wird nicht passieren. Die decken sich im Zweifelsfall gegenseitig. Die Polizei ist deren natürlicher Feind.«

»Warum baust du keinen Druck auf?«, schlug Nele vor. »Mach ihnen klar, worum es hier geht, dass vielleicht jemand in Gefahr ist und dass sie sich im Zweifel, wenn sie sich verweigern, strafbar oder mitschuldig machen.«

Art schnaubte. »Jetzt mal ehrlich. Du hast doch Leo erlebt. Glaubst du, die anderen sind weniger abgebrüht? Die sitzen nicht zum ersten Mal einem Polizisten gegenüber und lügen ihm ins Gesicht. Das sind auch nicht die üblichen kleinen

Gauner, die man ins Bockshorn jagen kann. Die sind clever, die haben Abi, studieren … die kennen ihre Rechte. Bevor die etwas sagen, warten die lieber auf einen Anwalt. Und nach der Befragung rufen sie als Allererstes bei Leo Tempel an und stimmen sich mit ihr ab. Wenn sie das nicht sowieso schon längst getan haben. Hältst du das für sinnvoll?«

Nele stutzte. Dann schüttelte sie langsam den Kopf. »Nein. Aber das hättest du auch früher sagen können, oder?«

Art zuckte mit den Schultern.

»Was ist, wenn an der Theorie mit den Aktivisten als Tätern etwas dran ist? Sollte noch jemandem etwas zustoßen und wir haben die Aktivisten nicht vernommen, dann geht das auf unsere Kappe.«

»Ehrlich gesagt, ich glaube nicht, dass noch jemandem etwas zustößt.«

»Hältst du das, was Kauder gesagt hat, für so unwahrscheinlich?«

»Relativ unwahrscheinlich.«

»Warum?«

»Weil dieser Mord etwas Persönliches ist.«

»Das heißt, du hast jetzt doch Leo in Verdacht?«

»Nein. Vielleicht. Aber eigentlich: nein.«

»Und warum nicht?«

»Ich kann's nicht begründen.«

»Ein Gefühl also, ja?« Nele stöhnte leise.

»Du glaubst, es ist anders?«, fragte Art. »Es könnte Leo gewesen sein, alleine oder zusammen mit ihren Aktivisten-Freunden?«

»Keine Ahnung. Vielleicht hast du recht. Aber ich bin nicht bereit, mich auf dein ›Gefühl‹ zu verlassen. Was, wenn es anders ist?«

»Es ist persönlich«, wiederholte Art.

»Das war keine Antwort auf meine Frage.«

»Ich hab keine andere Antwort.«

»Du weißt schon, dass ich mit drinhänge, oder? In der Verantwortung.«

»Schieb es auf mich. Ich bin der Dienstältere.«

»Großartig«, sagte Nele resigniert.

Es wurde still zwischen ihnen.

»Wenn das so weitergeht, brauche ich 'ne Zigarette«, murmelte Nele nach einer Weile.

»Du rauchst nicht«, erwiderte Art.

»Eben.«

Er sah sie an. »Hast du dich mit Roman ausgesprochen?«

»Er will, dass ich zum Psychologen gehe.«

»Und, gehst du?«

»Ja.«

»Also hast du dich nicht mit ihm ausgesprochen?«

»Scheiße, Art.« Nele starrte durch die Windschutzscheibe in die Dunkelheit. Eine Straßenlaterne malte einen hellen Kreis auf den Gehweg. Tränen stiegen ihr in die Augen. »Wenn du weiterfragst, brauche ich 'ne ganze Schachtel.«

Stille.

Art nickte. »Sorry.«

In der Ferne näherten sich zwei Scheinwerfer, nicht kaltweiß, wie die üblichen LED-Scheinwerfer, sondern mit einem leichten Gelbstich, wie bei älteren Fahrzeugen. »Schau mal, da.«

Art hatte den Wagen auch gesehen. Das Motorgeräusch wurde lauter. Das Röhren klang nach einem Sportwagen. Einen Augenblick später schwenkte das elektrische Gitter der Villa Tempel beiseite. Art stieg aus und stellte sich vor die Einfahrt. Nele beeilte sich, dazuzukommen. Der Wagen entpuppte sich als ein alter 911er Porsche in Hellblaumetallic, der jetzt in die Einfahrt der Villa einbog. Der Fahrer sah Art, der den Weg versperrte, und blieb stehen. Der Motor vibrierte wie ein knurriges Raubtier. Es roch nach Abgasen. Das Seitenfenster auf der Fahrerseite glitt bis auf halbe Höhe herab. Leo Tempel saß am Steuer und schaute Nele an. Das Licht der Straßenlaterne fiel auf ihr erschöpftes Gesicht, doch ihr Blick wirkte energiegeladen, und die Pupillen waren geweitet.

»Wird von Stunde zu Stunde größer, was?«, sagte Leo und deutete auf Neles Bauch.

»Im Gegensatz zu Ihrem Sinn für die Umwelt«, erwiderte Nele. Sie war gereizt und hatte nicht die geringste Lust, sich noch einmal von Leo Tempel vorführen zu lassen.

»Sie meinen die Karre?«, fragte Leo. Sie trug wieder ihre gelbe Regenjacke und darunter etwas eng anliegendes Schwarzes, einen Body, vielleicht auch einen Catsuit. »Ist nicht meine Schuld. Gehört meiner Mutter. Aber – *fun fact* nebenbei – je älter der Wagen, desto kleiner der ökologische Fußabdruck.«

»Lügen Sie sich da nicht in die Tasche?«

»Kann sein. Immerhin macht's Spaß. Dachte, ich nehm mir mal für fünf Minuten das raus, was die Scheißboomer ihr ganzes Leben lang gemacht haben.«

Nele nickte. So ganz falsch lag sie damit nicht.

»Vielleicht können Sie dem Vater Ihres Kindes sagen, dass er mich durchlassen soll?«, meinte Leo und wies auf Art, der immer noch mitten in der Einfahrt stand.

Nele spürte Wut in sich aufsteigen, schluckte sie aber schnell wieder herunter. Was zum Teufel stimmte nicht mit dieser jungen Frau? Woher kamen diese ständigen Provokationen? »Art ist nicht der Vater«, erwiderte Nele sachlich.

»Tja. Ich sag Ihnen was: Das weiß man nie.«

Nele sah Leo irritiert an. »Was meinen Sie damit?«

Leo wandte sich ab und sah nach vorne. Das niedrige Dach des Porsche verdeckte ihre Augenpartie. »Ach, das hab ich nur so dahergesagt.«

»Aha.« Nele schwieg einen Moment, wartete, ob von Leo noch etwas kam. Doch es kam nichts. »Wir müssen reden«, sagte sie schließlich.

»Ich rede nur mit ihm«, erwiderte Leo und deutete auf Art, der gerade zu ihnen herüberkam. »Alleine.«

»Sie haben doch Erfahrung mit der Polizei, oder? Da sollten Sie wissen, dass bei Vernehmungen immer mindestens zwei Polizisten anwesend sind.«

Leo wandte sich wieder ihr zu. »Das ist eine Vernehmung?« Nervosität schlich sich in ihren Blick.

Art trat an Neles Seite und sah durch den Fensterspalt auf Leo herab. »Vielleicht parkst du erst mal den Wagen. Wir können drinnen sprechen.«

Leo schüttelte den Kopf. »Wenn, dann hier.«

Art seufzte. »Schön, dann stell bitte wenigstens den Motor ab.«

»Das Brummen beruhigt mich.«

»Stell ihn ab«, sagte Art gereizt.

»Kannst du mich dazu zwingen?«

Art rieb sich die Augen und sah müde aus. »Nein.«

Leo nickte zufrieden.

Neles Blick fiel auf einen Rucksack, der im Fußraum des Beifahrersitzes lag. »Was ist dadrin?«, fragte sie.

»Schwimmsachen. Ich war baden.«

»Haben Sie nicht einen Pool im Haus?«

»Schon mal was von Natur gehört?«

»Darf ich mal sehen?«

»Nein.«

Art gab Nele ein Handzeichen, ihm die weiteren Fragen zu überlassen.

»Du hattest doch gesagt«, begann Art, »dass du am Freitag vor vier Tagen an der Aktion auf der Kreisrinderschau beteiligt warst, richtig?«

»Ja, warum?«

Arts Handy klingelte. Mechanisch griff er nach dem Telefon und drückte das Gespräch weg. Nele sah ihm an, dass er genervt war. Er war Leos Spielchen ebenso leid wie sie selbst. »Nun, wir haben deine Kollegen befragt«, fuhr Art fort. »Ole Jansen, Niklas Berger und Hannah Neureuther.«

Leos Miene fror ein.

»Und weißt du, was alle drei übereinstimmend gesagt haben?« Er machte eine kurze Pause, ließ die Frage wirken. Nele sah ihn überrascht an. Was zum Teufel hatte er vor?

»Sie haben gesagt«, fuhr Art fort, »sie können sich nicht erinnern, dass du bei der Aktion dabei warst.«

Leo wandte sich ab und sah durch die Windschutzscheibe ins Leere. »Die lügen«, sagte sie heiser.

»Warum sollten sie das tun?«, fragte Art.

Leo schwieg. Dann legte sie mit einer plötzlichen Bewegung den Gang ein. Der Porsche röhrte und schoss rückwärts aus der Einfahrt auf die Straße. Mit quietschenden Reifen kam der Wagen zum Stehen. Das Getriebe knirschte, als Leo den Vorwärtsgang einlegte, dann raste der 911er die Straße hinunter, bog an der nächsten Ecke nach rechts ab und verschwand. Art rannte zurück zum Dienstwagen, Nele versuchte mitzuhalten, war aber viel zu langsam mit ihrem Bauch. Art hatte bereits die Fahrertür geöffnet, war stehen geblieben und starrte in die Richtung, in die Leo gefahren war.

»Worauf wartest du?«, rief Nele.

»Die ist weg«, sagte Art. »Das macht keinen Sinn.«

»Scheiße«, stöhnte Nele. »Das gibt's doch nicht. Warum hast du das gemacht?«

»Dein Ernst? Ich wollte ihr auf den Zahn fühlen.«

»Ist dir gelungen.«

Art nahm sein Telefon zur Hand. »Ich ruf die Kollegen an.« Beim Blick aufs Display stutzte er, dann wählte er hastig. »Martin? Ja, ich bin's. Was ist los?«

Es blieb einen Moment lang still, während er zuhörte. »Gottverdammt«, sagte Art schließlich. »Alles klar. Wir kommen. Übrigens, wir müssen Leo Tempel zur Fahndung ausschreiben. – Ja. – Hellblauer Porsche 911. Kennzeichen B-CT 2200. Letzte Position Villa Tempel. – Ja. – Bis gleich.«

Art legte auf und starrte einen Moment ins Leere.

»Was ist?«, fragte Nele.

»Ein weiterer Mord.«

Nele stützte sich mit einer Hand am Wagen ab. Ihr wurde flau. »Gleicher Modus Operandi?«

Art nickte.

»Oh, mein Gott«, flüsterte Nele. »Das wird zu einer Serie?«

»Sieht so aus.«

»Wer?«

»Die Moderatorin der Hirsch-Preisverleihung. Sie heißt Wenke de Fries.«

Kapitel 17

Am Kladower Damm bog Art nach rechts ab, in das ihm einigermaßen unbekannte Hohengatow. Geradeaus, in ein paar
Hundert Metern Entfernung, lagen die Havel und die Insel
Schwanenwerder. So viel verriet ihm das Navi. Die Straßen
waren schmal, schlecht beleuchtet, und es gab erstaunlich
viele Bäume. Hohengatow glich fast eher einem Wald als
einem Ortsteil am Stadtrand von Berlin. Vereinzelt blinkten
erleuchtete Fenster im Geäst. Die Straße wurde noch schmaler, als Art in den Waldschluchtpfad einbog. Zwischen den
Zäunen links und rechts passten keine zwei Autos aneinander vorbei.

Was ist, wenn es anders ist?

Was ist, wenn Kauder recht hat?

Die Fragen gingen ihm nicht mehr aus dem Kopf. Und
nun gab es ein zweites Opfer.

Hatte er wirklich so falsch gelegen?

»Warst du hier schon mal?«, fragte Nele.

Art schüttelte den Kopf.

»Ganz schön einsam.«

Hinter der nächsten Biegung stand ein Streifenwagen mit

eingeschaltetem Blaulicht und versperrte den Weg. Davor war eine Reihe von Fahrzeugen geparkt. Notarzt, Kriminaltechnik, Rechtsmedizin – das große Besteck. Ein Streifenpolizist wies ihnen den Weg. Hinter einem brusthohen grünen Gitterzaun standen mehrere Rotbuchen und große wuchernde Büsche, die das Haus vor neugierigen Blicken schützten. Das Haus selbst war zweigeschossig, weiß verputzt, mit grauen Dachschindeln und Gauben aus Zink. Ein gewöhnliches Einfamilienhaus, das liebevoll umgebaut worden war. Eine kleine dreistufige Treppe führte zur Haustür. Links und rechts davon hockten zwei steinerne Gargoyles mit spitzen Flügeln und aufgerissenem Maul.

Art und Nele streiften sich Füßlinge und Handschuhe über. Im Flur glänzte lackierter Parkettboden, die Wände hatten ein kräftiges Braun. Ein moderner Kronleuchter warf ein diffiziles Lichtmuster auf schwarz gerahmte Bleistiftzeichnungen. Teuer, klassisch und dezent. Wenke de Fries hatte Geschmack und konnte ihn sich leisten. Aus dem Wohnraum kam ihnen Brunner mit finsterem Gesicht entgegen.

»Wo ist sie?«, fragte Art.

»Im Garten, immer den Lampen nach«, knurrte Brunner. »Aber tu mir den Gefallen und gib mir noch ein paar Minuten, ja? Nur ein paar Minuten.«

Art nickte. »Ist Buchwald schon da?«

»Nee. Hauptsache, der bringt nicht auch noch Kauder mit.«

»Wie schlimm ist es?«

»Ist 'ne Schande. So 'ne tolle Frau ... ich mochte ihre Sendung. Verdammte Aktivisten.«

»Langsam, Egon«, bremste Nele, »noch ist nichts bewiesen.«

»Ach ja? Und warum fahnden wir dann nach Leo Tempel?«

Weder Art noch Nele wollten darauf eine Antwort geben. Als Art den Wohnraum betrat, war er überrascht von dessen Größe. Zum Garten hin hatte das Haus einen Anbau. Eine offene Küche, eine sehr großzügige Sitzecke mit Kamin und große bodentiefe Schiebefenster, die das Zimmer zur Terrasse hin öffneten. Auf der Couch saß eine Frau um die fünfzig im Morgenmantel. Erst auf den zweiten Blick erkannte Art die Journalistin Katrina Bernardi. Ausgerechnet. Sie wirkte bleich, wie paralysiert. Der Notarzt nahm ihr gerade eine Blutdruckmanschette ab. Eine Woge von Mitleid stieg in Art auf. Er tauschte einen Blick mit dem Notarzt, der mit einem stillen Nicken signalisierte, dass sie Katrina ein paar Fragen stellen konnten.

»Frau Bernardi? Das ist meine Kollegin Nele Tschaikowski vom BKA Berlin, ich bin Art Mayer.«

Katrina Bernardi nickte matt.

»Sie haben die Tote gefunden?«

Sie nickte erneut. »Warum ich?«, murmelte sie und starrte ins Leere. »Warum *immer* ich?« Mit zitternden Händen wischte sie sich übers Gesicht.

Art hätte gerne eine Antwort gefunden, aber er hatte keine. Katrina Bernardi hatte schon einmal ein Mordopfer gefunden. Wie konnte man erklären, dass den meisten Menschen so etwas Gott sei Dank nie passierte und es dann wiederum jemanden zweimal in einem Jahr traf? Irgendwie teilte sich die Welt auf in diejenigen, die davonkamen, ein Leben lang, einfach so, und dann waren da die, die es traf – immer wieder –, als wollte Gott immer in denselben Hintern treten.

Er kannte das nur zu gut. Und, nein, er hatte wirklich keine Erklärung. Falls es überhaupt eine gab, dann war sie vermutlich größer, als der Verstand fassen konnte. *Geworfen sein.* Irgendein Philosoph hatte das mal gesagt. Das passte wohl am besten. Aber es regte ihn auf, weil es klang, als könnte man nichts tun.

Art setzte sich zu Katrina Bernardi auf die Couch und wandte sich ihr so zu, dass er ihr gut ins Gesicht schauen konnte. Nele nahm auf der anderen Seite übereck von ihr Platz.

»Was ist passiert?«, fragte Art.

»Ich … ich weiß nicht genau. Wenke war oben, ich bin runtergekommen.« Katrina Bernardi deutete auf die Treppe.

»Wo, oben?«

»Im Schlafzimmer.«

Jetzt machte der Morgenmantel Sinn. »Sie sind ein Paar?«

Katrina Bernardi zuckte mit den Schultern. »Paar … ich weiß nicht. Wir hatten Sex, wenn Sie das meinen.« Sie schluckte. Tränen stiegen ihr in die Augen.

»Kommt das häufiger vor?«

»Dass ich Sex habe?«

»Dass Sie Sex mit Wenke de Fries hatten.«

Sie zögerte kurz. Dann nickte sie.

»Was ist dann passiert, also, nachdem Sie runtergegangen sind?«

»Keine Ahnung. Ich weiß nur, dass ich plötzlich etwas ins Gesicht bekommen habe. Eine Wolke. Wie Staub oder so. Ich konnte kaum mehr atmen.«

Art betrachtete die Blutspritzer in ihrem Gesicht. »Können Sie die Wolke etwas genauer beschreiben. Wie groß war sie? Welche Farbe hatte sie?«

»Weiß – oder grau.«

Art sah den Notarzt fragend an.

»Für toxikologische Gutachten ist die Rechtsmedizin zuständig«, sagte der nur.

»Schon klar«, erwiderte Art, »aber wenn wir das mit dem Gutachten gerade mal weglassen und Sie mir einfach Ihre Einschätzung sagen?«

»Pff.« Er kratzte sich am Kopf. »Klingt wie Devil's Breath.«

»Teufels Atem?«, fragte Nele. »Was ist das?«

»Scopolamin. Ein Alkaloid. Sorgt für Erinnerungslücken und macht Menschen willenlos. Gefährliches Zeug, kommt aus Südamerika und wird aus dem Samen der Engelstrompete gewonnen. Wächst da am Straßenrand. Kommt aber inzwischen auch in Europa vor.«

»Und wie wird das verabreicht?«, fragte Art.

»Die Straßenräuber in Südamerika pusten ihren Opfern das Zeug als Pulver ins Gesicht. In Paris gab es zuletzt auch ein paar Fälle. Es wirkt beinah sofort. Die Opfer geben meistens freiwillig ihre Portemonnaies, Uhren, Handys und andere Habseligkeiten her. Der Wirkstoff macht gefügig. Die Opfer verhalten sich in etwa wie Zombies und können sich hinterher an kaum etwas erinnern.«

Art und Nele wechselten einen Blick.

»Was ist denn das Erste, an das Sie sich wieder erinnern können?«, fragte Nele.

Katrina Bernardi deutete auf die Terrassentür. »Die war offen, und ich hab gefroren. Außerdem hatte ich die Hände auf dem Rücken gefesselt. Ich war verwirrt, ich hab nach Wenke gerufen, dann bin ich raus und …«, ihre Stimme bebte, »… hab sie da gefunden.«

»Wenn Sie die Hände hinter dem Rücken gefesselt hatten, wie haben Sie dann den Notruf gewählt?«, fragte Nele.

»Eins-eins-zwei. Ist nicht so schwer. Ich hab das Handy mit der Nase entsperrt und dann gewählt.«

Dem Notarzt flog der Schatten eines Lächelns übers Gesicht.

»Das haben Sie geschafft?«, fragte Nele. »Ich meine, Sie waren unter Schock, noch halb betäubt von Drogen ...«

Katrina Bernardi schluckte. »Ich hab gedacht, vielleicht lebt sie noch. Ich konnte an nichts anderes denken ... nur daran. Ich wollte einfach nur Hilfe holen.«

»Haben Sie sich befreien können?«

Sie schüttelte den Kopf. »Das haben Ihre Kollegen gemacht.«

»Wenn Sie an den Moment zurückdenken, als Sie die Wolke ins Gesicht bekommen haben«, sagte Art, »können Sie sich noch an irgendetwas anderes erinnern? Haben Sie jemand gesehen? War derjenige groß, klein, dünn oder beleibt? War er allein, waren es mehrere? Erinnern Sie sich an irgendein Detail? Denken Sie gut nach, selbst die kleinste Kleinigkeit hilft uns, den zu finden, der das hier getan hat.«

Katrina Bernardi zog angestrengt die Stirn in Falten. Um sie herum waren gedämpfte Stimmen zu hören, Anweisungen, einer der Kriminaltechniker, ein junger Mann, der die Kapuze seines Overalls so zugezurrt hatte, dass sie beinah die Ränder seiner Augen berührte, summte leise vor sich hin, während er Fingerabdrücke von der Terrassentür abnahm.

Katrina Bernardis Hände zitterten. »Nein. Da ist nichts«, sagte sie schließlich erschöpft. »Einfach nichts.«

»Können Sie sich irgendeinen Grund vorstellen, warum jemand sie töten wollte?«

Katrina Bernardi zuckte hilflos mit den Achseln. »Ich weiß nicht, klar, sie hat sich mit ihrer Art, Fragen zu stellen, auch ein paar Feinde gemacht, aber doch nicht so ...« Ihre Mundwinkel zuckten. »Das ist jetzt schon die Zweite«, flüsterte sie.

»Sie meinen, die Zweite mit einem Hirschgeweih«, fragte Nele nach.

»Nein, die zweite Preisträgerin.«

»Was?«, fragte Art. »Wie meinen Sie das?«

»Wenke sollte auch im November den Hirsch bekommen.«

»Das verstehe ich nicht«, sagte Art. »Sie moderiert doch die Preisverleihung. Schließt sich das nicht aus?«

Katrina Bernardi schüttelte den Kopf. »Sie bekommt den Preis ja für ihre politische Talksendung. Das war Junkers' Idee. Ein besonderer Coup. Nur der engste Kreis wusste Bescheid. Wenke hatte keine Ahnung. Junkers wollte sie auf der Bühne überrumpeln und hat darauf gesetzt, dass sie völlig gerührt und verdattert dasteht. Er meinte, das würde …« Sie stockte und holte zitternd Luft, »das wären Emotionen pur.«

Sie presste die Lippen aufeinander, und ihr Blick wanderte zur Terrassentür. Von der Couch aus war Wenke de Fries nicht zu sehen, nur die Lampen und die Koffer der Kriminaltechniker ließen den Tatort erahnen.

»Wer macht so was?«, flüsterte Katrina Bernardi, dann schluchzte sie auf und brach in Tränen aus. Ihr Oberkörper sank nach vorne, als hätte sie jeden Halt verloren. Art fing sie auf, sie legte ihren Kopf in seinen Schoß, bebte am ganzen Körper und weinte. Art fühlte sich hilflos, wusste nicht, wohin mit sich. Dann begann er, behutsam über ihr Haar zu streicheln. Nichts anderes. Nur das. Immer wieder. Niemand sagte etwas. Der Kriminaltechniker hatte aufgehört zu summen. Der grimmige Tatort-Zynismus, den sie alle trugen wie Schutzmäntel, war fort. Was blieb, war die nackte, rohe Gewalt, die alle fassungslos machte.

Nach einer Weile machte Katrina Bernardi Anstalten, sich aufzurichten. Art half ihr.

»Entschuldigung«, murmelte sie verlegen. Sie wischte sich

die Tränen aus dem Gesicht und richtete ihren verrutschten Morgenmantel.

Art lächelte schief und kam sich immer noch hilflos vor. »Ist okay«, sagte er. »Alles gut.«

Katrina Bernardi nickte.

Brunner kam vorbei und sagte leise: »Bin durch. Ihr könnt.«

Art zog eine zerknitterte Visitenkarte aus seiner Jackentasche und gab sie der Journalistin. »Was auch immer Ihnen noch einfällt, rufen Sie mich an.«

Dann stand er auf und ging mit Nele hinaus auf die Terrasse. Aus dem Augenwinkel sah er, dass Nele fröstelte und sich die Arme um den Leib schlang. Sie war mit einem Mal leichenblass.

»Alles okay?«, fragte Art.

Sie presste die Lippen aufeinander und nickte. Art sah, dass sie aufstoßen musste. Ihr Blick ging kurz in den Himmel, und sie stieß ein ärgerliches Stöhnen aus.

Er blieb stehen und ließ ihr etwas Zeit.

Nele atmete tief, dann nickte sie. »Bereit.«

Wenn jemand nicht bereit war, dann wohl sie. Aber darum ging es jetzt nicht, fand Art. Und Nele schien das Gleiche zu denken.

Der Garten war groß und lag in Richtung Havel. Die hinteren Bäume verschmolzen mit dem Dunkel der Nacht. Die vorderen strahlten im Licht von Brunners Scheinwerfern. Veronika Perlau drehte sich zu Art und Nele um. Nickte nur. Niemand brachte ein Wort heraus. Am Stamm einer mächtigen Rotbuche war der leblose Körper von Wenke de Fries angebunden. Sie war unbekleidet, doch im Gegensatz zu Charlotte Tempel war sie nicht mit Wildpaste eingerieben, und Art registrierte, dass zu ihren Füßen auch kein toter Vogel lag. Ihre Augen waren blutige Höhlen mit dunklen Spuren darunter. Über ihrer rechten Brust klaffte eine tiefe Wunde. Auf ihrem Kopf thronte ein Hirschgeweih.

Kauder hatte mit seiner Befürchtung, es könnte nicht nur bei einem Opfer bleiben, recht gehabt. Und auch wenn man streng genommen erst nach drei Morden von einer Serie sprach – das hier sah ganz nach einer aus.

Fuck! War das wirklich gerade passiert? Leo starrte auf die Tür, durch die ihre Mutter verschwunden war. Hatte sie tatsächlich gerade gesagt, dass sie ein Kloster in der Extremadura kannte? War das der Beweis, dass Bell und ihre Mutter Charlotte ein und dieselbe Person waren?

Irgendwie regte sich Widerstand in ihr. Sie mochte Bell. Allein schon deshalb konnte Charlotte gar nicht Bell sein. Oder gab es eine andere, jüngere Version ihrer Mutter, die anders tickte als die Charlotte von heute?

Leo stöhnte und rieb sich die Haare. Aus irgendeinem Grund musste sie an den Schmetterling am Pool denken. Er war mal eine hässliche Raupe gewesen, bevor er zu diesem wunderbaren Geschöpf wurde. Ging eine solche Verwandlung auch umgekehrt?

Fest stand, je länger sie dieses Band hörte, desto mehr wünschte sie sich, dass Bell ihre Mutter war. Sie fühlte sich ihr so verdammt nah; das konnte doch unmöglich nur Einbildung sein!

Leo ging zur Tür, schaute in den Flur und vergewisserte sich, dass die Luft rein war, schloss die Tür wieder sorgfältig, hockte sich dann im Schneidersitz mit dem Kassettenrekorder auf ihr Bett und drückte die Play-Taste.

In meinem Zimmer packte ich als Erstes meinen Koffer aus. Wie es dort aussah? Na, wie sieht ein Zimmer in einem Kloster wohl aus? Kannst du dir ja denken. Kein Telefon, kein Fernseher, keine Musik. Keinerlei Luxus, stattdessen Einfachheit. Die Möbel waren alle bestimmt schon hundert Jahre alt oder noch älter. Ich mochte das Schlichte und die Stille, weil es meine Gedanken irgendwie aufräumte. Ich kam zur Ruhe.

Hier in der spanischen Einöde war ich sicher.

Hier gab es keine Schule, die mich nervte. Keine Blicke, vor denen ich in Deckung gehen musste. Es gab keinen Bo, den ich bestimmt nicht wiedersehen wollte, egal, wie sehr er mir fehlte. Es gab auch seinen Vater nicht, und ebenso wenig gab es die Polizei. Das alles war weit weg.

Was es gab, war ein märchenhafter Innenhof mit einem Springbrunnen, drum herum ein Säulengang, bewachsen von Wein. Es gab einen duftenden Kräutergarten. Jeden Tag mehrmals das einsame Läuten einer Glocke. Den Duft von Kiefern, das Zirpen der Grillen, und immer ging ein leichter Wind.

Das hier, dachte ich, ist ein Ort ohne Sorgen.

Was für ein Blödsinn! Ich meine, wie dumm kann man sein?

Es war einfach so, dass ich keine Sorgen mehr haben wollte! Ich hatte die Schnauze voll von Sorgen. Also ließ ich mich fallen. Jeden Tag etwas tiefer.

Maria, die Freundin meiner Mutter, sah ich täglich. Sie stellte mich einer Hebamme vor, eine stille junge Frau mit dunklen Augen und warmen Händen, die sie auf meinen

Bauch legte. Mit einem Stethoskop hörte sie deine Herztöne ab. Einmal kam sie auch mit einem kleinen elektrischen Gerät, das mich die Töne hören ließ. Ein dumpfes warmes Fuuuh, Fuuuh, Fuuuh.

Wen ich jedoch seltsamerweise nie sah, das war Sanne, die andere Schwangere. Als ich Maria nach ihr fragte, meinte sie nur: »Sanne geht es nicht so gut, sie braucht Ruhe.«

So vergingen vier Wochen.

Bis zu dem Tag, an dem jemand eine Nadel in meine Seifenblase stach.

Es begann damit, dass Bo sich in meine Gedanken schlich. Und mit jedem deiner Fuuuhs wurde meine Sehnsucht nach Bo größer. Ob ich ihm auch fehlte? Ob er manchmal an DICH dachte? Ja, er war ein Arsch gewesen. Aber vielleicht hatte er seine Meinung geändert? Vielleicht war es ein Fehler gewesen, dass ich nicht noch einmal mit ihm geredet hatte. Es war doch eigentlich klar, er stand unter dem Einfluss seines Vaters und war nicht in der Lage, das zu sehen. Ich konnte jetzt wütend auf ihn sein und mich in Selbstmitleid suhlen, oder ich konnte versuchen, etwas zu tun. Ihn zu überzeugen. Und weißt du was? Jeder deiner Herztöne flüsterte mir zu, dass ich es dir schuldig war.

Also beschloss ich, ihn anzurufen, und ging deshalb zu Maria.

Sie hatte ein karges Büro, das sie immer abschloss, wenn sie nicht da war. Doch zwischen drei und sieben Uhr saß sie täglich an ihrem Schreibtisch, einem Ungetüm mit gedrechselten Beinen und Intarsien. Ihr Stuhl war von der gleichen Machart, er kam mir vor wie ein alter Richterstuhl der spanischen Inquisition, bezogen mit einem zerschlissenen roten Stoff. Die Fensterläden waren geschlossen, um die Hitze draußen zu halten. Durch die Ritzen drang dennoch etwas

Licht. Eine kleine Stehlampe mit grünem Schirm erhellte den Tisch. Das Kabel lief wie eine Stolperfalle quer durch den Raum. Steckdosen waren hier im Kloster Mangelware. So wie Telefone. Bisher hatte ich erst zwei gesehen, eins davon auf Marias Schreibtisch und eins im Büro der Klosterverwaltung. Als ich den Raum betrat, klimperte der Schlüsselbund, der in der Tür steckte. Ich weiß noch, dass ich mich wunderte, wie viele Schlüssel daran befestigt waren. Maria blickte von einem Stapel ungeöffneter Briefe auf. »Bell.« Sie runzelte die Stirn. »Kann ich dir helfen?«

»Ich müsste mal telefonieren, bitte.« Ich deutete auf das Telefon, ein altes grünes Ding mit großen schwarzen Tasten. »Ich will dich aber nicht stören. Gibt es irgendwo anders noch ein Telefon?«

Sie sah mich verblüfft an. »Warum musst du telefonieren?«

Jetzt war ich verblüfft. »Na ja, ich will halt telefonieren. Ist doch meine Sache, oder?«

Maria lächelte. »Liebes, na klar. Ich wundere mich nur, weil deine Mutter meinte, niemand soll wissen, wo du bist. Da sind Telefonate nicht unbedingt die beste Idee.«

»Das hab ich im Griff«, behauptete ich. »Ich werde den Teufel tun und jemandem sagen, wo ich bin.«

»Weißt du, wir wollen hier keinen Ärger«, sagte Maria und bedachte mich mit einem langen Blick.

Ich schluckte und musste an Bastian denken. Den Menschen, die mir helfen wollten, hatte ich zuletzt kein Glück gebracht. »Ich mach keinen Ärger, ich will nur mit jemandem sprechen, niemand erfährt, wo ich bin.«

»Ich glaube, das ist keine gute Idee«, sagte Maria. »Aber wenn du jemanden zum Reden brauchst: Wir beide können einen Spaziergang machen.«

»Ich, äh … würde lieber telefonieren. Ist mir wirklich wichtig.«

»Guuut«, sagte Maria gedehnt. »Mit wem willst du denn telefonieren?«

»Äh, mit Mama«, log ich. Wenn sie schon auf Sicherheit aus war, dann würde sie wohl kaum gut finden, dass ich ausgerechnet mit Bo telefonieren wollte.

Maria sah mich mit einem durchdringenden Blick an. Dann hob sie den Hörer ab, blickte in ein Notizbuch, wählte eine Nummer und reichte mir den Hörer.

Mist! Ich nahm das grüne Ding entgegen, und sie lehnte sich mit verschränkten Armen in ihrem alten Holzstuhl zurück.

Das Freizeichen tutete in mein Ohr.

»Ähm. Ich würde gerne alleine mit ihr sprechen«, sagte ich.

»Kein Problem.« Maria lächelte.

Mir fiel ein Stein vom Herzen. Ich sah mich schon auflegen und Bos Nummer wählen. Doch da hatte ich den zweiten Teil ihrer Antwort noch nicht gehört. »Du kannst mir vertrauen«, sagte sie, »ich höre einfach weg. Tu so, als wäre ich gar nicht da.« Sie nahm einen der ungeöffneten Briefe und schlitzte ihn mit einem spitzen silbernen Brieföffner auf.

Ich legte den Hörer zurück auf die Gabel. »Ich hab's mir anders überlegt«, murmelte ich.

»Doch nicht so dringend?«

»Ich … ich würde lieber mit jemand anders telefonieren.«

Maria seufzte. »Schätzchen, ich musste deiner Mutter versprechen, dass du hier sicher bist. Du kannst nicht telefonieren. Das geht nicht.«

Ich starrte sie an. »Ich will aber telefonieren.«

»Und ich sage Nein.«

Mir blieb der Mund offen stehen.

Da war sie: die Nadel.

Und sie kam ganz nah heran an die Seifenblase. Aber noch stach sie nicht zu. Noch war es nicht so weit.

»Schätzchen, schau bitte nicht so entsetzt. Du weißt nicht, mit wem du es zu tun hast. Es ist nur zu deinem Besten.«

»Aber ... du kannst mir doch nicht das Telefonieren verbieten. Ich meine, ist das ein Kloster hier oder ein Gefängnis?«

»Deine Mutter hat mir einen Auftrag gegeben, und den nehme ich sehr ernst.«

»Dann will ich jetzt doch mit Mama telefonieren«, sagte ich trotzig.

Marias Miene wurde eisig. »Ich schlage vor, du gehst jetzt auf dein Zimmer, Bell. Du siehst ja, ich habe hier wirklich eine Menge zu tun.«

Ich starrte sie an. Meine Gedanken überschlugen sich. Es war meine Entscheidung gewesen, hierher ins Kloster zu kommen. Meine Entscheidung, den Kontakt abzubrechen. Aber wenn ich verdammt noch mal Kontakt haben wollte, dann musste das auch möglich sein. Ich sah zum Telefon. Eine Chance gab es noch. Eine kleine, zugegebenermaßen. Aber was hatte ich schon zu verlieren?

Mit einem schnellen Handgriff schnappte ich mir das Telefon und hob den Hörer ab.

»Stell das sofort wieder hin«, blaffte Maria.

Ich wählte.

Maria fuhr aus ihrem Inquisitionsstuhl hoch und langte über den Tisch nach mir, bekam mich aber nicht zu fassen.

»Lass das. Sofort«, fuhr sie mich an. Sie sah aus, als würde sie jeden Moment auf mich losgehen.

Ich ließ den Hörer sinken. »Mein Gott, ist das ätzend

hier«, schimpfte ich, stellte das Telefon mit einem lauten Knall zurück auf den Schreibtisch, drehte mich schwungvoll in Richtung Tür um, ein Fuß verfing sich im Stromkabel und riss die Lampe und ein paar Papiere vom Schreibtisch. Die Lampe schlug scheppernd auf den Boden, sie ging aus, und die Papiere landeten raschelnd auf den Fliesen.

»Bell!«, rief Maria.

Ich ignorierte sie, war im Halbdunkel schon unterwegs zur Tür.

»Herrje«, schimpfte sie. Ich hörte, dass sie aufstand, und warf einen Blick über die Schulter. Gerade als Maria sich nach der Lampe bückte, war ich an der Tür, zog hastig den Schlüssel aus dem Schloss, nahm ihren Schlüsselbund an mich und hastete aus dem Zimmer. Ich hatte nicht viel Zeit.

So schnell mein Bauch es zuließ, lief ich die Treppe runter, bis ins Erdgeschoss, wandte mich Richtung Eingang, bis ich vor dem Büro der Klosterverwaltung stand. Die Tür war geschlossen. Es war kurz vor vier. Im Gegensatz zu Maria arbeiteten die spanischen Schwestern erst wieder ab vier, zwischen Mittag und vier Uhr war Ruhezeit. Essen, Beten, Siesta.

Ich sah nach links und rechts. Niemand da.

Hastig steckte ich den ersten Schlüssel ins Schloss. Er passte nicht.

Dann der zweite Schlüssel. Mist. Auch der passte nicht.

Beim neunten Schlüssel klickte das Schloss. Bingo.

Ich sah mich erneut um. Dann zog ich den Schlüssel ab, bog den Ring auf, fummelte hastig den Schlüssel vom Bund ab, steckte ihn ein und eilte zurück zu Marias Büro. Ihre Tür stand offen. Ich blieb kurz davor stehen, legte den Schlüsselbund auf den Boden. Dann klopfte ich laut an die Tür, gleichzeitig schob ich den Bund mit dem Fuß über den Boden ins Zimmer hinein.

Maria zuckte bei meinem Klopfen merklich zusammen.

»Ich wollte mich entschuldigen«, sagte ich und schob den Schlüssel noch etwas weiter ins Zimmer. »Es tut mir leid. Ich war nur so … ich weiß nicht, diese ganze Sache mit der Schwangerschaft …«

Maria hob die Brauen. »Schon gut«, murmelte sie. Ihr Gesicht wurde plötzlich weich. »Ich weiß, die Hormone.«

»Ja, die Hormone«, sagte ich. Der Schlüssel lag jetzt ungefähr unterhalb des Schlosses. Mehr war nicht drin.

Ich verabschiedete mich und hoffte, dass sie vor morgen nicht auf die Idee kam, ihre Schlüssel zu kontrollieren.

In meinem Zimmer zählte ich die Stunden herunter.

Um elf Uhr nachts hielt ich es nicht länger aus. Ich schlich aus dem Zimmer. Auf dem Gang war es still, alle Lichter waren aus. Über den Pinien stand ein fast voller Mond, und der Himmel war ganz klar. Grillen und Zikaden zirpten um die Wette. Ich sah nur Schemen, lief barfuß, damit niemand meine Schritte hörte. Auf der Treppe fragte ich mich, ob das alles nötig war, die Heimlichkeit, die Vorsicht. Ja, ich tat etwas, das Maria verboten hatte. Aber war das wirklich so schlimm? Was konnte sie schon tun, wenn sie mich erwischte?

Im Erdgeschoss war keine Menschenseele. Das ganze Kloster schlief.

Ich schloss die Tür zum Büro der Klosterverwaltung auf. Zwei Schreibtische, zwei Stühle. Mondlicht fiel durch ein Fenster. Das grüne Telefon sah grau aus. Ich schloss leise die Tür hinter mir, dann wählte ich Bos Handynummer und hoffte verzweifelt, dass sein kleines Nokia noch eingeschaltet und auf laut gestellt war. Das Herz schlug mir bis zum Hals. Jedes einzelne verdammte Freizeichen war wie eine Folter. Tuuut – er liebt mich. Tuuut – er liebt mich nicht.

Tuuut – er liebt mich, und immer so weiter. Dann knackte es in der Leitung.

»Bo?«, rief ich leise. Ein Widerspruch in sich. Kann man rufen und das leise tun? Ich hatte jedenfalls das Gefühl, ich müsste über all die Kilometer hinwegbrüllen. »Bo, bist du das?«

»Bell? Um Himmels willen, ich glaub's nicht. Oh, mein Gott, ich dachte, ich höre deine Stimme vielleicht nie wieder.«

»Bo, hör mir zu, ich … es tut mir leid, ich –«

»Nein, Bell. Mir tut es leid. Ich hatte ja keine Ahnung. Ich glaube, du hattest recht …«

»Wie … äh, wie kommst du darauf? Wie hast du's gemerkt?«

»Ich hab ein Gespräch mit angehört. Deine Mutter war hier, Bell.«

»Meine Mutter?«, fragte ich ungläubig. »Warum?«

»Sie hat mit meinem Vater gesprochen.«

Ich erstarrte.

»Bell, hör mir zu, das ist eine Falle. Ich weiß nicht, wo du bist, aber mein Vater hat deiner Mutter Geld gegeben, die haben irgendwas verabredet. Die haben von einem Kloster in Spanien gesprochen. Da wärst du weg von allem, und sie hätten dich unter Kontrolle.«

Meine Hände begannen zu zittern. Ich klammerte mich an den Hörer. »Das Monasterio de la Vera?«, flüsterte ich.

»Keine Ahnung, ich hab den Namen nicht verstanden, aber mein Vater hat zu deiner Mutter gesagt, dass sie die richtige Entscheidung getroffen hat und dass du in guten Händen bist. Er hat gesagt, du hättest eh nichts mit dem Kind anfangen können. Du wärst viel zu jung.«

Jetzt – genau jetzt – war der Moment, wo die Nadel zustach. Die Seifenblase platzte. Lautlos. Aber mir kam es vor, als hätte es einen lauten Knall gegeben. Meine eigene Mutter hatte mich verraten und verkauft?

»Bell, du musst da weg, hörst du? Das ist eine Falle. Ich weiß nicht, was die vorhaben, aber –« Er stockte. »Kannst du da weg?«

»Ich, äh, keine Ahnung, ich glaub schon.«

»Okay, wie heißt das Kloster noch mal?«

»Monasterio de la Vera. Es liegt in der Extremadura.«

»Gut. Pass auf, ich versuche da hinzukommen. Kannst du mich morgen Abend um die gleiche Zeit noch mal anrufen? Dann sag ich dir, wo genau ich bin.«

Das Platzen der Seifenblase verhallte. Ein warmes Gefühl von Hoffnung stieg in mir auf. Ich hatte Bo wieder! Er war auf meiner Seite.

»Ja«, flüsterte ich. »Das krieg ich hin, aber was machen wir, falls –«

In diesem Moment brach die Verbindung ab.

Ich war verwirrt, brauchte etwas, bis ich begriff, warum das Gespräch so plötzlich abgerissen war. Im Mondlicht erkannte ich die Umrisse von Maria. Ihre linke Hand drückte auf die Gabel des Telefons, mit der rechten nahm sie mir den Hörer aus der Hand und legte ihn zurück aufs Telefon.

»Warum, verdammt noch mal, tust du mir das an?«, fragte sie. »Hab ich dich nicht gut behandelt?«

Ich schwieg verblüfft.

»Warum machst du nicht einfach, was man dir sagt?«

»Keine Ahnung, ich –«

Sie gab mir plötzlich eine Ohrfeige, und meine Wange brannte, als hätte sie Feuer gefangen.

»Siehst du, wozu du mich zwingst?«, sagte Maria in einem seltsam anklagenden Ton.

»Bist du verrückt? Du kannst mich nicht einfach –«

Maria gab mir eine zweite Ohrfeige.

Wut brandete in mir auf. Dann schlug ich zurück. Es war nicht geplant, es passierte einfach. Wie ein Reflex, ganz automatisch, aus der Wut heraus. Ich bin nicht gut darin, jemanden zu schlagen, oder vielleicht sollte ich heute sagen: Ich *war* nicht gut darin. Ich hatte das nie geübt. Ich hatte Hemmungen, aber die waren mit einem Mal wie weggeblasen.

Meine flache Hand traf Maria mitten ins Gesicht. Das Klatschen hallte von den steinernen Wänden des Büros wider. Wir standen uns für einen merkwürdig stillen Moment gegenüber. Marias Blick war aus Stein. »Mit wem hast du da gerade gesprochen?«

»Geht dich nichts an!«

»Jetzt hör mir bitte mal gut zu. Ich bring dich hier nicht zum Spaß unter. Ich habe eine Verantwortung, und du machst es mir gerade schwer. Sehr schwer. Also entweder du spurst und zeigst den nötigen Respekt, oder du zwingst mich, dich etwas weniger freundlich zu behandeln.«

Weniger freundlich? Was meinte sie damit? Weitere Ohrfeigen? Oder Schlimmeres?

»Also, wer war das gerade?«

»Du kannst mich mal«, sagte ich trotzig.

In Marias Gesicht loderte kalter Zorn auf. »Na schön«, sagte sie gepresst, dann nahm sie den Hörer ab und wollte gerade die Wahlwiederholungstaste drücken, doch ich kam ihr zuvor. Ich schlug ihre Hand beiseite und schob mich zwischen sie und das Telefon, drückte wahllos irgendeine Ziffernfolge und legte danach meine Hand auf die Gabel. Bingo. Damit war die neue, nutzlose Nummer gespeichert und die alte wiederum gelöscht.

»Gottverdammt!«, schrie Maria und ballte die Fäuste. Spätestens jetzt hätte mir klar sein müssen, dass sie eigentlich gar keine Nonne war. Nonnen fluchen anders. Sie schien ratlos zu sein, was sie mit mir machen sollte. »Na schön«, sagte sie schließlich. »Das wird dir auch nichts bringen. Du gehst jetzt auf dein Zimmer.«

Ich blieb stehen und verschränkte die Arme. »Was ist das hier? Was habt ihr mit mir vor?«

»Mein Gott, Kind. Wir helfen dir. Du hast darum gebeten.«

»Ihr wollt mir mein Kind wegnehmen«, sagte ich.

»Das glaubst du nicht im Ernst.«

»Warum darf ich nicht telefonieren?«

»Weil ich nicht will, dass diese Leute, vor denen du geflohen bist, hierherkommen.«

»Blödsinn«, sagte ich. »Das ist doch ein Trick. Ihr haltet mich hier fest.«

»Festhalten?« Maria sah mich mit hochgezogenen Brauen an. »Du kannst jederzeit gehen. Ich bring dich zur Tür. Ehrlich, ich bin froh, wenn du weg bist. Am besten jetzt sofort.«

Ich starrte sie an. Jetzt sofort? Mein erster Impuls war, Ja zu sagen. Aber es war mitten in der Nacht. Es fuhr kein Bus, in meinem Zustand kam ich mir wie eine lahme Ente vor, und ich würde endlose Kilometer zu Fuß durch die Einöde laufen müssen.

»Und?«, fragte Maria.

»Ich bin müde«, sagte ich. »Vielleicht morgen.«

»Dann bringe ich dich jetzt in dein Zimmer.«

Ich nickte und gab mich geschlagen.

Als ich mein Zimmer wieder betrat, war ich beinah froh. Das Bett schien nach mir zu rufen, ich war echt erledigt. Maria schloss die Tür, und dann hörte ich plötzlich, wie sie den Schlüssel umdrehte.

Es klackte zweimal.

»Hallo?«, rief ich und hastete zur Tür. »Was soll das?«

»Gute Nacht«, sagte Maria.

Ich schlug von innen an die Tür. »Mach die Tür auf, sofort.«

»Ich hab deine Spielchen satt«, rief Maria. Alle Nettigkeit war aus ihrer Stimme verschwunden. »Ich mach jetzt einen Anruf, und ab morgen passt dann jemand anders auf dich auf.«

»Jemand anders? Was meinst du damit?«

»Jemand, der mit allen fertig wird. Auch mit dir. Und falls du glaubst, dass du Hilfe kriegst – wen auch immer du angerufen hast, vergiss es. An deiner Stelle würde ich seinen Namen sagen. Dann kann ich ihn oder sie noch warnen. Aber wer auch immer hier auftaucht, dem gnade Gott. Ab morgen ist der Spaß vorbei. Das kannst du mir glauben.«

Mir stockte der Atem, und ich sank aufs Bett.

Ich war eingesperrt. Es war alles eine Lüge. Du kannst jederzeit gehen? Von wegen.

Bo hatte so recht. Ich saß in der Falle.

Mir war plötzlich schlecht vor Angst und Wut. Ich hörte Marias Schritte auf dem Flur verklingen und wusste nicht, wohin mit mir. Also stand ich wieder auf. Riss meinen Schrank auf, schob die Pullover beiseite, holte den Umschlag hervor, den mir meine Mutter gegeben hatte, und starrte die Scheine darin an. Jetzt war mir klar, woher sie das Geld gehabt hatte. Sie hatte mich verdammt noch mal verkauft. Und sie hatte vor allem *dich* verkauft. Am liebsten hätte ich die Scheine zerrissen. Aber ich beschloss, zur Abwechslung mal nicht dumm zu sein.

Kapitel 18

Es war inzwischen zwanzig nach eins, und Art fielen beinah vor Erschöpfung die Augen zu. Er hatte Nele noch zu Hause abgesetzt. Jetzt suchte er vor seiner Haustür eine Parklücke und fand keine. Ganz Neukölln schien vollgestellt. Er parkte den Dienstwagen einfach schräg auf der Ecke. Die Fußgänger würden Schwierigkeiten haben, aber immerhin, der Müllwagen würde noch durchkommen. Im Zweifel bekam er morgen früh ein Knöllchen, aber das war ihm jetzt herzlich egal.

Mit müden Schritten ging er zum Haus. Die Faustschläge und Tritte vom Morgen machten ihm zu schaffen, ganz zu schweigen von Julis Anruf, dass sie sich nicht mehr sehen konnten. Er hob die Schultern, sog die kühle Nachtluft ein und versuchte, sich auf sein Restprogramm zu konzentrieren. Zucker kontrollieren, sich spritzen, ein kaltes alkoholfreies Bier und dann endlich schlafen. Falls sich die Gedanken zum Fall auf Pause stellen ließen. Doch die rotierten gerade noch, vielleicht auch deshalb, weil sie seine einzige Chance waren, Juli zu verdrängen.

Der gleiche Modus Operandi – wieder ein Hirschgeweih –,

wieder eine Preisträgerin. Die fehlende Wildschweinpaste erklärte er sich damit, dass sie in einem umzäunten Garten wohl keinen Sinn gemacht hatte. Für den fehlenden toten Vogel dagegen fand er keine Erklärung. Außer, dass vielleicht eine Katze oder ein Fuchs vorbeigekommen war und ihn mitgenommen hatte. Doch an Wenke de Fries' Händen hatte es auch keine Blutspuren gegeben. So oder so schien der Täter bereit zu sein, sich bei weniger wichtigen Details den Umständen anzupassen. Er war also offenbar nicht zwanghaft. Was Art jedoch am meisten beschäftigte, war der zeitliche Abstand. Gerade einmal vier Tage waren zwischen dem ersten und dem zweiten Mord vergangen. Der oder die Täter schienen Blut geleckt zu haben. Oder jemand hatte es eilig. Bei Serienmorden lagen zwischen dem ersten und dem zweiten Mord oft Wochen oder Monate. Die Befriedigung, ausgelöst durch die Tat, hielt gewöhnlich für eine Weile. Später trat dann ein gewisser Gewöhnungseffekt ein, und der Rhythmus beschleunigte sich. Doch diese Person schien anders zu ticken. Schneller. Was im schlimmsten Fall hieß, dass er oder sie sehr schnell wieder töten würde.

Art öffnete die Haustür. Die Treppe knarrte unter seinen Schritten.

Was war der Grund für diese brutalen und so grotesk inszenierten Morde? Wollte wirklich jemand die Institution »Hirsch« beschädigen? Die Preisträger anklagen? Aber warum hatte dann niemand eine Botschaft hinterlassen? Und was war überhaupt die Botschaft? Und zuletzt, was hatte Leo damit zu tun? Was hatte sie mit Wenke de Fries zu tun?

Art schloss die Wohnungstür auf, trat in den Flur und seufzte. Unter den provisorischen Kleiderhaken lag eine zusammengeknüllte Jacke, daneben standen ein paar Kinderschuhe. Milla schien sich schnell daran gewöhnt zu haben, dass sie einen Schlüssel hatte. Vermutlich schlief sie wieder auf dem Sofa. Art trat ins Wohnzimmer und blieb verblüfft stehen.

An seinem Esstisch saß Leo Tempel.

Milla saß auf der Couch und blinzelte müde ins Licht. Leo dagegen sah Art unverwandt an. Ihre Hände waren unter dem Tisch verborgen, vor ihr stand eine geöffnete Bierdose. »Nicht ausflippen, ja«, sagte Leo. Sie wirkte nervös und rang um Kontrolle.

Art nickte, ging zum Kühlschrank, nahm sich ebenfalls ein Bier, setzte sich gegenüber von Leo an den Tisch und sah zu Milla. »Alles okay?«

Milla nickte, wich aber seinem Blick aus.

»Hast du sie reingelassen?«

Wieder Nicken.

Leo verfolgte jede seiner Bewegungen. »Verhaftest du mich jetzt?«

»Hab ich denn einen Grund?«, fragte Art und wandte sich ihr zu.

»Was weiß ich? Ihr Bullen findet doch immer Gründe«, erwiderte sie bitter.

»Warum bist du hier?«

»Na, wenn ich ins BKA komme, sperren die mich doch direkt ein. Ich stehe auf der Fahndungsliste, oder?«

Art sah sie überrascht an. Leo stand seit gerade einmal drei Stunden auf dieser Liste. Außerdem gab es einen großen Unterschied zwischen einer öffentlichen Fahndung, die massiv in die Persönlichkeitsrechte der Gesuchten eingriff, und einer normalen Fahndung. Letztere betraf Leo – sie stand also auf einer polizeiinternen Liste. »Du weißt davon? Woher?«

Leo sah ihn schweigend an.

Gut, es gab drei Möglichkeiten. Erstens: Sie hatte geblufft und wusste jetzt, woran sie war. Zweitens: Es gab ein Leck in der Behörde. Oder drittens: Unter ihren Aktivistenfreunden hatte jemand Verbindungen zu Hackern, die sich Zugang zu den internen Fahndungslisten verschaffen konnten, um ihre Freunde zu warnen, falls jemand ins Visier der Ermittler geriet.

»Ich hab mit meinen Leuten gesprochen«, sagte Leo. »Sie sagen, du hast mich gelinkt.«

Art wusste, dass er das Spiel jetzt weitertreiben konnte. Es war ein Leichtes, weiter Misstrauen zu säen. Eine einfache Frage würde reichen, wie zum Beispiel: Wenn deine Freunde dich verpfiffen haben, aus welchem Grund sollten sie dir jetzt die Wahrheit sagen?

Aber hielt er Leo wirklich für die Täterin?

»Warum bist du hier?«, fragte er erneut.

»Weil du glaubst, dass ich meine Mutter ermordet habe.«

»Ich bin nicht sicher, ob ich das glaube.«

»Warum hast du mich dann gelinkt?«

»Ich habe geblufft, und du bist abgehauen. Offenbar habe ich ins Schwarze getroffen, oder nicht?«

»Einen Scheiß hast du. Ich war's nicht.«

»Okay«, sagte Art. »Dann rede mit mir. Sag mir die Wahrheit, sprich mit deinen Freunden, damit du ein Alibi hast.«

»Fuck, nein. Wir reden nicht mit den Bullen.«

»Dir ist schon klar, dass das ein Fehler ist?«

»Ein Fehler«, schnaubte Leo. »Sagt der, der mich mit seinem Bluff in die Scheiße geritten hat? Klar, bin ich abgehauen, Mann. Ich bin doch nicht doof. Ich weiß doch, wie's läuft.«

Art nickte. Leo hatte nicht unrecht, aber leider hatte sie auch ein ausgeprägtes Talent, sich selbst in die Scheiße zu reiten. Er sah zu Milla, die jetzt deutlich weniger verschlafen auf der Couch saß. »Hör mal, gehst du bitte rüber ins Schlafzimmer und machst die Tür zu«, sagte Art.

Milla schüttelte den Kopf.

»Ich möchte bitte, dass du uns allein lässt. Geh ins Schlafzimmer, meinetwegen auch ins Bad oder in den Hausflur. Aber lass uns allein.«

Milla schüttelte noch einmal energisch den Kopf.

Art seufzte und fühlte sich müde und alt. »Na schön«, brummte er und wandte sich wieder an Leo. »Kannst du mir sagen, wo du heute Abend zwischen sieben und zehn warst?«

Leos Augen wurden schmal. »Wurde noch jemand ermordet?«

Leo war schnell im Kopf, das musste Art ihr lassen. Oder hatte sie doch mit den Morden zu tun?

»Sag mir einfach, wo du warst.«

»Zwischen sieben und zehn, ja? Also bevor ihr mir am Tor aufgelauert habt.«

Art nickte.

»Ich hab meine Freunde abgeklappert.«

»Du hast gesagt, du warst baden. Im Rucksack waren Badesachen, hast du behauptet.«

»Ja. Das auch.«

»Du lügst.«

Stille.

»Meinetwegen. Dann war ich eben nicht baden. Aber ich hab meine Freunde abgeklappert.«

»Okay. Und werden die das bestätigen?«

»Wie oft denn noch? Wir reden nicht mit den Bullen.«

»Du gerade schon.«

Leo verzog den Mund. »Mit dir ist das was anderes.«

»Warum?«, fragte Art verblüfft.

Sie sah ihn einen Moment lang an und schien nach den richtigen Worten zu suchen. »Egal«, sagte sie schließlich. »Vergiss es.«

»Aha«, meinte Art.

»Aber ich kann dir die Telefonate mit meinen Freunden auf meinem Handy zeigen«, schlug Leo vor. »Alle zwischen sieben und zehn. Wir haben länger telefoniert.«

»Ich dachte, du hast sie abgeklappert?«

»Hab ich auch, aber sie waren nicht da. Also hab ich angerufen.«

»Die Verbindungsdaten reichen leider nicht«, erwiderte Art.

»Was heißt das?«

»Du hast kein Alibi.«

»Was heißt denn Alibi? Wofür, zum Teufel?«

Art fixierte Leo. Spielte sie ihm etwas vor oder nicht? »Du hast recht, es wurde noch jemand ermordet. Gestern Abend, zwischen sieben und zehn.«

Leos Gesicht wurde zu Stein.

»Auf die gleiche Weise wie deine Mutter.«

Keine Reaktion. Nur ihre Augen flogen hin und her. Sie dachte nach, fieberhaft.

»Leo, bei unserem ersten Gespräch hast du den Preis erwähnt, den deine Mutter bekommen sollte. Der Hirsch. Wie stehst du zu dem Preis?«

Leos Lippen verzogen sich spöttisch. »Der letzte verlogene Scheiß.«

»Ist das nicht etwas hart? Da werden Menschen für besondere Verdienste oder ihre Lebensleistung geehrt.«

»Tsss. Klar. Da ist meine Mutter ja ein tolles Beispiel. Was hat sie denn geleistet, außer das Vermögen meines Vaters auszugeben und sich bei den Gutmenschen einzukaufen.

Fragt sich doch, warum hat sie das getan? Doch nur, weil's nötig war, vor lauter schlechtem Gewissen. Vielleicht kann sie sich selbst damit verarschen, aber mich nicht.«

»Weswegen sollte deine Mutter ein schlechtes Gewissen haben, Leo?«

Die junge Frau zuckte mit den Schultern.

»Hör zu, Leo, wenn du etwas über deine Mutter weißt, das ein Mordmotiv sein könnte, dann sag es mir bitte. Und zwar jetzt.«

Leos Blick glitt hinab zur Bierdose, die vor ihr auf dem Tisch stand. Art kam es vor, als wollte sie ein Loch hineinstarren.

»Du hast etwas gefunden, im Haus. Oder?«

Keine Reaktion.

»Hast du den Safe geöffnet?«

»Nein«, sagte Leo. Zu laut und zu schnell.

»Was war in dem Safe, Leo?«

»Ich hab ihn nicht aufgemacht.«

»Du lügst.«

»Und du bluffst«, konterte Leo wütend.

»Weißt du, dass deine Mutter und das andere Opfer beide mit einem Hirschgeweih auf dem Kopf gefunden wurden? Also mit einer überdeutlichen Anspielung auf den Preis, den du so verachtest.«

Stille.

Bildete er sich das nur ein, oder wurde Leo blass? Sie presste die Zähne aufeinander, blinzelte und sah aus wie jemand, der kurz davor war, entweder auszupacken oder eine Riesendummheit zu begehen.

»Ich hatte echt gehofft«, zischte sie, »dass du nicht auch so ein Scheißbulle bist.« Sie zog den rechten Arm unter der Tischkante hervor. In der Hand hielt sie eine SIG-Sauer-

Pistole. Am Lauf über dem Sicherungshebel war ein Kratzer im Metall, den Art nur zu gut kannte.

»Das ist meine«, sagte Art ruhig.

»Du hättest sie besser wegschließen sollen.«

»Sie *war* weggeschlossen.«

»Aber der Schlüssel war lausig versteckt.«

»Leg sie bitte weg, bevor noch ein Unfall passiert.«

»Ich kann damit umgehen. Mein Vater war Waffenhändler. Schon vergessen?«

Art sah zu Milla, die kerzengerade und mit weit geöffneten Augen auf dem Sofa saß.

»Tu die Waffe weg«, sagte Art erneut zu Leo. »Du machst ihr Angst.«

»Fick dich, du bist auch nicht anders als die anderen.«

»Anders? Warum glaubst du –«

»Vergiss es. Egal«, schrie Leo und stand so plötzlich auf, dass der Stuhl nach hinten umfiel.

»Leo, bitte. Ich will dir helfen. Aber du musst dir auch helfen lassen.«

»Danke, ich verzichte. Ich mach das auf meine Art.« Sie ging langsam um den Tisch herum, dann rückwärts in den Flur. Die Waffe in ihrer Hand zitterte. Dann öffnete sie die Wohnungstür, schlüpfte hinaus und zog sie hinter sich zu. Art konnte ihre Schritte auf der Holztreppe hören.

»Alles in Ordnung mit dir, Milla?«

Milla nickte hastig.

»Musst keine Angst haben, okay? Sie hätte sowieso nicht schießen können. Das Magazin ist leer.«

»Was ist das Magazin?«, fragte Milla.

»Da kommen die Patronen für die Pistole rein. Aber die Patronen bewahre ich woanders auf. Und ohne Patronen kann man nicht schießen.«

Milla zog ein Gesicht, als hätte sie Bauchweh. »Aber die Patronen hat sie auch gefunden, die waren doch in der bunten Dose im Schrank.«

Art merkte, dass ihm die Gesichtszüge entglitten, während ihm die Konsequenzen klar wurden. Er setzte die Bierdose an die Lippen und trank sie in einem Zug leer. Ein Schnaps wäre jetzt besser. Irgendwas, das brennt. Plötzlich kam er sich unendlich einsam vor. Er hätte gerne Juli angerufen oder sonst irgendjemand. Aber es gab niemanden.

Dann wählte er die Nummer seiner Dienststelle, um einem gelangweilten Mitarbeiter der Nachtschicht mitzuteilen, dass eine gewisse Leo Tempel, die auf der internen Fahndungsliste stand, jetzt auch mit einer Pistole bewaffnet war. Und zwar mit seiner.

Kapitel 19

Nele steckte die Nacht noch in den Knochen. Die Entdeckung der toten Wenke de Fries in Hohengatow, das späte Nachhausekommen, die anschließende Diskussion mit Roman, weshalb sie sich diese Arbeit immer noch zumutete. Er konnte das Thema einfach nicht ruhen lassen. Dafür, dass er nur ihr Bestes wollte, raubte er ihr verdammt noch mal viel zu viel Schlaf. Mal ganz abgesehen davon, dass sie immer noch nicht mit ihm gesprochen hatte. Was hatte Dr. Seefeld noch mal gesagt? *Ich bin mir ziemlich sicher, dass auch Ihre Angst vor geschlossenen Räumen und Dunkelheit nachlassen wird, sobald Sie sich Ihrem anderen Thema stellen.*

In der Nacht hatte sie kaum geschlafen. Mal sah sie Wenke de Fries mit schwarzen Augenhöhlen vor sich, dann wieder krampfte sich ihr Magen zusammen, weil sie immer noch nicht mit Roman gesprochen hatte. Und zu allem Überfluss plagte sie das schlechte Gewissen wegen Stefan. Ja, es war nur in Gedanken passiert, aber war das nicht auch Betrug?

Das Baby spürte ihre Unruhe. Solange sie sich den Tag über bewegte, wurde das Baby geschaukelt, was scheinbar

Wunder wirkte, aber sobald sie ruhte, fing es an, sich zu bewegen, stieß mit den kleinen Knien und Ellenbogen und Füßen in alle Richtungen. Wenn überhaupt, war sie in der Nacht auf drei Stunden Schlaf gekommen.

Und jetzt Lagebesprechung? Ohne Kaffee?

Vielen Dank auch.

Als sie den Konferenzraum betrat, nickte ihr Veronika Perlau freundlich zu. Brunner steckte mit Gallwitz und Nestor Christou die Köpfe zusammen. Gallwitz hatte die Wangen aufgeblasen. Sein Gesicht war gerötet, irgendetwas schien ihn ungemein zu beschäftigen. Brunner dagegen wirkte fast angewidert, und Nestor Christou sah überfordert aus, was an sich gar nicht seine Art war.

»Nele«, rief Gallwitz, als sie sich neben die ältere Kollegin setzte. »Hast du's auch schon gesehen?«

»Gesehen? Was denn?«

»Ben, hör auf. Tritt es nicht noch breiter«, mahnte Christou.

»Sie erfährt's eh, also dann doch lieber jetzt, oder?«, brummte Gallwitz. Er stand auf und hielt ihr sein iPad unter die Nase. Nele betrachtete kurz das Foto und konnte sich keinen Reim darauf machen. »Zwei Menschen beim Sex, vermutlich in irgendeinem Hotelzimmer.« Sie sah Gallwitz an. »Ja, und?«

»Schätzchen, etwas genauer musst du schon hinsehen.«

Nele stutzte. O Gott, nein. War das etwa …?

»Art Mayer und die werte Gattin des Kanzlers«, stellte Gallwitz fest.

»Nimm das weg«, sagte Nele. Jetzt verstand sie Brunners Reaktion. Das Foto war so intim, dass sie sofort bereute, auch nur einen einzigen Blick darauf geworfen zu haben. Was wäre, wenn jemand sie im Salzwassertank gefilmt hätte. Und vor allem, wenn jemand wüsste, an wen sie dabei gedacht hatte. »Wo zum Teufel habt ihr das her?«

»Das Bild trendet gerade auf Social Media. Woher es kommt, weiß ich nicht«, sagte Nestor Christou.

»Mein Gott«, stöhnte Nele. »Du bist doch der Mann fürs Digitale. Kann man das noch aufhalten?«

Nestor Christou zuckte mit den Achseln. »Die Katze ist aus dem Sack. Rein kriegst du sie nicht mehr. Außer die Kollegen, die für Henrik Westphal zuständig sind, sehen da noch einen Weg. Deren Budget ist ja etwas größer als meins.«

»Das nenne ich mal 'ne Staatsaffäre«, meinte Gallwitz.

»Was für eine Staatsaffäre?«, fragte Art, der gerade den Raum betreten hatte und nun in der Tür stehen blieb. Alle Blicke richteten sich auf ihn. Es entstand eine peinliche Stille.

»Was ist los? Was schaut ihr so? Kann mich mal einer aufklären, bitte?«

Alle schwiegen.

»Ist es wegen meiner Waffe?«

»Wegen deiner Waffe? Was ist denn mit deiner Waffe?«, fragte Veronika Perlau.

Nele gab ein ärgerliches Seufzen von sich, schnappte Gallwitz das iPad aus der Hand und ging zu Art, doch da drängte Buchwald mit ihrem Onkel und einem weiteren Mann, den Nele nicht kannte, hinter Art in den Raum.

»Lasst uns loslegen, Leute«, sagte Buchwald und scheuchte noch auf dem Weg zum Kopfende des Tisches alle auf ihre Plätze. »Wir haben keine Zeit zu verlieren, sonst wird das hier ein Flächenbrand.«

Nele gab Ben Gallwitz sein Tablet zurück.

»Was war das?«, flüsterte Art, als sie sich neben ihn setzte.

»Später«, raunte Nele.

»Nein, jetzt.«

Nele seufzte, beugte sich zu ihm und flüsterte ihm ins Ohr: »Jemand hat dich und Juli Westphal fotografiert, in irgendeinem Hotelzimmer, beim … du weißt schon. Das Foto kursiert im Internet.«

Art blinzelte, ohne eine Miene zu verziehen.

»Art?«, flüsterte Nele. »Es tut mir wahnsinnig leid, ehrlich.«

Art sah Buchwald reden, hörte ihn aber nicht. Er spürte die Blicke der anderen, sah Neugierde, Mitleid, Unverständnis, doch das war ihm egal. An solche Blicke war er gewöhnt. Selbst die Verletzung seiner Intimsphäre war ihm, obwohl es unangenehm war, letztlich egal. Trotzdem war das Foto eine Katastrophe. Seit er zwölf Jahre alt war, hatte es für ihn immer nur Juli gegeben. Als ihre Affäre vor einem halben Jahr begann, war er glücklicher gewesen als je zuvor in seinem Leben. Er war bereit gewesen, zu akzeptieren, dass sie verheiratet war, dass sie sich heimlich treffen mussten. Er hatte versucht sich einzureden, es sei vielleicht sogar besser so. Schließlich gab es beziehungstauglichere Menschen als ihn, wie ihm seine Ex-Frau unmissverständlich gesagt hatte. Und mal ganz abgesehen davon: besser heimlich als gar nicht. So einfach war das. Doch wenn es für Juli noch einen Grund gebraucht hätte, sich nie wieder mit ihm zu treffen, dann hatte sie ihn jetzt – durch dieses Foto. Außer, sie würde sich scheiden lassen. Aber das würde nie passieren.

Er bekam einen Stoß von Nele unter dem Tisch.

»Art?«, fragte Buchwald. »Kannst du uns das erklären?«
»Was genau?«

Martin Buchwald hob die Brauen. »Wie Leo Tempel an deine Dienstwaffe kommen konnte, was sonst?«

»Eine Freundin hat ihr die Tür geöffnet und sie hereingelassen. Ich war nicht da.«

Gallwitz' Mundwinkel zuckten, er dachte wohl an das Foto. *Eine Freundin.* Aber was hätte er sonst sagen können? Millas Situation war zu heikel, als dass er sie erwähnen wollte.

»Hattest du die Waffe nicht weggeschlossen?«

»Doch, aber der Schlüssel war in der Wohnung versteckt, und sie hat ihn offenbar gefunden. Wie die Patronen auch.«

»Ihnen ist klar, dass wir jetzt eine Tatverdächtige haben, die mit einer geladenen Pistole der Polizei bewaffnet ist?«, sagte Kauder scharf.

»Ist mir bewusst. Mein Fehler. Ich hätte besser aufpassen müssen.«

»Ob Ihnen das bewusst ist, interessiert mich ehrlich gesagt nicht«, polterte Kauder los. »Was glauben Sie, wer verdammt noch mal dafür geradestehen muss, wenn durch diese Waffe jemand zu Schaden kommt?«

»Ich übernehme die Verantwortung dafür«, sagte Art.

»Die Verantwortung? Wie wollen Sie das machen, für eine Mordverdächtige, die mit einer geladenen Pistole auf der Flucht ist?«

Art sah Kauder direkt an und hielt den Blick. Es gab nichts mehr zu sagen, nur noch abzuwarten, bis Kauder seine Wut abreagiert hatte – so etwas kannte Art seit frühester Kindheit aus dem Heim.

»Und Sie sind dann auch sicher derjenige, der die Pressekonferenz abhält, auf der Sie das erklären müssen, oder?«, fragte Kauder giftig. »Wie naiv sind Sie eigentlich, Mayer?«

Es war still am Tisch geworden. Das Foto mit Juli war in den Hintergrund gerückt.

»Ich sag's Ihnen: Ihr Kollege Martin Buchwald und ich werden das ausbaden müssen. *Wir* bekommen die Fragen gestellt – nicht Sie! Aber glauben Sie mir, ich werde keine Sekunde zögern und Sie im vollen Umfang dafür zur Rechenschaft ziehen, ist das klar?«

Art nickte knapp. Auch wenn es wehtat, Kauder hatte recht. Er hätte den Schlüssel des Waffenschranks bei sich tragen müssen, dann wäre das nicht passiert. Dass Leo jetzt eine Waffe hatte, war für niemanden gut. Auch nicht für Leo.

Martin Buchwald räusperte sich. »Gut. Machen wir weiter. Wie gesagt, wir dürfen keine Zeit verlieren. Der oder die Täter tun es offenbar auch nicht, wie wir seit gestern wissen. Darf ich euch den Kollegen Veit Krakau vorstellen.« Er wies nach rechts, wo ein schmaler Mann mit Glatze und einer runden schwarzen Brille Platz genommen hatte. »Er ist vom Verfassungsschutz und unser Verbindungsmann in diesem Fall.« Krakau nickte, sein Blick tastete die Runde ab.

»Die Kollegen vom Verfassungsschutz«, fuhr Buchwald fort, »beobachten schon eine ganze Weile das Treiben von verschiedenen Umweltaktivisten und gehen im Auftrag des Innenministeriums der Frage nach, ob Klimaaktivisten als terroristisch orientierte Gruppierungen eingeordnet werden müssen.«

Krakau nickte erneut, zog es aber vor zu schweigen.

Nele hob die Hand.

»Ja?«, sagte Buchwald unwirsch. Seine Geduld war heute schneller aufgebraucht als sonst.

»Heißt das, wir gehen hier wirklich von einem möglichen terroristischen Hintergrund aus?«, fragte Nele. »Obwohl wir bisher kein Bekennerschreiben haben und keine wie auch immer geartete Botschaft?«

»Das ist jedenfalls eine Option«, sagte Buchwald. »Und vom Innensenator ausdrücklich gewünscht.«

Der Innensenator. Daher also weht der Wind, dachte Art.

Eigentlich nicht verwunderlich. Der Hirsch war ein Medienpreis mit europäischer Strahlkraft, initiiert von einem Berliner Medienkonzern. Die Macher des Preises waren alle bestens vernetzt in der Politik und bekannt mit der Berliner Prominenz. Und Kauder war als Polizeipräsident dem Innensenator direkt unterstellt.

»Lassen Sie mich das erläutern«, sagte Krakau leise. Seine Stimme klang nasal, und er sprach mit einer merkwürdig abgehackten, eindringlichen Betonung. »Wir beobachten schon seit Längerem, dass es im Bereich des Terrorismus divergierende Vorgehensweisen gibt. Moderne Terroristen agieren auf komplexere Art als früher, manchmal auch schlicht weniger berechenbar. Es gibt die reinen Gewalttäter, das sind oft Narzissten, die politische Ziele als Rechtfertigung für ihr Verhalten benutzen; es gibt Strategen, fanatische Überzeugungstäter, und es gibt aktuell die jungen Wilden, das sind junge Leute aus dem Bildungsbürgertum, die sich um ihre Zukunft betrogen fühlen. Was wir bei fast allen beobachten, ist, dass die Veränderung des öffentlichen Diskurses durch die Social-Media-Plattformen auch die Möglichkeiten der Terroristen erweitert. Früher gab es einen Terrorakt, und darauf folgte unmittelbar ein Bekennerschreiben. Das sorgte für eine drastische Klarheit und eine unmittelbare Wirkung. Das Problem ist, diese Logik nutzt sich ab. Wir leben in einer Gesellschaft der permanenten Reizüberflutung. Wer heute um Aufmerksamkeit kämpft, muss neue Wege finden. Und hier kommen wir zu einem interessanten Punkt. Eine Botschaft ist eine klare Sache. Sie lässt keinen Spielraum mehr zu. Man hat Gewissheit. Man kann der Botschaft zustimmen, sie ablehnen, so oder so ist das Thema aber damit gewissermaßen abgeschlossen. Gibt es aber kein Bekennerschreiben, dann lässt man alles offen. Man stellt damit sozusagen eine Frage.

Und diese Frage schafft Ungewissheit. Sie weckt die Neugier und heizt Spekulationen an. Eine Frage erzeugt Interesse und Unruhe. Unter all den Botschaften, denen wir ja im Überfluss ausgesetzt sind, ist eine Frage die ungewöhnlichste und effektivste. Sie schafft eine besondere Aufmerksamkeit. Intelligenter Terrorismus weiß das. Die Tatsache, dass wir bisher keine klare Botschaft erhalten haben, spricht also nicht unbedingt gegen Terrorismus. Im schlimmsten Fall haben wir es stattdessen sogar mit einer Weiterentwicklung des Terrorismus zu tun und mit einer jüngeren Generation, die ganz anders denkt als wir.«

Alle am Tisch wechselten Blicke.

»Ist das nicht etwas verfrüht, hier über Terror zu sprechen?«, fragte Art. »Da ist eine junge Frau, die als Umweltaktivistin kämpft, die Tochter eines der Mordopfer, und ein paar ihrer Aktivistenfreunde. Aber Terrorismus ist doch eine völlig andere Dimension. Um so brutal zu töten, und das auch noch zweimal hintereinander, braucht man nicht nur einen Grund, man braucht auch die Fähigkeit, sich über alle menschlichen Hemmungen hinwegzusetzen, und das lernt man nicht, indem man sich auf einer Straße festklebt, Kunstwerke beschmiert oder Rinder mit Schildern und Sprühparolen versieht.«

»Am Hermannplatz haben sie Polizisten mit Steinen beworfen und einen Polizeiwagen in Brand gesteckt«, warf Brunner ein. »Das sind Straftaten.«

»Ich erinnere an Ulrike Meinhof und ihren Weg bis in die RAF«, ergänzte Krakau. »Von ihr stammt die Äußerung: einen Stein zu werfen und ein Auto anzuzünden, ist strafbar, aber tausend Steine zu werfen und Hunderte Autos anzuzünden, ist eine politische Aktion. Genau das ist die Haltung, die in den Terrorismus führt.«

»Wir wissen nicht, ob Leo Tempel oder einer der Klimaaktivisten das Auto angezündet hat«, wandte Art ein. »Das können genauso gut Trittbrettfahrer gewesen sein.«

»Aber es war ihre Aktion, bei der das passiert ist«, sagte Gallwitz. »Dazu kommt, dass mit dem Medienpreis Hirsch offenbar ein prominentes und repräsentatives Ziel ausgewählt wurde, und zwei Personen, die im öffentlichen Leben stehen. Auch das ist typisch für Terroristen. Und die plakative Symbolik der Hirschgeweihe ebenfalls. Die Geweihe *sind* ja eigentlich schon die Botschaft. Warum sonst sollte jemand auf so einen absurden Gedanken kommen.«

»Ehrlich gesagt, die Brutalität und die Wut dieser Taten spricht für mich eher für ein persönliches Motiv«, sagte Art.

»Aber gibt es denn ein persönliches Motiv als Arbeitshypothese?«, fragte Kauder in die Runde. »Wenn, dann doch nur der Konflikt zwischen Mutter und Tochter, oder? Und wenn ich das richtig verstanden habe, speist sich dieser Konflikt doch aus den politischen Ansichten von Leo Tempel.«

»Wenn das alles zutrifft«, gab Art zu bedenken, »wäre Leo Tempel im Begriff, die jüngste Serienmörderin Berlins zu werden, vielleicht sogar Deutschlands. Und das mit dieser Brutalität? Indizien hin oder her, halten wir das wirklich für möglich?«

Martin Buchwald räusperte sich erneut. »Also, wie gesagt. Es ist eine Option. Andere Ansätze verfolgen wir selbstverständlich weiter. Parallel zu Leo Tempel suchen wir auch nach ihren drei mutmaßlichen Mitstreitern, den Aktivisten Ole Jansen, Niklas Berger und Hannah Neureuther. Nach der überstürzten Flucht von Leo Tempel vor der Villa ihrer Mutter haben wir Kollegen für eine Befragung zu den jeweiligen Wohnorten der drei geschickt, haben dort allerdings niemanden angetroffen.«

»Wie der Kollege Martin Buchwald gerade sagte«, meinte Krakau, »wir halten uns alles offen. Im besten Fall finden wir die drei, sie geben Leo Tempel ein Alibi, und sie ist vorläufig aus dem Schneider. Sollten die vier allerdings gemeinsame Sache machen, dann wäre das nur ein Schein-Alibi. Mal abgesehen davon, dass wir noch nicht einmal sicher wissen, ob überhaupt irgendjemand von der Truppe wirklich auf dieser Kreisrinderschau war.«

»Na schön«, sagte Art widerwillig. Die Richtung, in die sich die Ermittlung entwickelte, gefiel ihm nicht. Aber wenn sich der Innensenator, der Polizeipräsident und Buchwald hinter dieser Idee versammelten, hatte er im Grunde keine Wahl. »Können wir noch mal über Wenke de Fries reden?«

»Klar«, meinte Ben Gallwitz. Er drückte auf sein Touchpad, und der Beamer warf ein Bild der Moderatorin an die Leinwand. Blonde, locker gewellte lange Haare, ein symmetrisches, attraktives Gesicht mit hohen Wangenknochen und strahlend blauen Augen. »Achtundvierzig Jahre, gebürtige Niederländerin, lebt seit ihrem achten Lebensjahr in Deutschland. Sie hat Journalismus studiert und ist mit dem Privatfernsehen groß geworden. Die Details könnt ihr im Bericht nachlesen, das würde jetzt hier zu weit führen. Wichtig ist noch, sie war nie verheiratet, hat sich nie offiziell geoutet, es ist aber ein offenes Geheimnis, dass sie Frauen liebt. Sie ist ledig und hat einen Sohn, der ist allerdings vor neun Jahren gestorben. Volker de Fries. Eine tragische Geschichte, er ist vom Dach des Ehrlich-Gymnasiums gesprungen. Da war er …« Gallwitz sah kurz in seinen Unterlagen nach. »… dreizehn.«

Das Foto eines scheuen Teenagers mit dunklen Haaren füllte die Leinwand. Er hatte eine typische Jugendakne und wirkte, als wäre er nie in der Welt angekommen.

»Ist irgendetwas über die Gründe für den Selbstmord bekannt?«, fragte Art.

»Es wurde Cannabis nachgewiesen, in seinem Zimmer hat man Weed gefunden. In der Schule wurde von Mobbing gesprochen, es sind aber keine konkreten Vorgänge bekannt. Alles recht diffus, leider. Weder die Schulleitung noch die Schüler oder deren Eltern waren sonderlich auskunftsfreudig. Ich hab mit Berger von der Kripo gesprochen, der war damals zuständig.«

»Wer ist der Vater des Jungen?«

»Künstliche Befruchtung, in den USA. Eine Samenspenderbank.«

»Warum in den USA?«

»Wissen wir nicht.«

»Seltsam«, murmelte Art. »Ich hab im ganzen Haus kein Foto des Jungen gesehen. Habt ihr eins entdeckt?«

»Nein«, sagte Brunner.

»Hm. Was ist mit einer möglichen Verbindung zwischen Wenke de Fries und Charlotte Tempel? Kannten sich die beiden?«

Gallwitz hob die Brauen und seufzte. »Kennen ist relativ. Es gibt zahlreiche Fotos, auf denen beide zu sehen sind, aber das kann auch dem Promi-Status geschuldet sein. De Fries als Moderatorin, die Tempel als Wohltäterin, beide hatten viele Auftritte, sind sich gegenseitig auf Instagram gefolgt, haben gelegentlich Aktionen der jeweils anderen unterstützt. Aber, ich sag mal, im Rahmen der Oberliga der Prominenz in Deutschland und insbesondere hier in Berlin kennen sich eigentlich alle.« Er grinste. »Ist ein bisschen wie Inzucht.«

»Ist es denkbar, dass die beiden mal ein Verhältnis hatten?«, fragte Art.

Brunner verzog das Gesicht, Gallwitz dagegen lächelte.

»Uns ist bisher nichts bekannt«, sagte er, »aber wir sind ja noch am Anfang.«

»Mayer«, schaltete sich Krakau ein, »Ihre Gründlichkeit in allen Ehren, aber lassen Sie uns doch realistisch bleiben. Ich glaube, Sie versuchen hier ein persönliches Motiv zu finden, wo es keins gibt.«

»Ich suche überhaupt ein Motiv«, erwiderte Art.

»Was ist mit dem Tresor in der Villa Tempel«, fragte Brunner. »Wenn der Diebstahl mit dem Mord zusammenhängt, dann finden wir hier möglicherweise ein Motiv. Vielleicht geht es um irgendwelche Waffengeschäfte. Vielleicht ist Charlotte Tempel nicht so sauber, wie wir dachten?«

»Ja«, sagte Art, »aber so etwas endet doch eher mit einer Kugel im Kopf. Ich meine, die Täter aus diesen Kreisen sind Profis und ziemlich zielgerichtet, oder?«

»Nicht, wenn man etwas vertuschen will«, meinte Nele. »Vielleicht will jemand ein persönliches Motiv vortäuschen, um ein anderes Motiv zu verstecken.«

»Möglich«, gab Krakau zu. »Aber nicht sehr wahrscheinlich. Das Hirschgeweih ist schon sehr speziell.«

Stille machte sich breit. Jeder schien für sich auf den Möglichkeiten herumzukauen.

»Gab es noch andere Auffälligkeiten nach der Hausdurchsuchung?«, fragte Art.

»Ein voller Terminkalender, wie bei Charlotte Tempel«, sagte Nestor Christou. »Nur dass Wenke de Fries noch besser organisiert war. Alles ist nachvollziehbar – bis auf einen Eintrag. Eine Verabredung vor eineinhalb Wochen, an einem Mittwoch um 11:00 Uhr. Neben der Uhrzeit ist einfach nur ein Sternchen notiert.« Der Eintrag im digitalen Terminkalender wurde auf der Leinwand sichtbar.

»Okay. Also, wer ist ›Sternchen‹?«

»Wissen wir leider nicht«, sagte Gallwitz. »Ich bin sämtliche Adressdaten bei ihr durchgegangen. Auch verwandte Namen, quer durch alle Assoziationsketten. Stern, Sternchen, Star ... aber da ist nichts.«

»Und was ist mit Charlotte Tempel?«, fragte Art. »Gab es bei ihr ähnliche Einträge?«

Nestor Christou runzelte die Stirn und vertiefte sich in eine Datei in seinem Laptop. »Gute Frage«, murmelte er, »da war irgendwas ... ah. Hier. Nichts wirklich Ungewöhnliches, aber schaut selbst.« Der Kalender von Charlotte Tempel füllte die Leinwand, und Christou markierte einen Eintrag um vier Uhr nachmittags. »Da steht ›Jens und PT‹. Zwei Tage vor ihrer Ermordung. Erschien mir natürlich erst mal verdächtig. Dann habe ich rausbekommen, dass mit Jens ihr Personal Trainer gemeint ist, Jens Lückers. Das PT steht einfach für Personal Training. Der Kollege Arno Schimmle hat dann die Befragung übernommen. Die Datei ist im Intranet, hat aber nichts Besonderes ergeben, sonst hätte Schimmle einen Vermerk gemacht. Damit war die Sache für mich erledigt.«

»Ist das nicht ungewöhnlich, dass jemand den Vornamen seines Personal Trainers einträgt und dann auch noch das Kürzel für das, was er mit dem Trainer macht?«, fragte Art. »Das ist doch umständlich, als würde man aufschreiben: Steak kaufen beim Fleischer. Ich würde entweder Steak oder Fleischer notieren, aber sicher nicht beides.«

»Das würde ich nur dann machen«, meinte Nele, »wenn ich mit diesem Jens auch noch andere Dinge verbinde.«

»Was meinst du damit? Ein Verhältnis?«, fragte Gallwitz. »Hatten die beiden eins?«

»Nicht laut Befragungsprotokoll. Ich hab's mir durchgelesen. Schimmle war gründlich. Lückers hat den Termin auch bestätigt«, erwiderte Gallwitz.

»Gibt es noch weitere Einträge mit ›Jens‹?«, fragte Art.

»Ja, immer wieder.« Christou ging im Kalender zurück. »Tatsächlich war in fast jeder Woche zur gleichen Zeit ein Termin mit Jens eingetragen, nur PT stand nie dahinter, bis auf dieses eine Mal.«

»Ist merkwürdig, oder?«, meinte Art. »Als hätte Charlotte Tempel etwas verstecken wollen. Passen die Initialen PT auf irgendjemanden in ihrem Adressbuch?«

Ben Gallwitz traktierte in Windeseile seinen Computer. Seine rundlichen Finger flogen nur so über die Tasten. »Nee, nichts zu finden.«

»Dann haben wir hier die erste Gemeinsamkeit der Opfer«, stellte Art fest. »Abgesehen davon, dass sie beide den Hirsch bekommen sollten. Beide Opfer hatten wenige Tage, bevor sie ermordet wurden, einen Termin, den wir nicht genau zuordnen können. Bei Charlotte Tempel wissen wir nicht, was PT bedeutet, bei Wenke de Fries wissen wir nicht, was der Stern bedeutet.«

»Nicht gerade eine klassische Gemeinsamkeit«, murrte Kauder.

»Was ist, wenn sich hinter den beiden Kürzeln dieselbe Person verbirgt?«

»Wie gesagt, PT kann genauso gut Personal Training oder vielleicht auch Physiotherapie bedeuten«, meinte Buchwald.

»Oder Psychotherapie«, schlug Nele vor.

»Ein Fitnesstrainer, der auch Psychotherapie macht?« Gallwitz schürzte die Lippen und hob dabei die Brauen. Es sah unfreiwillig komisch aus.

»Was, wenn sie die Zeit für die Therapie nicht extra notiert hat, sondern direkt nach dem Fitnesstraining zur Therapie geht?«

»Haben wir denn irgendeinen Beleg für die Abrechnung

mit einem Therapeuten gefunden?«, erkundigte sich Buchwald.

»Nope«, meinte Gallwitz trocken. »Für den Fitnesstrainer allerdings auch nicht, aber die werden eh gerne mal schwarz bezahlt. Das Geld für den Psycho-Doc dagegen holt man sich von der Krankenkasse zurück. Mach ich auch immer so.«

»Was denn, du machst 'ne Therapie?«, fragte Brunner konsterniert.

Gallwitz zuckte mit den Schultern. »Klar. Is kein Geheimnis, oder? Kann ich dir nur empfehlen. Aber ihr Heteros habt da ja immer gleich die Lampen an.«

Nosferatu verzog pikiert den Mund, er sah missmutig aus und als ob er das nicht auf sich sitzen lassen wolle.

Buchwald schritt ein, bevor Brunner eine unnötige Bemerkung machen konnte. »Gut. Das Thema ist also weiter offen. Bleibt noch der Stern in de Fries' Kalender. Ben, kannst du das übernehmen?«

»Was ist mit Ben Junkers von SchumannSolo?«, fragte Art. »Wir brauchen eine Liste der Preisträger und müssen ihn befragen.«

»Das übernehme ich«, sagte Kauder. »Ist heikel – da können wir keinen Elefanten im Porzellanladen brauchen.«

»Was machen wir?«, fragte Art.

»Nele und du, ihr beschäftigt euch bitte damit, was in dem Safe war und wo der Inhalt sein könnte, das ist bisher noch völlig ungeklärt«, sagte Buchwald. »Einen Safe gibt es ja nicht umsonst, und ich wüsste zu gerne, was darin aufbewahrt worden ist.«

Ich auch, fand Art und musste dabei an Henrik denken.

Kapitel 20

Leo saß am Tisch des Blockhauses und sah aus dem Fenster. Ein Eichhörnchen sprang von einem schaukelnden Ast und verschwand aus ihrem Blickfeld. Hier gab es nur Wald, Wald und noch mal Wald. Allein, der Porsche störte das friedliche Bild. Er stand unter einer großen Tanne mit tief hängenden Ästen und brach das dunkle Grün und die Erdtöne mit seinem hellen Metallicblau. Sie hasste das kleine röhrende Biest, allein schon deshalb, weil es der Porsche ihrer Mutter war, und es war seltsam, dass sie jetzt selbst am Steuer saß. Wie oft war sie mit diesem Wagen zur Schule gebracht worden? Wie oft hatte sie auf dem Beifahrersitz warten müssen, weil ihre Mutter noch einen Termin hatte, zu dem sie nicht mitkommen durfte. Der 911 war Luxus, ein Statussymbol, ein *fucking* Spritfresser und damit eine einzige Umweltsünde. Das Seltsamste war jedoch, dass sie den Wagen trotzdem irgendwie mochte. Er war unbequem, bockig, heiser, zu laut – sie lachte kurz auf, fast kam es ihr so vor, als wären der Targa und sie irgendwie miteinander verwandt.

Genauso wie sie und das Blockhaus.

Sie liebte die Einfachheit hier draußen. Die Verbundenheit mit der Natur. Die aufeinandergeschichteten massiven Holzstämme, aus denen das Haus gebaut worden war, gerade so, als stünde es in Kanada, am Ufer des Maligne Lake oder irgendwo sonst, mitten in der Einöde. Das Haus war voller Jagdtrophäen ihres Vaters, Hirschgeweihe, die sie inzwischen alle entfernt hatte, die Gehörne von Böcken, ein Bärenfell und der Kopf eines Keilers über der aus Bruchsteinen gemauerten Kaminöffnung.

In den Schulferien war sie hier früher öfter mit ihrem Vater gewesen, und sie hatte es immer genossen, ihn dann ein paar Tage ganz für sich allein zu haben. Mit neun hatte sie hier mit ihm auf Dosen geschossen. Er hatte ihr gezeigt, wie ein Gewehr funktionierte, wie sie zielen musste, dass sie den Kolben fest an die Schulter pressen musste und vor allem, wann man abdrückte: zielen, einatmen, bis zur Hälfte ausatmen – dann schießen – und ruhig weiter ausatmen. Nicht dass ihr das Schießen besonderen Spaß gemacht hätte. Sie hätte vermutlich alles cool gefunden, Stricken, Fußball spielen, Fischen – Hauptsache, ihr Vater war bei ihr. Denn das war nur drei- oder viermal im Jahr so zu haben, meistens hier, in diesem Haus, ansonsten war er ständig beschäftigt gewesen. Erst nach seinem Tod, da war sie dreizehn, hatte sie begriffen, was genau die Beschäftigung ihres Vaters war.

Seine Firma stellte Waffen her.

Damals hatte sie zuerst noch an Gewehre und Pistolen gedacht. Tatsächlich stellte Kross-Meffert & Partner hochmoderne Kampfpanzer, Raketenabwehrsysteme, mobile Abschussrampen und Ähnliches her. Nach und nach erfuhr sie, dass ihr Vater Waffensysteme in alle Welt verkaufte, in über hundert verschiedene Länder, wie sie heute wusste, und das trotz des angeblich strengen Waffenkontrollgesetzes, das Exporte beschränken sollte. Doch nichts davon veränderte ihren Blick auf den Vater, der mit ihr Zeit in diesem Block-haus verbracht hatte.

Immer wenn sie hierher zurückkam, selbst heute noch, meinte sie den herben, wohligen Geruch seines Bartöls wahr-zunehmen und seine Stimme zu hören. Seine alten Stiefel standen immer noch neben der Tür, als könnte er jeden Mo-ment hineinschlüpfen, sein Jagdgewehr schultern, die Tür öffnen, ihr zuzwinkern und fragen: »Kommst du mit?«

Leo sah Ole an, der neben ihr vor dem Laptop saß. »Bist du sicher, dass wir das machen?«

Ole legte seine Hand auf ihre. Er war so alt wie sie, doch mit seinem Vollbart und der oft kritisch gefurchten Stirn sah er älter aus. Seine Berührung ließ ihren Puls in die Höhe schießen. So hatte er sie seit Wochen nicht mehr angefasst. Hoffnung flammte in ihr auf.

»Die greifen uns an«, sagte Ole. »Du hast es doch selbst gesagt, dieser Mayer hat es auf uns abgesehen, wir stehen alle vier auf deren Fahndungsliste.«

Leo nickte und kaute dabei auf ihrer Unterlippe. Die Kas-sette, die sie vor inzwischen zweieinhalb Wochen gefunden hatte, kam ihr wieder in den Sinn. Das, was Bell erzählt hat-te, veränderte alles. »Glaubst du, dieser Mayer weiß das von mir?«

»Was genau meinst du?«

»Das von meiner Mutter und mir.«

Ole zögerte. »Keine Ahnung.«

»Wenn er's weiß, dann wär's besser, er wäre tot«, sagte sie voller Bitterkeit.

Ole schwieg. Vermutlich war es das Beste, was er machen konnte. Und vermutlich wäre es für sie das Beste, wenn sie die Stimmen in ihrem Kopf zum Schweigen brachte und mal an nichts dachte, sich einfach ablenkte. Aber sosehr sie es auch versuchte, die verdammten Stimmen blieben und ließen nicht locker. Sie kratzte sich am rechten Unterarm, wo das Rosenbusch-Tattoo ihre Narben vom Ritzen verbarg. »Was denkst du, wann kommen Niklas und Hannah zurück?«, fragte sie.

Ole zuckte mit den Schultern. »'ne Stunde?«

»Mhm. Meinst du, wir könnten ...« Leo sah an ihm vorbei zur Treppe, die ins Dachgeschoss zu den Schlafzimmern führte.

Ole sah sie an. Plötzlich schien er unsicher zu werden.

Mach jetzt bloß keinen Rückzieher, dachte Leo. Eben hast du noch meine Hand angefasst. Sie beugte sich zu ihm und flüsterte ihm etwas ins Ohr.

Jetzt errötete er. Ole wusste, dass sie es manchmal etwas rauer mochte, und sie hatte den Eindruck, dass ihn das überforderte. Vielleicht ging er deshalb auf Abstand. Dann aber hatte sie wieder den Eindruck, es gefiel ihm, sich gehen lassen zu können. Ole brauchte einfach hin und wieder einen kleinen Schubs. Er war eben ein bisschen zu weich.

»Wir sollten zuerst das hier erledigen«, sagte er.

Leo nickte. Ihr Hals wurde eng beim Blick auf den Laptop. Das hier war eine Bombe. Aber es war verdammt noch mal nötig. Sie gab ein paar Befehle ein, dachte darüber nach, wie verrückt die Welt eigentlich war und dass noch vor ein paar Jahrzehnten Musikkassetten für Mitteilungen genutzt worden waren. Dann klickte sie auf den OK-Button und schickte die Datei auf ihre Reise rund um den halben Globus, um ihre Herkunft zu verschleiern.

Ole atmete laut aus.

Fuck, sie hatte solche Sehnsucht nach ihm.

Genau in diesem Moment hörte sie draußen das Geknatter eines leichten Motorrads. Mist. Die waren zu früh dran.

Niklas betrat als Erster das Haus und legte seinen Helm neben die Stiefel an der Tür. »Sag mal, muss die Protzkarre da so offen rumstehen? Danach suchen die Bullen doch als Allererstes.«

»Tja. Hab im Moment nun mal keine andere«, erwiderte Leo.

»Vielleicht stellst du sie wenigstens in den Schuppen.«

»Klar. Mach ich.«

»Oder du parkst sie im See.«

»Haha.«

Hannah stellte ihren Rucksack geräuschvoll auf den Tisch. So war sie, immer etwas zu laut in der Hoffnung, man würde sie endlich bemerken. »So. Vorrat, Leute.«

»Und, alles erledigt?« Niklas sah Leo forschend an.

Sie nickte. »Alles raus.«

»Geschieht denen recht«, sagte Niklas grimmig.

Hannah sah aus dem Fenster, sie schien sich mit alldem nicht wohlzufühlen. Doch sie hatte keine Wahl mehr. Schließlich standen sie alle auf der Fahndungsliste. Mitgefangen, mitgehangen.

Kapitel 21

Art sah hoch zu den eisernen Spitzen und überlegte. Er hatte mehrfach an der Villa Tempel geklingelt, und natürlich war niemand da und öffnete ihm das Tor. Doch das Gefühl, etwas übersehen zu haben, ließ ihn einfach nicht los; er musste ins Haus, die Räume ablaufen und seine Assoziationen in Gang bringen. Insbesondere was den Safe und Leos Zimmer anging. Vielleicht kam er dann darauf, was ihn die ganze Zeit umtrieb. Doch um das Haus betreten zu dürfen, brauchte er entweder Leos Einwilligung, so wie bei der ersten Durchsuchung, oder aber die Freigabe des Staatsanwalts, sich notfalls auch ohne Schlüssel Zutritt zu verschaffen. Das Problem war, dass er bei der Staatsanwaltschaft angefragt hatte, und die hielten ihn hin. Es hieß einfach nur »wir prüfen das«, und ihm platzte langsam der Kragen. Das war doch, verdammt noch mal, nur eine Formalität. Die Freigabe würde sowieso kommen. Warum also dauerte das so lange? Der Fall war doch so hoch aufgehängt.

»Art, das hat doch keinen Sinn«, sagte Nele. »Brunner und die Kollegen haben das Haus schon auf den Kopf gestellt. Was willst du überhaupt dadrin?«

»Ich weiß es nicht«, gab er zu.

»Also, dann lass uns fahren.«

»Und dann?«

Nele zuckte mit den Achseln. »Lass uns noch mal die Berichte durchgehen von den Kollegen, die im Haus waren.«

Art nickte. Die Spitzen auf dem Tor ließen ihm keine Ruhe. Sie standen knapp eine Handbreit auseinander und waren etwa fünf Zentimeter hoch. Hoch genug, um sich ernsthaft daran zu verletzen. »Berichte durchgehen«, sagte er, »alles klar.« Er nahm drei Schritte Anlauf, dann lief er auf das Tor zu, sprang daran hoch, bekam den oberen Rand zu fassen und zog sich nach oben. Das Tor bewegte sich ruckelnd in den Angeln.

»Bist du verrückt? Pass auf!«, rief Nele.

Vorsichtig setzte Art einen Fuß zwischen zwei Spitzen, balancierte auf dem Tor, verlagerte das Gleichgewicht und sprang dann auf der anderen Seite herunter. Er landete auf beiden Füßen. Ein stechender Schmerz in den Rippen erinnerte ihn an Simonek und seine Schläger.

Nele warf die Hände in die Luft. »Wieso machst du das? Ins Haus kommst du doch sowieso nicht.«

»Eins nach dem anderen. Jetzt bin ich erst mal hier.«

Art ging zu einer Stele, die am Rand der Einfahrt stand, und drückte einen Knopf. Lautlos glitten die Torflügel auf. Art machte Nele ein Zeichen, doch sie blieb vor dem Tor stehen.

»Wenn dich einer fragt, sag einfach, ich hätte behauptet, der Durchsuchungsbeschluss läge schon vor.« Art drehte sich um und ging auf das Haus zu. »Wir kriegen ihn eh bald«, rief er ihr halblaut über die Schulter zu. Er hörte ihre Schritte und ging langsamer, sodass Nele zu ihm aufschloss. Die moderne zweistöckige Villa mit dem Flachdach stand wie ein weißes kantiges Raumschiff auf dem Rasen. An den Ecken der Villa waren Videokameras angebracht. Art fragte sich, ob Leo über das Web Zugriff auf die Kameras hatte.

»Du weißt schon, dass das gerade nicht ohne war?«

Art wies auf Neles Bauch. »Kann es sein, dass dich das da etwas übervorsichtig macht?«

Nele blieb der Mund offen stehen. »Das ist jetzt nicht dein Ernst, oder?«

»War nicht so gemeint.« Art nahm sein Telefon und wählte Nestor Christous Nummer.

»Art, was gibt's?«, meldete sich Christou mit seinem Bariton.

»Weißt du noch, wo in der Villa Tempel die Steuerung für die Alarmanlage ist?«

Stille. Dann: »Was hast du vor?«

»Ich gehe nur im Kopf ein paar Dinge durch.«

»Ah. Im Kopf. Das ist gut.«

Wieder Stille.

»Ich fürchte, jemand könnte in die Villa einsteigen, und muss überprüfen, wie wahrscheinlich das ist«, erklärte Art.

»Verstehe«, sagte Christou. »Die Steuereinheit ist in der Küche, links an der Wand, neben dem Kühlschrank.«

»Gut. Danke. Was ist mit den Kameras?«

»Werden von Bewegungssensoren gesteuert.«

»Sind die bei einer Wach- und Schließgesellschaft aufgeschaltet?«

»Das Alarmsystem mit Glasbruchsensoren und den Tür- und Fensterschließen ja, aber die Kameras zeichnen mit Sicherheit nur auf einer lokalen Festplatte auf. Die Bewegungssensoren reagieren meistens viel zu sensibel. Wenn die Alarm auslösen würden, dann hättest du bei jedem Vogel, Eichhörnchen oder einer Hummel einen Fehlalarm.«

»Okay. Danke, Nestor.« Art legte auf.

»Dir ist schon klar, dass die Kamerabilder vermutlich gespeichert werden?«, sagte Nele.

»Im Moment ist gar keine Festplatte eingebaut«, sagte Art. »Die Kollegen haben sie zur Auswertung mitgenommen. War nur leider nichts Interessantes drauf. Vor allem deshalb, weil die Aufnahmen jeweils nach 48 Stunden gelöscht werden.«

»Alles klar. Und was hast du jetzt vor? Ein Fenster einschlagen? Ich vermute, die Alarmanlage funktioniert noch.«

Art sah auf sein Handy. Immer noch keine Nachricht von der Staatsanwaltschaft. Worauf warteten die noch? Oder lag das Problem beim Richter? Dann gab es doch dazu üblicherweise eine Info. Er überlegte, ob er sich auf Gefahr im Verzug berufen konnte. Sollten sie es mit einem Serientäter zu tun haben, dann sprach die schnelle Abfolge der beiden Taten durchaus dafür, dass ein dritter Mord bald folgen könnte – aber es war dünnes Eis. Besser, er käme ins Haus und niemand würde es bemerken.

Art sah zu den großflächigen Fenstern im Obergeschoss hinauf und stutzte. Statt an die Zimmerdecke schaute er in den Himmel. War dort oben nicht der Pool?

»Na bitte«, murmelte er.

»Was meinst du?«

»Das Dach über dem Pool im Obergeschoss ist offen. Leo hat's vermutlich vergessen.«

Nele rief sich den spektakulären Pool der Tempels in Erinnerung. Art hatte recht. Abgesehen von dem Glasboden, durch den man ins Wohnzimmer sehen konnte, gab es direkt über dem Schwimmbecken auch eine Öffnung im Dach, die fast so groß war wie der Pool selbst. Art kletterte bereits an der Regenrinne des Hauses hoch, er würde sich nicht aufhalten lassen. Auf dem Dach des Pools sah er sich kurz um, dann zog er sich aus. Beim Anblick seines Rückens und der oberen Hälfte seines Hinterteils, ertappte sich Nele für eine Sekunde lang bei dem Gedanken, dass ihr gefiel, was sie sah.

Nur theoretisch, natürlich.

Sie musste an das Foto von Art und Juli Westphal auf dem iPad von Gallwitz denken.

Irgendetwas irritierte sie.

Was auch immer es war, sie schob es beiseite. Sich über nackte Kollegen Gedanken zu machen, in dieser Situation, war nun wirklich fehl am Platz.

Art rollte seine Kleidung zu einem Bündel und warf es durch das offene Dach, vermutlich an den Poolrand. Dann verschwand er aus ihrem Blickfeld, und sie hörte ein lautes Platschen.

Nele seufzte und ging zur Haustür. Zwei Minuten später öffnete Art die Tür von innen. Seine Haare waren nass, und Wasser tropfte auf seine Jacke. Auch auf der Vorderseite waren ein paar nasse Sprenkel.

»Offenbar hast du den Freischwimmer«, sagte sie trocken und schob sich an ihm vorbei ins Haus. »Wo fangen wir an?«

»Unten«, sagte Art, ging zur Kellertür und drückte auf den Lichtschalter.

»Die Alarmanlage?«, fragte Nele.

»Leo hat sie nicht eingeschaltet. Das Haus ihrer Mutter ist ihr anscheinend ziemlich egal.«

Das passt, dachte Nele.

Die Treppe führte in einem Viertelbogen abwärts. Mit einer Hand am Geländer ging sie die Stufen hinab. Plötzlich bekam sie einen Tritt in die Eingeweide und zuckte zusammen. »Autsch.« Sie blieb stehen.

Art drehte sich zu ihr um. »Alles klar?«

»Boah«, stöhnte sie. »Der Kleine macht Boxsport.«

»Der Kleine? Wird's ein Junge?«

»Pff. Keine Ahnung. Ist eher so ein Gefühl.«

»Geht's wieder?«

»Klar, kein Ding.« Sie folgte Art weiter in den Kellerflur. Beim letzten Mal hatte sie sich auf die beiden oberen Etagen des Hauses konzentriert, hier unten war sie nicht gewesen. Der Flur war fensterlos und vergleichsweise luxuriös für einen Keller. Hier war, wie im ganzen Haus, nichts von der Stange. Ein Eichenparkett mit spezieller Einfassung, extra angefertigte Türen mit original Bauhaus-Klinken. Sie gingen den Flur entlang, um zwei Ecken, und Art schien auf die angelehnte schwarz gestrichene Tür zuzusteuern, die so gar nicht ins Haus passen wollte. Durch den Türspalt sah sie plötzlich einen Lichtblitz, etwa auf der Höhe der Klinke. Im selben Moment ertönte hinter ihr, in einiger Entfernung, ein Klacken, als würde eine Sicherung herausspringen. Schlagartig ging im Keller das Licht aus.

Es war stockfinster und still.

»Art?« Instinktiv legte sie die Hand an ihre Waffe.

»Ssssch.«

Nele zog die Pistole aus dem Schulterholster.

Dann hörte sie das Geräusch eines Schlags, genau dort, wo Art gestanden hatte. Jemand stöhnte, Kleidung raschelte, dann gab es weitere Schläge. Sie hob die Waffe, konnte jedoch nichts sehen. Art schien mit jemandem zu ringen. Sie hörte stoßweise Atemgeräusche, wieder einen Schlag. Dann war es wieder still.

»Art?«

Ein leises Ächzen.

Undurchdringliche Finsternis.

»Hände hoch! Bleiben Sie, wo Sie sind«, rief Nele. »Ich bin bewaffnet.«

Nichts.

Plötzlich ein Luftzug. Im selben Moment wurde sie gepackt und an die Wand gedrückt. Mit eisernem Griff schlossen sich Finger um ihr Handgelenk und droschen ihre Hand mit der Waffe immer wieder gegen die Wand. Sie versuchte, sich aus dem schraubstockartigen Griff zu winden, die SIG-Sauer irgendwie auf den Angreifer zu richten. Doch der drückte ihr mit der anderen Hand auf die Kehle, und sie schnappte nach Luft. Panik schlug über ihr zusammen. Von einem Moment auf den anderen saß sie wieder in einem dunklen Schrank, war gefesselt und hatte eine Schlinge um den Hals, die sich bei jeder Bewegung ein Stückchen weiter zuzog.

Weißt du, was das Schlimmste ist, wenn man eingesperrt ist? Die Gedanken laufen im Kreis. Meine Gedanken liefen einen Canyon in den Boden. Ich war so wütend! Nicht nur auf Maria und meine Mutter oder Bos Vater, ich war sogar wütend auf dich. Ich ertappte mich bei dem Gedanken, dass ich ohne dich nicht in dieser Situation wäre.

Sag nichts. Ich weiß schon. Du kannst nichts dafür.

Du hast nicht darum gebeten, auf diese Welt zu kommen.

Ich biss mir in die Hand, bis ich nichts mehr fühlte außer dem Schmerz. Ich wollte mich selbst bestrafen, für meine Dummheit, für meine Fehler. Dafür, dass ich dir die Schuld gab, obwohl es ja meine Schuld war.

Reicht es, dass man Sex hat, und schon ist man schuldig?

Ich hatte mit zwei Typen Sex gehabt. Jedenfalls zum fraglichen Zeitpunkt. War ich also doppelt schuldig?

Nein, dreifach. Ich hatte auch Basti auf dem Gewissen.

Verflucht, was brachte das alles? Ich sollte nach vorne schauen. Die Vergangenheit war durch. Ich konnte eh nichts daran ändern. Aber vielleicht konnte ich noch verhindern, dass sie dich mir wegnahmen.

Blut schmeckt seltsam, ein bisschen wie flüssiges Metall. Kupfer.

Ich starrte auf den blutigen Abdruck meiner Zähne in der linken Hand. Wenn ich so viel Kraft aufbringen konnte, mich selbst zu verletzen, dann war ich auch in der Lage zu kämpfen.

Das war ich dir schuldig. Und mir verflucht noch mal auch.

Bo kam mir in den Sinn. Das Telefonat mit ihm war eine Achterbahnfahrt gewesen. So viel Freude darüber, dass er mir endlich glaubte und dass ich ihn nicht verloren hatte. Dann das Entsetzen über den Verrat meiner Mutter. Und schließlich Hoffnung. Bo würde kommen und mich und dich hier rausholen.

Und dann kam die Angst.

Wen wollte Maria anrufen? Hatte sie nur geblufft? Es hatte nicht wie eine Drohung geklungen, es war eine Ankündigung gewesen. Sie würde jemanden anrufen. Vielleicht hatte sie es schon getan. Und damit war Bo wirklich in Gefahr.

Ich überlegte fieberhaft weiter.

Maria handelte im Auftrag von Bos Vater, so viel war klar. Und Bos Vater würde doch ganz sicher nicht seinen eigenen Sohn in Gefahr bringen, oder doch?

Andererseits: Niemand wusste, dass es ausgerechnet Bo war, den ich angerufen hatte. Ich war mir so clever vorgekommen. Aber jetzt wünschte ich plötzlich, dass sie und Bos Vater wussten, WER mir helfen wollte. Dann würde Bo nichts passieren!

Ich hatte keine andere Wahl. Ich musste mit Maria sprechen. Gleich am Morgen, als Allererstes. Ich musste ihr gestehen, wen ich angerufen hatte.

Dieser Gedanke trug mich durch den Rest der Nacht. Im Morgengrauen fiel ich in einen bleiernen Schlaf. Als ich aufwachte, entdeckte ich auf dem Tisch ein Frühstück. Die Sonne stand bereits hoch am Himmel. Es war bestimmt schon elf Uhr.

Ich schlug an die Tür und rief nach Maria. Es dauerte eine Weile, dann hörte ich eine Frauenstimme. Sie sprach nur Spanisch und verstand offenbar kein Wort Deutsch. Ich wiederholte immer und immer wieder Marias Namen, aber es half nichts. Maria kam nicht, und meine Angst wuchs von Stunde zu Stunde.

Bestimmt hatte sie schon längst telefoniert. Im schlimmsten Fall bereits in der Nacht.

Ich würgte das Frühstück herunter, weil ich wusste, dass ich bei Kräften bleiben musste. Wenn ich nicht gerade an der Tür nach Maria verlangte, dann saß ich vor meinem Fenster. Mein Zimmer war im dritten Stock, und obwohl das Fenster kein Gitter hatte, war es ausgeschlossen, dass ich mein Zimmer auf diesem Weg verließ. Es war einfach zu hoch, erst recht für eine Schwangere. Aber immerhin konnte ich von hier aus den größten Teil des Parkplatzes überblicken, also hielt ich nach Maria Ausschau. Vielleicht war sie einkaufen gefahren oder besorgte irgendetwas? Ich war bereit, ihr quer über den Parkplatz Bos Namen zuzurufen und sie anzuflehen, seinen Vater zu benachrichtigen.

Am Nachmittag betrat eine kleine Ordensschwester mein Zimmer mit einem Tablett, darauf mein Mittagessen. Noch bevor sie es abstellen konnte, stürzte ich mich auf sie. Sie stieß einen Schreckensschrei auf Spanisch aus. *Dios mio.* Das Tablett krachte zu Boden, ein öliger Salat mit Schafskäse und Oliven purzelte durcheinander. Heiße Suppe landete auf meinen Füßen, und ich rutschte aus. Eine zweite Schwester kam in den Raum. Ich bekam eine Gabel zu fassen, hielt sie drohend vor mich, wollte zur Tür, doch die zweite Schwester war weniger ängstlich als die erste, sie hatte einen Stuhl ge-packt, hielt mir die Stuhlbeine entgegen und drängte mich zurück. Die beiden schafften es, das Zimmer zu verlassen und die Tür wieder hinter sich abzuschließen. Ich brüllte vor Wut und schlug gegen die Tür, rief nach Maria, während ich hörte, wie die beiden sich draußen vor der Tür auf Spanisch stritten.

Ein Abendessen bekam ich nicht.

Hätte ich eins bekommen, ich wäre bereit gewesen, die Gabel einzusetzen, selbst wenn Blut geflossen wäre.

Es begann zu dämmern. In der Ferne sah ich ein einsames Paar Scheinwerfer, das sich dem Kloster näherte und immer wieder zwischen den Bäumen aufblinkte. War das Maria?

Ein paar Minuten später erreichten die Scheinwerfer den weiten, steinigen Parkplatz. Staub wirbelte auf. Der Wagen wendete und parkte am Rand, wie die anderen Fahrzeuge im Schutz der Bäume. Ein Mercedes, ein älteres Baujahr, glaube ich, mit einem deutschen Kennzeichen.

Die Fahrertür ging auf. Ein Mann stieg aus, sah zum Klos-ter, und mir stockte der Atem. Ich kannte den Mann. Er hatte im Kino Basti getötet.

Kapitel 22

Vor Neles Augen flirrten Sterne. Ihr Herz raste, und ihre Sinne schwanden. Etwas schlug klappernd auf dem Boden auf, mit einem Augenblick Verzögerung wurde ihr bewusst, dass sie die Pistole losgelassen hatte. Dann ein schlitterndes Geräusch, das sich entfernte, Metall auf Holz. Hatte der Angreifer ihre Waffe weggekickt? Wo war Art?

In ihrem Gesicht spürte sie den Atem des Angreifers. Er roch nach Menthol. Die Sterne wurden mehr, ihre Beine gaben nach. Mit einem Mal war der Druck auf ihrem Hals weg, und sie rutschte mit dem Rücken an der Wand zu Boden, rang um Luft. Hastige Schritte entfernten sich. Eine Tür wurde aufgerissen und zugeknallt. Dann herrschte Stille.

»Nele, alles okay?«, stöhnte Art.

Sie konnte nicht antworten, nur Luft holen.

Plötzlich spürte sie seine Hände, die nach ihr tasteten, ihr Gesicht fanden. Art gab ihr leichte Klapse auf die Wange.

»Nele? Hey! Bleib bei mir.«

Sie stöhnte. »Ich bin okay«, log sie. »Ist er weg?«

»Ich glaub schon«, meinte Art. »Ich schau mal, ob ich das Licht wieder ankriege.«

Sofort kam Panik in ihr auf. »Lass mich hier nicht allein!« Sie klammerte sich mit aller Kraft an Arts Arm fest.

»Schon gut, schon gut! Wir gehen zusammen, okay?«

Sie nickte, bis ihr einfiel, dass er sie nicht sehen konnte. »Ja«, hauchte sie.

Vorsichtig half Art ihr auf. Sie tasteten sich langsam zurück, auch Art schien noch unsicher auf den Beinen. Am Fuß der Treppe hielt Nele sich mit einer Hand am Geländer fest, auf der anderen Seite stützte Art sie. Im Erdgeschoss wartete grelles Tageslicht. Der Himmel auf Erden. Zitternd sank sie zu Boden und blieb dort sitzen. Art schloss die offene Haustür, dann ging er in die Küche und kam mit einem Glas Wasser zurück.

Nele trank es in gierigen Schlucken.

Art deutete besorgt auf ihren Bauch und sah sie fragend an.

»Er hat mich gewürgt und mir die Waffe aus der Hand geschlagen, das Baby hat nichts abbekommen«, sagte sie. »Das Schlimmste war die Panik.«

Art nickte. Er wusste nur zu gut, was das für sie bedeutete. Schließlich hatte er sie damals im Schrank gefunden. »Und du?«, fragte sie.

Art deutete auf den Kieferknochen.

»Ein Schlag direkt auf die Vitalpunkte. Ich war kurz weg. Der wusste sehr genau, was er tut. Auch die Sache mit dem Kurzschluss. Wir haben ihn überrascht, aber er war vorbereitet. Ich hab so eine Art Metallbügel gesehen, er hat ihn in die Steckdose neben der Tür gedrückt. Das Ding muss ummantelt gewesen sein, sonst hätte er selbst einen Schlag bekommen. So ist einfach nur die Sicherung rausgeflogen. Das war kein normaler Einbrecher. Die kennen solche Tricks nicht.«

»Wer war das? Was wollte der?«

»Ich hab da so eine Ahnung«, knurrte Art.

»Und die wäre?«

»Da ist jemand auf der Suche nach den Sachen aus dem Safe. Etwas anderes macht für mich keinen Sinn.«

»Was glaubst du, war im Safe?«

»Robert Tempel hat Waffen in die halbe Welt verkauft, da könnte alles Mögliche drin gewesen sein.«

»Denkst du, das hat etwas mit den beiden Morden zu tun?«

»Ich seh noch keine Verbindung, aber es würde mich wundern, wenn's keine gibt.« Er sah auf das leere Glas Wasser in ihren Händen. »Noch eins?«

»Bloß nicht«, stöhnte sie. »Das Baby drückt auf meine Blase. Wenn ich noch mehr trinke, wird's nicht besser.«

Art lächelte schief.

»Ich versteh's nicht«, sagte Nele. »Wir haben zwei Morde, die aussehen wie die Taten eines pathologischen Serienkillers mit einem sehr individuellen Motiv. Und trotzdem sieht es aus, als gäbe es so etwas wie ein übergeordnetes politisches Motiv, weil es beide Male jemanden getroffen hat, der in diesem Jahr den Hirsch verliehen bekommen sollte. Und jetzt werden wir im Keller eines der Mordopfer von einem Typen mit Nahkampferfahrung und Einbrecherroutine niedergeschlagen, der hier nach irgendetwas sucht. Das passt doch alles nicht zusammen.«

Art gab Nele recht. Ihre Zusammenfassung brachte die Sache ganz gut auf den Punkt. Nur, dass sie nichts von Henrik wusste und von den Unterlagen zu einer möglichen Spendenaffäre, die wahrscheinlich in dem Safe gelegen hatten. Je länger er darüber nachdachte, desto wahrscheinlicher erschien ihm der Zusammenhang. Der Mann war auf der Suche nach dem Inhalt des Safes gewesen, und er hatte vermutet, bei Leo fündig zu werden. Möglicherweise war das sogar der Grund für das Zögern des Staatsanwalts, einen richterlichen Durchsuchungsbeschluss zu organisieren. Jemand hatte freie Bahn haben wollen, bevor Nele und er ins Haus gingen. Die Frage war nur, hatte das Henrik selbst zu verantworten, weil er mehrgleisig fuhr und sich nicht nur auf Art verlassen wollte? Oder gab es noch einen weiteren Spieler, der die Unterlagen vor Henrik finden wollte?

»Was denkst du?«, fragte Nele. »Du bist so still?«

»Ich frage mich, was wahrscheinlicher ist: dass es zwei Motive gibt, die sich hier überlagern und die irgendwie miteinander verknüpft sind, oder ob es zwei voneinander getrennte Fälle sind, die aber trotzdem eine Verbindung haben, gewissermaßen wie mit einem Scharnier.«

»Pff«, stöhnte Nele. »Kein Wunder, dass die Kollegen dieser Umwelt-Terrorismus-Idee verfallen sind.«

»Klar«, nickte Art. »Wenn man kein echtes Motiv finden kann, bildet man eben eine Arbeitshypothese.«

»An die du immer noch nicht glaubst.«

»Nein«, sagte Art.

»Ich frag noch mal: Glaubst du, dass Leo etwas damit zu tun hat?«

»Eigentlich nicht. Und du?«

»Na ja, sie ist schräg …«, begann Nele.

»Bin ich auch«, warf Art ein.

»… und es gibt einiges, das gegen Leo spricht«, fuhr sie fort. »Sie ist offenbar gewaltbereit, wenn's um ihre Sache geht. Sie lügt oder verschweigt uns permanent Dinge, sie ist abgehauen, sie hat kein Alibi, sie hat deine Pistole entwendet, sie scheint Zugriff auf eine interne Polizeidatenbank zu haben, dazu kommt, sie hat offenbar ihre Mutter gehasst, und sie hat eine politische Überzeugung, die sie den Hirsch und das Establishment, für das er steht, verachten lässt …«

»Ich weiß«, sagte Art. »Aber irgendwie passt es nicht. Außer es ist etwas passiert, wovon wir nichts wissen. Was Dramatisches. Irgendetwas, das Leo aus der Bahn geworfen und zu diesem Schritt provoziert hat.«

»Was, glaubst du, könnte das gewesen sein?«

Arts Blick ging zur Kellertür. »Kannst du aufstehen?«

»Aufstehen ja, aber da runter? Ins Dunkle?«

Art nahm sein Handy und schaltete die Taschenlampenfunktion ein. »Ich gehe runter und suche erst mal nach dem Sicherungskasten.«

Zwei Minuten später hatte er das Licht wieder eingeschaltet und kam mit ihrer SigSauer zurück. Nele steckte die Waffe wieder ein und folgte ihm zu Leos kleinem Keller-Apartment. Die Außenrollos waren heruntergelassen und die Fenstergriffe mit Schlössern verriegelt, was erklärte, warum der Mann, den sie überrascht hatten, nicht einfach nach hinten raus durch eins der Fenster die Flucht angetreten hatte. Beide Zimmer waren rücksichtslos durchsucht worden. Die Polster des Sofas waren aufgeschlitzt, ebenso der Futon. Der Einbau-Spülkasten der Toilette war geöffnet worden, der Inhalt aller Schubladen war ausgekippt, die Schubladen herausgerissen worden, die Schränke von den Wänden abgerückt. Ein Revisionskasten für die Fußbodenheizung war offen, und jemand hatte mit einem Hammer die Gipskartonwände um den Kasten eingeschlagen. Gründlicher konnte man nicht suchen. Und dennoch schien derjenige nicht gefunden zu haben, was er suchte, sonst wäre er nicht mehr hier gewesen.

Art ging das Zimmer systematisch ab. Im Wohnraum fiel

ihm nichts auf. Im Schlafzimmer knirschte es, als er auf ein schwarzes Plastikteil trat. Es war ein Batteriefachdeckel, der offenbar zu dem alten Kassettenrekorder gehörte, der neben dem zerschlitzten Futon lag. Jemand hatte die Batterien aus dem Gerät geholt. Selbst aus dem Dildo waren die Batterien genommen worden, um die Batteriefächer zu untersuchen. Nachdenklich nahm Art die vier größeren Batterien für den Kassettenrekorder in die Hand und setzte sie wieder in das Fach ein. Dann drehte er ihn um und öffnete das Kassettenfach. Wie schon beim letzten Mal war es leer. Art drückte die Play-Taste. Es klickte leise, die Tonköpfe schoben sich ins Gerät und der Dorn zum Aufwickeln des Bandes begann sich zu drehen.

»Verdammt«, murmelte er. Plötzlich wusste er, was hier nicht stimmte.

»Was denn?«, fragte Nele.

»Hast du hier irgendwo Kassetten gesehen?«

Nele runzelte die Stirn. »Nein. Bisher nicht.«

»Ich auch nicht«, sagte Art. »Komisch, oder?«

»Ich weiß nicht. Muss das etwas bedeuten?«

»Das Ding hier ist uralt. Das stammt bestimmt aus den Achtzigern. Aber die Batterien sind frisch und funktionieren. Warum hat sie so ein Gerät bei sich, mit frischen Batterien, aber es gibt keine Kassetten?«

Nele sah ihn an. »Stimmt. Ist merkwürdig.«

Sie begannen erneut zu suchen, diesmal zielgerichtet, nach Kassetten oder einer Möglichkeit, wo man eine Kassette hätte verstecken können. Nach einer guten Stunde gründlicher Suche schob Art die Hände zuallerletzt hinter die Isolation im Revisionsfach der Fußbodenheizung. Er lag dabei auf dem Rücken, hatte die Arme angehoben, und seine Rippen schmerzten bei jeder Bewegung.

»Art?«, sagte Nele. »Schau mal hier.«

Er seufzte und ließ die Arme sinken.

Nele hielt ihm ein Stofftier hin, einen kleinen Löwen.

»Ich weiß, den kenne ich«, sagte Art.

Nele deutete auf einen Schlitz an der Unterseite des Stofftiers. »Hast du das schon gesehen?«

Art richtete sich auf. »Den hat unser Mann offensichtlich auch aufgeschnitten, wie alles hier.«

»Ich bin nicht sicher«, sagte Nele, »aber ich glaube, das war nicht unser Mann, dieser Typ hat grob und effizient gearbeitet. Wahrscheinlich hätte er das Stofftier einfach von vorne aufgeschlitzt. Aber diese kleine Öffnung hier auf der Unterseite, da hat jemand vorsichtig eine Naht aufgetrennt. Und jetzt fass mal mit der Hand rein.«

Art schob vorsichtig seine Hand in den Löwen und hielt überrascht inne. Die Füllung war wie ausgehöhlt, seine Hand verschwand darin, als wäre dort eine Art Fach, als hätte ein Gegenstand über einen langen Zeitraum darin gelegen, die Füllung zusammengedrückt und einen Hohlraum hinterlassen. »Da war etwas drin«, sagte er.

Nele deutete auf den schwarzen Rekorder und das aufgeklappte Kassettenfach. »Die Größe könnte passen, oder?«

»Ja«, sagte Art, »eine Kassette. Könnte passen.« Nachdenklich betrachtete er den Löwen. Die Frage war nur, was genau war auf dieser Kassette? Ein Tonbandprotokoll? Ein geheimer Mitschnitt? Belastendes Material gegen Henrik? Und wenn, warum befand sich das Material auf einer Kassette? Henrik hatte doch von Zahlungsbelegen gesprochen. Und was sollte das mit dem Stofflöwen?

»Wir müssen die Kollegen anrufen«, sagte Nele.

»Nicht bevor wir die Freigabe vom Staatsanwalt haben«, bremste Art. »Das kostet uns sonst Kopf und Kragen.« Besonders nach der Sache mit meiner Waffe, dachte er, sprach es aber lieber nicht aus.

Doch Nele hatte den gleichen Gedanken, er konnte es an ihrem Blick sehen. Es passte ihr nicht.

»Du weißt, dass wir damit unter Umständen die Ermittlungen verzögern?«, sagte sie.

»Ich sage nicht, dass wir es nicht melden. Ich sage nur: Wir melden es später. Oder bist du scharf auf ein Disziplinarverfahren?«

Sie hob die Brauen. »Meintest du nicht vorhin, ich solle einfach behaupten, du hättest gesagt, der Durchsuchungsbeschluss sei genehmigt?«

»Und, willst du? Ich meine, das behaupten?«

»Vielleicht muss ich das, um die Ermittlungen nicht zu behindern«, sagte Nele.

»Vielleicht musst du auch mit deinem Mann reden. Und ihm reinen Wein einschenken, was deine Absichten angeht, mhm?«

»Du bist so ein Arsch. Was hat das denn hiermit zu tun?«

»Nichts«, gab Art zu. »Und trotzdem alles.«

»Blödsinn«, sagte Nele. »Du bist jemand, der ständig halbgare Nummern schiebt, aber wenn du dafür verantwortlich gemacht wirst, dann kneifst du.«

Art schwieg. Sie hatte nicht unrecht, nur wusste sie nicht, dass vielleicht noch das Schicksal von jemand anders an dieser Sache hing. Und falls hier jemand gegen Henrik intrigierte, wollte er ihm zumindest einen Hinweis geben, bevor die Sache an die große Glocke gehängt wurde. Aber konnte er das an Nele vorbei tun?

Die Entscheidung fiel ihm überraschend leicht. Er nahm sein Handy heraus und tippte eine kurze Nachricht.

»Was machst du?«, fragte sie.

»Dem Bundeskanzler schreiben, dass ich ihn sprechen will.«

»Haha. Sehr witzig«, entgegnete Nele.

Kapitel 23

Leo starrte wütend auf den Bildschirm ihres Laptops. Was bildeten die sich eigentlich ein? Durften die das überhaupt? Das letzte Mal war sie so dumm gewesen und hatte der Polizei die Tür geöffnet und erlaubt, alles zu durchsuchen. Aber für das hier brauchten die doch einen richterlichen Beschluss, oder? Gut, vielleicht hatten sie den ja inzwischen. Aber mal abgesehen davon: Das war doch keine Durchsuchung mehr! Das war purer Vandalismus. Nachdem der erste Bulle ihre beiden Zimmer verwüstet hatte, waren jetzt auch noch Art Mayer und diese schwangere Polizistin, Tschaikowski, gekommen und filzten die Zimmer. Und Tschaikowski hatte den Stofflöwen in der Hand und reichte ihn gerade an Art weiter.

»Wow«, murmelte Ole, »die sind gründlich.«

»Die sind nicht nur gründlich, die haben's auf mich abgesehen. Die wollen mich so was von drankriegen«, knurrte Leo.

»Ein Wunder, dass sie deine Kameras noch nicht entdeckt haben«, meinte Niklas.

Hannah sah fasziniert auf das Bild, das Leos Schlafzimmer aus der Vogelperspektive zeigte. »Was sind denn das eigentlich für Kameras? Wo sind die?«

»Kleine magnetische Knopfkameras.« Sie beobachtete jede Bewegung der Polizisten. Leo wusste, sie würden nichts finden, doch ihre Wut wurde deswegen nicht kleiner. Die Kameras hatte sie schon vor längerer Zeit wegen ihrer Mutter installiert, weil sie annahm, dass ihre Mutter die Zimmer filzte – weil sie ja die Schlüssel kassiert hatte. Also hatte sie die etwa daumennagelgroßen schwarzen Kameras auf die dunklen Sockel der Deckenlampen aufgesetzt und konnte sich nun jederzeit über das Web in das Kamerasignal einloggen. Auf ihrem Handy hatte sie sogar eine App mit einem Bewegungsdetektor installiert, sodass sie eine Nachricht bekam, wenn jemand ihre Zimmer betrat. Doch die Handys waren gerade tabu, sonst wäre es ein Leichtes für die Polizei, sie aufzuspüren. Es war reine Routine gewesen, dass sie, bevor sie den Laptop zuklappte, noch einmal ihre Homebase gecheckt hatte, und da war der erste Bulle gerade dabei gewesen, den Futon aufzuschlitzen. Was sie allerdings nicht verstand, war die merkwürdige Pause zwischen den beiden Durchsuchungen. Der erste Bulle hatte offenbar eine Art Drahtbügel in die Steckdose gesteckt und damit einen längeren Kurzschluss erzeugt. Warum, war ihr schleierhaft.

»Cooles Zeug«, stellte Hannah fest. »Wo kriegt man so was?«

»Na, wo wohl? Da, wo man alles kriegt.«

»Und sind die kompliziert einzurichten?«

»Ist 'n Kinderspiel.«

»Denkst du, ich kann das auch?«

Leo drehte sich zu Hannah um, die direkt hinter ihr stand und ihr über die Schulter sah. »Kannst du vielleicht mal die

Klappe halten? Die nehmen gerade mein Zuhause auseinander.«

»Puuhh. Ja. Schon gut«, murmelte Hannah.

Leo spürte Oles Hand auf ihrer Schulter und schüttelte sie genervt ab. Im selben Moment bereute sie es. Er meinte es nur gut, und eigentlich wollte sie genau das von ihm. Aber doch nicht ausgerechnet jetzt.

»Glaubst du, die haben irgendwas gefunden?«, fragte Niklas.

»Da gibt's nichts zu finden«, meinte Leo. Was nicht ganz stimmte. Denn gerade schob Art seine Hand in den Löwen hinein. Anschließend deutete er auf den Kassettenrekorder. Verdammt, warum hatte sie nicht gleich ein Mikrofon mit versteckt, dann könnte sie hören, was die beiden redeten. Nächstes Mal würde sie schlauer sein.

Was Art jetzt wohl dachte? Hatte er begriffen, dass es um eine Kassette ging?

Gerade tippte er mit der Hand auf den Löwen, und jetzt nahm er sein Handy und schrieb etwas. Sie zoomte heran, doch es hatte keinen Zweck, auf diese Entfernung konnte sie nur ein paar unscharfe Zeilen erkennen. Aber Art war wirklich clever, und diese Tschaikowski auch. Selbst wenn es unwahrscheinlich war, dass die beiden darauf kamen, wo die Kassette jetzt war – sie musste sie holen und in Sicherheit bringen.

»Hey, schau mal, was ist das denn?«, sagte Ole.

Art war auf den aufgeschlitzten Futon gestiegen und streckte sich nach der Deckenlampe. Shit, er hat die Kamera entdeckt, dachte Leo. Doch Arts Finger griffen nicht nach der Kamera, sondern ein wenig daneben. Sie konnte nicht sehen, was Art genau machte, doch einen Moment später, als die Hand wieder ins Bild kam, sah sie, dass er einen kleinen schwarzen Gegenstand in der Hand hatte, der beinah genauso aussah wie ihre Kamera.

»Ist das deine?«, fragte Ole.

Leo schüttelte verblüfft den Kopf. »Nee. Meine hängt ja noch, wie du siehst ...«

Im selben Augenblick pflückte Art auch ihre Kamera von der Decke.

»Fuck«, murmelte sie. Dann riss das Signal ab. Was zum Teufel lief hier?

»OMG! Soll das heißen, da hat noch jemand 'ne Kamera in deinem Zimmer installiert?«, fragte Niklas.

»Das müssen die Bullen gewesen sein«, flüsterte Leo. »Fragt sich nur, wann.«

»Glaubst du, die haben auch ein Mikro versteckt?«, wollte Ole wissen.

Leo schwieg. Im Kopf versuchte sie, die letzten Tage durchzugehen und ob sie irgendetwas Belastendes in ihrem Zimmer getan hatte. Das Einzige, was sie einigermaßen beruhigte, war, dass die Kamera noch nicht da gewesen sein konnte, als sie das Band gehört hatte. Ansonsten wäre sie vermutlich sofort verhaftet worden.

»Mann, die haben dich echt gefickt«, sagte Niklas.

»Aber warum nehmen die die Dinger denn jetzt ab?«, fragte Hannah.

»Ey, ist doch klar. Die sind durch damit. Und überwachen ist illegal, das war bestimmt nicht genehmigt«, sagte Ole. »Die wollen einfach ihre Spuren beseitigen. Da, guck. Jetzt ziehen sie ab.«

Tatsächlich hatten Art und die Tschaikowski das Schlafzimmer verlassen und traten gerade ins Blickfeld der Kamera im Wohnraum. Hier fanden sie ebenfalls Leos Kamera, und die Übertragung brach ganz ab.

Leo biss sich auf die Lippen, dann klappte sie den Laptop zu, packte ihn in ihren Rucksack, schulterte diesen, stand auf und ging zur Tür. »Was hast du vor?«, fragte Ole alarmiert.

»Nichts. Ich muss nachdenken.«

»Und warum packst du dann deinen Laptop ein und nimmst ihn mit?«, fragte Niklas argwöhnisch.

»Weils meiner ist?«, erwiderte Leo.

»Mach jetzt ja keine Alleingänge, ja?«, sagte Niklas.

»Du meinst, so wie du, als du am Hermannplatz den Polizeiwagen angezündet hast?«

»Einen Stein zu werfen und ein Auto anzünden, ist strafbar«, dozierte Ole. »Aber tausend Steine werfen und Hunderte Autos anzünden, das ist eine politische Aktion. Ulrike Meinhof – du hast das Zitat doch selbst ausgegraben.«

Leo schloss genervt die Augen und rang um Selbstbeherrschung. Warum fiel es ihr so schwer, mit ihrer eigenen Widersprüchlichkeit konfrontiert zu werden? Das Leben war nun mal widersprüchlich, daran war nichts Verwerfliches. Man konnte in einem Moment die eigene Mutter umbringen wollen, im nächsten Moment ihren Tod als unerträglichen Schmerz empfinden, um sie dann wieder so zu hassen, dass man sie im Wald zum Sterben zurücklassen wollte. Alles war möglich. Sie öffnete die Augen wieder, sah Ole an. Liebe und Hass waren ein und dasselbe Universum. Und obwohl sie für Ole etwas empfand, überwog gerade eindeutig, dass sie ihn nicht ausstehen konnte. »Leute, das war EIN Auto, und nicht Hunderte. Also macht mal halblang mit diesem RAF-Geschwafel. Oder glaubt ihr jetzt, die neue Baader-Meinhof-Gang zu sein?«

»Na ja«, meinte Niklas. »Wenn man bedenkt, dass Andreas Baaders letzter Fluchtwagen ein 911er Targa war, dann würde ich sagen, du bist auf jeden Fall Teil der Gang.«

»Baaders Porsche war braun«, entgegnete sie trotzig. »Meiner ist himmelblau.«

»Ein Grund mehr, dass du die Karre besser stehen lässt. Auffälliger geht's nicht«, sagte Ole.

»Wenn du Sorge hast, dass ich abhaue … beruhig dich. Wie gesagt, ich muss einfach nur nachdenken. Das ist alles.« Leo stieg in die viel zu großen Stiefel ihres Vaters und stapfte aus dem Blockhaus. Eine Windböe fegte ihr von der Seite ins Gesicht. Die Tannenzweige über dem Porsche schaukelten. Sie holte den Schlüssel aus ihrer Hosentasche, schloss den Wagen auf und ließ sich auf den Fahrersitz fallen. Dann zog sie die Tür zu, packte das Lenkrad, drückte die Arme durch, presste sich in den Sitz und machte sich mit einem lauten Schrei Luft. Die Stille danach summte in ihren Ohren. Hin und wieder berührten die wogenden Äste die Windschutzscheibe. Einmal mehr musste Leo an Art denken, mit dem Stofflöwen in der Hand. Und wie er sie unter Druck gesetzt hatte in seiner Wohnung, vor den Augen seiner kleinen Tochter. Sie lehnte sich hinüber auf die Beifahrerseite, öffnete das Handschuhfach, griff hinein und hielt verblüfft inne.

Sie war weg.

Leo streckte sich und tastete das gesamte Innere des Handschuhfachs ab. Kein Zweifel: Es war leer. Arts Pistole war weg! Und die Patronen ebenfalls. Irgendjemand musste sie aus dem Wagen geklaut haben.

Sie sah hinüber zum Blockhaus.

Nach ihrer Flucht aus Arts Wohnung hatte sie allen davon erzählt, dass sie ihn mit seiner eigenen Dienstwaffe in Schach gehalten hatte. Sie hatten alle gewusst, dass sie die Pistole hatte. Hannah hatte noch danach gefragt, sie hatte das Ding unbedingt sehen wollen, aber Leo hatte nur abgewunken und im selben Moment bereits bereut, das alles überhaupt erzählt zu haben.

Hannah hatte sich von allen am meisten für die Pistole interessiert. Aber sie hatte auch den wenigsten Mumm. Hannah kam ihr eher wie eine Zehnjährige vor, die so ein Ding einfach mal anfassen wollte.

Realistisch betrachtet lief alles auf Ole oder Niklas hinaus. Aber warum? Und wann? Was zum Teufel lief hier?

Sie hatte den Wagenschlüssel doch die ganze Zeit in ihrer Hosentasche gehabt. Der einzige Moment, wo jemand den Schlüssel unbemerkt hätte nehmen können, war in der Nacht gewesen. Sie hatten alle im Dachgeschoss geschlafen, in zwei verschiedenen Zimmern. Die Jungs in einem und sie mit Hannah in dem anderen. Dann fiel ihr ein, dass sie sich im Badezimmer ausgezogen hatte und die Hose dort über dem Stuhl hatte hängen lassen, ganz automatisch, so, wie sie es als Kind früher immer gemacht hatte. Sie war noch voller Adrenalin gewesen nach der Begegnung mit Art in seiner Wohnung, und überhaupt, sie hatte erst einmal verdauen müssen, dass er offenbar auch noch eine kleine Tochter hatte. Also hatte sie nicht eine Sekunde darüber nachgedacht, dass es ratsam sein könnte, den Autoschlüssel bei sich zu behalten. Sie hatte den anderen vertraut, na ja, zumindest mehr oder weniger.

Offenbar ein Fehler.

Sie widerstand dem Impuls, ins Haus zu gehen, die anderen zu stellen und die Pistole zurückzufordern. Wer auch immer sie genommen hatte, er würde seine Gründe dafür haben – und er würde es vermutlich leugnen. Sie würde schlau sein müssen. Und sie würde die Kassette holen müssen. Da, wo sie war, durfte sie nicht bleiben.

Sie startete den Motor, legte den ersten Gang ein und

holperte langsam den schmalen Waldweg entlang Richtung Schranke.

Im schwankenden Rückspiegel sah sie zwei Gestalten mit Helmen aus dem Blockhaus kommen und auf dem Motorrad aufsitzen.

Weißt du, was passiert, wenn du Mutter wirst? Du begreifst plötzlich, dass es nicht immer nur um dich geht. Dass da noch jemand anderes ist, jemand, der so klein und wehrlos ist, dass er beschützt werden muss. Und die einzige Person, die das kann, bist du.

Es gibt Dinge, die kapierst du, weil du nachdenkst. Aber diese Sache nicht; die fühlst du. Da ist dieser Bauch, der jeden Tag ein Stück wächst, da ist das Theater in deinem Bauch, dein Baby tritt dich, oder es streckt sich, es schläft, es kuschelt sich ein. Du kommst gar nicht daran vorbei, es zu fühlen. Es ist einfach in dir. Du trägst einen echten lebendigen kleinen Menschen in dir!

Nichts Neues, denkst du? Ist doch klar?

Wart's ab, bis es dir selbst passiert.

Falls du ein Mädchen bist, jedenfalls.

Weißt du, was ich als Erstes getan habe, als ich den Mann aus seinem Mercedes steigen sah? Ich habe meine Hände auf meinen Bauch gelegt. Ich hab dich festgehalten. Und dann habe ich wieder an Bo gedacht. Bo hatte versprochen, zu kommen und mich hier rauszuholen, mir zu helfen. Und der letzte Mensch, der ernsthaft versucht hatte, mir zu helfen, hatte dafür mit dem Leben bezahlt.

Dir durfte nichts passieren.

Und Bo durfte nichts passieren.

Das waren in diesem Augenblick meine Prioritäten.

Ich blickte zu meinem Bett, wo die Gabel bereitlag. Mein einziger Trumpf.

Die Sonne ging unter, und der Parkplatz versank in Dunkelheit. Nur zwei einzelne Laternen brannten noch, eine bei der Ausfahrt des Parkplatzes, die zweite am Tor des Klosters. Der Mercedes und die anderen Autos waren kaum mehr zu erkennen. Eine Mondsichel hing wie ausgestanzt am Himmel, in einem Meer aus Sternen. Wo verdammt sind all diese Sterne, wenn man in Berlin in den Himmel guckt?

Draußen im Flur hörte ich schwere Schritte. Das waren keine Schwestern, so viel war klar. Was sollte ich tun? Den Mann mit der Gabel attackieren? Ich hatte gesehen, wie mühelos er Basti gepackt hatte, ich hatte seine Kraft am eigenen Leib gespürt. Gegen jemanden wie ihn war ich machtlos. Vielleicht war es besser abzuwarten.

Das habe ich mir jedenfalls eingeredet.

Vielleicht war ich auch einfach nur zu feige. Oder nicht bereit.

Hastig öffnete ich das Fenster, schob die Gabel in eine Ritze zwischen Mauerwerk und Fensterrahmen, sodass sie von innen nicht mehr zu sehen war, und schloss das Fenster wieder. Keine Sekunde zu früh. Im Türschloss wurde ein Schlüssel herumgedreht, dann schwang die Tür auf. Und ich schwöre dir, ich erinnere mich noch an jeden einzelnen Satz, der dann fiel.

Der Mann trug fast die gleiche Kleidung wie damals im Kino, als er Bastian getötet hatte. Hellbraune Lederjacke und beige Jeans, statt Turnschuhen trug er dieses Mal Cowboy-stiefel, die vom Staub des Parkplatzes bedeckt waren. Seine schwarzen Haare glänzten, seine kalten dunklen Augen fixierten mich. »Bell, hm? Kluges Mädchen. Hast deinen richtigen Namen für dich behalten.« Er schwieg einen Moment. »Maria sagt, du machst Ärger.«

»Hören Sie, ich mach keinen Ärger«, sagte ich. »Versprochen. Ich würde gerne noch einmal mit Maria sprechen, können Sie sie bitte holen?«

»Ab heute bin *ich* Maria.« Er grinste und entblößte seine schiefen Zähne.

»Ich muss aber mit Schwester Maria sprechen.«

»Bist du schwerhörig? Du sprichst mit *mir*. Mit niemand sonst.«

»Aber ich –«

»Zieh dich aus.«

»Was?«

»Alles.«

»Warum? Äh … nein«, stammelte ich.

Ich sah den Schlag nicht kommen. Er holte gar nicht aus, schlug mir einfach mit der flachen Hand ins Gesicht. »Tu, was ich dir sage.«

»Nein, das mach ich nicht, ich –«

Der nächste Schlag war härter.

»Glaub ja nicht, dass ich dir wegen dem Baby nichts tue«, zischte er. »Ein Kind kannst du auch mit gebrochenen Armen austragen. Oder mit einem zerschnittenen Gesicht.«

Ich hielt mir die brennende Wange und starrte ihn an. Das waren keine leeren Drohungen, so viel war klar. Ich musste an die Gabel denken, aber bis ich am Fenster war und sie geholt hatte, würde viel zu viel Zeit vergehen. Er würde es verhindern, und dann hatte ich erst recht verloren.

Ich biss die Zähne zusammen und zog mich bis auf die Unterwäsche aus. Turnschuhe, eine sehr weite Jogginghose, einen ausgeleierten Pullover und eine Schlabberbluse, zu mehr Schick reichte es hier eh nicht.

»Socken und Unterwäsche auch«, sagte er.

Ich zögerte, und er schlug mich ohne Vorwarnung zum dritten Mal. Danach tat ich, was er verlangt hatte.

Leo drückte die Stopptaste. Sie hatte die Fäuste geballt, und ihr Kopf schmerzte, weil sie die Zähne aufeinanderbiss. Was für eine Demütigung. Sie hatte beinah selbst das Gefühl, vor diesem Mann zu stehen, und den überwältigenden Drang, ihn mit der Gabel in der Faust anzugreifen. Fuck, was war das für eine Geschichte? Das durfte doch nicht wahr sein! Sie atmete tief durch, dann drückte sie erneut die Play-Taste.

Ich versuchte, mich notdürftig mit den Händen zu bedecken, und fühlte mich kein bisschen weniger nackt. Er sah mich an, grinste widerwärtig und genoss seine Macht. Und dann geschah etwas Seltsames. Jetzt, wo ich ohne einen Fetzen am Leib vor ihm stand, legte sich in meinem Kopf plötzlich ein Schalter um. Dieser Typ konnte sich nur mächtig fühlen, weil er meinen Willen brach, weil er etwas von mir erzwang, was ich ihm nicht geben wollte. Er fühlte sich nur deshalb groß, weil ich mich so schämte.

Ich ließ die Hände sinken und hob das Kinn.

Brachte das etwas?

Ich weiß nicht.

Aber irgendetwas daran fühlte sich besser an. Mutiger.

»Bleib genau da stehen«, knurrte er. Mit zwei Schritten war er beim Schrank, riss alles aus den Fächern und warf es auf den Boden. Dann durchwühlte er meine Kleidung und die wenigen Habseligkeiten. Er fand den Umschlag mit dem Geld meiner Mutter und steckte ihn ein. Schließlich hob er die Matratze an, sah darunter, zog das Laken ab und warf es zu den Klamotten.

»Zieh Kopfkissen und Bettdecke ab.«

Ich gehorchte. Meine Gedanken wanderten zu der Gabel, die draußen auf dem Fenstersims lag. Himmel, hoffentlich kam er nicht auch noch darauf, dort zu suchen.

Nachdem ich das Bett abgezogen hatte, warf er mir eine frische Unterhose und ein Nachthemd zu. Alle anderen Kleidungs- und Wäschestücke stopfte er in den Bettbezug, den er wie einen Sack neben die Tür stellte. Er sah meinen Blick und grinste. »Ich will nur verhindern, dass du abhaust«, sagte er. »Im Gefängnis nennt man das fluchthemmende Kleidung.«

Ich zog mir rasch das Nachthemd über und stieg in die Unterhose. »Aber mir ist kalt. Ich bin schwanger. Ich brauche frische Sachen.«

»Du hast 'ne Bettdecke. Und ich bring dich einmal am Tag zum Duschen, dann bekommst du ein frisches Nachthemd und eine frische Unterhose. Du bekommst dreimal am Tag zu essen. Wenn du auf Toilette musst, dann rufst du ›Toilette‹, und ich komme dich holen. Für die Nacht bringe ich dir einen Toilettenstuhl mit einer Schüssel.«

Rationierte Kleidung? Toilettenstuhl? War das jetzt meine Welt? »Wie … wie lange soll denn das so gehen, ich meine, ich bekomme ein Kind. Ich muss irgendwann zurück nach Deutschland, in ein Krankenhaus.«

»Für die Geburt?« Er lachte leise. »Dafür brauchst du kein Krankenhaus. Du wirst dein Kind hier zur Welt bringen. Wir haben eine Hebamme, die regelmäßig nach dir sieht, und einen Arzt. Das reicht.«

Ich starrte ihn an. »Und … wenn es Probleme gibt, wenn ein Kaiserschnitt gemacht werden muss, oder so?«

»Es wird keinen Kaiserschnitt geben. Und wenn, finden wir eine Lösung dafür.«

Was denn bitte für eine Lösung?, dachte ich panisch. Hier gibt es doch keinen Operationsraum, keine Narkose, kein Garnichts.

Er beobachtete mich schweigend, und ich bin sicher, er sah genau, was in mir vorging. Meine Gedanken waren mir ins Gesicht geschrieben.

»Wenn du Ärger machst«, sagte er, »oder wenn du versuchst abzuhauen, wirst du's bereuen.«

»Bereuen?«, entfuhr es mir. »Ihr sperrt mich ein, zwingt mich zu einer Hausgeburt, wollt mir mein Kind wegnehmen … was soll denn da noch schlimmer werden?«

Er hob die Augenbrauen und sah mich fast schon belustigt an. »Du glaubst, das war's? Mehr kann dir nicht passieren?«

Mein Herz stolperte. Setzte für einen Moment aus. Das hier wurde mit jedem Satz schlimmer. »Meine Mutter«, brachte ich hervor, »die weiß, dass ich hier bin. Klar, ich weiß, sie hat euer Geld genommen. Aber wenn mir was passiert, das ändert alles, dann hilft euch kein Geld der Welt.«

Er lachte freudlos. »Erinnerst du dich an das Mädchen aus München?«, fragte er. Dann öffnete er die Tür, stellte den Wäschesack nach draußen in den Flur und sah mich mit ernster Miene an. »Weißt du, nicht alle Mütter überleben die Geburt ihres Kindes. Und nicht jedes Kind, das zur Welt kommt, ist stark genug … Das ist dann tragisch, aber nicht zu ändern.«

Mir war, als würde eine kalte Hand nach meinem Herz greifen.

Warum hatte ich nicht einfach das Geld genommen, als

es noch möglich gewesen war? Warum hatte ich die unverhohlenen Drohungen von Bos Vater nicht ernst genommen?

»Also – hast du vor, Ärger zu machen?«

Ich schüttelte den Kopf.

Bo fiel mir ein.

»Da ist noch was«, sagte ich leise.

»Ach ja?«

»Ich … ich bin mit dem Sohn Ihres Auftraggebers zusammen. Ich habe gestern mit ihm telefoniert. Er hat versprochen, mich hier abzuholen. Wenn er kommt, tun Sie ihm nichts, bitte. Wie gesagt, er ist der Sohn Ihres Auftraggebers …«

Die Kinnlade des Mannes verrutschte ein wenig zur Seite, als wäre er unzufrieden und müsste überlegen, was er mit dieser Information anfangen sollte. »Hat der Junge ein Telefon? Also, ein Mobiltelefon?«

Ich nickte.

Der Mann zog ein Nokia-Handy aus der Jackentasche und reichte es mir. »Ruf ihn an. Sag ihm, dir geht's gut. Du hast es dir anders überlegt. Du willst nicht abgeholt werden. Überzeug ihn.«

Ich nahm das Handy und wählte mit zittrigen Fingern Bos Nummer. Es fühlte sich an, als würde ich gerade das letzte Halteseil durchschneiden. Aber ich wusste, ich würde es mir nie verzeihen können, wenn ihm etwas zustieß.

»Hallo?«, meldete sich eine tiefe Stimme.

»Bo, bist du das?«

»Bell! Gott sei Dank rufst du an. Wie geht's dir?«

»Mir geht's gut«, flötete ich, im Versuch fröhlich zu klingen.

»Anonyme Nummer? Was ist das für ein Telefon?«

»Das … der Hausmeister war so nett und lässt mich mit seinem Telefon telefonieren.«

»Verstehe. Bell, ich bin in Frankreich, morgen komme ich in Spanien an. Ich hol dich da raus. Ich hab mir das Kloster auf Bildern —«

»Bo, warte«, unterbrach ich ihn. »Du brauchst nicht mehr zu kommen. Ich hab's mir überlegt.« Ich stockte. Mehr brachte ich nicht hervor.

»Überlegt? Was denn überlegt?«

»Ich will das alles nicht. Ich will das Kind nicht. Ich mach das so, wie dein Vater das vorgeschlagen hat.«

»Bell, das ist nicht dein Ernst. Ich meine, ich kann verstehen, wenn du wütend auf mich bist, aber …«

»Das bin ich, verdammt noch mal«, sagte ich. »Du bist ein Arsch, wie er im Buch steht. Wirklich. Ich kann dieses Kind nicht kriegen. Nicht wenn's von dir ist.«

Es wurde still. Bitte leg auf, flehte ich. Kehr um, fahr nach Hause!

»Was soll denn das heißen? Würdest du … also, wenn's NICHT von mir ist, dann würdest du es wollen?«

»Keine Ahnung. Egal.« Ich schloss die Augen, spürte Tränen auf meinen Wangen. Ich wollte nichts mehr sehen und nichts mehr hören.

»Bell«, sagte er wütend. »Von allem Scheiß, der mir je passiert ist, ist das das Schlimmste. Wie kannst du mir das antun?«

»Bo, ich brauch dich nicht in meinem Leben. Hau einfach ab.« Ich wollte rasch auflegen, ihn damit vor den Kopf stoßen, doch Bo war schneller mit seiner Antwort. »Okay, Bell. Das reicht! So kannst du mich nicht behandeln. Ich komme, hol dich aus diesem Kloster, und dann diskutieren wir beide das aus.«

Ich riss entsetzt die Augen auf. »Bo, nein! Komm nicht.« Aber da hatte er schon aufgelegt. Ich wischte mir mit dem Handrücken die Tränen aus dem Gesicht und drückte hastig auf Wiederwahl, doch Bo ging nicht dran.

Der Mann verzog keine Miene und streckte nach einer Weile die Hand fordernd nach dem Handy aus.

»Ich krieg das hin. Ich ruf ihn noch mal an, bitte.«

»Du hattest deine Chance. Und hast es versaut.« Mit einer schnellen Bewegung entriss er mir das Telefon.

»Nein, warten Sie. Sie dürfen Bo nichts tun. Sie glauben doch nicht im Ernst, dass Ihr Auftraggeber duldet, dass Sie seinem Sohn etwas antun. Der Mann kennt die halbe Stadt, waren Sie mal in seinem Büro? Mit dem sollten Sie sich nicht anlegen, wirklich.«

Der Mann lächelte eisig. »Du meinst den Anwalt, oder? Der mit dem Scheißfotoalbum an der Wand.«

»Ja, genau«, sagte ich erleichtert. »Bo ist sein Sohn.«

»Schätzchen«, sagte der Mann leise, »ich bin nicht Maria. Ich arbeite nicht für den alten Sack von Anwalt. Der hat sowieso keinen Mumm. Mein Auftraggeber ist jemand anders – er hat keinen Sohn. Und so rührend dein Betteln auch ist, ich scheiß drauf, ob der Sohn vom Anwalt draufgeht oder nicht.«

Ich starrte ihn fassungslos an. Was um Himmels willen redete er da? Bos Vater war gar nicht sein Auftraggeber? Wer denn bitte dann?

Er lachte trocken auf. Dann öffnete er das Fenster, lehnte sich vor, zog die äußeren Fensterläden zu und verriegelte sie mit einem Vorhängeschloss. Jetzt hatte ich noch nicht mal mehr eine Aussicht, und meinen Plan, den Parkplatz im Blick zu behalten und Bo zu warnen, konnte ich vergessen.

Kapitel 24

Nele wachte vom trommelnden Geräusch des Regens auf dem Wagendach auf. Ihr Kopf schmerzte und ihre Glieder waren schwer. Art saß neben ihr und las in seinem Handy. Sie sah sich um. Auf dem Rücksitz lag der Stofflöwe. Durch die regennassen Scheiben konnte sie nur erkennen, dass sie vor einem Wohnblock parkten.

»Wo sind wir?«, fragte sie.

»Vor Niklas Bergers Wohnung. Du bist eingeschlafen.«

»Oh, mein Gott.« Sie versuchte, ihren verspannten Rücken zu strecken. »Fühlt sich an, als wäre ich bewusstlos gewesen.«

»Ist vermutlich der Schock von vorhin.«

Nele verzog den Mund. »Was machen wir hier?«

»Niklas Berger ist einer der Umweltaktivisten, die mit Leo gemeinsame Sache machen. Für *seine* Wohnung haben wir einen Durchsuchungsbeschluss – im Gegensatz zur Villa Tempel. Die Kollegen waren zwar schon drin, aber ich dachte, wir verschaffen uns selbst einen Überblick.«

»Und, hast du was gefunden?«

»Ich war noch nicht drin. Wollte dich nicht alleine lassen.«

Ein warmes Gefühl von Dankbarkeit stieg in Nele auf. Einer der Gründe, warum sie trotz seiner Grenzüberschreitungen und Eigenmächtigkeiten mit Art zusammenarbeitete, waren Momente wie dieser.

»Danke.«

Art nickte.

»Hast du den Kollegen inzwischen von ihm hier erzählt?« Sie deutete hinter sich auf die Rückbank, wo der Löwe lag. »Und von dem Angriff auf uns?«

»Wir haben immer noch keine Freigabe.«

»Das gibt's doch nicht.«

Art quittierte ihre Bemerkung mit einem Leider-doch-Gesichtsausdruck. »Außerdem hat uns dein Onkel noch einen Knüppel zwischen die Beine geworfen.«

»Mein Onkel? Wieso, was ist passiert?«

»Der Fall ist öffentlich. Er hat eine Pressekonferenz gegeben.«

Er rief einen Link auf, startete ein Video und hielt es ihr hin.

Ihr Onkel saß in einem überfüllten Saal an einem Tisch, hinter einer Reihe von Mikrofonen. Eine Nahaufnahme zeigte ihn mit ernster Miene. Die Bauchbinde am unteren Bildende taufte ihn als Dr. Hartmut Kauder, Polizeipräsident Berlin.

»Meine Damen und Herren, wir haben leider die traurige Gewissheit, dass es einen weiteren Mord gegeben hat«, sagte er. »Gestern Abend wurde die Leiche von Wenke de Fries, der bekannten Journalistin und Moderatorin, gefunden. Es ist bereits der zweite Mord in kurzer Zeit. Kurz zuvor wurde die prominente Stifterin und Wohltäterin Charlotte Tempel tot aufgefunden. Die Morde an den beiden Frauen weisen das gleiche Muster auf. Die Toten sind jeweils an einen Baum gebunden, und über dem Kopf ist jeweils ein Hirschgeweih befestigt worden. Es handelt sich hierbei möglicherweise um einen Serientäter. Auch einen terroristischen Akt können wir nicht ausschließen. Derzeit gibt es den dringenden Verdacht, dass eine umweltpolitische Gruppe dafür verantwortlich sein könnte. Da beide Opfer im November diesen Jahres mit dem Hirsch ausgezeichnet werden sollten, gehen wir aus naheliegenden Gründen von einer Verbindung mit dem von SchumannSolo initiierten Medienpreis aus. Bitte haben Sie Verständnis, dass wir weitere Details aus ermittlungstaktischen Gründen nicht veröffentlichen können. Wir informieren Sie, sobald es substanzielle Fortschritte durch die Ermittlungen gibt. Meine Damen, meine Herren, ich danke Ihnen für Ihr Kommen. Guten Tag.« Ihr Onkel nickte knapp, dann fror das Bild ein, und der Clip war zu Ende.

»Mein Gott, warum macht er das?«, fragte Nele.

»Ich habe keine Ahnung«, knurrte Art. »Muss direkt nach der Lagebesprechung passiert sein. Jedenfalls ist die Katze aus dem Sack.«

Nele schloss die Augen und massierte sich mit Daumen und Zeigefinger die Nasenwurzel, in der Hoffnung, das könnte ihr etwas Ruhe und Konzentration verschaffen. Sie hatte mehr und mehr das Gefühl, die Kontrolle zu verlieren. Dass die Medien sich jetzt auf den Fall stürzen würden, machte alles nur noch schlimmer.

»Wir sollten versuchen, das zu ignorieren«, sagte Art. »Die Medien sind die Medien, und der Fall ist der Fall. Schauen wir uns erst mal im Leben von Niklas Berger um.«

Nele nickte müde. Art hatte wohl recht. Irgendwie musste sie versuchen, den Kopf wieder über Wasser zu kriegen und Land zu sehen. Vielleicht lag es ja auch an der Schwangerschaft. Was, wenn Roman recht hatte und sie einfach akzeptieren musste, dass sie mehr Ruhe brauchte? Sie öffnete die Wagentür. Regentropfen wehten ihr ins Gesicht. Sie stieg aus, und ihr wurde mit einem Mal so schwindelig, dass sie sich an der Tür festhalten musste. Im Auto klingelte Arts Telefon.

»Nele, warte.« Art winkte sie zurück und machte ihr ein Zeichen, sich wieder hinzusetzen. »Da muss ich rangehen.«

Mit einem Gefühl der Erleichterung ließ sich Nele zurück ins Auto sinken und schloss die Tür. Art legte demonstrativ den Finger auf die Lippen, dann stellte er auf laut und nahm das Gespräch an.

»Henrik?«

»Hallo, Art«, erwiderte eine sonore Stimme aus dem kleinen Handylautsprecher.

Mit einem Schlag war Nele hellwach. Der Mann am anderen Ende der Leitung war Henrik Westphal. Art hatte ihm also wirklich eine Nachricht geschickt.

Es entstand ein Moment Stille, niemand schien etwas sagen zu wollen, weder Art noch Henrik Westphal. Nele glaubte im Boden versinken zu müssen, sie wollte nicht Zeugin werden, wenn die beiden die Sache mit dem Foto ausdiskutierten. Es hatte ihr schon gereicht, das Foto anschauen zu müssen. Doch Art machte nicht die geringsten Anstalten auszusteigen oder wenigstens den Lautsprecher des Telefons stumm zu stellen.

»Und?«, sagte Henrik. »Hast du was für mich?«

»Jedenfalls keine Zahlungsbelege in der Spendengeldaffäre«, sagte Art.

Spendengeldaffäre? Nele blieb der Mund offen stehen. Hatte sie das gerade richtig gehört?

»Irgendwas anderes?«

»Na ja. Wir waren in der Villa Tempel und –«

»Wer ist wir?«, fragte Westphal scharf.

»Meine Kollegin Nele Tschaikowski und ich.«

»Hört sie etwa mit?«

Art warf Nele einen langen Blick zu. »Nein.«

Henrik Westphal schwieg einen Moment. »Gut. Also, was hast du?«

»Es war schon jemand dort. Als wir kamen, hat er uns überrumpelt und ist geflohen.«

»Verflucht«, stöhnte Westphal. »Habt ihr ihn erkennen können? Oder waren es mehrere?«

»Nein. Einer. Es war dunkel. Wir waren im Keller, und er hat die Sicherung rausfliegen lassen. Ein Profi mit Nahkampferfahrung, würde ich sagen.«

»Seid ihr okay?«

»Ja, ich denke schon.«

»Glaubst du, er hat was gefunden und mitgenommen?«

»Hätte er was gefunden, wäre er schon weg gewesen«, sagte Art. »Aber wenn du rausfinden willst, wer dahintersteckt, kannst du diskret bei der Staatsanwaltschaft nachfragen lassen. Die haben nämlich den Durchsuchungsbeschluss für die Villa Tempel seltsam lange aufgeschoben, so als hätte jemand freie Bahn haben wollen. Er ist bis jetzt noch nicht da.«

»Verdammt«, knurrte Henrik. Es klang ein wenig, als sei das keine Überraschung für ihn. »Habt ihr noch weitergesucht?«

»Ja. Und da ist was, aber ich kann's nicht richtig einschätzen.«

»Raus damit.«

Arts Handy gab ein Ping von sich, doch Art ignorierte die eingehende Nachricht. »Ich glaube, es gibt eine Musikkassette. Du weißt schon, diese Tonträger aus den Achtzigern. Leo Tempel hat einen alten betriebsbereiten Kassettenrekorder in ihrem Zimmer gehabt, mit frischen Batterien – aber keine Kassetten. Das kam uns merkwürdig vor. Außerdem haben wir einen Stofflöwen gefunden, mit einem Schlitz. Die Öffnung ist ungefähr so groß wie eine Kassette.«

Für einen Moment war es still, bis auf die Tropfen, die aufs Autodach schlugen. Nele hörte Westphal förmlich denken. Ein weiteres Ping ertönte. Die nächste Nachricht. Irgendjemand schien Art unbedingt erreichen zu wollen.

»Aber die Kassette ist nicht da, richtig?«, fragte Westphal.

»Ja, richtig.«

»Ein Stofflöwe, sagst du?«

»Ja. Ich kann dir ein Bild schicken.«

Wieder ein Ping. Art runzelte die Stirn.

»Hast du das gemeldet?«, fragte Westphal.

»Nein.«

Das Handy gab jetzt ein leises gleichmäßiges Tuten von sich. Jemand rief parallel an. Art wies auf den Bildschirm und Nele sah, dass es Buchwald war.

»Gib mir bitte etwas Zeit, bevor du das mit dieser Kassette meldest, okay?«

»Ist das eine Art Dienstanweisung? Also offiziell?«

»Du weißt genau, dass das nicht offiziell ist«, erwiderte Westphal.

Art zögerte und schien abzuwägen. »Das kann ich nicht alleine entscheiden. Nele war mit vor Ort.«

Das Tuten verstummte. Buchwald hatte wieder aufgelegt.

Westphal schwieg einen Moment verblüfft. Er schien nicht damit gerechnet zu haben, dass Art so auf seine Bitte reagierte. »Und wenn du ihr sagst, dass es von mir kommt?«

Art warf ihr einen fragenden Blick zu. Was zum Teufel sollte das? Für was machten die beiden sie hier zur Komplizin?

»Ich schlage vor, du fragst sie selbst, Henrik. Ich schick dir ihre Nummer.«

Stille.

Erneutes Tuten in der Leitung.

Nele wollte einfach nur nach Hause, ins Bett, sich die Decke über den Kopf ziehen, und gleichzeitig spürte sie, wie sie wütend wurde.

»Henrik? Da kommt ein zweites Telefonat. Ich muss da drangehen. Ist dringend, glaube ich.«

»Halt die Sache mit dem Stofflöwen und der Kassette zurück, das ist alles, worum ich dich bitte. Wenn es dabei um die Spenden geht … du weißt ja, was da dranhängt.«

»Ich muss Schluss machen«, sagte Art. Er versuchte, zu Buchwald zu wechseln, doch Buchwald hatte bereits wieder aufgelegt, und Art ließ das Telefon sinken.

»Spendengeldaffäre?«, wiederholte Nele ungläubig. »Was zum Teufel ist hier los?«

Art seufzte. »Es geht um illegale Spenden, ist Jahre her, von Robert Tempel an Henriks Partei. Henrik könnte dafür zur Rechenschaft gezogen werden, obwohl er die Sache wohl nicht zu verantworten hat. Ist kompliziert«, sagte Art. »Ich wollte, dass du Bescheid weißt und das nicht zwischen uns steht.«

»Indem du mich zur Komplizin machst?«

Art sah sie verblüfft an. Offenbar hatte er den Eindruck, alles richtig gemacht zu haben. »Wenn überhaupt, dann macht Henrik das.«

»Ich bin's doch jetzt schon, alleine weil ich das verdammte Telefonat mitbekommen habe.«

»Wär's dir lieber gewesen, ich hätte das alleine geregelt?«

»Ja, zum Teufel. Ich meine … *Nein*, aber …«

Buchwald rief erneut an.

»Was geht da ab, zwischen euch, ich meine, was läuft da?«

»Wie meinst du das?«

»Na, dieses peinliche Schweigen zu Anfang. Dieses Foto von dir und seiner Frau. Das ist seit heute Morgen online, und ihr habt es mit keinem Wort erwähnt. Was ist da los? Ihr habt doch irgendeinen Deal laufen, von dem ich nichts weiß.«

Art drückte Buchwald weg.

»Nele, es gibt keinen Deal. Es gibt nur das, was du gerade gehört hast. Und ehrlich gesagt, ich habe absolut keine Ahnung, warum Henrik das Foto nicht erwähnt.«

»Und du?«, fragte Nele. »Was ist mit dir und dem Foto?«

»Was soll damit sein?« Arts Hals war plötzlich rot geworden. Eine Ader an seiner Stirn trat hervor. »Ich guck mir den Mist gar nicht erst an. Das mit Juli ist eh vorbei.«

Nele sah die Trauer und die stille Verzweiflung in seinem Gesicht und spürte, wie ihr Zorn verrauchte. »Okay«, murmelte sie.

Art blickte eine Weile schweigend in den Regen auf der Windschutzscheibe. »Was machen wir mit dem Löwen?«, fragte er schließlich.

»Wir warten auf den Staatsanwalt und den richterlichen Durchsuchungsbeschluss. Danach sehen wir weiter.«

Art nickte. Dann rief er Martin Buchwald zurück und stellte erneut auf laut.

»Warum gehst du nicht dran?«, meldete sich der Ermittlungsleiter gereizt.

»Warum, was ist los?«

»Kauder hat eine Pressekonferenz gegeben.«

»Haben wir gesehen«, sagte Art.

»Die Pressekonferenz ist ein Fake.«

»Was?«, entfuhr es Art.

»Ein Deepfake«, sagte Buchwald. »Kauder hat die Konferenz nie gegeben.«

»Mein Gott«, stöhnte Nele.

»Das kannst du wohl laut sagen«, knurrte Buchwald. »Wir werden gerade mit Anfragen überschüttet.«

»Aber das … wie kann das sein, Kauder hat doch Dinge gesagt, die außerhalb der Polizei niemand weiß.«

»Das frage ich euch«, sagte Buchwald. »Habt ihr was rausgegeben?«

»Nein«, sagten Nele und Art beinah gleichzeitig.

»Es gibt nur zwei Szenarien für diesen Albtraum«, knurrte Buchwald. »Entweder jemand von uns hat was durchgesteckt, oder der Fake wurde vom Täter ins Netz gesetzt.«

Nele schloss die Augen. Zwei grausame Morde, der Überfall in der Villa Tempel, Henrik Westphal funkte mit einer Spendenaffäre dazwischen und jetzt auch noch das. Sie legte die Hände schützend auf ihren Bauch. Sie musste eine Entscheidung treffen und war zu nichts mehr in der Lage. Das alles wuchs ihr immer mehr über den Kopf.

Sie brauchte Hilfe, und dafür gab es nur eine Adresse.

Kapitel 25

Leo hatte das Motorrad mit Niklas und Ole im Rückspiegel beobachtet. Kein Zweifel, die beiden folgten ihr. Aber warum? Wollten sie sie aufhalten? Verhindern, dass sie mit dem auffälligen Wagen geschnappt wurde und dann ihren gemeinsamen Aufenthaltsort verriet?

Das letzte Stück auf der L 88 fuhr sie in mäßigem Tempo, dann nahm sie die Autobahnauffahrt Beelitz-Heilstätten, und kaum war sie auf der A 9, gab sie Gas. Der Porsche röhrte und schoss davon. Die leichte Geländemaschine von Niklas war im Vergleich vollkommen untermotorisiert. Es dauerte nicht lange, und das Motorrad war aus dem Rückspiegel verschwunden. Sie drosselte das Tempo, folgte dann der A 10 bis zum Kreuz Ludwigsfelde-Ost, wo sie abbog, die Autobahn verließ und den Porsche in einer Seitenstraße in der Nähe des Bahnhofs Ludwigsfelde parkte. Dann streifte sie die viel zu großen Stiefel ihres Vaters ab und schlüpfte in die Sneakers, die im Fußraum des Beifahrersitzes lagen. Sie nahm den Rucksack vom Sitz, zog den Reißverschluss auf und vergewisserte sich, dass alles da war, was sie brauchte, nicht zuletzt die Handschuhe und der Hammer.

Sie verschloss den Rucksack sorgfältig, schulterte ihn, lief zum Bahnhof und stieg in den Regional-Express 3 Richtung Tiergarten.

Als sie ankam, kaufte sie eine blaue Schirmmütze und setzte sie auf. Dann ging sie zu Fuß bis zur Paulstraße und blieb auf der gegenüberliegenden Straßenseite ihres Ziels stehen und beobachtete den Altbau mit dem großen dunkelgrünen Holztor.

Sie wusste, dass es noch zu früh war. Sie würde mindestens bis zur Dämmerung warten müssen. Die Kassette ging ihr nicht mehr aus dem Kopf. Bells Geschichte zu hören hatte einfach alles verändert. Anfangs war sie nur überrumpelt gewesen, dann irritiert und empört. Sie hatte mit Bell mitgefühlt, war mit ihr durch die ganze Geschichte gegangen, doch zum Schluss war sie wütend geworden. So wütend wie noch nie in ihrem Leben. Und egal, was sie tat, sie wurde diese Wut einfach nicht los. Inzwischen dachte sie, es wäre besser gewesen, wenn sie die Aufnahmen nie gefunden hätte.

Sie wollte gerade gehen, um sich noch einen Energydrink im Späti zu holen, als sie plötzlich den Wagen bemerkte, der vor dem Altbau mit dem grünen Tor hielt. Am Steuer saß Art Mayer. Seine schwangere Kollegin Nele Tschaikowski stieg aus, schwang sich einen schwarzen Rucksack über die rechte Schulter und klingelte am grünen Tor. Leo ballte die Fäuste. Das war gerade wirklich das Letzte, was sie gebrauchen konnte. Irgendetwas würde sie unternehmen müssen.

Ich muss dir etwas über Bo erzählen. Etwas, das ich früher hätte wissen müssen. Vielleicht wäre dann alles anders gelaufen. Vielleicht hätte ich anders gehandelt. Ich hätte mehr nachgedacht, hätte mich mehr zusammengerissen.

Bo fuhr in dieser Nacht tatsächlich über die Grenze, im Wagen seines Vaters. Er hatte ihn wohl einfach genommen, ohne zu fragen. Es war ihm egal, ihm war inzwischen fast alles egal, glaube ich. Er hatte nur mich im Kopf. Und ich stelle mir vor, wie es ihm nach meinem Anruf gegangen sein muss, wie er die Stunden und den Tag danach erlebt hat.

Hinter der Grenze fielen ihm vielleicht die Augen zu. Er fuhr auf einen Parkplatz, trank eine Flasche Wasser, dann stellte er den Sitz zurück und schlief ein. Am nächsten Morgen stach ihm die Sonne ins Gesicht.

Er fuhr in das nächstgelegene Städtchen, fand eine Bank und hob dort spanische Peseten ab. In einer Bäckerei kaufte er Brot, Butter und Marmelade, einen Vorrat für zwei. Dazu Cola und Wasser, und er trank einen Kaffee. So wird er es gemacht haben, Bo hat sich immer gut vorbereitet.

Er hatte mir kein Wort geglaubt, von dem, was ich am Telefon gesagt habe. Er kannte mich besser, als ich dachte. Und vor allem besser, als ich gehofft hatte. Und dann war da noch sein Stolz.

Wie schon in Frankreich mied er bestimmt auch in Spanien die großen Autobahnen. Er war unruhig, ich glaube, sein Herz schlug bis zum Hals, er wäre gerne schneller gefahren, aber er muss geahnt haben, dass sein Vater ihn bereits suchte, und er wollte nicht auffallen mit seinem Wagen. Was genau Bos Plan war, fragst du dich? Wahrscheinlich hatte er selbst noch keine Ahnung.

Bo wusste ja noch nicht einmal, dass ich eingesperrt war, geschweige denn, wo, oder dass jemand ihn erwartete. Er lief geradewegs in eine Falle.

Als Bo Navalmoral de la Mata erreichte, muss die Sonne schon etwas tiefer gestanden haben. Er trat aufs Gaspedal. Er wollte sicher nicht vor einem geschlossenen Tor stehen, schließlich konnte er ja nicht einfach nachts ins Kloster einbrechen und dort von Tür zu Tür schleichen, um mich zu finden.

Bo kam wohl noch vor Sonnenuntergang am Monasterio de la Vera an, parkte den Wagen wie alle anderen auch im Schutz der Bäume und stieg aus, noch bevor sich der Staub, den er aufgewirbelt hatte, verzog.

Ob ich ihn sehen konnte, von meinem Fenster aus, fragst du?

Dann hätte ich ihn ja warnen können.

Aber du erinnerst dich? Die Fensterläden waren geschlossen. Mein Bewacher wusste, was er tat. Bo kam an – und ich habe es nicht mitbekommen. Dem anderen Wagen mit einem deutschen Kennzeichen schenkte er keine Beachtung. In seiner linken Hosentasche hatte er ein zusammengerolltes Bündel Peseten, in der rechten ein Schweizer Taschenmesser. Bo hatte es von seinem Vater zum zwölften Geburtstag geschenkt bekommen.

Die Glocke am Klostertor bimmelte. Es klang nicht nach Gefahr, eher nach einer friedlichen Kuhweide.

Eine der Schwestern öffnete ihm.

Hatte ich erzählt, dass Bo Englisch, Französisch und Spanisch sprach? Für Sprachen hatte er schon immer ein Talent. Oder war er so gut darin, weil sein Vater ihn immer und immer wieder zum Lernen angetrieben hatte?

Jedenfalls fragte er nach mir, auf Spanisch. Er sagte, meine Mutter würde im Sterben liegen, er wäre hier, um mir das zu sagen und mir ein paar persönliche Worte und ihren letzten Wunsch auszurichten. Es wäre wichtig, nur so könne meine Mutter Frieden finden und ich müsste mir nicht ein Leben lang Vorwürfe machen. Ich hatte Bo schon immer für seine Kreativität bewundert. In der Not konnte er Lügen aus dem Hut zaubern, die nach einer so schönen Wahrheit rochen, dass man ihren Duft bis zum Letzten aufsaugen wollte. Er flehte die Schwester an, bat darum, hereinkommen zu dürfen, und drückte ihr das Bündel mit den Peseten in die Hand. Er hätte sagen sollen, das Geld sei eine Spende für Gott und das Kloster. Doch das sagte er nicht.

Die Schwester nickte ergriffen, sie blinzelte. Dann versprach sie, mich zu holen, und bat ihn zu warten.

So ungefähr muss es gewesen sein.

Es dämmerte inzwischen. Die langen schweren Schatten der riesigen Platanen hinter dem Klostertor wurden blasser und blasser. Der Himmel nahm ein dunkles Blau an.

Die Schwester kam in Begleitung eines Mannes in einer sandfarbenen Lederjacke zurück. Er trug Cowboystiefel und hatte ein Gesicht, das Bo nicht gefiel.

Die Schwester zog sich rasch zurück. Auch das gefiel Bo nicht.

Jetzt ahnte er, dass er der Schwester das Geld nicht direkt hätte anbieten dürfen. Es war wie ein unsittliches Angebot. Er hatte sich verdächtig gemacht oder zumindest unsympathisch.

Der Mann lächelte freundlich und kam auf Bo zu. »Es tut mir leid, dass Sie sich auf den weiten Weg gemacht haben«, sagte er überraschenderweise auf Deutsch, »aber Sie hätten auf Ihre Freundin hören sollen. Sie will Sie nicht sehen.«

»Entschuldigung«, fragte Bo, »aber wer sind Sie?«

»Der Hausmeister«, erwiderte der Mann trocken.

»Hat Ihnen die Schwester erklärt, dass die Mutter meiner Freundin im Sterben liegt?«

»Das ist eine rührende Geschichte, aber wir wissen beide, dass sie nicht stimmt.« Er drückte Bo die Peseten in die Hand. »Fahren Sie nach Hause.«

»Ich fahre nicht nach Hause, bevor ich meine Freundin gesehen habe«, insistierte Bo.

»Wie gesagt, sie will Sie nicht sehen.«

»Das soll sie mir selbst sagen.«

»Sie hat's Ihnen gesagt. Gestern Abend, am Telefon.«

»Hören Sie, nehmen Sie das Geld, es ist für Sie. Bringen Sie mich zu meiner Freundin, ich will nur kurz sehen, dass es ihr gut geht.«

»Sie gehen jetzt besser«, sagte der Mann eisig.

Bo starrte ihn an. »Sie holen jetzt besser meine Freundin.«

Der Mann machte einen Schritt auf Bo zu. »Hau ab, Junge, solange du noch kannst.«

»Sie wollen mir drohen? Kein Problem. Ich gehe und komme mit der Polizei wieder. Oder wir regeln das hier friedlich, und Sie holen meine Freundin.«

In den dunklen Augen des Mannes zeigte sich keine Regung. Er schien eingefroren zu sein, als würde er überlegen und müsste dafür alle anderen Funktionen seines Körpers ausschalten. Was Bo für ein gutes Zeichen hielt.

»Gut«, sagte Bo. Er hatte ihn ja fast so weit, er musste nur noch einmal nachlegen. Er drehte sich um und ging zum Tor. »Dann also die Polizei.« Bo öffnete das Tor, trat hinaus auf den Parkplatz, wartete, dass der Mann es sich anders überlegte und ihn aufforderte, zu bleiben. Hinter ihm knarrte ein Torflügel. »Warte«, sagte der Mann.

Zufrieden drehte sich Bo um.

Der Mann stand direkt vor ihm, und seine Faust grub sich in Bos Magen. Bo krümmte sich vor Schmerzen, im selben Augenblick traf ihn ein Schlag von unten gegen den Kiefer. Lichtpunkte explodierten in seinem Kopf, und er fiel um. Der Mann packte ihn am Kragen und schleifte ihn über den Parkplatz. Staub drang ihm in den Mund. Spitze Steine rissen ihm die Haut an den Händen auf.

Bo hörte das Klacken einer Zentralverriegelung. Er sah einen Kofferraumdeckel mit Mercedes-Stern, der aufschwang wie ein gefräßiges Maul. Der Mann packte ihn und steckte ihn in den Kofferraum, doch Bo wehrte sich mit Händen und Füßen. Dann traf ihn eine weitere Rechte des Mannes im Gesicht. Bos Kopf schlug auf den Boden des Kofferraums. Der Mann schlug noch zwei weitere Male zu, und Bos Widerstand erlosch. Sein Gesichtsfeld wurde eng. Er spürte, wie der Mann seine willenlosen Glieder in den Kofferraum schob. Er konnte nicht mehr unterscheiden, ob es dunkel wurde, weil er das Bewusstsein verlor oder weil der Mann den Deckel über ihm schloss.

Vielleicht war es auch beides.

So oder so ähnlich muss es gewesen sein. Und mit Sicherheit hat der Mann Bo auch noch sein Handy abgenommen, bevor er den Kofferraumdeckel zuschlug.

Ich wusste nur zu gut, warum ich um Bo Angst hatte.

Was ich nicht wusste, war, dass er im Kofferraum des Mercedes auf dem Klosterparkplatz lag.

Kapitel 26

Dr. Seefelds helle Augen ruhten auf Nele. »Habe ich Sie gerade richtig verstanden?«, fragte er. »Sie halten es für falsch, ein Kind in diese Welt zu setzen?«

Nele nickte erschöpft. Sie war froh, den Notfalltermin bei Dr. Seefeld ergattert zu haben. Art hatte sie um Viertel nach sechs vor der Tür des Therapeuten abgesetzt. Er wusste nur, dass sie zum Arzt wollte, mehr hatte sie nicht gesagt, und das diskrete Praxisschild wies auch keinen Psychologen aus, sondern nur eine Praxisgemeinschaft der Doktoren Seefeld, Voigt und Barenboim.

Stefan, Dr. Seefelds Assistent, hatte ihr den üblichen Platz angeboten, während sie wartete, dass der Psychologe frei wurde. Sie hatte Stefans Blick gemieden, soweit es ging, und war nun froh, dass die Tür zum kleinen Warteraum geschlossen war. Die Praxis war gut organisiert und auch im Inneren so diskret wie nach außen. Die Behandlungszimmer hatten jeweils zwei Türen, und vom Warteraum aus konnte sie nicht sehen, wer das Zimmer von Dr. Seefeld verließ – und wer auch immer es war, er würde auch sie nicht sehen können. Der einzige Ort, an dem in der Praxis eine gewisse

Unordnung herrschte, war Stefans Schreibtisch, auf dem sich diverse, zum Teil aufgeschlagene Bücher über Psychologie stapelten, die voller Unterstreichungen und neongelber Markierungen waren. Wieder war ihr sein Angebot in den Sinn gekommen, er könne ihr mit etwas mehr Zeit erklären, was er in seiner Abschlussarbeit mache. Wie hatte er das genannt? Resistenz und Resilienz? Verdammt. Um ihre eigene Resistenz war es jedenfalls nicht gut bestellt. Sie kam sich vor, als hätte sie einen One-Night-Stand gehabt.

Und nun saß sie Dr. Seefeld gegenüber und hatte, wie eigentlich jedes Mal, das Gefühl, dass das alles hier nichts brachte.

»Finden Sie nicht«, ergänzte Dr. Seefeld, »der Gedanke kommt Ihnen etwas spät?«

Nele sah ihn überrascht an. Bewertungen waren eigentlich nicht seine Art. »Wie meinen Sie das? Finden Sie, es ist meine Schuld und ich sollte mir deshalb jetzt nicht die Sinnfrage stellen?«

»O Gott, nein. Da habe ich mich vielleicht falsch ausgedrückt. Was ich eigentlich sagen will, ist, Sie haben sich vor einigen Monaten entschieden, dieses Kind zu bekommen, und das, da bin ich sicher, aus guten Gründen. Daran wollte ich Sie erinnern.«

Nele nickte. Gute Gründe, ja. Aber wo waren die hin?

»Wo kommen Ihre aktuellen Zweifel her? Geht es um Roman?«

»Nein, nein. Diesmal nicht. Es geht eher um ...«, sie zögerte einen Moment, scheute sich, es auszusprechen. »Es geht um meinen Job.«

»Der neue Fall?«

Sie nickte.

»Erzählen Sie.«

»Eigentlich darf ich das nicht.«

Seefeld lachte. »Entschuldigung, Nele, verstehe ich das richtig? Sie kommen hierher, weil Sie Leidensdruck haben, aber wollen Ihrem Therapeuten, der einer Schweigeverpflichtung unterliegt, nichts davon erzählen? Macht das in Ihren Augen Sinn?«

Nele seufzte. »Nein.« Therapeuten hatten ein Faible für rhetorische Fragen. »Haben Sie zufällig die …«, sie zögerte einen Moment, »die Pressekonferenz meines Onkels mitbekommen?«

»Ihres Onkels?«

»Dr. Kauder. Der Polizeipräsident. Er hat Sie mir damals empfohlen.«

Dr. Seefeld hob die Brauen. »Ihr Onkel ist der Polizeipräsident? Das hatten Sie mir noch nicht erzählt.« Er musterte Nele, als werfe das ein ganz neues Licht auf sie. »Geht es um diese Sache mit den Hirschgeweihen?«

»Ja.«

»Verstehe. Ja, ich hab davon gehört. Das ist grauenvoll. Haben Sie die Leichen ansehen müssen?«

Sie nickte und musste an die beiden geschundenen Körper denken. »Aber das ist gar nicht der Punkt. Es ist irgendwie … alles.«

»Das müssen Sie mir erklären.«

»Ich kriege die Dinge nicht mehr sortiert, ich verliere den Überblick. Ich bin heute Mittag überfallen worden, bei einer Hausdurchsuchung; der Täter hat das Licht ausgemacht, hat mir die Waffe aus der Hand geschlagen und mich gewürgt, es war wie …«

»Im Schrank«, setzte Dr. Seefeld fort. »Ich verstehe. Das tut mir leid, Nele. Kein Wunder, dass Sie sich aus der Bahn geworfen fühlen. Erzählen Sie mir, was genau –«

»Das Verrückte ist«, unterbrach Nele ihn, »darum geht es eigentlich gar nicht, also, ja, es war furchtbar, und es macht mir Angst, aber … es kommt einfach alles zusammen.«

Dr. Seefeld hob die Brauen und sah sie erwartungsvoll an. Es war still im Zimmer.

Die große Digitalanzeige der Uhr sprang eine Minute weiter.

Schweigen war immer eine Aufforderung, die Lücke zu füllen – und im Lücken-Aufmachen war Dr. Seefeld unschlagbar.

»Das dürfen Sie wirklich niemandem erzählen«, sagte Nele.

Seefeld lächelte. »Was auch immer wir hier besprechen, es ist bei mir sicher.«

»Die Pressekonferenz meines Onkels«, sagte Nele, »sie war ein Fake.«

»Wie bitte?« Dr. Seefeld blieb der Mund offen stehen. »Eine polizeiliche Pressekonferenz als Fake? Um ehrlich zu sein, das Video sah ziemlich echt aus.«

»Ja, tut es«, meinte Nele.

Dr. Seefeld sah immer noch skeptisch aus.

»Die Pressekonferenz an sich gab es nie«, sagte Nele. »Nur das Video. Die Sache flog relativ schnell auf, aber da war es schon zu spät. Es war schon zigmal geteilt, kopiert und weiterverlinkt worden, selbst von großen Medienhäusern, die es eigentlich hätten wissen müssen. Zum Teil waren ja ihre Logos auf den Mikrofonen, und das, obwohl sie selbst überhaupt keine Reporter zu einer Konferenz geschickt hatten. Aber statt sich zu wundern, wurde einfach das Video übernommen. Die anderen hatten es ja auch alle. Und die Geschichte war einfach viel zu sensationell, um sie nicht zu bringen.«

»Das ist … ein starkes Stück.« Seefeld schwieg einen Moment. »Aber die beiden Todesfälle gibt es wirklich, habe ich das richtig verstanden?«

»Ja, leider.«

»Was trifft Sie am meisten?«

Nele rieb sich das Gesicht. »Die beiden grauenvoll zugerichteten Leichen, diese Wut, das ist eins. Das ist irgendwie … na ja, darauf hab ich mich eingerichtet. Ich bin Polizistin, ich meine, was habe ich erwartet? So etwas passiert, und mein Job ist es, herauszufinden, wer es war und warum. Aber … dieser ganze Wahnsinn drum herum. Diese Tochter des einen Opfers, Leo Tempel, die die ganze Zeit lügt …« Nele verstummte und hob ihre Hände in einer ratlosen Geste.

»Ist das Ihr Problem?«, fragte Seefeld. »Dass gelogen wird? Ich meine, verstehen Sie mich nicht falsch, aber gelogen wird seit Tausenden von Jahren. Im Grunde genommen, seit es Sprache gibt. Die Lüge ist doch ein Teil der menschlichen DNA. Wir belügen uns selbst und andere. Ständig.«

»Mir geht's nicht um die Lügen, ich glaube, mir geht's darum, dass ich nur noch verlorene unglückliche Kinder sehe«, brach es aus Nele heraus. »Diese Leo ist völlig durch den Wind, und sie hasst ihre Mutter. Ein Großteil meiner Kollegen verdächtigt sie sogar, dass sie ihre Mutter umgebracht hat. Dann Milla, eine Siebenjährige, die allein mit ihrer dementen Oma lebt und nicht klarkommt. Der Vater ist abgehauen, die Mutter verschwunden. Außerdem mein Kollege Art Mayer, er ist im Heim aufgewachsen, er weiß nicht, wer seine Eltern sind, die Pflegeeltern haben ihn gewissermaßen als Ersatzkind für ihre verstorbene Tochter zu sich geholt. Er redet nicht drüber, aber er steckt fest, er wäre fast daran zerbrochen. Und dann der Sohn des zweiten Mordopfers, der sich mit dreizehn oder so das Leben genommen hat. Was passiert denn mit *meinem* Kind? Was, wenn ich das nicht besser hinkriege als diese ganzen anderen Eltern? Vielleicht bin ich die Polizistin, die ihr Leben lang Verbrechern nachjagt, so wie Charlotte Tempel mit ihren Wohltätigkeits-Veranstaltungen und Wenke de Fries mit ihren Moderatorenjobs, und dann, mit – keine Ahnung – vierzehn? springt mein Kind vom Dach, weil ich nie da war?« Nele verkniff sich die Tränen und legte eine Hand auf ihren Bauch.

Ihr Schweigen füllte den Raum.

»Wollen Sie wissen, was ich denke?«, fragte Dr. Seefeld.

»Sonst wär ich nicht hier, oder?«

Er lächelte. »Das sind alles berechtigte Fragen, die Sie da haben. Und sie können quälend sein, wenn Sie diesen Fragen nicht mit einer inneren Haltung entgegentreten. Eigentlich haben Sie diese Haltung. Ich glaube, Ihre momentanen Zweifel sind vor allem Ausdruck Ihrer Verunsicherung durch das wachgerufene Trauma. Sie sind, das haben Sie vorhin erzählt, im Dunkeln überfallen und gewürgt worden. Schon zum zweiten Mal. Die Welt ist für Sie kein sicherer Ort mehr. Und das ist die Brille, durch die Sie gerade alles betrachten. Der Tod lauert buchstäblich an jeder Ecke. Es ist kein Wunder, dass Sie zweifeln. Aber die Frage ist, ob der Tod nicht schon immer um die Ecke war. Das beweist jeder Autounfall, jedes Ausrutschen in der Dusche, jeder Badeunfall, jedes Verbrechen. Doch obwohl der Tod überall lauert, sind Sie 26 geworden. Stefan, mein Assistent, ist 22. Ich bin 55. Romans Vater ist 77, richtig? Das war nicht abzusehen. Und auch nicht versprochen. Unser aller Geburt war eine Wette auf das Leben, teilweise unter widrigsten Umständen. Und sie ist aufgegangen. Wetten Sie auf das Leben Ihres Kindes.

Und tun Sie Ihr Möglichstes. Mehr kann keiner. Aber glauben Sie mir, das ist schon viel.«

»Und wenn ich es trotzdem nicht hinkriege«, fragte Nele leise.

»Oh, ich kann Sie beruhigen. Sie werden es auf keinen Fall hinkriegen. Aber erstens: Sie sind damit in guter Gesellschaft. Und zweitens: Glauben Sie mir, ich kenne nichts, was für Kinder so furchtbar ist wie perfekte Eltern. Wo bleibt denn da der Raum für eigene Fehler? Je makelloser die Eltern, desto schlimmer das eigene Versagen.«

Nele atmete tief durch und wischte eine Träne fort. »Danke.«

Dr. Seefeld nickte, und sein Blick ging zur Uhr. »Jetzt noch in den Tank? Ich hatte Stefan gebeten, ihn vorzubereiten.«

Nele schüttelte entschieden den Kopf. »Nicht heute.«

Dr. Seefeld sah sie an. »Alles in Ordnung?«

»Ja, schon.«

»Liegt es an Stefan?«

Mist. Warum mussten Psychologen auch diesen tiefen Blick haben. »Nein, wieso?«

Dr. Seefeld nickte und griff zum Hörer. »Stefan? – Ja, du kannst Schluss machen. Am besten jetzt direkt. Danke.« Dr. Seefeld legte den Hörer auf und sah nachdenklich durch das Fenster nach draußen. »Sieht nach Regen aus, oder?«

Nele atmete vernehmlich aus. »Manchmal sind Sie mir direkt unheimlich.«

»Das ist mein Beruf.«

»Ist das nicht manchmal schwer, das alles auszuhalten?«

»Was meinen Sie?«

»Das alles, was Sie tagtäglich so mitbekommen. Die Menschen, wie sie sind, was sie machen …«

Dr. Seefeld schwieg, und sie meinte einen bitteren Zug

um seinen Mund zu sehen. »Ich kann nur tun, was ich tue.«

Als Nele aufstand, spürte sie die Schwere in ihren Gliedern. Plötzlich kam ihr die Vorstellung, eine halbe Stunde in einem Salzwassertank zu schweben, wie eine Erlösung vor. »Vielleicht ist der Tank heute doch ganz gut«, meinte sie.

Dr. Seefeld quittierte es mit einem wissenden Lächeln. »Sie kennen das Prozedere ja.«

Nele nahm ihren Rucksack, verließ den Raum und versuchte sich einzuprägen, beim nächsten Mal auch das Honorar für die heutige Sitzung mit in den Umschlag zu legen. Oft würde sie sich das nicht mehr leisten können bei ihrem überschaubaren Gehalt. Vielleicht war es an der Zeit, mit Roman nicht nur offen über das Kind zu sprechen.

Ein paar Minuten später stieg sie in den Tank, ließ sich ins Wasser gleiten und verlor sich im Anblick des Sternenhimmels. Es war der erste Moment an diesem Tag, nein, eigentlich in den letzten Wochen, in dem sie sich ein wenig freier fühlte. Ihr Körper schwebte und mit ihm ihre Gedanken. Es gab kein Gefühl von Dunkelheit, Gefangensein oder Luftnot. Wie konnte das sein? Einfach nur durch ein Gespräch? Durch einen Freifahrtschein? *Sie werden es auf keinen Fall hinkriegen. Aber Sie sind in bester Gesellschaft.* War es wirklich so einfach?

Sie musste an Leo Tempel und Volker de Fries denken. Beide hätten hierhergehört, oder zu irgendeinem anderen Therapeuten. Aber offenbar hatte es nicht zu der strahlenden Fassade ihrer Elternhäuser gepasst, in Therapie zu gehen. Wenn sie ehrlich zu sich selbst war, sie erzählte es ja auch niemandem. Sie bewegte die Finger im Wasser und sah in die Sterne. Musste plötzlich an Ben Gallwitz denken, der auf der

Suche nach Belegen für eine Psychotherapie von Leo Tempel gewesen war. Was hatte er noch gesagt? Den Fitnesstrainer bezahlt man gerne mal schwarz, bei den Psychologen macht man das auf Rechnung, um sich das Geld von der Krankenkasse zurückzuholen.

Sie selbst hatte bisher keine einzige Rechnung bei der Krankenkasse eingereicht. Sie bezahlte bar, damit es wirklich niemand mitbekam.

Sie setzte sich so abrupt auf, dass das Wasser um sie herum laut schwappte.

Hastig öffnete sie die Verriegelung des Tanks, trocknete sich ab, nahm ihre Bürste aus dem Rucksack, ordnete ihre blonden Haare zu einem kurzen straffen Pferdeschwanz und zog sich an. Die Haare waren noch nass, als sie das Zimmer betrat, in dem vorhin Stefan gesessen hatte. Jetzt war er fort; auch seine Bücher waren vom Tisch verschwunden. Sie sah zu der kleinen Tür neben dem Schreibtisch. Sie wusste, dass dort die Patientenakten der gesamten Praxis lagerten. War sie gerade dabei, sich zu verrennen? In dieser Praxis gibt es drei Psychologen, dachte sie. Und in ganz Berlin? Vermutlich Tausende. Wie groß also musste der Zufall sein? Andererseits, wie viele Psychologen gab es, die sich auf diese spezielle Art von Diskretion einließen? Seefeld rechnete schwarz ab, was eigentlich illegal war, aber die beste Garantie dafür, dass wirklich niemand einen Beleg für die Sitzungen finden konnte. Genau deshalb hatte ihr Onkel ja Seefeld empfohlen. Ungefragt zwar, er hatte ihr nur beiläufig davon erzählt, doch sie hatte sofort verstanden, dass es eine Empfehlung war – in zweierlei Hinsicht. Erstens: Du brauchst jemanden, der dir hilft, und zweitens: Dass du Hilfe in Anspruch nimmst, sollte niemals in deiner Personalakte bei der Polizei stehen. Ein Rat, der im krassen Widerspruch zu dem stand, was offiziell in der Behörde empfohlen wurde.

Sie sah sich noch einmal um, dann drückte sie die Klinke. Nicht abgeschlossen. Sie schlüpfte in die kleine fensterlose Archivkammer. Die Wände waren mit Schubladenschränken vollgestellt und numerisch beschriftet. Auf dem vordersten Schrank lag eine Kladde und darunter drei Mappen einer Hängeregistratur. Sie nahm die Kladde zur Hand und öffnete sie. Es war eine alphabetisch sortierte Patientenliste; hinter jedem der Patienten stand eine fünfstellige Nummer. Sie blätterte die Liste bis zum Buchstaben T wie Tempel durch, fuhr mit dem Finger die Zeilen ab und erstarrte.

Da stand es. Schwarz auf weiß. Ungläubig sah sie auf den Namen. Tempel, Leo. Dahinter eine fünfstellige Nummer.

Leo wurde also tatsächlich in derselben psychologischen Praxis behandelt wie sie? Wie groß konnte ein Zufall bitte sein? Oder war das am Ende kein Zufall? Vielleicht gab es einen Grund, sie verstand nur noch nicht, welchen.

Nele prägte sich die Zahlen hinter Leos Namen ein, schlug die Kladde zu und ging die Hängeregistratur durch, bis sie die Mappe mit der passenden Nummer fand. Leos Akte. Sie zögerte. Jetzt, wo sie die Papiere vor sich hatte, kamen ihr Zweifel. War das hier in Ordnung? Was, wenn jemand anders einfach in ihrer eigenen Akte blättern würde?

Andererseits, vielleicht entlasteten die Akten ja Leo. Und falls Leo doch schuldig war, dann gab es keinen Grund, ein schlechtes Gewissen zu haben. Also, warum zögerte sie noch? Art hätte die Akte vermutlich längst genommen. Ihr lief die Zeit davon, früher oder später würde jemand kommen und sie hier entdecken. Hastig nahm sie ihren Rucksack von der Schulter, holte die Papiere aus der Kladde, steckte sie hinten am Rücken ins versteckte Laptopfach, schloss den Rucksack und warf ihn sich über die Schulter. Sie wollte gerade die Schublade wieder schließen, da fiel ihr auf, dass die Kladde noch nicht ganz leer zu sein schien. Nele griff erneut hinein, da spürte sie plötzlich einen Luftzug im Rücken. Sie drehte sich um, bekam eine Wolke mit einem weißlichen Pulver ins Gesicht, hatte einen seltsamen staubigen Geschmack im Mund und in der Kehle. Sie musste husten. Der Raum schien schmaler und zugleich größer zu werden. Warum war sie noch einmal hier? Was hatte sie hier gewollt?

»Komm mit mir«, sagte eine leise, sanfte Stimme.

Nele sah keinen Grund, ihr nicht Folge zu leisten.

Es war gut, dass ihr jemand sagte, was sie zu tun hatte.

▶

Bei Einbruch der Abenddämmerung wurde es immer still im Kloster.

Kein Wunder, der Tag der Schwestern begann meistens schon um fünf Uhr früh. Nur Maria hatte einen anderen Rhythmus. Ihr Tag begann später und endete später. Doch Maria war nicht mehr aufgetaucht; es war, wie der Mann gesagt hatte: ER war jetzt meine Maria. Die ganze vorherige Nacht hatte ich mit mir gerungen. Sollte ich mich fügen, machen, was er verlangte, und hoffen, dass ich mit meinem Leben davonkam? Irgendwie heil aus der Sache rauskam? Aber was passierte dann mit dir und mit Bo? Und außerdem: Wie groß waren die Chancen, dass sie mich nach Hause lassen würden, nach allem, was ich jetzt wusste? Je länger ich darüber nachdachte, desto klarer wurde mir, dass ich nur eine Möglichkeit hatte. Ich musste hier weg. Sofort. Doch dafür würde ich etwas tun müssen, das ich noch nie getan hatte. Ich musste zu jemand anderem werden, und ich fragte mich, ob ich das konnte.

Hast du schon mal einem Menschen Gewalt angetan? Die meisten haben vielleicht einmal jemanden geschubst, gestoßen, mit jemandem gerungen. Jungs prügeln sich auch gerne mal. Aber was ist mit jemanden niederschlagen?

Oder Schlimmeres.

Ich öffnete das Fenster und hatte die verriegelten Fensterläden direkt vor Augen. Rosa Licht schimmerte durch die seitlichen Ritzen. Die Sonne stand bestimmt glühend am Horizont. Ich tastete nach der Gabel und fischte sie aus der Spalte neben dem Fensterrahmen, nahm sie in die Faust, starrte auf die Zinken.

Wenn ich ihn damit bedrohte, würde er mich vermutlich auslachen und sie mir abnehmen. Das würde meine Lage nicht verbessern.

Ich hatte plötzlich das Bedürfnis, die Fensterläden aufzubrechen und den Sonnenuntergang zu sehen. Aber ich wusste, dafür war ich nicht stark genug. Abgesehen davon, es hätte mich verraten.

Also, war ich bereit, aufs Ganze zu gehen?

Die Antwort ist Nein.

Aber ich beschloss, dass die Antwort Ja sein musste.

Ich nahm die Gabel und schloss das Fenster. Frische Luft war hinderlich. Dann zog ich meine Unterhose aus – sie hätte mich nur behindert, bei dem was ich vorhatte – und schob den Toilettenstuhl an die Wand, etwa einen Meter neben der Tür. Ich hob mein Nachthemd bis über den Bauch, setzte mich, tat, was man auf einem solchen Stuhl macht, atmete meinen eigenen Duft weg und legte die Gabel unter den rechten Oberschenkel. Die Angst saß mir in den Knochen, und ich fürchtete mich davor, dass sie mich lähmte, mich einfrieren ließ. Dass mein Plan scheiterte.

Ich hatte mir jede meiner Bewegungen genau überlegt, hatte sie geprobt. Ich hatte seine Bewegungen studiert, wenn er den Raum betrat, wie er die Tür öffnete, wie er mit Blicken den Raum kontrollierte. Was er tat, wenn er mir das Essen brachte. Ich war es im Kopf heute schon zigmal durchgegangen. Es war wie eine Choreografie.

Jetzt konnte ich nur noch warten.

Ich blickte zum Fenster. Jenseits der Läden verkroch sich die Sonne hinter den Bäumen, und die langen Schatten griffen nach den letzten hellen Flecken. Zikaden lärmten im Abendrot. Wie vertraut mir das alles inzwischen war. Die Zinken der Gabel pikten mir in den Oberschenkel, und ich drehte sie um. Mir wurde übel. War ich wirklich zu so etwas in der Lage?

Wie konnte ich verhindern, dass ich schwach wurde?

Ich malte mir Horrorszenarien aus, versuchte mir vorzustellen, wie sie mich nach deiner Geburt einfach liegen lassen würden, weil ich keine Bedeutung mehr für sie hatte. Oder ihnen gefährlich werden konnte. Vielleicht würden sie mich hier irgendwo verscharren oder auf dem Klosterfriedhof beerdigen. Oder hatte er nur geblufft? Versucht, mich einzuschüchtern?

Ich dachte an Basti. Nein, das hier war real.

Ich war es Bo schuldig, etwas zu unternehmen. Ich war es dir schuldig. Und auch mir.

Draußen auf dem Gang waren plötzlich Schritte zu hören. Seine Schritte.

Ich bekam Gänsehaut. Zitterte.

Jetzt nicht schwach werden.

Der Schlüssel im Schloss.

Die Tür stieß er mit dem Fuß auf, sodass sie mit Schwung nach rechts aufflog und hart gegen die Wand stieß. So kontrollierte er, ob ich hinter der Tür lauerte.

Gut so weit.

Ich wusste, er stand noch draußen, checkte mit seinen Blicken das Zimmer und konnte mich nicht sehen. Dafür aber riechen.

»Mein Gott, ist das widerlich«, knurrte er. »Warum sagst du nicht Bescheid?«

»Ging nicht«, stöhnte ich. »Es kam einfach so.«

»Komm raus«, knurrte er. »Zeig dich.«

»Ich kann nicht«, stöhnte ich.

»Immer noch?«

»Ich hab Angst. Das passiert mir immer, wenn ich Angst hab«, jammerte ich.

Er steckte den Kopf herein und sah nach links. Ich saß auf dem Toilettenstuhl und krümmte mich.

Er verzog angewidert das Gesicht. »Scheiße«, brummte er. »Mach wenigstens das Fenster auf.«

Mit dem Tablett in den Händen betrat er das Zimmer, angelte mit dem rechten Fuß nach der Tür, stieß sie mit der Hacke zu und ging die zwei Schritte bis zum Tisch, der in der Mitte des Zimmers stand. Ich stöhnte erneut, fasste unter meinen rechten Oberschenkel, wo ich die Gabel versteckt hatte. Lautlos stand ich auf.

Drei kleine Schritte, bis ich hinter ihm war wie ein Schatten. Er beugte sich vor, stellte das Tablett ab.

Ich holte nicht aus, ich wusste, ich musste schnell sein, und wer ausholt, ist nicht schnell. Ich stieß ihm die Gabel mit aller Kraft in den Hals, dorthin, wo ich seine Halsschlagader vermutete, und riss sie dann wild hin und her.

Im ersten Augenblick geschah nichts, es war wie ein kurzes Loch in der Zeit. Dann gab er einen tierischen Laut von sich, in dem Schmerz, Überraschung, Wut und auch Angst mitschwangen. Ich zog die Gabel aus seinem Hals und stieß noch mal zu, doch er versuchte, meinen Arm zu packen. Ich spürte den Widerstand, rutschte mit der Gabel ab und traf ihn im Gesicht. Jetzt brüllte er vor Schmerzen und wankte. Ich stieß ihn nach vorne, er stolperte gegen den Tisch und fiel. Plötzlich sah ich sein Gesicht, das rechte Auge war zerstochen, und aus dem Hals rann Blut.

Mir drehte sich der Magen um. Ein säuerlicher Geschmack stieg in meiner Kehle auf.

Hatte ich die Halsschlagader getroffen? Müsste es dann nicht viel schlimmer bluten?

Noch nie in meinem ganzen Leben hatte ich jemanden ernstlich verletzt. Ich wollte einfach nur davonlaufen, aber ich wusste, ich durfte nicht nachlassen. Vielleicht kennst du das auch? Diese ganzen Filme, in denen das Böse schon besiegt ist und dann doch wieder aufersteht, weil die Guten Hemmungen gehabt hatten, es durchzuziehen. Wenn ich Hemmungen zeigte, dann war ich tot. Oder Bo würde etwas zustoßen. Oder dir. Ich biss die Zähne zusammen und trat ihm zwischen die Beine. Reflexartig schossen seine Hände nach unten, und er krümmte sich. Dann trat ich noch einmal zu, gegen seinen Kopf, so, dass sein Schädel auf den Steinfußboden schlug. Mit einem Mal wurden seine Glieder schlaff.

Ich hielt inne.

Keuchte.

Tränen liefen mir übers Gesicht. Ich betrachtete mein Werk und übergab mich auf den Fußboden.

Dann durchsuchte ich seine Taschen, fand den Autoschlüssel und einen Schlüsselbund, vermutlich für die Türen im Kloster, und ein gerolltes Bündel Geldscheine. Dazu noch sein Handy. Ich nahm alles an mich.

Der Mann rührte sich nicht mehr. Atmete er überhaupt noch? Hatte ich ihn umgebracht? Ich wagte nicht, seinen Puls zu fühlen. Hastig zog ich mir die Unterhose an, öffnete die Tür, sah hinaus auf den Flur. Der Gang war leer. Jetzt kam es mir zugute, dass dieser Trakt des Klosters so isoliert war. Was auch immer die Schwestern in diesem Kloster über das wussten, was hier oben vor sich ging, es traf vermutlich nicht annähernd die Wirklichkeit. Wer weiß, was man ihnen erzählt hatte.

Ich versuchte, nicht zu rennen. Nur schnell zu gehen. Mehr war mit meinem Bauch nicht möglich. Auf dem Weg nach unten versuchte ich, mit dem Handy Bo anzurufen. Zum Glück hatte der Kerl keinen Sperrcode eingegeben, aber das half auch nichts, denn Bo nahm nicht ab. War er immer noch auf dem Weg? Warum war er dann nicht erreichbar? Oder hatte er es sich doch anders überlegt, nachdem ich ihn so vor den Kopf gestoßen hatte?

Ich lief durch den Hof mit den Platanen, links stand das rote Mofa mit dem abgedeckten Anhänger.

Der Steinweg war noch warm von der Hitze des Tages.

Als ich durch das Tor auf den Parkplatz kam, fuhr mir ein leichter Wind unter das Nachthemd. Hier draußen schien die Welt in Ordnung. Ich schwitzte, die Zikaden schrien, der Mond war so schmal und scharfkantig wie eine Sense. Ich drückte auf die Fernbedienung des Autoschlüssels. Die gelben Blinklichter des Mercedes flammten im Halbdunkel auf. Mein Herz raste. Ich eilte zum Wagen, ließ mich auf den Fahrersitz fallen und atmete durch.

Ich war bisher nur ein einziges Mal Auto gefahren. Auf einem Parkplatz mit dem Wagen von Bos Vater und mit Bo neben mir. Der Wagen war ein Automatik gewesen.

Dieser hier war es auch.

Ich fingerte den Schlüssel ins Zündschloss. Drehte ihn um und hörte den Motor gurgeln. Okay. Die Bremse treten und den Rückwärtsgang einlegen, so wie Bo es mir gezeigt hatte.

Im selben Moment riss jemand die Fahrertür auf. Ich schrie vor Schreck und sah in das hasserfüllte blutige Gesicht des Mannes, den ich in meinem Zimmer zurückgelassen hatte. Er griff nach meinem Hals, und ich trat auf das Gaspedal. Der Wagen schoss rückwärts, der Mann rannte ein Stück mit, dann ließ er mich los und wich aus, um nicht von der offenen Tür erfasst zu werden.

Ich sah zurück. Die Klostermauer flog nur so heran. Panisch trat ich auf die Bremse. Der Mercedes kam schlitternd zum Stehen. Staub wirbelte auf. Ich musste husten, zog die Tür zu und sah nach vorne. Der Mann lief wie ein Zombie auf mich zu. Sein Hals blutete, sein rechtes Auge war kaum noch zu erkennen, und seine Züge waren voller Wut. Mit zitternden Händen stellte ich den Hebel auf D und trat das Gaspedal durch. Der Motor heulte auf, doch der Wagen bewegte sich keinen Zentimeter. Ich sah zur Gangschaltung. Der Hebel stand auf N. Verflucht, ich hatte den Leerlauf eingelegt. Keine fünf Meter mehr und der Mann war bei mir. Ich trat die Bremse, schob den Hebel auf D und trat mit aller Kraft aufs Gaspedal. Der Wagen schoss vorwärts, ich machte vor Schreck eine Lenkbewegung, und im selben Moment hörte ich den Aufprall. Der Mann kippte vornüber, schlug mit dem Kopf auf der Windschutzscheibe auf, wurde schräg über das Auto geschleudert und fiel wie eine Puppe zu Boden. Die Scheibe war in tausend Stücke gesplittert und hing wie ein Netz im Rahmen. Ich sah nichts mehr, bremste und blieb stehen.

Atmen.

Nicht schwach werden.

Ich wagte einen Blick in den Rückspiegel.

Der Mann lag reglos am Boden. Ich stieg aus. Sah instinktiv zum Kloster. Ob das jemand gehört hatte?

Die Zikaden lärmten unbeeindruckt weiter. Im Kloster blieb alles still.

Ich ging zu dem Mann, beugte mich zu ihm hinab und zwang mich, seinen Puls zu fühlen. Sein Herz schlug noch, er lebte. Aber der Puls kam mir schwach vor. Mir kam der absurde Gedanke, dass es quälend lange dauerte, jemanden umzubringen. Bei Bastian war es so furchtbar schnell gegangen. Mein Kopf fühlte sich fiebrig an. Ich sah zum Auto. Mit dem Wagen konnte ich nicht mehr fahren, so viel stand fest. Durch die Scheibe konnte ich nichts mehr sehen, das Glas und der Kühler waren voller Blut.

Ich musste weg von hier, so schnell wie möglich, die Frage war nur, wie?

Ich nahm das Handy und wählte noch einmal Bos Nummer. Nichts.

Wo zum Teufel steckst du, dachte ich. Du wolltest doch kommen. Du wolltest erreichbar sein.

Dann fiel mir das Mofa mit dem Anhänger ein, das ich im Hof gesehen hatte. Die Schwestern machten damit gelegentlich Erledigungen. Mit etwas Glück war der Schlüssel im Büro des Klosters.

Ich hastete zurück, den Schlüsselbund des Mannes in der Hand. Das Büro war abgeschlossen, und kein Schlüssel passte. Und jetzt? Ich konnte ja wohl kaum zu Fuß von hier weg!

Dann hatte ich plötzlich eine Eingebung.

Ich lief zurück in den Hof und begann rund um das Mofa alles abzusuchen. Ich hob Steine hoch, sah auf dem Anhänger unter der Abdeckung nach, suchte das Mofa ab, bis ich endlich unter der Regenabdeckung für den Sattel fündig wurde. Der Schlüssel! Eine Woge des Triumpfs überkam mich.

Ich schloss das Mofa auf und schob es hinaus auf den Parkplatz. Der Mann lag immer noch an derselben Stelle.

Ich blieb stehen und starrte zu ihm rüber.

Konnte ich ihn da so liegen lassen?

Ich stellte das Mofa ab und ging zu ihm.

Er fixierte mich mit dem unverletzten Auge und bewegte die Lippen. Ich beugte mich zu ihm hinab.

»Glaub ja nicht, dass du damit durchkommst, du Miststück«, flüsterte er. »Ich schwör dir, ich bring dich um. Ich find dich und deinen kleinen Bastard, und ich bring euch beide um …«

Plötzlich war ich glasklar. Ich wusste, was ich zu tun hatte. Es gab nur einen Weg für das hier.

Ich sah zum Wagen. Er war etwa zehn Meter entfernt.

»Auch wenn Sie's nicht verdient haben«, sagte ich. »Ich helfe Ihnen.«

Er starrte mich an, sagte nichts. »Können Sie laufen, kommen Sie bis zum Auto?«

»Nein«, stöhnte er.

Ich nickte. Lief zum Wagen, setzte in leichten Schlangenlinien zurück. Dann öffnete ich die Beifahrertür.

»Ich helfe Ihnen jetzt da rein und fahre Sie ins Krankenhaus, klar?«

Er stöhnte und bekam so etwas wie ein Nicken zustande.

»Wenn Sie mich angreifen, lasse ich Sie liegen, klar?«

Wieder ein Nicken.

Ich packte ihm von hinten unter die Arme. Der Schweiß lief mir den Rücken und zwischen den Brüsten runter, mein Bauch tat weh, und mein Rücken fühlte sich an, als würde er unter dem Gewicht zerbrechen. Ächzend schob ich ihn in eine sitzende Haltung. »Ich kann meine Beine nicht bewegen«, flüsterte er.

Ich zögerte. Hatte Angst vor ihm. Angst vor einem weiteren Kraftakt.

Atmen.

Nicht schwach werden.

Ich beugte mich hinab, legte einen seiner Arme um meinen Hals, hielt ihn fest, legte meinen freien Arm um seine Hüfte und hievte ihn hoch. Der Kerl war schwer wie Blei. Ich kam ins Taumeln, stolperte einen Schritt auf den Wagen zu und schaffte es mit letzter Kraft, ihn halb ins Auto zu drücken, und stieß mir dabei noch den Bauch. Ich richtete mich auf und gab mir einen Moment, dann schob ich seine Beine in den Fußraum und ihn auf dem Sitz zurecht, so gut es ging. Er hing krumm da, aber ich hatte es geschafft. Er war drin.

»Ich bin gleich wieder da«, sagte ich. »Ich muss nur schnell was holen.«

Ein schwaches erschöpftes Blinzeln. Es sollte wohl Ja heißen.

Ich lief los, zur Kirche des Klosters. Stieß die Tür auf. Trat vor Gottes Altar, den schmiedeeisernen Ständer mit den Halterungen für die Kerzen und öffnete die Metallschachtel mit den Zündhölzern. Nur ein einziges war noch da.

Was ich vorhatte, war schreiendes Unrecht.

Aber – was ist schon gerecht, wenn's ums Überleben geht?

Zum ersten Mal in meinem Leben hätte ich am liebsten die ›Ich bin doch nur ein Mädchen‹-Karte gezogen und gefragt, ob das hier nicht bitte jemand anderes machen kann.

Aber es hörte ja sowieso niemand zu.

Ich war mutterseelenallein in einem fremden Land, in einer Klosterkirche irgendwo südlich der Sierra de Gredos. Die Zikaden lärmten da draußen in der Dämmerung, als wollten sie mich jetzt schon anklagen. Dabei lag das Schlimmste noch vor mir. Ich konnte nicht zurück, und kneifen ging auch nicht.

Meine Mutter kam immer, wenn's mal eng bei mir wurde, mit irgendwelchen schlauen Sprüchen um die Ecke. Aber meine Mutter war nicht hier. Überhaupt, meine Mutter hatte mich erst so richtig in die Scheiße reingeritten – entschuldige, aber anders kann ich's echt nicht nennen. Vermutlich würde sie jetzt so was raushauen wie: »Tja, Schätzchen. Wer A sagt, muss auch B sagen …«

Und ich hatte vorhin verdammt noch mal A gesagt.

O Gott. Musste ich das wirklich tun?

Ich starrte auf das letzte Streichholz. Es lag lose in dem schwarzen Metallkästchen. Die Reibefläche war an dem schmiedeeisernen Kerzenständer mit seinen vielen leeren Halterungen festgeklebt. Meistens brannten hier ein paar Kerzen. Aber an diesem Tag nicht eine einzige.

Ich zögerte.

Die vorletzte rote Linie.

In der Kirche war es so trügerisch still. Nicht so wie draußen, wie gerade eben noch, mit all diesen hässlichen Geräuschen. Hier drinnen war kein Laut, kein Luftzug! – nur mein Atem war zu hören, der sich einfach nicht beruhigen wollte.

Wer A sagt, muss auch B sagen.

Das klingt so leicht. So schön logisch, oder? Als könnte ich all meine Ängste und mein rasendes Herz aus der Gleichung streichen. Aber was, wenn A schon ein Albtraum ist und ich für B in die Hölle komme? Oder ins Gefängnis.

Verurteil mich nicht, ich bitte dich. Nicht, bevor du dir alles angehört hast, die ganze Kassette.

Hätte ich etwas anders machen können? Ich meine, noch vor dem A?

Dumme Frage. Na klar, hätte ich. Es hatte ja schon mit dem Sex angefangen. Und jetzt stand ich da mit meinem Bauch und dir darin.

Auf A folgt B.

Ich riss das Streichholz an.

Mein Atem ging stoßweise und kam als Echo von der hohen Decke der Kirche zu mir zurück, als würde Gott flüstern: Hör auf. Hör auf!

Aber wenn's um Gott ging, wollte ich nicht zuhören. Ich fand, ER war erst mal an der Reihe mit zuhören. Oder besser: mit ein wenig Hilfe für mich.

Dann zündete ich eine Kerze an und schüttelte das Streichholz aus. Der trockene Docht knisterte leise. Ich starrte in die kleine Flamme. Das Blut rauschte in meinen Ohren, und meine nackten Füße brannten von all den spitzen Steinchen draußen, weil ich gerannt war, ohne jede Rücksicht. Mein Babybauch wölbte sich unter dem Nachthemd und tat weh.

Du warst so merkwürdig still. Als wolltest du es mir nicht noch schwerer machen. Als wüsstest du, dass ich eigentlich selbst noch ein halbes Kind war, viel zu jung für all das hier.

Die Uhr tickte, doch ich zögerte immer noch, sah nach oben ins Kreuzgewölbe, wo sich das letzte fahle Licht verlor. Das Monasterio de la Vera verschwand in der Dunkelheit. Die Kronleuchter waren aus, die gespenstisch ruhig brennende Kerze der einzig helle Fleck. *Vela de sacrificio*, Opferkerze, stand von Hand geschrieben auf dem Karton, aus dem ich sie genommen hatte. Wenn das hier der Moment für ein letztes Gebet war, dann eins für dich.

Dafür, dass du überlebst.

Darf man auf Hilfe hoffen, wenn man so viel falsch gemacht hat?

Ich hastete die Stufen zum Altar hinauf, stellte das goldene Kreuz beiseite, riss die bestickte Tischdecke herunter. Staub wirbelte auf. Sie war knochentrocken. Gut so.

Ich drehte aus der Tischdecke ein Seil. Dann nahm ich die brennende Kerze aus dem Ständer, eilte zum Ausgang und schützte die Flamme mit meiner hohlen Hand, damit sie auf gar keinen Fall ausging.

Was ich vorhatte?

Ich würde ein Auto anzünden.

Ein Mofa stehlen.

Einen Mann sterben lassen.

Und beten, dass du lebst.

Kapitel 27

Art bremste. Neukölln empfing ihn mit einer Parklücke. Er stellte den Dienstwagen ab, schloss die Haustür auf und stieg die knarrenden Stufen in den dritten Stock hoch. Er musste an Juli denken und daran, dass sie seine Wohnung noch nicht ein einziges Mal betreten hatte. Sie waren so vorsichtig gewesen, und trotzdem waren sie aufgeflogen. Nach dem Gespräch mit Henrik und Nele war er versucht gewesen, sich das Foto im Netz anzusehen, hatte aber in letzter Sekunde gezögert.

Er öffnete die Wohnungstür.

Das Licht war an und Milla schon da. Sie saß auf dem Sofa und las mit gerunzelter Stirn und glühenden Ohren ein Buch. Sie sah nicht einmal auf.

Art ging ins Schlafzimmer und steckte den Löwen in eine der Umzugskisten, die dort immer noch standen. Dann ging er ins Wohnzimmer.

»Was ist das für ein Buch«, fragte er anstelle einer Begrüßung. Es kam ihm seltsam dick vor für eine Siebenjährige.

»Eins von deinen. Das war in einem der Kartons im Schlafzimmer«, sagte sie ohne jedes Unrechtsbewusstsein.

Art hätte ihr jetzt einen Vortrag über anderer Leute Sachen halten können, aber ihm war nicht danach. Er wollte einfach nur seine Ruhe. Der Tag war denkbar schlecht gelaufen und hatte ihn ausgezehrt. Er ging zu Milla, hob kurz das Buch in ihren Händen an, sodass er den Umschlag sehen konnte. Jo Nesbø, *Blutmond*.

Er pflückte ihr das Buch aus den Händen und schlug es zu.

»He!«, protestierte Milla.

»Nichts, he. Das ist ein Erwachsenenbuch.«

»Wieso?«

»Da werden Köpfe abgeschlagen.«

»An der Stelle war ich gar nicht.«

»Gut so.«

»Bei *Herr der Ringe* werden auch Köpfe abgeschlagen.«

»Jetzt sag nicht, du hast das gelesen.«

»Nee, das war bei Mamas alten DVDs.«

»Und die hast du *alleine* geguckt?«

»Nö. Oma hat mitgeguckt.«

Art seufzte. »Ich verbiete dir, Filme mit abgeschlagenen Köpfen zu sehen, okay?«

»Okay«, sagte Milla etwas kleinlaut.

»Was ist mit deiner Oma, vermisst die dich gar nicht, wenn du dauernd hier rumlungerst?«

»Die kriegt doch eh nichts mit«, erwiderte Milla.

»Du musst mal wieder runter«, sagte Art müde. Der Fall rotierte in seinem Kopf, und er war auf der Suche nach Stille. Er wollte nachdenken, und dabei konnte er Milla weiß Gott gerade nicht gebrauchen.

»Duhu«, fragte Milla mit ihrer besten ›Ich-bin-ein-liebes-Mädchen‹-Miene. »Kann ich nicht bei dir wohnen?«

»Das geht nicht. Ich bin nicht dein Vater, das gibt Ärger.«

»Kannst du mich nicht adoptieren?«, fragte Milla.

Millas Satz traf ihn vollkommen unvorbereitet. Für einen Augenblick war er tief gerührt. »Das wird nicht funktionieren.«

»Wieso?«, fragte Milla verständnislos.

»Ist kompliziert.«

Milla dachte einen Moment nach. »Wie alt muss man sein, um zu heiraten?«

Art musste wider Willen lachen.

»Wieso lachst du, das ist blöd«, beschwerte sich Milla. Sie war glühend rot geworden.

»Milla, wir können nicht heiraten. Ich bin zu alt für dich.« Er musste an Juli denken, wie sie vor so vielen Jahren vor ihm gesessen hatte, auf einer Bank im Kiosk ihrer Mutter, und gesagt hatte, dass das nie etwas mit ihnen geben würde, weil er zu jung sei. »Ich bin VIEL zu alt für dich«, besserte er nach. »Außerdem liebe ich eine andere.«

In Millas Augen blitzte Neugierde auf. »Die Polizistin?«

»Nein, noch eine andere.«

»Ich könnte dir was kochen, du siehst müde aus.«

»Milla, was wird das?«

»Nichts«, sagte sie mit Unschuldsmiene. »Ich will nur, dass es dir gut geht.«

»Pass auf, ICH koch dir was. So rum wird ein Schuh draus.«

»Aber nicht schon wieder Rührei, ja?«

»Wie wär's mit Bratkartoffeln und Spiegelei?«

»Du hast gar keine Kartoffeln.«

Art schwieg. So belebend es mit Milla war, so ermüdend war es auch.

»Oma hat welche. Ich kann sie holen.«

»Okay«, seufzte Art. »Aber nur unter der Bedingung, dass

du deiner Oma dann auch einen Teller mit Bratkartoffeln und Ei bringst.«

»Gebongt!« Milla hüpfte vom Sofa und war wie der Wind aus der Tür.

Art ließ sich aufs Sofa fallen und streifte die Schuhe ab. Langsam ahnte er, warum Nele sich solche Gedanken ums Elternsein machte und warum sie es so schwierig fand, mit Roman zu reden. Sie hatte mitgenommen gewirkt, als er sie vorhin vor der Praxis abgesetzt hatte. Privatpraxis Dr. Seefeld, Voigt und Barenboim hatte auf dem Schild gestanden, mehr nicht. Er hatte die Namen kurz gegoogelt und festgestellt, dass es in Berlin mehrere Ärzte mit den Namen Seefeld und Voigt gab. Doch der Name Barenboim tauchte nur ein einziges Mal auf. Der Mann war Psychologe, und Art hatte sich daran erinnert, dass Nele mal erwähnt hatte, dass sie in Behandlung war. Trotzdem hatte sie vorhin nicht an die große Glocke hängen wollen, wohin sie ging. Es war schon ein Vertrauensbeweis gewesen, dass er sie überhaupt bis vor die Tür hatte fahren dürfen. Psychotherapie war für viele immer noch mit einem Makel behaftet – erst recht bei der Männerdomäne Polizei. Für die meisten war eine Therapie ein Schwächeeingeständnis.

Der Schlüssel drehte sich im Schloss, und Milla kam mit einem kleinen Sack Kartoffeln herein. Wortlos ging Art zum Herd, setzte Wasser auf, öffnete den Sack und schüttete die Kartoffeln hinein.

»Warte, die muss man schälen«, protestierte Milla.

»Muss man nicht«, sagte Art und nahm eine Zwiebel. »Die hier muss man schälen.«

Eine Minute später tränten seine Augen, und er schreckte auf, als es plötzlich an der Tür klingelte. Wer zum Teufel war das? Er bekam nie Besuch, wenn man mal von Milla und zuletzt Leo Tempel absah. Auch Milla schaute ihn fragend an.

Art ging zur Wohnungstür; die Sprechanlage funktionierte ohnehin nicht, also drückte er einfach die Haustür auf. Auf der Treppe hörte er Schritte, dem Klang nach eher eine Frau. Hoffnung flammte in ihm auf. Hatte Juli es sich anders überlegt?

Doch die Frau, die die Treppe hochkam, war älter. Er brauchte einen Moment, um im Dämmerlicht der Flurbeleuchtung Katrina Bernardi zu erkennen. Sie war bleich und wirkte angegriffen, doch ihre Schritte waren energiegeladen.

»Sie?«, fragte Art. »Woher wissen Sie, wo ich wohne?«

»Ich bin Journalistin«, erwiderte die Bernardi. »Da recherchiert frau hin und wieder.«

Art nickte. Journalisten und Polizisten waren auf eine merkwürdige Art verwandt – wenn sie nicht gerade gegeneinander arbeiteten. »Wie kann ich Ihnen helfen?«

Die Bernardi trat näher heran. Art roch einen Hauch von Bourbon und ein schweres sinnliches Parfüm. »Ich bin nicht gut darin, zu bitten«, sagte Katrina Bernardi. »Aber ich muss etwas tun. Ich kann nicht tatenlos rumsitzen. Ich will rausfinden, wer Wenke das angetan hat.«

Art seufzte und bereute es, die Tür geöffnet zu haben. »Das ist Sache der Polizei.«

»Wie gesagt, ich bin nicht gut darin, zu bitten«, erwiderte die Journalistin.

Art musterte sie eingehend. Katrina Bernardi hielt sich kerzengerade, doch ihr Gesicht spiegelte den Kummer, der schon in der Tatnacht aus ihr herausgebrochen war. Was auch immer Wenke de Fries und Katrina Bernardi miteinander verbunden hatte, es war wohl näher an Liebe, als sie in der Vernehmung hatte zugeben wollen. Wenn er sie abwies, würde sie vermutlich trotzdem etwas unternehmen. Es war vielleicht besser, sie einzufangen und zu wissen, was sie tat. Und vielleicht konnte er sich so auch ihre Befragung am nächsten Vormittag schenken. Das hier ersparte ihm einige Mühe.

»Mögen Sie Bratkartoffeln?«, fragte er.

»Ich hasse Bratkartoffeln«, erwiderte sie.

»Gut, dann kommen Sie rein. Es gibt auch Ei.«

Milla stand am Herd und betrachtete den Neuankömmling argwöhnisch.

»Hallo, ich bin Katrina«, stellte sich die Bernardi vor. Dann wandte sie sich an Art. »Ihre Tochter?«

»Ja«, sagte Milla.

»Nein«, sagte Art.

»Aha«, meinte die Bernardi verwirrt.

»Ist das die Frau, die du liebst?«, fragte Milla.

Die Bernardi zog die Brauen hoch.

»Nein«, sagte Art und musste lächeln.

Für einen Moment herrschte Stille.

»Sie wissen, dass die Sache mit der Kanzlergattin gerade hochkocht?«, fragte die Bernardi vorsichtig. »Und morgen früh wird der gesamte TV- und Print-Boulevard auf das Thema aufspringen.«

»Das war zu befürchten«, erwiderte Art und vermied es, sie anzusehen. Bisher hatte er sich geweigert, sich weiter mit dem Thema zu beschäftigen, aber gerade wurde ihm klar, dass bald auch der Letzte im Land Zeuge wurde, wie es aussah, wenn er mit Juli schlief.

»Ist Ihnen das unangenehm?«, fragte sie. »Dass ich das Foto gesehen habe?«

»Jetzt gerade, wo Sie mir gegenüberstehen? Irgendwie schon.«

Sie nickte. »Ich versteh Sie. Aber ganz ehrlich, ich habe mich gestern an Ihren Hals geworfen und Rotz und Wasser geheult, während mir meine Brüste halb aus dem Bademantel gerutscht sind. Vor mir sollte Ihnen nichts peinlich sein.«

Art schwieg einen Moment, während Millas Ohren auf die doppelte Größe anzuwachsen schienen.

»Danke für gestern«, sagte Katrina Bernardi leise.

Art nickte.

Auf dem Herd brodelte der Topf mit den Kartoffeln.

»Wie kann ich helfen?«, fragte die Bernardi schlicht.

»Den Tisch decken«, sagte Milla prompt.

Art, der wusste, dass die Frage anders gemeint war, überlegte. »Am besten, indem Sie mir ein paar Fragen beantworten. *Ehrlich* beantworten.«

»Geben Sie mir auch ein paar Antworten?«

»Kommt darauf an, wem ich antworte. Der Journalistin? Oder der Geliebten?«

Katrina Bernardi zuckte bei dem letzten Wort unmerklich zusammen. Sie schluckte, und für einen kurzen Moment wunderte sich Art über ihre Verlegenheit. »Der Geliebten«, sagte sie heiser.

»Gut. Dann antworte ich, soweit ich kann.« Art goss Katrina Bernardi ein Glas Wasser ein und stellte es auf den Tisch. Sie zog sich einen Stuhl heran, setzte sich und sah sich in der Küche um. »Hübsch haben Sie's hier.«

»Passt zu den Bratkartoffeln, die Sie nicht mögen.«

Zum ersten Mal huschte ein Lächeln über ihr Gesicht. »Was ist mit dieser Pressekonferenz von Kauder?«, fragte sie. »Das ist nicht echt, oder?«

»Nein. Ist es nicht. Ein Deepfake. Laut unserem IT-Experten mit irgendeiner Open-Source-Anwendung einer KI-

Software erzeugt. Es gibt offenbar genug gefilmte Interviews mit Kauder, um daraus einen Fake zu generieren.«

»Alarmierend«, meinte Katrina Bernardi. »Wissen Sie, von wem das kommt?«

»Wir haben keine Ahnung«, sagte Art. Wobei das nicht ganz stimmte. Tatsächlich hatte er inzwischen einen Verdacht. Schließlich hatte Leo erstaunlich schnell gewusst, dass sie und ihre Freunde auf der Fahndungsliste standen. Vielleicht hatten sie über dieselben Kanäle auch Zugriff auf Informationen zu den Fällen.

»Sie wissen, dass da gerade ein Shitstorm losbricht?«, fragte Katrina Bernardi.

»Nein, warum? Wegen des Fakes?«

Die Bernardi schüttelte den Kopf. »Im Gegenteil. Die Leute halten es für echt, und sämtliche Umweltaktivisten und deren Unterstützer fühlen sich gerade mitverurteilt. Dass Kauder Umweltaktivisten in die Nähe von Terroristen rückt, sorgt für massiven Unmut.«

Art schwieg einen Moment und dachte nach. Falls jemand so schlau gewesen war, das vorherzusehen, dann am ehesten die Gruppe um Leo Tempel. Kam das Video also tatsächlich von ihr und ihren Freunden? Falls es so war, konnte er Kauder und Buchwald schon hören.

›Die haben Täterwissen, das kann nur eins bedeuten.‹

›Ja, und jetzt wollen sie, dass die Tat publik wird. Und sobald die Presse es bringt, folgt ein Bekennerschreiben.‹

Shitstorm hin oder her, der Befreiungsschlag würde, was die Haltung der Polizei anging, gründlich danebengehen.

»Sie haben Leo Tempel in Verdacht, richtig?«

»Für den Fake?«

»Für die Morde.«

»Wie kommen Sie darauf?«, fragte Art.

»Laut Kriminalstatistik werden die meisten Morde an Frauen von Partnern oder Familienangehörigen verübt. Einen Partner gibt es in diesem Fall nicht, jedenfalls soweit ich weiß. Dazu kommt: Leo Tempel ist Umweltaktivistin und schon ein paarmal polizeilich aufgefallen.«

»Haben Sie einen Informanten bei der Polizei?«

Die Bernardi zögerte. »Nein, aber die Gerichtsreporterin bei der *Morgenpost*, meinem Ex-Blatt, ist auf Zack. Was glauben Sie, was los ist, wenn die Tochter von Deutschlands Charity-Lady Nummer eins angezeigt wird und vor Gericht erscheinen muss?«

Art schwieg.

»Nichts zu sagen ist auch eine Antwort«, meinte die Bernardi. »Teilen Sie den Verdacht?«

»Sagen wir so, mir fehlt ein besserer Ansatz.«

Die Bernardi nickte nachdenklich.

»Wie gut kannten Sie Wenke de Fries?«, fragte Art.

»Vermutlich besser, als sie dachte, dass ich sie kenne. Also eigentlich ziemlich gut.«

»Und wie gut kannten sich Charlotte Tempel und Wenke de Fries?«

»Die beiden waren gut befreundet.«

»Ach. Tatsächlich?«

»Ja. Sie haben sich bemüht, das klein zu halten. Charlotte war wohl immer der Meinung, es könnte schaden, wenn man ihnen so eine Art Frauenseilschaft unterstellt. Alleine die Hirschverleihung im November, stellen Sie sich vor, es hätte geheißen: Die de Fries verleiht ihrer Freundin Charlotte Tempel einen Hirsch.«

»Mhm«, brummte Art. Er betrachtete Katrina Bernardi eine Weile, bevor er seine nächste Frage stellte. »Wir haben in Wenke de Fries' Kalender einen Eintrag gefunden, den

wir uns nicht erklären können. Eine Verabredung vor eineinhalb Wochen, an einem Mittwoch um 11:00 Uhr. Neben
der Uhrzeit ist einfach nur ein Stern notiert. Haben Sie eine
Ahnung, was das für ein Termin ist?«

Die Bernardi runzelte die Stirn. »Wenke hat ihren Kalender immer sehr akkurat geführt. Und so transparent wie
möglich. Sie hat ihn mit wechselnden Produktionsassisten-
ten geteilt, zuletzt mit Sina Fiedler, wegen ihres Talk-Forma-
tes. Wenn sie nur einen Stern notiert hat, dann weil sie nicht
wollte, dass jemand den Termin nachvollziehen kann.«

»War es ein Termin mit Ihnen?«

»Was? Nein. Wir haben unser Verhältnis zwar nicht öffentlich gemacht, aber wer Augen im Kopf hatte, wusste davon, und das war in Ordnung.«

»Ist es denkbar, dass sie eine zweite Geliebte hatte oder
einen Geliebten? Oder vielleicht sogar Charlotte Tempel?«

Katrina Bernardi blies die Wangen auf. »Pfff. Also, eigentlich … nein. Wir waren ziemlich ehrlich und direkt miteinander. Wir haben beide einiges hinter uns und … na ja,
wenig Lust auf Versteckspielchen gehabt. Für die Vergangenheit kann ich nicht sprechen, keine Ahnung, ob da mal
was mit Charlotte Tempel war. Mein Gefühl sagt mir Nein.
Ich glaube, Charlotte war sehr hetero.« Sie sah zum Fenster
hinaus, und ihre Gedanken glitten ab. »Es gibt eigentlich nur
eine Sache, über die wir so gut wie nie gesprochen haben.
Das war ihr Sohn. Sie kennen die Geschichte?«

Art nickte. »Der Suizid, ja.«

»Wenke hat versucht, das Thema so weit wie möglich aus
den Medien herauszuhalten.«

Art musste an das Foto aus der Lagebesprechung denken,
und ihm fiel wieder ein, dass im ganzen Haus von Wenke
de Fries nicht ein Foto von Volker de Fries zu finden gewe-

sen war. »Haben Sie je ein Foto von ihm gesehen?«, fragte
er.

Die Bernardi schüttelte den Kopf. »Aber ihr Sohn kann ja
mit dem Kalendereintrag wohl schlecht gemeint gewesen
sein.«

»Wie war eigentlich de Fries' Verhältnis zu ihrem Sohn?«

Katrina Bernardi gab einen Stoßseufzer von sich. »Ich
glaube, schwierig. Sie hat wie gesagt nicht gerne über ihn gesprochen, ich glaube, sie hatte Schuldgefühle. Volker war ja
lange Zeit auf einem Internat gewesen, bevor sie ihn wieder
zu sich geholt hat. Wenke wollte immer alles. Eine Familie,
eine Karriere und am besten auch sonst noch alles, was das
Leben so hergab. Was das anging, war sie nicht bescheiden.
Aber ich mochte das an ihr, diesen Hunger.«

Hunger. Art nickte still, schob eine Pfanne auf den Herd
und schlug die ersten zwei Eier hinein.

»Doch noch nicht jetzt«, protestierte Milla. »Die Kartoffeln sind doch noch gar nicht fertig.«

Doch Art hörte nicht zu. Er starrte nur auf die zwei Dotter
in der Pfanne und dachte an zwei einsame und verlorene
Kinder. Leo Tempel und Volker de Fries. Vielleicht war das
die Gemeinsamkeit der Opfer, nach der er die ganze Zeit
suchte.

»Wissen Sie, ob Wenke de Fries je einen Psychologen besucht hat oder eine Psychologin?«, fragte er.

»Einen Psychologen? Sie hat nie etwas davon erzählt.«

»Wäre das denn etwas gewesen, worüber sie gesprochen
hätte?«

»Wohl kaum. Auch wenn Therapie heute hoffähiger ist
als früher, aber Wenke hätte es sicher nicht riskiert, darüber
etwas in der Regenbogenpresse zu lesen. Vor allem, wenn es
um ihren Sohn ging.«

»Gab es in de Fries' Umfeld irgendjemand, der mal zu einem Psychologen oder einer Psychologin gegangen ist und der ihr vielleicht jemand empfohlen haben könnte?«

Katarina Bernardi runzelte die Stirn. »Ich bin nicht ganz sicher«, meinte sie, »aber ich glaube, Ben Junkers hat da mal jemanden erwähnt.«

»Ben Junkers von SchumannSolo?«

Katrina Bernardi nickte, während sie das Telefon herausholte und wählte. Nach ein paar Freizeichen hob jemand ab.

»Ben? Ich bin's, Katrina.« – »Was? Äh, ja. Nein. Mies.« – »Aber hör mal, ich hab eine Frage, hattest du nicht kürzlich mal von einem guten Psychologen erzählt?« – »Ja, ich könnte einen brauchen.« – »Aha.« Katrina Bernardi hob die Brauen. »Diskret, verstehe.« – »Kann es sein, dass du den damals auch an Wenke empfohlen hast?« – »Wieso indiskret? Wenke ist …« – »Ah, okay. Verstehe. Ich behalt's für mich, ist ja auch in meinem Interesse.« – »Alles klar, danke.« – »Äh, nein, gib mir bitte ein paar Tage. Das schaff ich noch nicht.« – »Ja, danke dir noch mal.«

Sie legte auf. »Da gibt es wohl jemand«, sagte sie. »Eine Privatpraxis in Mitte. Einen Dr. Voigt. Maximilian Voigt. Arbeitet in einer Gemeinschaftspraxis mit zwei anderen Psychologen.«

Kapitel 28

Privatpraxis Dr. Seefeld, Dr. Voigt, Dr. Barenboim.

Art sah das Haus zum zweiten Mal an diesem Abend, jetzt allerdings mit anderen Augen. Ein Altbau mit heller Fassade, frisch gestrichenen dunkelgrünen Fenstern und eleganten Balkonen. Es war eins dieser teuer sanierten Häuser in Mitte, in denen Art sich nie eine Wohnung würde leisten können. Das Schild der Praxis war diskret neben dem grünen zweiflügeligen Eingangstor befestigt.

Art sah auf die Uhr. Kurz nach neun. Es tröpfelte. Der Himmel war tiefdunkelblau, mit ein paar letzten schweren Wolken auf dem Weg nach Osten. Die Straßenbeleuchtung war angesprungen.

Art hatte gegenüber Katrina Bernardi mehr als deutlich werden müssen, um die Journalistin davon abzuhalten, mit ihm zu kommen. Ihre Informationen waren recht eindeutig gewesen. Ben Junkers hatte indirekt zugegeben, Dr. Voigt an Wenke de Fries empfohlen zu haben. Offenbar wurde die Praxis in bestimmten Kreisen immer wieder empfohlen, man war dort unter sich, die Praxis war diskret, und die Patienten, die absolute Diskretion wünschten, bezahlten mit

Bargeld, ohne Rechnung. Belege gab es nicht. Ebenso wenig wie eine Abrechnung mit den Krankenkassen. Vermutlich wurden die Bareinnahmen auch nicht versteuert.

Er nahm das Handy und wählte zum dritten Mal Neles Nummer.

Wieder die Mailbox.

Er vermutete, dass sie nach der Sitzung beim Psychologen mit einem Taxi nach Hause gefahren war, und wünschte ihr, dass sie sich nach diesem aufreibenden Tag nicht auch noch in dem längst überfälligen Gespräch mit Roman befand.

Martin Buchwald hatte sich bedeckt gehalten, als er ihn angerufen hatte. Die Vermutung, ein Termin bei Dr. Voigt könne das Sternchen im Kalender sein, war eben nur eine Vermutung, nicht mehr. Und um auf die Patienten-Akten eines Psychologen zugreifen zu können, brauchte es handfeste Gründe und einen Staatsanwalt, der diesen Gründen auch folgen würde. Und davon waren sie bisher noch weit entfernt.

Art musterte das Klingelschild an der Tür. Die Praxis war im ersten Stock. Im dritten gab es eine Familie Barenboim. Er klingelte.

Nach einer Weile knackte es im Sprechgerät. »Ja, bitte?« Eine Männerstimme. Ruhig und abweisend.

»Doktor Barenboim?«

Der Mann seufzte. »Hören Sie, wenn Sie einen Termin möchten, melden Sie sich bitte tagsüber in der Praxis, wir haben ab −«

»Mein Name ist Art Mayer, Bundeskriminalamt.« Art hielt seinen Ausweis vor das Auge der Kamera in der Klingelanlage.

Am anderen Ende herrschte Stille.

»Kann ich kurz raufkommen?«, fragte Art.

»Sind Sie jetzt privat hier oder im Rahmen einer Ermittlung?«

»Nicht privat. Ich brauche keinen Termin, falls das Ihre Sorge sein sollte.«

»Ich mache mir keine Sorgen, ich versuche nur den Rest meiner Privatsphäre zu schützen.«

»Es geht um eine Ermittlung, Herr Dr. Barenboim. Ich muss Ihnen ein paar Fragen stellen.«

»Wo ist Ihr Kollege? Bei Ermittlungen sind Sie doch normalerweise zu zweit unterwegs«, fragte Barenboim.

»Hören Sie, ich habe nur ein paar einfache Fragen, um mehr geht es nicht …«

»Haben Sie einen Durchsuchungsbeschluss?«

»Nein«, sagte Art. »Aber wenn Sie möchten, rücke ich morgen mit einem solchen Beschluss und ein paar Kollegen im Schlepptau an, am besten vielleicht während der Sprechstunde, damit Sie sich nicht so in Ihrer Privatsphäre gestört fühlen.«

Schweigen. Dann ertönte der Summer.

Art stieg die Treppe in den dritten Stock hinauf.

Dr. Barenboim war Ende dreißig und sah ganz und gar nicht aus wie das Abziehbild eines Psychologen. Er hatte kurzes blondes Haar, war sportlich, mit einem kantigen Kinn. Seine Füße steckten in schwarzen Adiletten, und er trug eine sandfarbene Hose und ein figurbetontes grünes Hemd.

»Nur damit das klar ist, ich spreche nicht über meine Klienten«, sagte er zur Begrüßung und verstellte den Weg in seine Wohnung.

»Können Sie mir vielleicht zumindest sagen, ob bestimmte Personen in der Gemeinschaftspraxis Termine hatten? Das würde mir zunächst einmal reichen.«

»Wie stellen Sie sich das vor? Dass ich Ihnen eine Patientenliste gebe?« Er lachte trocken auf. »Das wird sicher nicht passieren.«

»Ich würde Ihnen ein paar Namen nennen, und Sie müssten nur nicken oder den Kopf schütteln«, sagte Art.

»Wie gesagt, ich spreche nicht über meine Klienten, den Gefallen kann ich Ihnen beim besten Willen nicht tun.«

Art wusste, dass er den Schalter umlegen musste. Barenboim war ein härterer Brocken als gedacht.

»Gut«, sagte Art und lächelte. »Das macht nichts. Ich komme auch alleine klar. Sie müssten mir nur den Schlüssel für die Praxis geben.«

Barenboim sah ihn an, als hätte er den Verstand verloren. »Sie brauchen offensichtlich Hilfe. Ich persönlich stehe zwar nicht zur Verfügung, aber ich kann Ihnen gerne einen meiner Kollegen empfehlen.«

»Im Gegenteil«, erwiderte Art. »Ich empfehle Sie an *meine* Kollegen. Und zwar an die von der Steuerfahndung.«

Barenboims Miene war undurchdringlich. Er musterte Art, dann hielt er ihm schweigend die Tür auf, und Art trat in den Flur. Teure Wandlampen, abstrakte Kunst, an der Garderobe Kinderanoraks und Mini-Sneaker.

Barenboim legte den Finger auf die Lippen und lotste ihn in eine Bulthaup-Küche.

»Sie verdienen gut«, meinte Art.

»Meine Eltern haben gut verdient«, entgegnete Barenboim. »Ich will mich nicht beschweren, ich mache meinen Job gerne, aber er ist nicht so einfach, wie es aussieht.«

Art nickte. »Ich weiß, Sie wollen Ihre Klienten schützen. Zu Recht. Mich interessiert auch nicht, was Sie steuerlich treiben. Mich interessiert nur, ob die Moderatorin Wenke de Fries bei Ihrem Kollegen Dr. Voigt in Behandlung war und ob es zu diesen Sitzungen Aufzeichnungen gibt.«

Dr. Barenboim sah ihn aus schmalen Augen an. »Sie meinen die Moderatorin, die ermordet wurde?«

Art nickte.

Barenboim schien im Kopf Optionen durchzugehen. »Was wollen Sie? Die Akte beschlagnahmen?«

»Ich bin nicht offiziell hier. Nicht heute.«

»Können Sie versprechen, dass Sie nicht wiederkommen?«

»Nein.«

»Können Sie versprechen, dass Sie nichts aus den Akten weitergeben?«

»Nein.«

Stille. Das Ticken einer großen Vintage-Bahnhofsuhr über der Küchentür.

»Was hab ich dann davon, mit Ihnen zusammenzuarbeiten?«

»Das können nur Sie beurteilen. Nur Sie wissen, wie viel Sie und Ihre Kollegen an der Steuer vorbei arbeiten.«

Barenboim rieb sich den Nacken. Dann ging er zum Kühlschrank, schenkte sich ein Glas aus einer offenen Flasche Weißwein ein, trank, drehte Art den Rücken zu und schaute raus in den Hof. »Auf dem Sideboard im Flur liegt mein Praxisschlüssel, in der grünen Schale. Der mit dem schwarzen Lederanhänger. Ich würde es nicht bemerken, wenn Sie ihn gleich beim Rausgehen heimlich einstecken«, sagte er langsam. Seine Stimme war leise. »Ich würde bei jeder Befragung oder Gerichtsverhandlung eidesstaatlich versichern, Sie hätten mich bestohlen und die Praxis widerrechtlich betreten. Sie wissen schon, die Früchte des vergifteten Baumes.«

Art konnte im Fensterglas Dr. Barenboims Gesicht sehen. Seine Miene war ausdruckslos und distanziert, fast als wäre er nicht anwesend. *Die Früchte des vergifteten Baumes.* Art wusste nur zu gut, was Barenboim meinte. Beweise, die mit rechtswidrigen Mitteln beschafft wurden, waren vor Gericht nicht verwertbar. Aber im Moment ging es noch gar nicht um Beweise, es ging darum, überhaupt einen Ansatzpunkt zu finden.

Wortlos verließ Art die Küche, nahm den Praxisschlüssel an sich und zog beim Verlassen der Wohnung leise die Tür hinter sich zu. Mit schnellen Schritten lief er in den ersten Stock. Die Praxisräume waren schlicht, kühl und elegant. Im Eingangsbereich stand eine Art Empfangsschreibtisch. Dahinter war eine kleine Tür, die abgeschlossen war. Er probierte die drei Schlüssel am Bund durch. Der letzte passte.

Art betrat einen fensterlosen Raum mit Archivschränken und zog wahllos eine der Schubladen auf. Klassisch. Eine Hängeregistratur mit dicht gedrängten Mappen. Dann stutzte er. Die Mappen hatten keine Namen, sie trugen kleine Reiter mit Nummern. Er zog eine weitere Schublade auf. Ebenfalls nur Nummern. Art fluchte leise. Offenbar gab es einen Nummerncode für die Patienten, und vermutlich kannten den nur die drei Psychologen.

Wie sollte er jetzt die Akte von Wenke de Fries finden? Mal abgesehen davon, dass er sich erhofft hatte, auch von Charlotte Tempel oder von Leo eine Akte zu finden, um so eine Verbindung zwischen den Mordfällen herstellen zu können.

Er starrte auf die kleinen Reiter mit den Nummern. Sie waren fortlaufend, also folgte die Ordnung vermutlich dem Beginn der Sitzungen. Er zog eine der Akten heraus und öffnete sie. Keine handschriftlichen Notizen, nur Ausdrucke. Keine Überschriften und keine Daten, es gab nur einzelne hintereinander abgeheftete Blätter. Auch eine Patientenbeschreibung fehlte. Keine Geburtsdaten, nichts. Art vermutete, dass jedes Blatt für eine Sitzung stand. Die Patienten wurden immer nur mit einem Buchstaben benannt:

K berichtet von erneutem Zusammentreffen mit ihrem Vater. Als sie das Haus betritt, riecht es nach Alkohol. Die Vorhänge sind zugezogen, in der Küche und im Wohnzimmer sind Dutzende Flaschen. K's Vater liegt in einer Lache aus Erbrochenem. K hat Mitleid, sie schleppt ihren Vater in die Dusche, macht ihn sauber. Ihrem Vater ist das Wasser zu kalt, er schlägt nach ihr. K verlässt das Bad und beginnt, im Haus aufzuräumen. So unordentlich könne es nicht bleiben, sagt sie. Wenn jemand käme, sei das peinlich für ihn, und es fällt ja dann auf alle zurück …

So ging es immer weiter, von Blatt zu Blatt, ohne Hinweise auf Adressen, konkrete Namen, noch nicht einmal der Behandler war vermerkt, sodass Art nicht nachvollziehen konnte, welcher der drei Psychologen welchen Klienten hatte. Lediglich die Gesprächsinhalte wurden konkret wiedergegeben. Doch Art hätte jeweils die ganze Akte lesen müssen, um daraus indirekte Schlüsse auf eine Person zu ziehen, falls das überhaupt möglich war.

Als Nächstes überprüfte er den Computer, der auf dem Schreibtisch im Empfangszimmer stand, in der Hoffnung, vielleicht die Namen der Patienten in einem Kalender zu finden. Doch schon nach dem Hochfahren wurden Benutzername und Passwort abgefragt. Eigentlich keine Überraschung.

Zurück im Archiv, ging er eine Weile lang stichprobenartig Akten durch, doch das System zog sich konsequent durch alle Unterlagen. Barenboim hatte ihm einen faulen

Deal angeboten. Er schob die Schublade wieder zu und wollte gerade zurück in den dritten Stock, um Barenboim zu stellen, als ihm eine Schublade auffiel, die nicht ganz zugeschoben war. Er trat an die Schublade heran, die etwa auf Kniehöhe war, und zog sie auf. Unter seinen Schuhsohlen war es plötzlich merkwürdig mehlig und glatt. Er bückte sich verwundert und strich mit dem Finger über den Boden. Eine feiner gräulichweißer Staub. Er sah in die Schublade. Ein wenig von dem Staub hatte sich auch auf die schmalen Kanten und Hängebügel der Akten gelegt. Sorgfältig ging er die einzelnen Fallnummern durch, bis ihm auffiel, dass die Hängeregistermappe mit der Nummer 11256 leer war. Irgendjemand hatte die Akte entnommen. Ein Zufall? Vielleicht gehörte diese Nummer ja zu jemandem, der heute einen Termin gehabt hatte. Er nahm die Registermappe heraus und merkte anhand des Gewichts, dass sie doch nicht ganz leer war. Art schob seine Hand zwischen die Pappdeckel und ertastete am Boden einen Gegenstand. Noch bevor er ihn herauszog, wurde ihm bewusst, was es war.

Eine Musikkassette.

Auf dem Gehäuse stand von Hand geschrieben: *FÜR DICH.*

Im selben Moment hörte er draußen eine Polizeisirene, die rasch lauter wurde. Vor dem Haus verstummte die Sirene, und er hörte, wie Türen geschlagen wurden.

Verdammt. Barenboim musste sich wirklich sehr sicher fühlen, wenn er es gewagt hatte, die Polizei zu rufen. Oder aber das Gegenteil war der Fall, und er hatte sehr viel Angst.

Art steckte die Kassette ein, drückte die Schublade zu, hastete aus dem Archiv und sah sich in der Praxis um. Durch die Vordertür konnte er nicht mehr, da würde er den Kollegen direkt in die Arme laufen. Dann sah er eine Tür, die zur Hofseite hinausging. Hastig probierte er die Schlüssel durch und öffnete die Tür. Eine kleine Stahltreppe führte ein Stockwerk tiefer in den Hof. Art schloss die Tür von außen wieder ab, lief in den dunklen Hof und versuchte, sich zu orientieren. Im hinteren Bereich gab es eine Art Bungalow, davor waren ein Wasserspiel und mehrere Bambuspflanzen. An der Eingangstür des Bungalows hing ein Schild mit der Aufschrift *Meditations-Raum* in den Farben des Praxisschildes.

Er probierte die Schlüssel, und die Tür schwang auf.

Im selben Moment wurde das Tor im Vorderhaus geöffnet, und er hörte die Polizisten.

Schnell schlüpfte er in den Bungalow, schloss die Tür von innen ab und sah sich um. Im Raum stand ein sehr großes Plastikgehäuse, das wie eine überdimensionierte Muschel aussah. Taschenlampenkegel streiften durch den Hof und wischten durch die Fenster ins Innere. Art duckte sich, kroch auf allen vieren zu der Muschel, hob den Deckel an und sah zu seiner Überraschung, dass sie mit Wasser gefüllt war. Das Ding sah aus wie eine überdimensionierte Badewanne, vermutlich war es ein Salzwasserbad zum Entspannen und zum Reizentzug.

Art nahm die Kassette zwischen die Zähne, damit sie im Wasser keinen Schaden nahm, kletterte hinein, ließ sich ins Wasser gleiten und schloss den Deckel über sich. Mit einem Schlag war es stockfinster. Jetzt blieb ihm nur noch zu hoffen, dass die Polizisten zwar die Praxis nach einem vermeintlichen Einbrecher durchsuchten, aber nicht den Meditationsraum, denn sonst war er geliefert.

Art holte sein Handy heraus, das wie die meisten Handys heute wasserfest war, merkte sich die Uhrzeit und schloss die Augen. Er dachte nach. Handelte es sich bei der Kassette, die er gefunden hatte, einfach um irgendeine Kassette, oder war es die Kassette, die Leo gefunden hatte?

Solche Kassetten waren schon seit Langem nicht mehr üblich, insofern sprach einiges dafür, dass es Leos Kassette sein konnte. Was wiederum bedeutete, dass Leo Tempel ebenfalls Patientin in dieser Praxis war. Es passte zu Charlotte Tempel, dass sie ihre Tochter zu einem Psychologen geschickt hatte, der diskret abrechnete und bei dem sie sich darauf verlassen konnte, dass niemand etwas erfuhr. Vielleicht kam Leo schon seit Jahren hierher, schließlich war die Nummer, die die Aktenmappe trug, eine der älteren. Dass die Kassette beim Psychologen lag, sprach dafür, dass der Inhalt brisant war. Ob Leo sie hier wohl bewusst versteckt hatte? Oder hatte sie die Kassette hiergelassen, damit ihr Psychologe sich ein Bild machen konnte? Seltsam war nur, dass die Akte verschwunden war und die Kassette noch da.

Ebenfalls merkwürdig war der Zufall, dass – wenn das alles zutraf – Wenke de Fries und Leo Tempel beim selben Therapeuten waren, oder zumindest in derselben Praxis. Dabei gab es in Berlin bestimmt Tausende Therapeuten. Katrina Bernardi fiel ihm ein und dass de Fries und Tempel befreundet gewesen waren. Und sie hatten beide Probleme mit ihren Kindern gehabt. Was lag also näher, als denselben Therapeuten aufzusuchen? Eine Empfehlung von einer Mutter zur anderen.

Ein lautes, schrilles Piepsen riss ihn aus seinen Gedanken.

Der verdammte Diabetes-Alarm. Hastig sah er aufs Display seines Handys. Der Alarm verstummte, als er die App aufrief. 79. Verdammter Mist. Der Blutzucker war zu niedrig, und die Kurve zeigte nach unten. Er fasste in seine Hosentasche, in der er eine angebrochene Packung Traubenzucker mit sich herumtrug, doch die kleinen rechteckigen Zuckertabletten hatten sich im Salzwasser inzwischen fast aufgelöst. Er nahm die Kassette aus dem Mund und versuchte den Brei hineinzuschaufeln, schluckte etwas davon, doch das Salz ließ ihn würgen und er spuckte alles wieder aus. Nur zwei kleine Stücke waren noch halbwegs heil und genießbar. Das würde nicht lange reichen. Wenn er nicht bald aus dieser dunklen Kammer rauskam, würde er bewusstlos werden. Und wenn ihn dann niemand fand, wurde es lebensgefährlich.

▶

Ich hatte Angst, dass er nicht mehr im Auto saß. Ich hatte Angst, dass die Kerze auf dem Weg dahin ausgehen könnte, dass der Wind zu stark war, dass eine der Schwestern uns gehört hatte und auf den Parkplatz gelaufen war. Was, wenn Maria zurück war? Oder jemand die Polizei gerufen hatte?

Tausend Funken in meinem Kopf.

So trat ich wieder durchs Tor auf den Parkplatz hinaus, meine hohle Hand schützend vor der Kerzenflamme. Die blaue Stunde war fast vorbei. Adios, Dämmerung. Der Himmel wurde schwarz.

Der Wagen stand noch da. Gut.

Im Licht der Laterne sah ich den Schatten des Mannes auf dem Beifahrersitz. Auch gut.

Die Kerze flackerte bei jedem Schritt, einmal wurde die Flamme so klein, dass ich fürchtete, sie würde ausgehen. Ich hielt meine Hand so nah ans Feuer, dass ich sie mir beinah versengte. Das Geld und den Autoschlüssel und das Handy hatte ich in den Bund meiner Unterhose gestopft. Er spannte, als würde er bald reißen. Die Tischdecke hatte ich mir unter den Arm geklemmt. Ich achtete darauf, dass ich mich dem

Wagen so näherte, dass der Mann mich nicht sehen konnte. Dann stellte ich die Kerze in den Windschatten des Wagens und scharrte ein Häufchen Steine drum herum, sodass sie stehen blieb und ich die Hände frei hatte. Hier am Boden war es Gott sei Dank fast windstill. Ich öffnete den Tankdeckel des Mercedes und schob die zum Seil gedrehte Tischdecke hinein, immer noch ein Stück weiter, bis nur noch ein kurzes Stück von außen zu sehen war. Dann zog ich die Tischdecke wieder heraus und ließ sie am Wagen herunterhängen. Sie war feucht vom Benzin, und der Geruch stieg mir beißend in die Nase. Ich würde ihn mit Gottes Tischdecke in die Hölle schicken.

Wer A sagt, muss auch B sagen.

Musste ich wirklich?

Der verdammte Mistkerl hatte mich umbringen wollen.

Er hatte Bastian getötet.

Und wenn ich ihn davonkommen ließ, dann würden wir – du und ich – vermutlich unser ganzes Leben lang Angst haben müssen. Das Blut rauschte in meinen Ohren. Ich hörte keine Zikaden, ich hörte nichts, nur meinen Willen, mein Innerstes. Ich atmete zitternd ein und aus. Nahm die Kerze, sah mich ein letztes Mal um – und erstarrte.

In etwa zwanzig Metern Entfernung stand ein Auto in der Dunkelheit, im Schutz der Bäume, zwischen zwei anderen Autos. Aber dieses eine Auto kam mir bekannt vor. Das Kennzeichen war anders als die der spanischen Autos. Die typisch deutschen großen schwarzen Buchstaben und Zahlen. Ich kniff die Augen zusammen, um in der Dunkelheit besser sehen zu können. War der erste Buchstabe nicht ein B für Berlin? Ich stellte die Kerze ab, scharrte hastig wieder ein Häufchen zusammen, damit sie nicht umfiel. Das Kennzeichen zog mich magnetisch an. Ich ging ein paar Schritte auf den Wagen zu, sah ungläubig die Form der Scheinwerfer. Auch die Farbe stimmte. Das konnte kein Zufall sein; das war der Wagen von Bos Vater! Der Schreck fuhr mir in die Glieder. Bos Vater war hier?

Oder war das etwa … Bo?

Aber wo zum Teufel war er dann?

Ich zog das Handy unter dem Bund der Unterhose heraus. Wählte Bos Nummer.

Nichts.

Wo bist du?, dachte ich. Und: Ich kann doch jetzt nicht laut rufen, das ist viel zu gefährlich.

Ich tat es trotzdem. »Bo?«

Nur Zikaden.

»Bo? Wo bist du?«

Ich steckte das Handy wieder weg, sah zurück zum Mercedes.

Bo war nicht hier.

Ich musste es zu Ende bringen. Nicht schwach werden jetzt! Die Kerze reichte so nah an das Tuch heran, dass die Flamme beinah das untere Ende berührte. Die Hitze sengte den Stoff an.

Gut so. Dann passierte es von alleine, ich musste es nur noch geschehen lassen.

»Bell?«

Ich schnappte nach Luft. Hatte ich gerade richtig gehört? Das war doch … Bo?! Aber warum so dumpf, von wo …?

»Beeeell!« Ein lautes Rumsen, als würde jemand mit einer Faust gegen Metall schlagen.

Die Glut fraß sich durch den Stoff nach oben. Kleine Flammen züngelten an der Tischdecke hoch. Gleich würden sie den mit Benzin getränkten Teil erreichen. Ich sollte mich besser in Sicherheit bringen.

»Bo, wo bist du?«

Wieder das Rumsen. »Bell, hier, im Kofferraum!«

Kennst du das, wenn der Kopf nicht macht, was er soll? Wenn alle Informationen vorhanden sind, aber du noch nicht den richtigen Schluss ziehst? Ich sah das Feuer, roch das Benzin, hörte Bo, und dann endlich verband mein Gehirn all das in einem schrecklichen Moment. Bo war im Kofferraum des Mercedes! Und der würde in ein paar Sekunden in einer Benzinwolke explodieren.

Ich weiß nicht, ob ich je so schnell gerannt bin. Ich hätte jeden umgerannt, der sich mir in den Weg gestellt hätte. Ich hätte als Schwangere alle Nichtschwangeren dieser Welt überholt. Und vielleicht übertreibe ich, aber du weißt, was ich meine.

Der Schotter bohrte sich in meine Fußsohlen. Die Flammen fraßen sich höher. Der Kofferraum bebte von Bos Schlägen, als ob er das Benzin roch und wusste, was geschah.

Ich kam beim Wagen an. Packte mitten in das heiße brennende Tuch, schrie vor Schmerzen und zog. Doch die Rückschlagklappe des Tanks verhakte sich im Stoff. Das Tuch wollte nicht raus. Ich ließ es los. Schob meine Finger in die Tanköffnung, drückte die kleine Klappe im Inneren beiseite, atmete den beißenden Geruch weg, packte das brennende Tuch und riss es aus dem Tank. Benzin spritzte aus dem getränkten Stoff und ließ das Feuer auflodern. Im gleichen Moment warf ich die Tischdecke fort, nur weg vom Auto. Weg von Bo. Das Tuch landete auf dem Boden und ging in einer Stichflamme auf. Mit zitternden Fingern holte ich den Schlüssel heraus, steckte ihn in das Kofferraumschloss und öffnete die Klappe. Da war er, eingepfercht, die Knie angezogen, die Fäuste geballt und das Gesicht geschwollen.

»Bo! O Gott!«

»Bell! Scheiße, bin ich froh dich zu sehen.«

Er versuchte aus dem Wagen zu klettern, und ich half ihm hektisch.

»Komm weg vom Auto, bloß weg hier«, sagte ich.

Bo stolperte mir hinterher, er konnte kaum laufen. Ein Stück vom Auto weg blieben wir stehen und umarmten uns. »Mein Gott, du bist hier! Du bist hier!«, weinte ich.

»Gott sei Dank«, schluchzte Bo. Er schluckte, versuchte sich zu beherrschen, wollte stark sein.

Wie gut ich das kannte!

»Wie geht's dir, alles okay?«, fragte er.

»Ich … ich weiß nicht. Ja, nein. Alles.«

Bo nickte und hielt mich. »Was ist das?«, fragte er und deutete auf das brennende Tuch. Dann sah er den offenen Tankdeckel und wurde bleich. »Du wolltest … sag, dass das nicht wahr ist.«

»Doch, wollte ich.«

Er rang um Beherrschung.

»Ich wusste doch nicht, dass du dadrin bist. Woher sollte ich das denn wissen? Ich wollte ihn loswerden. Einfach nur loswerden, für immer.«

Erst jetzt sah Bo die Gestalt auf dem Beifahrersitz. Er löste sich von mir und ging zum Wagen. Starrte den Mann an, dann die zersplitterte Windschutzscheibe und die verbeulte Wagenschnauze.

»Mein Gott, warst du das?«, fragte Bo.

Ich nickte. Meine Nase lief, und ich wischte mir Tränen und Schnodder mit dem Arm aus dem Gesicht.

»DU hast am Steuer gesessen und ihn …?«

Ich nickte wieder. Wagte nicht, ihm zu erzählen, was ich sonst noch getan hatte. »Das ist der Typ aus dem Kino. Er hat Bastian getötet. Und mich wollte er auch umbringen. Ich will nicht mein Leben lang davonlaufen«, verteidigte ich mich. »Außerdem sind überall im Auto Spuren von mir. Haare, Fingerabdrücke. Was weiß ich noch alles. Wenn die Polizei das findet ... das kennt man doch ...«

»Und wie wolltest du von hier weg?«

Ich deutete auf das Mofa.

Er schüttelte den Kopf und sah mich an. »Weißt du«, sagte er heiser, »du bist wirklich die irrste Braut, die mir je begegnet ist.«

Ich wusste nicht, ob das gut oder schlecht war.

Bo zog sein schmutziges Hemd aus der Hose, betrachtete es kurz, dann sah er mich an, holte seinen Autoschlüssel aus der Tasche und reichte ihn mir. »Ich brauch dein Nachthemd«, sagte er. »Das ist am längsten. Und dann geh zum Auto. Ich hab Ersatzklamotten für dich dabei.«

Ich zog mein Nachthemd aus und gab es ihm. Als er das Handy und das Geld und den Schlüssel in meiner ausgebeulten Unterhose sah, lachte er verblüfft auf. Dann wurde er sofort wieder ernst. »Ich mach das mit diesem Typen, du holst den Wagen. Schaffst du das?«

Wenn ich es bis hierher geschafft hatte, dann schaffte ich das wohl auch.

Ich nickte. Ging zum Wagen seines Vaters. Ich überlegte kurz, mir etwas anzuziehen, aber das musste warten. Erst mal weg hier. Ich ließ den Wagen an, setzte zurück und fuhr dann ein Stück Richtung Ausfahrt, an dem Mercedes vorbei, sodass ich glaubte, außer Gefahr zu sein. Im Rückspiegel sah ich Bo, der gerade das Ende meines Nachthemdes, das er zusammengedreht und in den Tank gestopft hatte, mit seinem Feuerzeug anzündete. Dann kam er rasch zu mir, mit immer noch steifen Beinen, riss die Beifahrertür auf und ließ sich auf den Sitz fallen.

Ich gab Gas.

Am Ausgang des Parkplatzes hielt ich noch einmal an, und wir drehten uns beide um. Das brennende Nachthemd war ein glimmender Punkt in der Dunkelheit. Dann loderte plötzlich ein oranges Etwas auf, und kaum eine Sekunde später explodierte der Tank in einem Feuerball. Ich spürte wilde Freude und zugleich ein entsetzliches Schamgefühl.

»*Hasta la vista*«, murmelte Bo.

Jetzt waren wir wirklich so was wie Bonnie und Clyde.

Ich gab vorsichtig Gas und steuerte den Automatik vom Parkplatz auf den Weg. Der Wagen holperte und ich mit ihm auf meinem Sitz. Das Leder klebte an meiner Haut.

Bo sah mich von der Seite an und starrte auf meinen runden Bauch, vielleicht auch auf meine Hüften und Brüste? Ich hatte an mehreren Stellen zugelegt und konnte nicht fassen, dass ich mir jetzt ausgerechnet darüber Gedanken machte.

»An der nächsten Kurve kannst du halten, dann fahr ich«, sagte Bo. »Und du kannst dir was anziehen.«

»Wieso, gefällt's dir nicht?«, fragte ich. Mein Ton war zwischen schnippisch und verunsichert. In meinem Kopf flog alles durcheinander. Das Adrenalin pumpte noch durch meinen Körper.

»Mir gefällt alles an dir«, sagte er.

Ich fing an zu heulen.

Ich dachte, wir wären frei.

Kapitel 29

Art Mayers Herz raste. Sein Zuckerwert war bei 59 und fiel weiter. Sein System schrie nach Glukose. Ihm lief die Zeit davon. Erst vor zwanzig Minuten war er in die Wanne geklettert. Wie wahrscheinlich war es, dass die Streife schon wieder weg war? Er öffnete vorsichtig den Deckel des Salzwasserbeckens. Im Mund hatte er immer noch die Kassette. Wenn im Plastik Zucker gewesen wäre, hätte er das Ding längst zerkaut.

Draußen war es dunkel. Keine Taschenlampenkegel, keine Hofbeleuchtung. Er stieg aus der Wanne. Auf dem Weg zum Fenster lief das Wasser aus seiner Kleidung und hinterließ Pfützen. Seine Knie waren weich, und er rutschte in einer Lache aus.

Hastig stand er wieder auf und sah aus dem Fenster.

Die Polizei war fort.

War das Wasser auf seiner Stirn? Oder Schweiß?

Die App zeigte 54. Unterhalb von 40 würde er bald das Bewusstsein verlieren. Außerdem zeigte die App den Blutzucker immer mit etwa zehn Minuten Verzögerung an. Der wahre Wert war mit Sicherheit schon niedriger. Und wenn er einmal im diabetischen Koma war, dann bestand die Gefahr, dass er starb, wenn man ihn nicht fand und die richtigen Dinge unternahm.

Er wankte zur Tür.

Eilte durch den Hof.

Nur nicht ZU schnell. Das kostete zusätzliche Energie und ließ den Zucker weiter fallen. Er sah sich um. Kein Kiosk. In einiger Entfernung war ein Schild, das nach Restaurant aussah.

Er lief los.

Links stand sein Auto. Ob er fahren sollte? Keine gute Idee.

49.

Er biss die Zähne zusammen, ballte die Fäuste. Der Zuckermangel machte ihn aggressiv. Er brauchte dringend Hilfe. Noch hundert Meter.

Ein Wagen fuhr vorbei, Art hob den Arm, winkte. Der Wagen wurde langsamer, jemand starrte ihn durchs Fenster an und gab dann Gas.

Er sah sich um. Kein Fußgänger, kein Radfahrer. Niemand. Verdammt, das hier war doch Berlin und kein Kaff. Dann bemerkte er den Streifenwagen, der sich langsam von hinten näherte. Suchten die immer noch nach einem Einbrecher? Art zog eine Tropfspur hinter sich her, hoffte, dass die Beamten keinen Verdacht schöpften. Er blieb stehen, bückte sich hinter einem parkenden Auto und tat, als ob er sich die Schnürsenkel zubinden wollte, dabei fiel er um. Unter dem Bodenblech des parkenden Autos hindurch sah er den Streifenwagen vorbeirollen.

44.

Aufstehen, weiter.

Er stieß die Tür zum Restaurant auf. Es wurde still. Die

Leute starrten ihn an. Der Kellner an der Theke machte ein Gesicht, als wollte er ihn rausschmeißen.

»Cola«, lallte Art. »Ich brauch Cola, bitte.«

Der Kellner zögerte, sah die nasse Kleidung.

Art schlug mit der flachen Hand auf den Tresen. »Schnell«, krächzte Art. »Ich′bndiabetika.«

»Ich muss Sie bitten, das Restaurant zu verlassen«, sagte der Kellner.

»Ich bezahlauch …«

»Tut mir leid, ich muss darauf bestehen, dass −«

Art war bereits hinter den Tresen getorkelt, stieß den Kellner beiseite, riss die Kühlfächer auf und fand eine Cola. Fahrig tastete er auf der Arbeitsfläche nach einem Flaschenöffner. Der Kellner packte ihn am Kragen. Art stieß ihm den Ellenbogen ins Gesicht und der Mann ließ mit einem Schmerzensschrei von ihm ab.

Art öffnete die Flasche und stürzte das Getränk, ohne es abzusetzen, herunter. Hielt sich am Tresen fest. Einer der Gäste filmte ihn, ein anderer telefonierte mit besorgter Miene. Art schwankte, fasste in seine Hosentasche, fischte einen nassen Geldschein heraus und knallte ihn auf die Theke. Ein Fünfziger.

»′tschuliung«, murmelte er in die Richtung des Kellners. Dann stolperte er durch die Tür hinaus auf die Straße. Plötzlich hörte er wieder ein Martinshorn, ganz in der Nähe. Er wechselte die Straßenseite, ging um die Ecke und wankte in eine Hofeinfahrt. Dort ließ er sich zwischen die Mülltonnen fallen und verlor das Bewusstsein.

Als er wieder aufwachte, war es still. Kein Martinshorn. Die Kleidung klebte ihm am Körper. Er fühlte sich matt und kalt. Die App zeigte 179. Es war halb elf.

Mühsam rappelte er sich auf und ging langsam zu seinem Wagen. Alles tat weh. Plötzlich fiel ihm die Kassette ein. Er tastete hektisch seine Kleidung ab und fand sie in der linken Hosentasche. Gott sei Dank. Er hoffte nur, dass sie nicht allzu nass geworden war.

Mit hochgedrehter Heizung fuhr er nach Hause.

Milla war immer noch da und hockte mit einer Decke auf dem Sofa. Der Fernseher lief, und Art stellte ihn wortlos ab.

»Warum bist du so nass?«, wollte Milla wissen.

»Warum guckst du immer fern?«

»Weil mir keiner ein Handy kauft«, gab sie zurück.

»Lies was«, knurrte Art und ging ins Bad. Ihm fiel ein, dass er ihr zuletzt den Krimi *Blutmond* abgeknöpft hatte, doch er war zu erschöpft, um den Gedanken zu Ende zu denken.

Zwanzig Minuten später hatte er geduscht und sich etwas Frisches angezogen. Er ging zurück ins Wohnzimmer, nahm eine Packung Vollkornbrot aus dem Kühlschrank und aß zwei Scheiben mit Butter und etwas Salz, was ihn unangenehm an das Salzwasser in der Wanne erinnerte.

»Was ist das?«, fragte Milla und hielt die Kassette hoch. Art hatte sie auf dem Küchentisch liegen gelassen. »Ist die für mich?«

»Nein.«

»Aber da steht FÜR DICH drauf.«

»Ja. Ist aber für MICH«, sagte Art, um weiteren Diskussionen aus dem Weg zu gehen. »Hast du sie aus der Hülle rausgenommen?«

»Nö«, meinte Milla.

Immerhin, dann konnte er noch darauf hoffen, dass auf der Kassette vielleicht Fingerabdrücke sichergestellt werden konnten. Aber zunächst mal wollte er wissen, was eigentlich auf dem Band war.

»Was ist denn dadrauf«, fragte Milla. »Musik?«

»Du kennst noch Musikkassetten?«, fragte Art überrascht.

Sie zuckte mit den Schultern. »Meine Oma hat so ein Ding neben dem Bett stehen. »Manchmal hört sie Radio oder Kassette damit.«

»Meinst du, sie könnte mir das Gerät mal leihen?«

»Ich geh runter und hol's«, sagte Milla ohne Umschweife.

Tatsächlich kam sie ein paar Minuten später mit einem alten Radiokassettenrekorder von Grundig wieder. Ein dunkler Kasten aus dem Analogzeitalter. Irgendwie strahlte das Ding Ruhe aus.

»Klasse. Danke«, sagte Art. Er nahm das Gerät und die Kassette und ging ins Schlafzimmer.

»Ich will mithören«, bettelte Milla.

»Dafür muss ich erst wissen, was drauf ist«, sagte Art. Er vermied es, Milla zu sagen, dass die Kassette vielleicht bei einem Verbrechen eine Rolle spielte. Das hätte sie nur noch neugieriger gemacht. »Aber du kannst von mir aus fernsehen«, sagte Art.

Milla sah nur halb zufrieden aus, fügte sich aber.

Im Schlafzimmer steckte Art den Netzstecker ein und nahm die Kassette aus der Hülle. *BELL & BO* stand darauf. Was auch immer das heißen sollte.

Er legte die Kassette ein, spulte bis ganz zum Anfang zurück, und dann drückte er Play. Mit jeder Minute, die er hörte, vergaß er die Zeit etwas mehr und tauchte in die Geschichte von Bell ein.

Das Unglück kam nach Mitternacht über uns. Über dich, mich, über Bo und über … egal. Oder, nein, nicht egal. Aber ich will hier kein neues Fass aufmachen. Ich hatte mich ja entschieden. Und Bo hatte sich entschieden. Wir wurden Eltern.

Mit diesem Gedanken schlief ich ein. Erschöpft, aber so froh wie seit Monaten nicht mehr. Vielleicht auch seit Jahren.

Trotzdem hatte ich einen furchtbaren Albtraum. Man hatte mich auf einen Holztisch gelegt, ich hatte Schmerzen im Bauch, und eine Menge Menschen liefen aufgeregt um mich herum. Ein Arzt hatte ein Skalpell in der Hand, deutete auf meinen Bauch, und meine Mutter hielt mich auf dem Tisch fest und erklärte mir, warum ich keine Narkose kriegen würde. Ich schrie und protestierte, doch sie sagte immer nur: »Schätzchen, wer A sagt, muss auch B sagen.«

Ich wachte davon auf, dass Bo mir leichte Klapse auf die Wange gab. Er hatte irgendwo am Straßenrand gehalten, hatte die Beifahrertür geöffnet und sich über mich gebeugt. Ich sah in seine tief besorgten Augen.

»Bell, was ist los?«

»Was? Was is denn?«, fragte ich verwirrt.

»Du hast geschrien wie verrückt, ich hab dich kaum wach gekriegt.«

Ich stöhnte. »Ich … ich glaub, ich muss mal pinkeln. Meine Blase drückt furchtbar.«

Er lachte leise. »Na, wenn's nur das ist. Kein Wunder. Seit wir los sind, hast du zwei Liter getrunken.«

Ich wuchtete mich aus dem Auto und verschwand im Gestrüpp am Fahrbahnrand. Mir tat jeder Muskel weh. In die Hocke zu gehen, war eine Qual. Als ich zurückkam, lief der Motor bereits wieder. Ich wollte mich gerade auf den Sitz einfädeln, als es plötzlich nass zwischen meinen Beinen wurde. »Scheiße, was ist das denn?«

»Was ist?«, fragte Bo.

Ich tastete mit meiner Hand zwischen den Beinen herum.

»Ich … das ist alles nass hier. Ich glaube …«

Ich erspare dir weitere Details. Meine Fruchtblase war gerissen. Geplatzt. Wie auch immer man das nennt. Maria hatte mir immer wieder eingeschärft, sie zu rufen, wenn das passieren sollte. Ob das denn ein Problem wäre, hatte ich sie gefragt.

Nein, nur wenn es zu früh passieren sollte.

Und es war zu früh.

Der ganze Stress hatte uns zugesetzt. Dir und mir. Und mit einem Schlag war die Angst zurück. Ich wollte dich um keinen Preis der Welt verlieren.

Bo breitete die Karte aus und entschied, nach Saragossa zu fahren, die nächstgelegene größere Stadt, und mich dort in ein Krankenhaus zu bringen. Um halb vier Uhr morgens wurde ich dort in ein Bett gelegt, von einer übernächtigten Hebamme. Es lagen noch zwei weitere Frauen mit mir im

Zimmer, was ich nicht schlimm fand. Im Gegenteil, es beruhigte mich, nach der Zeit im Kloster.

Bo hatte mit dem Arzt der Ambulanz gesprochen, der mich untersucht hatte, und dolmetschte mir. Ich müsste mir im Moment keine Sorgen machen, sie würden abwarten, ob ich nun Wehen bekommen würde oder nicht. Falls nicht, würde man dich mit einem Kaiserschnitt holen oder versuchen, die Wehen einzuleiten.

Eine seltsame trügerische Ruhe trat ein.

Ich war in einem Krankenhaus. Ich war sicher. Hier waren sie auf alle Notfälle vorbereitet.

Nur auf diesen nicht, wie sich zeigen sollte.

Ich schlief ein.

Als ich am späten Vormittag aufwachte, lag ich allein im Zimmer. Die beiden Frauen waren fort, sogar mitsamt ihren Betten. Auf meinem Nachttisch saß ein Stofflöwe, süß und etwas ungelenk. Nicht so eins von diesen perfekten Steiff-Tieren mit Knopf im Ohr. Später erklärte mir die Hebamme in gebrochenem Englisch, dass diese Löwen in einer Werkstatt von körperlich behinderten Menschen hergestellt wurden. Jedes Stofftier sah ein wenig anders aus. Sie waren ein Geschenk für die Kinder auf der Entbindungsstation.

Ich stand vorsichtig auf und fragte mich, wo Bo war. Barfuß ging ich zur Tür, öffnete sie und blickte verblüfft in die Gesichter zweier Männer von der Guardia Civil. Sie saßen auf Stühlen, jeweils links und rechts von meiner Tür.

Der eine von ihnen stand auf, fasste mich am Arm, sagte ein paar spanische Sätze und schob mich zurück ins Zimmer. Ich rief nach Bo, versuchte, mich aus dem Griff des Mannes zu winden und ihm auf Englisch zu erklären, dass ich meinen Freund suchte, dass ich jetzt ein Kind bekäme und dass ich ihn unbedingt sprechen müsste.

Der Mann blieb freundlich, aber unnachgiebig, brachte mich zu meinem Bett und schloss die Tür von außen.

Ich war fassungslos.

Von dem Essen, das mir gebracht wurde, rührte ich keinen Bissen an. Falls ich eine Narkose bekam, durfte ich doch gar nichts essen. Sollte das hier etwa noch länger dauern? Als der Arzt kam, tobte ich, fragte, was das alles solle? Er hatte keine Antworten.

Um vier Uhr nachmittags ging die Tür auf, und Bos Vater betrat mein Zimmer. Er war bleich wie die Wand. Er begrüßte mich knapp, fuhr sich mit einer Geste, die nicht zu seinem früheren aufgeblasenen Gehabe passen wollte, durch die grauen Haare. Er war unrasiert, und sein Schlips saß ein wenig schief. »So sehen wir uns also wieder«, sagte er eisig.

Mein Herz krampfte sich zusammen. Wie war das möglich?

»Hast du wirklich geglaubt, du kommst damit durch?«, fragte er. »Mit einem Mord? Und einer Flucht in meinem Auto?«

Mir stockte der Atem. Sie wussten es also schon. Wie hatte ich nur so naiv sein können?

»Das war Notwehr«, sprudelte es aus mir hervor. »Sie haben mir diesen Typen auf den Hals gehetzt. Er wollte mich umbringen. Er hat mich bedroht, mich eingesperrt. Er wollte mich nicht gehen lassen. Wenn Sie die Polizei holen wollen, nur zu. Ich sag das gerne alles aus. Aber dabei kommen Sie nicht gut weg. Echt nicht, ganz sicher.«

Er seufzte, setzte sich auf einen Stuhl, und sein Blick schwankte zwischen Mitleid und kalter Wut. »Ich fürchte, dir fehlt die Übersicht. Es geht nicht um dich. Also, nicht in erster Linie. Es geht um meinen Jungen.«

»Wie, um Bo?«, fragte ich verwirrt.

»Er hat gestanden.«

»Was denn gestanden?«

»Er hat gestanden, dass er den Mann im Wagen getötet hat.«

»Aber ... was ... was heißt denn das?«

»Die spanische Polizei hat ihn verhaftet, und er wird wegen Mordes angeklagt.«

»Aber ... der Mann war doch schon ... ich meine, er war fast tot. Das war nicht Bo. Das war ich! Er wollte mich und mein Kind umbringen. Es war Notwehr.«

»Das spielt alles keine Rolle mehr«, seufzte er. »Mein Junge wird wegen Mordes angeklagt werden. Er hat gestanden. Er nimmt die Schuld auf sich. Er ...« Bos Vater schluckte. »Er tut das alles für dich.«

Mir blieb der Mund offen stehen. Ich fand keine Worte, wirklich. Nicht ein einziges. Ich dachte nur: Das darf nicht wahr sein.

Er und ich, wir saßen eine Zeit lang schweigend voreinander.

»Sie sind doch Anwalt«, sagte ich. »Kann man da denn gar nichts machen?«

Er lächelte, mit einem grausamen Zug um den Mund. »Eine Sache gibt es.«

»Was denn?« Ich war bereit, alles zu tun. Wirklich alles. Bo in einem Gefängnis? Das durfte nicht passieren.

Bos Vater legte eine schmale Mappe auf den Beistelltisch neben dem Bett und öffnete sie. »Du unterschreibst diese Unterlagen.«

»Was sind das für Unterlagen?«

»Du bestätigst, dass du dein Kind zur Adoption freigibst.«

»Das ... das ist verrückt. Das ist illegal. Außerdem, wie soll das Bo helfen?«

»Sagen wir so«, meinte Bos Vater zögerlich. »Es gibt jemanden, der Bo dann helfen wird. Jemanden, der dazu in der Lage ist. Aber sie wird es nur dann tun, wenn du diese Unterlagen unterzeichnest.«

»Das ... das ist Erpressung.«

»Das war es von Anfang an.«

Wieder starrte ich ihn an. Wie konnte es sein, dass er das einfach zugab? Und es half mir noch nicht einmal. Er lächelte, und zugleich war da dieser Schmerz in seinen Augen. Tat es ihm etwa leid? Nein, das war es nicht. Plötzlich wusste ich, was ihm wehtat. Er fühlte sich machtlos. Er war auf mich angewiesen. ER wollte SEINEN Sohn zurück. Und dafür brauchte er mich. Ich wollte ihn anschreien, ihm sagen, dass er mir scheißegal war, dass er von mir aus verrotten könnte, das Letzte, was ich in meinem Leben tun wollte, war, mein Kind herzugeben, um seins zu retten.

Aber in Wahrheit ging es nicht um ihn. Es ging nicht um *sein* Kind.

Es ging um Bo.

Bo, der losgezogen war, um mich zu retten. Bo, der sich entschieden hatte, mir zu glauben, egal, wie spät, er hatte sich für mich entschieden und gegen seinen Vater gestellt.

Er hatte einen Mord gestanden, um mich zu schützen.

Ich hatte das Gefühl zu ersticken.

Für einen kurzen Augenblick, als ich den Feuerball im Rückspiegel gesehen hatte, da hatte ich gedacht, es gibt so etwas wie Gerechtigkeit. Eine Art höhere Instanz, die die Dinge, wenn man sich nur genug anstrengt, ins Reine bringt. Ich hatte so falschgelegen.

»Ist das sicher?«, fragte ich heiser.

»Ist was sicher?«

»Dass Bo freikommt, wenn ich das unterschreibe.«

Er nickte. »Sie hält ihr Wort.«

»Sie? Eine Frau?« Irgendwie kam es mir komisch vor, dass ausgerechnet eine Frau für so etwas verantwortlich sein sollte. Andererseits, Maria war ja auch eine Frau.

»Ja«, sagte er.

»Ich kapier's nicht«, sagte ich. »Das hier ist Spanien, ich meine, wie soll das …?«

Er lächelte. »Die Spanier würden mir widersprechen, wenn ich das jetzt hier sage, aber glaub mir, in Spanien ist es einfacher als in Deutschland.«

Mir ging plötzlich ein Licht auf. Deshalb das Kloster in Spanien? War diese merkwürdige »Sie«, von der Bos Vater gesprochen hatte, etwa selbst Spanierin?

»Du solltest dir keine Gedanken darüber machen«, sagte er. »Es macht keinen Unterschied. Nur das Ergebnis zählt.«

Nur das Ergebnis zählt.

Der Satz kam für mich gleich hinter »Wer A sagt, muss auch B sagen«. Zwei beschissene Sätze, wirklich!

»Ich unterschreibe«, sagte ich.

Ich sah die Erleichterung in seinem Gesicht. Und ich wusste: Für mich würde es keine Erleichterung geben. Für mich gab es stattdessen lebenslänglich. »Ich sehe mein Kind danach nie wieder?«, fragte ich.

Er nickte. »Nie wieder.«

»Und für Bo und mich ist die Sache damit vergessen. Kein Akteneintrag, keine Anzeige, für ihn nicht, für mich nicht. Nichts? Ein Neuanfang.«

»Nichts.«

»Ich hab eine Bedingung«, sagte ich.

Er hob die Brauen.

»Ich will ihr was mitgeben. Irgendwas.«

»Ihr?«

»Ihm, keine Ahnung. Junge oder Mädchen, ist doch egal.«

»Was willst du ihm mitgeben?«

»Ich weiß es noch nicht. Irgendwas eben. Einen Strampler, ein Mobile, vielleicht ein Stofftier. Ich will, dass es aufgehoben wird, bis das Kind volljährig ist. Bis es von der Adoption erfährt. Es wird doch von der Adoption erfahren, oder? Das ist meine einzige Bedingung.«

Er sah mich ratlos an. Er hätte genauso gut aufstöhnen und sagen können, mein Gott, Frauen sind immer soo emotional. Aber ehrlich, mir war's egal, was dieser seelisch Verkrüppelte dachte, ich wusste, ich muss dir irgendetwas mitgeben.

»So oder gar nicht«, sagte ich.

Er nickte.

Also unterschrieb ich.

Ich unterschrieb, dass ich dich abgeben würde.

Als er mit der Mappe in den Händen mein Zimmer verließ, knallte die Tür im Luftzug hinter ihm zu, und mir schien, dass die Wand wackelte. Dann hörte ich keine fünf Sekunden später noch eine Tür knallen, und die Wand bebte erneut. Es klang, als wäre er nach nebenan gegangen. Vielleicht überbrachte er ja gerade die gute Nachricht, dachte ich bitter. Ich sah zum Fenster hinaus. Merkwürdig, warum fiel mir genau jetzt auf, wie schön diese Stadt war. Wie konnte in einer so schönen Stadt etwas so Furchtbares passieren?

Ich weiß, der Gedanke ist dumm und sinnlos. Aber er kam mir. Und dann hatte ich die Idee, das Fenster zu öffnen. Wenn er wirklich nach nebenan gegangen war, vielleicht sprach er ja mit der Frau, die so viel Macht hatte, dass sie eine Mordanklage des spanischen Staates stoppen konnte. Ich wollte plötzlich ihre Stimme hören. Ich wollte wissen, wer sie war. Vielleicht würde ich ihr ja eines Tages begegnen. Sie stellen. Sie in den Abgrund stoßen, in den sie mich gerade stieß.

Ich öffnete das Fenster, das nur auf Kipp gestanden hatte, jetzt ganz leise sperrangelweit. Dann lehnte ich mich so weit vor, wie ich nur konnte, ohne dass man mich vom Nebenzimmer aus hätte sehen können. Und so weit mein Bauch es zuließ. Wir waren im fünften oder sechsten Stock, genau wusste ich es nicht. Ich hörte den Verkehr von Saragossa, Fußgänger, Autos, Hupen, Gemurmel. Aus dem Zimmer nebenan hörte ich leise Stimmen, gerade laut genug, dass ich sie verstehen konnte, denn auch dort stand das Fenster auf Kipp. Schon der Luftzug und die knallende Tür hatten es mir verraten.

»Ich hab's«, sagte er.

»Mein Gott. Die Kleine ist wirklich zäh«, sagte eine Frau. Ihre Stimme klang überraschend jung. Sie hörte sich nicht an wie eine mächtige Frau.

»Sie hat eine Bedingung.«

»Ach. Will sie Geld?«

»Nein. Sie will ihrem Kind etwas mitgeben.«

»Was denn?«

»Sie weiß es noch nicht. Sie meinte einen Strampler.«

»Einen Strampler?« Die Frau lachte.

»Ja, oder ein Stofftier oder ein Mobile oder so was. Es darf nicht weggeworfen werden, bis das Kind volljährig ist.«

Für einen Moment sagte niemand etwas. Unten auf der Straße stritten zwei Leute. An der Fassade des Krankenhauses gurrte eine Taube.

»Wollen Sie ihr den Gefallen tun?«

Gefallen?, dachte ich. Das ist eine Bedingung.

Die Frau gab so etwas wie einen Seufzer von sich. »Bei diesem ganzen Wahnsinn sollte ich das wohl tun. Ist mir irgendwie sogar sympathisch.«

»Sympathisch?«, fragte er.

»Ja. Ist ein gutes Omen.«

»Tun Sie, was Sie nicht lassen können. Ist ja Ihr Spiel. Hauptsache, mein Junge kommt frei.«

»Das hatte ich ja versprochen.«

»Hauptsache, Sie kriegen das hin.«

»Der 2A5-Deal macht's möglich.«

»Das ist wirklich unglaublich.«

»Sie machen doch auch unglaubliche Dinge möglich.«

»Ja, aber anders.«

»Jeder auf seine Weise, sagt Rob immer.«

»Das Fenster ist offen«, sagte er.

Es knirschte, und die Stimmen verstummten.

Sie war also eine Deutsche, dachte ich. Und es gibt einen 2A5-Deal. Ich fand, das klang nach einem Vertrag. Juristendeutsch. Paragraf 2, Absatz A, Punkt 5. Was sollte mir das helfen? Und Rob? Wer war dieser Rob?

Du kannst mir glauben, diese Sätze werde ich nie vergessen.

Aber die Frage ist, was sind diese Sätze wert, wenn nur ich sie kenne und niemand sonst?

Heute Morgen habe ich darum gebeten, Musik hören zu dürfen. Ob ich einen Kassettenrekorder haben könnte, habe ich gefragt. Die Schwestern haben Nein gesagt, doch die Hebamme hatte Mitleid. Sie hat mir ihren Walkman geliehen und ein paar Kassetten dagelassen. Einen Walkman mit Aufnahmetaste.

Am Abend hast du dich quergelegt. Oder ist das schon früher passiert, und niemand hat es gemerkt? Ich weiß nicht, was genau du angestellt hast, aber der Arzt ist noch einmal gekommen. Er hat mir auf Englisch gesagt, dass es morgen früh losgeht. Dass sie die Wehen einleiten. An seinem Blick hab ich gesehen, dass er sich Sorgen macht. Die Schwestern haben jetzt den gleichen Blick. Voller Mitleid, aber keine traut sich, darüber zu reden. Als wäre ich krebskrank oder so.

Ich bin nervös.

Ich weiß nicht, wie du da unten rauskommen sollst. Das erscheint mir irgendwie unmöglich, auch wenn es schon unzählige Frauen vor mir gemacht haben. Aber die letzten Tage haben mich auf eine merkwürdige Art widerstandsfähig gemacht. Ich habe Dinge getan, die ich nicht für möglich gehalten habe. Also nehme ich mir vor, wieder etwas zu tun, das ich nicht für möglich halte. Ich werde dich zur Welt bringen. Und wenn der Arzt mit seinem Blick recht behält, dann ist das einfach so. Aber ich weiß jetzt, ich hab dir wenigstens alles erzählt. Und weil man Menschen, denen vielleicht etwas Schlimmes droht, nichts abschlagen kann – jedenfalls, wenn man ein Herz hat –, habe ich auch um etwas Klebeband, eine Schere, Nadel und Faden und einen Stift gebeten. Die Schwester hat keine Fragen gestellt. Sie hält mich einfach nur für die arme, etwas bekloppte Deutsche.

Ich hab sie in dem Glauben gelassen.

Mein Schatz …

Gott, klingt das kitschig … aber ich mein's so …

Wo auch immer du jetzt bist, ob du ein Mädchen bist oder ein Junge. Ich geb dir diesen schief genähten kleinen Löwen mit seinem Silberblick mit in der Hoffnung, dass du ihn bekommst. Dass du die Kassette findest und sie hören kannst, damit du weißt, wer du bist. Ich will, dass du stark bist. Wie dieser Löwe. Stark, weil du deine Geschichte kennst. Lass die anderen nie glauben, du wärst ein Lamm.

Denn das verstehen die falsch.

Kapitel 30

Art starrte auf die rotierenden Spulen der Kassette in dem alten Grundig-Gerät.

Lass die anderen nie glauben, du wärst ein Lamm.

Denn das verstehen die falsch.

Danach knisterte es, die Aufnahme riss ab, und plötzlich war Musik zu hören. Ein alter Eros-Ramazotti-Song, der mitten im Lied einsetzte. Bell musste mit ihrer Aufnahme eine alte Musikkassette übersprochen haben.

Er sah auf die Uhr. Fast zwei Stunden waren vergangen, in denen er Bell zugehört hatte. Zwischendurch hatte er vergessen, dass dieses Band Leo gehörte, und für einige Augenblicke lang hatte er sogar gedacht, er selbst könnte gemeint sein – als würde er seiner eigenen Vergangenheit begegnen. Im St.-Josephs-Heim und bei seiner Pflegefamilie hatte er sich immer fehl am Platz gefühlt. Natürlich hatte er immer wieder überlegt, wer seine leiblichen Eltern waren und vor allem, *wie* sie waren. Meist hatte er einfach dichtgemacht, war wütend gewesen und hatte sich eingeredet, sie müssten schlechte Menschen sein. Das war einfacher, als zu glauben, dass sie ihn nicht gewollt hatten, dass es an ihm lag. Doch auch dieser Gedanke war ihm manchmal gekommen.

Aber was, wenn es war wie bei Bell? Was, wenn seine Eltern ihn gewollt hatten und man ihn seiner Mutter weggenommen hatte? FÜR DICH. Es war nicht klar, ob Bells Kind ein Mädchen oder Junge war. Es war auch nicht ganz klar, *wann* das alles passiert war. Vor der Einführung des Euros, so viel war sicher, und das war im Januar 2002 passiert. Er rechnete nach, wann es die ersten kleineren Nokia-Handys gegeben hatte, so wie von Bell beschrieben. Die handlicheren Geräte gab es seit 1997. Die deutlich größeren Vorgängermodelle hätten sich vermutlich nicht gut unter dem Bund einer Unterhose tragen lassen, und falls doch, wäre es sicher sehr unbequem geworden.

Also war das Band vermutlich zwischen einundzwanzig und fünfundzwanzig Jahre alt.

So viel zur Idee, er selbst könnte gemeint sein. Er war definitiv zu alt, um Bells Sohn zu sein. Und trotzdem, die Art, wie sie über sich hinausgewachsen war, hatte ihn so beeindruckt, dass er sich wünschte, so eine Mutter zu haben. Dazu kam, dass ihm ihre Stimme die ganze Zeit so merkwürdig vertraut vorgekommen war. Gab es nicht die Theorie, dass Kinder sich schon während der Schwangerschaft an den Klang der Stimme ihrer Mutter gewöhnten und ihn später immer wiedererkannten?

Aus dem Lautsprecher dudelte immer noch Eros Ramazotti, und Art versuchte sich vorzustellen, wie Leo die Geschichte empfunden hatte.

2-A-5.

Ob Leo wusste, was damit gemeint war?

Plötzlich stoppte die Musik abrupt und riss Art aus seinen Gedanken. Es war still, nur das leise Schleifen der sich drehenden Kassettenspulen war zu hören, und dann erneut Bells Stimme. Art lehnte sich vor und hörte ihr gebannt zu.

Dieser letzte Teil der Aufnahme war nicht lang.

Doch er war umso schockierender. Als Bell fertig war, drückte Art verstört die Stopptaste.

Das konnte nicht sein. Das war völlig …

Er fand keine Worte dafür. Nichts war unwahrscheinlicher als das, und gleichzeitig war es vollkommen logisch – man musste nur genau genug hinsehen.

Er blickte eine Weile still aus dem Fenster, versuchte, seine Gedanken zu sortieren. Diese Aufnahme änderte alles.

Er drückte die Eject-Taste, entnahm die Kassette aus dem Rekorder und wog sie in der Hand. Ein bisschen Plastik und Magnetband, und ein ganzes Leben war aus den Fugen. Nein, nicht nur eins. Erst jetzt verstand er Leo. Kein Wunder, dass sie sich verhielt, wie sie sich verhielt.

Noch vor ein paar Minuten hatte er gedacht, es wäre richtig, Henrik anzurufen, doch auch das hatte sich geändert. Wobei er Henrik immerhin noch beruhigen könnte, dass das Band keine Belege für eine mögliche Spendenaffäre enthielt. Was es wirklich enthielt, war eine ganz andere Art von Sprengstoff. Wenn irgendjemand beim BKA das Band in die Finger bekam, dann würde es Probleme geben. Leo würde von der internen Liste der Gesuchten gestrichen werden; man würde sofort eine öffentliche Fahndung nach ihr einleiten.

Und genau das galt es, unbedingt zu verhindern.

Er musste mit Leo sprechen, so schnell wie möglich. Die Frage war nur, wie? Wo würde sich jemand wie Leo verstecken? Er war versucht, Nele anzurufen, verwarf den Gedanken aber sofort wieder. Nele hatte genug mit sich zu tun und brauchte Ruhe. Gallwitz oder Nestor konnte er nicht anrufen, die beiden würden Lunte riechen, und er musste Leo dringend vor der Polizei aufspüren. Zudem machte ihm immer noch zu schaffen, dass die Staatsanwaltschaft ihn mit dem Durchsuchungsbeschluss für die Villa Tempel hingehalten hatte. Je länger er darüber nachdachte, desto mehr glaubte er, dass jemand intern dafür gesorgt hatte, dieses Zeitfenster für eine wie auch immer motivierte Durchsuchung zu schaffen. Und das wiederum hieß, dass er nicht wusste, wem er vertrauen konnte.

Es gab nur eine Person, die ihn vielleicht weiterbringen konnte.

Er wählte und hob das Telefon ans Ohr.

»Katrina Bernardi«, meldete sich die Journalistin.

»Art Mayer. Was machen Sie gerade?«

»Nicht schlafen. Sofern man das als ›etwas machen‹ bezeichnen kann.«

»Ich brauche Sie«, sagte Art.

Stille.

»Hm. Und wen genau? Die Journalistin oder die Geliebte?«

»Letztere.«

»Also ist es inoffiziell?«

»So inoffiziell, wie es nur sein kann.«

Sie nannte ihm ihre Adresse und legte auf.

Danach überlegte Art erneut. Neben dem Aufenthaltsort von Leo brauchte er noch eine weitere Information. Vielleicht war es doch möglich, Ben Gallwitz anzurufen. Er würde ohnehin nicht verstehen, worum es ging.

Es dauerte eine ganze Weile, bis der Erkennungsdienstler verschlafen abhob. »Art, was zum Geier ist los? Weißt du, wie spät es ist?«

»Weiß ich. Ich brauche deine Hilfe.«

»Wie, meine Hilfe. Hat das nicht Zeit bis morgen?«

»Nein. Morgen bist du wieder mit den Ermittlungen beschäftigt. Das wäre zu auffällig.«

Am anderen Ende der Leitung herrschte kurz Schweigen. »Ach, die Art von Hilfe«, meinte Gallwitz schließlich gedehnt. »Kann mich das den Job kosten?«

»Ich würde sagen, nein.«

»Ach, du *würdest*? Hört sich für mich nicht gerade safe an.«

»Niemand erfährt davon. Weder von mir noch von dir. Ich nenne dir keine Details, nur das Nötigste. Du musst jemanden für mich ausfindig machen. Ich brauche nur die aktuelle Adresse.«

»Was springt dabei für mich raus?«, fragte Gallwitz. Seine Stimme hörte sich jetzt bedeutend wacher an. Er war von Natur aus neugierig und hatte sich eigentlich schon entschieden.

»Ein Gefallen«, schlug Art vor.

»Okay. Dann mal her damit. Wen suchst du?«

»Eine Frau namens Maria.«

»Willst du mich verarschen? Maria? Das ist alles?«

»Sie hat 2002 im Kloster Monasterio de la Vera in der Extremadura in Spanien gearbeitet. Vielleicht auch schon deutlich früher, vielleicht auch noch danach. Und sie spricht fließend Deutsch und Spanisch.«

Kapitel 31

Ben Junkers schreckte aus dem Schlaf hoch. Sein Handy vibrierte und gab einen nervtötenden heiseren Ton von sich. Es war nach eins, und Gabrielle, seine Frau, drehte sich mit einem leisen Brummeln zur Seite und zog sich das Kopfkissen übers Ohr.

Für Junkers gab es eine Handvoll Menschen, deren Anrufe er zu jeder Tages- und Nachtzeit annahm. Im Moment waren es vier Telefonnummern, denen er den Klingelton »Alte Hupe« zugewiesen hatte. Das Handy klang wie eine rostige Sirene.

Er schwang sich aus dem Bett, schnappte sich das Telefon vom Nachttisch, sah den Namen *Queen B* auf dem Display und verließ rasch das Schlafzimmer, während er das Gespräch annahm.

»*Good evening*, Ben. Hier ist Miranda«, sagte die Managerin auf Englisch. In L. A. war es jetzt später Nachmittag.

»Miranda. Schön von dir zu hören. Hast du mit ihr sprechen können?«

»Ja, ja, natürlich. Ich habe gute Nachrichten. Sie will kommen. Sie sagt, sie fühlt sich so sehr geehrt.«

Süßholz raspeln. Die Amis.

»Wirklich? Das ist großartig«, sagte Junkers. Tatsächlich war das die erste echte gute Nachricht seit Langem. »Ganz ehrlich, die Ehre ist ganz auf unserer Seite.«

»Ja, es gibt nur ein Problem«, sagte Miranda.

Junkers' gute Stimmung sackte schlagartig in den Keller. Verdammte Manager. So lief das immer. Erst ködern und dann der Pferdefuß.

»Du kennst mich«, meinte Junkers, »sag mir, was es ist, und ich räume es aus dem Weg.«

»Diese Hirsch-Sache«, sagte Miranda, wobei sie Hirsch wie Höörsch aussprach.

»Ich versteh nicht«, meinte Ben.

»Diese schreckliche Sache ... Bei euch werden Preisträger ermordet, ist es nicht so?«

Verdammtes Internet. Manchmal war das Global Village wirklich ein Fluch. »Die Polizei hat das im Griff«, log Junkers.

»Wirklich?«

»Wirklich.« Für den Bruchteil einer Sekunde sah Junkers das Bild eines internationalen Superstars vor sich, an einen Baum gefesselt, mit einem Hirschgeweih über dem Kopf. Er schüttelte es ab.

»Ben, ich will offen sein. Solange diese Sache läuft, kann sie nicht kommen, das muss dir doch klar sein.«

Junkers' Gehirn versuchte zu schalten. Queen B sagte zu, um dann wegen der Morde wieder abzusagen? Entweder wollte sie gar nicht zusagen, und es ging nur um einen strategischen »Everybody's Darling Move«, oder die Bedenken waren echt. »Was wäre denn die Gage, wenn sie kommt?«

»Zweihundert.«

Okay. Das war viel, aber leider auch irgendwie angemessen. »Gut«, sagte Junkers. »Wie wär's so: Ich überweise dir

100 jetzt sofort, um den Termin zu halten. Und ich kümmere mich um das Problem.«

»Du kriegst das hin?«

»Der Polizeipräsident ist ein Freund von mir«, sagte Junkers.

»Wenn es noch mehr schlechte Presse gibt, kommt sie nicht, das weißt du, oder?« Was so viel hieß wie: Möglicherweise sagte sie ohnehin noch ab, und Miranda würde die 100 als Aufwandsentschädigung behalten. Nicht etwa für ihren Star, sondern für sich. Er konnte sich täuschen, aber allzu oft lief das Geschäft genau so. Das Problem waren selten die Stars, es waren meistens die Manager.

»Ja. In Ordnung«, sagte Junkers.

»Okay. Deal«, sagte Miranda.

Sie legten auf.

Ben Junkers ging ins Erdgeschoss und spülte das Telefonat mit einem eiskalten Ingwerbier runter. Mundhöhle und Kehle brannten von der Schärfe. An Schlaf war jetzt ohnehin nicht zu denken. Er klappte sein iPad auf, setzte sich auf einen Barhocker an den Küchentresen und öffnete seinen Mail-Account. Vierundfünfzig Mails in den letzten zwei Stunden. Er ging sie rasch durch. Elf davon waren besorgte Nachfragen von Preisträgern. Zwei davon direkte Absagen. Wer den Preis und die Publicity brauchte, blieb erst mal an Bord. Das Problem waren diejenigen, die den Preis nicht nötig hatten. Die gingen auf Abstand. Mal abgesehen vom Vatikan. Aber dort tickten die Uhren sowieso anders. Langsamer. Was nicht hieß, dass die Reaktion ausbleiben würde.

Als Nächstes scrollte er die Google News und einige weitere Nachrichtenseiten durch. Im Netz tobte ein veritabler Shitstorm. Kauder als Polizeipräsident stand am Pranger, ebenso wie der Innensenator und der Innenminister. Die gesamte Klimabewegung war auf den digitalen Beinen, inklusive der Fridays-for-Future-Sympathisanten. Die Szene wehrte sich mit Händen und Füßen dagegen, kriminalisiert zu werden, das war schon seit Langem so. Doch dass nun solche abscheulichen Verbrechen dazu benutzt wurden, Klimaschützer als Terroristen einzuordnen – so der Untertitel eines Nachrichtenmagazins –, das hatte offensichtlich das Potenzial, eine ganze Generation zu mobilisieren. Nur der Kanzler blieb bisher außen vor – was Junkers zutiefst bedauerlich fand.

Das alles lief völlig aus dem Ruder.

Er sah auf die Uhr, dann rief er Hardy Kauder an. Es gab zwei Sachen zu besprechen. Hardy musste sich verdammt noch mal ranhalten, den Täter zu fassen. Erst recht jetzt, wo dank der Fake-Pressekonferenz die Katze aus dem Sack war.

Und dann war da noch die Sache mit der Kassette.

Kapitel 32

Nele schlug die Augen auf. Irgendetwas hatte sie aufgeweckt. Ein Geräusch, so etwas wie ein Knall oder ein Schuss, doch jetzt war es still. Hatte sie sich das nur eingebildet oder geträumt? Um sie herum war es dunkel, und sie konnte nur Schemen erkennen. Ihr Kopf schmerzte, und sie hatte einen pelzigen Geschmack auf der Zunge. Vorsichtig hob sie die Hände. Panik stieg in ihr auf. Nicht schon wieder. Bitte nicht schon wieder.

Was hatte Dr. Seefeld gesagt?

Atmen.

Atem ist Kontrolle.

Jemand hatte ihre Hände zusammengebunden. Sie schloss die Augen und konzentrierte sich auf das Geräusch der Luft, die in sie hineinströmte, das Gefühl, wie sich ihre Lungen füllten, und darauf, wie sie anschließend die Luft wieder langsam aus sich hinausfließen ließ.

Es brauchte eine Weile, bis sie ruhiger wurde.

Sie bewegte ihre Füße und Beine.

Nicht gefesselt. Wenigstens das.

Vorsichtig richtete sie sich auf. Sie saß auf einer Matratze. Die Luft war stickig, und es roch nach altem Schweiß. In ein paar Metern Entfernung war ein kleines quadratisches Fenster. Bleiches Mondlicht fiel auf einen Boden aus Holzbohlen. Mehrere Balken stützten den Dachfirst über ihr. Sie war auf einem Dachboden. Aber wie um Himmels willen war sie hier hochgekommen?

Nele versuchte, sich zu erinnern, doch sie kam immer nur bis an den Punkt, wo sie aus dem Salzwasserbad der Praxis gestiegen war, und je angestrengter sie nachdachte, desto mehr nahmen ihre Kopfschmerzen zu.

Mühsam stand sie auf und schritt den Dachboden ab. Ihr Kopf verfing sich in Spinnweben, und sie wischte sie hastig mit ihren zusammengebundenen Händen aus dem Gesicht. Der Boden maß zwölf Schritte in der Länge und sieben in der Breite. Keine Möbel, nichts. Nur die Matratze, und in beiden Stirnwänden ein quadratisches Fenster, zu klein, um hinauszuklettern, erst recht in ihrem Zustand. Es gab weder eine Tür noch eine Treppe, doch in der Mitte des Dachbodens fand sie eine große Luke mit einem Griff. Sie zog daran, aber die Luke war verschlossen. Nele ging zu einem der Fenster. Erst jetzt wurde ihr bewusst, dass die Stirnwände aus dicken Holzstämmen bestanden. Sie war offenbar in einer Art Blockhaus gefangen.

Das Fenster hatte keinen Hebel zum Öffnen. Es war verschraubt und von Spinnweben verhängt. Nele wischte es frei und blickte hinaus auf einen von Wald umgebenen See. Schwarze Wolken schoben sich an den Mond heran. Noch spiegelte sich sein Licht im Wasser.

Plötzlich hörte sie ein Geräusch, leise und dumpf, als würde jemand irgendwo auf der anderen Seite des Hauses eine Tür zuschlagen und die Vibration hätte sich über die Holzwände fortgesetzt. Sie lief zu dem anderen Fenster.

Eine schmale Gestalt in einer gelben Regenjacke entfernte sich vom Haus. War das etwa Leo Tempel? Unter dem Arm trug sie ein längliches schwarzes Paket mit einem Schulterriemen, und sie ging mit raschen Schritten auf einen hellblauen Porsche zu, öffnete ihn und schob das Paket auf die Rückbank, setzte sich ans Steuer und ließ den Motor an. Die Scheinwerfer flammten auf. Langsam fuhr sie von der kleinen Lichtung vor dem Haus und bog in einen schmalen Weg ein, wo sich die Lichter bald im Dickicht des Waldes verloren.

Nele starrte in die Dunkelheit.

Die Angst überkam sie wie ein wildes Tier, das ihr in den Nacken atmete. Mit einem Mal wusste sie wieder, wie sie hierhergekommen war. In der Praxis von Dr. Seefeld hatte sie nach Leos Akte gesucht, und gerade als sie sie gefunden hatte, war jemand hinter ihr ins Archiv gekommen, sie hatte sich umgedreht, vage eine Gestalt wahrgenommen, die ihr etwas ins Gesicht gepustet hatte. Ein helles Pulver. Genau das Pulver, mit dem der Täter Katrina Bernardi ausgeschaltet hatte und mit dem er vermutlich die Opfer gefügig gemacht hatte: Devil's Breath.

Sie und Art hatten sich also die ganze Zeit getäuscht. Leo hatte ihnen etwas vorgemacht. Sie war offenbar ein Naturtalent, wenn es ums Lügen ging. Oder ums Schauspielern. Ganz offensichtlich war Leo genau das, was der Rest des Polizeiapparates bereits länger in ihr sah: eine zweiundzwanzigjährige pathologische und hochintelligente Serienmörderin.

Kapitel 33

Katrina Bernardi begrüßte Art mit nassen Haaren, tiefen Ringen unter den Augen und einer Henkeltasse mit schwarzem Kaffee in der Hand. Ihre Wohnung hatte hohe Decken mit Stuck und helle ausgetretene Bodendielen. Sie erinnerte Art an die Wohnung von Dr. Barenboim, nur dass Katrina Bernardis Wohnung sehr viel unordentlicher war. Eine große Altbauflügeltür trennte den Wohnraum von ihrem Arbeitszimmer. Die Regale um ihren Schreibtisch herum waren bis unter die Decke mit Büchern gefüllt. Ihr Arbeitsplatz war ein alter Esstisch aus Weichholz, Papiere stapelten sich links und rechts von einem aufgeklappten Laptop. Zwei offene Flaschen Weißwein standen daneben, eine davon leer.

»Ich war gerade dabei, mich zu betrinken, als Sie angerufen haben«, sagte sie.

Art nickte. Es wunderte ihn ohnehin, dass Katrina Bernardi in einer halbwegs normalen Verfassung war. Die Frau hatte offenbar einen eisernen Willen.

»Und?«, fragte sie. »Was ist mit Dr. Voigt?«

»Seefeld, Voigt und Barenboim«, erwiderte Art. »Eine Privatpraxis, drei Psychologen.«

»Sie waren dort?«

Art zögerte.

»Also ja«, stellte sie fest.

»Nicht offiziell.«

»Da trifft es sich ja gut, dass wir uns hier inoffiziell treffen.«

Art nickte, schwieg aber dennoch.

Katrina Bernardi machte eine ungeduldige Bewegung mit ihrer Tasse, dabei schwappte ihr etwas Kaffee auf die Bluse, und sie brummte ärgerlich. »Hören Sie, ich weiß, dass Sie ein Problem damit haben, dass ich Journalistin bin. Alles, was Sie mir sagen, könnte morgen schon in der Zeitung stehen, als exklusive Story. Und davor fürchten Sie sich. Aber es gibt einen Grund, warum Sie hier sind und nicht Ihr Team angerufen haben oder Ihre nette schwangere Kollegin. Hab ich recht? Also, Sie haben A gesagt. Welchen Sinn macht es, wenn Ihnen das B jetzt nicht über die Lippen kommt?«

Art zuckte innerlich zusammen. *Wer A sagt, muss auch B sagen.* War das ein Zufall, dass sie ausgerechnet dieses Sprichwort benutzte? War es einfach nur so dahergesagt? Vermutlich hörte er gerade Flöhe husten. Der Satz war so weit verbreitet, dass er immer wieder und überall auf ihn stoßen würde. »Katrina, es ist, wie es ist. Ich kann und werde Ihnen nicht alles sagen. Ich bin hier, weil ich Ihre Hilfe brauche, und nicht, weil ich Sie mit Informationen versorgen will.«

Die Bernardi verzog den Mund und taxierte ihn. »Was wollen Sie?«

»Ich muss Leo Tempel finden.«

»Ha«, lachte sie. »Da haben Ihre Kollegen wohl die besseren Möglichkeiten.«

»Ich muss Leo finden, *bevor* die Kollegen sie finden.«

Sie sah ihn aus schmalen Augen an. »Halten Sie Leo immer noch für unschuldig?«

Arts Telefon klingelte. Er sah aufs Display. Irgendeine Nummer aus seiner Dienststelle, die er nicht kannte. Er drückte den Anruf weg. »Sie wollen wissen, ob ich Leo immer noch für unschuldig halte? Ich bin nicht mehr sicher.«

»Aber Sie wollen ihr helfen.«

»Ich muss sie finden, das ist erst mal alles.«

»Wenn Leo Tempel Wenke getötet hat«, entgegnete Katrina Bernardi, »dann ist das Letzte, was ich will, dass Sie ihr helfen.«

»Falls es so ist, werde ich ihr nicht helfen, das kann ich Ihnen versprechen.«

Stille. Katrina Bernardi wog ab. »Was ist mit Leo Tempel?«, fragte sie. »Warum ist sie Ihnen so wichtig?«

Art zögerte. Wenn er Katrinas Hilfe brauchte, konnte er sie schlecht mit nichts abspeisen. »Sagt Ihnen 2A5 etwas?«

Katrina Bernardi zog die Stirn in Falten. Dann wurden ihre Augen plötzlich groß. »Wollen Sie mich verarschen?«

Er schüttelte den Kopf.

»Sie meinen den Leopard 2A5, den Kampfpanzer? Der ist doch im Moment in aller Munde, der 2A5 ist die Version, die Deutschland gerade an die Ukraine liefert.« Sie sah ihn an und wartete auf eine Reaktion, doch Art sagte nichts.

»Was hat der 2A5 bitte mit Leo Tempel zu tun? Ich meine, bis auf«, sie wedelte unwirsch mit der Hand, »den Namen.«

»Der Name ist egal«, sagte Art. »Ein Zufall, was auch immer. Und an die Ukraine wird übrigens der 2A6 geliefert. Der 2A5 ist, soweit ich weiß, um die Jahrtausendwende in alle Welt verkauft worden, und zwar von der Rüstungsfirma von Leo Tempels Vater, Robert Tempel.«

»Und was hat das mit den Morden zu tun?«

»Der Name des Panzers ist nur ein Hinweis, der in einem anderen Zusammenhang aufgetaucht ist. Ich habe einen Beleg, dass Leo Tempel vielleicht nicht Charlotte Tempels leibliche Tochter ist.«

Katrina Bernardi hob die Brauen. »Ist das Ihr Ernst?«

Art antwortete nicht. Die Frage war sinnlos, und er überlegte immer noch, was er ihr sagen konnte und was nicht.

»Was ist das für ein Beleg?«

»Eine Tonbandaufnahme. Es geht um ein Verbrechen rund um die Adoption von Leo Tempel. Und die Frau im Hintergrund, die diese Adoption offenbar erzwungen hat, erwähnt Vorteile, die sie wegen eines Deals mit der spanischen Regierung hat, und in dem Deal geht es um den Panzer 2A5. Und in dem Zusammenhang erwähnt sie einen Rob – ich vermute, sie meint Robert Tempel. Wenn ich recht habe, dann könnte das bedeuten, dass die Frau, die die Adoption von Leo erzwungen hat, niemand anders ist als Charlotte Tempel selbst.«

Katrina Bernardi sah ihn mit offenem Mund an. Dann nahm sie die noch halb volle Flasche Wein vom Tisch und nahm einen kräftigen Schluck. »Was genau meinen Sie mit erzwungen?«

»Sie hat versucht, Leos leibliche Mutter zu kaufen, und als das nicht funktioniert hat, hat sie sie bedroht, eingesperrt und erpresst.«

Katrina Bernardi nahm einen weiteren Schluck. »Das ist … wow … ein starkes Stück. Charlotte Tempel? Weiß Leo davon?«

»Ich denke, ja. Ich glaube, sie hat es vor Kurzem erfahren.«

»Das wäre ein Motiv.«

»Ja. Ein Motiv. Zwar noch kein Beweis. Aber ein starkes Motiv.«

»Und was ist mit dem Mord an Wenke? Welches Motiv hätte sie dafür?«

»Ich bin nicht sicher, vielleicht gibt es irgendeine Verbindung zu Wenke, die beiden waren Freundinnen, haben Sie gesagt. Vielleicht wusste Wenke Bescheid, oder sie war irgendwie anders in die Sache verwickelt. Vielleicht spielt auch Wenke de Fries' Sohn eine Rolle. Und dann ist da noch jemand, der in diese Adoptionsgeschichte verwickelt ist. Ein Anwalt. Möglicherweise wurde das mehrmals gemacht.«

»Sie meinen …« Katrina Bernardi sank auf den Stuhl vor ihrem Schreibtisch. »Wenke soll ihr Kind auch adoptiert haben? Widerrechtlich?«

»Ich weiß es nicht«, sagte Art. »Ist nur eine Vermutung.«

»Und wer ist dieser Anwalt?«

»Ich habe keine Ahnung«, sagte Art und sah Katrina geradewegs in die Augen. Er wusste, dass sie einen siebten Sinn für Lügen hatte, ebenso wie er. Und sie durfte unter keinen Umständen wissen, dass er log.

»Mein Gott«, stöhnte Katrina Bernardi. »Aber das würde ja heißen, Leo ist tatsächlich schuldig.«

»Genauso wird die Polizei das sehen«, meinte Art.

»Und warum sind Sie dann hier und erzählen mir das alles? Warum wollen Sie Leo so unbedingt vor Ihren Kollegen finden?«

Jetzt wurde es heikel. Art wusste, dass er ihr den wichtigsten Grund nicht sagen durfte, aber vielleicht tat es ja auch der zweitwichtigste. »Weil es trotzdem sein kann, dass sie unschuldig ist. Aber wenn die Polizei erst einmal diese Beweise in der Hand hält, fokussiert sich alles auf Leo Tempel. Und dann könnte der wahre Mörder weiter töten.«

»Glauben Sie, dass er – oder sie – weiter tötet?«

»Nach allem, was ich über Serientäter weiß, ja.«

»Und wenn Leo tatsächlich schuldig ist?«

»Dann verhafte ich sie.«

Katrina Bernardi sah ihn schweigend an mit undurchdringlicher Miene und einem Blick, der versuchte, ihn bis in den hintersten Winkel auszuleuchten. Als könne sie dort finden, was er ihr nicht gesagt hatte. Dann schob sie die Weinflasche beiseite, nahm einen Schluck Kaffee aus der Bechertasse, spülte damit ihren Mund, als könnte sie so den Alkohol und die Fassungslosigkeit vertreiben.

Arts Telefon klingelte erneut. Es war wieder dieselbe Nummer. Mitten in der Nacht, zwei Anrufe seiner Dienststelle. »Entschuldigung, da muss ich ran«, murmelte er und nahm das Gespräch an. »Art Mayer hier.«

»Ja, Berkovitz von der Bereitschaft. Ich versuch's schon eine ganze Weile bei Ihnen. KHK Buchwald meinte, ich soll Sie dringend informieren.«

»Worum geht's?«

»Wir haben einen Anruf von einem Roman Hoff bekommen, dem Verlobten von Ihrer Kollegin Nele Tschaikowski. Sie ist heute Nacht nicht nach Hause gekommen.«

Art war, als ob eine kalte Hand nach seinem Herzen griff.

»Haben Sie versucht, sie telefonisch zu erreichen?«

»Das ist es ja. Wir haben sie nicht erreicht, aber wir haben ihr Telefon trianguliert und es auf einem Parkplatz auf der A 10 bei Ludwigsfelde gefunden. Das Telefon war in einem Mülleimer. Wir haben sofort ein Team losgeschickt. Der Parkplatz ist leer. Keine Spur von ihr. Wir fahnden jetzt unter Hochdruck nach Leo Tempel.«

»Warum Leo Tempel?«

»Auf der A 10 gibt es eine automatische Kennzeichenerfassung. Der Porsche von Charlotte Tempel wurde um 20:36 dort erfasst, in Richtung Ludwigsfelde und Beelitz.«

Art starrte auf den Kaffeebecher, den Katrina Bernardi auf ihrem Schreibtisch abgesetzt hatte. Seine Gedanken rasten. Er sah vor sich, wie er Nele vor der Praxis abgesetzt hatte. Dachte an Barenboim, verwarf den Gedanken wieder, stand in Gedanken im Archiv der Praxis, schaute wieder in die offene Schublade mit der Hängeregistratur, erinnerte sich, wie er die eine Mappe herausgenommen hatte. Dann kam ihm der feine Staub auf dem Boden in den Sinn, und dass auch auf den Bügeln der Mappe etwas davon gewesen war. Plötzlich wusste er, was für ein Staub das war. O Gott! Warum war ihm das nicht früher eingefallen?

»Hallo? Sind Sie noch dran?«, fragte Berkovitz.

»Ja, bin ich«, sagte Art heiser.

»KHK Buchwald meinte, Sie sollen dringend ins Präsidium kommen.«

»Ja«, sagte Art. »Richten Sie ihm aus, ich komme, sobald ich kann. Ich muss noch etwas überprüfen.«

»Die Anweisungen Ihres Vorgesetzten waren ziemlich deutlich, ich glaube nicht, dass –«

Bevor Berkovitz weitersprechen konnte, hatte Art aufgelegt.

»Was ist los? Warum starren Sie mich so an?«, fragte Katrina Bernardi.

»Meine Kollegin ist verschwunden«, sagte Art. Er kam sich vor wie betäubt.

»Die schwangere Kollegin?«

Er nickte. »Sieht aus, als hätte Leo Tempel sie entführt.«

»O Gott«, entfuhr es Katrina Bernardi.

Art rieb sich das Gesicht. »Wo ist Ihr Bad?«

»Äh, im Flur, rechts, die erste Tür.«

Er stand auf, ging ins Bad, ließ kaltes Wasser laufen und spritzte sich etwas davon ins Gesicht. Im Spiegel sah er, wie ihm die Tropfen herunterliefen. Das hier war schlimmer, als er es sich jemals hätte vorstellen können.

Er drehte den Hahn zu und ging zurück zum Schreibtisch. Katrina sah ihn an. »Und jetzt?«

»Jetzt habe ich noch einen Grund mehr, Leo Tempel so schnell wie möglich zu finden.«

»Wollen Sie nicht zu Ihren Kollegen?«

»Was soll ich da? Die fahnden schon mit allen Mitteln. Ich wäre nur einer mehr, der im gleichen Topf rührt. Die größte Chance, Leo zu finden, ist mit Menschen zu sprechen, die sie kennen oder die ihre Familie oder ihr Umfeld kennen.«

Katrina nickte. »Na schön«, sagte sie leise. »Keine Ahnung, wie das gehen soll und wohin das führt, aber … fragen Sie ruhig. Ich antworte, so gut ich kann.«

»Gut«, sagte Art und versuchte sich zu sammeln. »Wenn Charlotte Tempel und Wenke so gut befreundet waren, haben die beiden doch sicher auch hin und wieder über Leo gesprochen, oder?«

»Ja, haben sie. Ehrlich gesagt sogar ziemlich oft. Das ständige Drama zwischen den beiden hat Wenke sehr beschäftigt. Ich glaube auch deshalb, weil Wenke ja selbst dieses furchtbare Drama mit ihrem Sohn erlebt hat. Charlotte hat ihre Tochter wohl sehr geliebt, aber wenn man Charlottes Beschreibungen glauben kann, dann konnte sie machen, was sie wollte, Leo hat sie einfach immer abgelehnt. Leo war das Papa-Kind. Wenke meinte: ›Egal, wie viel der Typ weg war, kaum war er mal da, drehte sich alles nur um ihn. Dabei war es immer Charlotte, die den Laden gerockt hat.‹«

»Psychologisch gesehen kein Wunder«, meinte Art. »Die Eltern, die für die wenigste Bindung sorgen, lösen bei den Kindern den Impuls aus, dass sie selbst die Bindung herstellen müssen.«

»Sie kennen sich mit Psychologie aus?«

»Eher Küchenpsychologie«, knurrte Art. »Und ab und zu mal ein Buch. Hilft beim Ermitteln.«

»Schau an«, meinte die Bernardi. »Na ja, wie auch immer, dass Leos Vater gestorben ist, hat offenbar auch nichts verbessert zwischen Mutter und Tochter. Die beiden sind irgendwie immer aneinandergeraten. Leo hat rebelliert, und Charlotte hat versucht durchzugreifen. Ich vermute mal, nicht besonders feinfühlig. Aber Wenke hat sie immer verteidigt. Zuletzt hat sich Charlotte immer wieder über Leos Doppelmoral aufgeregt. Auf der einen Seite würde Leo vom Geld der Familie leben, und auf der anderen Seite würde sie genau den Lebensstil verurteilen, der ihr dieses Leben ermöglicht.«

»Was genau meinte sie denn mit ›diesem Leben‹?«

»Na ja, alles. Die Schauspielschule und überhaupt, ein Leben als Schauspielerin, das war für Charlotte Tempel brotlose Kunst. Dann die Einliegerwohnung im Keller, die verschiedenen Ferienhäuser der Familie, die Reisen ... der übliche Reichenkram, halt alles, was so geht, wenn man fast unbegrenzte Möglichkeiten hat. Und Leo hat dagegen rebelliert – und es gleichzeitig genommen.«

»Die Schauspielschule«, murmelte Art nachdenklich. »Wissen Sie, auf welcher Schule sie ist?«

»Leider nein.«

Art nahm sein Handy und loggte sich in der Datenbank des BKA ein. Es dauerte etwas, bis er das Fact-Sheet über Leo Tempel fand, das Ben Gallwitz zusammengestellt hatte und das von Tag zu Tag wuchs. »Die iaf Berlin«, sagte Art und rief die Homepage auf. Katrina Bernardi sah ihm über die Schulter. Ihr Atem roch nach Wein und Kaffee. »Über die hab ich mal einen Bericht gemacht«, meinte sie.

»Haben Sie da einen Kontakt?«

Sie sah in ihrem eigenen Handy nach. »Werner Bischoff, einer der Schauspiellehrer, und Helge Frost, der Leiter der Schule. Haben Ihre Kollegen noch nicht mit denen gesprochen?«

Art wühlte sich weiter durch die Datenbank. »Mhm. Bisher finde ich nichts. Die Dinge haben sich ja auch ziemlich überschlagen. Entweder die Kollegen machen das erst morgen«, er sah auf die Uhr, »also vielmehr heute, im Laufe des Tages, oder die Ergebnisse der Befragung wurden noch nicht in die Datenbank eingetragen.« Er sah Katrina an.

»Schon verstanden«, seufzte sie und wählte die erste Nummer. Nach einer Weile legte sie auf und wählte die zweite. »Also, Helge Frost nimmt schon mal nicht ab, und …« Sie ließ es noch eine Zeit lang klingeln, bis eine Mailbox ansprang. »Tja, und Werner Bischoff auch nicht. Kein Wunder eigentlich, um die Uhrzeit. Ich denke, morgen früh um neun habe ich bessere Chancen.«

»Mhm«, brummte Art. »Was ist mit den Ferienhäusern, von denen Sie vorhin gesprochen haben?«

»Wenke hat die Häuser ein paarmal erwähnt. Die Tempels haben vier oder fünf davon. Wenke hat von einem Cottage bei Brighton in England erzählt, eins der Häuser ist in Malibu, da hat sie Charlotte Tempel auch einmal besucht, und dann noch eins in Südfrankreich.«

»Und die anderen beiden?«

»Ich bin nicht sicher. Wenke hat nicht erzählt, wo sie liegen. Vielleicht ist es auch nur eins. Was sie allerdings gesagt hat, war, dass Charlotte dieses Haus wohl satthätte und es unbedingt verkaufen wollte.«

»Hat sie auch erzählt, warum sie es satthatte?«

»Es war wohl Roberts Lieblingshaus.«

»Und, hat sie es verkauft?«

Sie zuckte mit den Schultern.

Normalerweise hätte Art jetzt Nestor Christou und Ben Gallwitz kontaktiert in der Hoffnung, über die Unterlagen beim Finanzamt oder beim Grundbuchamt etwas über die Immobilien der Tempels in Deutschland herauszufinden. Aber es war nicht nur mitten in der Nacht, die Recherche würde auch dauern, und zudem wollte er niemanden in der Ermittlungsgruppe darauf aufmerksam machen, wo Leo sich versteckt halten könnte. Mal ganz abgesehen davon, dass die Häuser vermutlich ohnehin schon im Visier der Ermittlungsgruppe waren.

»Wie war denn das Verhältnis von Charlotte und Robert Tempel?«

»Sie war wohl froh, ihn los zu sein. Das hat nicht nur Wenke gesagt.«

»Wissen Sie auch, warum?«

»Pff. Das Übliche halt?! Dann die Vorliebe von ihm für Waffen. Außerdem hat sie sich wohl immer beklagt, dass Robert Leo verhätschelt hat. Wenn es jemanden gab, der ihrer Ansicht nach Schuld am Verhalten ihrer Tochter hatte, dann war es ihr Mann.«

»Sie wissen viel über die Tempels«, meinte Art. »Und das, obwohl Sie sie gar nicht direkt kannten.«

Katrina zuckte erneut die Achseln. »Ich bin Journalistin. Ich mach einfach meine Ohren auf und kann mir Dinge gut merken. Und was ich nicht weiß, reime ich mir meistens zusammen.«

»Mhm.« Art schwieg einen Moment. Er musste an Leo denken und daran, wie sie mit seiner Pistole umgegangen war. *Was erwartest du, mein Vater war Waffenhändler* – hatte sie das nicht so oder so ähnlich gesagt? »Hat Robert Tempel Leo das Schießen beigebracht?«

»Ja, ziemlich früh sogar, das war wohl auch einer der Streitpunkte.«

»Wie alt war Leo, als ihr Vater gestorben ist?«

»Ich glaube zwölf oder dreizehn.«

»Dann frage ich mich, wo die beiden geübt haben. Bei den Sportschützen muss man mindestens vierzehn sein. Vorher bekommt man jedenfalls keine halbwegs normale Waffe in die Hand.«

»Ich bin nicht sicher, ob die beiden auf einen Schießstand angewiesen waren. Robert war Jäger. Wenke meinte, früher hätten die Tempels immer eine Tiefkühltruhe voller Wild im Keller gehabt.«

»Dann hat er Leo mit auf die Jagd genommen?«

Katrina Bernardi zuckte mit den Schultern. »Würde mich nicht wundern.«

Art lächelte. »Und was macht ein Mann, der offenbar passionierter Jäger ist, ein Faible für Waffen hat – und dazu noch fast unbegrenzte finanzielle Möglichkeiten?«

»Natürlich«, sagte Katrina leise. »Er kauft sich ein Stück Wald mit einer eigenen Jagd.«

»Am besten abgelegen und mit einer großen Jagdhütte«, ergänzte Art, »und außerdem haben Leute mit Geld eine Vorliebe für Häuser am Wasser. Ich wette, das Haus liegt auch noch an einem See.«

»Die Frage ist nur, wo?«

»Robert Tempel wird nicht viel Zeit gehabt haben, durch seinen Job. Und er wird seine Tochter vermutlich nicht spontan auf größere Reisen mitgenommen haben, alleine schon wegen der Schule. Ich würde auf das Berliner Umland tippen.«

Katrina Bernardi nickte. »Jetzt müsste uns nur noch jemand einfallen, der dieses Haus vielleicht kennt.«

»Ein befreundeter Jäger«, mutmaßte Art. »Ein politischer Freund, ein Vorstandskollege …«

»Nein«, flüsterte Katrina Bernardi. »Viel besser: eine Geliebte.«

»Hatte Robert Tempel eine Geliebte?«

Katrina Bernardis Augen funkelten. »Oh ja, und er hat es geschafft, dass kaum jemand davon wusste.« Sie öffnete Google auf ihrem Laptop, rief eine Homepage auf und klickte sich durch die Seiten. Eine Reihe Fotos füllten den Bildschirm mit Frauen zwischen zwanzig und vierzig Jahren, die auf sehr unterschiedliche Weise attraktiv waren.

»Ein Escort Service?«, fragte Art verblüfft.

Katrina schien immer noch zu suchen, dann deutete sie plötzlich auf eine der Frauen. Art schätzte sie auf Mitte dreißig, mit schulterlangen schwarzen Haaren, einem runden Gesicht mit großen Augen und sehr heller Haut. Unter dem Foto stand der Name Ajka.

»Sie?«

Katrina Bernardi nickte.

»Woher wissen Sie das?«

»Charlotte Tempel wusste es, ich weiß nicht, woher, aber ich nehme an, sie hat einen Privatdetektiv auf ihren Mann angesetzt. Wie auch immer, sie hat es herausgefunden und ihn unter Druck gesetzt. Ich weiß nicht, wie sie es geschafft hat, aber Robert hat wohl die Affäre beendet. Wenke hat Charlotte für ihre Durchsetzungskraft sehr bewundert.«

»Ich bewundere ehrlich gesagt gerade Ihr Gedächtnis«, meinte Art skeptisch.

»Je prominenter die Menschen und je größer das Skandalpotenzial, desto besser funktioniert es.« Mit einem Mal klang sie plötzlich traurig. »Schätze, da waren Wenke und ich uns recht ähnlich.«

Art sah eine Weile das Foto von Ajka an. Irgendetwas an der Geschichte stimmte nicht. Nach Katrinas Schilderungen passte es nicht zu einem Mann wie Robert Tempel, dass er auf Druck seiner Frau eine Affäre aufgab. Es musste irgendetwas geben, mit dem seine Frau ihn unter Druck gesetzt hatte, doch das war jetzt zweitrangig. Es galt, vor allem Leo und Nele zu finden. »Dann ist diese Ajka wohl unsere beste Möglichkeit«, sagte Art.

»Die Frage ist nur, wie wir um diese Uhrzeit an sie rankommen«, meinte Katrina und klickte neben Ajkas Namen auf das Feld Kontakt. Die Telefonnummer der Agentur poppte auf, darüber stand in großen weißen Buchstaben *24-Stunden-Service*, darunter beinah unleserlich klein geschrieben und in Klammern: *gegen Aufpreis*. »Wie praktisch«, knurrte Art und wählte die angegebene Nummer. Während das Freizeichen ertönte, wandte er sich an Katrina. »Haben Sie vielleicht etwas Süßes da?«

Sie runzelte die Stirn.

»Ich bin Diabetiker, nur für den Fall, dass …«

Ein verständiges Lächeln huschte über ihr Gesicht. Sie öffnete eine Schublade ihres Schreibtischcontainers, fischte eine angebrochene Packung Goldbären heraus und legte sie auf den Tisch. Art griff hinein, nahm eine Handvoll und stopfte sich die Gummibärchen in die Hosentasche, als sich eine kühle freundliche Frauenstimme meldete.

»Herzlich willkommen bei Granada. Womit kann ich Ihnen helfen?«

Kapitel 34

Südwestlich von Potsdam wechselte Art von der A 10 auf die A 2 und beschleunigte auf 170 Stundenkilometer. Er saß leicht gebeugt, das alte Sportcabrio war etwas zu klein für ihn, und sein Kopf stieß immer wieder an das Verdeck des Alfa-Spider. Er hatte Katrina Bernardi um ihren Wagen gebeten, denn seit einiger Zeit waren die Dienstfahrzeuge des BKA mit Ortungssystemen versehen, und er wollte verhindern, dass ihm jemand dazwischenfunkte. Aus demselben Grund hatte er sein Handy ausgeschaltet. Falls er Leo fand und sie wirklich Nele entführt hatte, hielt er es nach allem, was er auf dem Band gehört hatte, für das Beste, alleine mit ihr zu reden.

Ajka ausfindig zu machen, war einfacher gewesen, als er vermutet hatte. Die Escort-Agentur, für die sie arbeitete, war sehr exklusiv und auf reiche Kunden mit Sonderwünschen eingestellt. Im schlimmsten Fall hätte er sie aus einem Date herausholen müssen, doch das war ihm erspart geblieben; sie war für die Nacht nicht gebucht. Es hatte gereicht, der Dame von Granada mit dem BKA zu drohen, wegen einer laufenden Mordermittlung, daraufhin hatte sie ihm Ajkas

Adresse gegeben, und er hatte ausdrücklich darum gebeten, dass sie nicht vorgewarnt wurde. Ajka war im Tief-
schlaf gewesen, als er bei ihr Sturm klingelte. Fünf Minuten
später hatte er die Antwort, die er brauchte. Robert Tempel
besaß ein Blockhaus am Kolpinsee bei Kloster Lehnin, wo
sie sich früher regelmäßig mit ihm getroffen hatte. Ein Blick
auf Google Maps genügte, um zu sehen, dass das Haus ein
ideales Versteck war. Wenn Leo mit ihrem Vater wirklich
dort viel Zeit verbracht hatte, dann lag es nahe, dass sie dort
auch untertauchen würde. Außerdem lag der Kolpinsee auf
der Verlängerung der Route von der Praxis in der Paulstraße
bis zu der Kennzeichenerfassungsstelle, wo der Porsche re-
gistriert worden war. Alles schien zu passen. Die Frage war
nur, warum Gallwitz und den Kollegen dieses Haus bisher
nicht aufgefallen war. Doch Robert Tempel war sicher nicht
der erste reiche Mensch, der sich einen geheimen Rückzugsort eingerichtet hatte, um bei Bedarf vor den Nachstellun-
gen der Presse und anderen neugierigen Menschen sicher
zu sein. Vermutlich stand im Grundbuch irgendeine Brief-
kastenfirma.

Es war bereits nach vier Uhr morgens, und beim Blick auf
die leere Autobahn kamen Erinnerungen an den Fall im Februar hoch. Auch da war er am frühen Morgen alleine unterwegs gewesen, mit fatalen Folgen.

Das schien sein Muster zu sein.

Doch dieses Mal würde es anders laufen. Es *musste* anders
laufen.

Er hatte sich gefragt, ob er sich Sorgen wegen seiner Pistole machen sollte, doch so absurd es auch klingen mochte,
selbst wenn Leo die Mörderin war, letztlich war er überzeugt,
dass sie nicht auf ihn schießen würde. Aber die Hauptsache
war, dass Nele heil aus dieser Sache rauskam. Das schlechte

Gewissen überfiel ihn, die Sache mit dem weißen Pulver hätte ihm früher auffallen müssen; er war viel zu fixiert auf die Akten und die Kassette gewesen.

Bei der Ausfahrt Lehnin fuhr er auf die L 86 ab, und dann wechselte er auf eine schmale Straße, die direkt ins Lehniner Wald- und Seengebiet führte. Es hatte erneut angefangen leicht zu regnen, und die Tropfen spritzten silbern ins Scheinwerferlicht. Der Abzweig, den Ajka beschrieben hatte, lag versteckt. Es war keine Straße, eher eine holprige Piste. Nach zweihundert Metern kam er an eine rot-weiße Schranke, an der ein Schild mit der Aufschrift *Waldweg, Gesperrt für Motorfahrzeuge und Reiter* befestigt war. Darunter stand klein *Frei für Forstbetrieb*.

Art stieg aus. Die Schranke war mit einem gebrochenen rostigen Vorhängeschloss gesichert, das lose in den Ösen hing. Er öffnete die Schranke, stieg ein und fuhr weiter. Zwischendurch fürchtete er, mit Katrinas tief liegendem Cabrio auf dem Boden aufzusetzen. Auf eine kleine Brücke folgte eine scharfe Biegung. Der Lichtkegel erfasste plötzlich etwas mitten auf dem Weg. Art bremste abrupt. Ein Reh starrte ins Scheinwerferlicht. Ein Kitz stand hinter ihm, im Schutz der Mutter. Einen Augenblick lang stand die Zeit still. Dann schaltete Art das Licht des Wagens aus. Es knackte leise, und zwei Schemen bewegten sich in der Dunkelheit. Als er das Licht wieder einschaltete, waren die beiden verschwunden wie ein Spuk.

Art fuhr weiter, so schnell der Weg es zuließ. Nach einem halben Kilometer sah er in einiger Entfernung etwas Hellblaues zwischen den Bäumen schimmern. Charlotte Tempels Porsche. Er hätte halten und den Motor abstellen können, aber er hatte nicht vor, sich anzuschleichen. Es würde Leo nur provozieren, und das war das Letzte, was er für sinnvoll hielt. Falls sie hier war, würde sie ohnehin gereizt reagieren und sich angegriffen fühlen.

Ein größeres Blockhaus rückte ins Licht der Scheinwerfer. Unter ein paar tief hängenden Zweigen stand der geparkte 911er. Art hielt an, ließ den Motor noch einen Moment laufen und betrachtete das Holzhaus. Dicke, aufeinandergeschichtete Stämme wie in der kanadischen Wildnis. Kein Licht. Der See lag vermutlich irgendwo dahinter.

Art stellte den Motor ab, stieg aus und klopfte laut an die Tür.

Es blieb still.

Im Wald hinter ihm knackte es.

»Leo? Ich bin's, Art Mayer. Ich weiß, dass du hier bist«, rief Art und schlug an die Tür.

Im Haus regte sich nichts. Ob Leo schlief? »Jetzt komm schon, dein Wagen steht hier. Mach auf. Ich will mit dir reden.«

»Bist du allein?« Leos Stimme klang dumpf hinter der Tür. »Ja.«

Im Erdgeschoss ging Licht an. Dann das Geräusch von zwei Riegeln, die zurückgeschoben wurden. Die Tür wurde einen Spaltbreit geöffnet, ein schmaler Strich gelbes Licht fiel auf die kleine Holzveranda vor dem Blockhaus.

»Komm rein«, rief Leo.

Art drückte die Tür auf und trat ein. Leo stand mitten im Zimmer, barfuß, auf einem großen Tierfell; sie trug eine schwarze hautenge Sporthose und eine hellblaue Adidas-Trainingsjacke. In den Händen hielt sie ein Jagdgewehr alter Bauart und richtete die Mündung auf Art. Ihre Miene verriet Erschöpfung und Anspannung. »Bist du bewaffnet?«

Art hob kurz die Arme und zeigte ihr seine leeren Handflächen. »Du hast meine Pistole.«

»Was willst du?«

»Wir müssen reden«, sagte Art.

Leo starrte ihn misstrauisch an. »Ist das ein Trick? Warten deine Kollegen da draußen?«

»Nein.«

»Und warum sollte ich dir das glauben?«

Art zuckte mit den Schultern. »Glaub, was du willst. Aber es macht keinen Unterschied. Wenn meine Kollegen da draußen wären, hättest du eh keine Chance. Und ich hätte auch keinen Grund zu bluffen.«

In ihrem Gesicht arbeitete es. Das Gewehr lag ruhig in ihren Händen, doch ihre Augen flogen hastig zum dunklen Fenster, obwohl sie in der Dunkelheit vor dem Haus nichts erkennen konnte. Art sah sich im Haus um, registrierte die Treppe, die ins Obergeschoss führte. Vermutlich waren dort die Schlafzimmer und möglicherweise noch ein Spitzboden. Genug Platz, um jemanden zu verstecken. »Leo, ist meine Kollegin Nele Tschaikowski bei dir?«

Sie runzelte die Stirn. »Nein. Warum?«

»Sie wurde entführt. Dein Wagen wurde kurz danach auf der Autobahn gesehen, auf dem Weg hierher.«

Ihre Mundwinkel zuckten. War das Bedauern? Ärger? Sorge? »Und was beweist das? Habt ihr ein Foto? War sie im Wagen?«

Art hätte mit Nein antworten müssen, die Kennzeichen-erfassung machte keine Fotos, sie hielt nur Kennzeichen fest, doch er entschied sich zu bluffen. »Ja.«

»Bullshit«, fauchte Leo.

Das konnte mehrere Dinge bedeuten. Entweder sagte Leo die Wahrheit, oder sie hatte Nele auf die Rückbank gelegt und wusste, dass keine Kamera sie hätte erfassen können. Was auch immer es war, so konnte er nicht weitermachen.

Er brauchte ihr Vertrauen. »Okay. Entschuldige. Das war ein Bluff. Ich musste sehen, wie du reagierst.«

»Arschloch«, zischte Leo. Sie deutete mit dem Gewehrlauf auf einen Stuhl an der kurzen Seite eines Holztisches. »Setz dich.« Art nickte und tat, was sie wollte. Leo nahm an der anderen Seite des Tisches Platz, sodass zwischen ihnen gut zwei Meter Abstand waren. Sie legte das Gewehr auf dem Tisch ab, behielt es jedoch dabei in den Händen, sodass die Mündung immer noch auf Art zeigte.

»Sind die anderen auch hier?«, fragte Art.

»Welche anderen?«

»Ole, Niklas und Hannah.«

»Nein.«

Das konnte gelogen sein oder stimmen. Art war nicht sicher.

»Wo ist meine Pistole?«

»Die hab ich nicht mehr. Die anderen haben sie geklaut.«

»Wer von ihnen?«

»Weiß ich nicht.«

»Und wo sind die jetzt?«

»Keine Ahnung. Wir haben uns gestritten. Ich hab sie rausgeschmissen.«

»Und die sind freiwillig gegangen?«

»Ich hab ein Gewehr.«

Art nickte. Er konnte sich ungefähr vorstellen, wie das abgelaufen war. »Leo … ich brauche eine Antwort von dir. Eine ehrliche Antwort. Ohne Lügen, ohne Halbwahrheiten. Ich muss wissen, woran ich bei dir bin.«

Leos Lippen wurden schmal, ihre Miene bestand aus nichts als Argwohn.

»Hast du deine Mutter getötet?«

»Nein.«

»Hast du damit irgendetwas zu tun?«

Sie schüttelte den Kopf. »Nein.«

»Warum sollte ich dir das glauben?«

»Ich hab keinen Grund, ich –«

»DAS glaube ich dir definitiv nicht«, unterbrach Art sie. Leo zögerte.

»Ich weiß von der Kassette«, sagte er leise.

»Was für eine Kassette?«

»Ich hab sie gehört.«

Leo wurde blass und brauchte einen Moment, um sich davon zu erholen. »Okay, na schön. Und?« Sie setzte eine trotzige Miene auf und hob das Kinn.

»Ich bin mir ziemlich sicher, dass du zu dem gleichen Schluss gekommen bist wie ich, nämlich dass die Frau, die für all das verantwortlich ist, was Bell schildert, niemand anders ist als Charlotte.«

Nervosität schlich sich in Leos Blick. Sie sah erneut zum Fenster. »Willst du mich jetzt verhaften?«

»Nein.«

»Du hattest es doch von Anfang an auf mich abgesehen.«

»Sag mir, welchen Grund du hattest, Wenke de Fries zu töten.«

»Ich hatte keinen Grund. Und ich hab sie nicht getötet. Aber du glaubst mir ja sowieso nicht.«

Art fixierte sie und schwieg. Er musste an ihre Schauspielausbildung denken. Wie gerne hätte er jetzt jemanden gefragt, wie gut Leo war. Hatte sie Talent? War sie überzeugend? Und nur allzu gerne hätte er einen Einblick in die Notizen ihres Psychologen gehabt. Er hatte so viele Menschen in Befragungen lügen sehen, hatte ihnen angesehen, wie sie überlegten, mit der Wahrheit rangen, sie versteckten, oder wie sie selbst an ihre Lügen glaubten. Aber jemandem wie Leo war er noch nie begegnet. Bei ihr schien ihm alles möglich. »Du entscheidest, ob ich dir glaube oder nicht.«

»Wie episch. Wie beschissen kitschig ist das denn bitte?«

»Bei welchem der drei Psychologen warst du in Behandlung? Voigt, Barenboim oder Seefeld?«

Ihr Kinn schob sich vor, und ihr Blick wurde hart. »Scheiße, ich hätte deine blöde Kollegin am besten direkt umlegen sollen, als sie aus der Praxis raus war.«

Art sah sie überrascht an. »Du gibst zu, dass du sie entführt hast?«

»Ich geb verdammt noch mal gar nichts zu. Ich hab sie da gesehen, das ist alles.« Leo hatte Nele beobachtet? Warum? Hatte sie auch ihn beobachtet, wie er in die Praxis gegangen war? Vielleicht war es ja gar nicht Barenboim gewesen, der die Polizei gerufen hatte.

»Hast du das *ganze* Band gehört?«, fragte Leo. »Oder war das auch nur ein Bluff?«

»Das ganze Band«, sagte Art.

»Auch die Stelle nach der …«

»Nach der Pause. Ja.«

Leo schwieg. Starrte ihn an und wartete auf eine Reaktion, doch Art wusste nicht, was er tun sollte.

»Wusstest du es schon vorher?«, fragte Leo.

»Nein«, erwiderte Art. »Erst seit heute.«

Hey, mein …, ach verdammt, ich weiß immer noch nicht, wie ich dich nennen soll. Mein Schatz? Dann wirst du vielleicht sagen, dass ich gar kein Recht habe, dich so zu nennen. Und vielleicht stimmt das. Ich lass dich alleine, da draußen. Mit Menschen, von denen ich nicht weiß, wer sie sind und was sie mit dir tun werden. Ich glaube, nein, ich hoffe!, sie wollen einfach ein Kind, so wie ich eins will, seit ich weiß, dass es dich gibt.

Aber darf *ich* das entscheiden? Darf ich das *so* entscheiden? Darf ich mich vor dir verstecken? Dir diese ganze Geschichte erzählen und dich dann wieder alleinlassen? Ich weiß, ich habe dir meinen Namen nicht gesagt, und ich merke, ich kann es auch jetzt nicht.

Vielleicht bin ich feige.

Ich fürchte mich davor, dass du irgendwann vor mir stehst und mich anschreist und mich fragst, warum.

Ich würde es an deiner Stelle tun.

Ja, du kennst jetzt alle meine Gründe. Aber das macht nichts besser. Und sobald ich die Augen schließe, ersticke ich vor lauter Scham. Es dauert nicht mehr lange, und du bist auf der Welt, jedenfalls wenn alles gut geht. Aber die Blicke des Arztes und die Art, wie er mit den anderen redet, zeigen mir, dass es gefährlich wird. Hier sind alle hektisch, und gleichzeitig ist es so seltsam ruhig. Ich habe jetzt das Mittel bekommen, das bald die Wehen einleitet. Deshalb kann ich nicht länger sprechen, ich muss noch schnell die Kassette in den Löwen einnähen.

Was auch immer gleich mit uns beiden passiert, bitte denk immer daran, ich hab wirklich versucht, alles zu geben. Ich hoffe, du verstehst das.

Wenn ich das hier nicht überlebe, dann bleibt mir zumindest die Scham erspart, dass ich dich weggegeben habe.

Es ist nicht gerecht, dass ich dich alleinlasse.

Es ist auch nicht gerecht, dass sie mir dich wegnehmen.

Aber für Gerechtigkeit ist es sowieso zu spät. Es gibt nur noch das, was ich jetzt daraus mache. Deshalb diese Kassette.

Falls ich nicht mehr lebe, und wenn du je Hilfe brauchst, und wenn du alt genug bist, darum zu bitten, dann gibt es zwei Männer, an die du dich wenden kannst.

Der eine heißt Henrik Westphal.

Er ist dein Vater. Vermutlich jedenfalls.

Und wenn er es nicht ist, dann ist es ein Mann namens Art Mayer.

Kapitel 35

»Was für eine beschissene Auswahl an Vätern«, presste Leo zwischen den Zähnen hervor. »Der Bundeskanzler, der sowieso alles leugnen wird, und der Bulle, der's auf mich abgesehen hat.«

»Ich hab es nicht auf dich abgesehen«, sagte Art. »Das hatte ich nie.«

»Du hast mein Zimmer durchwühlt, du nimmst unser Haus auseinander, du fahndest nach mir, du hast geblufft und mich damit reingeritten ... und vorhin hast du's schon wieder versucht.«

»Ja«, gestand Art, »ich hab gelogen. Ich hab geblufft, um zu sehen, wie du reagierst. Ich bin nun mal Polizist, mein Job ist es, rauszufinden, wer deine Mutter getötet hat und –«

»Sie ist nicht meine Mutter«, zischte Leo. »Meine echte Mutter ist schon lange tot.«

»Leo, ich muss herausfinden, wer Charlotte Tempel und Wenke de Fries getötet hat.«

»Und dafür ist dir jedes Mittel recht?« Sie funkelte ihn zornig an.

»Du lügst und mauerst doch selbst am laufenden Band«, erwiderte Art.

»Tsss. Von wem ich das wohl habe?«

»Und warum sollte das bei dir in Ordnung sein und bei mir nicht?«

»Keine Ahnung. Weil du Polizist bist?«

»Du meinst, alle dürfen lügen, nur die Polizei nicht?«

»Ich finde, Väter sollten auch nicht lügen.«

Art biss sich auf die Zunge.

Es wurde still zwischen ihnen. Der Moment dehnte sich, bis es unerträglich wurde.

»Leo, ich weiß, dass du wütend bist, weil du dich alleingelassen und verraten fühlst.«

»Wütend? Ich glaube, das trifft's nicht ganz.« Sie spuckte die Worte förmlich aus. »Meine Mutter ist tot, und meine Väter halten es nicht für nötig, nach mir zu suchen.«

»Leo, ich wusste nichts davon, wirklich. Ich habe es genauso erfahren wie du, durch die Kassette. Ich wusste nicht einmal, dass sie schwanger ist.«

»Und das soll ich dir glauben?«

»Leo, hör mir bitte zu. Du irrst dich. Deine Mutter ist nicht tot. Sie lebt.«

»Bullshit. Dann hätte sie doch nach mir gesucht.«

»Ich habe keine Ahnung, warum sie sich nicht bei dir gemeldet hat. Vielleicht hat sie gesucht und dich nicht gefunden. Vielleicht liegt es auch daran, dass sie immer noch denkt, dass ihr und Bo dann das Gefängnis droht, aber glaub mir, sie lebt.«

Leo starrte ihn fassungslos an. Sie war aschfahl geworden, und ihre Hand krampfte sich um den Abzug des Gewehrs. »Nein«, flüsterte sie.

»Leo«, sagte Art, »mir geht's wie dir, ich bin …«

»Nein, verdammt! Geht's dir nicht«, blaffte Leo. Mit einer impulsiven Geste hob sie das Gewehr und schoss auf ihn.

Kapitel 36

Art sah und fühlte den Schuss, noch bevor er ihn hörte.

Er wusste, was auf ihn zukam. Er hätte nur nicht damit gerechnet.

Hatte er sich so vertan? Die Situation so falsch einge-schätzt?

Meistens lag er richtig in seinem Job, er hatte einen Instinkt, konnte Lügen oft vor anderen sehen. Er war gut darin, komplex zu denken, aber nur, wenn es nicht um seine eigenen Gefühle ging. Sobald er selbst Teil der Gleichung war, setzte es bei ihm aus, und er zog die falschen Schlüsse.

So wie jetzt.

In dieser Millisekunde, von kurz vor der Abgabe des Schusses bis hin zum Einschlag der Kugel, war dies sein wichtigster Gedanke: Ich bin auf meine eigenen Gefühle hereingefallen.

Ich habe mich getäuscht.

Und ich habe Nele im Stich gelassen.

Die Kugel bohrte sich hinter seinem Rücken ins Holz, der Aufschlag klang ganz anders als der Schuss, trockener, weniger laut, und obwohl er beide Geräusche fast gleichzeitig hörte, merkte er den Unterschied. Der Schuss vor ihm, der Einschlag hinter ihm.

In seinem Rücken gab es einen Luftzug. Holzbohlen knarzten.

Leos Blick ging an ihm vorbei, rechts über seine Schulter. Unwillkürlich drehte Art sich um.

In der Tür stand ein junger Mann mit einer doppelläufigen Flinte in der Hand, die er auf Leo richtete. Sie hatte nicht auf ihn, sondern auf den jungen Mann geschossen, der leise hinter Arts Rücken die Tür geöffnet hatte.

»Du?«, keuchte Leo. »Was soll das? Was machst du hier?«

Der Mann verzog seine schmalen Lippen zu einem Lächeln. Er hatte kurze blonde und kräftige Haare, einen Vollbart, wasserblaue durchdringende Augen und trug einen braunen Trainingsanzug. Um den Kopf geschnallt trug er eine ausgeschaltete Stirnlampe.

»Weg mit dem Gewehr«, sagte er. »Und Sie, Mayer, die Hände hoch.«

Art hob langsam die Hände. Er hatte den Mann noch nie gesehen und nicht die geringste Ahnung, mit wem er es zu tun hatte. Vielleicht der Kerl, der Nele und ihn in der Villa Tempel überfallen hatte? Dafür sah er eigentlich zu jung und vor allem zu schmal aus. Eher wie jemand, der mehr mit dem Geist als mit dem Körper arbeitete. Auch seine Hände waren eher schlank als kräftig.

»Mach schon! Das Gewehr weg!«, blaffte er Leo an. Seine Stimme bekam etwas Nervöses, er klang fast überspannt.

»Wenn du dich mit Gewehren auskennen würdest«, knurrte Leo, »dann wüsstest du, dass ich nur einen Schuss hatte.«

»Deshalb hab ich mir aus dem Waffenschrank auch die mit den zwei Läufen rausgenommen«, sagte der Mann. »Dein

Vater hat drüben eine hübsche Auswahl. Danke übrigens, dass du den Schrank für mich aufgebrochen hast.«

Leo biss sich auf die Lippen und schwieg. Sie legte mit einer langsamen Bewegung das Gewehr auf den Fußboden. Ihre Hände zitterten.

»Und jetzt eure Handys. Zeigt mir die Displays. Sind die Dinger eingeschaltet?«

Art holte sein Handy hervor. Natürlich war es nicht eingeschaltet, ebenso wie Leos Telefon. Er hatte ja unbedingt verhindern wollen, dass ihm jemand folgte. Jetzt bereute er seine Entscheidung.

»Schön«, sagte der Blonde. »Auf den Tisch damit und dann beide aufstehen.«

Art und Leo taten, was er sagte. Der Mann gab die Tür frei und machte ihnen ein Zeichen, dass sie rausgehen sollten. »Mayer, Sie zuerst. Geradeaus, nach drei Schritten hinter der Schwelle stehen bleiben. Danach du, Leo. Mayer, wenn Sie versuchen abzuhauen, erschieße ich erst Leo und dann Sie, klar?«

Art nickte. Der Mann war intelligent. Wenn Leo durch die Tür ging, gab es einen kurzen kritischen Moment, in dem ihr Körper seinen verdeckte. Wenn Art weiter als ein paar Schritte vorging, hatte er tatsächlich die Möglichkeit zur Flucht. Trotz seiner Nervosität war der Kerl in der Lage vorauszudenken.

»Ich bin barfuß«, sagte Leo.

»Hab dich nicht so, neben der Tür stehen doch Stiefel.«

Art sah, wie Leo in ein Paar übergroße dunkelgrüne Jagdstiefel schlüpfte. Langsam ging er durch die Tür, kurz darauf tat Leo es ihm nach und stand schließlich neben ihm. Hinter ihnen flammte ein Licht auf, vermutlich die Stirnlampe des Mannes.

»Wir gehen«, sagte der Blonde. »Rüber zum anderen Haus. Du kennst den Weg, Leo. Wir nehmen die Abkürzung quer durch den Wald. Und ihr lauft nebeneinander vor mir her.«

Das andere Haus. Leos Vater hatte zwei Häuser in diesem Waldstück? Ajka hatte das nicht erwähnt, vielleicht hatte sie es nicht einmal gewusst.

Leo lief mit etwas unsicheren Schritten in ihren viel zu großen Stiefeln neben ihm her. Der Boden war weich von Tannennadeln und Moos. Immer wieder knackten Äste oder Tannenzapfen unter ihren Füßen. Hin und wieder trafen ihn vereinzelte Regentropfen. Das Licht der Stirnlampe schwankte und warf ihre Schatten voraus, als wären sie Betrunkene auf dem Weg ins Nirgendwo.

»Und, glaubst du mir jetzt?«, flüsterte Leo.

Art sagte nichts, er versuchte zu denken.

»Und, Mayer«, sagte der Mann hinter ihnen. »Rätseln Sie noch, oder haben Sie eine Ahnung, wer ich bin?«

»Es bleibt nicht viel«, knurrte Art. »Sie gehören zur Psychologischen Praxis in der Paulstraße. Da laufen alle Fäden zusammen. Ich vermute mal, Sie haben Zugang zu den Patientenakten. Für einen fertig ausgebildeten Psychologen sind Sie allerdings nicht alt genug. Also sind Sie weder Voigt noch Seefeld. Und Barenboim habe ich kennengelernt.«

»Er ist Assistent in der Praxis«, sagte Leo. In ihrer Stimme schwang Bitterkeit mit. »Er heißt Stefan. Ich hab ihn gesehen, wie er mit deiner Kollegin aus der Praxis gekommen ist. Ich wollte eigentlich in die Praxis einbrechen und mir meine Kassette holen, aber als ich deine Kollegin und ihn zusammen gesehen habe, dachte ich, er hat sich auf die Seite der Polizei geschlagen und hat euch die Kassette und meine Akten gegeben.«

In Arts Kopf rotierte es. Also hatte Stefan Nele entführt. Er musste sie in der Praxis überrascht und mit Scopolamin gefügig gemacht haben. Und für Leo, die beide aus einiger Entfernung gesehen hatte, musste es so gewirkt haben, als wäre Nele freiwillig mit ihm gegangen. »Sie haben Charlotte Tempel und Wenke de Fries getötet?«

»O ja! Und sie haben es beide mehr als verdient. Die Tempel sogar noch um einiges mehr.«

»Sie haben die Akten von den beiden gelesen?«

»Nicht nur von den beiden. Ich kenne alle Akten. Und ich habe jedes Gespräch gehört. Ich hab sie studiert, alle. Ihren Größenwahn, ihre Neurosen, ihre Ängste und wie sie ihre Kinder vernachlässigen, verpfuschen und sie dann bei uns abgeben, als wären sie kaputtes Spielzeug. Und dann plötzlich taucht Leo auf und bringt diese Kassette mit. Das hat alles verändert.«

»Du hast dir die Kassette angehört?«, zischte Leo. »Einfach so?«

»Was dachtest du denn? Du hast es Seefeld doch auf die Nase gebunden, du wusstest doch gar nicht mehr, wohin mit dir, als du damit aufgetaucht bist.«

»Du Scheißkerl. Das war *meine* Kassette.«

»Ach ja?«, schnaubte Stefan. »Das ist wieder so typisch. Bei dir geht es immer nur um dich. Alles dreht sich um die kleine Leo, das reiche unzufriedene Töchterchen. Die wahre Bedeutung der Kassette hast du gar nicht erfasst, oder? Es geht gar nicht um dich.«

Die wahre Bedeutung der Kassette? Art stutzte. Und dann, ganz plötzlich, wusste er, was Stefan meinte. Es ging um die andere schwangere Frau, die damals im Monasterio de la Vera gewesen war. Sanne – oder Susanne. Die Frau, die offenbar gestorben war – das zumindest hatte ja der Mann zu

Bell gesagt und ihr damit gedroht, dass es ihr ähnlich gehen könnte. Auch das Alter von Stefan kam vermutlich ungefähr hin. »Sie sind der Sohn von Sanne, der anderen schwangeren Frau, die im Kloster gefangen war, richtig?«

»Ich?« Stefan lachte abfällig. »Nein! Das war Volker de Fries. Ich bin der Sohn von Bell, und ich bringe zu Ende, was meine Mutter nicht tun konnte.«

Der Sohn von Bell? Der Satz traf Art wie ein Schlag. Er glaubte, in die Knie zu gehen. Sein Verstand nahm auf, was Stefan gesagt hatte, doch er weigerte sich, es zu glauben. Als er am frühen Abend das Band gehört hatte, war es ihm so vorgekommen, als ob er den Boden unter den Füßen verlor. Ein Kind? Eine Tochter? Und ausgerechnet er oder Henrik sollten der Vater sein? Es war ihm so abwegig vorgekommen, dass er dachte, das müsse ein Irrtum sein. Bis ihm klar wurde, dass es tatsächlich möglich war. Denn es gab genau eine Frau in seinem Leben, die sowohl mit ihm als auch mit Henrik geschlafen hatte – und das war Juli.

Er hatte die Nacht von damals immer noch vor Augen. Es war die Erfüllung seiner jugendlichen Träume gewesen, als Juli ihn im Kiosk geküsst hatte, und bis zu diesem Moment hatte er nicht zu hoffen gewagt, dass es überhaupt je passieren würde, geschweige denn, dass noch mehr passieren konnte.

Aber wenn Bell tatsächlich Juli war, warum hatte er ihre Stimme dann nicht erkannt?, hatte er sich dann gefragt. Bell war ihm nur vage vertraut vorgekommen. Doch Stimmen veränderten sich. Sie klangen auf Band anders. Verzerrt von einem Mikrofon, ohne das Gesicht dazu und die vertrauten Gesten. Und es war über zwanzig Jahre her, ihre Stimme von damals hatte er nicht mehr im Ohr, nur noch die Frau von heute.

Nein, es gab keinen Zweifel. Es war die einzige Erklärung. Bell war niemand anders als Juli.

Zuerst war er schockiert gewesen und dann wütend geworden, dass sie ihm nie auch nur ein Wort davon gesagt hatte – bis er begriff, warum. Er war damals gerade dreizehn gewesen, und ihre Situation musste so furchtbar belastend gewesen sein, dass er der Letzte war, den sie ansprechen wollte. Juli war sechzehn gewesen. Was hätte sie mit einem dreizehnjährigen Jungen als Vater anfangen sollen? Zumal, wenn sie noch nicht einmal genau wusste, ob er wirklich der Vater war. Offenbar konnte es ja genauso gut Henrik sein, mit dem sie kurz nach der Nacht mit ihm zusammengekommen war.

Und nun hatte er gerade angefangen zu begreifen, dass Leo möglicherweise seine Tochter war, und plötzlich kam dieser Mann und behauptete, *er* wäre Bells Kind – und damit vielleicht Julis und sein Sohn.

»Du? Du willst Bells Sohn sein?«, keuchte Leo. »Bist du verrückt? *Ich* bin ihr Kind. Sie hat es selbst gesagt, sie war sicher, ihr Kind ist ein Mädchen. Bell ist *meine* Mutter.«

»Schwachsinn«, zischte Stefan. »Sie hat einen *Sohn* bekommen. Mich.«

»Nein, verdammt. Ich hab doch die Adoptionsunterlagen gesehen, und die Geburtsurkunde vom Krankenhaus in Saragossa. Die lag im Safe bei der Kassette. Bells Kind ist ein *Mädchen*.«

Art warf Leo einen Blick von der Seite zu. Falls das stimmte, konnte Stefan nicht sein Kind sein und auch nicht Bells Kind. War es möglich, dass Stefan sich das alles nur eingebildet hatte? Dass Bells Stimme ihn so fasziniert und gefangen hatte, wie sie ihn selbst für einen kurzen Moment für sich eingenommen hatte. Wie auch immer Stefans Leben ausgesehen hatte, vielleicht war er selbst so beschädigt und so voller Hass, Leere und Sehnsucht, dass er sich an diese Kassette klammerte, weil sie ihm eine Vergangenheit gab, etwas Positives, eine Mutter, die ihn geliebt und für ihn gekämpft hatte.

»Du lügst«, sagte Stefan kalt. »Du hast schon immer gelogen. Ihr Tempels seid alle Lügner. Ihr zerstört das Leben anderer. Ihr zerstört Kinder, trennt sie von ihren Eltern. Ihr seid von Gier und Macht zerfressen, voller Hybris, und wenn ihr nachts aufwacht, weil ihr nicht mehr schlafen könnt, dann wollt ihr zum Psychologen und glaubt, dass man euch helfen kann. Dass man euch reparieren kann, wie ein kaputtes Auto. Nur wissen soll es keiner. Niemand soll erfahren, wie kaputt ihr seid. Leuten wie euch ist nicht zu helfen. Leute wie euch kann man nur bestrafen. Sonst gibt es keine Gerechtigkeit.«

»Was ... was heißt das, bestrafen?«, fragte Leo. Zum ersten Mal schwang Angst statt Wut in ihrer Stimme mit.

»Wir besuchen jetzt die Polizistin, und dann bringe ich die Sache zu Ende.«

»Lassen Sie Nele da raus«, sagte Art. »Sie ist schwanger, das wissen Sie doch. Sie ist eine Mutter, wie Bell, und sie trägt ein Kind in sich, eins wie Sie damals.«

»Ja«, erwiderte Stefan. »Aber sie will das Kind ja gar nicht. Sie glaubt, dass es nicht in diese Welt gehört. Das hat sie selbst gesagt.«

Kapitel 37

Hardy Kauder starrte auf die Bildschirme der Taskforce. Wie um Himmels willen hatte es zu diesem entsetzlichen Chaos kommen können? Die Ermittlungsgruppe war im Konferenzraum C.4.7 versammelt, und ständig gingen neue Meldungen ein. Neles Telefon auf dem Parkplatz. Dann eine Triangulation, die ihr Handy zu einem früheren Zeitpunkt in der Paulstraße lokalisierte. Ausgerechnet in der Psychologischen Praxis, die er ihr empfohlen hatte. Dann plötzlich der Hinweis, dass am Abend in die Praxis eingebrochen worden war und die Kollegen von der Streife ausgerückt waren, da der Täter zu diesem Zeitpunkt noch in der Praxis war. Die Streife sei jedoch zu spät gekommen, der Täter war fort. Doch nach den Beschreibungen des Psychologen Dr. Barenboim handelte es sich bei dem Täter offenbar um Art Mayer.

Was zum Geier lief hier? Hatte Mayer etwa etwas mit dem Verschwinden von Nele zu tun? Das kam ihm unwahrscheinlich vor. Mayer war eine verdammte Nervensäge, ein Querkopf und manchmal auch ein Haudrauf, doch er war nicht dumm, und vor allem war er mit Leib und Seele Polizist. Außerdem schien er Nele zu mögen.

Nein, da musste etwas anderes dahinterstecken.

Er dachte an das Telefonat mit Junkers. Er hätte sich nicht auf die Sache mit der Kassette einlassen dürfen. Aber das Angebot war einfach zu verführerisch gewesen.

»Das überlebt Westphal nicht«, hatte Junkers versprochen, und er hatte verdammt noch mal recht. Bisher hatte sich Henrik Westphal als Teflon-Kanzler erwiesen. Erinnerungslücken, lavieren, im richtigen Moment schweigen oder ablenken. Alles schien an ihm abzuperlen. Sogar die Geschichte im Frühjahr hatte er politisch überlebt. Dabei wurde es Zeit, dass Westphal abtrat. Nicht nur, weil er nach Kauders Meinung der falschen Partei angehörte. Diese Koalition war untragbar, die Budgetkürzungen beim LKA und der Polizei eine Zumutung, und das Schlimmste war, dass alle auf die Polizeibehörden schimpften, aber kaum jemand auf die Regierung. Ein Versprechen von Westphal und seiner Partei lautete, in die Sicherheit zu investieren, doch es passierte nichts. Der Personalnotstand in den Notrufzentralen war nur eins von vielen Beispielen dafür. Es gab einen guten Grund, warum der erste Notruf, der zum Fall Charlotte Tempel eingegangen war, nicht adäquat Gehör gefunden hatte – es waren schlicht zu viele Anrufe für zu wenig Mitarbeiter.

Doch Westphal schaffte es mit seinem rhetorischen Geschick, den Eindruck zu erwecken, seine Regierung hätte alles im Griff und würde jedem Problem mit »geeigneten Maßnahmen« begegnen. Kauder war nicht länger bereit, beim Schönreden der Zustände mitzumachen.

Als Junkers ihm erzählt hatte, es sei ein Band mit einer Aufnahme aufgetaucht, die geeignet wäre, Westphal zu Fall zu bringen, hatte er sofort reagiert.

»Von wem haben Sie das?«, hatte er gefragt.

»Kann ich nicht sagen«, lautete Junkers' Antwort. »Nur so viel: Das Band ist wohl im Besitz von Leo Tempel.«

»Und das sagt wer?«

»Es gibt ein Band. Das muss reichen.«

»Etwas dünn, wenn wir hier zusammen ins Boot steigen wollen.«

»Ich weiß auch nicht viel mehr. Aber ich will die Quelle auch nicht kompromittieren. Sie könnte noch von Nutzen sein.«

»Schön. Und wo genau ist diese Kassette?«

»Wie gesagt, im Besitz von Leo Tempel, mehr weiß ich auch nicht.«

Das allerdings war noch kurz vor dem Mord an Charlotte Tempel gewesen. Seit Leos Mutter tot war, fragte er sich unablässig, ob der Mord etwas mit dem belastenden Material zu tun hatte, verwarf dann aber den Gedanken jedes Mal wieder, nur um sich wenig später im Stillen erneut zu fragen, ob es nicht doch einen Zusammenhang gab.

Er hatte angenommen, dass Leo Tempel die Kassette zu Hause versteckt hatte. Doch weder Drakovitch noch Mayer hatten dort etwas gefunden, und dann waren die beiden auch noch aneinandergeraten, und Drakovitch hatte Nele angegriffen. Was für ein beschissenes Timing und so typisch für Mayer. Der Mistkerl hätte einfach nur die Freigabe durch den Staatsanwalt abwarten müssen. Stattdessen hatte er Nele mit reingezogen.

»Chef«, sagte Brunner. Kauder sah hoch. Brunner schirmte mit der Hand das Mikrofon seines Handys ab. »Im Archiv der Praxis haben wir Spuren von Devil's Breath gefunden.«

Kauder schloss für einen kurzen Moment die Augen. Sah Bilder in seinem Kopf, die er nicht sehen wollte. Um Gottes willen! Was für ein Albtraum. Er verschränkte seine Finger, damit nicht auffiel, dass seine Hände zitterten. »Was noch?«, fragte er mühsam beherrscht.

»Es gibt eine aufgezogene Schublade mit einem leeren Ordner im Patientenregister.«

»Welcher Name steht auf dem Ordner?«, fragte Kauder, obwohl er wusste, dass die Unterlagen in der Praxis anonym organisiert waren.

»Auf dem Ordner steht nur eine Nummer. Aber es sind zahlreiche Fingerabdrücke darauf. Unter anderem von Ihrer Nichte Nele und von Artur Mayer, außerdem, so wie es aussieht, von Dr. Seefeld, einem der Psychologen in der Praxis, und von seinem Assistenten. Dieser Dr. Seefeld ist –«

»Ich weiß, wer Dr. Seefeld ist«, unterbrach Kauder ihn gereizt. »Schaffen Sie ihn her. Und was ist mit diesem Assistenten? Wer ist das noch mal?«

»Stefan Bartsch«, schaltete sich Ben Gallwitz ein und las von seinem Computerbildschirm ab. »Zweiundzwanzig Jahre alt. Abitur. Gemeldet ist er in der Christianstraße 51. Mehrfache Bewerbungen für ein Psychologiestudium, wurde bisher aber immer wieder wegen des Numerus clausus abgewiesen. Vater und Mutter unbekannt. Er wurde im Alter von fünf Monaten anonym vor einer Polizeiwache in Lichterfelde abgelegt. Er litt damals an …« Gallwitz runzelte die Stirn. »… einem *Hyalinen Membransyndrom.*« Während er sprach, tippte er die Wörter in eine Suchmaske ein. »Das ist … ein Atemnotsyndrom bei Babys«, fuhr er fort, »offenbar überwiegend bei Frühgeburten. Als er gefunden wurde, war er blau angelaufen und musste beatmet werden. Er hat einige Wochen auf einer Kinderintensivstation zugebracht. In der Akte steht, dass wohl längere Zeit nicht klar war, ob er Herz- und Hirnschäden davonträgt. Er wurde allerdings wieder vollständig gesund. Danach verschiedene Pflegeeltern, zwischendurch längere Heimaufenthalte. Anpassungsstörungen. Beim Jugendamt gibt es eine Akte über ihn, dick wie ein Telefonbuch. Mit sechzehn haben die Probleme offenbar aufgehört, danach gibt es kaum mehr Einträge.«

»Kann man sehen, warum?«

»Etwa zu dem Zeitpunkt wurde er zu neuen Pflegeeltern gegeben. Jakob und Renate Seefeld.«

»Seefeld?« Kauder stutzte. »Etwa der Psychologe aus der Praxisgemeinschaft?«

Gallwitz traktierte seine Tastatur. Dann nickte er. »Ja, sieht so aus.«

Für einen Moment herrschte Stille. Kauder, Brunner, Gallwitz und Martin Buchwald, der sich bisher zurückgenommen hatte, wechselten Blicke.

»Na schön«, seufzte Kauder. »Ich will diesen Stefan Bartsch sprechen. Schicken Sie jemanden zur Meldeadresse und holen Sie ihn her. Vielleicht hat er ja was gesehen.«

»Ich kümmere mich drum«, sagte Buchwald und griff zum Telefon.

»Und was zum Geier ist jetzt mit Leo Tempel?«, schimpfte Kauder. »Ich meine, da läuft eine psychisch labile Umweltaktivistin mit einer geladenen Polizistenwaffe durch die Gegend, hat vermutlich meine Nichte in ihrer Gewalt, und wir sind nicht in der Lage, sie zu finden, verdammt?«

Kapitel 38

Art versuchte angestrengt, sich zu orientieren. Stefans Stirnlampe hatte eine begrenzte Reichweite, und zwischen den Bäumen war wenig zu erkennen. Aus der Dunkelheit tauchten allmählich die Umrisse eines Hauses auf. Ein Blockbohlenhaus, deutlich größer als das Jagdhaus von Leos Vater. Die Bauweise war ähnlich, nur hatte dieses eine weitläufige überdachte Veranda. Links vom Gebäude schimmerte eine ausgedehnte Wasserfläche. Ein Steg ragte in den See. Wahrscheinlich war das hier das Haupthaus, und die Jagdhütte war Robert Tempels persönlicher Rückzugsort gewesen.

»Zur Tür«, befahl Stefan.

Zwei Stufen aus Holz, dann ein paar Schritte, und sie standen davor. Stefan warf einen kleinen Schlüsselbund auf die Fußmatte, wo er klimpernd liegen blieb. »Aufmachen.«

Leo bückte sich und hob den Schlüssel auf. »Woher hast du den?«

»Woher wohl? Von deiner Mutter. Ich bin ihr bis hierher gefolgt.«

»Sie ist nicht meine Mutter«, gab Leo trotzig zurück und öffnete die Tür.

»Hör auf, etwas aus dir zu machen, das du nicht bist. Rein da und Licht an. Ich denke, ich muss dir nicht erklären, wo der Schalter ist, oder?«

Leo stieß die Tür auf. Das Licht ging an. Eine warme, dämmerige Beleuchtung. Ein Flur, linker Hand ein großer Durchgang in ein luxuriöses Landhauswohnzimmer mit Kamin, einer Sitzgruppe davor und einer offenen Küche mit einer Kücheninsel, auf der ein Geweih lag.

»Was zum Teufel haben Sie vor?«, fragte Art.

»Wie ich schon sagte, es zu Ende bringen.« Stefan lotste Art und Leo in den Wohnraum.

»Was heißt das, für wen ist das Geweih?«

»Das haben Sie noch nicht erraten? Für Ihre Kollegin natürlich. Eine weitere Mutter, die ihr Kind nicht will, schon jetzt, wo es noch nicht einmal geboren ist.«

Art lief es eiskalt den Rücken herunter. »Woher, um Himmels willen, wollen Sie das wissen? Nur weil Sie in der Praxis ein paar ihrer Worte oder ihrer Zweifel aufgeschnappt haben?«

»Ein paar Worte? Schwachsinn«, schnaubte Stefan. »Ich verfolge die Sitzungen, ich weiß alles. Ich kenne JEDES Wort. Sogar die Worte, die sie nicht sagt. Ich bin Psychologe, ich hab da einen Blick für. Ihre Kollegin setzt ihre Karriere an erste Stelle. Sie will kein Kind. Das Kind behindert sie. Sie will es loswerden, nur jetzt ist es zu spät, sie kann nicht mehr abtreiben. Sie hat selbst gesagt, dass sie es bereut. Und ich kann sehen, was passieren wird, wenn das Kind geboren ist. Es wird herumgeschubst, weggegeben, es wird ein Leben lang leiden, irgendwann wird es vermutlich auch noch zu einem Psychologen geschickt, der's dann richten soll, oder in eine verfluchte Klinik.«

»Das können Sie nicht wissen. Das kann niemand wissen.«

»Ich hab's doch selbst erlebt«, brüllte Stefan. Speichel-
tröpfchen spritzten aus seinem Mund. »Erst haben sie mich
Bell weggenommen, und dann waren sie nicht zufrieden mit
mir. Ich hatte Probleme mit dem Atmen, ich war krank, und
was haben sie gemacht? Sie haben mich weggegeben, einfach ausgesetzt, da war ich gerade mal vier Monate alt.«

Leo starrte ihn an, ihr Ausdruck schwankte zwischen
Angst und Widerwillen.

Stefan wischte sich mit dem Ärmel den Mund ab, dann
nahm er die Stirnlampe und warf sie in eine Ecke des Zimmers. Art wartete, bis er sich ein wenig beruhigt hatte. »Sie
wissen, dass Sie Neles Kind dann gleich mit töten?«

»Wir haben nur zwei Möglichkeiten«, sagte Stefan leise.
»Sie geben sich entweder den goldenen Schuss oder sprin-
gen von irgendeinem Dach. Oder aber sie werden wie ich.
Resilient.«

»Das können Sie nicht wissen, Stefan. Es gibt noch sehr
viel mehr Möglichkeiten.«

»Ich weiß, wovon ich rede«, knurrte Stefan. »Ich hab mich
lang genug damit beschäftigt. Ich habe eine Diplomarbeit zu
diesem Thema geschrieben, das ganze letzte Jahr über. Und
jetzt rüber zum Küchenblock.« Er hob das Gewehr, zielte
auf Leo und ließ die Waffe zwischen ihnen hin- und herpen-
deln, während er selbst ein Stück rückwärts und auf Abstand
ging.

Leo und Art sahen sich an und gingen zur Kücheninsel.
Das Geweih war so groß, dass es ein Drittel der Arbeitsplat-
te einnahm. Daneben lagen ein kleines Plastikröhrchen auf
einem Teller und ein paar Kabelbinder.

»Mayer, öffnen Sie das Plastikröhrchen und schütten Sie
das Pulver auf den Teller.«

Art starrte das weiße Pulver in dem kleinen Behälter an.

Seine Gedanken rasten. Er musste irgendeinen Ausweg finden!

»Wird's bald?« Stefan richtete das Gewehr auf Leo. »Ich kann sie auch gleich erschießen.«

Art zog den Stopfen aus dem Röhrchen und schüttete das Pulver auf den Teller.

Stefans Lächeln war eisig. »Pusten Sie es ihr ins Gesicht.«

»Wo, verdammt noch mal, soll das hinführen?«, fragte Art. Im Kopf ging er die Möglichkeiten durch, die ihm noch blieben, doch für alles, was er hätte tun können, war Stefan zu weit weg.

»Es führt genau dahin, wo ich es will. Also tun Sie's, oder ich drücke ab.«

Art warf Leo einen Blick zu. Sie stand vor ihm mit angsterfüllten Augen. Von ihrem wilden Trotz und ihrer Wut war nicht viel geblieben.

»Es tut mir leid«, flüsterte Art, dann blies er ihr das Scopolamin ins Gesicht. Eine weiße Wolke stob auf, Leo hustete, holte Luft und atmete dabei die pulverisierte Droge ein. Das restliche Devil's Breath verlor sich auf dem Fußboden.

Über dem Raum lag eine gespannte Stille. Leos Blick wurde glasig, ihre Pupillen fixierten etwas in der Ferne, als müsste sie ihren Blick an irgendetwas heften, um Halt zu finden.

»Leo«, sagte Stefan. »Du nimmst einen Kabelbinder und fesselst Mayer die Hände hinterm Rücken.«

Leo reagierte wie ferngesteuert; sie griff nach einem der Plastikriemen und zurrte ihn um seine Handgelenke zusammen. Ihre Bewegungen wirkten fahrig und kraftlos.

»Fester«, befahl Stefan.

Leo zog noch einmal nach, und der Kabelbinder schnitt Art in die Haut.

»Und jetzt, Mayer, in die Toilette gleich am Eingang. Leo, du kommst mit.«

»Was haben Sie vor, was wird das hier?«

»Leo ist die Hauptverdächtige der Polizei, also was glauben Sie wohl, was das hier wird?«, zischte Stefan.

Art ging zurück in den Flur, Stefan deutete auf die rechte von zwei Türen, und Art betrat eine kleine Toilette. Direkt vor ihm war das Handwaschbecken, rechts von ihm das WC.

»Stellen Sie sich vor das Waschbecken, mit dem Gesicht zur Wand.«

Art tat, was Stefan wollte. Direkt vor ihm hing ein kleiner Spiegel in einem Holzrahmen mit zahlreichen Ornamenten.

»Aufs Waschbecken gucken, nicht in den Spiegel«, befahl Stefan.

Art senkte den Blick. Er nahm wahr, dass Stefan hinter ihm hantierte, verstand nicht, was er da tat. Dann hörte er wieder seine Stimme. »Und jetzt, schlag ihn damit, genau *hierhin*.«

Art hob den Blick, sah im Spiegel Leo hinter sich mit glasigem Blick, sie hielt einen Latthammer in der Hand, hatte ausgeholt und schien genau auf seinen Kopf zu zielen. Hastig duckte er sich weg, schaffte es aber nicht, dem Schlag auszuweichen. Er spürte den Schmerz, als der Hammer ihn mit dem stumpfen Ende seitlich am Hinterkopf traf, über seine Kopfhaut schrammte, sah aus dem Augenwinkel, dass etwas auf den Spiegel spritzte, dann strauchelte er, ging zu Boden, schlug mit dem Kopf auf und stöhnte. Sein Blickfeld wurde schmaler und schmaler.

»Es wird vielleicht noch eine Weile dauern, Mayer«, hörte er Stefan sagen, »aber dann wird das Schädel-Hirn-Trauma so viel Druck auf Ihr Gehirn ausüben, dass Sie ins Koma fallen. Bis dahin können Sie gerne darüber nachdenken, was es heißt, Vater zu sein und den eigenen Sohn im Stich zu lassen. Einen schönen Tod, Artur Mayer. Und jetzt, Leo, mach die Tür zu und schließ ab, ich will ihn nie wieder sehen müssen.«

Wie durch Nebel sah er Leo den Schlüssel auf der Innenseite der Tür abziehen, dann die Tür, die sich schloss, und den schmalen Streifen Licht, der unter der Tür hereinfiel. Dass der Schlüssel umgedreht wurde, hörte er schon nicht mehr.

Kapitel 39

Als Art Mayer wieder zu sich kam, fehlte ihm jedes Gefühl für die Zeit. Wie lange lag er schon hier? Licht fiel durch den Spalt unter der Toilettentür auf den Boden vor ihm. Hieß das, Stefan war noch da? Und was war mit Leo und Nele? Er stöhnte und versuchte sich aufzusetzen. Ihm war etwas schwindelig, aber immerhin, es gelang ihm, sich aufzurichten. Sein Hinterkopf tat zwar weh, aber nicht so, als hätte ihn der Hammer mit voller Wucht getroffen, sonst wäre er vermutlich gar nicht wieder aufgewacht, geschweige denn, dass er in der Lage wäre, halbwegs klar zu denken.

Das Geweih auf der Kücheninsel fiel ihm ein, und ein Adrenalinstoß fuhr ihm in die Glieder. Nele war in Gefahr, vermutlich wollte Stefan sie wie Charlotte Tempel und Wenke de Fries töten. Er musste hier raus, sofort.

Art rappelte sich in dem engen Raum hoch.

Ein Waschbecken aus Keramik, ein WC, darüber ein winziges Fenster, zu klein, um zu fliehen, ein Spiegel, ein Seifenspender und ein Handtuch. Mehr nicht. Er entschied sich für den Toilettendeckel, klappte ihn hoch und trat mit aller Kraft mehrfach dagegen, bis er zerbrach. Das untere Drittel hing immer noch in der Verankerung, und die Kanten des gesplitterten Plastikdeckels waren hoffentlich scharf genug. Art setzte sich auf die Toilette, tastete mit seinen zusammengebundenen Händen nach der schärfsten Stelle des gebrochenen Deckels und begann, den Plastikriemen daran hin und her zu reiben. Schweiß trat ihm auf die Stirn. Verflucht, das dauerte viel zu lange. Vielleicht war es ohnehin schon zu spät. Das Bild von Charlotte Tempel stand ihm vor Augen, so plastisch, als könnte er es anfassen, das Geweih, ihr geschundener Körper. Er säbelte schneller, riss sich die Haut dabei auf und wusste, er durfte nicht nachlassen. Dann plötzlich ein leises Knacken, und der Riemen sprang von seinen Handgelenken. Er war frei. Jedenfalls was die Hände anging.

Vorsichtig befühlte er die Wunde an seinem Hinterkopf und zuckte zusammen. Die Haut unter seinen dichten Haaren war aufgerissen und geschwollen, daher wohl auch das Blut am Spiegel, doch er fühlte keinen massiven Bluterguss. Er musste mehr Glück als Verstand gehabt haben. Vielleicht hatte Leo auch wegen der Drogen nicht allzu viel Kraft eingesetzt. Blieb nur zu hoffen, dass der Schlag keine fortschreitende Schwellung unter der Schädeldecke verursacht hatte, denn dann könnte er jeden Moment wieder umkippen. Er wischte sich hastig das Blut von den Händen und tastete nach seinem Telefon.

Es war weg. Natürlich – Stefan hatte es ja kassiert. Was auch bedeutete, dass er keine Kontrolle mehr über seinen Blutzucker hatte. Art zwang sich, kurz in sich hineinzuhören. Kein Acetongeschmack. Viel zu hoch war der Zucker also nicht. Und zu niedrig? Sein Herzjagen kam eher von der Situation als vom Blutzucker. Und für den Notfall hatte er in seiner Hosentasche immer noch ein paar verklebte Gummibärchen.

Also weiter.

Er musste hier raus, Nele und Leo finden.

Leo.

Meine Tochter. Das klang so unwirklich. Als könnte es nicht sein. Was, wenn Stefan recht hatte und *er* möglicherweise sein Sohn war? Er schob den Gedanken fort. Allein die Vorstellung, *überhaupt* ein Kind zu haben, und das mit Juli!, war überwältigend, verrückt, fremd und … so viel mehr, wofür er keine Worte fand.

Art rüttelte an der Türklinke. Dann schlug er mit den Fäusten gegen das Türblatt.

Es klang hohl. Die Tür war stabil, aber nicht massiv. Gut!

Er stützte sich mit dem Rücken an die Wand neben dem Waschbecken, die Tür vor sich, dann trat er mit dem rechten Bein an das Türblatt, immer wieder, genau an die Stelle neben der Klinke. Sein Kopf dröhnte von dem Lärm und den Erschütterungen, die sich in seinem ganzen Körper fortsetzten. Beim vierten Tritt bekam das Türblatt Risse. Er machte weiter, bis sein Fuß auf der anderen Seite der Tür durchbrach.

Hastig steckte Art seine Hand durch das Loch. Der Schlüssel steckte noch im Schloss. Einmal drehen, dann stieß er die Tür auf.

Im Wohnzimmer war niemand.

Auch das Geweih war fort.

Art riss die Haustür auf und starrte in die Dunkelheit. Nichts. Er wollte gerade hinausrennen, da fiel ihm Stefans Gewehr ein. So hatte er gegen ihn keine Chance. Er lief zurück ins Haus und sah sich um. Hatte Stefan nicht etwas von einem Waffenschrank gesagt, den Leo aufgebrochen hatte? Aber wo würde man hier einen Waffenschrank unterbringen? Sicher nicht im Wohnzimmer. Er ging zurück in den Flur. Die Treppe hoch ins Obergeschoss? Sein Blick fiel auf die zweite Tür im Flur, neben der Toilette. Der Raum musste ähnlich groß sein wie das WC.

Er riss die Tür auf.

Ein dunkler schmaler Raum.

Art schaltete das Licht ein. Werkzeug, Seile, Lederriemen, ein Vorrat an Wildpaste. Ein Puzzleteil fiel zum nächsten. In der hinteren linken Ecke stand ein hoher Schrank. Er zog die aufgebrochene Tür auf. Drei senkrechte Fächer, zwei davon leer, im dritten stand eine Bockdoppelflinte von Beretta. Seltsam eigentlich, schoss es ihm in den Sinn, dass Robert Tempel die Jagdutensilien hier und nicht im Jagdhaus aufbewahrt hatte. Vielleicht war das vermeintliche Jagdhaus doch eher anderen Dingen vorbehalten gewesen? Sein Blick fiel auf die kleinen rechteckigen Fächer weiter oben. Über der Beretta lagen die passenden Patronen. Schrotmunition. Nicht unbedingt das, was er brauchte. Er prüfte die Patronen über den anderen Gewehrfächern. Sie waren geeigneter, aber hatten das falsche Kaliber. Ihm blieb also nur der Schrot. Besser als nichts.

Art stopfte sich eine Handvoll Patronen in die noch freie Hosentasche, lud zwei der Geschosse in die Flinte und verließ eilig das Haus über die Veranda. Die Schritte dröhnten in seinem Kopf. Auf dem weichen Waldboden wurde es etwas besser. Nach dem hellen Licht im Haus hatte er hier draußen das Gefühl, von der Dunkelheit verschluckt zu werden. Die Bäume griffen nach ihm. Er blieb stehen, sein Atem ging viel zu schnell. Sein Hals war wie ausgedörrt.

Wo war Stefan?

Kam er zu spät?

Er schluckte die Angst hinunter und spähte konzentriert in alle Richtungen. In einiger Entfernung tanzte ein Licht zwischen den Bäumen. Das musste Stefans Stirnlampe sein.

Art lief los, so schnell und so leise wie möglich. Er musste bis auf wenige Schritte herankommen, wenn er eine Chance haben wollte, Stefan zu erwischen, ohne die anderen zu gefährden. Aus der Entfernung abzudrücken, verbot sich bei einer Schrotflinte von selbst.

Der Wald löste ein Déjà-vu bei ihm aus.

Wie im Februar. Beim letzten großen Fall.

Nur lag dieses Mal kein Schnee. Es war warm. Regnete es eigentlich noch? Vielleicht waren das nur die Tropfen aus den Baumkronen. Kiefernduft stieg ihm in die Nase. Ein Ast brach unter seinem Fuß. Die Lampe tanzte unbeirrt zwischen den Bäumen. Im Näherkommen erkannte er Leo, die im Lichtschein umherstelzte, roboterhaft, wie ein Zombie. Sie schien ihren Körper nicht richtig unter Kontrolle zu haben.

»Bitte, Stefan, nein. Tun Sie das nicht.« Das war Nele. Sie klang wie jemand, der sich verzweifelt zusammenriss. »Was auch immer Ihnen passiert ist, das hier macht es nicht besser.«

»Doch, tut es«, erwiderte Stefan kalt.

»Ich bin schwanger, Sie bringen nicht nur mich um, auch mein Kind.«

»Ich bring es nicht um, ich erlöse es.« Er deutete auf Leo, seine Stimme war voller Abscheu. »Sonst wird es wie sie.«

Erlösen. Art erfasste ein tiefes Grauen. Er war bis auf etwa fünfzehn Meter herangekommen und verstand in der Stille des Waldes nun jedes Wort.

»Mein Kind kann doch nichts dafür«, rief Nele. »Sie konnten auch nichts für das, was Ihnen passiert ist.«

»Eben. Und trotzdem ist es mir passiert. Wo bleibt da die Gerechtigkeit?«

»Es ist doch nicht gerecht, mein Kind zu töten.«

»Es ist gerecht, es nicht leiden zu lassen, so wie die anderen. Und es ist gerecht, dass du stirbst, weil du dein Kind nicht willst. Du hast es verraten.«

»Aber ich WILL mein Kind doch«, rief Nele verzweifelt.

»Du lügst«, sagte Stefan. Er klang ruhig, beinah sachlich, wäre da nicht die eigenartige Betonung gewesen. Seine Sprachmelodie schwankte immer mehr zwischen Höhen und Tiefen. »Du hast selbst gesagt, dass du es nicht willst. Leo, schneid ihr die Sachen auf.« Stefan wies auf Nele. »Damit jeder ihren Bauch sehen kann. Wenn sie gefunden wird.«

Art war auf etwa zehn Meter herangekommen. Ein falscher Tritt, ein Ast, der laut knackte, und Stefan würde ihn hören. Er nutzte die Momente, wenn Stefan sprach, in der Hoffnung, dass er dann weniger aufmerksam war. Stefan stand mit dem Rücken zu ihm, das Gewehr schussbereit in den Händen. Art sah nur seine schwarze Gestalt, die sich vor dem von der Stirnlampe erleuchteten Stück Wald abzeichnete. Nele war an einen Baum gebunden, über ihr ragte das Hirschgeweih auf, doch es hing seltsam schief, als wäre es nicht ordentlich befestigt. Leo hatte eine Schere in der Hand, mit der sie ungelenk Neles Bluse aufschnitt. Erst jetzt begriff Art, was Stefan wirklich vorhatte. Er wollte Leo benutzen, um Nele zu töten. So wie er Leo mit dem Hammer auf ihn hatte einschlagen lassen.

Stefan hatte es ja vorhin selbst gesagt: Leo war die Hauptverdächtige für die Morde – und Stefan hatte vor, ihr auch Neles und seinen Tod in die Schuhe zu schieben. Man würde überall Leos Fingerabdrücke finden, und im schlimmsten Fall würde Stefan sogar noch Leo töten und es nach Selbstmord aussehen lassen. Blieb nur die Frage nach dem Scopolamin, aber bis man hier draußen die Leichen fand, würden Tage vergehen. Bis dahin war die Droge möglicherweise nicht mehr nachweisbar.

Art hob die Bockflinte, legte den Finger auf den Abzug. Er musste näher heran. Schnell.

»Hör auf, Leo, bitte«, flehte Nele.

Leo hielt plötzlich inne wie erstarrt. Natürlich, dachte Art verblüfft, die Drogen wirkten so oder so. Für sie war es egal, wer ihr etwas sagte, sie tat es einfach.

»Halt die Klappe«, fuhr Stefan Nele an.

Art nutzte den Moment für einen weiteren Schritt.

Neun Meter.

»Du bist zu langsam, Leo. Nimm den Hammer.«

Ein weiterer Schritt.

Leo bückte sich, legte die Schere weg und nahm den Latthammer in die Hand. Anders als vorhin sah Art die Tatwaffe jetzt deutlich. Das eine Ende bestand aus einer Schlagfläche, das andere war eine lange, leicht gekrümmte Spitze.

»Stech ihr die Augen aus«, sagte Stefan.

»Nein!«, schrie Nele.

»Tu es. Jetzt«, brüllte Stefan.

Leo hob fahrig den Hammer. Sie schien nicht viel Kraft zu haben, doch mit diesem Werkzeug reichte schon ein einziger leichter Schlag.

Art rannte los. Die Flinte auf Stefan gerichtet. »Stopp!«

Stefan wirbelte herum, die Stirnlampe erfasste Art, blendete ihn in vollem Lauf. Art richtete die Flinte grob auf eine Stelle unterhalb des Lichtes, dann noch etwas weiter nach links, da rechts Nele und Leo standen, stolperte plötzlich in ein Loch, einen Fuchs- oder Kaninchenbau, verlor die Kontrolle, drückte im selben Moment den Abzug und spürte noch im Fallen den doppelten Widerstand.

Drei Schüsse krachten.

Zwei Mal die Bockflinte, einmal Stefans Gewehr.

Nele schrie auf. Ihr Schrei vermischte sich mit dem von

Stefan. Arts Kopf dröhnte von den Schüssen. Er lag auf dem Waldboden. Stefan hatte ihn verfehlt. Aber was war mit seinen Schrotladungen passiert. Hatte er jemanden getroffen?

»Leo, das Gewehr. Nimm Stefan das Gewehr ab«, rief Nele.

»Wag es ja nicht«, fuhr Stefan Leo an. Der Lichtkegel fing Leo ein, die mit dem Hammer in der Hand kaum drei Meter von Stefan entfernt stehen geblieben war. Sie schwankte und war ein Schatten ihrer selbst. Stefan schien unbeeindruckt und hielt das Gewehr auf sie gerichtet.

Art kam auf die Beine. Zum Nachladen blieb ihm keine Zeit, er packte die Flinte am äußersten Ende des Laufs und stürzte auf Stefan zu. Art sah den Lauf von Stefans Gewehr auf sich einschwenken, schwang seine eigene Flinte wie eine Keule und traf Stefans rechten Arm. Die Wucht des Aufpralls war so stark, dass Art die Flinte aus den Händen gerissen wurde. Stefan brüllte vor Schmerz, und ein Schuss löste sich. Das Geräusch hallte im Wald wider.

Art fühlte keinen Schmerz, jedenfalls nicht den, den ein Treffer verursacht hätte.

Im selben Moment rammte Stefan ihm den Gewehrlauf mit aller Kraft in die Magengrube. Art keuchte und ging in die Knie. Dann bekam er einen Schlag mit dem Kolben in die Seite. Er schnappte nach Luft und fiel zu Boden. Weiches Moos. Ein stacheliger Ast im Gesicht. Zwei Beine vor ihm. Er sah hoch.

»Du hättest verdammt noch mal im Haus bleiben und sterben sollen«, zischte Stefan. Arts Augen wanderten zwischen dem gleißenden Licht der Stirnlampe und der Spitze des Hammers hin und her, den Stefan in der Hand hielt. Art tastete über den Waldboden, hoffte, irgendetwas zu fassen zu bekommen, einen Stein, einen Ast, vielleicht die Schere, die Leo benutzt hatte. Doch da war nichts.

»Leo, das Geweih«, stöhnte Art. »Mach das Geweih ab.«

Stefan lachte spöttisch. »Das bringt deiner Nele jetzt auch nichts mehr. Erst bist du dran und dann sie.«

»Nichts von dem, was du glaubst, ist wahr«, ächzte Art. Er hatte immer noch Schwierigkeiten zu atmen. »Das Band ist für Leo, das war es schon immer.«

»Erspar mir deine billigen Lügen. Ich weiß, wer ich bin. Das Band ist für mich. Ich weiß es, weil ich eine Frühgeburt war, genau wie Bells Kind.« In seiner Stimme schwang Triumph mit. Die Stirnlampe schwebte jetzt über Art. Irgendwo hinter Stefan hörte er das leise Splittern von Holz. War es das, was er hoffte?

»Glaubst du, du bist die einzige Frühgeburt auf der Welt?«, stieß Art hervor.

Mit einem zornigen Knurren holte Stefan aus und stürzte sich auf ihn. Art rollte beiseite, spürte den Luftzug, als der Hammer an ihm vorbeiflog, und hörte, wie er sich mit einem stumpfen Laut in den Waldboden grub. Schwankend kam er auf die Füße, versuchte sich zu orientieren.

»Hier«, rief Nele. »Direkt neben meinen Füßen.«

Er stolperte in ihre Richtung. Sah ihre Füße, nahm Leo wahr, die schwankte. Er bekam das Ding zu fassen, hob es hoch und wirbelte herum, genau in dem Augenblick, als Stefan sich mit dem Hammer auf ihn stürzte. Stefans Schlag verfing sich im Geweih, der Latthammer blieb förmlich stecken. Art sah nur den Arm, die eiserne Spitze des Hammers und das grelle Licht, spürte, wie Stefan mit dem Geweih rang und es mit aller Kraft von sich wegdrückte – und auf ihn zu. Art riss das Geweih mit beiden Händen nach links, spürte einen Widerstand und schlug seitlich gegen das Geweih.

Stefan stöhnte auf, der Druck ließ nach. Der Latthammer fiel mit einem sanften dunklen Ton auf den Waldboden.

Die Lampe zitterte.

Stefan hyperventilierte. Stieß einen gurgelnden Laut aus. Dann sank er zu Boden. Arts Hände waren feucht. Die Lampe warf ein Schlaglicht auf die spitzen Enden des Geweihs. Art ließ es los, trat einen Schritt zurück, tastete nach dem Hammer, fand ihn und hob ihn auf.

»Die Ka-ssette«, stöhnte Stefan. »Das is… *meine* … Kass…« Seine Stimme verebbte.

Stille lastete auf allem wie ein schweres Tuch.

Art trat näher an die Lampe heran, zog sie von Stefans Kopf. Als er das Licht auf ihn richtete, sah er, dass die rechte Seite seines Oberkörpers blutüberströmt war. Eins der Geweihenden hatte sich tief in seinen Hals gebohrt und offenbar die Schlagader getroffen. Es lief immer noch Blut aus der Wunde. Seine Augen blickten still an Art vorbei in den nächtlichen Himmel.

Es regnete leicht.

Silberfäden im Licht.

Er sah zu Nele. Ihr Gesicht war nass von Tränen. »Leo«, flüsterte sie heiser.

Mehr nicht, nur das eine Wort.

Leo lag neben ihr am Boden, ihre Arme zuckten. Speichel rann aus ihren Mundwinkeln. *O Gott!* Was war das? Hatte er sie mit der Schrotladung getroffen?

Art lief zu ihr, beugte sich über sie und leuchtete ihr ins Gesicht. »Leo?« Er tätschelte ihre Wange. Ihre Lider zuckten, und ihr Atem ging flach. Hastig suchte er nach Wunden, fand jedoch keine. Die Schrotladung konnte es nicht gewesen sein, wahrscheinlich hatte er einfach nur in den Waldboden geschossen. Vielleicht eine Überdosis? Hatte sie zu viel von Devil's Breath eingeatmet? Er schob sie in die stabile Seitenlage.

»Is sie okay?«, stöhnte Nele.

Arts Gedanken überschlugen sich. Von hier bis zum Haus war es ein gutes Stück, er musste den Notruf wählen, und ihre Handys lagen auf dem Tisch, falls Stefan sie dort gelassen hatte. Sein Blick fiel auf den Toten. Hatte er vielleicht ein Telefon dabei? Er tastete Stefans Taschen ab, fand jedoch kein Handy.

»Nele, ich hol Hilfe. Kannst du noch?«

Sie nickte. Es war ein Ja und ein Nein zugleich.

Art lief los, die Lampe auf den Boden gerichtet, stur geradeaus, in die Richtung, aus der er gekommen war. In seinem Kopf flogen Gedankenfetzen umher. Was, wenn Stefan doch Bells Sohn war? Hatte er gerade sein eigenes Kind getötet? Nein, es musste Leo sein. Es MUSSTE einfach Leo sein. Aber auch ihr Leben hing am seidenen Faden.

Atemlos erreichte er das Haus. Die Handys lagen auf dem Tisch. Er schaltete seins an, gab den Code ein und wählte den Notruf. Auf dem Rückweg verlor er kurz die Orientierung, ihm wurde schwindelig, und er stopfte sich ein paar der Gummibärchen aus seiner Hosentasche in den Mund.

»Nele?«, rief er in den Wald.

»Hier!«, kam es laut zurück.

Kurz darauf war er bei ihr, schnitt sie mit der Schere los.

Leos Atem war flach und zittrig. Ihre Pupillen reagierten nicht. Sie driftete davon.

Art überlegte, ob eine Herzdruckmassage helfen würde. Wie lange dauerte es, bis der Rettungswagen kam?

Zu lange.

Und sie waren mitten im Wald.

Er fühlte ihren Puls am Hals.

Nichts.

Auch Leos Atem hatte ausgesetzt.

Er hockte sich neben sie und begann mit der Herzdruck-massage. Dreißigmal in schneller Folge, dann zweimal beat-men und immer so weiter. Ihr Brustkorb bebte unter seinen Händen, und er hoffte, dass ihre Rippen nicht brachen. Nach einer Weile fingen seine Arme an zu brennen. Aber das spielte keine Rolle. DURFTE keine Rolle spielen. Er sah Juli vor sich, wie sie um dieses Kind gekämpft hatte. Wie hatte sie den Schmerz ausgehalten, es abzugeben? All die Jahre. Ob sie gewusst hatte, wo Leo war?

Und was war mit Henrik? Hatte er es gewusst?

Weiter pressen und pumpen. Immer im Rhythmus. Hun-dertmal pro Minute. Und nur ja nicht nachlassen.

Er sah in ihr Gesicht. Suchte nach Ähnlichkeiten mit Juli, mit sich, mit Henrik.

Wurde nicht schlau daraus.

Aber das war gerade egal.

Wichtig war nur eins:

Leo durfte auf keinen Fall sterben.

Eineinhalb Tage später

Kapitel 40

Hardy Kauder sah in die Menge. Punkt sechzehn Uhr. Der Saal war voll bis unter die Decke. Eine hungrige Meute mit gierigen Kameras und Smartphones. Reuters, AP, die versammelten Mediengruppen, die öffentlich-rechtlichen Sendeanstalten, Zeitungen, die Berliner Lokalpresse – das hier wollte sich niemand entgehen lassen. Buchwald saß neben ihm und fingerte nervös an seinen Notizen herum, aber Kauder hatte schon entschieden, dass es besser war, wenn er gar nicht zu Wort kam. Zumal sich herausgestellt hatte, dass der Fall ja eher in die Zuständigkeit seiner Landesbehörde fiel als in die der Bundesbehörde BKA. So hatte er es auch mit Helene Weißenberg, der Präsidentin des BKA besprochen, die ihm das Feld überlassen hatte – mit ein paar Bedingungen bei der Darstellung.

Er räusperte sich und stieß ein paarmal mit seinem Finger ans Mikrofon. Das laute Pochen ließ die Menge verstummen.

»Meine Damen und Herren«, hob Kauder an. »Ich bin froh und auch erleichtert, Ihnen im Namen der Polizei Berlin und des BKA verkünden zu dürfen: Dank intensiver und behördenübergreifender Polizeiarbeit zwischen Landes- und Bundespolizei konnten wir die beiden Morde an Charlotte Tempel und Wenke de Fries zügig aufklären.«

Lautes Gemurmel setzte ein.

»Wir konnten den Täter ermitteln, und er wurde in einer nächtlichen Aktion vor etwa sechsunddreißig Stunden gestellt. Beim Zugriff hat der Täter sich der Verhaftung gewaltsam widersetzt und wurde dabei getötet.«

Kauder machte eine kurze Pause, um den Worten das nötige Gewicht zu verleihen. Zugriff, der Verhaftung widersetzt – das entsprach am Ende alles nicht den Tatsachen, aber das, was da im Wald passiert war, ließ sich ohnehin nicht vermitteln. Die Leute wollten der Polizei gerne vertrauen, sie wollten sich sicher fühlen. Und er wusste, was man sagen musste, um dieses Vertrauen zu erzeugen. Selbst wenn ein paar ewige Nörgler versuchen würden, tiefer zu bohren – war die Geschichte erst einmal offiziell erzählt. Alles andere waren dann unbewiesene Behauptungen und Spekulationen.

»Der Täter ist oder vielmehr war ein junger Mann, zweiundzwanzig Jahre alt, der als geistig verwirrt einzustufen ist. Er hatte eine schwierige Vergangenheit mit etlichen Stationen in Heimen und Pflegefamilien. Er sah sich offenbar als Psychologe, obwohl er nie zum Studium zugelassen wurde, und hat sich Zutritt zu psychologischen Fallakten verschafft. Darunter waren auch die Akten der beiden Mordopfer.«

Wieder intensives Gemurmel. Manche Katzen ließ man besser im Sack, diese hier hatte herausgemusst: Charlotte Tempel und Wenke de Fries als Patientinnen bei einem Psychologen. Ein Spielplatz für Spekulationen aller Art, und er beabsichtigte, nun auch noch ein Klettergerüst auf den Platz zu stellen, um die Aufmerksamkeit in die richtige

Richtung zu lenken. »In beiden Fällen«, fuhr er fort, »ging es um die Kinder der Opfer. Volker de Fries starb mit dreizehn Jahren bei einem Suizid, Leo Tempel hat eine lange Akte an Vergehen im Zusammenhang mit ihren Aktivitäten für den Klimaschutz. Beides sah der Täter als Zeichen für gescheiterte Lebenswege. Die Schuld gab er den Müttern, die seiner Ansicht nach ihre Kinder vernachlässigt hatten. In einer traurigen Analogie zu seinem eigenen Lebensweg hat er wohl entschieden, sich mit den beiden Kindern zu identifizieren und stellvertretend für sie Rache an den Eltern zu nehmen.«

Die ersten Fragen im Saal wurden laut.

»Heißt das, die Mordfälle haben nichts mit dem Medienpreis ›Der Hirsch‹ zu tun?«, rief eine brünette Journalistin in einem eng sitzenden grauen Kostüm.

»Nein«, erwiderte Kauder. »Offenbar nicht. Jedenfalls nicht direkt.«

»Aber ist das nicht ein unglaublicher Zufall? Beide sollten den Medienpreis bekommen, werden getötet und haben beide ein Geweih auf dem Kopf? Die Informationen sind doch richtig, oder?« Die Journalistin lächelte spitz. »Das geht zumindest aus Ihrer letzten Pressekonferenz hervor.«

Kauder biss sich auf die Lippen und schluckte ein schnoddriges »Wenn Sie mal googeln würden, wüssten Sie, das war ein Fake« herunter. Dieses elende Video machte ihm immer noch zu schaffen. Er hatte mit den Kollegen und einem Medienberater entschieden, die Sache klein zu halten und am besten gar nicht zu erwähnen. Das Geständnis von Leo Tempel und diesem Ole hatte zwar Aufklärung gebracht, aber das half offenbar ebenso wenig wie die Warnung vor der Fälschung, die sie inzwischen ins Netz gestellt hatten. Letztlich hatten die Klimaaktivisten genau das damit erreicht, was sie erreichen wollten. Einen empörten Aufschrei, der die Polizei schlecht aussehen ließ, weil sie Klimaschützer angeblich pauschal kriminalisierte. Im Nachhinein fragte er sich, ob sein Schweigen in dieser Angelegenheit die beste Strategie war. Wie weit sollte das denn noch gehen? Als Nächstes würde vermutlich ein Fake-Video mit dem Bundeskanzler auftauchen.

»Von einer für die Morde ursächlichen Verbindung mit dem Medienpreis kann man nicht wirklich sprechen«, erklärte Kauder umständlich. »Der Zufall hat dabei eine Rolle gespielt – und auch wieder nicht. Der Täter hat die Akten eines Psychologen durchforstet und ebendiese beiden Fälle dort entdeckt. Da Charlotte Tempel und Wenke de Fries sich gut kannten, haben sie denselben Psychologen aufgesucht, offenbar auf Empfehlung. Es handelt sich um eine Praxis, die in bestimmten Kreisen für ihre Diskretion bekannt ist.«

»Sie meinen, so etwas wie eine Prominentenpraxis?«

»Das wäre jetzt nicht meine Formulierung«, sagte Kauder distinguiert. Aber auch er hatte sich kurz gewundert, wie viele Fäden in der Praxis zusammenliefen. Bei näherem Hinsehen gehörte sie zu einem Netzwerk, das viele Leute in Berlin miteinander verband. Die Psychologen dort waren hervorragend, und sie waren diskret. Man war also unter sich und empfahl die Praxis hinter vorgehaltener Hand. So war das nun mal. Mit Hanno Schweikert, seinem Scheidungsanwalt, war es ganz ähnlich. Er hatte viele Berliner Promis bei ihren Scheidungen vertreten und kannte die schmutzige Wäsche der oberen Zehntausend wie kaum ein anderer. Rechtsanwälte, Ärzte, Psychologen. Am Ende landete eine bestimmte Klientel immer bei den selben Leuten. Schlimm ist nur, dachte Kauder, dass ich ausgerechnet Nele dorthin geschickt habe.

»Können Sie uns den Namen des Psychologen sagen? Oder ist es eine Praxisgemeinschaft?«, fragte die Journalistin in dem grauen Kostüm.

»Sicher nicht.«

»Was sollte denn die Sache mit den Geweihen? Wenn sie so gar nichts mit dem Preis zu tun hat?« Sie lächelte ihn herausfordernd an.

»Die Geweihe sind kein Zufall. Sie sind vom Täter gewollt. Da der Täter Charlotte Tempel in einem Haus aufgelauert hat, in dem es mehrere solcher Geweihe gab, ist aber auch nicht auszuschließen, dass die Entscheidung für die Geweihe erst vor Ort fiel. Wir sind uns allerdings noch nicht ganz über die Aussage dahinter im Klaren. Nach dem derzeitigen Stand der Ermittlungen gehen wir von zwei Möglichkeiten aus. Welche davon richtiger ist, vermag ich derzeit noch nicht zu sagen. Beide Opfer sind erfolgreiche Frauen, die ihre Karrieren sehr intensiv vorangetrieben haben. In gewisser Hinsicht, wenn man so will, auf durchaus männliche Weise. Ich tue mich etwas schwer damit, aber ich stelle einmal das Wort ›Platzhirsch‹ in den Raum. Der Täter hat das mutmaßlich als Verletzung der Mutterpflichten empfunden – im Sinne eines konservativen Rollenbildes.«

»Sie meinen«, rief eine rundliche Frau mit einer wasserstoffblonden Igelfrisur, »der Täter hat ihnen vorgeworfen, dass sie Karriere machen und sich gewissermaßen zur Krone der Schöpfung aufschwingen? Also geht es darum, dass er den Opfern sozusagen männliche Arroganz und Herrschsucht vorgeworfen hat?«

»Wenn Sie so wollen«, erwiderte Kauder.

»Und der andere Grund?«

»Nun, möglicherweise hat der Täter mehrere Opfer ins Visier genommen, aber diese beiden stachen für ihn heraus, weil er aus den Akten erfahren hat, dass sie beide für den Preis ›Der Hirsch‹ vorgesehen waren, und vielleicht hat ihn das zusätzlich provoziert. Weil er es als schreiend ungerecht empfand. Dann wären die Hirschgeweihe ein Kommentar dazu.«

»Also doch ein Zusammenhang mit dem Medienpreis«, sagte die Frau im grauen Kostüm.

»Nicht direkt«, wandte Kauder ein. »Eher indirekt.«

»Aber sind die Preisträger vor der Show nicht geheim? Wie kommt es dann, dass sie in den Akten standen, wie Sie gerade gesagt haben.«

»Das ermitteln wir noch«, sagte Kauder. Ein Ausweichmanöver. Tatsächlich war das ein heikler Punkt. Was Charlotte Tempel anging, gab es mehrere Möglichkeiten – von Wenke de Fries über Leo Tempel. Aber wie die Sache mit Wenke de Fries durchgesickert war und wer genau darüber in der Praxis gesprochen hatte, darüber mochte er nicht spekulieren. Und er wollte auch nicht in die Verlegenheit kommen, das ermitteln zu müssen. Mal abgesehen davon, dass dafür die Staatsanwaltschaft weitere Akten und Gesprächsprotokolle aus der Praxis freigeben musste – und das würde vermutlich nicht passieren. Für die Ermittlungen war die Frage nachrangig. Für die Presse natürlich nicht.

Die Frau im grauen Kostüm hob die Brauen. Sie war lange genug dabei, um zu wissen, dass er mauerte. »Also können wir davon ausgehen, dass weitere Mitglieder der Jury oder Mitarbeiter von SchumannSolo in dieser Praxis ein und aus gingen?«

»Derzeit kann ich dazu nichts sagen.«

»Können Sie den Namen des Täters nennen?«

»Ich bitte um Verständnis, dass wir den Namen zurzeit noch nicht veröffentlichen.«

Gemurre. Das war ungewöhnlich. Normalerweise wurde wenigstens ein Vorname und der Anfangsbuchstabe des Nachnamens genannt. Aber in diesem Fall galt es, Seefeld als Pflegevater von Stefan zu schützen, und die Praxisgemeinschaft, die den Ruf eines sicheren Hafens hatte. In den dortigen Akten schlummerten außerdem viel zu viele Geschichten von zu vielen Menschen aus den besseren Kreisen. Sie würden es wohl kaum goutieren, wenn ihr Psychologe auf dem Präsentierteller serviert wurde.

»Ist denn eindeutig bewiesen, wer der Täter ist? Oder gibt es noch Zweifel«, fragte die Frau mit der Igelfrisur.

»Nein, keine Zweifel.«

»Was ist denn mit der angeblichen Verwicklung der Klimaaktivistengruppe um Leo Tempel. Bei Ihrer Pressekonferenz haben Sie sich ja ganz schön weit vorgewagt. Und jetzt ist die Gruppe gar nicht involviert gewesen?«

Kauder seufzte. Schon wieder das Video. Die Frage kam natürlich von einem jungen Mann mit langen schwarzen Haaren, die er zu einem Dutt zusammengebunden hatte. Kauder war überzeugt, dass er keine Vorurteile hatte. Aber manchmal war die Welt ein einziges Klischee. Bestimmt wusste der Kerl, dass das Video ein Fake war, und vermutlich wartete er nur darauf, dass sich Kauder dazu hinreißen ließ, darüber zu reden.

»Wir hatten Verdachtsmomente, die sich aber nicht bestätigt haben«, sagte Kauder.

»Aber Sie wissen schon, dass Sie damit die ganze Klimabewegung kriminalisiert und in die Nähe einer terroristischen Vereinigung gerückt haben?«

Kauders Blick ging zu Martin Buchwald, der allzu offensichtlich vorgab, seine Notizen durchzugehen, und dabei wirkte, als hätte er Magenschmerzen. »Das war selbstverständlich nie unsere Absicht.« Er hatte nicht übel Lust hinzuzufügen, dass die Empörungskultur einiger Journalisten und Blogger die Sache erst recht aufgeblasen habe – gab dem Impuls aber nicht nach.

Der junge Mann sah ihn mit offenem Mund an, doch ihm fiel keine schnelle Replik ein. Und Kauder nutzte seine Chance und wandte sich der ersten Reihe zu, wo eine Frau Anfang fünfzig den Arm gehoben hatte. »Bitte«, sagte Kauder. Dann erst erkannte er Katrina Bernardi.

»Ich habe Informationen«, sagte die Bernardi, »dass bei den Ermittlungen eine Tonbandaufnahme eine Rolle gespielt hat – und möglicherweise ein lange zurückliegendes Waffengeschäft, Leopard-Panzer für die spanische Regierung.«

Kauder starrte sie perplex an. »Woher haben Sie diese Informationen?«

Katrina Bernardi lächelte. »Sie nennen uns den Täter nicht, ich nenne Ihnen meine Quelle nicht. So sind die Spielregeln, oder?«

Im Saal war es still geworden.

In Hardy Kauders Kopf überschlugen sich die Gedanken. Tonband? Meinte sie damit etwa die Kassette, nach der Junkers und er suchten? Drakovitch hatte sie nicht gefunden. Nele und Mayer auch nicht. Aber dass ausgerechnet die Bernardi davon wusste? Und dann kannte sie offenbar auch noch Details?

»Beantworten Sie meine Frage?«, erkundigte sich die Bernardi freundlich.

»Ich denke, da sind Sie einer Fehlinformation aufgesessen. Sie sollten Ihre Quelle prüfen. Ich hoffe, Sie haben ihr nicht zu viel gezahlt.«

Einige im Saal lachten.

»Stimmt es«, fragte die Bernardi in lockerem Tonfall, »dass der Täter auch Ihre Nichte Nele Tschaikowski entführt hat?«

So ein verfluchter Mist, dachte Kauder. Wer hatte das denn durchgesteckt? Etwa Mayer? Die kleine Tempel? Und was zum Teufel wusste die Bernardi noch über diese Kassette? Er sah die Journalistin durchdringend an und nahm sich vor, sie so schnell wie möglich unter Druck zu setzen, damit sie ihre Quelle preisgab. Irgendeinen wunden Punkt bei ihr würde er schon finden. Es gab bei jedem etwas zu finden, man musste nur danach suchen – und natürlich bei einer wie ihr entsprechend vorsichtig sein. Aber das Risiko war es wert. Vielleicht war es die letzte Chance, dass Junkers und er doch noch ihre Kanzlerdämmerung bekamen.

Kanzlerdämmerung.

Er stolperte über seine eigene Formulierung, weil es fast klang wie eine Verschwörung. Dabei wollten sie nur das Richtige tun. Westphal durfte nicht länger im Amt bleiben. Das eine war sein Wortbruch, was die Budgets für die innere Sicherheit anging. Doch viel schwerer wog, dass es offenbar belastendes Material gab, mit dem man ihn stürzen konnte. Egal, worum es ging, jemand, der so erpressbar war, durfte nicht an der Spitze des deutschen Staates stehen. Es war geradezu schon eine Bürgerpflicht, den Mann abzusetzen. Mal ganz abgesehen davon, dass Westphal in seinen Augen schon durch den Fall im Winter, kurz vor dem G-20-Gipfel, so nachhaltig beschädigt worden war, dass er hätte abtreten müssen.

»Herr Kauder?«

»Frau Bernardi, ich kann mich nur wiederholen. Prüfen Sie Ihre Quelle. Sie sollten sich nur auf gesicherte Informationen verlassen. Ich in meinem Fall tue das. Deshalb sage ich hier auch nur, was zu einhundert Prozent der Wahrheit entspricht und geprüft wurde. Auf die Polizei ist Verlass. Meine Damen und Herren.« Kauder sah in die Runde und dann in zwei der Kameras, für die er sich schon zu Beginn der Veranstaltung entschieden hatte. Die eine war vom öffentlich-rechtlichen deutschen Fernsehen, die andere von einer großen Nachrichtenagentur. »Ich danke Ihnen für Ihr Kommen und Ihr Interesse. Haben Sie einen guten Tag.«

Kapitel 41

Leo Tempel schlug die Augen auf. Es kam ihr vor, als wäre
sie in einer Art Zeitlupe gefangen; alles war so zäh, kleb-
rig und langsam. Sie hatte die vage Idee, sich bewegen zu
müssen, ihre Finger, Hände, Arme und Füße zu testen. Doch
da war auch dieser starke Wunsch nach Ruhe und Stille. Sie
wollte nicht diese Helligkeit da draußen, nicht diese Kopfschmerzen, nicht diese seltsame Frau, die sich gerade über
sie beugte. Blau. Warum trug sie blaue Sachen? Sie redete so
viel, wollte lauter anstrengende Dinge.

Leo reagierte automatisch, machte mit, soweit sie konnte,
weil sie hoffte, dass die Frau sie dann wieder in Ruhe ließ.
Sie wollte zurück ins Blockhaus ihres Vaters, wunderte sich,
warum sie nicht dort war. Dann dämmerte sie davon.

Als sie das nächste Mal aufwachte, sah sie etwas klarer.

Sie war in einem Krankenhaus.

Aber wie war sie hierhergekommen? In ihrer Erinnerung
klaffte eine Riesenlücke. Eine weitere blaue Frau kam zu ihr
und machte eine Reihe Tests. Sie schien zufrieden zu sein,
nur Leo war nicht zufrieden. Nach einer Weile betrat ein
Mann das Zimmer. Er trug einen Verband um den Kopf und

sah mitgenommen aus. Erst auf den zweiten Blick erkannte sie ihn. Es war Art. Art Mayer. Eine Schockwelle ging durch ihren Körper. Ihre Erinnerung machte einen Sprung oder vielmehr: einen halben.

War er hier, um sie zu verhaften? Hatte er sie schon verhaftet? Deshalb hatte er sie doch im Jagdhaus aufgesucht. Sie erinnerte sich dunkel, dass er ihr etwas verabreicht hatte. Eine Art Pulver, das sie eingeatmet hatte. Sie meinte immer noch den unangenehmen Geschmack auf der Zunge zu haben. Irgendwie begriff sie, dass ihr Zustand mit diesem Zeug in Verbindung stand. Was war das gewesen, ein Gift? Eine Droge.

»Hallo, Leo«, sagte Art.

»Lass mich in Ruhe«, murmelte sie.

»Wie geht's dir?«

»Super«, sagte sie leise. »Ganz fantastisch.« Mein Gott, war Sprechen anstrengend.

»Kannst du dich erinnern, was passiert ist?«

»Nur, dass du der beschissenste Vater der Welt bist, wenn du's überhaupt bist.«

Art wirkte betroffen. Gut so.

»Vielleicht ruhst du dich erst mal aus«, schlug Art vor. »Wenn du wieder einigermaßen fit bist, erzähle ich dir alles.«

»Ich will, dass du mich in Ruhe lässt. Verschwinde.«

»Leo, ich glaube, dass –«

»Schwester?«, murmelte Leo und hob matt die Hand.

Die Frau in Blau kam zu ihr ans Bett.

»Bringen Sie ihn bitte raus«, sagte Leo und deutete in Arts Richtung. »Ich will ihn nicht sehen.«

Die Schwester sah zu Art und dann wieder zu Leo.

»Bitte. Jetzt!«, insistierte Leo.

Die Schwester zuckte mit den Achseln und seufzte. »In Ordnung.«

Doch sie musste nicht eingreifen; Art war schon auf dem Weg nach draußen. Als die Tür zuging, streifte die Kante noch seinen Rucksack, und das schwarze Material gab einen fiesen Ton von sich.

Endlich Ruhe, dachte Leo. Im selben Moment überfiel sie die Einsamkeit. Die beiden Menschen, die sie zeit ihres Lebens für ihre Eltern gehalten hatte, waren beide tot. Und ihre leiblichen Eltern? Hatten sie zeit ihres Lebens alleingelassen.

Fuck. Egal. Sie war schon immer gut alleine klargekommen. Wobei *gut* nicht wirklich stimmte.

Aber *irgendwie* klarkommen reichte auch.

Es musste ja reichen.

Ein Buchtitel kam ihr in den Sinn. *Das Schicksal ist ein mieser Verräter*. Besser konnte man es nicht sagen.

Ihr stiegen Tränen in die Augen.

Kapitel 42

Art trat erschöpft aus dem Krankenzimmer, stellte den Rucksack, den er bei sich trug, auf den Boden und ließ sich auf einen der Plastikstühle fallen, die auf dem Klinikflur an die Wand geschraubt waren. Das Ding knirschte unter seinem Gewicht.

Immerhin, Leo würde wieder gesund werden. Das war die Hauptsache.

Er starrte eine Weile an die gegenüberliegende Wand. Zwei gerahmte Bilder hingen dort, Buntstiftzeichnungen von Kindern. Das eine Bild zeigte das Meer mit einer riesigen Sonne und ein Kind mit Schwimmflügeln. Das andere zeigte eine Familie: Vater, Mutter, zwei Kinder, auf einer grünen Wiese aus Strichen, darüber eine rot strahlende Sonne.

Familie war ihm fremd.

Für seine Pflegeeltern, die ihn mit elf aufgenommen hatten, war er immer nur der Ersatz für ihre verstorbene Tochter gewesen. Später, mit seiner Frau, hätte er sich ein Kind vorstellen können, sogar gewünscht, aber sie hatte immer abgelehnt und gesagt, sie könne sich ihn nicht als Vater vorstellen. Und jetzt? Hatte er vielleicht eine Tochter mit Juli.

Sollte er vielleicht einen Vaterschaftstest machen?

Was, wenn dabei herauskam, dass Henrik der Vater war? Die Chancen waren weit größer, denn Henrik war damals unmittelbar nach seinem One-Night-Stand mit Juli zusammengekommen. Wobei das Wort One-Night-Stand die damalige Nacht im Kiosk mit Juli nicht annähernd richtig beschrieb. Er musste mit ihr sprechen und mit Henrik, aber das konnte er nicht, solange er nicht Leos Erlaubnis hatte. Noch wusste niemand, was auf der Kassette war. Außer Leos Psychologe, vermutete Art, doch der war an die Schweigepflicht gebunden.

Henrik lag richtig, wenn er sich vor der Kassette fürchtete, auch wenn er es aus den falschen Gründen tat. Parteispenden. Wenn es nur das wäre. Ja, Henrik und Juli hatten unter dramatischen Umständen gehandelt, sie aus Notwehr, beide aus Verzweiflung. Und sie waren jung gewesen. Aber heute war heute, und was blieb, das waren ein Bundeskanzler und seine Frau, die einen Mann getötet hatten. Es gab so vieles in Henriks Leben, was ihn als Kanzler erpressbar und untragbar machte. Wäre es unter diesen Umständen nicht richtiger, die Kassette zu veröffentlichen? Reinen Tisch zu machen?

Andererseits sprachen zwei Gründe dagegen.

Der erste und wichtigste Grund war Leo. Es war ihr Leben, das er damit an die Öffentlichkeit zerren würde, und das wollte er nicht. Es war ihre Entscheidung, nicht seine.

Der zweite Grund war, dass Henrik nie der Aggressor gewesen war. Ja, er hatte sich aus Liebe zu Juli und in Abgrenzung zu seinem Elternhaus in eine Situation gebracht, die er nicht überblicken konnte. Und was die Sache aus dem Frühjahr anging? Da hatte er versucht, anderen zu helfen, sich in Sachen hineinziehen lassen und zu lange an alten Freundschaften festgehalten. Meistens hatte er das Richtige gewollt und dafür das Falsche getan. *Weil es kein Schwarz-Weiß gibt,* hätte Henrik jetzt gesagt. Es gab vor allem Grau. Den Wald im Nebel. Bäume und Gestrüpp, an dem man hängen blieb. Außer vielleicht, man war ein Fuchs oder ein Hirsch und hatte diesen klaren, unverstellten tierischen Instinkt und war nicht gebunden an menschliche Moralvorstellungen, an Gut und Böse, richtig und falsch.

Aber wenn man nun mal Mensch war, dann galten sie eben.

Einmal mehr fragte Art sich, wie Henrik mit all diesen Belastungen Kanzler hatte werden können. Entweder er hatte jede Nacht Albträume oder einen ausgeprägten Verdrängungsmechanismus. Vielleicht sogar beides.

»Art?«

Er hob den Kopf. Nele kam auf ihn zu und setzte sich neben ihn. Auch ihre Sitzschale knirschte. Sie legte wie selbstverständlich eine Hand schützend über ihren Bauch. Für das, was sie durchgemacht hatte, sah sie überraschend vital aus.

»Hey. Gut, dass du da bist. Ich hab was für dich«, sagte Art und schob ihr den Rucksack zu.

»Oh, das ist meiner.«

»Kommt von Brunner, er hat ihn im Haus am See gefunden. Ich wollte ihn dir eigentlich gleich vorbeibringen«, sagte Art. »Stefan muss ihn dir abgenommen haben.«

»Danke«, sagte Nele. Sie öffnete den Reißverschluss und prüfte den Inhalt. Nach einer Weile hielt sie überrascht inne und runzelte die Stirn.

»Was ist, fehlt was?«

»Ich, äh. Nein, nein, schon gut.« Sie schloss den Rucksack und schien sich in Gedanken zu verlieren. Irgendetwas stimmte nicht, aber Art war zu müde, um nachzuhaken.

Außerdem hatte Nele allen Grund, etwas neben der Spur zu sein.

»Wie geht's Leo?«, fragte sie.

»Den Umständen entsprechend – aber gut. Sagen die Ärzte. Sie wird wieder.«

»Das klingt doch richtig gut, oder?«

»Na ja, schon«, meinte Art.

Nele sah sofort den Schatten, der auf seinem Gesicht lag. »Was ist los? Was ist das mit dir und Leo? Warum fühlst du dich so … verantwortlich?«

»Ich hab ihr dieses Zeug ins Gesicht geblasen«, sagte Art. Tatsächlich war das etwas, das ihn immer noch beschäftigte. Dass es eigentlich um sehr viel mehr ging, behielt er lieber für sich.

»Stefan hat dich dazu gezwungen. Und ich glaube, ihr seid quitt, schließlich hat sie dir beinah den Schädel eingeschlagen, mit einem Hammer.«

»Trotzdem«, murmelte Art.

Nele schwieg einen Moment und betrachtete die Kinderbilder an der Wand gegenüber. »Ach, übrigens, dieses Foto von dir und Juli …«

»Ich will nicht drüber reden«, sagte Art heiser.

»Hast du dir das je angeschaut?«

»Ich sagte doch, ich will nicht –«

»Dachte ich mir«, sagte Nele. »Das Bild ist ein Fake.«

»Was?«

»Ja, ich hab's erst nicht kapiert, aber erinnerst du dich, als du auf das Dach der Villa Tempel gestiegen und von dort in den Pool gesprungen bist? Du hast dich ausgezogen. Ich hab zwar nur deinen Rücken gesehen, aber dann habe ich mich daran erinnert, dass du mir einmal dein verletztes Bein gezeigt hast. Das Bein mit den Narben von den Wolfsbissen. Aber auf dem Foto mit Juli hast du keine Narben am Bein.«

»Aha.«

»Also muss das Bild mit Juli ein Fake sein. Andere Körper, kombiniert mit euren Köpfen.«

Art sah sie perplex an. Damit hatte er am allerwenigsten gerechnet. Besonders nachdem Juli den Verdacht geäußert hatte, sie wäre im Hotel fotografiert worden. »Das erklärt zumindest, warum Henrik mich nicht auf das Foto angesprochen hat. Henrik weiß von den Narben. Außerdem kennt er Julis Körper ziemlich gut.« Er verzog das Gesicht, der letzte Gedanke tat weh.

»Fragt sich nur, wer das Foto veröffentlicht hat, und warum?«

»Ich nehme mal an, jemand, der Henrik schaden wollte. Das ist die einzige Erklärung, die Sinn macht. Juli und ich sind doch nur interessant, weil es um die Frau des Kanzlers geht.«

»Kann es einen Zusammenhang mit dieser Parteispendensache geben, von der du erzählt hast?«, fragte Nele. »Dieser Mann, der uns in der Villa Tempel überfallen hat?«

»Möglich«, sagte Art. Er hatte denselben Verdacht, und er ahnte schon, was Neles nächste Frage sein würde.

»Was ist eigentlich mit dieser Kassette, von der Stefan gesprochen hat, kurz bevor er starb?«, fragte Nele. »Glaubst du, das ist Leos Kassette?«

Art schwieg.

»Und wer ist Bell? Von der Stefan unbedingt wollte, dass sie seine Mutter ist? Hat das was mit der Kassette zu tun? Die Kollegen haben seine Wohnung auseinandergenommen, aber nichts gefunden.«

Art zuckte mit den Achseln. Die Kassette war das Letzte,

worüber er mit jemandem sprechen würde. Außer mit Juli und Leo. Es war gut, dass Leo noch keine Aussage hatte machen können, die Frage war nur, wie sie es in Zukunft halten würde.

»Weißt du wirklich nichts darüber, oder verschweigst du es mir einfach?«

Art verzog das Gesicht. »Ich weiß genauso wenig wie du.«

Nele schürzte die Lippen und schien seine Lüge zu schlucken.

Was gut war, aber sich nicht gut anfühlte.

»Jetzt komm schon«, sagte Nele, »mach nicht so ein Gesicht. Du hast den Täter erwischt. Wir sind alle gesund – oder, na ja, werden es wieder.«

Die Schwester kam aus Leos Krankenzimmer und sah Art und Nele im Gang sitzen. »Oh, Herr Mayer, das gerade eben … tut mir leid für Sie.«

»Schon gut«, sagte Art. »Sie können nichts dafür.«

»Soll ich mal mit ihr reden? Ich denke, sie weiß einfach nicht, dass Sie ihr das Leben gerettet haben. Ohne Ihre Herzdruckmassage hätte sie's nicht geschafft. Eine halbe Stunde. Respekt, wirklich.«

»Danke. Aber machen Sie sich keine Mühe.«

»Ich mach das gerne«, erwiderte die Schwester und lächelte.

»Okay«, sagte Art. »Ist vielleicht keine schlechte Idee.«

Die Schwester kam heran und reichte ihm die Hand. »Ich bin übrigens Monika.« Ihr Händedruck war resolut und etwas zu enthusiastisch. Sie lächelte zum Abschied erneut und ging dann den Gang hinunter ins nächste Krankenzimmer.

»Na, die fand dich ja gut«, meinte Nele.

»Muss am Kopfverband liegen«, knurrte Art.

»Klar«, nickte sie. »Macht sehr attraktiv. Und Leo ist wütend auf dich?«

»Yep. Sie will nicht mit mir reden.«

»Das liegt am Scopolamin. Ging mir auch so. Ich hab immer noch eine Erinnerungslücke. Wenn du mich fragst, wie ich auf einen Dachboden mitten im Wald gekommen bin – keine Ahnung.«

»Wie geht's dir jetzt«, fragte Art. Sein Blick ging hinab zu ihrem Bauch und schloss das Kind mit in die Frage ein.

»Die kurze oder die lange Antwort?«

»Kurz.«

Nele verzog den Mund zu einem resignierten Lächeln, sie hatte offenbar nichts anderes erwartet. »Gut«, meinte sie. »Ich hab mit Roman gesprochen.«

»Und?«

»Doch die lange Version?«

»Die mittellange vielleicht.«

»Mittellang, ja? Mein Gott, ihr Typen habt sie manchmal nicht alle.«

Art sah sie verblüfft an und verstand ihren Ausbruch nicht.

»Weißt du, was den Ausschlag dafür gegeben hat, dass ich mit Roman geredet habe? Dieser Fall. Stefan. Ein Typ, der seine ganze Wut auf Frauen richtet, auf Mütter, die in seinen Augen versagt haben und die er dafür bestrafen will. Aber über die Väter und deren Versagen oder Wegbleiben redet keiner. Väter werden niemals mit der gleichen Erwartungshaltung konfrontiert. Und irgendwie ist mir klar geworden, dass mir die ganze Zeit mein schlechtes Gewissen im Weg stand, das Gefühl, als Mutter nicht zu genügen. Auf gut Deutsch, ich hab endlich aufgehört, mich dafür zu schämen, dass ich's mir anders überlegt habe und nicht einfach nur Mutter sein will. *Das* ist die mittellange Version.«

Art nickte still und musste an Leo denken. »Und was sagt er dazu?«

»Na ja, ehrlich gesagt, er hat behauptet, er hätte es sowieso die ganze Zeit gewusst. Gut, er war alles andere als begeistert, aber vor allem war er froh, dass es mir und dem Baby gut geht nach der ganzen Sache. Er hatte wirklich Angst um mich, ich glaube, das hat das Gespräch etwas einfacher gemacht. Ich dachte eigentlich, dass er mir Vorwürfe machen würde, aber er hat sich zurückgehalten. Und ich habe ihm gesagt, dass er sich damit abfinden muss, dass ich nicht als Vollzeitmutter zu Hause bleiben werde, sondern auch einen Job habe, wie er. Er meinte, wir finden eine Lösung. Wie auch immer die aussieht. Das reicht mir erst mal.«

»Hm. Gut«, meinte Art. »Du siehst jedenfalls befreit aus. Erschöpft, aber befreit.«

»Na ja. Befreit bin ich, wenn das Baby da ist und wir eine Lösung finden, an die er sich auch hält.«

Arts Telefon klingelte. Ein schneller Blick aufs Display verriet ihm, dass es Gallwitz war. Art stand auf und ging ein paar Schritte den Gang hinunter, um weit genug von Nele entfernt zu sein. Ihrem Blick nach zu urteilen, hatte sie bereits begriffen, dass er nicht wollte, dass sie das Gespräch mithörte.

»Hallo«, begrüßte er den Erkennungsdienstler knapp.

»He-ho, wie geht's unserem Helden?«

Art verzog das Gesicht. Im Gegensatz zur offiziellen PK-Erklärung von Kauder hatte sich unter den Kollegen sehr wohl einiges von dem herumgesprochen, was sich im Wald ereignet hatte.

»Schon gut«, sagte Gallwitz, »ich weiß, da stehst du nicht drauf.«

»Hast du was für mich?«

»Ja. Einen Namen und eine Adresse. Theresa Maria Ruiz. Sechsundsechzig Jahre alt. Sie lebt in einem kleinen Häuschen oberhalb des Luganer Sees. Ich schicke dir einen Link mit der Adresse. Aber tu mir den Gefallen und lösch ihn sofort aus dem Nachrichtenverlauf.«

»Danke«, sagte Art und legte auf.

Italien also. Er hatte auf Spanien getippt.

»Alles klar?«, fragte Nele, als er sich wieder neben sie setzte.

»Ich glaube, ich brauche ein paar Tage Urlaub«, sagte Art.

Nele runzelte die Stirn. »War das eben dein Reisebüro? Deine Gastwirtin?«

Art seufzte. »Frag nicht, dann muss ich auch keinen Blödsinn erzählen.«

»Okay. Ich frag nicht. Aber darf ich fragen, wann du wieder zurück bist?«

»Darauf werde ich auch nicht antworten.«

Als Art ging, wirkte Nele ein wenig verletzt. Doch er war sich sicher, sie würde sich schon irgendwann daran gewöhnen. Vielleicht hatte sie es sogar schon.

Kapitel 43

Art hatte einen tiefblauen See unter einem wolkenlosen Himmel erwartet. Doch schon in der Schweiz hatte es geschüttet aus schweren schieferfarbenen Wolken, und hinter der italienischen Grenze wurde es nicht besser. Die Wischblätter arbeiteten hektisch gegen den Regen an, mit wenig Erfolg. Der kleine Ort Albogasio am Ufer des Luganer Sees mit seinen malerischen Häusern war durch die Windschutzscheibe kaum zu erkennen. Auf der Via per Castello, die den Hang am Ufer emporstieg, kam ihm das Wasser in Bächen entgegen. An der Tankstelle hatte man ihm gesagt, dass es schon seit zwei Tagen so goss. Erst die Trockenheit und nun das.

Art parkte den Leihwagen vor einem an den Hang geduckten gelben Haus mit roten Dachschindeln. Es sah aus, als stünde es bereits seit Jahrhunderten hier. Ein paar Terrakottatöpfe zierten den schmalen Streifen Terrasse vor der Hauswand, die wenigen Blumen ließen im Dauerregen die Köpfe hängen. Die Haustür war nachträglich eingebaut worden und stammte vermutlich aus den Siebzigern. Art stieg aus und wurde auf den wenigen Metern bis zum Eingang so nass, dass ihm das Wasser aus den Haaren tropfte. Er stellte sich unter das schmale Vordach, von dem der Regen in Fäden herablief, dann klingelte er. Der elektrische Türgong klang billig und schief.

Nach einer halben Ewigkeit öffnete ein Mann Ende sechzig. Er wirkte überrascht. Schließlich jagte man bei so einem Wetter keinen Hund vor die Tür, und Art hatte sich bewusst nicht angekündigt.

»*Si?!*«, sagte er. Nur dieses eine Wort.

Art sprach ihn auf Deutsch an, er konnte kein Italienisch und baute darauf, dass die meisten Leute in dieser Region mehrere Sprachen verstanden.

»Mein Name ist Mayer, ich suche eine Frau Maria Ruiz. Wohnt sie hier?«

Der ältere Mann runzelte die Stirn. »Hier wohnt eine Theresa Pantone, meine Frau«, erwiderte er auf Deutsch mit einem leichten Akzent.

Art lächelte. »Ruiz ist ihr Mädchenname, richtig?«

»Ja, schon, aber …«

»Darf ich sie sprechen?«

Der Mann machte keine Anstalten, die Tür freizugeben. »Wer sind Sie?«

»Sagen Sie ihr bitte, ich will Maria sprechen, ich komme aus dem Kloster Monasterio de la Vera.«

»Und was wollen Sie von ihr?«

»Das entscheide ich, wenn ich mit ihr gesprochen habe.«

Der Mann beäugte ihn jetzt noch misstrauischer. »Ich denke, Sie gehen besser. Es geht ihr ohnehin nicht gut.« Er wollte die Tür schließen, doch Art hatte bereits einen Fuß in den Spalt geschoben. »Denken Sie, es würde ihr besser gehen, wenn ich mit ein paar Kollegen der italienischen Polizei und einem Amtshilfeersuchen wieder hier auftauche?«

Der Mann zog die Stirn in Falten. »Offenbar liegt hier eine Verwechselung vor.«

»Hören Sie, wenn ich wiederkommen muss, kann ich Ihnen nicht versprechen, dass ich Ihre Frau nicht mitnehme.«

»Sind Sie … Polizist?«

»Ja. Aus Deutschland.«

Der Mann schien abzuwägen. Art war froh, dass er nicht nach dem Ausweis fragte. Sein Besuch war alles andere als offiziell. Zumindest bis jetzt. »Gut, warten Sie. Ich frage meine Frau.« Er schloss die Tür, und es dauerte eine Weile, bis er zurückkam. Wortlos ließ er Art ein. Ein kurzer, dunkler Flur, dann eine Treppe in den ersten Stock. »Seien Sie bitte vorsichtig mit ihr«, sagte der Mann leise. »Sie hatte bereits zwei Schlaganfälle und ist in keiner guten Verfassung.«

»Ich werd's versuchen«, murmelte Art.

Er betrat ein Wohnzimmer mit einem Balkon zum See hinaus. Bei gutem Wetter musste der Ausblick atemberaubend sein, jetzt war er von schwerem Regen verhangen.

Maria saß in einem Rollstuhl und blickte hinaus auf den See. Sie hatte eine Decke um ihre Beine gewickelt, ihre Hände lagen kraftlos in ihrem Schoß, ihr Gesicht war von der Sonne gegerbt, und einige tiefe Falten um ihren Mund verrieten Bitterkeit. Ihre grauen Haare waren zu einem Dutt gebunden.

»Maria Ruiz?«, fragte Art.

»Giuseppe, würdest du uns bitte allein lassen«, bat Maria. Ihre Stimme klang müde und desillusioniert. Dennoch sprach sie recht klar und artikulierte deutlich; die Schlaganfälle schienen sich nicht nachhaltig auf ihr Sprachzentrum ausgewirkt zu haben.

»Drück bitte den Knopf, wenn du mich brauchst«, sagte Giuseppe, dann verließ er das Zimmer und schloss die Tür.

Arts Blick fiel auf einen kleinen Taster mit einem roten Notfallknopf, der um Marias Hals hing.

»Was auch immer Sie wollen, ich kann es Ihnen nicht geben«, sagte Maria.

Art holte sich einen Stuhl heran und setzte sich zu ihr. »Warum sind Sie da so sicher?«, fragte Art.

Maria seufzte. Ihre grauen Augen waren zwar auf das Fenster gerichtet, doch Art fiel erst jetzt auf, dass die Pupillen trüb waren. Sie litt an einer Augenkrankheit und sah offenbar nichts, oder nur wenig. Angesichts der mehr oder weniger blinden Frau im Rollstuhl verrauchte ein Teil des Zorns, den er mitgebracht hatte.

»Sind Sie eins der Kinder?«, fragte Maria.

»Nein«, sagte Art.

»Ein Vater?«

»Ja, vielleicht.«

»Vielleicht. Aha.«

Es wurde still, bis auf das Rauschen des Regens. Maria seufzte erneut. »Hören Sie, ich kann Ihnen keine Namen nennen. Und es war alles rechtens.«

»Ich glaube kaum, dass alles rechtens war.«

Wieder Stille.

»Mein Mann sagt, Sie sind Polizist?«

»Ja, das stimmt.«

»Sie können mich nicht verhaften.«

»Hm. Ich denke, wenn ich nur lange genug und bei den richtigen Leuten nachfrage, dann kann ich Sie verhaften.«

»Aber Sie tun es nicht. Also, nachfragen, bei diesen Leuten, meine ich. Stattdessen sind Sie hier bei mir«, stellte Maria fest. »Was wollen Sie?«

»Ich will wissen, was passiert ist.«

Die milchigen grauen Augen blickten starr aus dem Fenster. Ihre Miene war stolz, wirkte jedoch aufgesetzt. »Wer sind Sie? Um wen geht es?«

»Es geht um Bell.«

Das Gesicht der älteren Frau zerfiel regelrecht und nahm einen schwermütigen Ausdruck an.

»Sie erinnern sich, wie ich sehe.«

Sie presste die Lippen aufeinander, und die Falten um ihre Mundwinkel wurden tiefer.

»Ich kenne Bells Version der Geschichte«, sagte Art. »Aber ich wüsste gerne Ihre.«

»Sie sind auf der Suche nach Beweisen?«

»Nein. Ich will wissen, was passiert ist.«

»Selbst wenn Sie das alles beweisen könnten«, sagte Maria mit bebender Stimme, und sie klang, als hätte sie Arts Nein gar nicht gehört, »ich bin fast blind und an den Rollstuhl gefesselt, ich glaube nicht, dass mich irgendein Gericht der Welt noch in ein Gefängnis stecken würde. Außerdem kann ich nichts dafür. Die Dinge sind …« Sie spitzte die Lippen und suchte nach den richtigen Worten. »… furchtbar aus dem Ruder gelaufen.«

»Erzählen Sie mir davon.«

Sie zögerte, dann drückte sie den roten Knopf auf dem Gerät um ihren Hals. Einen Moment später betrat Giuseppe das Zimmer, und Art nahm an, dass das Gespräch wohl beendet war.

»Alles in Ordnung, Theresa?«, fragte Giuseppe.

»Würdest du bitte schauen, ob dieser Herr Mayer ein Tonbandgerät dabeihat, oder ein Telefon, mit dem er etwas aufnimmt.«

Giuseppe runzelte verwirrt die Stirn. »Ich versteh nicht, warum …?«

»Bitte, tu es für mich.«

Er nickte und kam mit unsicheren, schüchternen Bewegungen ihrer Bitte nach. Art ließ sich bereitwillig von dem alten Herrn durchsuchen und gab ihm sein Handy in der Hoffnung, doch noch etwas von Maria zu erfahren.

Nachdem Giuseppe wieder den Raum verlassen hatte, holte Maria tief Luft. »Na schön. Herr ... wie heißen Sie?«

»Mayer.«

»Mayer. Natürlich.« Ihre Tonlage verriet, dass sie den Namen für falsch hielt, doch es schien ihr egal zu sein. »Das ist über zwanzig Jahre her, ich erinnere mich nicht mehr an alles, es ist, als ob ... nun ja, das war in einem früheren Leben.«

»Aber Sie wissen noch, wer Bell ist?«

»Ja. Ihren richtigen Namen weiß ich nicht, aber Bell ... natürlich. Sie war unser letztes Mädchen.«

»Ihr letztes Mädchen?«

»Ja, danach war es vorbei.«

»Wie viele Mädchen hat es denn gegeben?«

Sie seufzte erneut. »Siebenundzwanzig.«

»Siebenundzwanzig?« Art stockte der Atem.

»Mein Gott, nicht, was Sie denken. Seien Sie um Himmels willen nicht so empört. Wir wollten etwas Gutes tun. Gut für alle.«

»Was heißt das? Was ist gut daran, jungen Frauen ihre Kinder wegzunehmen und von ihnen eine Freigabe zur Adoption zu erzwingen?«

»Erzwingen. So ein Unsinn. Wissen Sie, wie viele junge Mädchen in Deutschland ungewollt schwanger werden? Ein Teil davon bemerkt es erst so spät, dass eine Abtreibung gar nicht mehr möglich ist. Und was dann?« Sie befeuchtete mit der Zunge ihre spröden Lippen. »Und auf der anderen Seite gibt es jede Menge Paare, die keine eigenen Kinder kriegen können. Wissen Sie, was das für ein Spießrutenlauf ist, bis die Adoption eines Babys bewilligt wird? Und dann sind es meistens Kinder, die aus Problemfamilien kommen. Vorbelastet. Vielleicht ist die Mutter alkoholkrank oder drogenabhängig und kann deshalb das Kind nicht großziehen. Aber würden Sie ein Baby adoptieren wollen, dessen Mutter während der Schwangerschaft exzessiv geraucht, getrunken oder Heroin oder anderes Teufelszeug gedrückt hat? Oder alles gleichzeitig? Ich bin vor fast dreißig Jahren von einem deutschen Anwalt angesprochen worden. Er hatte Kontakt zu einem Frauenarzt in Berlin. Und er hat mich gefragt, ob ich helfen könnte, jungen Frauen in Not beizustehen. Er erzählte mir von den Schwangerschaften und meinte, es gäbe einige Menschen mit viel Geld, bei denen es diese Kinder gut haben würden. Er würde sich um die Adoptionen und alle rechtlichen Formalitäten kümmern, und ob ich bereit wäre, die jungen Frauen jeweils für eine Weile in einer ruhigen Umgebung zu betreuen. Ich sagte Ja.«

»Und dieser Mann hieß Westphal?«

Sie zuckte mit den Achseln. »Fragen Sie mich nicht. Er nannte sich damals Alois Händel. Später habe ich herausbekommen, dass der Name falsch war. Aber seinen richtigen Namen kenne ich nicht.«

»Und der ruhige Ort war das Monasterio de la Vera?«

»Ja. Er meinte, im Kloster wäre man ihm wohlgesinnt, er hätte dort einen größeren Betrag gespendet.«

»Wie nobel«, meinte Art sarkastisch.

»Ich habe erst später begriffen, wie viel Geld da im Spiel war«, murmelte Maria. »Aber da war es schon zu spät. Ich war verwickelt und konnte nicht mehr aussteigen.«

»Wollten Sie denn je aussteigen?«

Sie verzog die Lippen zu einem schmerzlichen Lächeln.

»Eine Weile lang ging es ganz gut. Die Mädchen waren froh, weil sie offenbar viel Geld von Händel bekamen. Sie haben mitgemacht. Aber dann gab es Probleme. Manche bekamen plötzlich Gewissensbisse, sie wollten ihre Kinder nicht mehr abgeben. Händel kam immer wieder dazu und musste sie überzeugen. Manchmal gab es Ärger, es kam hin und wieder vor, dass wir eins der Mädchen für ein, zwei Tage einschließen mussten oder auch länger. Aber Händel hat es immer hinbekommen. Fragen Sie mich nicht, wie. Aber er hatte seine Methoden.«

Art konnte sich gut vorstellen, wie Westphal senior diese Probleme bewältigt hatte. Bells Beschreibung war eindrücklich genug gewesen. Maria hatte es vermutlich nicht genauer wissen wollen und Westphal ihr gegenüber Druck aufgebaut und ihr möglicherweise sogar damit gedroht, dass sie ins Gefängnis gehen würde, wenn sie ausstieg oder mit der Polizei sprach.

»Bis dann die Sache mit Bell passiert ist und mit der Frau vorher.«

»Sie meinen das Mädchen mit den schwarzen Haaren, die, die ursprünglich aus München kam?«

»München?« Sie ließ sich Zeit. »Ja, richtig. München. Sie hieß Sanne. Sie war zur gleichen Zeit wie Bell da. Sie hat eigentlich gar keine Probleme gemacht, aber dann hat die Hebamme festgestellt, dass die Herztöne des Kindes auffällig sind. Der Arzt hat einen Kaiserschnitt vorgeschlagen, und sie hat Angst bekommen. Es war … sie war gar nicht mehr zugänglich. Man konnte nicht mit ihr reden, sie wollte sofort in ein richtiges Krankenhaus, dabei musste sie vor allem erst einmal Ruhe halten. Es war eigentlich noch zu früh für die Geburt. Aber das hat sie nicht eingesehen. Wir mussten sie im Bett fixieren. Trotzdem ist sie uns entwischt. Sie hat einer der Schwestern leidgetan. Sanne ist weggelaufen, und wir haben sie schließlich bewusstlos auf der Straße gefunden. Dann mussten wir eine Notoperation machen.«

»Sie haben im Kloster einen Kaiserschnitt gemacht?«

»Nicht ich, der Arzt.«

»Ohne Operationssaal?«

»Was hätte er denn tun sollen? Beide sterben lassen? Wir wussten, dass die Mutter nicht mehr zu retten war, aber … das Kind konnten wir noch retten. Es war ein kleiner Junge. Die Mutter ist nach dem Kaiserschnitt gestorben. Den Jungen haben wir in eine Klinik gebracht.«

Art schwieg betroffen, und Maria fiel in sein Schweigen ein.

»Wissen Sie noch, an wen der Junge vermittelt wurde?«, fragte er schließlich.

»Mir wurden keine Namen gesagt. Aber ich weiß, dass es eine alleinstehende deutsche Frau war. Händel hat mal erzählt, dass sie wohl lesbisch sei. Zu der Zeit waren das gleich zwei Gründe, warum jemand kein Kind adoptieren konnte. Wir würden etwas Gutes tun, meinte er. Händel war gut darin, die Dinge so zu erzählen, dass man daran glauben konnte.«

»Und Bell?«

»Bell«, seufzte Maria. »Bei ihr lief wirklich alles schief. Händel hatte mir gesagt, sie würde in Deutschland verfolgt werden, deshalb wäre es besonders wichtig, darauf zu achten, dass sie keinen Kontakt zur Außenwelt hat. Niemand dürfe wissen, dass sie bei uns sei. Im Nachhinein glaube ich nicht, dass er die Wahrheit gesagt hat. Wie auch immer, ich willigte ein. Eine Weile lief es ganz ruhig. Bell war froh, bei uns zu sein. Dann passierte diese Sache mit Sanne, und die Nerven lagen blank bei uns. Und dann fing Bell plötzlich an zu telefonieren und rebellierte. Ich wollte wissen, mit wem sie gesprochen hatte, aber sie weigerte sich, und ich bekam es mit der Angst zu tun. In der Nacht habe ich sie eingesperrt und ihr gedroht, damit sie Ruhe gibt. Dann habe ich Händel angerufen. Ich wüsste nicht mehr weiter, er müsse kommen. Ich konnte ja nicht ahnen, dass er diesen Typen schickt.« Maria sprach das Wort Typen mit der gleichen Betonung aus, mit der man das Wort Abschaum aussprechen würde. Ihre Hände hatte sie in ihrem Schoß verschränkt, die Knöchel waren weiß vor Anspannung.

»Hatten Sie diesen Mann schon mal vorher gesehen?«

»Nein. Nie.«

»Aber Sie haben Bell gedroht, dass Sie jemanden anrufen würden, mit dem nicht zu spaßen sei.«

»Woher wissen Sie das?«

»Ich weiß es einfach.«

»Himmel, ja. Ich wollte, dass sie aufhört und sagt, mit wem sie gesprochen hatte. Ich wollte keine Schwierigkeiten.«

»Aber die gab es dann leider doch.«

»Schwierigkeiten ist gar kein Ausdruck. Dieser Typ kam an und befahl mir, ich solle mich in den nächsten Wochen unsichtbar machen, genau so sagte er das – unsichtbar –, er würde jetzt übernehmen. Erst hab ich gelacht, aber er meinte das ernst. Ich bat ihn, wieder zu fahren. Ich würde alles mit Händel klären. Da rückte er plötzlich damit raus, dass Händel in diesem Fall nichts zu sagen hätte. Er sei abgemeldet. Sein Auftraggeber war jemand ganz anderes. Ich konnte das kaum glauben, aber es war dann egal. Er hat mir gedroht und gesagt, wenn ich das hier überstehen wolle, dann müsse ich tun, was er sagt.« Sie schluckte, und ihr Kinn bebte vor Erregung.

»Wissen Sie, wer dieser andere Auftraggeber gewesen sein könnte?«

»Robert«, sagte sie leise.

»Wie bitte?«

»Robert. So hieß er.«

»Woher wissen Sie das?«

»Ich habe es gehört, von der Hebamme.«

»Welche Hebamme?«

»Diana, sie hat Bell bei uns im Kloster betreut. Sie wurde nach Saragossa geholt, ins Krankenhaus, weil es nicht gut um Bell stand. Sie wollten alle Informationen haben. Also war Diana im Krankenhaus, und dort hat sie mitbekommen, wie die neuen Eltern das kleine Mädchen mitgenommen haben, Bells Tochter. Sie hieß Charlotte und er Robert. Er kam erst sehr spät dazu. Sein Flug hatte wohl Verspätung. Und er war viel älter als sie. Diana hat sich noch gewundert, weil die beiden sich gestritten haben.«

»Gestritten? Worüber?«

»Es ging um ein Stofftier. Einen kleinen Löwen. Die Frau wollte ihn mitnehmen und hat gesagt, es wäre das Einzige, was dem Mädchen von ihrer echten Mutter bliebe. Robert hat verlangt, dass sie das Ding sofort in den Müll wirft. Er hat Druck gemacht und gesagt, sie solle jetzt nicht so ein Theater machen, sie sei schließlich diejenige, die keine Kinder kriegen könne. Er hätte das alles nur für sie gemacht. Sie hat ihn ausgelacht und gesagt, er hätte es für sich getan. So wie er immer alles für sich tun würde. Hätte sie geahnt, welchen Preis sie dafür zahlen müsste, wäre sie nie dazu bereit gewesen. Sie hätte sich noch nie so schmutzig gefühlt wie nach dieser Erpressung. Und dann hat sie noch gesagt, sie wisse gar nicht, wie sie dieses Kind lieben solle mit dieser Geschichte.« Marias Stimme brach, und sie musste sich mehrfach räuspern, bis sie fortfahren konnte. In ihren Augen schimmerten Tränen. »Daraufhin muss Robert wohl ziemlich wütend geworden sein. Er meinte, sie solle gefälligst dafür sorgen, dass sie dieses Kind liebt, er würde es jedenfalls tun. Es wären zwei Menschen dafür gestorben, dass sie dieses Kind in den Armen halten kann. Und dann hat er noch gesagt, wenn es nach diesem idiotischen Anwalt gegangen wäre, würden sie jetzt wieder ohne Kind dastehen. Wenn er, also Robert, nicht gehandelt hätte und jemanden geschickt hätte, dann wäre nichts passiert. Wenn er sich's aussuchen könne, dann hätte er auch nicht gewollt, dass jemandem etwas zustößt. Aber woher hätte er auch wissen sollen, dass dieser Typ ... er nannte irgendeinen Namen, ich erinnere mich nur nicht, welchen, aber was er sagte, war, dass dieser Typ nun mal leider wenig zimperlich gewesen sei, da könne er allerdings auch nichts dafür. So oder so, er erwarte ein bisschen Dankbarkeit und kein Gejammer.«

Robert und Charlotte Tempel. Art lief es kalt den Rücken runter. Offenbar war der Mann, der Bell – oder vielmehr Juli – so zugesetzt hatte, von Robert Tempel geschickt worden. Vielleicht war es irgendein Security-Mitarbeiter gewesen, ein Ex-Soldat, jedenfalls jemand mit wenig Hemmungen, der geübt darin war, Gewalt anzudrohen und sie notfalls auch einzusetzen. Ob Robert Tempel sich vielleicht in der Wahl seiner Mittel verschätzt hatte? Am Ende spielte das keine Rolle mehr. Offenbar hatte er dieses Kind so sehr gewollt, dass er bereit gewesen war, alles dafür zu tun. Und als Westphal senior ihm berichtet hatte, dass es Probleme gab, hatte er wohl selbst die Dinge in die Hand genommen.

»Ich verstehe nicht, warum es ausgerechnet dieses Kind sein musste«, sagte Art. »Robert und seine Frau hätten doch auch warten können.«

»Dieser Mann ... er war nicht die Sorte Mann, die warten will. Er war ungeduldig, und er hat Händel Vorwürfe gemacht. Händel hat mir gesagt, als ich später mit ihm gesprochen habe, dass es nicht das erste Kind war, das Robert versprochen worden war. Und dann wusste ich plötzlich, was er meinte. Ein paar Monate zuvor war ein Kind direkt nach der Geburt gestorben, es hatte ein schweres Syndrom. Ich vermute, dieses Kind war eigentlich ihm versprochen gewesen. Die Kinder waren ja alle versprochen, schon bevor sie auf die Welt kamen.«

»Wie zynisch«, sagte Art. »Er wollte einfach nicht warten.«

»Ja, aber ... ach, wissen Sie, ich habe so viele Eltern erlebt, die sich auf ein Kind gefreut haben, ganz egal, ob adoptiert oder nicht, das weckt so viele Gefühle, und bei manchen ist der Weg schon so lang gewesen und die Verzweiflung so groß ...« Sie presste für einen Moment die Lippen aufeinander, als würde sie bei diesem Thema eine eigene schmerzvolle Erinnerung einholen. »Und dann zu erleben«, fuhr sie fort, »dass dem Kind etwas zustößt oder dass es nicht klappt ... das kann sehr hart sein.«

»Wollen Sie ihn etwa verteidigen?«, fragte Art.

»Nein, nein«, beeilte sich Maria zu sagen. »Ich ... keine Ahnung. Ich hab nur schon so viel erlebt. Ich will nichts entschuldigen. Ich versuch nur, mir selbst zu erklären, warum so was passiert.« Sie verstummte und blickte hinaus auf den wolkenverhangenen See. Von den Dachschindeln lief Wasser in Rinnsalen herab.

»Sie sagen gar nichts«, meinte Maria leise.

»Mir fehlen die Worte.«

»Sind ...« Sie schluckte. »... sind Sie der Vater von dem Kind?«

»Ja, vielleicht.«

»Dann sind Sie der Sohn vom Anwalt?«

»Nein.«

Sie schwieg verwirrt. Offenbar erinnerte sie sich nicht daran, was er schon am Anfang ihres Gespräches angedeutet hatte. »Es gibt zwei mögliche Väter für das Kind«, erklärte Art.

»Ah. Verstehe.« Maria richtete ihren trüben Blick auf den Boden. Auf den Fliesen waren ein paar Schmutzspuren von ihren Rollstuhlrädern. »Es tut mir leid«, brachte sie leise hervor. »Es tut mir wirklich aufrichtig leid.«

Art nickte. Er glaubte ihr. Die Genauigkeit, mit der sie sich an jedes Wort der Auseinandersetzung erinnern konnte, die die Hebamme belauscht hatte, ließ erahnen, wie sehr diese Geschichte Maria verfolgte.

»Schlafen Sie nachts?«, fragte er.

Sie schüttelte den Kopf. Ihre Lippen bebten, und ihr standen Tränen in den Augen.

Maria hatte ihr eigenes Gefängnis, und es war niemandem damit geholfen, sie in ein anderes zu übergeben.

Kapitel 44

Juli hatte geahnt, dass dieser Moment kommen würde. Jetzt war er also da. Sie stand im Wohnzimmer, das Thermostat der Heizung zeigte zwanzig Grad, im Kamin lag kalte Asche, und sie fror. Es war früh am Morgen, und sie hatte angenommen, dass Henrik in seinem Apartment im Kanzleramt übernachten würde und direkt von dort zur Arbeit ging. Außerdem nahm sie an, er würde vom Kanzleramt aus ein Dementi lancieren, das das Foto von ihr und Art als Fake einordnete. Doch dann hatte Henrik plötzlich vor ihr gestanden, in seinem Jogginganzug, mit versteinerter Miene.

»Ich will, dass du dir das ansiehst«, hatte er gesagt und ihr einen braunen DIN-A4-Umschlag gereicht.

Nun stand sie ihm gegenüber und starrte auf das erste von drei Fotos. Dieses Foto war ganz sicher kein Fake. Unten rechts war eine Uhrzeit und ein Datum eingeblendet. Art beim Verlassen des Hotels, über dem Eingang war das angeschnittene Leuchtschild mit dem Namenszug zu erkennen. Es fehlte ein gutes Stück, doch sie wusste auch so, was auf dem Schild zu lesen war. *Matador Berlin.*

Was für ein Name. Wenn es nicht so unangenehm wäre, wäre es zum Lachen.

Sie brauchte nicht zu fragen, woher die Bilder stammten. Es war egal, ob er einen Privatdetektiv beauftragt hatte oder jemanden aus seinem Umfeld.

Als sie zum nächsten Bild blätterte, wusste sie schon, was kommen würde. Dasselbe Datum, dieselbe Uhrzeit. Die Fassade des Hotels, fotografiert von der anderen Straßenseite, das Leuchtschild unten rechts, oben links ein Fenster. Zwischen den geöffneten Gardinen eine nackte Frau, die auf die Straße hinunterschaut, wo gerade Art den Bürgersteig betritt. Ein drittes Bild zeigte die nackte Frau in einer Großaufnahme. Die hohe Auflösung der Kamera zeigte jedes Detail ihres Körpers. Sie schämte sich. Nicht wegen ihres Körpers und des offensichtlich intimen Moments, und sie bereute auch nicht, dass sie getan hatte, was sie getan hatte. War das möglich, etwas nicht zu bereuen und sich dennoch dafür zu schämen? Henrik würde niemals verstehen, was Art in ihr auslöste. Im Grunde genommen war das schon vom ersten Moment an so gewesen, und von Anfang an hatte sie sich gegen ihn gewehrt. Es war ihr falsch vorgekommen. Es hatte keine Zukunft gehabt. Und sie wollte eine Zukunft haben, sie hatte so unbedingt ein anderes, ein besseres Leben haben wollen.

Und dennoch hatte es diesen Moment im Kiosk gegeben. Und so viele Situationen, in denen sie an Art gedacht hatte.

Sie verstand es ja selbst nicht. Eine Sechzehnjährige, die plötzlich auf einen dreizehnjährigen Jungen stand und mit ihm schlief? Eher gab es eine Dreißigjährige, die einen Siebzigjährigen heiratete.

»Erklär's mir, verflucht«, sagte Henrik.

»Ich kann's nicht. Es tut mir leid, wirklich.«

»Ach, tut es das?«

»Ja, tut es.«

»Weißt du, was hier auf dem Spiel steht? Hast du vergessen, wer ich bin?«

Sie nickte nur. Was sollte sie auch sagen? Sie wusste es, und trotzdem …

»Das eine ist, dass du mit Art in die Kiste steigst. Aber dass du offenbar nicht einmal darüber nachdenkst, was das für Konsequenzen hat … ich meine, du siehst doch bei diesem verdammten Fake, was dann passiert.«

»Es tut mir leid«, wiederholte sie.

»Ich bin der Bundeskanzler, verfluchte Scheiße.«

»Henrik, kannst du den Kanzler nicht mal stecken lassen, bitte? Ich versteh ja, dass du verletzt bist. Ich wär's auch.«

»Was ist das?«, machte Henrik sich weiter Luft. »Eine Midlife-Crisis? Oder willst du nachholen, was damals zwischen euch nicht ging?«

»Ich weiß nicht, frag nicht. Bitte.« Sie schlug die Augen nieder.

»Ich frage aber!«

»Er ist … keine Ahnung. Anders als du.«

»Klar. Ist er. Eigensinnig. Verantwortungslos … was noch? Abgefuckt?«

»Du tust ihm unrecht.«

»Du verteidigst ihn auch noch?«

Sie schwieg und betrachtete sich selbst auf dem Bild. Ihren flachen Bauch, dem man nicht anmerkte, dass einmal ein Kind darin gewesen war. Nur dieses eine Mal. In Saragossa hatten sie ihr nach der Geburt die Gebärmutter entfernen müssen. Als ihr die Ärzte gesagt hatten, sie würde keine Kinder mehr kriegen können, war sie untröstlich gewesen. Und Henrik auch.

»Also, was ist das?«, bohrte Henrik. »So was wie …« Er warf die Hände in die Luft. »Liebe? Oder ging's nur ums Vögeln?«

»Ich habe Schluss gemacht. Beantwortet das deine Frage?«

»Warum hast du Schluss gemacht?«

»Was glaubst du denn?«

»Weil du das alles hier«, er breitete die Arme aus und schloss in seiner Bewegung das Wohnzimmer, das Haus und im Grunde genommen sogar das Kanzleramt mit ein, »nicht verlieren willst?«

»Das denkst du? Ernsthaft?«

»Ich sehe nur, dass du die Finger nicht von Art Mayer lassen konntest. Also, was soll ich denn deiner Meinung nach denken?«

Juli merkte, wie Wut in ihr aufstieg. »Henrik Westphal«, sagte sie. »Ich habe mein Kind aufgegeben, damit du nicht ins Gefängnis kommst. Was glaubst du, hat mich das gekostet? Denkst du, das hab ich einfach so gemacht, für ein schickes Haus, ein bisschen Geld? Ja, ich wollte ein besseres Leben, aber nicht um diesen Preis.«

»Vielleicht bereust du es ja. Vielleicht ist es ja *sein* Kind gewesen, und du hast Angst, dass du dich falsch entschieden hast.«

»Was ist denn los, um Himmels willen. Warum bist du so kleinmütig? So kenn ich dich gar nicht.«

»Ich …« Henriks Stimme brach mit einem Mal. Er sah aus dem Fenster und wirkte plötzlich müde und kraftlos. Bis gerade eben hatte er noch zwischen Kanzler und wütendem Ehemann changiert, jetzt war von beidem nicht mehr viel übrig. »Tja«, murmelte er, »vermutlich hab ich einfach Angst, dich zu verlieren.«

Juli schluckte ihre Wut runter, warf die Bilder in Richtung

Kamin, wo sie flatternd vor dem Gitterrost landeten, ging zu ihm und umarmte ihn. »Du verlierst mich nicht. Niemals. Nicht nach allem, was passiert ist, Bo.«

Eine Weile standen sie da, in stiller Umarmung, in ihrem Wohnzimmer, beide barfuß, er im Trainingsanzug, sie in ihrem Morgenmantel, auf dem dunklen, erdigen Holzfußboden.

»Versprich mir, dass du ihn nicht wiedersiehst.«

Sie schluckte. »Ich versuch's.«

»Versprich es.«

»Ist okay. Ich versprech's«, sagte sie ganz leise. Vielleicht galt das Versprechen so weniger? Wie hätte sie ihm erklären sollen, dass sie mit Art ebenso verbunden war wie mit ihm.

Anders. Aber verbunden.

Henrik löste sich ein wenig aus der Umarmung und sah sie an. »Bereust du es? Dass du sie wegen mir weggegeben hast?«

»Das haben wir doch schon tausendmal besprochen.«

Das Flehen in seinem Blick ließ nicht nach.

Sie hasste diese Momente, wenn die Bilder in ihr aufstiegen und sie überwältigten. Diese Augenblicke im OP, dieses winzige Bündel, noch voller Falten und Schmiere, regungslos, noch warm von ihrem Körper. Sie hatten es ihr in die Arme gelegt, und auch wenn es eine Erinnerung voller Schmerz war, es war ein Moment gewesen, den sie für nichts in der Welt eingetauscht hätte. Sie hatte ihr kleines Mädchen für zwei Minuten gehalten. Die Hebamme hatte sie gedrängt, fast angeschrien, sie solle sie fest umarmen, an sich pressen, drücken. Doch Juli war wie paralysiert gewesen, vollkommen entkräftet, und sie verstanden nicht, warum die Kleine sich nicht bewegte. Warum atmete sie nicht? Warum war sie so blau?

Warum half ihr denn niemand?

Die Hebamme hatte damals ihre Arme gepackt und sie angeleitet. Erst da schloss sie instinktiv die Arme um ihre Tochter und drückte sie an ihren Körper. Ja, es war eine Tochter, das hatte sie auf den ersten Blick gesehen. Irgendwie hatte sie die ganze Zeit gewusst, dass sie ein Mädchen in sich trug. Sie hatte es nur nicht zu laut sagen wollen. Nun drückte sie mit letzter Kraft die Kleine an ihren Leib, um ihr das Gefühl zu geben, dass sie gehalten wird, sicher ist, genauso sicher, wie sie es in ihrem Bauch war. Das Baby lag wie tot in ihren Armen, doch egal, was mit ihr war, sie wollte, nein, sie konnte sie nicht mehr hergeben.

Wie lange hatte dieser Moment gedauert?

Sekunden?

Eine Minute?

Der ganze OP stand still. Dann holte die Kleine zitternd Luft und begann zu schreien. Ihr Herz machte einen Satz. In diesem Augenblick war sie kurz glücklich.

Und dann hatten sie ihr die Kleine aus dem Arm genommen.

»Ich habe es tausendmal bereut«, sagte Juli. »Und ich weiß immer noch genau, warum ich es getan habe. Verlang nicht von mir, dass ich sage, dass es die richtige Entscheidung war. Es gab keine richtige Entscheidung.«

»Würdest du heute nach ihr suchen?«

Sie zögerte. Überlegte, ob sie ihm vielleicht doch von dem Stofflöwen erzählen sollte – und von der Kassette. Sie hatte schon so oft darüber nachgedacht und gleichzeitig immer gewusst, dass Henrik fragen würde, was sie denn alles auf dieses Band gesprochen habe. Alles, hätte ihre Antwort lauten müssen. Heute war ihr mehr denn je bewusst, was für eine Dummheit diese Aufnahme damals gewesen war. Wenn dieses Band je in die falschen Hände geriet, würde derjenige wissen, was Henrik getan hatte. Und jeder würde wissen, womit sein Vater sein Geld verdient hatte. All das war damals schon schwerwiegend gewesen, doch heute würde es reichen, um Henrik zu stürzen – und vielleicht noch mehr. Nein, es war besser, er wusste es nicht. So schmerzlich es auch war, im besten Fall war diese Kassette einfach in einer Mülltonne gelandet und würde nie wieder auftauchen.

»Juli, ich hab dich was gefragt. Würdest du heute nach ihr suchen?«

»Und wenn dann alles rauskommt?«, fragte sie. »Dein Vater, der Mann im Auto … Mord verjährt nicht. Das ist heute genauso riskant wie damals.«

»Ich will wissen, was du dir wünschst.«

Sie stöhnte und fuhr sich durch die Haare. Es war wirklich besser, wenn er nichts von der Kassette wusste. »Ich hab mich entschieden«, sagte sie. »Und, ich meine, denk mal an *sie*. Wäre das fair? Ich hab sie weggegeben, und jetzt soll ich sie aus ihrem Leben reißen? Es wäre ein Schock, eine fremde Frau steht vor ihr und sagt: Ich bin deine Mutter. Wie würde es dir damit gehen?«

Henrik lachte bitter. »Ich hätte nur zu gerne einen anderen Vater gehabt. Mein ganzes Leben lang. Ja, ich bin hier, weil er war, wie er war. Ich hab so viel durch ihn erreicht und gleichzeitig alles …«, er sah sie an, »… nein, fast alles verloren.«

Sie lächelte bitter und sah sich wieder vor Henriks Vater sitzen, in dessen Büro. Blickte auf den schwarzen Füller mit dem weißen Stern auf der Kappe, mit dem er den Scheck schrieb, mit dem er sie loswerden wollte, sie, das Unterschicht-Mädchen. Die Tochter einer Kioskbesitzerin, die im Hinterzimmer billigen Schnaps ausschenkte und die in seinen Augen nie gut genug für seinen Sohn gewesen war. Und dann auch noch ein Kind mit ihr? Einen Klotz an seinem Bein? Henriks Vater hatte es geschafft, reich zu werden, angesehen, er hatte sich mit den besseren Kreisen verbunden, hatte sein Büro mit Fotos ausstaffiert, bis es kaum mehr einen freien Platz an der Wand gab. Er hatte immer gewollt, dass sein Sohn Henrik ihn übertrifft, noch mehr erreicht. Nachdem Henriks Mutter bei einem Verkehrsunfall ums Leben gekommen war, hatte es nur noch zwei Dinge gegeben, für die er gelebt hatte: Rache am Fahrer des Wagens zu nehmen, was ihm nie gelungen war, und seinen Sohn voranzutreiben.

»Wenn es nach ihm gegangen wäre«, sagte Juli, »dann hättest du mich auch verloren.«

»Aber es ging verflucht noch mal nicht nur nach ihm.«

Juli spürte, wie ihr die Tränen kamen. »Weil *du* es nicht zugelassen hast.« Sie strich ihm über die Wange und erschrak im selben Moment über die seltsame Distanz, die in dieser Geste lag. »Wenn du dich jemals wieder fragst, warum ich mich so entschieden habe, dann denk daran, dass *das* der Grund ist. Weil du es nicht zugelassen hast.«

Henriks Kinn bebte, und er sah zum Fenster hinaus. Es war ihm zu viel, sie anzusehen. Wenn die Gefühle ihn übermannten, griffen seine Schutz- und Kontrollmechanismen. »Danke«, flüsterte er. Dann sah er sie doch an. »Danke, Bell.«

Kapitel 45

Leo kam es vor, als säße sie in einem Kühlhaus. Unter dem arktischen Luftzug einer Klimaanlage standen ein langer Konferenztisch aus blank poliertem Nussbaumholz und Charles-Eames-Bürostühle, bezogen mit hellgrauem Leder, an den Wänden Kunstwerke, mit denen sie nichts anfangen konnte und bei denen sich vermutlich auch niemand aufregte, wenn sie bei einer Protestaktion mit Kartoffelbrei beschmiert würden.

Bis auf den Mann, dem sie gerade gegenübersaß.

Gestern war sie aus dem Krankenhaus entlassen worden. Es ging ihr mehr oder weniger gut, jedenfalls körperlich. Seelisch hatte sie immer noch mit ihrer Erinnerungslücke zu kämpfen und mit dem, was die Schwester ihr über Art gesagt hatte.

Ausgerechnet er hatte ihr Leben gerettet?

Dabei hatte er doch alles getan, um ihr zu schaden? Außerdem hatte er ihr die Kassette gestohlen, und das war das Einzige, was ihr von ihrer leiblichen Mutter geblieben war. Er hatte die Kassette nicht einmal mit einem Wort erwähnt, als er bei ihr im Krankenhaus gewesen war. Oder hatte sie ihn nicht zu Wort kommen lassen? Sie war verwirrt. Und nun saß dieser Clown im Zweitausend-Euro-Anzug vor ihr und las mit monotoner Stimme einen Absatz Juristendeutsch nach dem anderen vor. Wenn Notar sein bedeutete, Texte so *crazy* runterzuleiern, dass sie bar jeder Emotion waren, dann wusste sie auf jeden Fall, was nicht ihr Beruf werden würde. Sie nahm ohnehin kaum etwas von dem auf, was sie gerade hörte, und von dem, was tatsächlich zu ihr vordrang, kapierte sie nur die Hälfte.

»Frau Tempel, haben Sie verstanden, was ich Ihnen vorgelesen habe?«

»Klar, voll.«

»Gut«, sagte Dr. Wollershof. »Dann kommen wir jetzt zum privaten Teil des Nachlasses Ihrer Mutter.«

Leo nickte mechanisch.

»Dieser Teil ist, im Gegensatz zu den Stiftungsangelegenheiten und den Gegebenheiten mit der Firmenbeteiligung denkbar einfach gehalten.«

Das hatte sie verstanden, immerhin.

»Ich, Charlotte Tempel«, verlas Dr. Wollershof, »vermache hiermit meiner Tochter Leo Tempel alle materiellen Güter in meinem Besitz, inklusive des Barvermögens, der Immobilien, des Aktienportfolios, der Fahrzeuge, des Schmucks −«

»Ich will den Scheiß nicht«, entfuhr es Leo.

»Bitte?«

»Ich will's nicht.«

»Seien Sie nicht dumm, das sind erhebliche Vermögenswerte und −«

»Ich will fünfhunderttausend. Und den alten Porsche. Das war's.«

Dr. Wollershof räusperte sich. »Hören Sie, ich weiß nicht, was zwischen Ihrer Mutter und Ihnen vorgefallen ist …«

Vorgefallen, echote es in Leos Gedanken. Der Nachhall war so laut, dass ihr beinah der Kopf platzte. Aber woher zum Teufel nahm der Clown plötzlich diesen warmen verständigen Tonfall?

»… aber ich weiß, dass Sie sich für Klimapolitik engagieren«, fuhr Wollershof fort, »richtig?«

Leo nickte.

»Darf ich Ihnen einen Rat geben?«

»Ist das wieder so ein … Juristenscheiß?«

Dr. Wollershof schien zu überlegen, ob er beleidigt sein sollte, dann lächelte er schief. »Ich versuch es mal auf Deutsch, auch wenn es mir schwerfällt.«

Leo beäugte ihn misstrauisch. Der Clown wurde ein Mensch. Das war das Letzte, womit sie gerechnet hatte.

»Nehmen Sie das Erbe erst mal an. Verschenken können Sie es danach immer noch. Aber bedeutend sinnvoller wäre es zum Beispiel, mit dem Geld eine weitere Stiftung zu gründen, die sich dem Klimaschutz widmet. Damit könnten Sie eine Menge bewegen. Jedenfalls mehr als bis jetzt. Wenn Sie wollen, helfe ich Ihnen dabei mit all meinem … Juristenscheiß.«

Leo schwieg.

Wieso war sie darauf nicht selbst gekommen? Sie hatte ihrer Mutter doch immer genau das an den Kopf geworfen: dass sie ihr Geld für die falschen Zwecke einsetze.

»Einverstanden?«, fragte Dr. Wollershof.

Das Geld fühlte sich modrig an. Falsch. Schmutzig.

Konnte man es mit Umweltschutz waschen?

Heiligte der Zweck die Mittel?

Vielleicht musste sie sich einfach von ihrem persönlichen Problem mit ihrer »Mutter« lösen. LOL! *Einfach lösen.* Wer bitte war denn jetzt hier gerade der Clown?

Sie nickte zögerlich.

»Ist das ein Ja?«

»Ein Vielleicht.«

»Gut«, sagte Dr. Wollershof. »Ich hoffe, es wird ein Ja daraus.« Leo überlegte einen Moment, ob Wollershof das nur vorschlug, um an ihr zu verdienen. Aber selbst wenn, sie konnte ihn ja immer noch stoppen. Es gab ja auch noch andere Berater.

»Dann kommen wir zum letzten Punkt«, sagte Wollershof nun wieder ganz förmlich. Er holte einen Briefumschlag aus einer Ledermappe und reichte ihn ihr. »Diesen Brief gab mir Ihre Mutter zur Verwahrung und mit der Bitte, ihn nach ihrem Tod an Sie zu übergeben.«

Verstört sah Leo den Umschlag an. Büttenpapier. Ihr Name in geschwungenen Buchstaben: Leo. In ihr stieg Widerstand auf. Der Brief einer Lügnerin. Einer Erpresserin. Einer Frau, die sie um ein Leben mit ihrer echten Mutter gebracht hatte. Sie hasste jetzt schon, was in diesem Brief stehen würde. Sie wollte ihn nicht lesen. Es war, als ob ihre Mutter ihre Hand aus der Erde reckte und mit schmutzigen Rändern unter den Nägeln nach ihr griff.

»Vernichten Sie ihn«, sagte sie tonlos.

»Wenn Sie das Erbe antreten wollen«, sagte Wollershof, »und wenn Sie damit etwas wirklich Relevantes für den Umweltschutz tun wollen, dann müssen Sie den Brief lesen. Das ist die einzige Auflage Ihrer Mutter.«

Leo starrte den Notar an und verharrte auf ihrem Stuhl. Sie wollte dem Brief nicht näher kommen, sich nicht vorlehnen, ihn nicht von der Tischkante nehmen, wo er lag wie ein hübscher kleiner, harmloser Umschlag, dabei war er voller Gift. »Können wir nicht einfach so tun, als ob ich ihn gelesen hätte?«

»Nein«, sagte Wollershof. Seine Stimme duldete keinen Widerspruch.

Fuck, dachte Leo. Charlotte hatte schon immer gewusst, wie sie bekam, was sie wollte.

Sie fischte den Umschlag von der Schreibtischkante, riss ihn auf und nahm den Brief heraus. Es war ein einzelnes Blatt, von Hand geschrieben.

Liebe Leo,

wann auch immer dieser Brief Dich erreicht, ich hoffe, Du kannst ihn annehmen und als das verstehen, was er ist: eine Entschuldigung. Ich habe lange Zeit versucht, einen Weg zu Dir zu finden. Aber ich habe es wohl nie richtig geschafft. Ich wollte immer ein Kind, aber die Biologie hat es mir versagt. Dein Vater hat versucht, das zu korrigieren, und Du weißt, wie er ist, wenn er etwas anfängt. Er ist nicht aufzuhalten. Damals habe ich das an ihm geliebt und bewundert. Heute glaube ich, es wäre meine Pflicht gewesen, ihn aufzuhalten. Leider bin ich ihm gefolgt, weil ich Dich so sehr wollte. Ich habe nicht rechtzeitig begriffen, dass so etwas wie Liebe eine Grundlage braucht. Einen gesunden Boden, aus dem etwas wachsen kann. Etwas Echtes, vielleicht muss ich sogar sagen: etwas Reines.
Als wir endlich am Ziel waren und ich Dich im Arm hielt, war ich tief betroffen, weil ich plötzlich begriff, was Dein Vater angerichtet hat. Und ich mit ihm.
Ich glaube, der wahre Grund, warum wir beide, Du und ich, uns nie verstanden haben, und warum Du Dich immer so ungeliebt gefühlt hast, ist, dass ich nicht zu dem stehen konnte, was ich getan habe. Es war immer in meinem Kopf. Jeden Tag und jede Nacht, wie ein Albtraum,

den ich selbst heraufbeschworen habe. Und wenn ich sage Albtraum, dann spreche ich nicht von Dir. Du bist die, die nichts für all das kann. ICH habe es falsch angefangen. Ich kann nicht erwarten, dass Du mir verzeihst, ich kann nur darum bitten.

Ich weiß, dass Du wohl noch nicht verstehst, was ich mit alledem meine. Deshalb geh bitte an meinen Tresor im Ankleidezimmer, hinter dem Spiegel. Die Nummernkombination ist Dein Geburtsdatum. Dort drinnen ist ein altes Stofftier, ein kleiner Löwe. Er schielt etwas. Darin ist eine Kassette. Hör sie Dir bitte an. Es ist Deine Geschichte, und ich wage nicht, sie Dir selbst zu erzählen. Mir fehlen die Worte dafür. Deine leibliche Mutter hatte sie.

In Liebe,
Deine Mutter Charlotte.

Kapitel 46

Auf der Fahrt zurück vom Luganer See hatte Art die meiste Zeit mit Grübeln verbracht, über Stefan nachgedacht, über Leo, und immer wieder gingen seine Gedanken zu Juli. Zweimal hatte er auf einem Parkplatz gehalten, hatte das Handy in die Hand genommen und auf Julis Nummer auf dem Display gestarrt. Doch dann hatte er nicht angerufen. Ohne Leos Einverständnis wollte er dieses Gespräch nicht führen. Oder war das nur eine Ausrede, weil er Angst davor hatte, mit Juli zu sprechen?

Kurz vor Berlin hielt er noch einmal an einer Tankstelle, trank einen doppelten Espresso, kontrollierte seinen Zucker und gab eine neue Zieladresse in Google Maps ein.

Dr. Seefelds Haus lag etwas außerhalb von Berlin, ein saniertes einfaches Haus aus DDR-Zeiten mit Satteldach, frei stehend und akkurat gepflegt, als hätte es sich spät geschüttelt und die Zeit der Planwirtschaft und des Baustoffmangels abgeworfen.

Dr. Seefeld öffnete die Tür erst nach längerem Klingeln. Seine Hemdsärmel waren offen und schlackerten um seine dünnen Handgelenke. Sein Blick war müde, und in seinen

Augen waren ein paar Äderchen geplatzt. Am Hals, unterhalb des Ohrs, hatte er eine rote Stelle.

»Ja?«, fragte er unwirsch.

»Mein Name ist Art Mayer, ich komme vom –«

»*Sie* sind das?« Seefeld starrte ihn an, zwischen Resignation und Abscheu. »Sie haben meinen Pflegesohn getötet.«

Art nickte. Ihm lag auf der Zunge, zu sagen, was sein Pflegesohn alles angerichtet hatte, bevor es dazu gekommen war, doch er bezweifelte, dass das für Seefeld etwas ändern würde. Er wusste es selbst nur zu gut. Und gerade das tat vermutlich besonders weh.

»Was wollen Sie? Ich hab mit Ihren Kollegen bereits alles besprochen.«

»Es geht um das, was Sie hoffentlich *nicht* mit meinen Kollegen besprochen haben.«

»Bitte?«

»Es geht um die Kassette.«

Seefeld sah ihn ausdruckslos an.

»Sie wissen davon, richtig?«, fragte Art.

»Ich spreche nicht mit Ihnen über meine Klienten. Außer Sie haben einen expliziten Durchsuchungsbeschluss dabei.«

»Hatten meine Kollegen den nicht dabei?«

»Doch, hatten sie.«

»Haben Sie ihnen die Akten von Charlotte und Leo Tempel übergeben?«

Seefeld zuckte mit den Achseln und rieb nervös seine Hände. »Ich habe keine Akten mehr von den beiden.«

»Ach, und warum?«

»Ich vermute, Stefan hat sie mitgenommen.«

Art sah Seefeld durchdringend an. Sagte er die Wahrheit? Zumindest war klar, dass bei Stefan keine der Akten gefunden worden war. Vielleicht hatte Seefeld sie auch selbst entsorgt? Oder sie irgendwo versteckt? »Ich muss noch mal auf die Kassette zurückkommen«, sagte Art.

»Was wollen Sie von mir?«, fragte Seefeld gereizt.

»Ich will nur mit Ihnen reden, das ist alles. Und ich würde Ihnen ungern mit dem Finanzamt drohen.«

Seefelds Augen wurden schmal. Dann resignierte er und ließ Art ins Haus. Im Flur war eine Garderobe, an der nur wenige Männerjacken hingen. Im aufgeräumten Wohnzimmer bot Seefeld ihm einen Platz am Esstisch an. Schwerfällig setzte er sich Art gegenüber auf einen Freischwinger mit Korbgeflecht. Auf einer Anrichte standen mehrere gerahmte Bilder, die Seefeld zusammen mit einer Frau mit langen schwarzen Haaren und müdem Gesicht zeigten. Ein Bild von Stefan war nicht dabei.

»Sie leben alleine?«

Seefeld nickte. »Ich dachte immer, ein Pflegekind würde uns zusammenschweißen, aber das Gegenteil war der Fall. Meine Frau hat es nicht mehr ausgehalten.«

»Ihre Frau ist wegen Stefan gegangen?«

»Na ja, wohl eher wegen mir. Ich war nicht bereit, Stefan aufzugeben. Sie schon.«

Unwillkürlich musste Art an seine eigenen Pflegeeltern denken. »Wann ist er zu Ihnen gekommen?«

»Spät. Mit sechzehn. Da hatte er schon viele Stationen durchlaufen. Er war nicht einfach. Aber, Gott, wer ist das schon, nach so was.«

»Was heißt denn ›nicht einfach‹?«

»Ach, das Übliche. Und vielleicht noch ein bisschen mehr. Klauen, Alkohol, Lügen, Fluchtmechanismen halt. Mangelnde Konfliktfähigkeit. Es gab einen Eintrag, dass er angeblich Tiere gequält hätte, und er hatte einen Jungen zusammengeschlagen, der ihn dabei erwischt hat.«

»Und das hat Sie nicht stutzig gemacht?«

»Ich weiß, ich weiß.« Seefeld machte eine resignierte Handbewegung. »Es klingt wie das Klischee für das frühe Verhalten von Serientätern, aber Stefan hat Tieren eigentlich nie etwas getan. Jedenfalls nicht, solange er bei mir war. Er hat mir immer gesagt, die Sache damals im Heim wäre genau anders herum gewesen, der andere Junge hätte den Vogel getötet, und er hätte ihn deshalb zur Rede gestellt.« Seefeld sah in den Garten, wo eine Amsel im Gras nach Würmern pickte. »Ich hab ihm geglaubt.«

Art musste an das Tierblut an Charlotte Tempels Händen denken – und an den toten Vogel zu ihren Füßen. Klein, zerbrechlich, schutzbefohlen. Wie ein Kind. Was auch immer die Tat in Stefan ausgelöst hatte, vielleicht hatte er auch Charlotte Tempel unter dem Einfluss von Scopolamin dazu gebracht, dem Vogel das anzutun. Was wirklich passiert war, würde sich vermutlich nie klären lassen. »Verstehe«, murmelte Art.

»Was wollen *Sie* denn schon davon verstehen?«, schnaubte Seefeld.

»Ich bin mit elf zu meinen Pflegeeltern gekommen.«

»Ach?!« Seefeld betrachtete ihn neu. »Auch ein Heimkind?« Er schwieg einen Moment und schien in sich selbst hineinzuhören. »Wissen Sie, ich habe in meiner Praxis so oft erlebt, was Eltern anrichten können, wie sie ihre Kinder mit ihrem ganzen eigenen Ballast regelrecht ersticken und mir dann hinterher ganz überrascht erklären, ihr Kind hätte ein Problem, es bräuchte Hilfe. Dabei sind die Einzigen, die wirklich Hilfe brauchen, die Eltern.«

Art erinnerte sich an Stefans Worte. Er hatte ganz ähnliche Dinge gesagt, offenbar hatte er sich die Haltung seines Pflegevaters zu eigen gemacht.

»Manchmal hätte ich diese Leute am liebsten geschüttelt

und geohrfeigt. Stattdessen habe ich sie freundlich darauf hingewiesen, dass es eine Ursache für das Verhalten ihrer Kinder gibt, und die Ursache hätte vermutlich auch mit IHNEN zu tun. Und wissen Sie, was dann passiert?« Er schlug mit der flachen Hand auf den Tisch. »Dieses Pack kommt einfach nicht wieder. Die desertieren einfach. Physisch und psychisch!« Er stieß einen tiefen Seufzer aus und lehnte sich im Stuhl zurück. »Mein Gott, ich rede mich in Rage ...«, murmelte er.

»Ich verstehe, was Sie meinen«, sagte Art.

»Ich fürchte, ich habe ein paarmal zu oft davon gesprochen, auch vor Stefan ...« Seefeld verstummte und sah hinaus in den Garten. »Als hätte er sich meinen ganzen Hass genommen und −« Seine Stimme brach, und es wurde still. Seine Hand zitterte, als er sich übers Gesicht wischte.

Art ließ ihm etwas Zeit.

»Ich muss noch mal auf die Kassette zurückkommen«, sagte er schließlich. »Haben Sie irgendjemandem davon erzählt?«

Dr. Seefeld schüttelte den Kopf.

»Haben Sie die Kassette gehört?«

»Nein, aber Leo hat mir die wichtigsten Dinge erzählt. Sie wollte, dass ich mir die Kassette anhöre, aber das war mir ehrlich gesagt zu lang. Manche Patienten wollen, dass ich mir neben den Sitzungen seitenlange Mails durchlese oder lange WhatsApp-Sprachnachrichten anhöre. Ich lehne das immer ab, nicht etwa weil es mich nicht interessiert, im Gegenteil, wissen Sie, ich liebe meinen Job, aber wenn ich das täte, käme ich einfach zu nichts mehr.«

»Wenn ich Ihnen jetzt sagen würde, dass diese Aufnahme sehr belastendes Material für eine bestimmte Person enthält, würden Sie mir zustimmen?«

Seefeld zögerte einen Moment, dann nickte er. »Ja, sicher.«

»Ihnen ist bewusst, dass Sie eine Schweigepflicht haben?«

»Ja.«

»Und trotzdem haben Sie dagegen verstoßen?«

Seefeld verzog keine Miene, erbleichte jedoch. »Wie kommen Sie dazu, mir das –«

»Es geht mir nicht ums ›ob‹, sondern ums ›was‹«, unterbrach ihn Art. »Ich muss wissen, wann Sie wem was erzählt haben.«

»Sie sind auf dem Holzweg«, sagte Seefeld und lächelte trotzig.

»Hören Sie, irgendjemand im Umfeld der Polizei oder der Staatsanwaltschaft weiß Bescheid. Ich war selbst auf der Suche nach der Kassette und bin in der Villa Tempel mit meiner Kollegin überfallen worden von jemandem, der offensichtlich belastendes Material gesucht hat. Also muss jemand geredet oder Andeutungen gemacht haben, dass es da etwas zu holen gibt. Leo wird es wohl kaum gewesen sein. Stefan sicherlich auch nicht. Der Einzige, der jetzt noch übrig bleibt, sind Sie.«

Seefeld wippte nervös auf seinem Freischwinger. »Ich habe niemandem bei der Polizei etwas gesagt.«

»Wem sonst?«

»Ich habe was angedeutet, mehr nicht.«

»Bei wem?«

»Es war eher aus Versehen, es ging … na ja, wir hatten eine politische Diskussion unter Freunden und …«

»Freunden? Mehrzahl?«

»Nein. Ein Freund, mehr nicht«, beeilte sich Seefeld zu sagen.

»Wie gut sind Sie mit dem Mann befreundet?«

»Ich … na ja. Es ist ein … entfernter Freund.«

»Ich brauche seinen Namen.«

Seefeld stöhnte und juckte sich an der roten Stelle am Hals. »Hören Sie, es war wirklich nur eine Andeutung, ich –«

»Ich erwähne ungern noch einmal das Finanzamt.«

Seefelds Kinnlade sank herab. Er blickte aus dem Fenster in den Garten. »Ben Junkers«, sagte er leise.

»Ben Junkers von SchumannSolo?«

»Ja.«

»Was genau haben Sie gesagt?«

»Ich meinte nur, dass sein Herz vermutlich höherschlagen würde, wenn er wüsste, was die kleine Tempel da in die Finger bekommen hat. Er hat sofort nachgefragt, wie ich das meinen würde, da hab ich gesagt, Nixon wäre über weniger gestolpert.«

»Auf gut Deutsch, Sie haben ihm angedeutet, dass Leo etwas hat, das den Bundeskanzler das Amt kosten würde.«

Seefeld wand sich auf seinem Stuhl. »Mehr oder weniger, ja.«

»Haben Sie Junkers verraten, wo das Band ist?«

»Ich hab ihm weder gesagt, dass es ein Band ist, noch wo es ist. Ich wusste es ja selbst nicht einmal.«

»Leo hat Ihnen das Band nicht gegeben? Es war bei Ihnen in der Praxis, ich habe es in Ihrer Akte gefunden.«

Seefeld sah ihn verblüfft an. »Davon hatte ich keine Ahnung. Ich dachte, sie bewahrt es zu Hause auf.«

Art nickte. Vielleicht hatte Leo es ja Stefan gegeben mit der Bitte, es für sie aufzubewahren. Sie wollte vermutlich weder, dass ihre Mutter es in ihrem Besitz fand noch sonst jemand. Und die Praxis und ihre Krankenakte mussten ihr irgendwie sicher erschienen sein. Sie hatte ja vermutlich über die Jahre gelernt, hier ihre geheimsten Gedanken abzugeben.

»Okay«, sagte Art. »Dann hören Sie mir jetzt gut zu. Ich

tue das hier für Leo. Sie werden über diese Kassette nie wieder mit irgendjemandem sprechen. Nie wieder. Nicht ein einziges Wort. Sollten jemals Details darüber ans Tageslicht kommen, dann weiß ich, dass Sie geredet haben. Und dann werde ich zwei Dinge tun. Ich sorge für eine Anzeige bei der Vereinigung der Psychologen und werde nach Möglichkeit ein Berufsverbot gegen Sie erwirken, oder zumindest eine Anklage wegen Verletzung der Schweigepflicht und Verletzung der Persönlichkeitsrechte Ihrer Mandantin, und zweitens werde ich Sie beim Finanzamt anzeigen. Ich gehe davon aus, dass die Steuernachzahlungen Sie ruinieren werden. Und sollte das nicht ausreichen, um Ihnen genug Angst zu machen, fällt mir ganz sicher noch etwas anderes ein. Haben wir uns verstanden?«

Seefeld presste die Lippen aufeinander und nickte.

»Ich will von Ihnen ein Ja hören.«

»Ja«, sagte Seefeld.

»Und was passiert, wenn die Polizei erneut mit einer Anweisung der Staatsanwaltschaft kommt, dass Sie Ihre Patientenakten offenlegen müssen?«

»Ich habe keine Akten mehr von Charlotte oder Leo Tempel.«

»Und wenn Sie jemand nach einer Kassette fragt?«

»Ich weiß nichts von einer Kassette«, erwiderte Seefeld. »Ich habe nie davon gehört.«

»Und wenn Ben Junkers Sie danach fragt?«

»Dann weiß ich nicht mehr als das, was ich ihm schon gesagt habe.«

Eine Stunde später parkte Art in der Nähe seiner Wohnung. Er lief die paar Schritte. Die Luft war feucht, der Boden aber trocken. Es dämmerte. Er sah am Haus hinauf, im dritten

Stock war Licht. Als er die Wohnung betrat, sprang Milla vom Sofa auf, als hätte er sie bei irgendetwas ertappt.

»Du hast ferngesehen?« Ihm fiel auf, dass es ihn schon nicht mehr wunderte, dass sie ständig bei ihm war, wenn er nach Hause kam.

»Joah«, gab sie zu.

»Was denn?«

»Nachrichten.« Sie sah ihn mit runden Augen an. »Da war ein Foto von dir. Aber ohne den Verband.« Sie deutete auf seinen Kopf. »Was sind Klimaaktivisten?«

»Klimaaktivisten? Die wollen, dass –« Art verstummte. Er hatte bohrende Kopfschmerzen und brauchte dringend etwas Ruhe. »Ich erklär dir das wann anders, okay?«

»Hm«, brummte Milla.

Art ging in die Küche. Er musste daran denken, wie Leo zuletzt hier am Tisch gesessen hatte mit seiner Pistole in der Hand. Nachdem er den Kollegen den Tipp gegeben hatte, dass seine Waffe inzwischen vermutlich von Leos Mitstreitern Ole, Niklas oder Hannah gestohlen worden war, hatte es entsprechende Vernehmungen und Durchsuchungen gegeben, auch bei Leo. Doch seine Pistole blieb unauffindbar.

Arts Blick ging zum Herd. Ein Topf stand vorne links auf der Platte, darin ein Nudelsieb, halb voll mit Rigatoni. Daneben stand eine Flasche Ketchup. »Ich sehe, du hast die Nudeln gefunden.«

»Mhm«, meinte Milla. »Aber der Ketchup ist alle.«

Es klingelte.

Milla zog altklug die Brauen hoch. »Wieder die Frau von letztes Mal?«

»Vom letzten Mal«, verbesserte Art automatisch und kam sich wie ein Pedant vor.

»Ja, die«, meinte Milla.

Art drückte auf den Summer für die Haustür, öffnete dann die Wohnungstür und sah überrascht in den Flur. Vor ihm stand Leo, in einem lilafarbenen Trainingsanzug mit ihrer gelben Regenjacke und einem großen Paar Kopfhörer um den Hals. »Das ist 'ne Überraschung«, stellte er fest.

Leo nickte verlegen. »Kann ich reinkommen?«

Art öffnete die Tür.

Als Leo das Zimmer betrat und Milla bemerkte, stutzte sie. »Hey, wie geht's?«

Milla sah sie ein wenig verschreckt an.

»Keine Sorge«, sagte Art. »Sie hat heute keine Pistole dabei. Oder?« Er sah Leo demonstrativ prüfend an.

Leo hob die Hände. »Nein, keine Pistole heute.« Dann wandte sie sich an Art. »Können wir reden, ohne …?« Ihr Blick wanderte zu Milla.

»Milla, gehst du bitte rüber zu deiner Oma.«

Milla verschränkte die Arme und kreuzte ihre Beine im Schneidersitz. »Nö.«

Art war sich sicher, dass sich seine Haarfarbe demnächst von Schwarz zu Grau verändern würde. Er wollte nicht grob werden, aber das hier war wirklich nichts für –

»Schon okay«, sagte Leo und ging zu Milla, die ein wenig zurückwich. Leo nahm den Kopfhörer von ihrem Hals und reichte ihn Milla. »Der ist mit Noise Canceling. Willst du mal?«

Milla betrachtete das teure Stück mit den großen Ohrmuscheln interessiert.

»Ich schenk ihn dir. Aber nur, wenn du ihn für die nächste halbe Stunde aufsetzt und nicht abnimmst.«

Milla pflückte den Kopfhörer aus ihrer Hand und stülpte ihn sich über die Ohren. Leo griff nach der Fernbedienung des TV-Geräts, schaltete es ein und suchte im Menü nach der

Bluetooth-Koppelung. Ein paar Augenblicke später wurden Millas Augen groß, der Ton des Fernsehers kam offenbar auf ihren Ohren an. Leo lächelte verhalten und kam zu Art in die Küche. Sie sah ihn nicht an, stattdessen ging ihr Blick zu den Nudeln im Topf.

»Hungrig?«, fragte Art.

»Ich glaube, ich muss mich bedanken«, sagte sie leise. »Die Schwester hat mir gesagt, was du getan hast, im Wald.«

Art schwieg.

»Darf ich was fragen?«, meinte Leo.

»Klar.«

»Hast du wirklich gedacht, dass ich meine …«, sie brach ab und verbesserte sich, »dass ich Charlotte umgebracht habe?«

»Eigentlich nie«, sagte Art.

»Warum hast du mich dann so unter Druck gesetzt? Das war echt keine Hilfe.«

»Ich musste wissen, ob ich recht habe. Und ich wusste, was die Kollegen dachten, und das musste ich entkräften.«

»Indem du lügst.«

»Weißt du, wie viele Straftäter wie selbstverständlich lügen? Was glaubst du, wo ich wäre, wenn ich nicht auch ab und zu mal bluffe oder trickse.«

Leo schien einen Moment zu überlegen, was sie davon hielt. Ihr Blick ging zu Milla, die fasziniert vor dem Fernseher saß. Die voluminösen Ohrmuscheln bedeckten ihr halbes Gesicht.

»Ich hab einen Brief von Charlotte bekommen, vom Nachlassverwalter«, sagte Leo.

»Was stand drin?«

Sie sah zu Boden und wirkte dünnhäutig, unter den Augen hatte sie tiefe Schatten. »Ich dachte, ich muss wütend auf Charlotte sein, weil sie das alles … du weißt schon. Ich war immer wütend auf Charlotte, aber meine … Mutter …«, sie stockte, weil sie immer wieder durcheinanderkam, »Charlotte meinte, dass Robert, mein Vater, der eigentliche Antreiber war. Glaubst du das?«

Art nickte. »Ich komme gerade aus Italien. Ich habe Maria ausfindig gemacht, und sie hat mir etwas ganz Ähnliches erzählt.«

»Maria?« Leo sah ihn verblüfft an. »Dieses verdammte Miststück«, empörte sie sich. »Was hast du mit ihr gemacht?«

»Nichts«, erwiderte Art.

»Nichts? Is nicht dein Ernst?«

»Sie ist eine gebrochene Frau. Es würde nichts besser machen, sie zu bestrafen.«

»Und das entscheidest du einfach so? Hier geht's um mich. Um mein Leben.«

»Falls ich wirklich dein Vater bin, geht's auch um mein Leben, oder?«

Leo schluckte und versuchte sichtlich, ihren Zorn und die Ungerechtigkeit, die sie empfand, zu bändigen. Art war nicht sicher, ob es ihr gelang.

»Kann ich … kann ich sie treffen?«

»Ich fahre mit dir hin, wenn du willst.« Seine Pistole kam ihm in den Sinn. Hatte Leo die Wahrheit gesagt, als sie erklärt hatte, sie wäre ihr gestohlen worden? Er nahm sich vor, sie zu durchsuchen, falls sie wirklich gemeinsam nach Italien fahren würden.

Gemeinsam. Ein Trip nach Italien mit seiner Vielleicht-Tochter. Das klang – unwirklich. Irgendwie.

Leo sah ihn prüfend an. Täuschte er sich, oder sah er so etwas wie ein zaghaftes Lächeln. Falls es so war, verschwand es sofort wieder.

»Ich dachte bisher, wenigstens mein Vater hätte mich …«
Ihr Blick irrte durchs Zimmer, fand jedoch nichts zum Festhalten. Es raubte Art den Atem, wie verloren sie aussah.
»Auf ihre Art haben sie dich beide geliebt«, sagte Art. »Aber das macht nicht besser, was sie getan haben.«

Leo kaute auf ihrer Unterlippe. »Was ist mit der Kassette?«, fragte sie schließlich. »Wo ist die?«

»In einem Schließfach am Bahnhof Zoo.« Art holte den Schlüssel aus seiner Hosentasche. »Willst du ihn?«

Leo schien mit sich zu ringen, kam aber zu keiner klaren Antwort. »Du hast im Blockhaus gesagt, dass meine leibliche Mutter noch lebt.«

»Daran kannst du dich erinnern?«

»Daran und an Stefan, wie er zur Tür reinkam.«

»Ich dachte, du würdest mich erschießen«, sagte Art.

»Ich hab nur sein Gewehr gesehen, es war ein Reflex, ich hatte Angst.«

Art nickte.

Leo sah ihn an, und ihr Blick und ihr Zögern ließen ihn ahnen, was ihre nächste Frage war. »Wer ist meine Mutter?«

»Sie heißt Juli. Juli Westphal.«

Leos Augen weiteten sich. »Im Ernst? Die Frau des Bundeskanzlers? Aber, dann … das versteh ich nicht.«

»Was verstehst du nicht?«

»Was ist damals passiert? Warum hat Bell gesagt, dass es Henrik Westphal ist oder du? Wieso kommt ihr beide infrage?«

»Ich hab damals genau eine Nacht mit deiner Mutter verbracht. Ich war damals allerdings noch sehr jung.«

»Wie jung?«

»Gerade dreizehn.«

»Aber, meine Mutter war doch …«

»Sechzehn«, vollendete Art ihren Satz.

Leo dachte nach. »Und Henrik?«

»Die beiden sind nach dieser Nacht zusammengekommen.«

»Aber das heißt …« Leo überlegte und schien zum gleichen Ergebnis zu kommen wie Art. »… es ist viel wahrscheinlicher, dass Henrik mein Vater ist.«

»Ich weiß nicht, wie viel wahrscheinlicher. Aber … ja, wahrscheinlicher ist es schon.«

Sie schwiegen eine Weile.

»Warum hat meine Mutter nie nach mir gesucht – oder du oder Henrik.«

»Ich wusste damals nichts davon. Ich habe nicht mitbekommen, dass Juli schwanger geworden ist. Und Juli und Henrik, ich denke, dass sie es wegen der Mordanklage gelassen haben. Sie hatten Angst«, sagte Art. Im selben Atemzug wurde ihm klar, dass er Henrik nach dem Überfall in der Villa Tempel davon erzählt hatte, dass es möglicherweise eine Kassette gab, die in einem Stofflöwen versteckt war. Doch seltsamerweise hatte er darauf kaum reagiert. Hieß das etwa, dass Juli ihm nie etwas von der Kassette erzählt hatte?

»Aber jetzt ist er doch Bundeskanzler«, sagte Leo, »ich meine, mächtiger kann man doch nicht sein. Warum sollte er da noch Angst haben? Warum hat er nicht …?«

»Was glaubst du, würde passieren, wenn herauskäme, dass der Bundeskanzler einen Mann umgebracht hat, dass sein Vater außerdem mit illegalen Adoptionen gedealt hat und dafür junge Frauen bedroht und eingesperrt hat?«

Leo verzog den Mund. »Er will sein Leben behalten.«

»Ich würde sagen, ja.«

Wieder schwiegen sie eine Weile. Art musste an Henrik und Juli denken, und der Gedanke fühlte sich an wie ein

Dorn in seinem Fleisch. Nicht nur Juli hatte ihm verschwiegen, dass er möglicherweise ein Kind hatte. Auch Henrik hatte es nie erwähnt. Lag es daran, dass Henrik nicht wusste, was damals am Kiosk zwischen ihnen passiert war? Art hatte im Nachhinein immer das Gefühl gehabt, es war unübersehbar gewesen.

Er sah Leo an. In ihrem Gesicht arbeiteten so viele Emotionen, dass Art eine Welle von Mitleid erfasste.

»Willst du mit den beiden reden?«, fragte Art.

Sie schüttelte vehement den Kopf.

»Willst du einen Vaterschaftstest?«

Sie schluckte und sah ihn an. »Du meinst, weil wahrscheinlicher ist, dass Henrik mein Vater ist und nicht du?« Leo schüttelte den Kopf. »Nein, auf keinen Fall.«

Sie sah ihn an, suchte in seinem Blick. Wollte wissen, wie er das fand. »Willst du denn einen?«

Art schüttelte den Kopf.

»Gut«, sagte sie und nickte, als wolle sie sich selbst Mut zusprechen. Dann drehte sie sich um und wandte sich zur Tür. Sie hatte bereits die Klinke in der Hand, als sie innehielt. »Scheiße«, murmelte sie, dann kam sie zurück, flog Art in die Arme und hielt sich mit aller Kraft an ihm fest.

Art entfuhr ein Stoßseufzer. Ihm war schwindelig, und er konnte seine Gefühle nicht sortieren; trotzdem war da diese irritierende Klarheit.

»Gut«, sagte Leo erneut. Dann löste sie sich von ihm und verließ die Wohnung ohne ein weiteres Wort.

Art blieb sprachlos zurück.

Die Uhr tickte Sekunden herunter.

»War das etwa die Frau, die du liebst?«, fragte Milla. Sie sah ihn an und hatte die Kopfhörer abgesetzt.

»Nein.«

Sie runzelte die Stirn.

»Na ja, vielleicht ein bisschen, aber anders«, gab er zu.

»Gibt es etwa mehrere Frauen?«

Art hob die Augenbrauen und seufzte. »Könnte sein, ja.« Auf der Straße erklang das charakteristische Röhren eines alten 911er Porsche.

»Das ist gut«, stellte Milla ganz sachlich fest.

»Warum?«, wollte Art wissen.

»Na, vielleicht ist dann ja auch noch Platz für mich.«

Epilog

WhatsApp Chat via Prepaidhandy

HW: Hallo, Art. Ich bin's. Geht's dir gut?

AM: Erhole mich langsam.

HW: Ist eigentlich diese Kassette aufgetaucht, von der du mir erzählt hast?

AM: Kassette? Nein.

HW: Was denkst du, könnte dadrauf sein?

AM: Ehrlich gesagt, ich glaube nicht, dass das etwas mit Parteispenden zu tun hat. Vielleicht gibt es auch gar keine Kassette. War ja nur eine Vermutung.

HW: Die Sache ist die, ich glaube, dass mich ein paar Leute am Boden sehen wollen. Habe beim Oberstaatsanwalt nachgehakt. Sieht tatsächlich so aus, als ob jemand bei einem der Kollegen eine Verzögerung für deinen Durchsuchungsbeschluss bei den Tempels erwirkt hat, um vorher jemanden dort hinzuschicken.

AM: Konntest du rauskriegen, wer?

HW: Arbeite noch daran. Aber die Kassette lässt mir keine Ruhe.

AM: Die Kassette? Oder die Dinge, die du getan hast?

HW: Komm mir jetzt bloß nicht mit Moral und Gerechtigkeit. Du sitzt doch selbst im Glashaus.

AM: Und du sitzt im Kanzleramt.

HW: Ich habe immer nur versucht, den Schaden zu reparieren, den andere angerichtet haben. Das ist mein Job. Damals wie heute.

AM: Du meinst, schuld sind immer nur die anderen?

HW: Lass mich bloß in Frieden. Und vor allem: Lass verdammt noch mal die Finger von meiner Frau.

Dank

Zuallererst will ich meiner Frau Meike danken. Was ich über Psychologie weiß, das habe ich von Dir gelernt. Neben vielem anderen – noch wichtigerem! – im Leben.

Ich hoffe, Du siehst mir nach, was ich in diesem Buch über Deinen Berufsstand erzähle. Es ist frei erfunden. Und ich weiß, Du machst es in jeder Hinsicht so viel besser.

Für dieses und auch alle vorherigen Bücher ein sehr großes Danke an Katrin Fieber – von Dir habe ich so viel übers Schreiben gelernt. Seit neun Büchern bist Du meine Lektorin und hast jedes einzelne besser gemacht. Danke für Deine unnachgiebigen Fragen, Deine Ideen, Deine Genauigkeit, Deinen Willen, aus jedem Text das Beste herauszuholen, und Deine Einsatzfreude. Ich will mit niemand anderem Bücher machen.

Norik, Wilfried, Clara – egal in welchem Stadium, ihr lest meine Geschichten vorab und schenkt mir eure Aufmerksamkeit, Zeit, Geduld und eure ehrliche Meinung. Und das unermüdlich. Danke!

Danke auch an Meike Herrmann, meine Agentin. Ich weiß sehr zu schätzen, dass es Dich gibt. Dein Ohr ist immer offen, Deine Kritik klug, und Dein Rückhalt befreit mich. Grüß Deine Kollegen und die ganze Agentur Graf. Schön, dass es euch gibt.

Und jetzt zu euch, liebes Ullstein-Team. Seit *Der Morgen* habe ich so viele von euch noch einmal ganz anders kennen- und schätzen gelernt. Danke für eure Kreativität, euer kaufmännisches Geschick, euer »wie macht man Bücher«-Know-how. Und last, but not least: wie bringt man sie dann auch noch in die Welt hinaus.

Und damit bin ich bei euch, liebe Leserinnen und Leser. Danke für euer Interesse, eure Begeisterung und euer Feedback. Für euch schreibe ich – und ich wusste schon früh, dass ich das will und dass es mir Freude machen wird. Aber so viel Freude? Was für ein Glück.

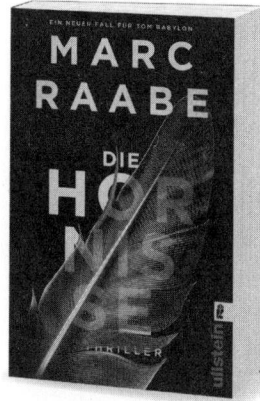
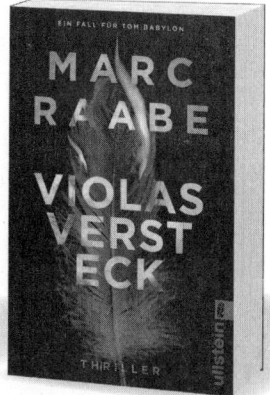